Lotz / Buckstegen, Tag für Tag

WALTER LOTZ · THEODOR BUCKSTEGEN

Tag für Tag

Texte der Sammlung

VERLAG BUTZON & BERCKER KEVELAER
BERNWARD VERLAG HILDESHEIM

Lizenzausgabe des „Evangelischen Hausbuches" von Walter Lotz,
© 1968 Johannes Stauda Verlag, Kassel.

ISBN 3 7666 8500 7 Butzon & Bercker

ISBN 3 87065 047 8 Bernward Verlag

© 1972 Verlag Butzon & Bercker, Kevelaer. Mit kirchlicher Druckerlaubnis. Nr. 305/6–47/72. Münster, den 4. Februar 1972. Dr. Lettmann, Generalvikar. Umschlaggestaltung: Wilhelm Hinkerohe. Herstellung: Butzon & Bercker, Graphischer Betrieb, Kevelaer.

GELEITWORT

In unserer pluralistischen Gesellschaft brauchen wir glaubensstarke christliche Gemeinden, die dem Einzelnen Rückhalt bieten und zum gemeinsamen Dienst und Zeugnis in der modernen Welt befähigen. Die Erneuerung unserer kirchlichen Gemeinden und Gemeinschaften hängt aber von der Erneuerung des christlichen Lebens beim Einzelnen und in der Familie ab. Hoffnungsvolle Anzeichen lassen darauf schließen, daß gerade in jungen Ehen und Familien der Sinn und die Bereitschaft für eine neue christliche Spiritualität wachsen. Seelsorgliche Angebote für Ehen und Familien werden dankbar angenommen. Allenthalben bilden sich spontan Familienkreise, die den Erfahrungsaustausch pflegen und gemeinsam nach neuen Formen christlichen Lebens in der Welt von heute suchen. Auch in unseren kirchlichen Gemeinschaften ist dieser Wunsch nach neuer Spiritualität lebendig.

Im Zusammenhang mit diesen Bemühungen begrüße ich alle praktischen Hilfen, die zur Erneuerung der Frömmigkeit angeboten werden. „Tag für Tag" ist eine solche Hilfe. Das Buch, auf der Grundlage eines biblisch orientierten evangelischen Meditationsbuches durch einen Seelsorger unseres Bistums bearbeitet und ergänzt, ist ein erfreuliches Beispiel ökumenischer Zusammenarbeit. Es eignet sich gleichermaßen zur täglichen Sammlung für den Einzelnen wie für das gemeinsame Gebet in der Familie und in den Gemeinschaften. Möge es recht vielen Menschen helfen, Tag für Tag vor Gott zu leben und Seiner Herrlichkeit inne zu werden.

Münster, den 18. Februar 1972

Bischof von Münster

INHALT

Einführung	11
Tabelle I: Zeittafel für die Leseordnungen	16
Tabelle II: Leseordnung für den 17.–24. Dezember	17
Tabelle III: Leseordnung für den 7.–12. Januar	17
Abkürzungen der biblischen Bücher	18

I. GRUNDGEBETE

Das Gebet des Herrn	20
Das Ave Maria	20
Lobpreis der Dreifaltigkeit	20
Das Apostolische Glaubensbekenntnis	20
Das Nizänische Glaubensbekenntnis	21
Eine neue Formulierung des Glaubensbekenntnisses	22
Tauferneuerung	23
Gebet der Sammlung	23
Das Gloria	23
Das Sanctus	24
Das Agnus Dei	24
Das größte Gebot	24
Das neue Gebot	24
Das tägliche Gebet	25
Im Tageslauf	25
Tischgebete	25
Der Segen	27

II. IM KIRCHENJAHR

Die Adventszeit	30
Die Weihnachtszeit	62
Geburt des Herrn	63
Erzmartyrer Stephanus	64
Apostel und Evangelist Johannes	65
Unschuldige Kinder	66
Heilige Familie	69

Silvester	70
Um die Jahreswende	71
Gottesmutter Maria	72
Erscheinung des Herrn	78
Allgemeine Kirchenjahrzeit	86
Taufe des Herrn	87
Die österliche Bußzeit	154
Aschermittwoch	154
Karwoche	198
Die drei österlichen Tage	203
Die Osterzeit	206
Auferstehung des Herrn	207
Himmelfahrt des Herrn	251
Allgemeine Kirchenjahrzeit	262
Pfingsten	263
Heiligste Dreifaltigkeit	271
Fronleichnam	275
Herz-Jesu-Fest	278
Königtum Christi	489

III. FESTE DES HERRN UND DER HEILIGEN

Darstellung des Herrn	498
Josef	499
Verkündigung des Herrn	500
Heimsuchung Mariens	501
Bonifatius	502
Johannes der Täufer	503
Apostel Petrus und Paulus	504
Aufnahme Mariens in den Himmel	505
Klaus von der Flüe	506
Erzengel Michael, Gabriel und Raphael	507
Franz von Assisi	508
Reformationstag	509
Allerheiligen	510
Allerseelen	511
Martin	512
Elisabeth	513
Erwählung Mariens	514

IV. GEBETE UND FÜRBITTEN

Gebete und Fürbitten für die sieben Tage der Woche	516
Sonntag	516
Montag	517
Dienstag	518
Mittwoch	519
Donnerstag	520
Freitag	521
Samstag	522
Für einen Tag der Einkehr	524
Ein kleiner Beichtspiegel	526
Trost und Vergebung	526
In Tagen der Krankheit	529
Morgen- und Abendgebete	529
Vor dem Empfang der Krankenkommunion	534
Dankgebet	536
Betrachtungen und Gebete	536
Vom Segen der Stille	536
Bitte um Geduld	537
Selbstbesinnung	537
Mut zum Hoffen	538
Weitere Gebete und Fürbitten	539
Ein Gebet, Franziskus zugeschrieben	539
Für die Hungernden	539
Für die Süchtigen	540
Bei Katastrophen und Seuchen	540
In Notzeiten der Kirche	540
Gebet der Vereinten Nationen	540
Für die Gemeinschaft der Völker	541
Um die Einheit der Kirche	541
In Kriegsgefahr	542
Um den Frieden	542
Geburtstag	542
Geburtstag eines Kindes	543
Gebet, dem Dichter Solschenizyn zugeschrieben	543
Fürbitten	544
Achtung voreinander	544
Arbeit	545

Besinnung am Sonntag	546
Dienen	547
Ehe	548
Freiheit	549
Freude (Karneval)	550
Heiliges Leben	551
Lebensweg	552
Not	553
Pilgerschaft	554
Tägliches Brot	555
Totengedenken	556
Urlaubszeit	557
Weltmission	558
Quellenverzeichnis	560

Stichwortverzeichnis (bei Seite 288)

EINFÜHRUNG

In einer Zeit zunehmender Überflutung unseres Inneren mit einer Fülle bewußter und unbewußter Inhalte und Reize ist es wichtiger denn je, daß wir uns um ein gesundes Gegengewicht bemühen. Bloße rationale Kritik und moralische Entrüstung helfen wenig. Wir brauchen täglich die Hilfe der guten, heilsamen Bilder, der nährenden, aufbauenden Worte. Die tägliche geistliche Sammlung und das Gebet sind uns so nötig wie das tägliche Brot.

Viktor von Weizsäcker hat darauf hingewiesen, daß das Zurücktreten der Bibel als einer täglichen Lebens- und Lesensquelle charakteristischer für unsere Zeit sei als die meisten Umwälzungen, die sich viel sichtbarer vor unseren Augen vollziehen. Tatsächlich ist für viele Christen die Bibel eine fremde Welt geworden, zu der sie nicht ohne weiteres einen Zugang finden. Viele glauben, dafür auch keine Zeit zu haben. Es ist uns allen zwar heute wie zu allen Zeiten die gleiche Zeit zugemessen. Aber es ist wahr, daß an diese Zeit heute mehr Ansprüche gestellt werden als in den früheren Epochen mit geringeren Mitteilungs-, Kontakt- und Konsumgelegenheiten. Um so wichtiger ist es, daß wir uns entschlossen Zeit nehmen für das geistliche Leben. Dazu gehört die Teilnahme an Zeiten der Stille und geistlicher Einkehr, die Feier des Sonntags mit dem Gottesdienst der Gemeinde und die tägliche Besinnung mit Gebet und Lesung der Heiligen Schrift.

Es ist eine allgemeine Erfahrung, daß die Einhaltung solcher Ordnungen heute nicht ganz leicht ist. Dann ist es gut, wenn man nicht allein ist, sondern die Hilfe und den Zuspruch von Freunden und Weggefährten empfängt. Aber auch in Zeiten weniger intensiven geistlichen Lebens sollte doch ein Mindestmaß von täglicher geistlicher Sammlung neben der Teilnahme am Sonntagsgottesdienst in Treue durchgehalten werden. Hierzu will das Buch „Tag für Tag" eine praktische Handreichung bieten.

Es ist entstanden aus der Zusammenarbeit der evangelischen und katholischen Theologen Walter Lotz und Theodor Buckstegen und stellt eine Bearbeitung des 1968 im Johannes Stauda Verlag, Kassel, erschienenen Werkes dar: Walter Lotz, „Evangelisches Hausbuch". Dieses zunächst für evangelische Christen herausgegebene Buch hat eine so weite Beachtung gefunden, daß man es auch in Händen katholischer Christen wissen möchte.

Gegenüber der ursprünglichen evangelischen Ausgabe ist die katholische Neuausgabe „Tag für Tag" dem liturgischen Jahr der Katholischen Kirche zugeordnet. An jedem Tag des Kirchenjahres wird die neue Leseordnung für die Meßfeier angegeben. Für die Texte der Heiligen Schrift verwendet das Buch durchgehend die neue katholische Einheitsübersetzung. Bei der Textfassung der Psalmen und des Römerbriefes, der liturgischen Gemeindetexte und einzelner weiterer Perikopen handelt es sich nicht nur um die katholische Einheitsübersetzung, sondern bereits um die ökumenische Übersetzung für beide Kirchen.

Im allgemeinen wurde das vor allem ältere Lied- und Gebetgut, sofern es dem katholischen Christen aus der eigenen Tradition nicht ganz vertraut ist, durch inhaltlich ähnliches, aber dem heutigen Sprachgebrauch entsprechenderes bearbeitet oder ersetzt.

Einem wachsenden Bedürfnis katholischer Christen entsprechend ist das Buch angereichert mit einer größeren Auswahl von Fürbitten in verschiedenen Anliegen.

Ein ausführliches Stichwortregister in der Mitte dieses Buches ermöglicht es schließlich dem Leser, über ein auf das liturgische Jahr festgelegtes Gebet hinaus auch zu jenem Beten zu kommen, das vom besonderen Anliegen der Stunde her motiviert ist.

Da wir damit rechnen müssen, daß auch für den katholischen Christen in Zukunft weniger als in der Vergangenheit das ausreichen wird, was ihm die kirchliche Liturgie an geistlicher Inspiration für seinen Alltag zu vermitteln vermag, wird das Buch „Tag für Tag" gute Dienste leisten können für die tägliche geistliche Sammlung und das Gebet des Einzelnen, der Familie und anderer christlicher Gemeinschaften (Orden, Exerzitien- und Gebetsgemeinschaften).

ZUM INHALT DES BUCHES

Dem ersten Teil mit einer Auswahl von „Grundgebeten" folgt der Hauptteil des Buches: „Im Kirchenjahr". Für jeden Tag des Jahres ist ein Abschnitt aus der Hl. Schrift abgedruckt, in der Regel wurde dabei die Bibelleseordnung zu Grunde gelegt, wie sie Rudolf Spieker in der „Lesung für das Jahr der Kirche" herausgegeben hat. Der Schriftlesung vorangestellt wird ein kurzes Psalmgebet, dessen Auswahl im allgemeinen dem „Evangelischen Tagzeitenbuch" entnommen ist. Das Beten der Psalmen verbindet uns mit der Christenheit aller Zeiten; es bereitet uns zum rechten Hören und zum eigenen Beten.

Als Hilfe für die Aneignung der Schriftlesung ist für jeden Tag ein kurzes, freies Gebet angeboten, das an manchen Tagen durch eine Liedstrophe ersetzt wird, wodurch die Gedanken der Lesung aufgegriffen und weitergeführt werden. Auf diese Weise soll der Benutzer des Buches angeregt werden, sich selbst mit den Texten zu beschäftigen und betend auf das Schriftwort zu antworten.

Soweit die Gebete in der Ichform stehen, ist damit nicht ausgeschlossen, daß sie auch bei einer gemeinsamen Besinnung gesprochen werden können, ebenso wie der einzelne Beter für sich die Gebete benutzen kann, die in der Wirform stehen und die er so als Glied der Gemeinde betet.

Das Gebet kann in Fürbitten übergehen, für die eine Wochenordnung für jeden Tag der Woche verschiedene Vorschläge anbietet. Im Teil „Gebete und Fürbitten" findet sich außerdem eine ganze Auswahl weiterer Fürbittgebete. Das Vaterunser und der Segen beschließen die tägliche Besinnung.

An jedem Sonntag steht zu Beginn statt des Psalmgebetes ein „Wochenspruch". Mit ihm können die täglichen Lesungen eingeleitet werden. Er dient als ein Leitwort, das durch die ganze Woche hindurchklingt. Für die Sonntage sind außerdem zwei kurze Schriftabschnitte abgedruckt, von denen einer in der Regel aus dem Alten Testament oder aus einem neutestamentlichen Brief stammt, während der andere einem Evangelium entnommen ist.

Jeder neuen Woche wird eine Besinnung vorangestellt, biblisch orientiert und thematisch dem Kirchenjahr zugeordnet. Sie geht meist von einem der abgedruckten Texte aus und versucht, zwischen dem Jahr der Kirche und dem Leben des Einzelnen die Brücke zu schlagen. Sie ist wie eine zum Weiterbedenken anregende Predigtskizze, eine Kurzmeditation von einer Seite Länge.

Für besondere Tage des Kirchenjahres ist ein eigener Teil vorgesehen, wobei die kleine Auswahl der Heiligenfeste sich auf die Heiligen bezieht, deren Leben für unsere Zeit besondere Zeugniskraft besitzt.

Wer sich mehr als nur ein paar Minuten nehmen oder gar zweimal am Tage eine Besinnung halten möchte, findet am Fuß der Seite die Schriftstellen der neuen Leseordnung für die Meßfeier an Sonn-,

Fest- und Wochentagen. Man kann sie der Heiligen Schrift entnehmen und anstelle der kurzen Lesung einsetzen.

Der Schlußteil des Buches („Gebete und Fürbitten") enthält neben den Fürbitten für die sieben Tage der Woche Gedanken und Gebete zu verschiedenen Anlässen: für einen Tag der Einkehr, in Tagen der Krankheit und eine Auswahl von Fürbitten in einzelnen Anliegen.

ZUM GEBRAUCH DES BUCHES

„Tag für Tag" ist auf die Vielen eingestellt, die täglich nur einmal sich Zeit nehmen können zu einer kleinen Besinnung, sei es irgendwann am Morgen oder am Abend oder im Zusammenhang mit einer Mahlzeit.

Es ist ebenso für den Einzelnen bestimmt wie für die Familie oder andere größere Gemeinschaften, und es setzt weder gemeinsamen Gesang noch das Beten langer Psalmen voraus. Andererseits ist es deutlich auf das Kirchenjahr ausgerichtet.

Wer sich nicht starr auf das liturgische Jahr festlegen möchte, findet in der Mitte des Buches ein ausführliches Stichwortregister, welches ihm ermöglicht, sich selbst Texte der Sammlung zusammenzustellen, die vom besonderen Anliegen der Stunde getragen sind.

Zur Erleichterung des praktischen Gebrauches ist in diesem Buch für jeden Tag des Jahres auf einer Seite alles zusammengestellt, was zu einer kurzen Besinnung gehört: einige Psalmverse, eine ausgedruckte biblische Lesung und ein freies Gebet, das diese Lesung aufnimmt. Man kann also für eine kürzeste Form täglicher geistlicher Sammlung mit der Tagesseite auskommen. An diese Stelle, in das Kapitel „Im Kirchenjahr", legt man ein Lesezeichen, das man nur jeden zweiten Tag um ein Blatt weiterzulegen braucht.

An das Gebet können Fürbitten frei hinzugefügt werden. Diese sind im Teil „Gebete und Fürbitten" in einer Wochenordnung und zusätzlich in einer Auswahl weiterer Fürbitten zu verschiedenen Anliegen ausgeführt. In dieses Kapitel legt man ebenfalls ein Lesezeichen. Die Inhaltsübersicht (Seite 7 ff.) zeigt, wo man noch weitere Gebete zur Ergänzung findet.

Ein drittes Lesezeichen kann in irgendeinem Teil der Kapitel liegen, die weitere Texte zur Besinnung bieten („Grundgebete", „Feste des Herrn und der Heiligen").

Auch wenn man die Besinnung allein hält, kann es eine große Hilfe sein, wenn man die Texte und Gebete halblaut liest. Man schweift dann weniger leicht mit den Gedanken ab, und mancher hat die Erfahrung gemacht, daß die Worte, die er auf diese Weise wirklich „in den Mund nimmt", leichter den Weg zum Herzen finden.

Man beginnt mit dem Wochenspruch und den täglich wechselnden Psalmversen, die in aller Mannigfaltigkeit ihrer Gedanken und Anliegen uns für das Hören des Wortes sammeln und bereiten. Sodann liest man die Lesung des Tages. Wenn man sich länger Zeit nehmen oder vielleicht mehrmals am Tage zum Gebet sammeln möchte, kann man statt der ausgedruckten Schriftstelle eine oder mehrere andere wählen. Zu diesem Zweck ist am Fuß der Seite die neue Leseordnung für die Meßfeier angeführt. Wer dazu noch zu wissen wünscht, in welchem Lesejahr man sich befindet, kann dieses in Tabelle I (Seite 16) bei der Angabe des laufenden Jahres schnell feststellen.

Nach einer kleinen Pause des stillen Bedenkens der Lesung folgt das Gebet, in welchem im allgemeinen noch einmal der Inhalt der Lesung aufgenommen und weitergeführt wird.

Diesem freien Gebet schließen sich die Fürbitten an, die man nach eigener Wahl mit Hilfe des Teils „Gebete und Fürbitten" gestalten kann. Die punktierte Lücke bei einer Reihe von Fürbittgebeten der Wochenordnung deutet an, daß hier Raum ist für frei formulierte Bitten.

Die Besinnung schließt mit dem Vaterunser und dem Segen. Eine kleine Auswahl von Segensformeln findet sich auf Seite 27 des Teils „Grundgebete".

Möge es „Tag für Tag" gelingen, dem Leser eine Hilfe zu sein für sein geistliches Leben im Alltag und so den Auftrag zu erfüllen, der uns allen gegeben ist: daß wir einander beistehen auf dem Weg zum ewigen Heil!

TABELLE I
ZEITTAFEL FÜR DIE LESEORDNUNGEN

Jahr	Leseordnung für die Sonntage	Leseordnung für die Wochentage	Jahreswochen	Sonntage nach Erscheinung	Die Woche nach Pfingsten ist die ... Jahreswoche	Der Sonntag nach Dreifaltigkeit ist der ... Sonntag im Jahreskreis
1972	A	II	34	6	7.	9.
1973	B	I	33	9	11.	13.
1974	C	II	33	7	9.	11.
1975	A	I	33	5	7.	9.
1976	B	II	33	8	10.	12.
1977	C	I	33	7	9.	11.
1978	A	II	34	5	6.	8.
1979	B	I	34	8	9.	11.
1980	C	II	33	6	8.	10.

TABELLE II

LESEORDNUNG FÜR DEN 17.–24. DEZEMBER

Die folgenden Lesungen werden an den Tagen genommen, denen sie zugeordnet sind:

17. Dezember: Gen 49, 2. 8–10 / Mt 1, 1–17
18. Dezember: Jer 23, 5–8 / Mt 1, 18–24
19. Dezember: Ri 13, 2–7. 24–25a / Lk 1, 5–25
20. Dezember: Jes 7, 10–14 / Lk 1, 26–38
21. Dezember: Hld 2, 8–14 / Lk 1, 39–45
22. Dezember: 1 Sam 1, 24–28 / Lk 1, 46–56
23. Dezember: Mal 3, 1–4; 4, 5–6 / Lk 1, 57–66
24. Dezember: 2 Sam 7, 1–5. 8b–11. 16 / Lk 1, 67–79

TABELLE III

LESEORDNUNG FÜR DEN 7.–12. JANUAR

In den Gegenden, in denen Erscheinung an dem Sonntag gefeiert wird, der auf einen Tag zwischen dem 2. und 8. Januar fällt, werden die Lesungen nach Erscheinung genommen, die vom 7.–12. Januar vorgesehen sind:

7. Januar oder 2. Tag nach Erscheinung: 1 Joh 3, 22–4, 6 / Mt 4, 12–17. 23–25

8. Januar oder 3. Tag nach Erscheinung: 1 Joh 4, 7–10 / Mk 6, 34–44

9. Januar oder 4. Tag nach Erscheinung: 1 Joh 4, 11–18 / Mk 6, 45–52

10. Januar oder 5. Tag nach Erscheinung: 1 Joh 4, 19–5, 4 / Lk 4, 14–22a

11. Januar oder 6. Tag nach Erscheinung: 1 Joh 5, 5–6. 8–13 / Lk 5, 12–16

12. Januar oder Samstag nach Erscheinung: 1 Joh 5, 14–21 / Joh 3, 22–30

ABKÜRZUNGEN DER BIBLISCHEN BÜCHER

ALTES TESTAMENT:

Gen	Genesis	Spr	Sprüche
Ex	Exodus	Koh	Kohelet (Prediger)
Lev	Levitikus	Hld	Hoheslied
Num	Numeri	Weish	Weisheit
Dtn	Deuteronomium	Sir	Jesus Sirach
Jos	Josua	Jes	Jesaja
Ri	Richter	Jer	Jeremia
Rut	Rut	Klgl	Klagelieder
1 Sam	1 Samuel	Bar	Baruch
2 Sam	2 Samuel	Ez	Ezechiel
1 Kön	1 Könige	Dan	Daniel
2 Kön	2 Könige	Hos	Hosea
1 Chr	1 Chronik	Joel	Joel
2 Chr	2 Chronik	Am	Amos
Esr	Esra	Obd	Obadja
Neh	Nehemia	Jon	Jona
Tob	Tobias	Mich	Micha
Jdt	Judit	Nah	Nahum
Est	Ester	Hab	Habakuk
1 Makk	1 Makkabäer	Zef	Zefanja (Sophonias)
2 Makk	2 Makkabäer	Hag	Haggai
Ijob	Ijob	Sach	Sacharja
Ps	Psalmen	Mal	Maleachi

NEUES TESTAMENT:

Mt	Mattäus	1 Tim	1. Timotheusbrief
Mk	Markus	2 Tim	2. Timotheusbrief
Lk	Lukas	Tit	Titusbrief
Joh	Johannes	Phlm	Philemonbrief
Apg	Apostelgeschichte	Hebr	Hebräerbrief
Röm	Römerbrief	Jak	Jakobusbrief
1 Kor	1. Korintherbrief	1 Petr	1. Petrusbrief
2 Kor	2. Korintherbrief	2 Petr	2. Petrusbrief
Gal	Galaterbrief	1 Joh	1. Johannesbrief
Eph	Epheserbrief	2 Joh	2. Johannesbrief
Phil	Philipperbrief	3 Joh	3. Johannesbrief
Kol	Kolosserbrief	Jud	Judasbrief
1 Thess	1. Thessalonicherbrief	Offb	Offenbarung
2 Thess	2. Thessalonicherbrief		

I. Grundgebete

DAS GEBET DES HERRN

Vater unser im Himmel,
Geheiligt werde dein Name.
Dein Reich komme.
Dein Wille geschehe,
wie im Himmel so auf Erden.
Unser tägliches Brot gib uns heute.
Und vergib uns unsere Schuld,
wie auch wir vergeben unsern Schuldigern.
Und führe uns nicht in Versuchung,
sondern erlöse uns von dem Bösen. –
Denn dein ist das Reich und die Kraft
und die Herrlichkeit in Ewigkeit.
Amen.

DAS AVE MARIA

Gegrüßet seist du, Maria,
voll der Gnade.
Der Herr ist mit dir.
Du bist gebenedeit unter den Frauen,
und gebenedeit ist die Frucht
deines Leibes, Jesus.
Heilige Maria, Mutter Gottes,
bitte für uns Sünder
jetzt und in der Stunde unseres Todes.
Amen.

LOBPREIS DER DREIFALTIGKEIT

Ehre sei dem Vater und dem Sohn
und dem Heiligen Geist,
wie im Anfang, so auch jetzt und alle Zeit
und in Ewigkeit. Amen.

DAS APOSTOLISCHE GLAUBENSBEKENNTNIS

Ich glaube an Gott,
den Vater, den Allmächtigen,
den Schöpfer des Himmels und der Erde,

und an Jesus Christus, seinen eingeborenen Sohn,
unsern Herrn,
empfangen durch den Heiligen Geist,
geboren von der Jungfrau Maria,
gelitten unter Pontius Pilatus,
gekreuzigt, gestorben und begraben,
hinabgestiegen in das Reich des Todes,
am dritten Tage auferstanden von den Toten,
aufgefahren in den Himmel;
er sitzt zur Rechten Gottes, des allmächtigen Vaters;
von dort wird er kommen, zu richten die Lebenden
und die Toten.
Ich glaube an den Heiligen Geist,
die heilige katholische Kirche,
Gemeinschaft der Heiligen,
Vergebung der Sünden,
Auferstehung der Toten
und das ewige Leben.
Amen.

DAS NIZÄNISCHE GLAUBENSBEKENNTNIS

Wir glauben an den einen Gott,
den Vater, den Allmächtigen,
der alles geschaffen hat, Himmel und Erde,
die sichtbare und die unsichtbare Welt.
Und an den einen Herrn Jesus Christus,
Gottes eingeborenen Sohn,
aus dem Vater geboren vor aller Zeit:
Gott von Gott, Licht vom Licht, wahrer Gott
vom wahren Gott,
gezeugt, nicht geschaffen, eines Wesens mit dem Vater;
durch ihn ist alles geschaffen.
Für uns Menschen und zu unserm Heil
ist er vom Himmel gekommen,
hat Fleisch angenommen durch den Heiligen Geist
von der Jungfrau Maria
und ist Mensch geworden.
Er wurde für uns gekreuzigt unter Pontius Pilatus,
hat gelitten und ist begraben worden,

ist am dritten Tage auferstanden nach der Schrift
und aufgefahren in den Himmel.
Er sitzt zur Rechten des Vaters
und wird wiederkommen in Herrlichkeit,
zu richten die Lebenden und die Toten;
seiner Herrschaft wird kein Ende sein.
Wir glauben an den Heiligen Geist,
der Herr ist und lebendig macht,
der aus dem Vater und dem Sohn hervorgeht,
der mit dem Vater und dem Sohn angebetet
und verherrlicht wird,
der gesprochen hat durch die Propheten,
und die eine, heilige, katholische und apostolische Kirche.
Wir bekennen die eine Taufe zur Vergebung der Sünden.
Wir erwarten die Auferstehung der Toten
und das Leben der kommenden Welt.
Amen.

EINE NEUE FORMULIERUNG DES GLAUBENSBEKENNTNISSES

Wir loben und preisen dich, Gott, den allmächtigen Vater. Du hast uns und alle Welt ins Leben gerufen und waltest über uns mit deiner Güte und Treue. Wir danken dir und beten dich an.
Wir loben und preisen dich, Herr Jesus Christus, du bist das ewige Wort des Vaters und hast uns seine Liebe offenbart. Du hast unser Menschenlos getragen und unsere Schuld auf dich genommen. Du bist am Kreuz für uns gestorben und, von den Toten erweckt, bist du uns nahe mit deinem Trost und rettest uns im Gericht. Wir danken dir und beten dich an.
Wir loben und preisen dich, den Heiligen Geist. Du hast uns durch die Taufe zum Glauben gerufen und erleuchtest uns durch das Wort des Evangeliums. Du stärkst uns in der Liebe durch die Feier des heiligen Mahles und gibst uns eine Hoffnung, die auch der Tod nicht zerstört. Aus allem, was Menschen trennen kann, sammelst du uns in der einen, heiligen Kirche zum Dienst in dieser Welt, und willst uns vollenden in deinem ewigen Reich. Wir danken dir und beten dich an.
Dir, unserm Gott, sei Ehre in Ewigkeit. Amen.

TAUFERNEUERUNG

Gott, Vater im Himmel, aus ganzem Herzen komme ich zu dir. Du hast mir das Leben geschenkt. Du hast mir lebendige Hoffnung gegeben durch die Auferstehung Jesu Christi von den Toten: In der Taufe hast du mich wiedergeboren aus dem Wasser und dem Heiligen Geist. Unsern Herrn Jesus Christus hast du mir zum Bruder gegeben, hast mich aufgenommen in deine Kirche, das königliche Priestertum, das Gottes-Volk. Mithelfen soll ich, deine Liebe in der Gegenwart aufleuchten zu lassen.

Mein Vater, ich bete dich an. Ich weiß, ich bin ein schwacher Mensch, schwankend in den Prüfungen des Lebens, bin in Versuchungen und Sünden. Und dennoch gehöre ich dir. Welche Freude, daß ich in den Erprobungen meines Glaubens vertrauen darf auf das unvergängliche, unbefleckte Erbe, das du uns Menschen bereitet hast! Amen. *nach 1 Petrus*

GEBET DER SAMMLUNG

Vater, du bist über mir. Christus, du gehst neben mir. Heiliger Geist, du lebst in mir.

DAS GLORIA

Ehre sei Gott in der Höhe
und Friede auf Erden den Menschen seiner Gnade.
Wir loben dich,
wir preisen dich,
wir beten dich an,
wir rühmen dich und danken dir,
denn groß ist deine Herrlichkeit:
Herr und Gott, König des Himmels,
Gott und Vater, Herrscher über das All,
Herr, eingeborener Sohn, Jesus Christus.
Herr und Gott, Lamm Gottes, Sohn des Vaters,
du nimmst hinweg die Sünde der Welt:
erbarme dich unser;
du nimmst hinweg die Sünde der Welt:
nimm an unser Gebet;
du sitzest zur Rechten des Vaters:
erbarme dich unser.

Denn du allein bist der Heilige,
du allein der Herr,
du allein der Höchste:
Jesus Christus,
mit dem Heiligen Geist,
zur Ehre Gottes des Vaters.
Amen.

DAS SANCTUS

Heilig, heilig, heilig
Gott, Herr aller Mächte und Gewalten.
Erfüllt sind Himmel und Erde
von deiner Herrlichkeit.
Hosanna in der Höhe.
Hochgelobt sei, der da kommt im Namen des Herrn.
Hosanna in der Höhe.

DAS AGNUS DEI

Lamm Gottes,
du nimmst hinweg die Sünde der Welt:
erbarme dich unser.
Lamm Gottes,
du nimmst hinweg die Sünde der Welt:
erbarme dich unser.
Lamm Gottes,
du nimmst hinweg die Sünde der Welt:
gib uns deinen Frieden.

DAS GRÖSSTE GEBOT

Das erste ist: Höre, Israel, der Herr, unser Gott, ist Ein Herr. Und du sollst den Herrn deinen Gott lieben aus deinem ganzen Herzen und aus deiner ganzen Seele und aus deinem ganzen Denken und aus deiner ganzen Kraft. Das zweite ist dieses: Du sollst deinen Nächsten lieben wie dich selbst. Größer als dieses ist kein anderes Gebot. *Markus 12, 28–31*

DAS NEUE GEBOT

Einen neuen Auftrag gebe ich euch: Liebet einander! Wie ich euch geliebt habe, so sollt auch ihr einander lieben!
Johannes 13, 34

DAS TÄGLICHE GEBET

Die folgenden Gebete können durchs ganze Jahr hindurch gebraucht werden. Allmählich prägen sie sich dem Gedächtnis so fest ein, daß man kein Buch mehr aufzuschlagen braucht. Der einzelne kann diese Gebete still für sich gebrauchen. Das „wir" verbindet ihn mit vielen anderen Betern. Aber auch am Familientisch kann das Tischgebet durch diese Gebete ergänzt werden. Gut ist es, wenn dann wenigstens bei einer der Mahlzeiten der Wochenspruch und das Vaterunser hinzukommen, sofern nicht eine vollständige Andacht mit Psalmgebet, Lesung, Gebet, Fürbitten, Vaterunser und Segen gehalten werden kann.

IM TAGESLAUF

AM MORGEN

Herr, unser Gott, wir danken dir für die Ruhe der Nacht und das Licht dieses neuen Tages. Laß uns bereit sein, dir zu dienen. Laß uns wach sein für dein Gebot.

AM MITTAG

Herr, unser Gott, laß uns vor dir stehen mitten im Tagewerk. Richte uns aus, daß wir suchen das Eine, daß wir tun, was not ist. Laß uns wandeln vor deinen Augen.

AM ABEND

Unser Abendgebet steige auf zu dir, Herr, und es senke sich auf uns herab dein Erbarmen. Dein ist der Tag und dein ist die Nacht. Laß im Dunkel uns leuchten das Licht deiner Wahrheit. Geleite uns zur Ruhe der Nacht und dereinst zur ewigen Vollendung.

TISCHGEBETE

Mancher betet gern ständig das gleiche Tischgebet. In diesem Falle sollte es so kurz wie möglich sein. Wer gern abwechselt, findet hier eine kleine Auswahl.

Wir bitten dich, Herr Gott, himmlischer Vater, segne uns diese deine Gaben.

Aller Augen warten auf dich, o Herr, und du gibst ihnen Speise zur rechten Zeit. Du öffnest deine milde Hand und erfüllest alles, was lebt, mit Segen.

Herr Gott, himmlischer Vater, segne uns und diese deine Gaben, die wir von deiner Güte zu uns nehmen, durch Jesus Christus, unseren Herrn.

> O Gott, von dem wir alles haben,
> wir preisen dich für deine Gaben;
> du speisest uns, weil du uns liebst;
> o segne auch, was du uns gibst.
>
> Herr, segne uns auch heute
> mit Speise und mit Freude
> und sei mit deinem Namen
> in unserer Mitte. Amen.
>
> Wir nehmen, Herr, was du gegeben.
> Was haben wir, das du nicht gibst?
> Du trägst und nährest unser Leben.
> Wir danken dir, daß du uns liebst.

NACH DEM ESSEN

Für alle deine Güte danken wir dir, Herr Gott Vater, Sohn und Heiliger Geist.

Danket dem Herrn, denn er ist freundlich, und seine Güte währet ewiglich.

Wir danken dir, Herr Gott, himmlischer Vater, durch Jesus Christus, unseren Herrn, für alle deine Güte, der du lebst und herrschest in Ewigkeit.

> Alle guten Gaben,
> alles, was wir haben,
> kommt, o Gott, von dir,
> Dank sei dir dafür.

Von deiner Gnade leben wir,
und was wir haben, kommt von dir.
Drum sagen wir dir Lob und Dank,
Herr, segne du uns lebenslang.

Herr, dein Name sei geehrt,
daß du uns das Brot beschert;
zeitlich Gut hast du gegeben,
gib uns auch das ewige Leben.

Ein guter Brauch ist es, einmal am Tag als Tischgebet gemeinsam das Vaterunser zu beten.

DER SEGEN

Der Herr segne euch (uns) und behüte euch (uns).
Der Herr lasse sein Antlitz leuchten über euch (uns)
und sei euch (uns) gnädig.
Der Herr wende euch (uns) sein Angesicht zu
und gebe euch (uns) Frieden.

Es segne und behüte euch (uns)
der allmächtige und barmherzige Herr,
der Vater und der Sohn und der Heilige Geist.

Gott sei uns gnädig und segne uns.
Er lasse sein Antlitz leuchten,
daß wir auf Erden erkennen seinen Weg.
Es segne uns Gott,
und alle Welt fürchte ihn.

Der Segen des Herrn
und seine Barmherzigkeit komme über euch
durch seine Gnade und Menschenliebe
immer, jetzt und allezeit
und in die Ewigkeit der Ewigkeiten.

In der Einheit des Heiligen Geistes,
segne euch (uns) der Vater und der Sohn.

II. Im Kirchenjahr

DIE ADVENTSZEIT*

ERSTE WOCHE IM ADVENT

BESINNUNG

Mit dem ersten Sonntag im Advent beginnt erneut die Zeit der Erwartung. Mag unser Warten zunächst auf Weihnachten gerichtet sein, so hat es im Grunde noch einen tieferen und umfassenderen Sinn. Anfang, Mitte und Ende des Jahres erinnern uns daran, daß ein Christ niemals wirklich am Ende ist. Unser Leben muß offen bleiben für die Zukunft.

Aber die Welt um uns her sieht oft so gänzlich verschlossen aus. Es ist, als hätten wir nichts Gutes zu erwarten. Kalt und eisig umgeben uns die Unabänderlichkeiten dieser Welt. Das Prophetenwort gibt einer uralten und bleibenden Frage Ausdruck: Kann der verschlossene Himmel sich öffnen? Können die nach ewigen Gesetzen kreisenden Sterne einem unvorhergesehenen Geschehen Raum geben? Kann sich aus der kalten Unendlichkeit ein Helfer aufmachen, der uns nahekommt und uns umgibt mit Wärme und Zuversicht? „Reiß doch den Himmel auf und steig herab, daß Berge vor dir erbeben!" Gemeint ist, daß Bewegung in das Erstarrte kommt, eine Bewegung, die auf unser Herz zielt. Unsere Frage ist schon überholt durch die Antwort. Was kein Ohr gehört und kein Auge gesehen hat, das hat Gott den Wartenden zugedacht. Seine unendliche Liebe durchbricht die Gesetze der Endlichkeit. Er wendet sich uns zu in der Gestalt eines Menschen. Sein Kommen will in uns eine neue große Zuversicht wecken.

Herr, mein Heiland, dein Kommen weckt mich auf. Du willst nicht, daß alles beim Alten bleibt. Du willst, daß ich auf dein Wort höre und deine Gegenwart erfahre in deinem heiligen Mahl. Mit den Vätern und Brüdern im Glauben stimme ich ein in den Ruf: Hochgelobt sei, der da kommt im Namen des Herrn! Hosanna in der Höhe!

---

* Die Adventszeit beginnt am 1. Adventssonntag und schließt am Vortag von Weihnachten.

ERSTER ADVENTSSONNTAG

DER WOCHENSPRUCH

Juble laut, Tochter Zion! Jauchze, Tochter Jerusalem! Denn dein König kommt zu dir. *Sacharja 9, 9*

LESUNG

Reiß doch den Himmel auf und steig herab, daß Berge vor dir erbeben! Von Ewigkeit her hat man es nicht vernommen, kein Ohr hat davon gehört, kein Auge hat es gesehen, daß es einen Gott gibt außer dir, der denen hilft, die auf ihn hoffen. Wir alle sind wie Laub dahin gewelkt, unsre Schuld trägt uns fort wie der Wind. Nun aber, Herr, du bist unser Vater. Das Werk deiner Hand sind wir alle. *Jesaja 63, 19; 64, 3. 5. 7*

EVANGELIUM

Die Leute aber, die vor ihm hergingen und ihm folgten, riefen: Hosanna dem Sohn Davids! Gepriesen sei, der im Namen des Herrn kommt. Hosanna in der Höhe! *Mattäus 21, 9*

GEBET

Herr, unser Helfer, komm und kehre bei uns ein. Hilf uns, daß wir dir freudig dienen. Laß Gerechtigkeit und Frieden wachsen auf der Erde. Dein Reich komme.

A: Jes 2, 1–5 / Röm 13, 11–14 / Mt 24, 37–44
B: Jes 63, 16b–17; 64, 1. 3b–8 / 1 Kor 1, 3–9 / Mk 13, 33–37
C: Jer 33, 14–16 / 1 Thess 3, 12–4, 2 / Lk 21, 25–28. 34–36

MONTAG DER ERSTEN WOCHE IM ADVENT

PSALMGEBET

Hebt euch, ihr Tore, nach oben,
erhebt euch, ihr uralten Pforten,
   daß einziehe der König der Herrlichkeit!
Wer ist der König der Herrlichkeit?
   Der Herr, der Starke und Held,
   der Herr, mächtig im Kampf!
Hebt euch, ihr Tore, nach oben,
erhebt euch, ihr uralten Pforten,
   daß einziehe der König der Herrlichkeit!
Wer ist der König der Herrlichkeit?
   Der Herr der Heerscharen,
   er ist der König der Herrlichkeit! *Psalm 24, 7–10*

LESUNG

Juble laut, Tochter Zion! Jauchze, Tochter Jerusalem! Denn dein König kommt zu dir. Er ist gerecht und hilft, er ist bescheiden und reitet auf einem Esel, auf dem Fohlen einer Eselin. Er verkündet für die Völker den Frieden; seine Herrschaft reicht von Meer zu Meer und vom Euphrat bis an die Enden der Erde. *Sacharja 9, 9. 10*

GEBET

Herr, unser Herrscher, du hast deine Macht verhüllt und kommst in Demut und Niedrigkeit. Aber die Deinen erkennen dich in der Gestalt der Niedrigkeit. So stimmen auch wir ein in den Ruf der Freude und bitten dich um deine Hilfe in unserer Not. Ja, komm, Herr Jesu, hilf uns zum Frieden.

FÜRBITTEN – VATERUNSER – SEGEN

Jes 2, 1–5 / Mt 8, 5–11

DIENSTAG DER ERSTEN WOCHE IM ADVENT

PSALMGEBET

Meine Augen schauen stets auf den Herrn;
   denn er befreit meine Füße aus dem Netz.
Wende dich mir zu und sei mir gnädig,
   denn ich bin einsam und gebeugt.
Löse die Angst meines Herzens,
   aus der Bedrängnis führ mich heraus!
Sieh meine Not und Plagen an,
   und vergib mir all meine Sünden!
Erhalte mein Leben und rette mich,
laß mich nicht scheitern!
   Denn ich nehme zu dir meine Zuflucht.
Psalm 25, 15–16. 17–18. 20

LESUNG

Dankt dem Vater mit Freude! Er hat euch würdig gemacht, das Erbe der Heiligen zu empfangen, die im Licht sind! Er hat uns der Macht der Finsternis entrissen und in das Reich seines geliebten Sohnes aufgenommen. In ihm haben wir die Erlösung, die Vergebung der Sünden. *Kolosser 1, 12–14*

GEBET

Barmherziger Gott, wir danken dir für deine unverdiente Güte. Du hast uns Hoffnung gegeben mitten in der Dunkelheit unseres Geschickes und willst uns lösen aus den Fesseln der Schuld. Deine Vergebung macht uns frei. Herr, vergib uns unsere Schuld und hilf uns unsern Schuldigern vergeben.

FÜRBITTEN – VATERUNSER – SEGEN

Jes 11, 1–10 / Lk 10, 21–24

MITTWOCH DER ERSTEN WOCHE IM ADVENT

PSALMGEBET

Zu dir, Herr, erheb ich meine Seele.
Zeige mir, Herr, deine Wege,
  lehre mich deine Pfade!
Führe mich in deiner Treue und lehre mich,
denn du bist der Gott meines Heiles!
  Auf dich harre ich allezeit.
Denke an dein Erbarmen, Herr,
und an die Erweise deiner Huld;
  sie sind ja von Ewigkeit. *Psalm 25, 1. 4–6*

LESUNG

Bedenkt doch die Zeit: die Stunde ist gekommen, vom Schlaf aufzustehen. Denn jetzt ist das Heil uns näher als zu der Zeit, da wir gläubig wurden. Die Nacht ist vorgerückt, der Tag ist nahe. Darum laßt uns ablegen die Werke der Finsternis und anlegen die Waffen des Lichtes! *Römer 13, 11–12*

GEBET

Gott, unser Vater, von Ewigkeit her hast du uns Gutes zugedacht und hast durch deinen Sohn einen neuen Tag anbrechen lassen in Not und Kampf dieser Zeit. Wecke uns auf, daß wir uns vom Schlaf erheben und uns dem Kommen Jesu Christi zuwenden mit unserem Denken, Reden und Tun.

FÜRBITTEN – VATERUNSER – SEGEN

Jes 25, 6–10a / Mt 15, 29–37

DONNERSTAG DER ERSTEN WOCHE IM ADVENT

PSALMGEBET

Alle Pfade des Herrn sind Huld und Treue
 denen, die seinen Bund und seine Gebote bewahren.
Wer ist der Mann, der Gott fürchtet?
 Ihm zeigt er den Weg, den er wählen soll.
Dann wird er wohnen im Glück,
 seine Kinder werden das Land besitzen.
Die sind Vertraute des Herrn, die ihn fürchten;
 er weiht sie ein in seinen Bund. *Psalm 25, 10. 12–14*

LESUNG

Spruch dessen, der Gottesworte vernimmt, der weiß um das Wissen des Höchsten, der eine Vision des Allmächtigen sieht, der daliegt mit entschleierten Augen: Ich sehe ihn, aber nicht jetzt, ich erblicke ihn, aber nicht nah: Ein Stern geht aus Jakob auf, ein Zepter erhebt sich aus Israel. *Numeri 24, 16–17*

GEBET

Wenn wir uns vor dir, Herr, beugen, wirst du uns die Augen öffnen. Wir bitten dich, laß uns den Stern schauen, der den kommenden Tag verkündet, und mache uns bereit, der Stimme zu folgen, die uns führen will auf dem Weg zum ewigen Heil.

FÜRBITTEN – VATERUNSER – SEGEN

Jes 26, 1–6 / Mt 7, 21. 24–27

FREITAG DER ERSTEN WOCHE IM ADVENT

PSALMGEBET

Wer darf hinaufziehen zum Berg des Herrn,
wer darf stehn an seiner heiligen Stätte?
Der reine Hände hat und ein lauteres Herz,
der nicht betrügt und keinen Meineid schwört.
Er wird Segen empfangen vom Herrn
und Heil vom Gott seiner Hilfe. *Psalm 24, 3–5*

EVANGELIUM

Jesus spricht zu Pilatus: Meine Königsherrschaft ist nicht von dieser Welt. Wenn meine Königsherrschaft von dieser Welt wäre, hätten meine Diener gekämpft, damit ich den Juden nicht ausgeliefert würde. Aber meine Königsherrschaft ist nicht von dieser Welt. Ich bin dazu geboren und in die Welt gekommen, daß ich für die Wahrheit Zeugnis ablege. Jeder, der aus der Wahrheit ist, hört meine Stimme.
Johannes 18, 36. 37

GEBET

Unter deinem Kreuz, Herr Jesus, beugen wir uns im Bekenntnis unserer Schuld. Reinige uns durch dein Erbarmen, daß wir deinen Segen empfangen. Stärke uns, daß wir nicht nach fremden Mächten ausschauen, sondern dem Licht deiner Wahrheit vertrauen und immer wieder Trost finden bei dir.

FÜRBITTEN – VATERUNSER – SEGEN

Jes 29, 17–24 / Mt 9, 27–31

SAMSTAG DER ERSTEN WOCHE IM ADVENT

PSALMGEBET

Betrübt ist die Seele in mir, darum denke ich an dich
 im Jordanland vom Hermon, vom Mizar-Berg her.
Was bist du betrübt, meine Seele,
 und bist so unruhig in mir?
Harre auf Gott; denn ich werde ihm noch danken,
 dem Heil, auf das ich blicke, meinem Gott.   *Psalm 42, 7. 6*

LESUNG

Ich bin das Alpha und das Omega, der Erste und der Letzte, der Anfang und das Ende. Er, der dies bezeugt, spricht: Ja, ich komme bald! Amen! Komm, Herr Jesus! Die Gnade des Herrn Jesus sei mit allen!   *Offenbarung 22, 13. 20–21*

GEBET

Maranatha! Unser Herr kommt – ja komm, Herr Jesus!

> O komm, mein Heiland Jesu Christ,
> meins Herzens Tür dir offen ist.
> Ach zieh mit deiner Gnade ein;
> dein Freundlichkeit auch uns erschein.
> Dein heilger Geist uns führ und leit
> den Weg zur ewgen Seligkeit.
> Dem Namen dein, o Herr,
> sei ewig Preis und Ehr.

FÜRBITTEN – VATERUNSER – SEGEN

Jes 30, 19–21. 23–26 / Mt 9, 35–10, 1. 6–8

ZWEITE WOCHE IM ADVENT

BESINNUNG

Durch das Wort des Propheten Haggai will Gott auch heute zu uns sprechen. Vor dem grauen Einerlei der Gegenwart erscheint die Vergangenheit oft wie vergoldet. Und wo wir heute nicht weiterkommen, erliegen wir leicht der Versuchung zur Flucht in die „gute alte Zeit". Gott aber will uns in die Zukunft rufen. Seine Gemeinde soll zur Wohnung Gottes werden, herrlicher und vollkommener als je zuvor. Unsere schwache Kraft will er zum Bau dieses Tempels gebrauchen. Darin, daß er uns zutraut, daran zu arbeiten, finden wir Zuversicht und immer neuen Mut. Das ist keine Vertröstung auf eine ferne Zukunft. Jetzt will er die Welt erschüttern und bewegen. Unseren Dienst will er dabei gebrauchen, wenn wir uns nur von ihm führen lassen. Mögen es auch nur kleine Schritte sein, die er uns führt, es sind Schritte auf dem Weg zum letzten Ziel. Jeder, auch der kleinste Stein, ist von Wichtigkeit in dem großen Tempel, den er durch uns bauen will. Aber sein Wille wartet auf unser hörendes Verstehen und unsere gehorsame Antwort. Wenn wir loslassen, was uns im Gestrigen festhält und ihm voll Vertrauen in die Zukunft folgen, dann erfahren wir das Wunder der Erneuerung und stehen schon heute in seinem Frieden.

Herr, nimm meinen schwachen Dienst an für das Kommen deines Reiches. Du bewegst die ganze Welt, bewege auch mein Herz und gib mir Anteil an deinem Licht und Leben. Laß mich schon heute geborgen sein in deinem ewigen Frieden.

ZWEITER ADVENTSSONNTAG

DER WOCHENSPRUCH

Richtet euch auf und faßt Mut; denn eure Erlösung ist nahe.
Lukas 21, 28

LESUNG

Ist unter euch noch einer übrig, der diesen Tempel in seiner früheren Herrlichkeit gesehen hat? Wie seht ihr ihn jetzt? Erscheint er euch nicht wie ein Nichts? Aber nun fasse Mut, alles Volk des Landes, spricht der Herr, und geht ans Werk! Denn ich bin bei euch! – Wort des Herrn der Heerscharen. Die künftige Herrlichkeit dieses Hauses wird größer sein als die frühere, spricht der Herr der Heerscharen. An dieser Stätte gewähre ich Heil – Wort des Herrn der Heerscharen.
Haggai 2, 3. 4. 9

EVANGELIUM

Die Menschen werden vor Angst vergehen in der Erwartung der Dinge, die über die Erde kommen sollen; denn die Mächte des Himmels werden erschüttert werden. Dann wird man den Menschensohn mit großer Macht und Herrlichkeit in einer Wolke kommen sehen. Wenn das geschieht, dann richtet euch auf und faßt Mut; denn eure Erlösung ist nahe.
Lukas 21, 26–28

GEBET

Gott, wecke uns auf, daß wir bereit seien, wenn dein Sohn kommt, ihn mit Freuden zu empfangen und dir mit reinem Herzen zu dienen.

A: Jes 11, 1–10 / Röm 15, 4–9 / Mt 3, 1–12
B: Jes 40, 1–5. 9–11 / 2 Petr 3, 8–14 / Mk 1, 1–8
C: Bar 5, 1–9 / Phil 1, 4–6. 8–11 / Lk 3, 1–6

MONTAG DER ZWEITEN WOCHE IM ADVENT

PSALMGEBET

In deiner Gerechtigkeit leite mich, Herr,
meinen Feinden zum Trotz;
 ebne vor mir deinen Weg!
Doch freuen sollen sich alle, die auf dich vertrauen,
 und sollen immerfort jubeln!
Beschütze alle, die deinen Namen lieben,
 damit sie dich rühmen.
Denn du, Herr, segnest den Gerechten.
 Wie mit einem Schild deckst du ihn mit deiner Gnade.
Psalm 5, 9. 12–13

LESUNG

Gott ist nicht so ungerecht, euer Werk und die Liebe zu vergessen, die ihr seinem Namen bewiesen habt, indem ihr den Heiligen dientet und noch dient. Wir wünschen aber, daß jeder von euch den gleichen Eifer zeigt, die Fülle der Hoffnung bis zum Ende zu entfalten, damit ihr nicht müde werdet, sondern Nachahmer derer seid, die durch Glauben und Ausdauer die Verheißungen erben. *Hebräer 6, 10–12*

GEBET

Herr, stärke uns bei aller Arbeit dieser Woche. Hilf uns, einander Mut zu machen und treu zu sein. Hilf, daß wir uns ein Vorbild nehmen an der Geduld und dem Glauben deiner Heiligen. Mache uns froh und gewiß, daß deine Hilfe nahe ist.

FÜRBITTEN – VATERUNSER – SEGEN

Jes 35, 1–10 / Lk 5, 17–26

DIENSTAG DER ZWEITEN WOCHE IM ADVENT

PSALMGEBET

Gott der Heerscharen, kehre dich uns wieder zu!
  Blicke vom Himmel herab und schau!
Sorge dich um diesen Weinstock
  und um den Garten, den deine Rechte gepflanzt hat.
Erhalte uns am Leben,
  so wollen wir deinen Namen anrufen
  und nicht von dir weichen.
Herr, Gott der Heerscharen, richte uns wieder auf!
Laß dein Angesicht leuchten,
  so ist uns geholfen. *Psalm 80, 15–16. 19–20*

LESUNG

Der Herr ist treu; er wird euch stärken und vor dem Bösen bewahren. Wir vertrauen im Herrn auf euch, daß ihr jetzt und auch in Zukunft tut, was wir anordnen. Der Herr aber führe euer Herz zur göttlichen Liebe und zum geduldigen Warten auf Christus. *2 Thessalonicher 3, 3–5*

GEBET

Herr, wir bitten dich für uns und für alle, die unsicher und schwankend sind: mache uns gewiß, daß du uns recht führst. Gib in unsre Herzen etwas von dem Feuer deiner Liebe und von der Geduld, die schwere Last zu tragen bereit ist. Wir vertrauen auf dich, laß uns nicht zuschanden werden.

FÜRBITTEN – VATERUNSER – SEGEN

Jes 40, 1–11 / Mt 18, 12–14

MITTWOCH DER ZWEITEN WOCHE IM ADVENT

PSALMGEBET

Du Hirte Israels, höre,
    der du Josef weidest wie eine Herde!
Der du auf den Kerubim thronst, erscheine
    vor Efraim, Benjamin und Manasse!
Biete deine gewaltige Macht auf
    und komm uns zu Hilfe!
Gott, richte uns wieder auf!
Laß dein Angesicht leuchten,
    so ist uns geholfen.
Herr, Gott der Heerscharen, wie lange noch zürnst du,
    während dein Volk zu dir betet?
Gott der Heerscharen, richte uns wieder auf!
Laß dein Angesicht leuchten,
    so ist uns geholfen. *Psalm 80, 2. 3–5. 8*

LESUNG

Christus spricht: Ich kenne dein Tun und deine Mühe und dein Ausharren. Aber ich werfe dir vor, daß deine Liebe nicht mehr ist wie am Anfang. Bedenke, von welcher Höhe du gefallen bist. Kehr um und tu deine Arbeit wieder wie am Anfang! *Offenbarung 2, 2. 4–5*

GEBET

Herr, unser Hirte, wir bitten dich für deine Gemeinde an diesem Ort, für alle, die im Dienst der Gemeinde arbeiten, die geduldig bleiben trotz vieler Enttäuschungen: wir bitten dich, erwecke eine neue Ungeduld unter uns, daß wir uns nicht zufrieden geben mit dem, woran wir uns gewöhnt haben; daß ein neuer Eifer um sich greife und das Feuer der ersten Liebe die Gemeinde vorantreibe auf dem Weg, den du uns führen willst.

FÜRBITTEN – VATERUNSER – SEGEN

Jes 40, 25–31 / Mt 11, 28–30

DONNERSTAG DER ZWEITEN WOCHE IM ADVENT

PSALMGEBET

Er hat ein Gedächtnis seiner Wunder gestiftet,
 gnädig und barmherzig ist der Herr.
Er gibt Speise denen, die ihn fürchten,
 seines Bundes gedenkt er auf ewig.
Sein machtvolles Walten hat er seinem Volke kundgetan,
 um ihm das Erbe der Völker zu geben.
Die Werke seiner Hände sind beständig und gerecht,
 all seine Gebote verläßlich. *Psalm 111, 4–7*

EVANGELIUM

Jesus sagte zu ihnen: Gebt acht, daß euch niemand irreführt! Viele werden unter meinem Namen auftreten und sagen: Ich bin es. Und sie werden viele irreführen. Denn ein Volk wird sich gegen das andere erheben, und ein Reich gegen das andere. Und an vielen Orten wird es Erdbeben und Hungersnöte geben. Doch das ist erst der Anfang der Wehen. Zuerst muß jedoch bei allen Völkern das Evangelium verkündet werden. *Markus 13, 5. 6. 8. 10*

GEBET

Herr Jesus Christus, an dich halten wir uns in aller Verwirrung der Zeiten. In allen Nöten stärkst du uns durch deine Nähe, durch die Gaben deiner Liebe. Laß uns nicht müde werden, deinen Namen zu bekennen, laß uns nicht irre werden an deinem Gebot. Wir bitten dich auch für alle, die deine Frohe Botschaft verkünden in Lehre und Predigt, im Zeugnis ihres Lebens und Sterbens. Dein Reich komme.

FÜRBITTEN – VATERUNSER – SEGEN

Jes 41, 13–20 / Mt 11, 11–15

FREITAG DER ZWEITEN WOCHE IM ADVENT

PSALMGEBET

Du aber, Herr und Gebieter,
   handle an mir nach deinem Namen,
   reiß mich heraus in deiner gütigen Huld!
Denn ich bin arm und gebeugt,
   das Herz bebt mir in der Brust.
Hilf mir, Herr, mein Gott,
   in deiner Huld errette mich!
Sie sollen erkennen, daß dies deine Hand ist,
   daß du, o Herr, es getan! *Psalm 109, 21–22. 26–27*

EVANGELIUM

Als Jesus von den Pharisäern gefragt wurde, wann das Reich Gottes komme, antwortete er: Das Reich Gottes kommt nicht so, daß man es an äußerem Zeichen erkennen könnte. Man kann auch nicht sagen: Seht! Hier ist es! oder: Dort ist es! Denn: das Reich Gottes ist schon mitten unter euch.
Lukas 17, 20–21

GEBET

Herr Jesus Christus, wir sehen dich nicht, und dein Wort kommt oft nur von ferne zu uns, undeutlich und ohne Kraft. Wir bitten dich, laß uns wieder deine Nähe spüren. Du bist mitten unter uns. Du bist uns so nahe, wie uns niemand sein kann. Hilf uns, dich besser zu erkennen und deiner Stimme zu folgen.

FÜRBITTEN – VATERUNSER – SEGEN

Jes 48, 17–19 / Mt 11, 16–19

SAMSTAG DER ZWEITEN WOCHE IM ADVENT

PSALMGEBET

Wie der Hirsch lechzt nach frischem Wasser,
 so lechzt meine Seele, Gott, nach dir.
Meine Seele dürstet nach Gott,
 nach dem lebendigen Gott.
Wann darf ich kommen
 und Gottes Antlitz schauen?
Was bist du betrübt, meine Seele,
 und bist so unruhig in mir?
Harre auf Gott; denn ich werde ihm noch danken,
 dem Heil, auf das ich blicke, meinem Gott.

Psalm 42, 2–3. 6

LESUNG

So spricht der „Amen", der treue und zuverlässige Zeuge, der Ursprung und Anfang der Schöpfung Gottes: Ich kenne dein Tun. Du bist weder kalt noch heiß. Wärest du doch kalt oder heiß! Ich stehe an der Tür und klopfe. Wenn jemand meine Stimme hört und die Tür öffnet, werde ich zu ihm eintreten und mit ihm Mahl halten, und er mit mir.

Offenbarung 3, 14–15. 20

GEBET

Herr, gib uns wache Herzen, daß wir deine Stimme hören. Gib, daß wir hören und folgen, wenn deine Stimme uns ruft. Wecke und erhalte in uns allen das Verlangen nach dem Brot des Lebens und nach dem Kelch deines Heils.

FÜRBITTEN – VATERUNSER – SEGEN

Sir 48, 1–4. 9–11 / Mt 17, 10–13

DRITTE WOCHE IM ADVENT

BESINNUNG

Die Einebnung von Gebirgen und Auffüllung von Tälern sind so gewaltige Vorgänge, daß wir leicht die Richtung verfehlen, in die Johannes der Täufer damit zielt. Er ist kein Revolutionär und will doch eine völlige Umwälzung erreichen. Es geht ihm um die Verwandlung der Herzen. Als ihn erschrockene Hörer fragten, was sie denn tun sollten, damit der kommende Herr nicht als Richter, sondern als Retter erscheine, gab er sehr schlichte und unauffällige Weisungen: „Wer zwei Leibröcke hat, gebe dem einen, der keinen hat; und wer zu essen hat, der tue desgleichen" (Lk 3, 11). Das ist nichts Besonderes und doch leichter gesagt als getan. Es geht dabei um die Millionen, die in der Ferne Not leiden, aber ebenso um die Entdeckung der Allernächsten, mit denen es zu teilen gilt. Es geht um die Bewährung der Menschlichkeit im Alltag. Kein Stand und Beruf ist dabei ausgeschlossen. Auch solche, die gar nicht in Frage zu kommen scheinen, werden ermahnt, an ihrem Ort auszuharren und sich als Menschen zu erweisen. Damals waren es die Zöllner und die Söldner: „Tut niemand Gewalt an, erpreßt nicht und seid zufrieden mit eurem Sold" (Lk 3, 14).

Gott ist Mensch geworden, damit auf Erden die Menschlichkeit wachse. Er will, daß auch ich in meiner alltäglichen Umwelt den Weg bereiten helfe für das Kommen des Retters.

Herr, bereite du selbst mein Herz, dich recht zu empfangen. Wecke mich auf aus aller Trägheit und Ohnmacht, aus der Müdigkeit und aus dem allzu geschäftigen Eifer, der die Kräfte vergeudet. Hilf mir, dein Kommen wach und nüchtern zu erwarten an dem Ort, an den du mich gestellt hast; laß mich erkennen, wie ich dir dienen kann, wie ich deine Menschlichkeit meinen Mitmenschen bezeugen kann. Komm und wohne in mir, komm und laß mich in dir wohnen und bleiben.

DRITTER ADVENTSSONNTAG

DER WOCHENSPRUCH

Bahnt einen Weg für den Herrn! Seht, Gott, der Herr, kommt mit Kraft. *Jesaja 40, 3. 10*

LESUNG

Eine Stimme ruft: Durch die Wüste bahnt einen Weg für den Herrn! Baut in der Steppe eine Straße für unsern Gott! Jedes Tal soll sich heben, jeder Berg und Hügel sich senken. Das Krumme soll gerade werden, und die Höhen sollen zur Ebene werden. Dann zeigt sich die Herrlichkeit des Herrn, und alle Menschen werden sie schauen. *Jesaja 40, 3–5*

EVANGELIUM

Als sie gegangen waren, sprach Jesus zu der Menschenmenge über Johannes: Was habt ihr sehen wollen, als ihr in die Wüste hinausgegangen seid? Ein Schilfrohr, das im Winde schwankt? Oder wozu seid ihr hinausgegangen? Um einen Propheten zu sehen? Ja, ich sage euch: mehr als einen Propheten. Er ist es, von dem geschrieben steht: Sieh, ich sende meinen Boten vor dir her, damit er dir den Weg bereitet. *Mattäus 11, 7. 9–10*

GEBET

Herr, himmlischer Vater, du sendest Boten, die deinem Sohn den Weg bereiten: wir bitten dich, laß uns nicht verzweifeln, wo wir keinen Weg sehen. Wecke in uns das Vertrauen, daß wir der Stimme des Johannes folgen und alles tun, was an uns liegt, daß dein Sohn Einzug halten kann.

A: Jes 35, 1–6a. 10 / Jak 5, 7–10 / Mt 11, 2–11
B: Jes 61, 1–2a. 10–11 / 1 Thess 5, 16–24 / Joh 1, 6–8. 19–28
C: Zef 3, 14–18a / Phil 4, 4–7 / Lk 3, 10–18

MONTAG DER DRITTEN WOCHE IM ADVENT

PSALMGEBET

Hören will ich, was Gott redet:
Frieden kündet der Herr seinem Volk und seinen Frommen,
denen, die redlichen Herzens sind.
Sein Heil ist denen nahe, die ihn fürchten;
seine Herrlichkeit wohne in unserm Land! *Psalm 85, 9–10*

EVANGELIUM

Der Engel aber sagte zu ihm: Fürchte dich nicht, Zacharias! Dein Gebet ist erhört. Deine Frau Elisabeth wird dir einen Sohn gebären; dem sollst du den Namen Johannes geben. Große Freude wird dich erfüllen, und auch viele andere werden sich über seine Geburt freuen. Denn er wird groß sein vor Gott. Wein und starke Getränke wird er nicht trinken, und schon im Mutterleib wird er vom heiligen Geist erfüllt sein. Viele Israeliten wird er zum Herrn, ihrem Gott, bekehren.
Lukas 1, 13–16

GEBET

Herr, unser Gott, dein Wort und Wille ist uns gesagt. Wir aber gehen oft andere und eigene Wege. Laß uns nicht in die Irre gehen. Du rufst uns zur Umkehr, und wenn wir heimkehren, finden wir Freude. Dir gehören wir, laß uns dein eigen bleiben.

FÜRBITTEN – VATERUNSER – SEGEN

Num 24, 2–7. 15–17a / Mt 21, 23–27
Vgl. Tabelle II (S. 17).

DIENSTAG DER DRITTEN WOCHE IM ADVENT

PSALMGEBET

Es begegnen einander Huld und Treue,
 Gerechtigkeit und Frieden küssen sich.
Treue sproßt aus der Erde auf;
 Gerechtigkeit blickt vom Himmel hernieder.
Dann spendet der Herr auch Segen,
 unser Land gibt seinen Ertrag.
Gerechtigkeit geht vor ihm her,
 und Heil folgt der Spur seiner Schritte. *Psalm 85, 11–14*

EVANGELIUM

Zacharias wurde vom heiligen Geist erfüllt und begann, prophetisch zu reden: Gepriesen sei der Herr, der Gott Israels! Denn er hat sein Volk besucht und ihm Erlösung geschaffen; er hat uns einen starken Retter erweckt im Hause seines Knechtes David. So hat er verheißen von alters her durch den Mund seiner heiligen Propheten. Er hat uns errettet vor unssern Feinden und aus der Hand aller, die uns hassen; er hat das Erbarmen mit den Vätern an uns vollendet und an seinen heiligen Bund gedacht, daß wir, aus Feindeshand befreit, ihm furchtlos dienen. *Lukas 1, 67–72. 74*

GEBET

Wir können dich nur loben, Herr, und dir danken für die Botschaft von deinem Heil. Du hast uns heimgesucht und befreit, daß wir in deinem Dienst Frieden finden. Laß uns nicht müde werden im täglichen Kampf, laß uns dein eigen bleiben.

FÜRBITTEN – VATERUNSER – SEGEN

Zef 3, 1–2. 9–13 / Mt 21, 28–32
Vgl. Tabelle II (S. 17).

MITTWOCH DER DRITTEN WOCHE IM ADVENT

PSALMGEBET

Und du, Kind, wirst Prophet des Höchsten heißen; denn du wirst dem Herrn vorangehn und ihm den Weg bereiten. Du wirst sein Volk mit der Erfahrung des Heils beschenken in der Vergebung der Sünden. Durch die barmherzige Liebe unseres Gottes wird uns besuchen das aufstrahlende Licht aus der Höhe, um allen zu leuchten, die in Finsternis sitzen und im Schatten des Todes, und unsre Schritte zu lenken auf den Weg des Friedens. *Lukas 1, 76–79*

EVANGELIUM

Das Volk fragte Johannes und sprach: Was sollen wir alle tun? Er antwortete ihnen: Wer zwei Gewänder hat, der gebe eins davon dem, der keins hat, und wer zu essen hat, der mache es ebenso. Es kamen auch Zöllner zu ihm, um sich taufen zu lassen, und fragten: Meister, was sollen wir tun? Er sagte zu ihnen: Fordert nicht mehr, als euch erlaubt ist. Auch Soldaten fragten: Was sollen denn wir tun? Und er sagte zu ihnen: Mißhandelt niemand, erpreßt niemand, begnügt euch mit eurem Sold! *Lukas 3, 10–14*

GEBET

Herr, bewege unser Herz, daß wir der Hungernden und Frierenden gedenken, daß wir uns um Einsame kümmern und denen beistehen, die Unrecht leiden; daß wir dir dienen, indem wir gut zu unserem Nächsten sind.

FÜRBITTEN – VATERUNSER – SEGEN

Jes 45, 6b–8. 18. 21b–26 / Lk 7, 19–23
Vgl. Tabelle II (S. 17).

DONNERSTAG DER DRITTEN WOCHE IM ADVENT

PSALMGEBET

Gott, du mein Gott, dich suche ich,
   meine Seele dürstet nach dir.
Nach dir schmachtet mein Leib
   wie dürres, lechzendes Land ohne Wasser.
Denn deine Huld ist besser als Leben;
   darum preisen dich meine Lippen.
Ich will dich rühmen mein Leben lang,
   in deinem Namen die Hände erheben.
Wie an Fett und Mark wird satt meine Seele,
   mit jubelnden Lippen soll mein Mund dich preisen.
Psalm 63, 2. 4–6

EVANGELIUM

Ein Mensch trat auf, der von Gott gesandt war; sein Name war Johannes. Er kam als Zeuge, um Zeugnis abzulegen für das Licht, damit alle durch ihn zum Glauben kommen. Johannes legte Zeugnis von ihm ab und rief: Dieser war es, über den ich gesagt habe: Er, der nach mir kommt, ist mir voraus, weil er eher war als ich. Aus seiner Fülle haben wir alle empfangen, Gnade über Gnade. *Johannes 1, 6–7. 15–16*

GEBET

Herr, dein Licht leuchtet in unserer Mitte, und aus deiner Fülle dürfen wir leben. So wollen wir unsere Herzen zu dir erheben und dir danken für das, was du uns schenkst. Dir allein gebührt der Ruhm. Dich beten wir an.

FÜRBITTEN – VATERUNSER – SEGEN

Jes 54, 1–10 / Lk 7, 24–30
Vgl. Tabelle II (S. 17).

FREITAG DER DRITTEN WOCHE IM ADVENT

PSALMGEBET

Betrübt ist die Seele in mir, darum denke ich an dich.
Flut ruft der Flut beim Tosen deiner Wasser,
　all deine Wellen und Wogen gehen über mich hin.
Was bist du betrübt, meine Seele,
　und bist so unruhig in mir?
Harre auf Gott; denn ich werde ihm noch danken,
　dem Heil, auf das ich blicke, meinem Gott.

Psalm 42, 7–8. 12

EVANGELIUM

Am folgenden Tag sah Johannes, wie Jesus auf ihn zukam, und sagte: Seht, das Lamm Gottes, das die Sünde der Welt hinwegnimmt! Dieser ist es, über den ich gesagt habe: Nach mir kommt einer, der mir voraus ist, weil er eher war als ich.

Johannes 1, 29–30

GEBET

Herr Jesus, du hast dich erniedrigt und bist geworden wie ein geduldiges Lamm, das sich nicht wehren kann gegen den Tod. Und doch bist du der Eine, der zu allen Zeiten war und sein wird. Schenke uns Frieden unter deinem Kreuz. Hilf uns erkennen, daß um deinetwillen Gottes Wohlgefallen auf uns ruht. Erbarme dich unser.

FÜRBITTEN – VATERUNSER – SEGEN

Jes 56, 1–3a. 6–8 / Joh 5, 33–36
Vgl. Tabelle II (S. 17).

SAMSTAG DER DRITTEN WOCHE IM ADVENT

PSALMGEBET

Vorzeiten hast du der Erde Grund gelegt,
   die Himmel sind das Werk deiner Hände.
Sie werden vergehen, du aber bleibst;
   sie alle zerfallen wie ein Kleid;
du wechselst sie wie ein Gewand,
   sie gehen dahin.
Du aber bleibst, der du bist,
   und deine Jahre enden nie. *Psalm 102, 26–28*

LESUNG

Baut, baut eine Straße, räumt die Steine weg! Richtet auf ein Signal für die Völker! Seht, der Herr macht es bekannt bis ans Ende der Erde: Sagt der Tochter Zion: Siehe, dein Heil kommt. Seht, die er sich verdient hat, kommen mit ihm, die er sich erworben hat, gehen vor ihm her. Man wird sie nennen „Heiliges Volk", „Erlöste des Herrn". Dich wird man nennen „Gesuchte", „Nichtverlassene Stadt". *Jesaja 62, 10–11. 12*

GEBET

Herr, unser Hirte, wie oft haben wir dein Kommen erschwert und Steine auf deinen Weg gelegt. Du aber kommst aufs neue zu uns. Du willst uns gebrauchen in deinem Dienst. Wir danken dir und bitten dich: Mache du selbst deine Gemeinde zu einem Zeichen für viele.

FÜRBITTEN – VATERUNSER – SEGEN

Vgl. Tabelle II (S. 17).

VIERTE WOCHE IM ADVENT

BESINNUNG

Alle Jahre rundet sich der Kreis. Wir gehen auf Weihnachten zu; die Erwartung verdichtet sich. Doch ehe wir's uns versehen, ist es wieder vorbei. Wo ist der eigentliche Zeitpunkt, auf den wir warten? Was ist nie vorüber, sondern immer im Kommen? Im Wochenspruch wird es uns zugesprochen: Der Herr ist nahe! Er ist uns anders nahe als die Luft, die uns umgibt. Er naht sich uns und sein Kommen verändert unsere Lage, weil er sich nicht im allgemeinen Kreislauf der Natur bewegt, sondern gezielt auf uns zukommt.
Daß er sich uns naht, kann uns nicht gleichgültig lassen. Es kann nicht alles beim Alten bleiben. Freilich wird sich äußerlich wenig ändern und man wird von diesem Kommen wenig merken, wenn man sich umschaut. Er naht von innen und läßt inne werden, daß er in uns ist. Und gleichzeitig erfahren wir, daß wir in ihm sind, denn er ist der Übergreifende, „den aller Weltkreis nie beschloß". So weitet sich unser Herz und gibt einer besonderen Freude Raum: der Freude in dem Herrn.
Werden wir uns dieser innigen Verbindung neu bewußt und merken wir, daß wir gemeint sind mit seinem Kommen – dann muß es uns bewegen, daß wir uns aus unseren Träumen erheben und zuversichtliche Schritte auf dem Lebensweg tun. Das altvertraute Fest schenkt uns eine unverbrauchte Gewißheit, die uns froh macht. Und die Gewißheit, daß er uns nahe kommt und wir in ihm aufgehoben sind, bringt uns auch neu den andern Menschen nahe. So wächst der Friede auf Erden unter den Menschen, die von Gott angesehen sind.

Ich will mich deinem Kommen öffnen, Herr, daß ich erfahre, wie du in mir bist und mich in dein Leben aufnimmst. Mache mich frei von allem, was beschwert, daß ich mich mit der ganzen Christenheit über deine Geburt freue und in dir Frieden finde.

VIERTER ADVENTSSONNTAG

DER WOCHENSPRUCH

Freut euch im Herrn zu jeder Zeit! Noch einmal sage ich: freut euch! Der Herr ist nahe! *Philipper 4, 4. 5*

LESUNG

Ein Reis wird aus dem Stumpf Isais sprießen, ein Schößling aus seinen Wurzeln wird Frucht bringen. Auf ihm ruht der Geist des Herrn: der Geist des Rates und der Stärke, der Geist der Erkenntnis und der Gottesfurcht. *Jesaja 11, 1–2*

EVANGELIUM

Der Engel trat bei Maria ein und sagte: Sei gegrüßt, du Begnadete, der Herr ist mit dir! Du wirst schwanger werden und einen Sohn gebären; dem sollst du den Namen Jesus geben. Er wird groß sein und Sohn des Höchsten genannt werden. Gott, der Herr, wird ihm den Thron seines Vaters David geben. Er wird über das Haus Jakob in Ewigkeit herrschen, und seine Herrschaft wird kein Ende haben. Da sagte Maria: Ich bin die Magd des Herrn; mit mir geschehe, was du gesagt hast. *Lukas 1, 28. 31–33. 38*

GEBET

Ewiger Gott! Erstorben schien die Wurzel Jesse, aber dein Geist hat sie zu neuem Leben erweckt. Maria hast du erwählt, daß sie Mutter unseres Heilandes würde. Gib, daß auch wir dich in demütigem Glauben empfangen, wenn du Wohnung in uns nehmen willst, daß wir mit Maria sprechen: Mir geschehe nach deinem Wort.

A: Jes 7, 10–14 / Röm 1, 1–7 / Mt 1, 18–24
B: 2 Sam 7, 1–5. 8b–11. 16 / Röm 16, 25–27 / Lk 1, 26–38
C: Mich 5, 2–5a / Hebr 10, 5–10 / Lk 1, 39–45

MONTAG DER VIERTEN WOCHE IM ADVENT

PSALMGEBET

Meine Seele preist die Größe des Herrn, und mein Geist jubelt über Gott, meinen Retter. Denn auf die Niedrigkeit seiner Magd hat er geschaut. Siehe, von nun an preisen mich selig alle Geschlechter! Denn der Mächtige hat Großes an mir getan, und sein Name ist heilig. Er erbarmt sich von Geschlecht zu Geschlecht über alle, die ihn fürchten.

Lukas 1, 46–50

EVANGELIUM

Elisabeth rief mit lauter Stimme: Gesegnet bist du vor allen Frauen, und gesegnet ist die Frucht deines Leibes. Wer bin ich, daß die Mutter meines Herrn zu mir kommt? In dem Augenblick, als ich deinen Gruß hörte, bewegte sich vor Freude das Kind in meinem Leib. Wohl der, die geglaubt hat, daß sich erfüllt, was der Herr ihr sagen ließ. *Lukas 1, 42–45*

GEBET

Barmherzig bist du, ewiger Gott. Du bist zu uns gekommen in der Gestalt eines Menschenkindes. Maria hast du erwählt, daß sie Mutter dieses Kindes sei, das uns alle reich macht. Wir preisen sie selig und danken dir für deine unergründliche Güte.

FÜRBITTEN – VATERUNSER – SEGEN

---

* In dieser Woche fällt zwischen dem Sonntag und dem 24. Dezember meist eine wechselnde Anzahl von Tagen aus.
Vgl. Tabelle II (S. 17).

DIENSTAG DER VIERTEN WOCHE IM ADVENT

PSALMGEBET

Mein Herz ist bereit, o Gott,
mein Herz ist bereit,
   ich will dir singen und spielen.
Wach auf, meine Seele,
wacht auf, Harfe und Saitenspiel!
   Ich will das Morgenrot wecken.
Ich will dich vor den Völkern preisen, Herr,
   dir vor den Nationen lobsingen.
Denn deine Güte reicht, so weit der Himmel ist,
   deine Treue, so weit die Wolken ziehn. *Psalm 57, 8–11*

LESUNG

Paulus schreibt: Wir verkündigen das Geheimnis der verborgenen Weisheit Gottes, die Gott vor allen Zeiten vorausbestimmt hat zu unserer Verherrlichung. Wir verkündigen, wie in der Schrift steht, was kein Auge gesehen und kein Ohr gehört hat, was keinem Menschen in den Sinn gekommen ist: wie Großes Gott denen bereitet hat, die ihn lieben.
1 Korinther 2, 7. 9

GEBET

Herr, unsere Augen sind oft blind und unsere Ohren taub für deine Wunder. Unsere Herzen fassen deine Liebe nicht. Wir bitten dich: Rühre uns an, erscheine uns in deiner Herrlichkeit und öffne unsere Lippen, daß wir deiner unbegreiflichen Güte antworten mit Wort und Tat.

FÜRBITTEN – VATERUNSER – SEGEN

Vgl. Tabelle II (S. 17).

MITTWOCH DER VIERTEN WOCHE IM ADVENT

PSALMGEBET

Den Herrn will ich preisen von ganzem Herzen
   im Kreis der Frommen, inmitten der Gemeinde.
Groß sind die Werke des Herrn,
   kostbar allen, die ihrer sich freun.
Er waltet in Hoheit und Pracht,
   seine Gerechtigkeit steht fest für immer.
Erlösung hat er seinem Volk gewährt,
seinen Bund bestimmt auf ewige Zeiten.
   Furchtgebietend und heilig ist sein Name.
Die Furcht des Herrn ist Anfang der Weisheit,
alle, die danach leben, sind klug.
   Sein Ruhm steht fest für immer. *Psalm 111, 1–3. 9. 10*

LESUNG

Aber du, Betlehem-Efrat, so klein unter den Gauen Judas, aus dir wird einer hervorgehen, der über Israel herrschen soll. Sein Ursprung liegt in ferner Vorzeit, in längst vergangenen Tagen. Er wird auftreten und ihr Hirt sein in der Kraft des Herrn, im hohen Namen Jahwes, seines Gottes. Sie werden in Sicherheit leben; denn nun reicht seine Macht bis an die Grenzen der Erde. *Micha 5, 1. 3*

GEBET

Mit den Hirten von Betlehem wollen wir uns beugen vor dir, Herr. Du bist im Stall zur Welt gekommen und bist doch mächtiger als alle deine Feinde. Du bringst uns den Frieden. Du bist unser Friede.

FÜRBITTEN – VATERUNSER – SEGEN

Vgl. Tabelle II (S. 17).

DONNERSTAG DER VIERTEN WOCHE IM ADVENT

PSALMGEBET

Die Himmel rühmen die Herrlichkeit Gottes,
   vom Werk seiner Hände kündet das Firmament.
Ein Tag sagt es dem anderen,
   eine Nacht tut es der anderen kund.
Nicht sind es Worte, nicht sind es Reden,
   unhörbar bleibt ihre Stimme!
Doch ihre Botschaft geht in die ganze Welt hinaus,
   ihre Kunde bis zu den Enden der Erde. *Psalm 19, 2–5*

LESUNG

Das wird vielmehr der Bund sein, den ich nach jenen Tagen mit dem Haus Israel schließe – Wort des Herrn: Ich lege mein Gesetz in ihr Inneres und schreibe es auf ihr Herz. Ich werde ihr Gott sein, und sie werden mein Volk sein. Keiner wird mehr den anderen belehren, und man wird nicht zueinander sagen: „Erkennt den Herrn!", sondern sie alle, klein und groß, werden mich erkennen – Wort des Herrn. Denn ich verzeihe ihre Schuld, und an ihre Sünde denke ich nicht mehr. *Jeremia 31, 33. 34*

GEBET

Gott, du bist größer als das Weltall und willst doch in unseren Herzen wohnen. Auf deinen Bund und deine Treue dürfen wir vertrauen, und deine Vergebung macht uns frei füreinander. Du bist unser Gott, laß uns dein Volk sein und bleiben.

FÜRBITTEN – VATERUNSER – SEGEN

Vgl. Tabelle II (S. 17).

FREITAG DER VIERTEN WOCHE IM ADVENT

PSALMGEBET

Er vollbringt mit seinem Arm machtvolle Taten: er zerstreut, die im Herzen voll Hochmut sind; er stürzt die Mächtigen vom Thron und erhöht die Niedrigen. Die Hungernden beschenkt er mit seinen Gaben und läßt die Reichen leer ausgehn. Er nimmt sich seines Knechtes Israel an und denkt an sein Erbarmen. *Lukas 1, 51–54*

LESUNG

Wer hat unsrer Verkündigung geglaubt und wem hat sich der Arm des Herrn enthüllt? Er wuchs vor ihm auf wie ein Schößling, wie ein Wurzelsproß aus dürrem Boden. Keine Gestalt hatte er und keine Schönheit, daß wir nach ihm geschaut hätten. Er hatte kein Aussehen, daß er uns gefallen hätte. Doch er hat unsre Krankheiten getragen und unsre Schmerzen auf sich geladen. *Jesaja 53, 1–2. 4*

GEBET

Herr Jesus Christus, du hast dich herabgeneigt zu uns, um unser Menschenlos auf dich zu nehmen. Über deiner Krippe steht schon das Kreuz, an dem du dein Leben für uns dahingibst. Wir bitten dich, laß uns in deiner Niedrigkeit die Hoheit deiner Liebe erkennen. Stärke uns, daß wir dir nachfolgen und unser Kreuz in Geduld auf uns nehmen.

FÜRBITTEN – VATERUNSER – SEGEN

Vgl. Tabelle II (S. 17).

24. DEZEMBER / HEILIGABEND

PSALMGEBET

Kommt, laßt uns jubeln dem Herrn
   und jauchzen dem Fels unsres Heils!
Kommt, laßt uns niederfallen und uns beugen,
   niederknien vor dem Herrn, unsrem Schöpfer!
Denn er ist unser Gott,
wir sind das Volk seiner Weide,
   die Herde, von seiner Hand geführt.
Ach, daß ihr doch heute auf seine Stimme hört!
„Verhärtet euer Herz nicht!"   *Psalm 95, 1. 6–8*

LESUNG

Ein Kind ist uns geboren, ein Sohn uns geschenkt. Die Herrschaft ruht auf seiner Schulter. Man gibt ihm die Namen: „Wunderrat, Gottheld, Ewigvater, Friedensfürst". Groß ist die Herrschaft und des Friedens kein Ende.   *Jesaja 9, 5–6*

GEBET

Herr, unser Vater, mit Adam und Eva sind wir aus dem Paradies vertrieben. Jesus, der neue Adam, öffnet die verschlossene Tür. In ihm sind wir neu geboren. Friede und Freude erfüllt uns.

> Heut schließt er wieder auf die Tür
> zum schönen Paradeis:
> der Cherub steht nicht mehr dafür.
> Gott sei Lob, Ehr und Preis.

FÜRBITTEN – VATERUNSER – SEGEN

2 Sam 7, 1–5. 8b–11. 16 / Lk 1, 67–79

DIE WEIHNACHTSZEIT*

WEIHNACHTEN

BESINNUNG

„Denn während dieses Schweigen alles umfing und die Nacht in ihres Laufes Mitte war, da fuhr dein allmächtiges Wort aus dem Himmel herab, vom königlichen Throne" (Weish 18, 14. 15). Nicht jede Nacht ist still und heilig. Wie lastend kann die Finsternis sein und wie verschlossen ist ein Herz, das aus der Dunkelheit keinen Ausweg weiß. Es hilft dann nicht viel, daß man um den ewigen Kreislauf der Natur weiß und sich daran erinnert, daß alljährlich die Sonne nach dem tiefsten Stand im Winter allmählich wieder sich machtvoll zu heben beginnt. Die Sonne, die unser im Dunkeln gefangenes Herz erwecken soll, muß von anderer Art sein. Weder aus der Tiefe der Welt, noch aus den Höhen über den Sternen kommt das Licht, das uns zu Kindern des Lichtes macht. Es kommt von dem Schöpfer und Herrn aller Welten, der tiefer ist als alle Tiefen und höher als alle Höhen. Es kommt als Wort von ihm, als ein schaffendes, verwandelndes, heilendes Wort. Dieses ewige und unfaßliche Wort ist in die Zeit eingegangen und faßlich geworden in dem Menschen Jesus von Nazaret, aus der erstorbenen Wurzel von Davids Stamm. In der Menschwerdung des Wortes leuchtet uns die Hoffnung auf, daß es noch nicht zu Ende mit uns ist. Wenn wir uns mit Maria demütig und in offener Bereitschaft zur Verfügung stellen, dann wird es nach seinem Wort geschehen, daß auch in uns der neue Mensch geboren wird. Jede Stunde kann zur Mitternacht werden, aus der ein neuer Tag für uns erwacht, und Betlehem ist uns näher, als die Landkarte anzeigt.

Wie kann ich dir genug danken, du Heiland der Welt! Wie kann ich mich demütig genug öffnen, um die Gewißheit deiner Nähe zu erfahren! Komm und wohne in mir. Komm und schaffe mein Leben neu im Licht deiner Liebe.

---

* Die Weihnachtszeit beginnt mit der Meßfeier am Vorabend von Weihnachten; sie schließt mit dem Sonntag nach dem 6. Januar.

HOCHFEST DER GEBURT DES HERRN
(25. DEZEMBER / 1. WEIHNACHTSTAG)

Das Wort ist Fleisch geworden und hat unter uns gewohnt, und wir haben seine Herrlichkeit geschaut. *Johannes 1, 14*

LESUNG

Viele Male und auf vielerlei Weise hat Gott einst zu den Vätern gesprochen durch die Propheten; in dieser Erdenzeit aber hat er zu uns gesprochen durch den Sohn, den er zum Erben des Alls eingesetzt, durch den er auch die Welt erschaffen hat; er ist Abglanz seiner Herrlichkeit und Abbild seines Wesens. *Hebräer 1, 1–3*

EVANGELIUM

Der Engel aber sprach zu den Hirten: Fürchtet euch nicht, denn ich verkünde euch große Freude, die dem ganzen Volk zuteil werden soll: Heute ist euch der Retter geboren in der Stadt Davids; er ist der Christus, der Herr. Und dies soll euch als Zeichen dienen: Ihr werdet ein Kind finden, das in Windeln gewickelt in einer Krippe liegt. Und plötzlich war bei dem Engel eine große himmlische Schar; sie lobte Gott und sprach: Verherrlicht ist Gott in der Höhe, und Friede ist auf der Erde bei den Menschen, die er liebt. *Lukas 2, 10–14*

GEBET

Ich steh an deiner Krippen hier,
o Jesu, du mein Leben;
ich komme, bring und schenke dir,
was du mir hast gegeben.
Nimm hin, es ist mein Geist und Sinn,
Herz, Seel und Mut, nimm alles hin,
und laß dir's wohl gefallen.

Am Vorabend: Jes 62, 1–5 / Apg 13, 16–17. 22–25 / Mt 1, 1–25 oder 18–25
In der Nacht: Jes 9, 2–7 / Tit 2, 11–14 / Lk 2, 1–14
In der Morgenfrühe: Jes 62, 11–12 / Tit 3, 4–7 / Lk 2, 15–20
Am Tag: Jes 52, 7–10 / Hebr 1, 1–6 / Joh 1, 1–18 oder 1–5. 9–14

HL. ERZMARTYRER STEPHANUS
(26. DEZEMBER / 2. WEIHNACHTSTAG)

PSALMGEBET

Herr, dein Wort bleibt auf ewig,
 es steht fest wie der Himmel.
Deine Treue währt von Geschlecht zu Geschlecht,
 du hast die Erde gegründet, sie bleibt bestehen.
Nach deiner Ordnung stehn sie bis heute,
 und dir ist alles dienstbar.
Wäre nicht dein Gesetz meine Freude,
 ich wäre vergangen im Elend. *Psalm 119, 89–92*

LESUNG

Stephanus aber, voll heiligen Geistes, blickte zum Himmel empor, sah die Herrlichkeit Gottes und Jesus zur Rechten Gottes stehen, und rief: Ich sehe den Himmel offen und den Menschensohn zur Rechten Gottes stehen!
Da erhoben sie ein lautes Geschrei und hielten sich die Ohren zu. Sie steinigten den Stephanus; er aber betete und rief: Herr Jesus, nimm meinen Geist auf!
Apostelgeschichte 7, 55–56. 57. 59

GEBET

Herr Jesus Christus: Dein Diener Stephanus hat seinen Glauben mit dem Leben bezahlt, als er deine ewige Herrlichkeit bezeugte. Wir bitten dich, hilf, daß wir an der Niedrigkeit deiner Geburt und deines irdischen Lebens nicht Anstoß nehmen, sondern mit Worten und Werken dich preisen als unseren Herrn und Heiland, den Retter und Vollender unseres Lebens.

FÜRBITTEN – VATERUNSER – SEGEN

Apg 6, 8–10; 7, 54–59 / Mt 10, 17–22

27. DEZEMBER
APOSTEL UND EVANGELIST JOHANNES

PSALMGEBET

Der Gerechte gedeiht wie die Palme,
   er wächst wie eine Zeder des Libanon.
Die gepflanzt sind im Hause des Herrn,
   gedeihen in den Vorhöfen unsres Gottes.
Noch im Alter tragen sie Frucht,
   sie bleiben voll Saft und Frische,
zu verkünden: Gerecht ist der Herr!
   Mein Fels, an ihm ist kein Unrecht! *Psalm 92, 13–16*

LESUNG

Der Vater hat uns so große Liebe geschenkt, daß wir Kinder Gottes genannt werden, und wir sind es. Die Welt erkennt uns nicht, weil sie ihn nicht erkannt hat. Liebe Brüder, jetzt sind wir Kinder Gottes, aber was wir sein werden, ist noch nicht offenbar geworden. Wir wissen, daß wir ihm ähnlich sein werden, wenn er offenbar wird; denn wir werden ihn sehen, wie er ist. *1 Johannes 3, 1. 2*

GEBET

Himmlischer Vater! Durch das Kind in der Krippe hast du uns deine Liebe bezeugt. Du hast uns zu deinen Kindern gemacht. Hilf, daß wir werden, was wir in deinen Augen schon sind, daß wir als deine Kinder leben. Mache uns deinem Sohn ähnlich, und öffne unsere Augen für deine Herrlichkeit.

FÜRBITTEN – VATERUNSER – SEGEN

1 Joh 1, 1–4 / Joh 20, 2–8

28. DEZEMBER / UNSCHULDIGE KINDER

PSALMGEBET

Herr, unser Herrscher,
wie gewaltig ist dein Name auf der ganzen Erde;
 deine Hoheit hast du über den Himmel gebreitet.
Aus dem Mund der Kinder und Säuglinge schaffst du dir Lob
deinen Gegnern zum Trotz.
Was ist der Mensch, daß du an ihn denkst,
 des Menschen Kind, daß du seiner dich annimmst?

Psalm 8, 2. 3. 5

EVANGELIUM

Als die Magier fortgezogen waren, erschien dem Josef im Traum ein Engel des Herrn und sagte: Steh auf, nimm das Kind und seine Mutter und flieh nach Ägypten; dort bleib und kehre erst zurück, wenn ich es dir sage; denn Herodes wird das Kind suchen, um es zu töten. *Mattäus 2, 13*

GEBET

Herr, unser Gott, aus Ägypten hast du Mose zum Retter Israels berufen; aus Ägypten kam der Retter der Menschheit, Jesus, den du vor dem Schwert des Herodes bewahrtest. Laß uns nicht irre werden an den unbegreiflichen Wegen deiner Güte.

FÜRBITTEN – VATERUNSER – SEGEN

1 Joh 1, 5–2, 2 / Mt 2, 13–18

29. DEZEMBER*

PSALMGEBET

Der Herr ist König, mit Hoheit bekleidet;
der Herr hat sich bekleidet und umgürtet mit Macht.
Fest ist der Erdkreis gegründet,
nie wird er wanken.
Fest steht dein Thron von Anbeginn,
von Ewigkeit her bist du! *Psalm 93, 1–2. 5*

EVANGELIUM

Jesus sprach zum Volk: Nur kurze Zeit noch ist das Licht unter euch. Geht euren Weg, solange ihr das Licht habt, damit euch nicht die Finsternis überfällt; wer in der Finsternis geht, weiß nicht, wohin er geht. Solange ihr das Licht habt, glaubt an das Licht, damit ihr Kinder des Lichtes werdet!
Johannes 12, 35–36

GEBET

Herr, ewiges Licht, ohne dich sind wir im Dunkeln. Unser Leben wäre arm und kalt. Laß uns deine Nähe spüren. Verwandle uns, daß wir im Glauben an dich das Dunkle überwinden, daß wir sichere Schritte tun auf dem Weg, den du uns führst.

FÜRBITTEN – VATERUNSER – SEGEN

---

* Wenn dieser Tag ein Sonntag ist, siehe Seite 69.
1 Joh 2, 3–11 / Lk 2, 22–25

30. DEZEMBER*

PSALMGEBET

Der Herr hat kundgemacht sein Heil,
   vor den Augen der Völker enthüllt sein gerechtes Walten.
Er gedachte seiner Huld und Treue zum Hause Israel;
   alle Enden der Erde schauten das Heil unsres Gottes.
Jauchzet dem Herrn alle Lande,
   freut euch, jubelt und spielt
vor dem Herrn, wenn er kommt,
   die Erde zu richten!
Er richtet den Erdkreis gerecht
   und nach Recht die Nationen. *Psalm 98, 2–4. 9*

EVANGELIUM

Jesus aber rief mit lauter Stimme: Wer an mich glaubt, glaubt nicht an mich, sondern an den, der mich gesandt hat; wer mich sieht, sieht den, der mich gesandt hat. Ich bin als Licht in die Welt gekommen, damit keiner, der an mich glaubt, in der Finsternis bleibt. *Johannes 12, 44–46*

GEBET

In dir, Herr Jesus, sehen wir das Angesicht des Vaters. In deinem Wort spricht er zu uns. Du bist das Licht, das uns heimführt zu ihm, unserem Vater, zum Ursprung und Ziel unseres Lebens. Dir sei ewig Dank.

FÜRBITTEN – VATERUNSER – SEGEN

---

* Wenn dieser Tag ein Sonntag ist, siehe Seite 69.
1 Joh 2, 12–17 / Lk 2, 18–21

FEST DER HL. FAMILIE
(ERSTER SONNTAG NACH WEIHNACHTEN)

PSALMGEBET

Wohl dem, der den Herrn fürchtet und ehrt
und auf seinen Wegen geht!
Den Ertrag deiner Hände, du kannst ihn genießen;
wohl dir, es wird dir gut ergehn.
So wird der Mann gesegnet,
der den Herrn fürchtet und ehrt. *Psalm 128, 1–2. 4*

EVANGELIUM

Als seine Eltern den zwölfjährigen Jesus im Tempel sahen, gerieten sie außer sich, und seine Mutter sagte zu ihm: Kind, warum hast du uns das angetan? Dein Vater und ich suchen dich voller Angst. Da sagte er zu ihnen: Wie konntet ihr mich suchen? Wußtet ihr nicht, daß ich im Haus meines Vaters sein muß? *Lukas 2, 48–49*

GEBET

Gott, unser Vater, du wolltest, daß dein Sohn in Nazaret seinen Eltern anvertraut war. Wir danken dir für deine Liebe, die du uns in der Geborgenheit unserer Familie schenkst. Wir bitten dich für alle Eltern und Kinder: Laß sie zur Gemeinschaft zusammenfinden, in der einer des anderen Last trägt.

FÜRBITTEN – VATERUNSER – SEGEN

Sir 3, 3–7. 14–17a / Kol 3, 12–21 /
A: Mt 2, 13–15. 19–23
B: Lk 2, 22–40 oder 22. 39–40
C: Lk 2, 41–52

31. DEZEMBER / SILVESTER

PSALMGEBET

Herr, du warst unsre Zuflucht
> von Geschlecht zu Geschlecht.

Ehe die Berge geboren wurden,
ehe Erde und Weltall entstanden,
> von Ewigkeit zu Ewigkeit bist du, o Gott!

Unsre Tage zu zählen, lehre uns,
> damit wir ein weises Herz gewinnen! *Psalm 90, 1–2. 12*

LESUNG

Was kann uns scheiden von der Liebe Christi? Bedrängnis oder Not oder Verfolgung, Hunger oder Kälte, Gefahr oder Schwert? Doch all das überwinden wir durch den, der uns geliebt hat. Denn ich bin gewiß: weder Tod noch Leben, weder Engel noch Mächte, weder Gegenwärtiges noch Zukünftiges, weder Gewalten der Höhe oder Tiefe noch irgendeine andere Kreatur können uns scheiden von der Liebe Gottes in Christus Jesus, unserem Herrn. *Römer 8, 35. 37–39*

GEBET

Ewiger Gott, in allem Wechsel der Zeiten ist unser Herz unruhig, bis es Ruhe findet in dir. Du führst uns durch Nöte und Gefahren und waltest über uns mit deiner unergründlichen Liebe, die Jesus Christus uns bezeugt. Dir sei Ehre in Ewigkeit.

FÜRBITTEN – VATERUNSER – SEGEN

1 Joh 2, 18–21 / Joh 1, 1–18

UM DIE JAHRESWENDE

BESINNUNG

Der Wechsel des Kalenderjahres ist uns ein willkommener Anlaß, Rückblick und Ausblick zu halten. Wir halten Jahresabschluß, wir räumen auf und sondern aus, was unnütz liegengeblieben ist. Wir legen ab, was doch keine Erledigung mehr finden kann, weil Kraft und Zeit begrenzt ist. Freilich kann nicht alles abgelegt werden wie ein Aktenstück. Es geht doch auch um lebendige Menschen und um unsere Beziehungen zu ihnen. Vielleicht muß noch ein persönliches Wort gesagt, ein Brief geschrieben, ein Schritt zur Versöhnung oder Wiedergutmachung getan werden. Wir dürfen Gott nicht zuschieben, was wir selbst zu tun vermögen. Aber es bleibt dann doch immer ein Rest, vielleicht ein sehr großer Rest, den uns nur Gott selbst vergeben und abnehmen kann.
Und wenn wir uns dann erleichtert dem neuen Jahr zuwenden, kommt neue Last und neues Bangen auf uns zu. Alle gewaltsam fröhliche Stimmung und alle guten Wünsche können uns nicht darüber täuschen, daß vieles über unsere Kraft gehen wird und daß die Verborgenheit unseres Schicksals uns heimlich ängstet. Wird die nächste Zukunft eine Wendung bringen zum Besseren oder Schlimmeren? Wird dieses Jahr das letzte sein, und wie werden wir seine Aufgaben bewältigen und seine Gefahren bestehen? Welchen Verlust und welchen Abschied wird es uns auferlegen?
Gut, wenn uns dies Eine gewiß ist: daß wir von Gottes ewiger, tragender und suchender Liebe nicht Abschied zu nehmen brauchen. Was immer uns begegnen wird – die Arme Christi am Kreuz bleiben für uns ausgebreitet und wollen uns gewiß machen, daß Gottes Liebe alles zum Besten wenden will.

In deine Hände, Herr, lege ich dies Jahr zurück und danke dir für allen treuen Schutz über meinem Leben. Vergib gnädig, was ich versäumt habe, und laß mich einen neuen Anfang machen. Geleite mich in das neue Jahr und hilf mir deiner ewigen Güte vertrauen. Dir befehle ich alle Menschen, mit denen ich verbunden bin. Dir befehle ich unsere Gemeinde, deine Kirche und unser ganzes Land. Laß uns geborgen sein in deinem Frieden und führe uns weiter auf dem Weg zum Heil. Durch Jesus Christus, unsern Herrn.

HOCHFEST DER GOTTESMUTTER MARIA
(1. JANUAR / NEUJAHR)

DER WOCHENSPRUCH

Alles was ihr in Worten und Werken tut, geschehe im Namen Jesu, den Herrn; durch ihn dankt Gott, dem Vater!

Kolosser 3, 17

LESUNG

Nun aber spricht der Herr: Fürchte dich nicht, denn ich erlöse dich; ich rufe dich beim Namen, mein bist du. Wenn du durch Wasser schreitest, bin ich mit dir, Ströme reißen dich nicht fort. Wenn du durch Feuer gehst, wirst du nicht versengt, die Flamme verbrennt dich nicht. Denn ich, der Herr, bin dein Gott, ich, der Heilige Israels, dein Retter.

Jesaja 43, 1–3

EVANGELIUM

Als acht Tage vorüber waren und das Kind beschnitten werden mußte, gab man ihm den Namen Jesus, den der Engel genannt hatte, noch ehe es im Schoß seiner Mutter empfangen wurde.

Lukas 2, 21

GEBET

Unsere Zeit steht in deinen Händen, ewiger Gott. Von Ewigkeit her hast du unser gedacht und uns Jesus, den Heiland gesandt. Er will uns helfen, Menschen zu werden nach deinem Bilde. Er will uns heimführen zu dir, dem Ursprung und Ziel allen Lebens. In seinem Namen beginnen wir dies neue Jahr. Halte uns verbunden mit ihm auf allen unseren Wegen.

Gruß dir, du Mutter des Lammes und des Hirten,
durch die aufstrahlt die Freude,
Gestirn, spiegelnd die Sonne,
Schoß der Menschwerdung Gottes.

Gruß dir, du Mutter des Lammes und des Hirten,
du Vorspiel der Wunder Christi,
die du das Licht auf unsagbare Weise geboren.
Gruß dir, du Mutter des Lammes und des Hirten!

Num 6, 22–27 / Gal 4, 4–7 / Lk 2, 16–21

ZWEITER SONNTAG NACH WEIHNACHTEN

DER WOCHENSPRUCH

Seine Engel bietet er auf für dich, dich zu behüten auf allen Wegen. *Psalm 91, 11*

LESUNG

Der Apostel Paulus schreibt: So nimmt sich auch der Geist unserer Schwachheit an. Denn wir wissen nicht, worum wir in rechter Weise beten sollen; der Geist selber tritt jedoch für uns ein mit unaussprechlichem Seufzen.
Wir wissen, daß Gott bei denen, die ihn lieben, alles zum Guten führt, bei denen, die nach seinem Ratschluß berufen sind.
Römer 8, 26. 28

EVANGELIUM

Als Herodes gestorben war, erschien dem Josef in Ägypten ein Engel des Herrn im Traum und sprach: Steh auf und zieh mit dem Kind und seiner Mutter in das Land Israel; denn die Menschen, die dem Kind nach dem Leben getrachtet haben, sind gestorben. Da stand er auf und zog mit dem Kind und dessen Mutter in das Land Israel. Dort ließ er sich in einer Stadt namens Nazaret nieder. Denn es sollte sich erfüllen, was durch die Propheten gesagt worden ist: Er wird ein Nazoräer genannt werden. *Mattäus 2, 19–21. 23*

GEBET

> Der du allein der Ewge heißt
> und Anfang, Ziel und Mitte weißt
> im Fluge unsrer Zeiten:
> Bleib du uns gnädig zugewandt
> und führe uns an deiner Hand,
> damit wir sicher schreiten.

Sir 24, 1–4. 12–16 / Eph 1, 3–6, 15–18 / Joh 1, 1–18 oder 1–5. 9–14

2. JANUAR*

PSALMGEBET

Es brause das Meer und was es erfüllt,
 der Erdkreis und die auf ihm wohnen!
In die Hände klatschen sollen die Ströme,
 die Berge sollen jubeln im Chor
vor dem Herrn, wenn er kommt,
 die Erde zu richten!
Er richtet den Erdkreis gerecht
 und nach Recht die Nationen. *Psalm 98, 7–9*

EVANGELIUM

In der Synagoge zu Nazaret las Jesus aus dem Propheten Jesaja: Der Geist des Herrn ruht auf mir; denn er hat mich gesalbt. Er hat mich gesandt, um den Armen die Heilsbotschaft zu bringen, um den Gefangenen die Befreiung und den Blinden das Augenlicht zu verkünden, um die Zerschlagenen in Freiheit zu setzen und ein Gnadenjahr des Herrn auszurufen. Da begann er, ihnen zu beweisen: Heute hat sich das Schriftwort, das ihr eben gehört habt, erfüllt. *Lukas 4, 18–19. 21*

GEBET

Herr Jesus Christus, in dir ist die Sehnsucht der Väter erfüllt, aus deiner Fülle nehmen wir Freude und Freiheit, Licht und Leben. Gib uns täglich ein waches Herz, das deine Stunde nicht versäumt.

FÜRBITTEN – VATERUNSER – SEGEN

---

* Wenn dieser Tag ein Sonntag ist, siehe Seite 73.
1 Joh 2, 22–28 / Joh 1, 19–28

3. JANUAR*

PSALMGEBET

So viele Tage, wie du uns gebeugt hast, erfreue uns,
 so viele Jahre, wie wir Unglück erlitten.
Laß deine Knechte dein Walten sehn
 und ihre Kinder dein herrliches Tun!
Die Güte des Herrn, unsres Gottes, komme über uns!
Das Werk unsrer Hände laß gedeihen,
 ja, laß gedeihen das Werk unsrer Hände! *Psalm 90, 15–17*

LESUNG

So spricht der Herr: Denkt nicht mehr an das Frühere, achtet nicht auf das Vergangene! Seht, ich schaffe Neues; schon sproßt es, merkt ihr es nicht? Ja, ich mache einen Weg in der Steppe, Pfade in der Wüste. Preisen werden mich die Tiere des Feldes, Schakale und Strauße, weil ich in der Steppe Wasser spende und Ströme in der Wüste, zu tränken mein auserwähltes Volk. *Jesaja 43, 18–20*

GEBET

Herr, wo unsere Wege zu Ende sind und wir keinen Ausweg mehr wissen, zeigst du uns einen neuen Anfang. Dem, der nicht am Gestrigen hängt, hilfst du zu neuer Zuversicht. Wir wollen dir folgen, wohin du uns führst.

FÜRBITTEN – VATERUNSER – SEGEN

---

* Wenn dieser Tag ein Sonntag ist, siehe Seite 73.
1 Joh 2, 29–3, 6 / Joh 1, 29–34
Vgl. Tabelle III (S. 17).

4. JANUAR*

PSALMGEBET

Vorzeiten hast du der Erde Grund gelegt,
   die Himmel sind das Werk deiner Hände.
Sie werden vergehen, du aber bleibst;
   sie alle zerfallen wie ein Kleid;
du wechselst sie wie ein Gewand,
   sie gehen dahin.
Du aber bleibst, der du bist,
   und deine Jahre enden nie. *Psalm 102, 26–28*

LESUNG

Der Herr sprach zu Josua: Sei mutig und stark und achte darauf, daß du alles hältst, was Mose, mein Knecht, angeordnet hat; weiche weder rechts noch links davon ab, damit du Erfolg hast in allem, was du unternimmst. Ich habe dir befohlen, sei mutig und stark! Fürchte dich also nicht und hab keine Angst, denn der Herr, dein Gott, ist mit dir bei allem, was du unternimmst. *Josua 1, 7. 9*

GEBET

Wir sind dein eigen, Herr, und von dir haben wir unser Leben. Wir bringen alles vor dich, was uns erfreut und beschwert. Wir bitten dich: laß uns im Leben und im Sterben dir verbunden bleiben.

FÜRBITTEN – VATERUNSER – SEGEN

---

* Wenn dieser Tag ein Sonntag ist, siehe Seite 73.
1 Joh 3, 7–10 / Joh 1, 35–42
Vgl. Tabelle III (S. 17).

5. JANUAR*

PSALMGEBET

Ich hebe meine Augen auf zu den Bergen:
 Woher kommt mir Hilfe?
Meine Hilfe kommt vom Herrn,
 der Himmel und Erde gemacht hat.
Er läßt deinen Fuß nicht wanken;
 der dich behütet, schläft nicht.
Der Herr behüte dich, wenn du fortgehst und wiederkommst,
 von nun an bis in Ewigkeit. *Psalm 121, 1–3. 8*

LESUNG

Auf, werde licht, denn es kommt dein Licht, und die Herrlichkeit des Herrn erstrahlt über dir. Finsternis bedeckt die Erde und Dunkel die Völker, doch über dir erstrahlt der Herr, und seine Herrlichkeit erscheint über dir. Alle kommen von Saba; sie bringen Gold und Weihrauch und verkünden den Ruhm des Herrn. *Jesaja 60, 1–2. 6*

GEBET

Herr, wie die Weisen Gold, Weihrauch und Myrrhen brachten, so wollen wir dir unsere Gaben bringen, der du mit deinem Licht unser Leben erleuchtest: Dir gilt unsere Liebe, dich beten wir an, dir bringen wir das Lobopfer unsres Glaubens dar, mit Herzen, Mund und Händen.

FÜRBITTEN – VATERUNSER – SEGEN

---

* Wenn dieser Tag ein Sonntag ist, siehe Seite 73.
1 Joh 3, 11–21 / Joh 1, 43–51
Vgl. Tabelle III (S. 17).

ERSCHEINUNG DES HERRN

BESINNUNG

Mit den Weisen will ich hineingehen, den neugeborenen König zu finden. Herodes wußte den Ort nicht. Darum fragte er die Schriftgelehrten. Diese kannten die Bibel und gaben Auskunft, aber sie kamen nicht selber mit. Ich will mich nicht begnügen mit dem, was ich weiß. Ich will mit den Weisen gehen und dem Kind meine Gabe bringen.
Was könnte ich ihm bringen, das ich nicht zuvor empfangen hätte?
„Ich komme, bring und schenke dir, was du mir hast gegeben!"
Meinen Glauben bringe ich, den Gottes Treue immer neu in mir erweckt. Möge der Glaube treu sein, wie das Gold – Herr, hilf meinem Unglauben!
Den Weihrauch bringe ich, der nur Gott allein gebührt und keinem Menschen. Und mit dem Weihrauch bringe ich meine Liebe, die ihn in Ehrfurcht anbetet.
Und mit der Myrrhe bringe ich die Hoffnung, die er mir gibt. Mit Myrrhensalbe wird ein Leichnam balsamiert. Das Kind Mariens ist wirklicher Mensch, der sterben wird. Aber das Grab kann ihn nicht halten. Seine Auferweckung gibt auch mir Hoffnung über das Grab hinaus. Gold, Weihrauch und Myrrhe – sind es meine Gaben, sind es seine Gaben? „Eh ich durch deine Hand gemacht, da hast du schon bei dir bedacht, wie du mein solltest werden."
Es ist ein weiter Weg, den die Weisen kommen, so weit wie der Weg, den sie wieder gehen müssen: Gehet hin in alle Welt! Aber wenn Gottes Treue, seine Liebe, seine Hoffnung angezündet werden – welch ein Licht ist das, genug für alle Dunkelheit der Welt.

Herr, laß mich dir dienen in der Welt mit dem Licht, das du selbst entzündest.

HOCHFEST DER ERSCHEINUNG DES HERRN*
(6. JANUAR)

DER WOCHENSPRUCH

Die Finsternis vergeht, und schon leuchtet das wahre Licht.

1 Johannes 2, 8

EVANGELIUM

Die Weisen gingen in das Haus, und als sie das Kind und Maria, seine Mutter, erblickten, fielen sie nieder und huldigten ihm. Dann holten sie ihre Schätze hervor und brachten ihm Gold, Weihrauch und Myrrhe als Gaben dar.

Mattäus 2, 11

GEBET

O Gott, durch deine machtvolle Gegenwart hast du die Weisen geführt und in ihnen den Völkern deinen Sohn, unsern Herrn Jesus Christus offenbart. Wir bitten dich: In deiner Gnade führe auch uns und laß uns einst schauen den unverhüllten Glanz deiner Herrlichkeit!

> Wie schön leucht uns der Morgenstern,
> voll Gnad und Wahrheit von dem Herrn
> uns prächtig aufgegangen!
> Du Jesses Blüte, Davids Sohn,
> mein Heiland auf dem Himmelsthron,
> du hast mein Herz umfangen.
> Lieblich, freundlich, schön und prächtig,
> groß und mächtig, reich an Gaben,
> hoch und wunderbar erhaben!

---

* Wo dieses Hochfest kein gebotener Feiertag ist, wird es auf den Sonntag zwischen dem 2. und 8. Januar verlegt.

Jes 60, 1–6 / Eph 3, 2–3a. 5–6 / Mt 2, 1–12

Wo dieses Hochfest an dem Sonntag gefeiert wird, der auf den 7. und 8. Januar fällt, gilt folgende Leseordnung für den 6. Januar: 1 Joh 5, 5–6. 8–13 / Mk 1, 6b–11

MONTAG NACH ERSCHEINUNG*

PSALMGEBET

Gott sei uns gnädig und segne uns!
   Er lasse sein Angesicht über uns leuchten,
daß man auf Erden seinen Weg erkenne,
   unter allen Völkern sein Heil!
Es segne uns Gott!
   Alle Welt fürchte und ehre ihn!
Die Völker sollen dir danken, o Gott,
   danken sollen dir die Völker alle!   *Psalm 67, 2–3. 8. 6.*

LESUNG

Wir aber, die dem Tag gehören, wollen nüchtern sein und uns rüsten mit dem Panzer des Glaubens und der Liebe und mit dem Helm der Hoffnung auf das Heil. Denn Gott hat uns nicht für das Gericht seines Zornes bestimmt, sondern dafür, daß wir durch unseren Herrn Jesus Christus das Heil erlangen. Er ist für uns gestorben, damit wir vereint mit ihm leben, ob wir wachen oder schlafen.   *1 Thessalonicher 5, 8–10*

GEBET

Hilf uns, Herr, wenn wir wachen, und behüte uns, wenn wir schlafen. Tag und Nacht leuchtet uns dein Heil. Du gibst uns Anteil an deinem Glauben, Lieben, Hoffen. In deinem Licht laß uns bleiben und wohnen.

FÜRBITTEN – VATERUNSER – SEGEN

---

* Es werden jeweils nur die Tage begangen, die zwischen dem 6. Januar und dem nächsten Sonntag anfallen.
Vgl. Tabelle III (S. 17).

DIENSTAG NACH ERSCHEINUNG

PSALMGEBET

Am Tag, da ich mich fürchten muß,
setze ich auf dich mein Vertrauen.
   Ich preise Gottes Wort.
Du hast mein Leben dem Tod entrissen,
meine Füße dem Fall.
   So pilgere ich vor Gott im Licht der Lebendigen.
Ich schulde dir Gelübde, o Gott;
   ich will dir Dankopfer weihen! *Psalm 56, 4–5. 14. 13*

LESUNG

Einst wart ihr Finsternis, jetzt aber seid ihr durch den Herrn Licht geworden. Lebt als Kinder des Lichts! Prüft, was dem Herrn gefällt, und beteiligt euch nicht an den nutzlosen Taten der Finsternis, sondern deckt sie auf! Alles Erleuchtete aber ist Licht. Deshalb heißt es: Wach auf, Schläfer, und steh auf von den Toten, und Christus wird dein Licht sein.
Epheser 5, 8. 10–11. 14

GEBET

In dein Licht hast du uns gerufen, Herr, und doch sind wir noch in der Finsternis. Wir sind noch nicht, was wir werden sollen. Aber schon weckst du uns auf aus dem Reich der Toten. Schon dürfen wir uns von dem Dunklen abwenden und aus dir Kraft zum Guten empfangen. Gib, daß wir wachsen im Licht deines Lebens.

FÜRBITTEN – VATERUNSER – SEGEN

Vgl. Tabelle III (S. 17).

MITTWOCH NACH ERSCHEINUNG

PSALMGEBET

Herr, ich rufe zu dir, komm mir eilends zu Hilfe;
> höre auf meine Stimme, wenn ich rufe zu dir!

Mein Gebet steige vor dir auf wie Räucherwerk;
> wie das Abendopfer gelte dir,
> wenn ich meine Hände erhebe.

Stelle, Herr, eine Wache vor meinen Mund,
> eine Wehr vor das Tor meiner Lippen!

Mein Herr und Gott, meine Augen richten sich auf dich,
> bei dir berg ich mich, gieß mein Leben nicht aus!

Psalm 141, 1–3. 8

EVANGELIUM

Die Finsternis vergeht, und schon leuchtet das wahre Licht. Wenn einer sagt, er sei im Licht, aber seinen Bruder haßt, ist er noch in der Finsternis. Wer seinen Bruder liebt, bleibt im Licht; in ihm gibt es keinen Anstoß. *1 Johannes 2, 8–10*

GEBET

Gott, du bist Licht und Liebe, zu dir rufe ich – laß mein Rufen nicht im Leeren verhallen. Laß mich nicht aus deiner Liebe fallen. Zeige mir, was ich für meinen Nächsten sein kann in der Kraft deiner Liebe.

> Herr, wir gehen Hand in Hand,
> Wandrer nach dem Vaterland;
> laß dein Antlitz mit uns gehn,
> bis wir ganz im Lichte stehn.

FÜRBITTEN – VATERUNSER – SEGEN

Vgl. Tabelle III (S. 17).

DONNERSTAG NACH ERSCHEINUNG

PSALMGEBET

Der Herr liebt seine Gründung auf heiligen Bergen,
  er liebt die Tore Zions mehr als alle Wohnstätten Jakobs.
Herrliches sagt man von dir,
  du Stadt unsres Gottes.
Doch von Zion wird man sagen:
„Jeder ist dort geboren."
  Er, der Höchste, hat Zion gegründet.
Und sie singen beim Reigentanz:
  „All meine Quellen entspringen aus dir!"

Psalm 87, 1–3. 5. 7

LESUNG

Dies ist die Botschaft, die wir von ihm gehört haben und euch verkünden: Gott ist Licht, und Finsternis gibt es nicht in ihm. Wenn wir sagen, daß wir keine Sünde haben, betrügen wir uns selbst, und die Wahrheit ist nicht in uns. Aber wenn wir unsere Sünden bekennen, ist er treu und gütig; er vergibt uns die Sünden und reinigt uns von jedem Unrecht.

1 Johannes 1, 5. 8–9

GEBET

Vor der ganzen heiligen Kirche bekennen wir dir, heiliger Gott und Herr, unsere Unwürdigkeit, unser Versagen, unsere Schuld. Vergib uns und füge uns von neuem ein in die Gemeinde, die dich rühmt und ehrt. Hilf uns dir dienen in neuem Gehorsam.

FÜRBITTEN – VATERUNSER – SEGEN

Vgl. Tabelle III (S. 17).

FREITAG NACH ERSCHEINUNG

PSALMGEBET

„Danket dem Herrn, denn er ist gütig,
  denn seine Huld währt ewig!"
So sollen sprechen, die vom Herrn erlöst sind,
  die er von den Feinden befreit hat.
Denn er hat sie aus den Ländern gesammelt,
  vom Aufgang und Niedergang, vom Norden und Süden.
Die sollen dem Herrn danken für seine Huld,
  für sein wunderbares Tun an den Menschen.

Psalm 107, 1–3. 8

EVANGELIUM

Jesus sprach zu den Jüngern: Ihr seid das Licht der Welt. Man zündet nicht eine Lampe an und stellt sie unter einen Eimer, sondern auf den Leuchter; dann leuchtet sie allen im Haus. So soll euer Licht vor den Menschen leuchten, damit sie eure guten Taten sehen und euren Vater im Himmel preisen.

Mattäus 5, 14. 15–16

GEBET

Herr, mein Gott, du hast das Licht deiner Liebe in mir entzündet und willst, daß es auch für meinen Nächsten leuchte. Laß es mich weitertragen, dir zum Ruhm und den Menschen zum Heil.

FÜRBITTEN – VATERUNSER – SEGEN

Vgl. Tabelle III (S. 17).

SAMSTAG NACH ERSCHEINUNG

PSALMGEBET

Die Könige von Tarschisch und von den Inseln
 bringen Geschenke,
 die Könige von Saba und Seba kommen mit Gaben.
Huldigen müssen ihm alle Könige,
 alle Völker ihm dienstbar sein.
Man soll für ihn allezeit beten,
 stets ihm Segen erflehn!
Gepriesen sei sein herrlicher Name in Ewigkeit!
 Erfüllt werde die ganze Erde von seiner Herrlichkeit!
Psalm 72, 10–11. 15. 19

LESUNG

So schreibt der Seher: Da entrückte er mich im Geist auf einen großen, hohen Berg und zeigte mir die heilige Stadt Jerusalem, die von Gott her aus dem Himmel herabkam. Sonne und Mond brauchen der Stadt nicht zu leuchten, denn die Herrlichkeit Gottes erleuchtet sie, und ihre Leuchte ist das Lamm. Die Völker werden in ihrem Licht einhergehen, und die Könige der Erde tragen ihre Pracht herbei.
Offenbarung 21, 10. 23–24

GEBET

Gloria sei dir gesungen mit Menschen- und mit Engelzungen, mit Harfen und mit Zimbeln schön!
Von zwölf Perlen sind die Tore an deiner Stadt, wir stehn im Chore der Engel hoch um deinen Thron.
Kein Aug hat je gespürt, kein Ohr hat mehr gehört solche Freude. Des jauchzen wir und singen dir das Alleluja für und für.

FÜRBITTEN – VATERUNSER – SEGEN

Vgl. Tabelle III (S. 17).

ALLGEMEINE KIRCHENJAHRZEIT*

ERSTE JAHRESWOCHE

BESINNUNG

Gott hat zu uns gesprochen durch Jesus Christus. Er ist das ewige Wort Gottes für diese Welt. Man sieht es ihm nicht an, wenn man seine menschliche Erscheinung betrachtet. Er ist ein wirklicher Mensch von Fleisch und Blut wie wir. Gottes Herrlichkeit ist in ihm verhüllt. Man kann diese Herrlichkeit nur schauen, wenn man im Glauben das Wesen Jesu Christi erfaßt, der sein Leben als ein lebendiges, heiliges, Gott wohlgefälliges Opfer dargebracht hat. Indem er sich verzehrt, leuchtet seine Herrlichkeit auf. Und indem wir uns in dieses Bild anbetend und anschauend verlieren, werden wir ihm ähnlich. Er verwandelt uns. Er erneuert unseren Sinn und richtet uns auf den Willen Gottes aus, daß wir aufrichtig zu beten vermögen: Dein Wille geschehe.

Das ist der eigentliche Inhalt unseres christlichen Gottesdienstes: daß wir uns so in sein Opfer hineinziehen lassen, daß unser eigenes Leben durch Christus zu einem Opfer gemacht wird. Was könnte sonst ein „angemessener" Gottesdienst sein, der sich auf das fleischgewordene ewige Wort beruft?

Jesus Christus, das ewige Wort des Vaters, bringt sich selbst zum Opfer dar und kehrt so heim zum Vater. Indem er uns in seine Nachfolge ruft, macht er unser Leben zu einem Gottesdienst. Durch ihn wird es ein lebendiges, heiliges, Gott wohlgefälliges Opfer sein, und wir werden durch diesen Gottesdienst verwandelt werden.

Wir üben solches Opfer im sonntäglichen Gottesdienst, in der Feier des Heiligen Mahles, in der wir unser Lob- und Dankopfer darbringen als Antwort auf das vollkommene Opfer Christi. Was wir dort einüben, gilt es täglich auszuüben in unserem menschlichen Miteinander.

> O Herr, verleih, daß Lieb und Treu
> in dir uns all verbinden,
> daß Hand und Mund zu jeder Stund
> dein Freundlichkeit verkünden,
> bis nach der Zeit den Platz bereit
> an deinem Tisch wir finden.

* Diese dauert zunächst bis zum Dienstag vor dem Aschermittwoch.

FEST DER TAUFE DES HERRN
(ERSTER SONNTAG IM JAHRESKREIS)

DER WOCHENSPRUCH

Wir haben seine Herrlichkeit geschaut, die Herrlichkeit des einzigen Sohnes vom Vater, voll Gnade und Wahrheit.

Johannes 1, 14

LESUNG

Angesichts des Erbarmens Gottes ermahne ich euch, meine Brüder, euch selbst als lebendiges und heiliges Opfer darzubringen, das Gott gefällt; das ist der wahre, euch angemessene Gottesdienst. Gleicht euch nicht dieser Welt an, sondern wandelt euch und erneuert euer Denken, damit ihr prüfen und erkennen könnt, was der Wille Gottes ist: was ihm gefällt, was gut und vollkommen ist. *Römer 12, 1. 2*

EVANGELIUM

Kaum war Jesus getauft und aus dem Wasser gestiegen, da öffnete sich der Himmel, und er sah den Geist Gottes wie eine Taube herabschweben und auf sich zukommen. Und eine Stimme aus dem Himmel sprach: Dies ist mein geliebter Sohn, an dem ich Gefallen habe. *Mattäus 3, 16–17*

GEBET

Herr, ich liebe die Stätte deines Hauses
   und den Ort, wo deine Herrlichkeit wohnt.
Eins nur erbitte ich vom Herrn,
   danach verlangt mich:
im Hause des Herrn zu wohnen
   alle Tage meines Lebens,
zu schauen die Freundlichkeit des Herrn
   und nachzusinnen in seinem Tempel. *Psalm 26, 8 / 27, 4*

Jes 42, 1–4. 6–7 / Apg 10, 34–38
A: Mt 3, 13–17 / B: Mk 1, 6b–11 / C: Lk 3, 15–16. 21–22

MONTAG DER ERSTEN JAHRESWOCHE

PSALMGEBET

Sei mir gnädig, Herr, ich sieche dahin,
  heile mich, Herr, denn meine Glieder zerfallen!
Wende dich, Herr, mir zu, und errette mich,
  in deiner Huld bring mir Hilfe!
Gehört hat der Herr mein Flehen,
  der Herr nimmt mein Beten an. *Psalm 6, 3. 5. 10*

LESUNG

Die Liebe Gottes wurde unter uns dadurch offenbar, daß Gott seinen einzigen Sohn in die Welt gesandt hat, damit wir durch ihn leben. Die Liebe besteht nicht darin, daß wir Gott geliebt haben, sondern daß er uns geliebt und seinen Sohn als Sühne für unsere Sünden gesandt hat. Geliebte Brüder, wenn Gott uns so geliebt hat, müssen auch wir einander lieben.
1 Johannes 4, 9–11

GEBET

Heiliger Gott, deine Liebe kennt keine Grenzen. Du hast uns deinen Sohn gegeben, Jesus Christus, daß durch ihn deine Liebe in der Welt gegenwärtig bleibe. Wir bitten dich: Erwecke auch unsere Herzen aufs neue und laß uns stets in deiner Liebe bleiben.

FÜRBITTEN – VATERUNSER – SEGEN

I: Hebr 1, 1–6 / Mk 1, 14–20
II: 1 Sam 1, 1–8 / Mk 1, 14–20

DIENSTAG DER ERSTEN JAHRESWOCHE

PSALMGEBET

Viele gibt es, die so von mir sagen:
„Er findet keine Hilfe bei Gott!"
Du aber, Herr, bist ein Schild für mich,
du bist meine Ehre und richtest mich auf.
Ich lege mich nieder und schlafe ein,
ich wache wieder auf, denn der Herr beschützt mich.
Viele Tausende von Kriegsvolk fürchte ich nicht,
wenn sie mich ringsum belagern.
Beim Herrn findet man Hilfe;
auf dein Volk komme dein Segen! *Psalm 3, 3–4. 6–7. 9*

EVANGELIUM

Da staunten alle, und einer fragte den anderen: Was bedeutet das? Es ist eine neue Lehre, und sie wird mit Vollmacht verkündet. Auch die unreinen Geister gehorchen seinem Befehl. Und die Kunde von Jesus verbreitete sich rasch in ganz Galiläa. *Markus 1, 27–28*

GEBET

Herr, unser Heiland, du bist stärker als alle dunklen Gewalten; wenn du ihnen gebietest, so müssen sie weichen. Wir bitten dich um deinen Schutz und Schirm vor dem Bösen. Hilf uns und stärke uns zu allem Guten. Segne unser tägliches Tun.

FÜRBITTEN – VATERUNSER – SEGEN

I: Hebr 2, 5–12 / Mk 1, 21–28
II: 1 Sam 1, 9–20 / Mk 1, 21–28

MITTWOCH DER ERSTEN JAHRESWOCHE

PSALMGEBET

Kommt, laßt uns jubeln dem Herrn
   und jauchzen dem Fels unsres Heils!
Laßt uns mit Lob seinem Angesicht nahen,
   ihm jauchzen mit Liedern!
Denn er ist unser Gott,
wir sind das Volk seiner Weide,
   die Herde, von seiner Hand geführt.
Ach, daß ihr doch heute auf seine Stimme hört!
„Verhärtet euer Herz nicht wie in Meriba,
   wie in der Wüste am Tag von Massa!" *Psalm 95, 1–2. 7–8*

EVANGELIUM

Philippus traf Natanael und sagte zu ihm: Wir haben den gefunden, über den Mose im Gesetz und die Propheten geschrieben haben: Jesus aus Nazaret, den Sohn Josefs. Da hielt ihm Natanael entgegen: Aus Nazaret? Kann von dort etwas Gutes kommen? Philippus sagte zu ihm: Komm und sieh!
Johannes 1, 45–46

GEBET

Herr, wenn deine Stimme mich ruft, dann laß mich nicht nach Gründen fragen und gib, daß ich mich nicht hinter leeren Worten verstecke. Hilf mir im Tun deine Wahrheit zu erkennen und dir zu folgen, wohin du mich rufst.

FÜRBITTEN – VATERUNSER – SEGEN

I: Hebr 2, 14–18 / Mk 1, 29–39
II: 1 Sam 3, 1–10. 19–20 / Mk 1, 29–39

DONNERSTAG DER ERSTEN JAHRESWOCHE

PSALMGEBET

Jauchzet dem Herrn, alle Welt!
Dient dem Herrn mit Freude!
Kommt vor sein Antlitz mit Jubel!
Erkennt: der Herr allein ist Gott!
Er hat uns geschaffen, wir sind sein eigen,
sein Volk und die Herde seiner Weide.
Tretet durch seine Tore ein mit Dank,
in seine Vorhöfe mit Lobgesang!
Dankt ihm, preist seinen Namen! *Psalm 100, 1–4*

EVANGELIUM

Als er am See von Galiläa entlangging, sah er zwei Brüder, Simon, der Petrus genannt wird, und seinen Bruder Andreas, ein Netz in den See werfen; sie waren nämlich Fischer. Da sagte er zu ihnen: Kommt her, folgt mir nach! Ich werde euch zu Menschenfischern machen. Ohne zu zögern, ließen sie ihre Netze liegen und folgten ihm. *Mattäus 4, 18–20*

GEBET

Herr, wir sind unwürdig und ungeschickt, die Ehre deines Namens zu verkündigen und Zeugen deines Heils zu sein. Aber weil du uns befohlen hast zu wirken, solange es Tag ist, so gib uns deinen Heiligen Geist, daß wir in seiner Kraft durch all unseren Dienst deiner Wahrheit den Weg bereiten. Sei du mächtig in uns.

FÜRBITTEN – VATERUNSER – SEGEN

I: Hebr 3, 7–14 / Mk 1, 40–45
II: 1 Sam 4, 1–11 / Mk 1, 40–45

FREITAG DER ERSTEN JAHRESWOCHE

PSALMGEBET

Wie kann ich dem Herrn vergelten
alles, was er mir Gutes getan hat?
Ich will den Kelch des Heils erheben
und anrufen den Namen des Herrn.
Mein Gelübde will ich dem Herrn erfüllen
offen vor all seinem Volk.
Ich will dir ein Opfer des Dankes bringen.
und anrufen den Namen des Herrn. *Psalm 116, 12–14. 17*

LESUNG

Darum muß Christus in allem den Brüdern gleich sein, um ein barmherziger und treuer Hoherpriester vor Gott zu sein und die Sünden des Volkes zu sühnen. Da er selbst Versuchung erlitten hat, kann er denen helfen, die versucht werden.
Hebräer 2, 17–18

GEBET

Herr, gib Kraft zu tragen,
was du auferlegst!
Keiner darf verzagen,
weil du selbst uns trägst.
Auch durch Schmerz und Grauen
leitet uns dein Licht,
bis wir selig schauen
in dein Angesicht.

FÜRBITTEN – VATERUNSER – SEGEN

I: Hebr 4, 1–5. 11 / Mk 2, 1–12
II: 1 Sam 8, 4–7. 10–22a / Mk 2, 1–12

SAMSTAG DER ERSTEN JAHRESWOCHE

PSALMGEBET

Herr, was ist der Mensch, daß du dich kümmerst um ihn,
das Menschenkind, daß du auf ihn acht hast?
Der Mensch gleicht einem Hauch,
seine Tage sind wie ein flüchtiger Schatten.
Gelobt sei der Herr, der mein Fels ist,
der meine Hände den Kampf gelehrt,
meine Finger den Krieg.
Du meine Huld und Burg, meine Festung, mein Retter,
mein Schild, dem ich vertraue. *Psalm 144, 3–4. 1. 2*

EVANGELIUM

In dieser Stunde rief Jesus, vom heiligen Geist erfüllt, voll Freude aus: Ich preise dich, Vater, Herr des Himmels und der Erde, weil du dies den Weisen und Klugen verborgen, den Unmündigen aber offenbart hast. Ja, Vater, so war es dein Wille. Jesus wandte sich an die Jünger und sagte zu ihnen allein: Wohl denen, deren Augen sehen, was ihr seht!
Lukas 10, 21. 23

GEBET

Was unser Verstand nicht erforschen und unsere Kraft nicht erzwingen kann, das schenkst du, Gott, denen, die dir wie Kinder vertrauen. Dein Heiliger Geist erweckt uns zu dem Glauben, der deine verborgene Herrlichkeit in Jesus Christus erkennt. In ihm laß uns allezeit deine Güte schauen.

FÜRBITTEN – VATERUNSER – SEGEN

I: Hebr 4, 12–16 / Mk 2, 13–17
II: 1 Sam 9, 1–4. 17–19 / Mk 2, 13–17

ZWEITE JAHRESWOCHE

BESINNUNG

„Meine Stunde ist noch nicht gekommen", sagt Jesus. Seine Stunde ist die Stunde der Erhöhung am Kreuz, die Stunde der Hingabe des irdischen Lebens. Aus dieser Hingabe kommt das Licht, wie die Flamme sich aus dem Dahinschmelzen der Kerze nährt. Aus Tod und Grab wird das Leben des Herrn erweckt, der bei uns sein will alle Tage bis an der Welt Ende.
„Was Er euch sagt, das tut!" Maria sagt das zu den Dienern. Das Wort gilt allen Dienern der Kirche. Ihnen hat er gesagt: „Solches tut zu meinem Gedächtnis!" Indem wir nach seinem Gebot die Feier des Heiligen Mahles begehen, erfahren wir, daß es zum „Hochzeitsmahl des Lammes" wird, zum Fest der Freude.
Sechs steinerne Wasserkrüge deuten auf das Gesetz des Mose, auf die alten religiösen Reinigungsvorschriften. Jesus verwandelt das Müssen in ein Dürfen. Wie der Saft der Reben in der Gärung geläutert und verwandelt wird, so werden wir durch ihn gewandelt und mit dem Feuer seines Geistes erfüllt. Der alte Bund macht dem neuen Bund Platz. Im neuen Bund seiner Gnade und Wahrheit kommt das Feuer der Liebe aus dem innersten Herzen. Wir brauchen niemanden mehr zu fragen, was zu tun ist, weil er uns seine Liebe geschenkt hat. Die Liebe Christi drängt uns zur immer neuen Antwort der Liebe in unserem Leben.

> Seht, uns führt zusammen Christi Liebe.
> Laßt uns fröhlich singen und in ihm uns freun.
> Fürchten wir und lieben wir den Gott des Lebens
> und einander sein wir reinen Herzens gut.
> Wo die Güte und die Liebe,
> da ist Gott.

ZWEITER SONNTAG IM JAHRESKREIS
(ZWEITER SONNTAG NACH ERSCHEINUNG)

DER WOCHENSPRUCH

Das Gesetz wurde durch Mose gegeben, aber durch Jesus Christus kam die Gnade und Wahrheit. *Johannes 1, 17*

LESUNG

Der Geist Gottes ruht auf mir, weil der Herr mich gesalbt hat. Er hat mich gesandt, den Armen die Frohbotschaft zu bringen, zu heilen, die gebrochenen Herzens sind, auszurufen für die Gefangenen Entlassung und für die Gefesselten Befreiung, auszurufen ein Gnadenjahr des Herrn. Ihr aber werdet „Priester des Herrn" genannt, „Diener unsres Gottes" wird man euch heißen. *Jesaja 61, 1–2. 6*

EVANGELIUM

Jesus erwiderte seiner Mutter: Was willst du von mir, Frau? Meine Stunde ist noch nicht gekommen. Seine Mutter sagte zu den Dienern: Was er euch sagt, das tut! *Johannes 2, 4–5*

GEBET

Barmherziger Gott, du hast deinen Sohn zu uns gesandt, den Bräutigam seiner Kirche: Gib, daß wir deine Gnade mit Freude aufnehmen und deine Wahrheit im Gehorsam erkennen.

A: Jes 49, 3. 5–6 / 1 Kor 1, 1–3 / Joh 1, 29–34
B: 1 Sam 3, 3b–10. 19 / 1 Kor 6, 13c–15a. 17–20 / Joh 1, 35–42
C: Jes 62, 1–5 / 1 Kor 12, 4–11 / Joh 2, 1–12

MONTAG DER ZWEITEN JAHRESWOCHE

PSALMGEBET

Dankt dem Herrn! Ruft seinen Namen an!
  Macht unter den Völkern seine Taten bekannt!
Singt ihm und spielt ihm,
  sinnt nach über all seine Wunder!
Rühmt euch seines heiligen Namens!
  Die den Herrn suchen, sollen von Herzen sich freuen!
Fragt nach dem Herrn und seiner Macht,
  sucht sein Antlitz allezeit! *Psalm 105, 1–4*

EVANGELIUM

Als einmal die Jünger des Johannes und die Pharisäer fasteten, kamen Leute zu Jesus und sagten: Warum fasten deine Jünger nicht, während die Jünger des Johannes und die Jünger der Pharisäer fasten? Jesus erwiderte ihnen: Können die Hochzeitsgäste fasten, solange der Bräutigam bei ihnen ist? Solange sie den Bräutigam bei sich haben, können sie nicht fasten. *Markus 2, 18–19*

GEBET

Wir beten mit den Worten des Propheten: Ich freue mich im Herrn, und meine Seele ist fröhlich in meinem Gott; denn er hat mir die Kleider des Heils angezogen und mich mit dem Mantel der Gerechtigkeit gekleidet.

FÜRBITTEN – VATERUNSER – SEGEN

I: Hebr 5, 1–10 / Mk 2, 18–22
II: 1 Sam 15, 16–23 / Mk 2, 18–22

DIENSTAG DER ZWEITEN JAHRESWOCHE

PSALMGEBET

Sei mir gnädig, o Gott, sei mir gnädig,
 denn ich flüchte mich zu dir!
Im Schatten deiner Flügel finde ich Zuflucht,
 bis das Unheil vorübergeht.
Ich rufe zu Gott dem Höchsten,
 zu Gott, der mir beisteht.
Er sende mir Hilfe vom Himmel,
 während meine Feinde mich schmähen.
 Gott sende seine Huld und Treue!
Erhebe dich über die Himmel, o Gott,
 deine Herrlichkeit über die ganze Erde! *Psalm 57, 2–4. 6*

LESUNG

So spricht Gott, der Herr: Ich bin der Herr, dein Gott, der dich aus Ägypten herausgeführt hat, aus dem Sklavenhaus. Du sollst neben mir keine anderen Götter haben.
Exodus 20, 2–3

GEBET

Herr, unser Gott, du hast uns frei gemacht von allem, was uns bedrängt. Wir bitten dich: Hilf uns durch deine Güte, daß wir dir von ganzem Herzen vertrauen und Frieden finden unter deinem Schutz.

FÜRBITTEN – VATERUNSER – SEGEN

I: Hebr 6, 10–20 / Mk 2, 23–28
II: 1 Sam 6, 1–13 / Mk 2, 23–28

MITTWOCH DER ZWEITEN JAHRESWOCHE

PSALMGEBET

Fragt nach dem Herrn und seiner Macht,
  sucht sein Antlitz allezeit!
Denkt an die Wunder, die er getan,
  an die Zeichen und Beschlüsse aus seinem Mund.
Er, der Herr, ist unser Gott.
  Seine Herrschaft umgreift die Erde.
Auf ewig denkt er an seinen Bund,
  an das Wort, das er gegeben für tausend Geschlechter.
Als sie darum baten,
  sättigte er sie mit Brot vom Himmel.
Er öffnete den Felsen, und Wasser entquoll ihm,
  wie ein Strom floß es dahin in der Wüste.

Psalm 105, 4–5. 7–8. 40–41

LESUNG

Womit soll ich vor den Herrn treten, womit mich beugen vor dem Gott in der Höhe? Es ist dir gesagt, Mensch, was gut ist, und was der Herr von dir erwartet: Nichts anderes als Recht üben, die Güte lieben und ehrfürchtig wandern mit deinem Gott. *Micha 6, 6. 8*

GEBET

Dein Wille allein ist gut, Herr, unser Gott, und deine Liebe ist stärker als alles. So bitten wir dich demütig, erhalte uns in dem einen, was notwendig ist: daß wir dir dienen und uns üben in der Liebe untereinander.

FÜRBITTEN – VATERUNSER – SEGEN

I: Hebr 7, 1–3. 15–17 / Mk 3, 1–6
II: 1 Sam 17, 32–33. 37. 40–51 / Mk 3, 1–6

DONNERSTAG DER ZWEITEN JAHRESWOCHE

PSALMGEBET

Er sättigte sie mit Brot vom Himmel.
Er öffnete den Felsen, und Wasser entquoll ihm,
 wie ein Strom floß es dahin in der Wüste.
Denn er dachte an sein heiliges Wort
 und an Abraham, seinen Knecht.
Er führte sein Volk heraus in Freude,
 seine Erwählten in Jubel.
Er gab ihnen die Länder der Völker,
 sie gewannen den Besitz der Nationen,
damit sie seine Satzungen hielten
 und seine Gebote befolgten. *Psalm 105, 40–45*

EVANGELIUM

Jesus sprach: Glaubt nicht, ich sei gekommen, um das Gesetz und die Propheten aufzuheben. Ich bin nicht gekommen, um aufzuheben, sondern um zu erfüllen. Denn ich sage euch: Wenn eure Gerechtigkeit nicht weit größer ist als die der Schriftgelehrten und Pharisäer, werdet ihr nicht in das Himmelreich kommen. *Mattäus 5, 17. 20*

GEBET

Bewahre uns, Gott, daß wir uns nicht über andere erheben. Laß uns die Spuren deines Wirkens erkennen und vorwärtsschreiten auf dem Weg, den du uns führen willst durch Jesus Christus, unseren Herrn.

FÜRBITTEN – VATERUNSER – SEGEN

I: Hebr 7, 25–8, 6 / Mk 3, 7–12
II: 1 Sam 18, 6–9; 19, 1–7 / Mk 3, 7–12

FREITAG DER ZWEITEN JAHRESWOCHE

PSALMGEBET

Ich sage zu Gott, meinem Fels:
„Warum hast du mich verlassen?
   Warum muß ich trauernd gehn, vom Feinde bedrängt?"
Wie Stechen in meinen Gliedern ist mir der Hohn
der Bedränger,
   wenn sie mir ständig zurufen:
   „Wo ist nun dein Gott?"
Was bist du betrübt, meine Seele,
   und bist so unruhig in mir?
Harre auf Gott; denn ich werde ihm noch danken,
   dem Heil, auf das ich blicke, meinem Gott.

Psalm 42, 10–12

EVANGELIUM

Das Gesetz wurde durch Mose gegeben, aber durch Jesus Christus kam die Gnade und Wahrheit. Niemand hat Gott je geschaut. Der Einzige, der Gott ist und am Herzen des Vaters ruht, er hat Kunde gebracht. Aus seiner Fülle haben wir alle empfangen, Gnade über Gnade.

Johannes 1, 17–18. 16

GEBET

Verborgener Gott und Herr, den niemand sehen kann, wir danken dir, daß du uns deinen Willen kundgetan hast durch Jesus Christus, deinen Sohn, unseren Retter und Helfer. Aus der Fülle seiner Gnade und Wahrheit dürfen wir allezeit Kraft schöpfen, deinen heiligen Willen zu erfüllen. Wir danken dir für deine Güte.

FÜRBITTEN – VATERUNSER – SEGEN

I: Hebr 8, 6–13 / Mk 3, 13–19
II: 1 Sam 24, 3–21 / Mk 3, 13–19

SAMSTAG DER ZWEITEN JAHRESWOCHE

PSALMGEBET

Loben will ich den Herrn, so lange ich lebe,
   singen und spielen meinem Gott, so lange ich bin.
Verlaßt euch nicht auf Fürsten,
   nicht auf Menschen, bei denen doch keine Hilfe ist!
Der Herr öffnet den Blinden die Augen,
   die Gebeugten richtet er auf.
Der Herr ist König auf ewig,
   dein Gott, Zion, von Geschlecht zu Geschlecht.

Psalm 146, 2–3. 8. 10

LESUNG

Ihr aber seid hingetreten zum Berg Zion, zur Stadt des lebendigen Gottes, dem himmlischen Jerusalem, zu Tausenden von Engeln, zu einer festlichen Versammlung und zur Gemeinde der Erstgeborenen, die im Himmel eingeschrieben sind; zu Gott, dem Richter aller, zu den Geistern der schon vollendeten Gerechten, zum Mittler eines neuen Bundes, Jesus.

Hebräer 12, 22–24

GEBET

Ewiger Gott, du hast deinem wandernden Volk ein herrliches Ziel gesetzt. Du hast die Tore der himmlischen Stadt aufgetan und lässest uns teilnehmen an der Gemeinde der Vollendeten, am Lobgesang der himmlischen Heerscharen. Nimm unser Lobopfer an durch Jesus Christus, unseren Mittler und Vollender, der uns mit dir versöhnt hat und der uns vollenden will bei dir in Ewigkeit.

FÜRBITTEN – VATERUNSER – SEGEN

I: Hebr 9, 2–3. 11–14 / Mk 3, 20–21
II: 2 Sam 1, 1–4. 11–12. 19. 23–27 / Mk 3, 20–21

DRITTE JAHRESWOCHE

BESINNUNG

Der Taufbefehl hat die Boten des Herrn in alle Himmelsrichtungen gesandt: Gehet hin in alle Welt! In universaler Weite erstreckt sich die Christenheit über alle Grenzen der Nation oder Rasse hinweg. Auch die Konfessionsgrenzen spielen keine Rolle, wenn es um die gegenseitige Anerkennung der einen Taufe geht, die nach dem Gebot des Evangeliums im Namen des Vaters und des Sohnes und des Heiligen Geistes gespendet wird.

Die Taufe ist neben der Heiligen Schrift die wichtigste Grundlage unseres Verbundenseins in der ökumenischen Bewegung. Alle Getauften, die durch Gottes Gnade berufen sind, Kinder Gottes zu sein, haben nun aber auch ein Anrecht auf einen Platz am Tisch des Herrn. Das Mahl, das Christus gestiftet hat, damit wir unser Lob- und Dankopfer darbringen und die Gaben seiner Liebe empfangen, soll ein Mahl der Einheit für alle Christen sein. Das steht als ein Ziel vor uns. Wenn der Herr selber der Gastgeber und die Gabe in diesem Mahl ist und wenn die Feier gemäß der Stiftung mit Ernst und ehrfürchtiger Freude gefeiert wird, wer wollte dann der Einladung des Herrn nicht freimütig folgen? Was in unserem Wochenspruch vom Reich Gottes gesagt ist, gilt auch als ein konkretes Ziel für die Kirchen, die noch unterwegs und getrennt sind: über alle Grenzen hinweg sollte die Einladung zur Gemeinschaft am Tisch des Herrn ernst genommen werden, auch wenn es dann manchmal verwunderlich erscheinen mag, wer alles mit uns Anteil hat an der Gemeinschaft des Leibes und Blutes Christi. Denn ein jeder muß bekennen: „Herr, ich bin nicht würdig, daß du eingehst unter mein Dach." Und doch steht auch jeder unter der Verheißung: „Es werden kommen vom Morgen und vom Abend, von Mitternacht und von Mittag, die zu Tische sitzen werden im Reich Gottes."

Herr und Hirte deiner einen Herde, ich danke dir, daß du mich einlädst zu deinem Mahl. Mache mich bereit, ohne Angst und Eifersucht zusammen mit Gläubigen anderer Art und Herkunft daran teilzunehmen. Füge uns über alles Trennende hinweg immer enger zusammen, die wir Gäste an deinem Tische sein dürfen, und laß den Tag kommen, da wir vollkommen eins sein werden in dir.

DRITTER SONNTAG IM JAHRESKREIS
(DRITTER SONNTAG NACH ERSCHEINUNG)

DER WOCHENSPRUCH

Dann werden sie von Osten und Westen und von Norden und Süden kommen und im Reich Gottes zu Tisch sitzen.
Lukas 13, 29

LESUNG

Vergeltet niemand Böses mit Bösem. Seid allen Menschen gegenüber auf Gutes bedacht. Soweit es euch möglich ist, haltet mit allen Menschen Frieden.
Laß dich vom Bösen nicht besiegen, sondern besiege das Böse mit dem Guten. *Römer 12, 17–18. 21*

EVANGELIUM

Als Jesus nach Kafarnaum kam, trat ein Hauptmann an ihn heran und bat ihn: Herr, mein Diener liegt gelähmt zu Hause und hat große Schmerzen. Jesus sagte zu ihm: Ich will kommen und ihn gesund machen. Da antwortete der Hauptmann: Herr, ich bin nicht wert, daß du mein Haus betrittst; sprich nur ein Wort, und mein Diener wird gesund.
Mattäus 8, 5–8

GEBET

Gott, du willst, daß alle Menschen gerettet werden und zur Erkenntnis der Wahrheit kommen: So bitten wir dich, hilf, daß wir auch durch unseren schwachen Dienst deiner Wahrheit den Weg bereiten und deine rettende Liebe bezeugen vor jedermann.

A: Jes 9, 1–4 / 1 Kor 1, 10–13. 17 / Mt 4, 12–17
B: Jon 3, 1–5. 10 / 1 Kor 7, 29–31 / Mk 1, 14–20
C: Neh 8, 1–4a. 5–6. 8–10 / 1 Kor 12, 12–14. 27 / Lk 1, 1–4; 4, 14–21

MONTAG DER DRITTEN JAHRESWOCHE

PSALMGEBET

Singet dem Herrn ein neues Lied,
 singt dem Herrn, alle Lande!
Singt dem Herrn und preist seinen Namen,
 kündet sein Heil von Tag zu Tag!
Erzählt bei den Völkern von seiner Herrlichkeit,
 von seinen Wundertaten in allen Nationen!
Denn groß ist der Herr und hoch zu preisen,
 mehr zu fürchten als alle Götter. *Psalm 96, 1–4*

LESUNG

An jenem Tag wird eine Straße von Ägypten nach Assur führen, so daß Assur nach Ägypten und Ägypten nach Assur kommen kann. Ägypten und Assur werden dem Herrn dienen. An jenem Tag wird Israel der Dritte im Bund mit Ägypten und Assur sein, ein Segen inmitten der Erde. Der Herr der Heerscharen wird sie segnen und sprechen: Gesegnet ist Ägypten, mein Volk, und Assur, das Werk meiner Hände, und Israel, mein Erbteil. *Jesaja 19, 23–25*

GEBET

Bewahre uns, Herr, vor den falschen Abgrenzungen, vor der Eifersucht, die uns trennt. Mache deine Kirche zu einem Bindeglied der Völker und Gruppen. Segne uns im Austausch des Nehmens und Gebens. Führe die Menschheit zusammen unter deinem Walten.

FÜRBITTEN – VATERUNSER – SEGEN

I: Hebr 9, 15. 24–28 / Mk 3, 22–30
II: 2 Sam 5, 1–7. 10 / Mk 3, 22–30

DIENSTAG DER DRITTEN JAHRESWOCHE

PSALMGEBET

Der Himmel freue sich, die Erde frohlocke,
  es brause das Meer und was es erfüllt!
Es jauchze die Flur und was darauf wächst!
Jubeln sollen alle Bäume des Waldes:
vor dem Herrn, wenn er kommt,
  wenn er kommt, die Erde zu richten.
Er richtet den Erdkreis gerecht,
  die Nationen nach seiner Treue. *Psalm 96, 11–13*

LESUNG

Paulus und Barnabas aber erklärten freimütig: Euch mußte das Wort Gottes zuerst verkündet werden. Da ihr es aber zurückstoßt und euch des ewigen Lebens unwürdig zeigt, wenden wir uns jetzt an die Heiden. Denn so hat uns der Herr aufgetragen: Ich habe dich als Licht aufgestellt für die Heiden, damit du das Heil seiest bis an die Enden der Erde.
Apostelgeschichte 13, 46–47

GEBET

Herr, du machst aus Ersten Letzte und aus Letzten Erste. Wir bitten dich, behüte uns vor Abstumpfung und falscher Sicherheit, daß deine Gnade nicht von uns genommen werde. Erwecke unseren Eifer, dein Wort weiterzusagen, und nimm unseren schwachen Dienst an für dein Reich in aller Welt.

FÜRBITTEN – VATERUNSER – SEGEN

I: Hebr 10, 1–10 / Mk 3, 31–35
II: 2 Sam 6, 12b–15. 17–19 / Mk 3, 31–35

MITTWOCH DER DRITTEN JAHRESWOCHE

PSALMGEBET

Alle Götter der Heiden sind nichtig,
 der Herr aber hat den Himmel gemacht.
Bringt dem Herrn, ihr Stämme der Völker,
 bringt dem Herrn Ehre und Macht!
Bringt dem Herrn die Ehre seines Namens,
 spendet Opfergaben und tretet in seine Vorhöfe ein!
Werft euch nieder vor dem Herrn in heiligem Schmuck,
 erbebt vor ihm, alle Lande!
Kündet bei den Völkern: „Der Herr ist König!
Den Erdkreis hat er gegründet, daß er nicht wankt.

Psalm 96, 5. 7–10

EVANGELIUM

Jesus spricht zu der Samariterin: Aber es kommt die Stunde, und sie ist jetzt da, in der die wahren Beter zum Vater beten werden im Geist und in der Wahrheit; denn solche Beter verlangt der Vater. Gott ist Geist, und alle, die anbeten, müssen ihn im Geist und in der Wahrheit anbeten.

Johannes 4, 23–24

GEBET

Schaffe in mir, Gott, ein reines Herz und gib mir einen neuen Geist. Verwirf mich nicht von deinem Angesicht, und nimm deinen Heiligen Geist nicht von mir.

FÜRBITTEN – VATERUNSER – SEGEN

I: Hebr 10, 11–18 / Mk 4, 1–20
II: 2 Sam 7, 4–17 / Mk 4, 1–20

DONNERSTAG DER DRITTEN JAHRESWOCHE

PSALMGEBET

Die Völker sollen dir danken, o Gott,
   danken sollen dir die Völker alle!
Die Nationen sollen sich freuen und jubeln!
   Denn du richtest den Erdkreis gerecht.
Du richtest die Völker nach Recht
   und regierst die Nationen auf Erden.
Die Völker sollen dir danken, o Gott,
   danken sollen dir die Völker alle! *Psalm 67, 4–6*

EVANGELIUM

Jesus sprach: Sagt ihr nicht: Noch vier Monate dauert es bis zur Ernte? Ich aber sage euch: Blickt umher und seht, daß die Felder weiß sind zur Ernte. Schon empfängt der Schnitter Lohn und sammelt Frucht für das ewige Leben, so daß sich der Sämann zugleich mit dem Schnitter freut.
Johannes 4, 35–36

GEBET

Herr, wenn wir mutlos werden im Blick auf unsere geringe Kraft, lehre uns deine Stunde erkennen. Laß uns sehen, wo deine Ernte reif ist, ohne unser Zutun. Gib, daß wir erkennen, wozu dein Gebot uns ruft, und wie deine Gnade uns beschenkt.

FÜRBITTEN – VATERUNSER – SEGEN

I: Hebr 10, 19–25 / Mk 4, 21–25
II: 2 Sam 7, 18–19. 24–29 / Mk 4, 21–25

FREITAG DER DRITTEN JAHRESWOCHE

PSALMGEBET

Die dahinsiechten in ihrem sündhaften Treiben,
 niedergebeugt wegen ihrer schweren Vergehen,
denen ekelte vor jeder Speise,
 die nahe waren den Pforten des Todes;
die dann in ihrer Bedrängnis schrien zum Herrn,
 die er ihren Ängsten entriß,
denen er sein Wort sandte, sie heilte
 und sie vom Verderben befreite:
Die sollen dem Herrn danken für seine Huld,
 für sein wunderbares Tun an den Menschen!

Psalm 107, 17–21

LESUNG

Jona fing an, in die Stadt hineinzugehen, eine Tagreise weit, und rief aus: Noch vierzig Tage, und Ninive ist zerstört! Die Leute von Ninive glaubten Gott. Sie riefen ein Fasten aus und zogen Bußgewänder an, groß und klein. Und Gott sah ihr Tun; er sah, daß sie von ihrem bösen Weg umkehrten. Da bereute Gott das Unheil, das er ihnen angedroht hatte, und er tat es nicht. *Jona 3, 4–5. 10*

GEBET

Kommt, wir wollen wieder zum Herrn; denn er hat uns zerrissen, er wird uns auch heilen; er hat uns geschlagen, er wird uns auch verbinden. Herr, erbarme dich unser.

FÜRBITTEN – VATERUNSER – SEGEN

I: Hebr 10, 32–39 / Mk 4, 26–34
II: 2 Sam 11, 1–4a. 5–10a. 13–17 / Mk 4, 26–34

SAMSTAG DER DRITTEN JAHRESWOCHE

PSALMGEBET

Lobet den Herrn, alle Völker,
  preist ihn, alle Nationen!
Denn mächtig waltet über uns seine Huld,
  die Treue des Herrn währt in Ewigkeit! *Psalm 117, 1–2*

LESUNG

Der Apostel Paulus schreibt: So habe ich überallhin das Evangelium Christi gebracht und darauf geachtet, das Evangelium nicht dort zu verkündigen, wo der Name Christi schon bekannt gemacht war, um nicht auf einem fremden Fundament zu bauen; denn in der Schrift steht:
Sehen werden die, welchen nichts über ihn verkündet wurde, und die werden verstehen, welche nichts gehört haben.
Römer 15, 20–21

GEBET

Tu der Völker Türen auf,
deines Himmelreiches Lauf
hemme keine List noch Macht!
Schaffe Licht in dunkler Nacht!
Erbarm dich, Herr!

Gib den Boten Kraft und Mut,
Glaubenshoffnung, Liebesglut,
laß viel Früchte deiner Gnad
folgen ihrer Tränensaat!
Erbarm dich, Herr!

FÜRBITTEN – VATERUNSER – SEGEN

I: Hebr 11, 1–2. 8–19 / Mk 4, 35–40
II: 2 Sam 12, 1–7a. 10–17 / Mk 4, 35–40

VIERTE JAHRESWOCHE

BESINNUNG

Noach hatte sich nach Gottes Weisung vorbereitet, der gewaltigen Katastrophe zu begegnen, und in der Arche bewies er Geduld im vertrauenden Warten auf das Sinken der Flut. Naturkatastrophen sind in unserer Zeit nicht unwahrscheinlicher geworden, nur sind wir weniger als unsere Vorfahren gerüstet, ihnen zu begegnen, da wir uns so sehr von dem Leben mit der Natur entfernt haben.

In der Sintfluterzählung geht es aber noch um etwas anderes. Nach dem siebten Tag gibt es einen neuen Anfang. Der achte Tag ist der erste Tag einer neuen Woche. Der Sonntag ist der Tag der Erschaffung des Lichtes, der Tag der Auferstehung und des neuen Lebens. Wie mit der Auferstehung Jesu Christi eine neue Schöpfung beginnt, so beginnt mit der Taufe ein neues Leben. Wie in der Arche die Menschen durch die Flut hindurch gerettet wurden, so sind wir durch die Taufe in das Schiff der Kirche gezogen, und dort wird uns ein neues Leben angeboten. Werden wir uns den Frieden Gottes schenken lassen?

Der ist im Frieden, der sich als Kind Gottes der Vatergüte des Allmächtigen anvertraut. „Der Wolken, Luft und Winden gibt Wege, Lauf und Bahn, der wird auch Wege finden, da dein Fuß gehen kann."

>   Wer heimlich seine Wohnestatt
>   im Schutz des Allerhöchsten hat,
>   der bleibet sicher ohn Gefahr
>   in Gottes Schatten immerdar.
>
>   Er spricht zum Herren wohlgemut:
>   Du bist mein Trost und Hoffnung gut,
>   mein Hort, mein lieber Herr und Gott,
>   dem ich will trauen in der Not.

VIERTER SONNTAG IM JAHRESKREIS
(VIERTER SONNTAG NACH ERSCHEINUNG)

DER WOCHENSPRUCH

Kommt und schaut die Taten Gottes;
Ehrfurcht fordert sein Tun an den Menschen. *Psalm 66, 5*

LESUNG

Dann ließ Noach eine Taube hinaus, um zu sehen, ob das Wasser auf der Erde abgenommen hätte. Die Taube fand keinen Halt für ihre Füße und kehrte zu ihm in die Arche zurück, weil das Wasser noch über der ganzen Erde stand. Dann wartete er noch weitere sieben Tage und ließ wieder die Taube aus der Arche. Gegen Abend kam die Taube zu ihm zurück, und siehe da: in ihrem Schnabel hatte sie einen frischen Olivenzweig. Jetzt wußte Noach, daß nur noch wenig Wasser auf der Erde stand. *Genesis 8, 8–11*

EVANGELIUM

Jesus sagte zu ihnen: Warum habt ihr Angst, ihr Kleingläubigen? Dann stand er auf, wandte sich drohend gegen die Winde und den See, und es trat völlige Stille ein. Die Menschen aber staunten und sagten: Was ist das für einer, daß ihm selbst Winde und See gehorchen? *Mattäus 8, 26–27*

GEBET

Allmächtiger Gott, du hast die Welt geschaffen und alles, was sie erfüllt. Dir muß alles dienen. Wir bitten dich, nimm von uns die Angst und den Kleinglauben. Sei uns nahe und wecke in uns den Glauben, der die Welt überwindet.

A: Zef 2, 3; 3, 12–13 / 1 Kor 1, 26–31 / Mt 5, 1–12a
B: Dtn 18, 15–20 / 1 Kor 7, 32–35 / Mk 1, 21–28
C: Jer 1, 4–5. 17–19 / 1 Kor 13, 4–13 / Lk 4, 21–30

MONTAG DER VIERTEN JAHRESWOCHE

PSALMGEBET

Fest steht dein Thron von Anbeginn,
  von Ewigkeit her bist du!
Fluten erheben sich, Herr,
Fluten erheben ihr Tosen,
  Fluten erheben ihr Brausen.
Gewaltiger als die Brandung des Meeres
  ist der Herr in der Höhe.
Deine Gesetze sind fest und verläßlich. *Psalm 93, 2–5*

EVANGELIUM

Jesus sprach: Darum fragt nicht, was ihr essen und was ihr trinken sollt, und ängstigt euch nicht! Denn um all das geht es den Heiden in der Welt. Euer Vater weiß, was ihr braucht. Euch soll es um das Reich Gottes gehen; das andere wird euch dazugegeben. *Lukas 12, 29–31*

GEBET

Vater, du deckst uns täglich den Tisch und trägst unser Leben über Bitten und Verstehen. Wir danken dir für die unverdienten Gaben deiner Güte.

FÜRBITTEN – VATERUNSER – SEGEN

I: Hebr 11, 32–40 / Mk 5,1–20
II: 2 Sam 15, 13–14. 30; 16, 5–13a / Mk 5, 1–20

DIENSTAG DER VIERTEN JAHRESWOCHE

PSALMGEBET

Ich rufe zu Gott dem Höchsten,
> zu Gott, der mir beisteht.
Er sende mir Hilfe vom Himmel,
> während meine Feinde mich schmähen.
Gott sende seine Huld und Treue!
Erhebe dich über die Himmel, o Gott,
> deine Herrlichkeit über die ganze Erde!
Denn deine Güte reicht, so weit der Himmel ist,
> deine Treue, so weit die Wolken ziehn.

Psalm 57, 3–4. 6. 11

LESUNG

So spricht der Herr: Wer hinfällt, steht der nicht wieder auf? Wer vom Weg abkommt, kehrt der nicht wieder zurück? Warum wendet dieses Volk sich ab und beharrt auf der Abkehr? Warum hält es am Irrtum fest, weigert sich umzukehren? Selbst der Storch am Himmel kennt seine Zeiten; Turteltaube, Schwalbe und Drossel halten die Frist ihrer Rückkehr ein; mein Volk aber kennt nicht die Rechtsordnung des Herrn.

Jeremia 8, 4–5. 7

GEBET

Wenn wir uns verirren, Herr, gib, daß wir uns wieder zurechtfinden. Wenn wir fallen, richte uns auf, daß wir nicht liegenbleiben. Wenn du uns heimsuchst, laß uns deinem Rufe folgen und Rettung finden.

FÜRBITTEN – VATERUNSER – SEGEN

I: Hebr 12, 1–4 / Mk 5, 21–43
II: 2 Sam 18, 9–10. 14b. 24–25a. 3–19, 3 / Mk 5, 21–43

MITTWOCH DER VIERTEN JAHRESWOCHE

PSALMGEBET

Wohl dem, der seinen Herrn fürchtet und ehrt
   und auf seinen Wegen geht!
Den Ertrag deiner Hände, du kannst ihn genießen;
   wohl dir, es wird dir gut ergehn.
Es segne dich der Herr vom Zion her,
   daß du das Glück Jerusalems schaust dein Leben lang
und die Kinder deiner Kinder siehst!
   Frieden über Israel! *Psalm 128, 1–2. 5–6*

LESUNG

Darum wartet der Herr darauf, euch gnädig zu sein, darum steht er auf, um sich euer zu erbarmen. Denn ein Gott des Rechtes ist der Herr; glücklich alle, die auf ihn warten. Zwar gab euch der Herr knappes Brot und karges Wasser; doch wird sich dein Lehrer nicht länger verbergen. Deine Augen werden deinen Lehrer sehen, deine Ohren werden es hören, wenn er hinter dir ruft: Das ist der Weg, den ihr gehen müßt, wenn ihr schwankt zwischen rechts und links!
Jesaja 30, 18. 20. 21

GEBET

Wir bitten dich, Herr, für alle, die uns nahe stehen: Laß uns in dir verbunden sein. Segne unsere Familie mit allen ihren Gliedern. Mache uns gewiß, daß du uns recht führst. Laß uns das Ziel schauen, das du uns gesetzt hast.

FÜRBITTEN – VATERUNSER – SEGEN

I: Hebr 12, 4–7. 11–15 / Mk 6, 1–6
II: 2 Sam 24, 2. 9–17 / Mk 6, 1–6

DONNERSTAG DER VIERTEN JAHRESWOCHE

PSALMGEBET

Ich denke an dich auf nächtlichem Lager,
  sinne über dich nach, wenn ich wache.
Ja, du wurdest mein Helfer;
  jubeln kann ich im Schatten deiner Flügel.
Meine Seele hängt an dir,
  deine rechte Hand hält mich fest. *Psalm 63, 7–9*

LESUNG

Als Daniel erfuhr, das Schreiben sei unterzeichnet, ging er in sein Haus. In seinem Obergemach waren die Fenster nach Jerusalem hin offen. Dort kniete er dreimal am Tag nieder und richtete Bitte und Lobpreis an seinen Gott, ganz so wie er es bisher zu tun gewohnt war. Nun befahl der König, Daniel herbeizubringen, und man warf ihn zu den Löwen in die Grube. Der König sagte noch zu Daniel: Möge dein Gott, dem du so unablässig dienst, dich erretten! *Daniel 6, 11. 17*

GEBET

Herr, mein Gott, gib mir Kraft und Mut, dich allezeit über alles zu fürchten und zu lieben und dir allein zu vertrauen. Laß mich weder durch Lockung noch durch Drohung der Menschen irre werden an deinem Gebot und deiner Verheißung. Stärke mich zur Treue bis an den Tod.

FÜRBITTEN – VATERUNSER – SEGEN

I: Hebr 12, 18–19. 21–24 / Mk 6, 6–13
II: 1 Kön 2, 1–4. 10–12 / Mk 6, 6–13

FREITAG DER VIERTEN JAHRESWOCHE

PSALMGEBET

Die in ihrer Bedrängnis schrien zum Herrn,
   die er ihren Ängsten entriß,
die sich freuten, daß die Wogen sich legten
   und er sie führte zum ersehnten Hafen:
Die sollen dem Herrn danken für seine Huld,
   für sein wunderbares Tun an den Menschen!
Psalm 107, 28. 29. 31

LESUNG

Gott sprach: Das ist das Zeichen des Bundes, den ich stifte zwischen mir und euch und den lebendigen Wesen bei euch für kommende Geschlechter: Meinen Bogen setze ich in die Wolken; er soll das Bundeszeichen sein zwischen mir und der Erde. Balle ich Wolken über der Erde zusammen, so soll der Bogen in den Wolken sichtbar werden. Und Gott sprach zu Noach: Das ist das Zeichen des Bundes, den ich zwischen mir und allen Wesen aus Fleisch auf der Erde errichtet habe.
Genesis 9, 12–14. 17

GEBET

Ewiger Gott, laß uns deine Zeichen erkennen in Raum und Zeit. Laß nach Sturm und Wetter immer wieder deine Sonne leuchten, daß wir den Bund deines Friedens rühmen.

FÜRBITTEN – VATERUNSER – SEGEN

I: Hebr 13, 1–8 / Mk 6, 14–29
II: Sir 47, 2–13 / Mk 6, 14–29

SAMSTAG DER VIERTEN JAHRESWOCHE

PSALMGEBET

Der Herr schaut herab aus heiliger Höhe,
vom Himmel blickt er auf die Erde nieder,
will das Seufzen der Gefangenen hören
und befreien, die dem Tod geweiht sind,
damit sie den Namen des Herrn auf Zion verkünden,
sein Lob in Jerusalem,
wenn sich dort Königreiche und Völker versammeln,
um den Herrn zu verehren. *Psalm 102, 20–23*

LESUNG

So spricht der Herr: Seht, ich schaffe einen neuen Himmel und eine neue Erde. Dann wird man an das Frühere nicht mehr denken, und nie mehr wird man sich daran erinnern. Darum freut euch und jubelt allezeit über das, was ich erschaffe. Denn ich schaffe Jerusalem in eine Stadt des Jubels um und seine Einwohner in ein Volk der Freude. Ich will über Jerusalem jubeln und mich über mein Volk freuen. Nie mehr wird man dort hören den Laut des Weinens und des Klagens.
Jesaja 65, 17–19

GEBET

Wir sind nur Gast auf Erden
und wandern ohne Ruh
mit mancherlei Beschwerden
der ewigen Heimat zu.

Und sind wir einmal müde,
dann stell ein Licht uns aus,
o Gott, in deiner Güte,
dann finden wir nach Haus.

I: Hebr 13, 15–17. 20–21 / Mk 6, 30–34
II: 1 Kön 3, 4–13 / Mk 6, 30–34

FÜNFTE JAHRESWOCHE

BESINNUNG

Wie oft möchten wir eingreifen in den Lauf der Geschichte, weil wir ganz genau zu sehen glauben, wie alles viel besser geordnet und gelenkt werden könnte. Aber wir haben nur einen begrenzten Überblick, und unser Eifer würde bald mehr in Unordnung bringen, als damit in Ordnung zu bringen wäre. Nicht daß wir aufhören sollten, an unserem Ort und für unsere Person das Richtige und Notwendige zu tun; nur in der Beurteilung des Ganzen gilt es vorsichtig zu sein und Gottes endgültiges Urteil nicht vorwegzunehmen. Unkraut und Weizen müssen wachsen bis zur Ernte, selbst wenn wir in allen Fällen ganz genau wüßten, was Unkraut und was Weizen ist. Wir dürfen Gott zutrauen, daß er es noch genauer weiß und daß er zu seiner Zeit schon ans Licht bringen wird, was jetzt noch verborgen ist. Darum ist unser Teil jetzt das, wozu uns die Epistel dieses Sonntags mahnt: Demut und Geduld, Friede und Liebe, die aus dem Hören auf das Wort des Herrn kommen. So gewinnen wir die Freiheit, trotz aller Wirren dieser Zeit in uns den Lobgesang nicht ersticken zu lassen, sondern miteinander in Psalmen und Hymnen vor Gott zu treten und ihm die Ehre zu geben, auch wo wir sein Walten noch nicht verstehen.

Herr, du gibst dein Wort in unser Herz und läßt dir unser Lob gefallen, wenn wir dir antworten mit Herzen, Mund und Händen. Laß uns nicht ungeduldig werden darüber, daß in dieser Welt dein Weg so schwer zu erkennen ist und deine Ziele nicht schneller erreicht werden. Erhalte uns das Vertrauen auf die Kraft deines Wortes. Erhalte und stärke die Bereitschaft zum Beten, Loben und Danken.

FÜNFTER SONNTAG IM JAHRESKREIS
(FÜNFTER SONNTAG NACH ERSCHEINUNG)

DER WOCHENSPRUCH

Richtet nicht, ehe der Herr kommt, der das im Dunkeln Verborgene ans Licht bringen und die Absichten der Herzen aufdecken wird. *1 Korinther 4, 5*

LESUNG

Das Wort Christi wohne mit seinem ganzen Reichtum bei euch! Belehrt und ermahnt einander in aller Weisheit! Singt Gott in eurem Herzen Psalmen, Hymnen und Lieder, wie sie der Geist eingibt, denn ihr seid in Gottes Gnade.
Kolosser 3, 16

EVANGELIUM

Jesus sprach: Laßt beides wachsen bis zur Ernte. Wenn dann die Zeit der Ernte kommt, werde ich den Arbeitern sagen: Sammelt zuerst das Unkraut und bindet es in Bündel, um es zu verbrennen; den Weizen aber bringt in meine Scheune.
Mattäus 13, 30

GEBET

Herr, wir hören auf dein Wort,
das du uns gegeben hast,
und in dem du wie ein Gast
bei uns weilest immerfort.

Laß dein Wort uns allezeit
treu in Herz und Sinnen stehn
und mit uns durchs Leben gehn
bis zur lichten Ewigkeit.

A: Jes 58, 7–10 / 1 Kor 2, 1–5 / Mt 5, 13–16
B: Ijob 7, 1–4. 6–7 / 1 Kor 9, 16–19. 22–23 / Mk 1, 29–39
C: Jes 6, 1–2a. 3–8 / 1 Kor 15, 3–8. 11 / Lk 5, 1–11

MONTAG DER FÜNFTEN JAHRESWOCHE

PSALMGEBET

Du bist furchtbar und herrlich,
 mehr als die ewigen Berge.
Furchtbar bist du! Wer kann bestehen vor dir,
 vor der Gewalt deines Zorns?
Vom Himmel her machst du das Urteil bekannt;
 Furcht packt die Erde, und sie verstummt,
wenn Gott sich erhebt zum Gericht,
 allen Gebeugten auf der Erde zu helfen. *Psalm 76, 5. 8–10*

LESUNG

Daniel betete und sprach: Der Name Gottes sei gepriesen von Ewigkeit zu Ewigkeit! Denn bei ihm sind Weisheit und Macht. Er bestimmt den Wechsel der Zeiten und Fristen; er setzt Könige ab und setzt Könige ein. Er gibt den Weisen die Weisheit und den Einsichtsvollen die Erkenntnis. Er enthüllt tief verborgene Dinge; er weiß, was im Dunkeln ist, und bei ihm wohnt das Licht. *Daniel 2, 20–22*

GEBET

Über allem Auf und Nieder der Geschichte waltest du, ewiger Gott, bald verborgen, bald erkennbar. Bei allem Streit in dieser Welt erhalte uns in deinem Frieden. Nimm unseren schwachen Dienst an, wenn wir deinen Frieden weitertragen.

FÜRBITTEN – VATERUNSER – SEGEN

I: Gen 1, 1–19 / Mk 6, 53–56
II: 1 Kön 8, 1–7. 9–13 / Mk 6, 53–56

DIENSTAG DER FÜNFTEN JAHRESWOCHE

PSALMGEBET

Der Herr aber thront für ewig;
   seinen Thron stellt er auf zum Gericht.
Er richtet den Erdkreis gerecht,
   er spricht den Völkern nach Gebühr das Urteil.
So wird der Herr für den Bedrückten zur Burg,
   zur Burg in Zeiten der Not.
Darum vertraut auf dich, wer deinen Namen kennt;
   denn du, Herr, verläßt keinen, der dich sucht.

Psalm 9, 8–11

EVANGELIUM

Jesus sprach: Weiter ist es mit dem Himmelreich wie mit einem Netz, das ins Meer geworfen wurde und Fische aller Art einfing. Als es voll war, zogen es die Fischer ans Ufer, setzten sich und sammelten die guten Fische in Eimern, die schlechten aber warfen sie weg. So wird es auch am Ende der Welt sein: Die Engel werden kommen und die Bösen von den Gerechten trennen.

Mattäus 13, 47–49

GEBET

In deinem Gericht, Herr, suchen wir deine Gnade. Du erwählst und verwirfst nach deinem ewigen Ratschluß. Aber du hast uns angesehen in deinem Sohn und willst uns annehmen, wenn wir mit ihm zu dir kommen. So bitten wir dich: Erhalte uns in deiner Gnade durch Jesus Christus, unseren Herrn.

FÜRBITTEN – VATERUNSER – SEGEN

I: Gen 1, 20–2, 4a / Mk 7, 1–13
II: 1 Kön 8, 22–23. 27–30 / Mk 7, 1–13

MITTWOCH DER FÜNFTEN JAHRESWOCHE*

PSALMGEBET

Verleih dein Richteramt, o Gott, dem König,
dem Königssohn gib dein gerechtes Walten!
Dann tragen die Berge Frieden dem Volk
und die Höhen Gerechtigkeit!
Er herrsche von Meer zu Meer,
vom Strom bis an die Enden der Erde!
Vor ihm sollen die Gegner sich beugen,
Staub sollen lecken seine Feinde!
Denn er rettet den Gebeugten, der um Hilfe schreit,
den Armen und den, der keinen Helfer hat.

Psalm 72, 1. 3. 8–9. 12

EVANGELIUM

Dies alles sagte Jesus der Menge durch Gleichnisse, und ohne ein Gleichnis redete er nicht zu ihnen. Damit sollte sich das Wort des Propheten Jesaja erfüllen: Ich will meinen Mund auftun und in Gleichnissen reden, ich will verkünden, was seit dem Anfang der Welt verborgen ist. *Mattäus 13, 34–35*

GEBET

Ewiger Gott, du hast aus Davids Haus den König erweckt, dessen Reich über alles geht. Er hat uns sein Wort gegeben, in Gleichnissen verhüllt, aber lebendig und voller Kraft. Gib, daß es sich entfalte in dieser Welt und wirke, wozu du es gesandt hast.

FÜRBITTEN – VATERUNSER – SEGEN

---

* Mit diesem Mittwoch beginnt in den Jahren 1975 und 1978 die österliche Bußzeit: Fortsetzung mit Aschermittwoch (S. 154).
I: Gen 2, 4b–9. 15–17 / Mk 7, 14–23
II: 1 Kön 10, 1–10 / Mk 7, 14–23

DONNERSTAG DER FÜNFTEN JAHRESWOCHE

PSALMGEBET

Hilf doch, Herr, die Frommen schwinden dahin,
  unter den Menschen gibt es keine Treue mehr.
Lüge reden sie, einer zum andern,
  mit falscher Lippe und zwiespältigen Herzen reden sie.
Wenn auch die Frevler frei umhergehen
  und unter den Menschen Gemeinheit hochkommt,
du, Herr, wirst uns behüten,
  vor diesem Geschlecht uns erretten auf ewig.

Psalm 12, 2–3. 9. 8

EVANGELIUM

Jesus sagte zu den Volksscharen: Sobald ihr im Westen Wolken aufsteigen seht, sagt ihr: Es gibt Regen. Und es kommt so. Und wenn der Südwind weht, dann sagt ihr: Es wird heiß. Und es trifft ein. Ihr Heuchler! Das Aussehen der Erde und des Himmels versteht ihr zu deuten. Warum könnt ihr die Zeichen dieser Zeit nicht deuten? *Lukas 12, 54–56*

GEBET

Gütiger Vater, du hast uns Jesus, deinen Sohn, geschenkt, um uns auf den Weg des Heils zu führen. Durch sein Kommen sind wir in die Entscheidung gestellt und zur Umkehr gerufen. Erleuchte uns durch deinen Geist, daß wir das Gebot der Stunde recht erkennen und danach handeln.

FÜRBITTEN – VATERUNSER – SEGEN

I: Gen 2, 18–25 / Mk 7, 24–30
II: 1 Kön 11, 4–13 / Mk 7, 24–30

FREITAG DER FÜNFTEN JAHRESWOCHE

PSALMGEBET

Die da umherirren in der Wüste, im Ödland,
   den Weg zur wohnlichen Stadt nicht fanden,
die Hunger litten und Durst,
   denen das Leben dahinschwand;
die dann in ihrer Bedrängnis schrien zum Herrn,
   die er ihren Ängsten entriß,
sie führte auf gerade Wege,
   so daß sie zur wohnlichen Stadt gelangten:
Die sollen dem Herrn danken für seine Huld,
   für sein wunderbares Tun an den Menschen.

Psalm 107, 4–8

LESUNG

Das Wort vom Kreuz ist denen, die verloren gehen, Torheit; uns aber, die gerettet werden, ist es Gottes Kraft.
Denn da die Welt angesichts der Weisheit Gottes auf dem Weg ihrer Weisheit Gott nicht erkannte, beschloß Gott, durch die Torheit der Verkündigung alle, die glauben, zu retten.
Denn das Törichte Gottes ist weiser als die Menschen, und das Schwache Gottes ist stärker als die Menschen.

1 Korinther 1, 18. 21. 25

GEBET

Herr Jesus Christus, du bist für uns den Weg zum Kreuz gegangen: gib, daß wir in deiner Nachfolge Geduld lernen und das neue Leben gewinnen durch die Kraft deiner Auferstehung.

FÜRBITTEN – VATERUNSER – SEGEN

I: Gen 3, 1–8 / Mk 7, 31–37
II: 1 Kön 11, 29–32; 12, 19 / Mk 7, 31–37

SAMSTAG DER FÜNFTEN JAHRESWOCHE

PSALMGEBET

Haucht der Mensch sein Leben aus,
kehrt er zurück zur Erde,
   dann ist es aus mit all seinen Plänen.
Wohl dem, dessen Halt der Gott Jakobs ist,
   der seine Hoffnung setzt auf den Herrn, seinen Gott!
Er hat Himmel und Erde gemacht,
das Meer und alle Geschöpfe,
   er hält die Treue auf ewig.
Recht schafft er den Unterdrückten,
den Hungernden gibt er Brot;
   der Herr macht die Gefangenen frei.
Der Herr öffnet den Blinden die Augen. *Psalm 146, 4–8*

EVANGELIUM

Jesus zog von Stadt zu Stadt und von Dorf zu Dorf und lehrte. So setzte er die Reise nach Jerusalem fort. Da fragte ihn einer: Herr, werden nur wenige gerettet? Er sagte zu ihnen: Bemüht euch mit allen Kräften, durch die enge Tür zu gelangen; denn ich sage euch: Viele werden versuchen hineinzukommen, aber es wird ihnen nicht gelingen.

Lukas 13, 22–24

GEBET

Durch dich steht das Himmelstor
allen, welche glauben, offen,
du stellst uns dem Vater vor,
wenn wir kindlich auf dich hoffen;
du wirst kommen zum Gericht,
wenn der letzte Tag anbricht.

FÜRBITTEN – VATERUNSER – SEGEN

I: Gen 3, 9–24 / Mk 8, 1–10
II: 1 Kön 12, 26–32; 13, 33–34 / Mk 8, 1–10

SECHSTE JAHRESWOCHE

BESINNUNG

Im Ursprung aller Dinge steht Gottes Schöpferwort: Es werde Licht. Und es ward Licht. Aus der Finsternis, aus dem Nichts ließ Gott diese Welt ans Licht treten.

Eine neue Welt hat er ins Leben gerufen, als er den neuen Menschen, Jesus Christus, in diese alte, vergehende Welt sandte. Christus spricht: Ich bin das Licht der Welt. Im Angesicht Jesu Christi leuchtet uns Gottes Angesicht auf, das uns zugewandte Angesicht des barmherzigen Gottes. Das Licht, das durch ihn in unser Herz gekommen ist, heißt Liebe und Leben.

Wie die erwählten Jünger auf dem Berg seine Gestalt im Licht zerfließen sahen, wie sie ihn im Gespräch mit Mose und Elia sahen, und wie in der Auferstehung sein irdischer Leib verwandelt wurde in himmlisches Wesen – so will er uns wandeln in sein Licht, wenn wir ihm folgen auf dem Weg des Kreuzes.

Es ist ein mühsamer Weg, der Verzicht und Opfer fordert. Dahinter aber leuchtet das Osterlicht. Die Verklärung auf dem Berge ist schon eine kleine Vorwegnahme des Wunders der Auferstehung. Johann Scheffler ermutigt uns: So laßt uns denn dem lieben Herrn mit unserm Kreuz nachgehen und wohlgemut, getrost und gern in allem Leiden stehen; wer nicht gekämpft, trägt auch die Kron' des ewgen Lebens nicht davon.

> O sei uns nah mit deinem Licht,
> mit deiner reichen Gnade,
> und wenn du kommst zu dem Gericht,
> Christ, in dein Reich uns lade!

SECHSTER SONNTAG IM JAHRESKREIS*
(SECHSTER SONNTAG NACH ERSCHEINUNG)

DER WOCHENSPRUCH

Denn der Gott, der sprach: Aus Finsternis soll Licht aufleuchten, er ist in unsern Herzen aufgeleuchtet, damit wir erleuchtet werden zur Erkenntnis des göttlichen Glanzes auf dem Antlitz Christi. *2 Korinther 4, 6*

LESUNG

Wir folgten nicht frei erfundenen Geschichten, als wir euch die Macht und Ankunft unseres Herrn Jesus Christus verkündeten, sondern wir waren Augenzeugen seiner Größe. Er hat von Gott, dem Vater, Ehre und Herrlichkeit empfangen; denn er hörte die Stimme der erhabenen Herrlichkeit, die zu ihm sprach: Dies ist mein geliebter Sohn, an dem ich Gefallen gefunden habe. *2 Petrus 1, 16–17*

EVANGELIUM

Nach sechs Tagen nahm Jesus den Petrus, den Jakobus und dessen Bruder Johannes mit sich und führte sie auf einen hohen Berg, sie allein. Dort wurde er vor ihren Augen verwandelt; sein Gesicht leuchtete wie die Sonne, und seine Kleider wurden weiß wie das Licht. *Mattäus 17, 1–2*

GEBET

Allmächtiger Gott, du hast uns in Jesus Christus dein Angesicht zugewandt und hast in der Mitte der Zeiten deine Verheißungen erfüllt. Wir bitten dich, gib, daß wir allein auf dein lebendiges Wort vertrauen, auf Jesus Christus, der uns auf seinem Weg zum Licht und Leben führen will und der mit dir und dem Heiligen Geist lebt und herrscht in Ewigkeit.

---

* Dieser und die folgenden Sonntage im Jahreskreis fallen aus in den Jahren 1975 und 1978. Fortsetzung mit dem ersten Fastensonntag (S. 159).
A: Sir 15, 16–21 / 1 Kor 2, 6–10 / Mt 5, 20–22a. 27–28. 33–34a. 37
B: Lev 13, 1–2. 44–46 / 1 Kor 10, 31–11, 1 / Mk 1, 40–45
C: Jer 17, 5–8 / 1 Kor 15, 12. 16–20 / Lk 6, 17. 20–26

MONTAG DER SECHSTEN JAHRESWOCHE

PSALMGEBET

Denn du, Herr, bist der Höchste über der ganzen Erde,
   hoch erhaben über alle Götter.
Die ihr den Herrn liebt, haßt das Böse!
Er behütet das Leben seiner Frommen,
   er entreißt sie der Hand der Frevler.
Licht erstrahlt den Gerechten,
   Freude denen, die redlichen Herzens sind.
Ihr Gerechten, freut euch im Herrn
   und lobt seinen heiligen Namen! *Psalm 97, 9–12*

LESUNG

Der Herr aber ist der Geist, und wo der Geist des Herrn wirkt, da ist Freiheit. Wir alle spiegeln mit enthülltem Angesicht die Herrlichkeit des Herrn und werden so in sein eigenes Bild verwandelt, von Herrlichkeit zu Herrlichkeit, durch den Geist des Herrn. *2 Korinther 3, 17–18*

GEBET

Herr, dir sei Dank, daß du uns in die Freiheit führst, die deine Gnade uns schenkt. Vom Glanz deiner Herrlichkeit fällt Licht in unser Leben und verwandelt uns. Gib, daß wir uns dir öffnen und dich in uns wirken lassen.

FÜRBITTEN – VATERUNSER – SEGEN

I: Gen 4, 1–15. 25 / Mk 8, 11–13
II: Jak 1, 1–11 / Mk 8, 11–13

DIENSTAG DER SECHSTEN JAHRESWOCHE

PSALMGEBET

Laut hab ich zum Herrn gerufen,
 da erhörte er mich von seinem heiligen Berg.
Ich lege mich nieder und schlafe ein,
 ich wache wieder auf, denn der Herr beschützt mich.
Viele Tausende von Kriegsvolk fürchte ich nicht,
 wenn sie mich ringsum belagern.
Erhebe dich, Herr,
 mein Gott, bring mir Hilfe!
Denn all meinen Feinden hast du die Backen zerschmettert,
 hast den Frevlern die Zähne zerbrochen.
Beim Herrn findet man Hilfe;
 auf dein Volk komme dein Segen! *Psalm 3, 5–9*

LESUNG

Denn der Gott, der sprach: Aus Finsternis soll Licht aufleuchten, er ist in unseren Herzen aufgeleuchtet, damit wir erleuchtet werden zur Erkenntnis des göttlichen Glanzes auf dem Antlitz Christi. Diesen Schatz tragen wir in irdenen Gefäßen, damit das Übermaß der Kraft von Gott und nicht von uns kommt. Denn immer werden wir, obgleich wir leben, um Jesu willen dem Tod ausgeliefert, damit auch das Leben Jesu an unserm sterblichen Fleisch offenbar wird.
2 Korinther 4, 6–7. 11

GEBET

Herr, laß uns dahingeben, was an uns sterben muß. Bewahre uns vor Angst und Überheblichkeit. Erwecke uns zu neuem Leben durch deinen Heiligen Geist.

FÜRBITTEN – VATERUNSER – SEGEN

I: Gen 6, 5–8; 7, 1–5. 10 / Mk 8, 14–21
II: Jak 1, 12–18 / Mk 8, 14–21

MITTWOCH DER SECHSTEN JAHRESWOCHE*

PSALMGEBET

Im Land gebe es Korn in Fülle!
   Es rausche auf dem Gipfel der Berge!
Seine Frucht wird sein wie die Bäume des Libanon.
   Menschen blühn in der Stadt wie das Gras der Erde.
Sein Name soll ewig dauern!
   Solange die Sonne bleibt, sprosse sein Name!
Alle Völker sollen in ihm sich segnen,
   sie sollen ihn glücklich preisen!
Gepriesen sei der Herr, der Gott Israels!
   Er allein vollbringt Wunder.
Gepriesen sei sein herrlicher Name in Ewigkeit!
   Erfüllt werde die ganze Erde von seiner Herrlichkeit!

Psalm 72, 16–19

LESUNG

Ihr aber seid ein auserwähltes Geschlecht, eine königliche Priesterschaft, ein heiliger Stamm, ein Volk, das sein Eigentum wurde, damit ihr die großen Taten dessen verkündet, der euch aus der Finsternis in sein wunderbares Licht gerufen hat. Einst wart ihr nicht-sein-Volk, jetzt aber seid ihr Gottes Volk; einst gab es für euch kein Erbarmen, jetzt aber habt ihr Erbarmen gefunden. *1 Petrus 2, 9–10*

GEBET

Du hast uns in deinen Dienst gerufen, Herr, und willst dir unser Lob gefallen lassen: Deinen Namen wollen wir rühmen. Führe uns auf deinem Weg zu deiner ewigen Herrlichkeit.

FÜRBITTEN – VATERUNSER – SEGEN

---

* Mit diesem Mittwoch beginnt im Jahr 1980 die österliche Bußzeit: Fortsetzung mit Aschermittwoch (S. 154).
I: Gen 8, 6–13. 20–22 / Mk 8, 22–26
II: Jak 1, 19–27 / Mk 8, 22–26

DONNERSTAG DER SECHSTEN JAHRESWOCHE

PSALMGEBET

Hilf doch, Herr, die Frommen schwinden dahin,
   unter den Menschen gibt es keine Treue mehr.
Die Schwachen werden unterdrückt, die Armen seufzen.
Darum spricht der Herr: „Jetzt stehe ich auf,
   dem Verachteten bringe ich Heil."
Die Worte des Herrn sind lautere Worte,
Silber, geschmolzen im Ofen,
   von Schlacken geschieden, geläutert siebenfach.

Psalm 12, 2. 6–7

LESUNG

Paulus sprach vor Agrippa: Ich hörte eine Stimme auf Hebräisch zu mir sagen: Saul, Saul, warum verfolgst du mich? Es wird dir schwerfallen, gegen den Stachel auszuschlagen. Ich antwortete: Wer bist du, Herr? Der Herr sagte: Ich bin Jesus, den du verfolgst. Denn ich bin dir dazu erschienen, um dich zum Diener und Zeugen dessen zu erwählen, was du gesehen hast und was ich dir noch zeigen werde.
Ich will dich vor dem Volk und den Heiden retten, um ihnen die Augen zu öffnen. Denn sie sollen sich von der Finsternis zum Licht und von der Macht des Satans zu Gott bekehren und sollen durch den Glauben an mich Vergebung der Sünden empfangen und mit den Geheiligten am Erbe teilhaben.

Apostelgeschichte 26, 14–15. 16. 17. 28

GEBET

Du hast uns gerufen, Herr. Hilf, daß wir deine Stimme immer wieder erkennen im Lärm des Tages und im Schweigen der Nacht; daß wir hören und uns rufen lassen in deinen Dienst.

FÜRBITTEN – VATERUNSER – SEGEN

I: Gen 9, 1–13 / Mk 8, 27–33
II: Jak 2, 1–9 / Mk 8, 27–33

FREITAG DER SECHSTEN JAHRESWOCHE

PSALMGEBET

Meine Seele dürstet nach Gott,
 nach dem lebendigen Gott.
Wann darf ich kommen
 und Gottes Antlitz schauen?
Das Herz geht mir über, wenn ich daran denke:
wie ich einherschritt in festlicher Schar zum Hause Gottes,
 mit Jubel und Dank in feiernder Menge.
Was bist du betrübt, meine Seele,
 und bist so unruhig in mir?
Harre auf Gott; denn ich werde ihm noch danken,
 dem Heil, auf das ich blicke, meinem Gott.

Psalm 42, 3. 5. 6

EVANGELIUM

Darauf sagte Jesus zu seinen Jüngern: Wer mir nachfolgen will, verleugne sich selbst und nehme sein Kreuz auf sich; dann folge er mir nach. Denn wer sein Leben retten will, wird es verlieren; wer aber sein Leben um meinetwillen verliert, wird es gewinnen. Was nützt es einem Menschen, wenn er die ganze Welt gewinnt, dabei aber sein Leben verliert? Um welchen Preis kann denn ein Mensch sein Leben zurückkaufen?

Mattäus 16, 24–26

GEBET

Herr Jesus Christus, aus der Hingabe deines Lebens empfangen wir Freiheit und Heil, unendlich viel mehr, als die Welt uns zu geben vermag. Wir bitten dich: Mache uns stark und froh in deiner Nachfolge, auch in schweren Stunden.

FÜRBITTEN – VATERUNSER – SEGEN

I: Gen 11, 1–9 / Mk 8, 34–39
II: Jak 2, 14–24. 26 / Mk 8, 34–39

SAMSTAG DER SECHSTEN JAHRESWOCHE

PSALMGEBET

Er wendet sich dem Gebet der Verlassenen zu,
 ihre Bitten verschmäht er nicht.
Denn der Herr schaut herab aus heiliger Höhe,
 vom Himmel blickt er auf die Erde nieder,
will das Seufzen der Gefangenen hören
 und befreien, die dem Tod geweiht sind,
damit sie den Namen des Herrn auf Zion verkünden,
 sein Lob in Jerusalem. *Psalm 102, 18. 20–22*

LESUNG

Unsere Heimat aber ist im Himmel. Von dorther erwarten wir auch den Retter, den Herrn Jesus Christus, der unseren armseligen Leib verwandeln wird in die Gestalt seines verherrlichten Leibes in der Kraft, mit der er sich alles unterwerfen kann. *Philipper 3, 20–21*

GEBET

Was kein Auge gesehen und kein Ohr gehört hat und was keines Menschen Herz zu fassen vermag, das hast du uns bereitet, Herr, weil du uns liebst. Laß uns nicht müde werden, mit deinem Sohn den Weg des Kreuzes zu gehen, daß wir mit ihm auch das Wunder der Auferstehung erfahren.

FÜRBITTEN – VATERUNSER – SEGEN

I: Hebr 11, 1–7 / Mk 9, 1–12
II: Jak 3, 1–10 / Mk 9, 1–12

SIEBTE JAHRESWOCHE

BESINNUNG

Es ist unwahrscheinlich, daß am Ende eines Arbeitstages, kurz vor Feierabend, noch Arbeiter eingestellt werden und dann denselben Lohn erhalten wie die andern, die sich den ganzen Tag gemüht haben. Aber eben dies Unwahrscheinliche hält uns Jesus ermutigend vor Augen. Noch ergeht der Ruf unseres Herrn, und keiner kommt zu spät, der den Ruf noch zu hören vermag und ihm folgt. Und keiner wird zu kurz kommen, wenn dann der ewige Feierabend anbricht. Gottes Lohn ist seine unverdiente Güte. Hüten wir uns nur, daß wir mißgünstig anderen weniger gönnen als uns selbst. Es könnte sein, daß wir uns gerade dadurch um das Beste brächten, um die gemeinsame dankbare Freude der Beschenkten. Und es könnten dann leicht aus Ersten Letzte werden.
Vielleicht erscheint uns das ungerecht. Aber wollen wir uns wirklich auf Gerechtigkeit verlassen? Wohl gar auf unsere eigene Gerechtigkeit? Schon der Fromme der vorchristlichen Gemeinde wußte, daß es besser sei, sich ganz allein auf Gottes Barmherzigkeit zu verlassen. Wieviel gewisser darf uns das sein, die wir unter dem Kreuz Jesu Christi stehen.
Am Ende unserer Möglichkeiten angelangt, erkennen wir, daß nur Gottes grenzenlose Barmherzigkeit unser innerstes Vertrauen stärken und uns im Blick auf Tod und Ewigkeit frei und zuversichtlich machen kann. So dürfen wir es Michelangelo nachsprechen: „Mir kann nicht dies noch jenes Frieden geben, nur Gottes Liebe noch, die mitleidvoll am Kreuz die Arme nach mir ausgebreitet."

Herr, schenke mir Frieden und mache mich gewiß, daß du mich annimmst und gebrauchen willst, so wie ich bin und mit der schwachen Kraft, die ich einbringen kann. Deine Barmherzigkeit hat kein Ende und deine Treue ist groß. Dir allein gebührt der Ruhm.

SIEBTER SONNTAG IM JAHRESKREIS*
(SIEBTER SONNTAG NACH ERSCHEINUNG)

DER WOCHENSPRUCH

Nicht im Vertrauen auf unsere guten Werke legen wir dir unsere Bitten vor, sondern im Vertrauen auf deine großen Erbarmungen. *Daniel 9, 18*

LESUNG

So spricht der Herr: Der Weise rühme sich nicht seiner Weisheit, der Starke rühme sich nicht seiner Stärke, der Reiche rühme sich nicht seines Reichtums! Nein, wer sich rühmen will, rühme sich dessen, daß er Einsicht hat und mich erkennt, daß er weiß: Ich, der Herr, bin es, der auf der Erde Gnade, Recht und Gerechtigkeit wirkt. Denn an solchen Menschen habe ich Gefallen – Wort des Herrn. *Jeremia 9, 22–23*

EVANGELIUM

So spricht der Herr des Weinbergs zu dem fleißigen Arbeiter, der unwillig ist über die Gleichstellung der Kurzarbeiter: Darf ich mit meinem Geld nicht tun, was ich will? Oder bist du aus Neid böse, weil ich gütig bin? So werden die Letzten die Ersten sein und die Ersten die Letzten.
Mattäus 20, 15–16

GEBET

Herr, unser Gott, wir danken dir, daß du unsere schwache Kraft in deinen Dienst nehmen willst. Gib, daß wir deinem Rufe folgen und dir dienen. Bewahre uns vor falschem Eifer, der nur auf die eigene Leistung baut und dem Nächsten deine Gnade mißgönnt. Hilf, daß wir deine Güte über alles rühmen.

---

* Dieser und die folgenden Sonntage im Jahreskreis fallen aus in den Jahren 1975, 1978 und 1980. Fortsetzung mit dem ersten Fastensonntag (S. 159).
A: Lev 19, 1–2. 17–18 /1 Kor 3, 16–23 / Mt 5, 38–48
B: Jes 43, 18–19. 21–22. 24b–25 / 2 Kor 1, 18–22 / Mk 2, 1–12
C: 1 Sam 26, 2. 7–9. 12–13. 22–23 / 1 Kor 15, 45–49 / Lk 6, 27–38

MONTAG DER SIEBTEN JAHRESWOCHE

PSALMGEBET

Gegen den Treuen zeigst du dich treu,
 an dem Aufrichtigen handelst du aufrichtig.
Gegen den Reinen zeigst du dich rein,
 doch gegen den Falschen verkehrt.
Dem bedrückten Volke bringst du Heil,
 doch die Blicke der Stolzen zwingst du nieder.
Vollkommen ist Gottes Weg,
 das Wort des Herrn im Feuer geläutert,
  Schild ist er allen, die bei ihm sich bergen.

Psalm 18, 26. 28.31

EVANGELIUM

Als die Pharisäer das sahen, sagten sie zu seinen Jüngern: Warum ißt euer Meister mit Zöllnern und Sündern? Er hörte es und sagte: Nicht die Gesunden brauchen den Arzt, sondern die Kranken. Darum lernt, was es heißt: Barmherzigkeit will ich, nicht Opfer; denn nicht um Gerechte zu rufen, bin ich gekommen, sondern Sünder. *Mattäus 9, 11–13*

GEBET

Vor dir ist nichts verborgen, Herr. In deinem Licht erkenne ich meine Schuld und mein Versagen. Ich danke dir, daß du mich ansiehst und aus allem Dunklen in das Leben eines neuen Tages rufst. Deine Barmherzigkeit ist groß.

FÜRBITTEN – VATERUNSER – SEGEN

I: Sir 1, 1–10 / Mk 9, 13–28
II: Jak 3, 13–18 / Mk 9, 13–28

DIENSTAG DER SIEBTEN JAHRESWOCHE

PSALMGEBET

Ich will dir danken, Herr, aus ganzem Herzen,
   verkünden will ich all deine Wunder.
Ich will jauchzen und an dir mich freuen,
   für dich, du Höchster, will ich singen und spielen.
Du hast mir Recht geschaffen und für mich entschieden,
   dich auf den Thron gesetzt als ein gerechter Richter.
Spielt dem Herrn, der thront auf dem Zion,
   verkündet unter den Völkern seine Taten!

Psalm 9, 2–3. 5. 12

LESUNG

Paulus schreibt an die Gemeinde in Philippi: Vor allem aber lebt in der Gemeinde so, wie es dem Evangelium Christi entspricht! Ob ich komme und euch sehe oder ob ich ferne bin, ich möchte hören, daß ihr in dem einen Geist fest steht, einmütig für den Glauben an das Evangelium kämpft und euch in keinem Fall von den Widersachern einschüchtern laßt. Das wird für sie ein Zeichen sein, welches von Gott kommt: daß sie verloren sind und ihr gerettet werdet. Denn euch wurde die Gnade zuteil, für Christus da zu sein, also nicht nur an ihn zu glauben, sondern auch seinetwegen zu leiden.

Philipper 1, 27–28. 29

GEBET

Herr, du bist bei uns. Du verbindest uns in deiner Gemeinde und rufst uns zur Einmütigkeit des Glaubens. Wir bitten dich: Laß uns zusammenstehen in einem Geist, in dem Geist der Freiheit und der Freude, den deine Gnade uns schenkt.

FÜRBITTEN – VATERUNSER – SEGEN

I: Sir 2, 1–13 / Mk 9, 29–36
II: Jak 4, 1–10 / Mk 9, 29–36

MITTWOCH DER SIEBTEN JAHRESWOCHE*

PSALMGEBET

Wenn nicht der Herr das Haus baut,
mühn sich umsonst, die daran bauen.
Wenn nicht der Herr die Stadt bewacht,
wacht umsonst der Wächter.
Es ist umsonst, daß ihr früh aufsteht
und spät euch niedersetzt,
das Brot der Mühsal zu essen;
denn er gibt es den Seinen im Schlaf. *Psalm 127, 1–2*

EVANGELIUM

Jesus spricht zu seinen Jüngern: Und wer um meines Namens willen Brüder, Schwestern, Vater, Mutter, Kinder, Äcker oder Häuser verlassen hat, wird ein Vielfaches dafür bekommen und das ewige Leben gewinnen. Viele, die jetzt die Ersten sind, werden die Letzten sein, und die Letzten die Ersten.
Mattäus 19, 29–30

GEBET

Herr, stärke uns in deiner Freiheit, daß wir nicht Sklaven unseres Eigentums werden. Laß uns haben, als hätten wir nicht, daß wir erfahren, wie vielfältig du uns beschenkst für alles, was wir um deinetwillen verlassen.

FÜRBITTEN – VATERUNSER – SEGEN

---

* Mit diesem Mittwoch beginnt in den Jahren 1974 und 1977 die österliche Bußzeit: Fortsetzung mit Aschermittwoch (S. 154).
I: Sir 4, 12–22 / Mk 9, 37–39
II: Jak 4, 13b–17 / Mk 9, 37–39

DONNERSTAG DER SIEBTEN JAHRESWOCHE

PSALMGEBET

Ich will dich rühmen, Herr, meine Stärke,
 Herr, du mein Fels, meine Burg, mein Retter,
mein Gott, meine Feste, in der ich mich berge,
 mein Schild und sicheres Heil, meine Zuflucht!
Ich rufe: Der Herr sei gepriesen!
 und ich werde vor meinen Feinden errettet.
Sie überfielen mich am Tag meines Unheils,
 doch der Herr wurde mein Halt.
Er führte mich hinaus ins Weite,
 er befreite mich, denn er hatte an mir Gefallen.

Psalm 18, 2–4. 19–20

LESUNG

Was ist denn Apollos? Und was ist Paulus? Ihr seid durch sie zum Glauben gekommen. Sie sind also Diener, jeder, wie der Herr es ihm gegeben hat: ich habe gepflanzt, Apollos hat begossen, Gott aber ließ wachsen. So ist weder der, welcher pflanzt, noch der, welcher begießt, etwas – nur Gott, der wachsen läßt.
Denn wir sind Gottes Mitarbeiter; ihr seid Gottes Ackerfeld, Gottes Bau. *1 Korinther 3, 5–7. 9*

GEBET

Wir danken dir, Gott, für die Boten, die uns deine Liebe gebracht und uns zum Glauben geholfen haben. Wir bitten dich für alle deine Diener in der ganzen Christenheit und in unserer Gemeinde: Segne ihren Dienst zu unserem Heil, zum Lobe deiner Barmherzigkeit.

FÜRBITTEN – VATERUNSER – SEGEN

I: Sir 5, 1–10 / Mk 9, 40–49
II: Jak 5, 1–6 / Mk 9, 40–49

FREITAG DER SIEBTEN JAHRESWOCHE

PSALMGEBET

Bande der Unterwelt umstrickten mich,
 über mich fielen Schlingen des Todes.
In meiner Not rief ich zum Herrn
 und schrie zu meinem Gott.
Aus seinem Heiligtum hörte er mein Rufen,
 mein Hilfeschrei drang an sein Ohr.
Er griff herab aus der Höhe und faßte mich,
 zog mich heraus aus gewaltigen Wassern.

Psalm 18, 6–7. 17

LESUNG

Die Flut dauerte vierzig Tage auf der Erde. Das Wasser stieg und hob die Arche immer höher über die Erde. Das Wasser schwoll an und stieg immer mehr über die Erde, die Arche aber trieb auf dem Wasser dahin. Da verendeten alle Wesen aus Fleisch, die sich auf Erden geregt hatten. Übrig blieb nur Noach und was mit ihm in der Arche war.

Genesis 7, 17–18. 21. 23

GEBET

Ich danke dir, himmlischer Vater, daß du mich in der heiligen Taufe zu deinem Kinde gemacht hast. Wie du Noach und die Seinen in der Arche durch die Sintflut hindurch gerettet hast, so rette mich in deiner Gemeinde aus Sünde und Tod, daß ich deine Barmherzigkeit preise.

FÜRBITTEN – VATERUNSER – SEGEN

I: Sir 6, 5–17 / Mk 10, 1–12
II: Jak 5, 9–12 / Mk 10, 1–12

SAMSTAG DER SIEBTEN JAHRESWOCHE

PSALMGEBET

Vorzeiten hast du der Erde Grund gelegt,
 die Himmel sind das Werk deiner Hände.
Sie werden vergehen, du aber bleibst;
 sie alle zerfallen wie ein Kleid;
du wechselst sie wie ein Gewand,
 sie gehen dahin.
Du aber bleibst, der du bist,
 und deine Jahre enden nie. *Psalm 102, 26–28*

LESUNG

Dann baute Noach dem Herrn einen Altar, nahm von allen reinen Tieren und von allen reinen Vögeln und brachte auf dem Altar Brandopfer dar. Der Herr sprach bei sich: Ich will der Erde nicht mehr des Menschen wegen Schlimmes antun. Solange die Erdentage dauern, sollen nicht aufhören Aussaat und Ernte, Kälte und Hitze, Sommer und Winter, Tag und Nacht. *Genesis 8, 20. 21. 22*

GEBET

Ewiger Gott, deine Barmherzigkeit ist das einzig Beständige auf Erden. In allem Wechsel der Zeiten bleibst du allein unwandelbar. So bitten wir dich: Laß uns nicht auf Sand bauen, sondern auf den Felsen deiner unverdienten Güte.

FÜRBITTEN – VATERUNSER – SEGEN

I: Sir 17, 1–13 / Mk 10, 13–16
II: Jak 5, 13–20 / Mk 10, 13–16

ACHTE JAHRESWOCHE

BESINNUNG

Nicht alle Saat fällt auf guten Boden. Vieles geht verloren. Oft scheint es, als verschwende Gott sein Wort an uns; wenn wir gar nicht hören; oder wenn wir schnell hören und schnell vergessen; oder wenn wir hören und behalten, aber anderes steigt in uns auf und läßt Gottes Saat nicht zur Frucht kommen.
Dennoch bleibt es die Eigenart des Wortes Gottes, daß es Frucht trägt, vielfältige, gute Frucht. Und es bleibt unsere Bestimmung, guter Ackerboden für diese göttliche Saat zu sein. Wir können uns nicht damit entschuldigen, daß wir dem festgetrampelten Weg oder der flachen Erdschicht über den Felsen gleichen. Gott arbeitet an uns in unserm Leben. Wenn wir es geschehen lassen und recht darauf eingehen, muß vieles dazu dienen, den Ackerboden unseres Herzens für die Begegnung mit Gottes Wort zu bereiten.
Eben dazu macht uns Jesus Mut. Wer Ohren hat zu hören, der höre! Offene Bereitschaft, geduldiges Bewahren läßt die Saat des ewigen Wortes in uns keimen und reifen.
Samenkörner sind nicht dazu da, um aufbewahrt zu werden. Sie wollen auf den Acker geworfen werden, um sich selbst preiszugeben und einem neuen Leben ihre Kraft zu schenken. Das ist Jesu Lebensgesetz: Leben aus dem Sterben. Dem entspricht es, daß wir seine Worte nicht festhalten und konservieren. Die Welt ist auf seine selbstlose Hingabe angewiesen, und wer in seinem Dienste steht, muß bereit sein, sich selber preiszugeben und auf das Wunder eines neuen Lebens zu vertrauen, das aus dem Opfer erwächst.

> Herr, wir hören auf dein Wort,
> das du uns gegeben hast,
> und in dem du wie ein Gast
> bei uns weilest immerfort.
>
> Laß dein Wort uns allezeit
> treu in Herz und Sinnen stehn
> und mit uns durchs Leben gehn
> bis zur lichten Ewigkeit.

ACHTER SONNTAG IM JAHRESKREIS*
(ACHTER SONNTAG NACH ERSCHEINUNG)

DER WOCHENSPRUCH

Ach, daß ihr doch heute auf seine Stimme hört! Verhärtet euer Herz nicht! *Psalm 95, 7–8*

LESUNG

So spricht der Herr: Wie Regen und Schnee vom Himmel fallen und dorthin nicht zurückkehren, sondern die Erde tränken, daß sie keimt und sproßt, daß sie Samen bringt für die Aussaat und Brot zur Nahrung, so ist es auch mit dem Wort, das von meinem Mund ausgeht: Es kehrt nicht erfolglos zu mir zurück, sondern es tut, was ich will, und führt aus, wozu ich es sende. *Jesaja 55, 10–11*

EVANGELIUM

Als die Leute aus allen Städten zusammenströmten und sich viele Menschen um ihn versammelten, sprach Jesus in einem Gleichnis und sagte: Ein Sämann ging aufs Feld, um seine Saat auszusäen. Als er säte, fiel ein Teil der Körner auf den Weg; sie wurden zertreten, und die Vögel des Himmels fraßen sie. Ein anderer Teil fiel auf Felsen, und als die Saat aufging, verdorrte sie, weil es ihr an Feuchtigkeit fehlte. Ein anderer Teil fiel mitten in die Dornen; die Dornen wuchsen zusammen mit der Saat hoch und erstickten sie. Ein anderer Teil schließlich fiel auf guten Boden, ging auf und brachte hundertfach Frucht. Als Jesus das gesagt hatte, rief er: Wer Ohren hat zum Hören, der höre! *Lukas 8, 4–8*

GEBET

Allmächtiger Gott, wir bitten dich: Gib, daß der Same deines Wortes in unseren Herzen aufgehe, daß wir in Worten und Werken dich ehren und Zeugen deiner Liebe werden, durch Jesus Christus, unseren Herrn.

* Dieser und der folgende Sonntag im Jahreskreis fallen aus in den Jahren 1974, 1975, 1977, 1978 und 1980. Fortsetzung mit dem ersten Fastensonntag (S. 159).
A: Jes 49, 14–15 / 1 Kor 4, 1–5 / Mt 6, 24–34
B: Hos 2, 14b. 15b. 19–20 / 2 Kor 3, 1b–6 / Mk 2, 18–22
C: Sir 27, 5–8 / 1 Kor 15, 54–58 / Lk 6, 39–45

MONTAG DER ACHTEN JAHRESWOCHE

PSALMGEBET

Herr, am Morgen hörst du mein Rufen,
   am Morgen rüst ich das Opfer, halte Ausschau nach dir.
Denn du bist kein Gott, dem das Unrecht gefällt,
   der Frevler darf nicht bei dir weilen.
Wer sich brüstet, besteht nicht vor deinen Augen,
   dein Haß gilt ja allen, die Böses tun.
Ich aber darf dein Haus betreten
   durch deine große Güte,
ich werfe mich nieder in Ehrfurcht
   vor deinem heiligen Tempel. *Psalm 5, 4–6. 8*

EVANGELIUM

Da kamen die Jünger zu Jesus und sagten: Warum redest du zu ihnen in Gleichnissen? Er antwortete: Euch ist es gegeben, die Geheimnisse des Himmelreiches zu erkennen, ihnen aber ist es nicht gegeben. Deshalb rede ich in Gleichnissen zu ihnen, weil sie sehen und doch nicht sehen, weil sie hören und doch weder hören noch verstehen. Wohl euch, weil eure Augen sehen und weil eure Ohren hören. *Mattäus 13, 10–11. 13. 16*

GEBET

Ewiger Gott, du verhüllst deine Wahrheit in Bild und Gleichnis und öffnest uns Auge und Herz, dein Wort darin zu vernehmen. Wir danken dir und bitten dich: Erhalte uns in deiner Wahrheit und laß uns auch anderen helfen, daß sie sich deinem Worte öffnen.

FÜRBITTEN – VATERUNSER – SEGEN

I: Sir 17, 20–28 / Mk 10, 17–27
II: 1 Petr 1, 3–9 / Mk 10, 17–27

DIENSTAG DER ACHTEN JAHRESWOCHE

PSALMGEBET

Gott, wir haben mit eignen Ohren gehört,
 unsre Väter haben uns erzählt
vom Werk, das du in ihren Tagen vollbracht hast,
 in den Tagen der Vorzeit.
Mit eigner Hand hast du Völker vertrieben,
 sie aber eingepflanzt.
Du hast Nationen zerschlagen,
 sie aber ausgesät.
Du bist es, mein König und mein Gott,
 der Jakob den Sieg verleiht. *Psalm 44, 2–3. 5*

EVANGELIUM

Jesus ging in den Tempel und trieb die Händler und Käufer aus dem Tempel hinaus, er stieß die Tische der Geldwechsler und die Stände der Taubenhändler um. Er belehrte sie: Steht nicht geschrieben: Mein Haus soll ein Haus des Gebetes für alle Völker genannt werden? Ihr aber habt daraus eine Räuberhöhle gemacht! Die Hohenpriester und Schriftgelehrten hörten davon und suchten nach einer Möglichkeit, ihn zu beseitigen. Denn sie fürchteten ihn, weil das ganze Volk seine Lehre begeistert aufnahm. *Markus 11, 15. 17–18*

GEBET

Herr, unser Gott, dein Tempel soll sein ein Haus des Gebetes für alle Völker. Wir aber stehen deinem Ziel so oft im Weg! Vergib uns, Herr, und hilf, daß wir alles abtun, was das Beten in deinem Hause hindert, alles, was der Sammlung der einen heiligen Kirche im Wege steht.

FÜRBITTEN – VATERUNSER – SEGEN

I: Sir 35, 1–15 / Mk 10, 28–31
II: 1 Petr 1, 10–16 / Mk 10, 28–31

MITTWOCH DER ACHTEN JAHRESWOCHE*

PSALMGEBET

Ich erhebe meine Augen zu dir,
  der du hoch im Himmel thronst.
Wie die Augen der Knechte auf die Hand ihres Herrn,
  wie die Augen der Magd auf die Hand ihrer Herrin,
so schaun unsre Augen auf den Herrn, unsern Gott,
  bis er uns gnädig ist.
Sei uns gnädig, Herr, sei uns gnädig. *Psalm 123, 1–3*

EVANGELIUM

Maria setzte sich dem Herrn zu Füßen und hörte seinen Worten zu. Marta aber war ganz davon in Anspruch genommen, für ihn zu sorgen. Da kam sie zu ihm und sagte: Herr, kümmert es dich nicht, daß meine Schwester die ganze Arbeit mir überläßt? Sag ihr, sie soll mir helfen! Der Herr antwortete: Marta, Marta, du machst dir viele Sorgen und Umstände. Aber nur eines ist notwendig. Maria hat das Bessere erwählt, das soll ihr nicht genommen werden. *Lukas 10, 39–42*

GEBET

Herr, wir treten vor dein Angesicht und suchen deine Nähe. Sammle unsere Gedanken und Sinne aus aller Zerstreuung. Gib, daß wir suchen das Eine, das notwendig ist. Hilf uns, daß wir dich nie verlieren.

FÜRBITTEN – VATERUNSER – SEGEN

---

* Mit diesem Mittwoch beginnt in den Jahren 1976 und 1979 die österliche Bußzeit: Fortsetzung mit Aschermittwoch (S. 154).
I: Sir 36, 1. 5–6. 13–19 / Mk 10, 32–45
II: 1 Petr 1, 18–25 / Mk 10, 32–45

DONNERSTAG DER ACHTEN JAHRESWOCHE

PSALMGEBET

Gott, du mein Gott, dich suche ich,
  meine Seele dürstet nach dir.
Nach dir schmachtet mein Leib
  wie dürres, lechzendes Land ohne Wasser.
So blicke ich im Heiligtum nach dir,
  zu schauen deine Macht und Herrlichkeit.
Ich will dich rühmen mein Leben lang,
  in deinem Namen die Hände erheben. *Psalm 63, 2–3. 5*

LESUNG

Josua sprach zum Volk: Jetzt aber fürchtet den Herrn und dient ihm vollkommen und treu! Entfernt die Götter, die eure Väter jenseits des Stromes und in Ägypten verehrt haben und dient dem Herrn. Wenn es euch aber nicht gefällt, dem Herrn zu dienen, dann entscheidet euch heute! Ich aber und mein Haus, wir wollen dem Herrn dienen! *Josua 24, 14–15*

GEBET

Herr, unser Gott, unsere Väter haben dir gedient und uns Denkmäler ihres Glaubens hinterlassen, wir bitten dich für unser Volk und Land: Laß die Gemeinde deiner Gläubigen ein lebendiges Zeugnis für alle sein. Erhalte uns in deinem Dienst bis an unser Ende.

FÜRBITTEN – VATERUNSER – SEGEN

I: Sir 42, 15–26 / Mk 10, 46–52
II: 1 Petr 2, 2–5. 9–12 / Mk 10, 46–52

FREITAG DER ACHTEN JAHRESWOCHE

PSALMGEBET

Ich aber, Herr, ich vertrau auf dich,
 ich sage: „Du bist mein Gott."
Gepriesen der Herr, der wunderbar an mir gehandelt,
 mir seine Güte erwiesen hat zur Zeit der Bedrängnis.
Ich aber glaubte in meiner Angst:
 „Ich bin aus deinen Augen verstoßen!"
Doch du hast mein lautes Flehen gehört,
 als ich zu dir um Hilfe rief.
Liebt den Herrn, all seine Frommen!
 Die Getreuen behütet der Herr.
Euer Herz sei stark und unverzagt,
 ihr alle, die ihr wartet auf den Herrn!
Psalm 31, 15. 22–23. 24. 25

LESUNG

Ermahnt einander jeden Tag, solange es noch heißt: Heute!, damit niemand von euch durch den Betrug der Sünde verhärtet wird; denn Anteil an Christus haben wir nur, wenn wir die Zuversicht, die wir am Anfang hatten, bis zum Ende festhalten. *Hebräer 3, 13–14*

GEBET

Behüte mich, Herr, daß ich nicht im Vergangenen verweile oder mit meinen Gedanken ins Künftige fliehe. Laß mich heute erkennen, was du an mir getan hast und was du von mir erwartest, daß ich dir heute danke und dir bereitwillig diene.

FÜRBITTEN – VATERUNSER – SEGEN

I: Sir 44, 1. 9–13 / Mk 11, 11–26
II: 1 Petr 4, 7–13 / Mk 11, 11–26

SAMSTAG DER ACHTEN JAHRESWOCHE

PSALMGEBET

Bei Tag schenke der Herr seine Huld;
 ich sing ihm nachts und flehe zum Gott meines Lebens.
Ich sage zu Gott, meinem Fels:
„Warum hast du mich vergessen?
 Warum muß ich trauernd gehn, vom Feinde bedrängt?"
Wie Stechen in meinen Gliedern ist mir der Hohn der Bedränger,
 wenn sie mir ständig zurufen:
„Wo ist nun dein Gott?"
Was bist du betrübt, meine Seele,
 und bist so unruhig in mir?
Harre auf Gott; denn ich werde ihm noch danken,
 dem Heil, auf das ich blicke, meinem Gott.
Psalm 42, 9–12

LESUNG

Denn lebendig ist das Wort Gottes, kraftvoll und schärfer als jedes zweischneidige Schwert, durchdringend bis zur Scheidung von Seele und Geist, von Gelenk und Mark, richtend über Regungen und Gedanken des Herzens.. *Hebräer 4, 12*

GEBET

Vor dir ist nichts verborgen, Herr, du kennst mich bis ins Innerste. Laß mich ruhig und zuversichtlich sein in der Erwartung deiner Gnade.

FÜRBITTEN – VATERUNSER – SEGEN

I: Sir 51, 17–27 / Mk 11, 27–33
II: Jud 17. 20b–25 / Mk 11, 27–33

NEUNTE JAHRESWOCHE

BESINNUNG

Auf dem Weg nach Jerusalem kommt Jesus bei Jericho an einem Blinden vorbei, der ihn anruft: Jesus, du Sohn Davids, erbarme dich meiner! Auf die Frage, was er von ihm wolle, sagt der Blinde: Herr, daß ich wieder sehen möge. Da öffnet ihm Jesus die Augen mit den Worten: Sei sehend! Dein Glaube hat dir geholfen.

Die Jünger aber erweisen sich als blind, denn sie verstehen nichts von dem Weg durch Leiden und Kreuz zur Auferstehung, den Jesus ihnen gewiesen hat.

Ist es so schwer zu verstehen, daß Glaube, Liebe und Hoffnung uns durch Kampf und Verzicht, durch Leiden und Opfer führen und daß erst nach dem Karfreitag das Osterlicht leuchtet? Jesus ist diesen Weg für uns gegangen. Und das heißt nicht nur, daß er ihn an unserer Stelle ging, sondern auch, daß er ihn uns vorausging. Er hat uns in seine Nachfolge gerufen und läßt uns nicht allein auf diesem Wege.

Dies Wunder kann noch jeden Tag geschehen. Der Glaube wendet sich voll Verlangen an Jesus und bittet: Du Sohn Davids, erbarme dich meiner. Und Jesus öffnet uns die Augen, daß wir erkennen, was groß und klein, was vorläufig und endgültig, was vergänglich und was ewig ist; und daß wir gewiß werden in der vertrauenden und hoffenden Liebe, die über Tod und Grab hinweg mit Christus den Weg zum Leben findet.

> Deinen Tod, o Herr, verkünden wir,
> und deine Auferstehung preisen wir,
> bis du kommst in Herrlichkeit.

NEUNTER SONNTAG IM JAHRESKREIS*
(NEUNTER SONNTAG NACH ERSCHEINUNG)

DER WOCHENSPRUCH

Wir gehen jetzt nach Jerusalem hinauf. Dort wird sich alles erfüllen, was bei den Propheten über den Menschensohn geschrieben steht. *Lukas 18, 31*

LESUNG

Jetzt schauen wir in einem Spiegel und sehen nur rätselhafte Umrisse, dann aber schauen wir von Angesicht zu Angesicht. Jetzt erkenne ich unvollkommen, dann aber werde ich ganz erkennen, so wie ich auch ganz erkannt bin. Also bleiben Glaube, Hoffnung, Liebe, diese drei; am größten unter ihnen ist die Liebe. *1 Korinther 13, 12–13*

EVANGELIUM

Dann nahm Jesus die Zwölf beiseite und sagte zu ihnen: Wir gehen jetzt nach Jerusalem hinauf. Dort wird sich alles erfüllen, was bei den Propheten über den Menschensohn geschrieben steht: Er wird den Heiden ausgeliefert, wird verspottet, mißhandelt und angespuckt werden, und man wird ihn auspeitschen und töten. Aber am dritten Tag wird er auferstehen. Doch die Jünger verstanden das alles nicht; der Sinn des Wortes war ihnen verschlossen, und sie begriffen nicht, was er sagte. *Lukas 18, 31–34*

GEBET

Barmherziger Gott, im Leiden und Sterben deines Sohnes offenbarst du deine Liebe. Wir bitten dich: Öffne uns die Augen, daß wir das Geheimnis seiner Hingabe erkennen und ihm nachfolgen auf dem Wege des Gehorsams und der Liebe.

---

* Dieser Sonntag im Jahreskreis fällt aus in den Jahren 1974, 1975, 1976, 1977, 1978, 1979 und 1980. Fortsetzung mit dem ersten Fastensonntag (S. 159).
A: Dtn 11, 18. 26–28 / Röm 3, 21–25a. 28 / Mt 7, 21–27
B: Dtn 5, 12–15 / 2 Kor 4, 6–11 / Mk 2, 23–28
C: 1 Kön 8, 41–43 / Gal 1, 1–2. 6–10 / Lk 7, 1–10

MONTAG DER NEUNTEN JAHRESWOCHE

PSALMGEBET

Herr, ich suche Zuflucht bei dir,
laß mich doch niemals scheitern;
  in deiner Gerechtigkeit rette mich!
Wende dein Ohr mir zu, erlöse mich bald!
  Sei mir ein schützender Fels, eine feste Burg mir zur Hilfe!
Denn du bist mein Fels und meine Burg;
  um deines Namens willen wirst du mich führen und leiten.

Psalm 31, 2–4

LESUNG

Zwischen den Hirten Abrams und den Hirten Lots gab es Streit. Da sagte Abram zu Lot: Zwischen mir und dir, zwischen meinen und deinen Hirten soll es keinen Streit geben; wir sind doch Brüder. Liegt nicht das ganze Land vor dir? Trenne dich also von mir! Wenn du nach links willst, geh ich nach rechts; wenn du nach rechts willst, geh ich nach links.

Genesis 13, 7. 8–9

GEBET

Herr, laß mich Frieden suchen und nicht den Streit. Stärke mich zum Verzicht, daß ich nicht auf mein Recht poche, wenn es den brüderlichen Frieden stört. Schenke mir heitere Gelassenheit, weil ich weiß, daß mein Leben ganz in deinen Händen ruht.

FÜRBITTEN – VATERUNSER – SEGEN

I: Tob 1, 1a. 2; 2, 1–9 / Mk 12, 1–12
II: 2 Petr 1, 2–7 / Mk 12, 1–12

DIENSTAG DER NEUNTEN JAHRESWOCHE

PSALMGEBET

Du bist mein Fels und meine Burg;
 um deines Namens willen wirst du mich führen und leiten.
In deine Hände leg ich voll Vertrauen meinen Geist;
 du hast mich erlöst, Herr, du treuer Gott.
Ich will jubeln und deiner Huld mich freuen;
denn du hast mein Elend angesehen,
 dich meiner angenommen in der Not.
In die Hand des Feindes hast du mich nicht überliefert,
 hast meinen Fuß auf weiten Raum gestellt
Psalm 31, 4. 6. 8–9

EVANGELIUM

Da wandte Jesus sich um und wies seine Jünger zurecht, die aufgebracht waren gegen seine Widersacher, und sprach: Ihr wißt nicht, welches Geistes ihr seid. Denn der Menschensohn ist nicht gekommen, Menschenleben zu verderben, sondern zu retten. *Lukas 9, 55–56*

GEBET

Behüte uns, Herr, daß nicht der Eifer des Glaubens uns blind und unfähig macht zum Dienst der Liebe. Mache uns bereit, den Weg der Demut zu gehen, auch wo uns Feindschaft entgegenschlägt. Von deiner Liebe getragen, können wir uns selbst überwinden.

FÜRBITTEN – VATERUNSER – SEGEN

I: Tob 2, 10–23 / Mk 12, 13–17
II: 2 Petr 3, 12–15a / Mk 12, 13–17

DIE ÖSTERLICHE BUSSZEIT*

ASCHERMITTWOCH

PSALMGEBET

Ich aber komme zu dir mit Gebet,
   Herr, zur Zeit der Gnade.
In deiner großen Huld erhöre mich,
   Gott, mit deiner treuen Hilfe!
Rühmen will ich den Namen Gottes im Lied,
   im Danklied ihn preisen.
Schaut her, ihr Gebeugten, und freut euch;
   die ihr Gott sucht, euer Herz lebe auf!
Denn Gott wird Zion retten,
wird Judas Städte neu erbauen;
   sie werden dort wohnen und das Land besitzen.

Psalm 69, 14. 31. 33. 36

EVANGELIUM

Jesus sagte: Du aber salbe deinen Kopf, wenn du fastest, und wasche dein Gesicht, damit die Leute nicht bemerken, daß du fastest, sondern nur dein Vater, der im Verborgenen ist; und dein Vater, der das Verborgene sieht, wird es dir vergelten.

Mattäus 6, 17–18

GEBET

Herr Jesus Christus, du warst gehorsam bis zum Tode, ja zum Tode am Kreuz. Du sprichst: Wer mir nachfolgen will, der verleugne sich selbst und nehme sein Kreuz auf sich und folge mir nach. Wir bitten dich: Erwecke und stärke unseren Gehorsam, daß wir dir folgen auf dem Weg, den du uns führst.

FÜRBITTEN – VATERUNSER – SEGEN

---

*Die österliche Bußzeit beginnt am Aschermittwoch und dauert bis zum Beginn des Abendmahlsgottesdienstes am Gründonnerstag.
Joel 2, 12–18 / 2 Kor 5, 2a–6, 2 / Mt 6, 1–6. 16–18

DONNERSTAG NACH ASCHERMITTWOCH

PSALMGEBET

Der Herr ist gnädig und gerecht,
    unser Gott ist barmherzig.
Der Herr behütet die schlichten Herzen;
    ich war in Not, er brachte mir Hilfe.
Komm wieder zur Ruhe, mein Herz!
    denn der Herr hat dir Gutes getan.
Ja, du hast mein Leben dem Tod entrissen,
    mein Auge den Tränen, meinen Fuß dem Gleiten.
So geh ich meinen Weg vor dem Herrn
    im Lande der Lebenden. *Psalm 116, 5–9*

LESUNG

Abram antwortete: Herr, mein Herr, was willst du mir schon geben? Ich gehe doch kinderlos dahin. Er führte ihn hinaus und sprach: Schau doch zum Himmel hinauf und zähl die Sterne, wenn du sie zählen kannst! Und er sprach zu ihm: So zahlreich werden deine Nachkommen sein. Abram glaubte dem Herrn, und der Herr rechnete es ihm als Gerechtigkeit an.
Genesis 15, 2. 5–6

GEBET

Herr, unser Gott, wie Abram glaubte gegen alle Wahrscheinlichkeit, so laß auch uns dir stets vertrauen, daß du deine Verheißungen erfüllst, auch wo unser Wissen und Können am Ende ist. Herr, wir glauben, hilf unserm Unglauben.

FÜRBITTEN – VATERUNSER – SEGEN

Dtn 30, 15–20 / Lk 9, 22–25

FREITAG NACH ASCHERMITTWOCH

PSALMGEBET

Die da umherirrten in der Wüste, im Ödland,
   den Weg zur wohnlichen Stadt nicht fanden,
die Hunger litten und Durst,
   denen das Leben dahinschwand;
die dann in ihrer Bedrängnis schrien zum Herrn,
   die er ihren Ängsten entriß,
die sollen dem Herrn danken für seine Huld,
   für sein wunderbares Tun an den Menschen.
Psalm 107, 4–6. 8

LESUNG

Ist nicht das ein Fasten, wie ich es liebe: Dein Brot an die Hungrigen austeilen, Arme, die kein Obdach haben, aufnehmen, wenn du einen Nackten siehst, ihn bekleiden und deinen Bruder nicht im Stich lassen? Dann geht in der Finsternis dein Licht auf, und dein Dunkel wird sein wie der helle Tag. Der Herr wird dich ständig leiten; er wird im dürren Land dich sättigen und deine Glieder stärken. Dann wirst du wie ein bewässerter Garten sein, eine Quelle, deren Wasser nicht versiegt. *Jesaja 58, 6. 7. 10–11*

GEBET

Befreie uns, Gott, vom Dunkel unserer Selbstsucht, die uns nur an das Eigene denken läßt. Öffne unsere Augen, und gib uns ein bereites Herz für die Not unserer Brüder und Schwestern. Laß leuchten über uns das Licht deiner Güte.

FÜRBITTEN – VATERUNSER – SEGEN

Jes 58, 1–9a / Mt 9, 14–15

SAMSTAG NACH ASCHERMITTWOCH

PSALMGEBET

Kehre dich, Herr, doch endlich uns zu!
 Laß es dir leid sein um deine Knechte!
Sättige uns am Morgen mit deiner Huld!
 Dann wollen wir jubeln und uns freuen all unsre Tage.
So viele Tage, wie du uns gebeugt hast, erfreue uns,
 so viele Jahre, wie wir Unglück erlitten.
Laß deine Knechte dein Walten sehn
 und ihre Kinder dein herrliches Tun!
Die Güte des Herrn, unsres Gottes, komme über uns!
Das Werk unsrer Hände laß gedeihen,
 ja, laß gedeihen das Werk unsrer Hände! *Psalm 90, 13–17*

EVANGELIUM

Als Jesus nach Hause kam und sie allein waren, fragten ihn seine Jünger: Warum konnten wir den unreinen Geist nicht austreiben? Er antwortete ihnen: Diese Art kann nur durch Gebet ausgetrieben werden. *Markus 9, 28–29*

GEBET

Mache uns frei, Herr, daß wir lassen können, was uns aufhält und beschwert; daß wir uns ganz dir zuwenden und offen sind für deine Gnade. Stärke uns im Kampf gegen alles Niederziehende und Dunkle, hilf uns siegen durch deine Kraft.

FÜRBITTEN – VATERUNSER – SEGEN

Jes 58, 9b–14 / Lk 5, 27–32

ERSTE FASTENWOCHE

BESINNUNG

In der Wüste hat Jesus sich für seinen Dienst bereitet. In der Einsamkeit und Stille vor Gott, wo ihn nichts ablenken konnte von dem Einen, das not ist. Doch auch in dieser Abgeschiedenheit gibt es die Verlockungen, die von dem rechten Weg abziehen. Wenn wir uns in der Fastenzeit für eine Erneuerung unseres Christseins bereiten wollen, so werden wir auf mancherlei Weise Anteil haben an den Erfahrungen Jesu in der Wüste.
Gott hat uns Güter und Gaben anvertraut, die wir besitzen dürfen. Nicht aber, daß wir davon besessen werden. Was wir haben und recht gebrauchen, kann uns sein wie das tägliche Brot. Was wir geizig und krampfhaft festhalten, kann uns sein wie ein schwerer Stein, der uns niederzieht. Aus Steinen Brot zu machen – das vermag Gottes Wort, wenn wir darauf hören und es in uns wirken lassen.
Gott hat uns zugesagt, daß er uns behüten will auf allen unseren Wegen. Wehe aber, wenn Eitelkeit und Selbstsicherheit Gottes Eingreifen auf die Probe stellt und dabei zugleich nach der Bewunderung der Menge schielt. Hochmut kommt vor dem Fall, aber die Wahrheit macht frei.
Gott hat uns geboten: Füllet die Erde und machet sie euch untertan. Im Dienste Gottes ist uns viel anvertraut. Aber wehe uns, wenn wir uns nicht mehr vor ihm verantworten, sondern selber sein wollen wie Gott! Das erste Gebot ist die Summe aller Gebote: daß wir Gott über alle Dinge fürchten, lieben und vertrauen. Wer sich in der Fastenzeit auf dem Wege Christi von neuem im Gehorsam übt, wird erfahren, daß Christus ihm Anteil gibt an seinem Sieg.

Himmlischer Vater, wir danken dir für alle deine Gaben und bitten dich: Hilf, daß wir sie in deinem Dienst recht gebrauchen. Hilf uns, ohne Eitelkeit dir stets die Ehre zu geben. Bewahre uns vor der Rücksichtslosigkeit, mit der wir nur immer uns selbst behaupten wollen, und gib uns Mut, uns selbst zu überwinden und dir in dieser Welt demütig und zuversichtlich zu dienen.

ERSTER FASTENSONNTAG

DER WOCHENSPRUCH

Der Sohn Gottes ist erschienen, um die Werke des Teufels zu zerstören. *1 Johannes 3, 8*

LESUNG

In allem erweisen wir uns als Gottes Diener: durch große Standhaftigkeit, in Bedrängnis, in Not, in Angst, unter Schlägen, in Gefängnissen, bei Verfolgungen, unter der Last der Arbeit, in durchwachten Nächten, durch Fasten, durch lautere Gesinnung, durch Erkenntnis, durch Langmut, durch Güte, durch heiligen Geist, durch ungeheuchelte Liebe, durch das Wort der Wahrheit, in der Kraft Gottes. *2 Korinther 6, 4–7*

EVANGELIUM

Da sprach Jesus zu ihm: Weg von mir, Satan! Denn es steht geschrieben: Den Herrn, deinen Gott, sollst du anbeten und ihm allein dienen! Danach ließ der Teufel von ihm ab; Engel aber traten hinzu und dienten ihm. *Mattäus 4, 10–11*

GEBET

Herr Gott, Vater, stärke uns in allen Versuchungen, daß wir den Schmeicheleien widerstehen und dem Hochmut, der uns zu Fall bringt. Laß uns mit deinem Sohn den Weg des Gehorsams gehen, daß wir dich allein anbeten und dir dienen.

A: Gen 2, 7–9; 3, 1–7 / Röm 5, 12–19 / Mt 4, 1–11
B: Gen 9, 8–15 / 1 Petr 3, 18–22 / Mk 1, 12–15
C: Dtn 26, 4–10 / Röm 10, 8–13 / Lk 4, 1–13

MONTAG DER ERSTEN FASTENWOCHE

PSALMGEBET

Wohl dem Mann, der nicht dem Rat der Frevler folgt,
nicht auf den Weg der Sünder tritt,
   nicht im Kreis der Spötter sitzt,
sondern Freude hat an der Weisung des Herrn,
   über seine Weisung sinnt bei Tag und Nacht.
Wie ein Baum ist er, an Wasserbächen gepflanzt,
   der seine Frucht bringt zur rechten Zeit;
seine Blätter welken nicht,
   alles, was er tut, gerät ihm wohl. *Psalm 1, 1–3*

LESUNG

Gott tritt den Stolzen entgegen, den Demütigen aber gibt er Gnade. Ordnet euch also Gott unter, leistet dem Teufel Widerstand, und er wird vor euch fliehen. Sucht die Nähe Gottes, und er wird sich euch nähern. *Jakobus 4, 6–8*

GEBET

Lob sei dem Herrn, Ruhm seinem Namen!
Höret es all und freut euch in ihm!
Kostet und seht, wie gütig der Herr!
Allen wird Heil, die ihm vertraun.

Naht euch dem Herrn, Freude im Antlitz!
Rufet ihn an, er neigt sich euch zu.
Kostet und seht, wie gütig der Herr!
Allen wird Heil, die ihm vertraun.

FÜRBITTEN – VATERUNSER – SEGEN

Lev 19, 1–2. 11–18 / Mt 25, 31–46

DIENSTAG DER ERSTEN FASTENWOCHE

PSALMGEBET

Wer in dem Schutz des Höchsten wohnt
und ruht im Schatten des Allmächtigen,
der spricht zum Herrn: „Du bist mir Zuflucht und Burg,
mein Gott, dem ich vertraue!"
Er rettet dich aus der Schlinge des Jägers
und vor allem Verderben.
Mit seinen Fittichen schirmt er dich,
unter seinen Flügeln findest du Zuflucht,
Schild und Schutz ist dir seine Treue. *Psalm 91, 1–4*

LESUNG

Du sollst an den ganzen Weg denken, den der Herr, dein Gott, dich während dieser vierzig Jahre in der Wüste geführt hat. Durch Hunger hat er dich gefügig gemacht und hat dich dann mit dem Manna gespeist, das du nicht kanntest und das auch deine Väter nicht kannten. Er wollte dich erkennen lassen, daß der Mensch nicht nur von Brot lebt, sondern daß der Mensch von allem lebt, was der Mund des Herrn spricht.
Deuteronomium 8, 2. 3

GEBET

Laß uns nicht mutlos werden, wenn unser Weg durch die Wüste führt. Wir vertrauen auf dein mächtiges Wort. Du gibst uns täglich, was uns zum Leben notwendig ist und stehst uns in Gefahren und Versuchungen bei. Wir vertrauen auf deine Gnade.

FÜRBITTEN – VATERUNSER – SEGEN

Jes 55, 10–11 / Mt 6, 7–15

MITTWOCH DER ERSTEN FASTENWOCHE

PSALMGEBET

Denn deine Zuflucht ist der Herr,
 du hast dir den Höchsten zum Schutz gemacht.
Es wird dir kein Unheil begegnen,
 deinem Zelt keine Plage sich nahen.
Denn seine Engel bietet er auf für dich,
 dich zu behüten auf allen Wegen.
Auf Händen werden sie dich tragen,
 damit dein Fuß nicht an einen Stein stößt. *Psalm 91, 9–12*

LESUNG

Wir haben ja nicht einen Hohenpriester, der nicht mit uns leiden könnte in unseren Schwächen, sondern einen, der wie wir in allem versucht worden ist, aber nicht gesündigt hat. Mit Zuversicht laßt uns also zum Thron der Gnade hintreten, damit wir Erbarmen finden und Gnade empfangen, Hilfe zur rechten Zeit. *Hebräer 4, 15. 16*

GEBET

Herr Jesus Christus, du kennst uns bis auf den Grund, du kennst unsere Schwachheit und unser Versagen. Wir bitten dich: Erbarme dich unser und stehe uns bei. Deine Barmherzigkeit ist unser Trost.

FÜRBITTEN – VATERUNSER – SEGEN

Jon 3, 1–10 / Lk 11, 29–32

DONNERSTAG DER ERSTEN FASTENWOCHE

PSALMGEBET

Ich will den Kelch des Heils erheben
und anrufen den Namen des Herrn.
Meine Gelübde will ich dem Herrn erfüllen
offen vor all seinem Volk.
Kostbar ist in den Augen des Herrn
das Sterben seiner Frommen.
Ich will dir ein Opfer des Dankes bringen
und anrufen den Namen des Herrn. *Psalm 116, 13–15. 17*

LESUNG

Da uns eine solche Wolke von Zeugen umgibt, wollen auch wir alle Last und die Fesseln der Sünde abwerfen und mit Ausdauer in den Wettkampf laufen, der uns bestimmt ist, im Aufblick zu dem Urheber und Vollender des Glaubens, Jesus, der angesichts der vor ihm liegenden Freude das Kreuz auf sich nahm, ohne auf die Schande zu achten, und sich zur Rechten des Thrones Gottes gesetzt hat. *Hebräer 12, 1–2*

GEBET

Wir danken dir, Gott, für die große Schar der Bekenner aller Zeiten und bitten dich: Laß uns nicht müde werden auf dem Weg, der zu dir führt. Stärke unsere Zuversicht im Aufblick auf unseren Herrn Jesus Christus.

FÜRBITTEN – VATERUNSER – SEGEN

Est 14, 1. 3–5. 12–14 / Mt 5, 20–26

FREITAG DER ERSTEN FASTENWOCHE

PSALMGEBET

Die in ihrer Bedrängnis schrien zum Herrn,
 die er ihren Ängsten entriß,
sie herausführte aus Dunkel und Finsternis
 und ihre Fesseln entzweibrach:
Die sollen dem Herrn danken für seine Huld,
 für sein wunderbares Tun an den Menschen,
weil er die ehernen Tore zerbrochen,
 die eisernen Riegel zerschlagen hat. *Psalm 107, 13–16*

EVANGELIUM

Darauf sagte Jesus zu seinen Jüngern: Wer mir nachfolgen will, verleugne sich selbst und nehme sein Kreuz auf sich; dann folge er mir nach. Denn wer sein Leben retten will, wird es verlieren; wer aber sein Leben um meinetwillen verliert, wird es gewinnen. Was nützt es einem Menschen, wenn er die ganze Welt gewinnt, dabei aber sein Leben verliert?
Mattäus 16, 24–26

GEBET

Herr, unser Heiland, du hast für uns gelitten und bist den Weg des Kreuzes gegangen: Hilf uns, daß wir von dir die Kraft empfangen, auf dem Weg der Nachfolge unser Leben einzusetzen im Dienst der Liebe. Stärke uns zur Treue bis an unser Ende.

FÜRBITTEN – VATERUNSER – SEGEN

Ez 18, 21–28 / Mt 5, 20–26

SAMSTAG DER ERSTEN FASTENWOCHE

PSALMGEBET

Fesseln des Todes umfingen mich,
   mich erschreckten Fluten des Verderbens.
Bande der Unterwelt umstrickten mich,
   über mich fielen Schlingen des Todes.
In meiner Not rief ich zum Herrn
   und schrie zu meinem Gott.
Sie überfielen mich am Tag meines Unheils,
   doch der Herr wurde mein Halt.
Er führte mich hinaus ins Weite,
   er befreite mich, denn er hatte an mir Gefallen.
Psalm 18, 5–7. 19. 20

EVANGELIUM

Jesus antwortete ihnen: Dieses böse und abtrünnige Volk fordert ein Zeichen, aber es wird ihm kein anderes gegeben werden als das Zeichen des Propheten Jona. Denn wie Jona drei Tage und drei Nächte lang im Bauch des Fisches war, so wird auch der Menschensohn drei Tage und drei Nächte im Innern der Erde sein. *Mattäus 12, 39–40*

GEBET

   Du Heiland der Barmherzigkeit,
   erbarme dich unser!

   Du König aller Herrlichkeit,
   erbarme dich unser!

   Du Sieger über Tod und Zeit,
   erbarme dich unser!

FÜRBITTEN – VATERUNSER – SEGEN

Dtn 26, 16–19 / Mt 5, 43–48

ZWEITE FASTENWOCHE

BESINNUNG

Gott hat uns in Jesus Christus sein gnädiges und barmherziges Angesicht zugewandt. Der verborgene Gott ist in ihm offenbar geworden. Dennoch bleiben Tiefen, die uns auch durch Christus nicht offenbar werden. Und es bleibt die Tatsache, daß sich Gott der Bitte um Beglaubigung entzieht.

Jesus hat es abgelehnt, Zeichen und Wunder zu tun, wenn sie als Beglaubigung seiner Predigt verlangt wurden. Und Mose fand keine Erhörung, als er die Herrlichkeit des Herrn schauen wollte. Nicht einmal in das grelle Licht der Sonne kann man ungeschützt blicken, wieviel weniger in die Sonne aller Sonnen. Wenn der Herr in unserem Leben vorübergeht, so kann man hinterher etwas von seinem Wesen und Wirken erkennen. Wir dürfen gleichsam hinter ihm hersehen, „aber Sein Angesicht kann man nicht sehen!"

So haben die ersten Zeugen nach Ostern alles ganz anders und erst richtig verstanden, was ihnen vorher verborgen geblieben war. Im Licht der Auferstehung sieht alles anders aus. Im Rückblick auf unser Leben werden wir vieles anders ansehen als in den Tagen, in denen es geschah. Warum alles so und nicht anders kommen mußte, wozu es diente und wie Gott auch im Kreuz und Leid gnädig an uns handelte, das erkennt man erst hinterher. Aber weil so viele vor uns diese Erfahrung gemacht haben und weil auch wir solches schon oft erleben konnten, darum dürfen wir mutig und unerschrocken in die Zukunft blicken. Wir sind als Jünger zum Gehorsam gerufen und brauchen vor keinem Hindernis zurückzuweichen. Er wird uns hindurchführen.

> O bleib bei uns, Herr Jesu Christ,
> bis einstens wir dein Antlitz sehn;
> und hilf, daß wir zu jeder Frist
> in deiner Gnade sicher stehn!
> Laß deines Lichtes klaren Schein
> so hell und kräftig in uns sein,
> daß aller Welt es leuchten mag!

ZWEITER FASTENSONNTAG

DER WOCHENSPRUCH

Gott der Herr hat mir das Ohr geöffnet. Ich habe mich nicht gewehrt, bin nicht zurückgewichen. *Jesaja 50, 4–5*

LESUNG

Dann sagte Mose: Laß mich doch deine Herrlichkeit sehen! Und er sprach: Du kannst mein Angesicht nicht sehen; denn kein Mensch kann mich sehen und am Leben bleiben. Hier, diese Stelle da! Stell dich an diesen Felsen! Wenn meine Herrlichkeit vorüberzieht, stelle ich dich in den Felsspalt und halte meine Hand zurück, und du wirst meinen Rücken sehen. Mein Angesicht kann niemand sehen. *Exodus 33, 18. 20–23*

EVANGELIUM

Jesus sprach zu der kanaanäischen Frau: Es ist nicht recht, das Brot den Kindern wegzunehmen und den Hunden vorzuwerfen. Da entgegnete sie: Du hast recht, Herr! Aber die kleinen Hunde bekommen auch von den Brotresten zu fressen, die von ihren Herren unter den Tisch geworfen werden. Darauf antwortete ihr Jesus: Frau, dein Glaube ist groß. Was du willst, soll geschehen. Und von dieser Stunde an war ihre Tochter geheilt. *Mattäus 15, 26–28*

GEBET

Wenn deine Güte verborgen ist, Herr, und unser Beten ins Leere geht: Stärke uns durch deinen Geist, daß wir nicht müde werden, sondern dennoch zu dir flehen, bis du uns erhörst über Bitten und Verstehen.

A: Gen 12, 1–4a / 2 Tim 1, 8b–10 / Mt 17, 1–9
B: Gen 22, 1–2. 9a. 10–13. 15–18 / Röm 8, 31 b–34 /Mk 9, 1–9
C: Gen 15, 5–12. 17–18 / Phil 3, 17–4, 1 / Lk 9, 28b–36

MONTAG DER ZWEITEN FASTENWOCHE

PSALMGEBET

Prüfe mich, Herr, und durchforsche mich,
   auf Herz und Nieren erprobe mich!
Denn mir stand deine Huld vor Augen.
Ich wasche meine Hände in Unschuld
   und umschreite deinen Altar, o Herr,
um laut dein Lob zu künden,
   zu erzählen all deine Wunder.
Herr, ich liebe die Stätte deines Hauses
   und den Ort, wo deine Herrlichkeit wohnt.
Ich aber gehe meinen Weg ohne Schuld;
   erlöse mich und sei mir gnädig! *Psalm 26, 2–3. 6–8. 11*

EVANGELIUM

Jesus antwortete ihnen: Meine Lehre stammt nicht von mir, sondern von dem, der mich gesandt hat. Wer bereit ist, den Willen Gottes zu tun, wird erkennen, ob die Lehre von Gott stammt oder ob ich von mir aus spreche. *Johannes 7, 16–17*

GEBET

Wir danken dir, Herr, daß wir dir dienen dürfen und daß du uns in diesem Dienst die Wahrheit deiner Worte erfahren läßt. Erhalte uns auf dem Weg, den du uns führst, und stärke uns im Gehorsam zur Ehre Gottes des Vaters.

FÜRBITTEN – VATERUNSER – SEGEN

Dan 9, 4b–10 / Lk 6, 36–38

DIENSTAG DER ZWEITEN FASTENWOCHE

PSALMGEBET

Die Toren sprechen in ihren Herzen:
„Es gibt keinen Gott".
  Sie handeln verderbt und abscheulich,
  nicht einer, der Gutes tut.
Es trifft sie Furcht und Schrecken,
  denn Gott ist mit dem Geschlecht der Gerechten.
Wer gibt vom Zion Hilfe für Israel?
Wenn einst der Herr das Geschick seines Volkes wendet,
  dann jubelt Jakob, dann freut sich Israel.
Psalm 14, 1. 5. 7

LESUNG

Die Apostel gingen vom Hohen Rat weg und freuten sich, daß sie gewürdigt worden waren, für seinen Namen Schmach zu erleiden. Und Tag für Tag lehrten sie unermüdlich im Tempel und in den Häusern und verkündeten das Evangelium von Jesus, dem Christus. *Apostelgeschichte 5, 41–42*

GEBET

Alle Tage wollen wir
dich und deinen Namen preisen
und zu allen Zeiten dir
Ehre, Lob und Dank erweisen;
rett aus Sünden, rett aus Tod,
sei uns gnädig, Herr und Gott.

FÜRBITTEN – VATERUNSER – SEGEN

Jes 1, 10. 16–20 / Mt 23, 1–12

MITTWOCH DER ZWEITEN FASTENWOCHE

PSALMGEBET

Wohl dem Mann, den du erziehst, o Herr,
   den du belehrst mit deiner Weisung.
Denn der Herr wird sein Volk nicht verstoßen,
   sein Erbe nicht verlassen.
Nun spricht man wieder Recht nach Gerechtigkeit;
   ihr folgen alle mit redlichem Herzen.
Sag ich: „Mein Fuß gleitet aus!",
   so stützt mich, Herr, deine Huld.
Mehren sich die Sorgen des Herzens,
   so erquickt dein Trost meine Seele.

Psalm 94, 12. 14–15. 18–19

LESUNG

Der Knabe Samuel diente dem Herrn unter der Aufsicht Elis. Das Wort des Herrn war damals selten, Gesichte waren nicht häufig. Der Herr kam, trat heran und rief wie vorher: Samuel, Samuel! Samuel antwortete: Rede, dein Diener hört!

1 Samuel 3, 1. 10

GEBET

In der Stille warten wir auf dein Wort. Herr, öffne uns Herzen und Sinne, daß wir wahrnehmen, was du uns sagen willst; daß wir hören und folgen, wenn deine Stimme uns ruft.

FÜRBITTEN – VATERUNSER – SEGEN

Jer 18, 18–20 / Mt 20, 17–28

DONNERSTAG DER ZWEITEN FASTENWOCHE

PSALMGEBET

Gott, du mein Gott, dich suche ich,
  meine Seele dürstet nach dir.
Nach dir schmachtet mein Leib
  wie dürres, lechzendes Land ohne Wasser.
Denn deine Huld ist besser als Leben;
  darum preisen dich meine Lippen.
Ich denke an dich auf nächtlichem Lager,
  sinne über dich nach, wenn ich wache.
Ja, du wurdest mein Helfer;
  jubeln kann ich im Schatten deiner Flügel.
Meine Seele hängt an dir,
  deine rechte Hand hält mich fest. *Psalm 63, 2. 4. 7–9*

LESUNG

Paulus hatte in der Nacht ein Gesicht. Ein Mazedonier stand da und bat ihn: Komm herüber nach Mazedonien und hilf uns! Auf dieses Gesicht hin wollten wir sofort nach Mazedonien abfahren; denn wir waren überzeugt, daß uns Gott berufen hatte, ihnen das Evangelium zu verkünden.
Apostelgeschichte 16, 9–10

GEBET

Herr, wenn du in der Stille der Nacht und im Traum zu uns sprichst, gib, daß wir hören und verstehen, was du uns sagen willst. Mache unseren Weg sicher durch dein Wort.

FÜRBITTEN – VATERUNSER – SEGEN

Jer 17, 5–10 / Lk 16, 19–31

FREITAG DER ZWEITEN FASTENWOCHE

PSALMGEBET

Alle Pfade des Herrn sind Huld und Treue
 denen, die seinen Bund und seine Gebote bewahren.
Wer ist der Mann, der Gott fürchtet?
 Ihm zeigt er den Weg, den er wählen soll.
Dann wird er wohnen im Glück,
 seine Kinder werden das Land besitzen.
Die sind Vertraute des Herrn, die ihn fürchten;
 er weiht sie ein in seinen Bund. *Psalm 25, 10. 12–14*

LESUNG

Obwohl er Sohn war, hat er durch Leiden den Gehorsam gelernt; zur Vollendung gelangt, ist er für alle, die ihm gehorchen, Urheber des ewigen Heils geworden. *Hebräer 5, 8–9*

GEBET

Sieh gnädig auf uns nieder,
die wir in Demut nahn;
nimm uns als Christi Brüder
mit ihm zum Opfer an!
Laß rein uns vor dir stehen,
von seinem Blut geweiht,
durch Kreuz und Tod eingehen
in deine Herrlichkeit!

FÜRBITTEN – VATERUNSER – SEGEN

Gen 37, 3–4. 12–13a. 17b–28 / Mt 21, 33–43. 45–46

SAMSTAG DER ZWEITEN FASTENWOCHE

PSALMGEBET

Der Herr schaut herab aus heiliger Höhe,
vom Himmel blickt er auf die Erde nieder,
will das Seufzen der Gefangenen hören
und befreien, die dem Tod geweiht sind,
damit sie den Namen des Herrn auf Zion verkünden,
sein Lob in Jerusalem,
wenn sich dort Königreiche und Völker versammeln,
um den Herrn zu verehren. *Psalm 102, 20–23*

LESUNG

So spricht der Herr zum tief Verachteten, zum Abscheu der Leute, zum Knecht der Tyrannen: Zur Zeit der Gnade erhöre ich dich, am Tag des Heils helfe ich dir. Ich schütze dich und mache dich zum Bund mit dem Volk, um dem Land aufzuhelfen und verödetes Erbgut zu verteilen, um den Gefangenen zu sagen: Geht heraus! und denen in der Finsternis: Kommt ans Licht! *Jesaja 49, 7. 8–9*

GEBET

Herr, du rufst deine Gemeinde aus der Gefangenschaft in die Freiheit. Wir bitten dich: Stärke in uns die Hoffnung, die uns deiner Zukunft entgegenführt.

FÜRBITTEN – VATERUNSER – SEGEN

Mich 7, 14–15. 18–20 / Mt 21, 33–43. 45–46

DRITTE FASTENWOCHE

BESINNUNG

Was macht uns untereinander oft so stumm und einsam? Wir haben uns nichts zu sagen, und wir hören nicht aufeinander. Es ist, als ob ein böser Geist uns auseinandertreibe und uns in der Isolierung festhalte.

Es hilft nichts, wenn wir dann die Zerstreuung suchen. Was uns ablenkt und zerstreut, kann uns zwar ein wenig Entspannung bringen, aber es bringt uns auch näher an eine Grenze, an der Halt geboten ist. Ein gewisses Maß an Zerstreuung mag harmlos sein. Aber schließlich sind wir so zerstreut, daß wir uns selbst nicht mehr finden. Nicht Zerstreuung, sondern Sammlung tut uns dann not.

Mit Jesus ist eine Macht in diese Welt gekommen, die nicht zerstreut, sondern sammelt. Mit ihm bricht die Herrschaft Gottes herein in den Einflußbereich des bösen Geistes. Er macht Stumme reden und Taube hören. Und er ruft uns auf, in diesem Kampf auf seine Seite zu treten.

Im Dienste Gottes sammelt er die Menschen zu einer Gemeinschaft, in der einer für den andern da ist. An die Stelle der isolierenden Selbstbehauptung tritt die lösende und neu verbindende Macht der Güte und Dienstbereitschaft. Er warnt und lockt: Wer nicht mit mir ist, der ist wider mich, und wer nicht mit mir sammelt, der zerstreut.

Herr, du willst, daß wir alle eins seien, auch die heute noch nichts von dir wissen. Hilf uns, daß wir uns nicht verlieren und zerstreuen in dem vielen, was uns auseinandertreibt. Hilf uns, daß wir uns halten an das eine, das notwendig ist, daß wir bei dir bleiben in guten und schweren Stunden. Nimm unsern schwachen Dienst an für dein Reich.

DRITTER FASTENSONNTAG

DER WOCHENSPRUCH

Der Menschensohn ist nicht gekommen, um sich dienen zu lassen, sondern um zu dienen und sein Leben hinzugeben als Lösegeld für viele. *Mattäus 20, 28*

LESUNG

Ahmt Gott nach als seine geliebten Kinder und übt die Liebe, weil auch Christus uns geliebt und sich für uns hingegeben hat als Gabe und Opfer, das Gott gefällt. Das Licht aber bringt Güte, Gerechtigkeit und Wahrheit hervor. Prüft, was dem Herrn gefällt. *Epheser 5, 1–2. 9–10*

EVANGELIUM

Jesus trieb einen Dämon aus, der stumm war. Als der Dämon den Stummen verlassen hatte, konnte der Mann reden. Alle Leute staunten. Jesus aber sprach: Wenn ich aber mit der Kraft Gottes die Dämonen austreibe, dann ist ja das Reich Gottes schon zu euch gekommen. Wer nicht für mich ist, der ist gegen mich; wer nicht mit mir sammelt, der zerstreut. *Lukas 11, 14. 20. 23*

GEBET

Herr, unser Heiland, als Gottes Lamm hast du deine Stärke erwiesen. Hilf, daß wir uns nicht von Macht und Herrschaft locken und blenden lassen, sondern uns üben in Liebe und Güte, in Lauterkeit und Hingabe. Christe, du Lamm Gottes, gib uns deinen Frieden.

A: Ex 17, 3–7 / Röm 5, 1–2. 5–8 / Joh 4, 5–42
B: Ex 20, 1–17 / 1 Kor 1, 22–25 / Joh 2, 13–25
C: Ex 3, 1–8a. 13–15 / 1 Kor 10, 1–6. 10–12 / Lk 13, 1–9

MONTAG DER DRITTEN FASTENWOCHE

PSALMGEBET

Herr, strafe mich nicht in deinem Zorn,
 und züchtige mich nicht in deinem Grimm!
Sei mir gnädig, Herr, ich sieche dahin,
 heile mich, Herr, denn meine Glieder zerfallen!
Meine Seele ist tief verstört.
 Du aber, Herr, wie lange säumst du noch?
Wende dich, Herr, mir zu und errette mich,
 in deiner Huld bring mir Hilfe!
Gehört hat der Herr mein Flehen,
 der Herr nimmt mein Beten an. *Psalm 6, 2–5. 10*

EVANGELIUM

Am folgenden Tag sah Johannes, wie Jesus auf ihn zukam, und sagte: Seht, das Lamm Gottes, das die Sünde der Welt hinwegnimmt! Dieser ist es, über den ich gesagt habe: Nach mir kommt einer, der mir voraus ist, weil er eher war als ich. Und Johannes bezeugte: Ich sah, daß der Geist wie eine Taube vom Himmel herabkam und auf ihm blieb.
Johannes 1, 29–30. 32

GEBET

Herr, der du willig wie ein Lamm,
am martervollen Kreuzesstamm
zur Tilgung unsrer Sündenlast
für uns dich aufgeopfert hast.

Du warst gehorsam bis zum Tod,
aus Liebe, bis zur Kreuzesnot;
und gibst mit gleichem Opfersinn
dein Fleisch und Blut für uns dahin.

FÜRBITTEN – VATERUNSER – SEGEN

2 Kön 5, 1–15a / Lk 4, 24–30

DIENSTAG DER DRITTEN FASTENWOCHE

PSALMGEBET

Ich will dir danken, Herr, aus ganzem Herzen,
 verkünden will ich all deine Wunder.
So wird der Herr für den Bedrückten zur Burg,
 zur Burg in Zeiten der Not.
Darum vertraut auf dich, wer deinen Namen kennt;
 denn du, Herr, verläßt keinen, der dich sucht.
Spielt dem Herrn, der thront auf dem Zion,
 verkündet unter den Völkern seine Taten!

Psalm 9, 2. 10–12

EVANGELIUM

Jesus rief die Zwölf zu sich und sandte sie zu je zweien aus, gab ihnen Macht über die unreinen Geister und gebot ihnen, außer einem Wanderstab nichts auf den Weg mitzunehmen. Und er sagte zu ihnen: Wenn euch ein Ort nicht aufnimmt und man euch nicht hören will, geht weiter und schüttelt den Staub von euren Füßen zum Zeugnis gegen sie. Die zwölf Jünger machten sich auf den Weg und riefen zur Umkehr auf.

Markus 6, 7–8. 10. 11–12

GEBET

Herr, du rüstest uns für unseren Dienst mit Zuversicht. Sei mit uns auf allen unsern Wegen. Gib, daß wir uns in der Stunde der Anfechtung auf nichts anderes verlassen, als allein auf dich.

FÜRBITTEN – VATERUNSER – SEGEN

Dan 3, 25. 34–43 / Mt 18, 21–35

MITTWOCH DER DRITTEN FASTENWOCHE

PSALMGEBET

Meine Augen schauen stets auf den Herrn;
   denn er befreit meine Füße aus dem Netz.
Wende dich mir zu und sei mir gnädig,
   denn ich bin einsam und gebeugt.
Löse die Angst meines Herzens,
   aus der Bedrängnis führ mich heraus!
Erhalte mein Leben und rette mich,
laß mich nicht scheitern!
   Denn ich nehme zu dir meine Zuflucht.

Psalm 25, 15–17. 20

EVANGELIUM

Es entstand unter den Jüngern ein Streit darüber, wer von ihnen als der größte zu gelten habe. Jesus aber sagte: Die Könige herrschen über ihre Völker, und die Mächtigen lassen sich Wohltäter nennen. Bei euch aber soll es nicht so sein, sondern der größte unter euch soll dem kleinsten gleich werden, und der Führende dem Dienenden. *Lukas 22, 24–26*

GEBET

Herr, du hast dich zu uns geneigt und bist geworden wie einer von uns. Wir bitten dich: Hilf uns, daß wir uns nicht einer über den andern erheben, sondern vielmehr danach trachten, einander zu helfen und zu dienen.

FÜRBITTEN – VATERUNSER – SEGEN

Dtn 4, 1. 5–9 / Mt 5, 17–19

DONNERSTAG DER DRITTEN FASTENWOCHE

PSALMGEBET

Schaffe mir Recht, o Herr, denn ich habe ohne Schuld gelebt.
    Auf den Herrn hab ich vertraut, ohne zu wanken.
Prüfe mich, Herr, und durchforsche mich,
    auf Herz und Nieren erprobe mich!
Denn mir stand deine Huld vor Augen,
    ich ging meinen Weg in Treue gegen dich.
Ich wasche meine Hände in Unschuld
    und umschreite deinen Altar, o Herr,
um laut dein Lob zu verkünden,
    zu erzählen all deine Wunder.
Herr, ich liebe die Stätte deines Hauses
    und den Ort, wo deine Herrlichkeit wohnt.
Psalm 26, 1–3. 6–8

EVANGELIUM

Bei Tagesanbruch verließ Jesus die Stadt und ging in eine einsame Gegend. Aber die Menschen suchten ihn, und als sie ihn fanden, wollten sie ihn daran hindern, sie zu verlassen. Er erwiderte ihnen: Ich muß auch den anderen Städten das Evangelium vom Reich Gottes verkünden; denn dazu bin ich gesandt worden.
Lukas 4, 42–43

GEBET

Herr Jesus Christus, wenn wir dich ganz für uns haben wollen, zeige uns, daß du auch die anderen suchst, daß alle dich brauchen. Hilf, daß auch wir deine Botschaft den anderen künden helfen.

FÜRBITTEN – VATERUNSER – SEGEN

Jer 7, 23–28 / Lk 11, 14–23

FREITAG DER DRITTEN FASTENWOCHE

PSALMGEBET

Betrübt ist die Seele in mir, darum denke ich an dich
   im Jordanland vom Hermon, vom Mizar-Berg her.
Flut ruft Flut beim Tosen deiner Wasser,
   all deine Wellen und Wogen gehen über mich hin.
Was bist du betrübt, meine Seele,
   und bist so unruhig in mir?
Harre auf Gott; denn ich werde ihm noch danken,
   dem Heil, auf das ich blicke, meinem Gott.

Psalm 42, 7–8. 12

LESUNG

Paulus schreibt: Ich glaube, Gott hat uns Apostel auf den letzten Platz gestellt, wie Todgeweihte; denn wir sind zum Schauspiel geworden für die Welt, für Engel und Menschen. Wir mühen uns ab und arbeiten mit eigenen Händen. Wir werden beschimpft und segnen; wir werden verfolgt und halten stand; wir werden geschmäht und trösten. Wie der Dreck der Welt sind wir geworden, verstoßen von allen bis heute. *1 Korinther 4, 9. 12–13*

GEBET

Wir danken dir, Herr, daß du uns Apostel, Lehrer und Hirten gegeben hast, die sich nicht schämen, den Weg der Demut und des Verzichts zu gehen. Laß sie uns ein Vorbild sein auf dem Weg der Nachfolge, daß auch wir uns nicht scheuen, deine Niedrigkeit zu tragen.

FÜRBITTEN – VATERUNSER – SEGEN

Hos 14, 2–10 / Mk 12, 38b–34

SAMSTAG DER DRITTEN FASTENWOCHE

PSALMGEBET

Wohl dem, dessen Halt der Gott Jakobs ist,
  der seine Hoffnung setzt auf den Herrn, seinen Gott!
Recht schafft er den Unterdrückten,
den Hungernden gibt er Brot;
  der Herr macht die Gefangenen frei.
Der Herr öffnet den Blinden die Augen,
  die Gebeugten richtet er auf.
Der Herr beschützt die Fremden,
  Waisen und Witwen hilft er auf.
Der Herr liebt die Gerechten,
  doch den Weg der Frevler leitet er irre.
Der Herr ist König auf ewig,
  dein Gott, Zion, von Geschlecht zu Geschlecht.
Psalm 146, 5. 7–8. 9–10

LESUNG

Der Seher schreibt: Ich sah es, und ich hörte die Stimme von vielen Engeln rings um den Thron und um die Wesen und die Ältesten; die Zahl der Engel ist zehntausend mal zehntausend und tausend mal tausend. Sie schreien mit lauter Stimme: Würdig ist das Lamm, das geschlachtet ist, Macht zu empfangen, Reichtum und Weisheit, Kraft und Ehre, Herrlichkeit und Lobpreis! *Offenbarung 5, 11–12*

GEBET

Christe, du Lamm Gottes, von Ewigkeit her ist dies der Weg deiner Liebe, daß du schwach und arm wirst um unsertwillen. Wir rühmen und preisen, was vor der Welt als Torheit gilt. Wir rufen zu dir: Erbarme dich unser und gib uns deinen Frieden.

FÜRBITTEN – VATERUNSER – SEGEN

Hos 6, 1–6 / Lk 18, 9–14

VIERTE FASTENWOCHE

BESINNUNG

In der Geschichte von der wunderbaren Brotvermehrung begegnen uns geheimnisvolle Zeichen und Andeutungen, welche die Väter der Kirche gläubig zu deuten wußten. Auch uns können sie hinführen zum innersten Sinn, der mit dem Wort des Herrn ausgesagt ist: Ich bin das Brot des Lebens.

Es lagern sich fünftausend Menschen. Ist das nicht ein deutlicher Hinweis auf die ganze Menschheit: die Zahl Fünf ist die Zahl des Menschen, und die Zahl Tausend bedeutete in alter Zahlensprache soviel wie „alle". Für alle Menschen ist Jesus das Brot des Lebens. Fünf Brote und zwei Fische sind Hinweise auf ihn, dessen Geheimnis bei Johannes immer wieder in der Siebenzahl angedeutet ist: Gott und die Menschheit sind in Ihm vereint.

Daß Jesus das Brot nimmt, dankt und es den Jüngern zum Austeilen gibt, weist auf die Feier des Heiligen Mahles hin. Er selbst hat es gestiftet, um unter uns als das Brot des Lebens gegenwärtig zu sein.

Und sooft wir diese Feier begehen: es bleiben zwölf Körbe übrig, wenn wir die Zeichensprache verstehen. Gemeint ist damit die ganze Kirche, der Leib Christi, gesammelt von den zwölf Aposteln aus aller Welt. In der Nachfolge der zwölf Stämme des Alten Bundes ist die Kirche des Neuen Bundes dazu bestimmt, die Gegenwart Christi weiter hinauszutragen in alle Welt.

Herr, wie wunderbar hast du die Deinen allezeit mit deinem Leben gespeist und durch dein Opfer erneuert. Du willst auch mir Anteil geben an den Gaben deiner Liebe. Laß mich mit Ehrfurcht und Freude teilnehmen an der Feier des Neuen Bundes. Erneuere mich durch deine Liebe und füge mich in die Gemeinschaft deines Leibes und Blutes ein. Laß mich nie vergessen, daß du das Brot für alle Welt sein willst. Laß mich der Hungernden gedenken und mache mich zum Werkzeug deiner Liebe.

VIERTER FASTENSONNTAG

DER WOCHENSPRUCH

Wenn das Weizenkorn nicht in die Erde fällt und stirbt, bleibt es allein; wenn es aber stirbt, bringt es reiche Frucht.

Johannes 12, 24

LESUNG

Der Prophet spricht: Wie lieblich sind uns auf den Bergen die Füße des Freudenboten, der Frieden kündet, gute Botschaft bringt und Heil kündet, der zu Zion spricht: Dein Gott ist König! Brecht alle in Jubel aus, ihr Trümmer Jerusalems! Denn der Herr tröstet sein Volk, erlöst Jerusalem.

Jesaja 52, 7. 9

EVANGELIUM

Jesus sagte: Laßt die Leute sich setzen! Es gab viel Gras an dem Ort. Da setzten sie sich, etwa fünftausend Männer. Dann nahm Jesus die Brote, sprach das Dankgebet und teilte sie an die sitzende Menge aus, ebenso auch die Fische, soviel sie davon wollten. Als sie satt waren, sagte er zu seinen Jüngern: Sammelt die übriggebliebenen Stücke, damit nichts verdirbt! Sie sammelten und füllten zwölf Körbe mit den Stücken, die von den fünf Gerstenbroten beim Essen übriggeblieben waren.

Johannes 6, 10–13

GEBET

Liebend gabst du, Herr, dein Leben,
uns vom Tode zu befrein;
um des Lebens Kraft zu geben,
willst du ewig bei uns sein,
willst bis zu der Zeiten Ende
deinen Opfertod erneun
und im heilgen Sakramente
uns das Brot des Lebens sein.

A: 1 Sam 16, 1b. 6–7. 10–13a / Eph 5, 8–14 / Joh 9, 1–41
B: 2 Chr 36, 14–16. 19–23 / Eph 2, 4–10 / Joh 3, 14–21
C: Jos 5, 9a. 10–12 / 2 Kor 5, 17–21 / Lk 15, 1–3. 11–32

MONTAG DER VIERTEN FASTENWOCHE

PSALMGEBET

Der Herr hat den Zion erwählt,
 ihn zu seinem Wohnsitz erkoren:
„Seine Nahrung will ich reichlich segnen,
 mit Brot seine Armen sättigen.
Seine Priester will ich kleiden mit Heil,
 seine Frommen sollen jauchzen und jubeln!
Dort lasse ich Davids Macht erstarken,
 bereite für meine Gesalbten ein Licht.
Ich bekleide seine Feinde mit Schmach;
 doch auf ihm erglänzt seine Krone."

Psalm 132, 13. 15–16. 17. 18

LESUNG

Die ganze Gemeinde der Israeliten murrte in der Wüste gegen Mose und Aaron. Die Israeliten sagten zu ihnen: Ihr habt uns nur deshalb in diese Wüste geführt, um alle, die hier versammelt sind, an Hunger sterben zu lassen. Da sprach der Herr zu Mose: Ich will euch Brot vom Himmel regnen lassen. Das Volk soll hinausgehen, um seinen täglichen Bedarf zu sammeln. Ich will es prüfen, ob es nach meiner Weisung lebt oder nicht. *Exodus 16, 2. 3–4*

GEBET

Herr, du gibst uns täglich, wessen wir bedürfen. Laß uns nicht an der Vergangenheit hängen und uns nicht fürchten vor der Zukunft, sondern täglich dankbar deine Gaben empfangen und dich, unsern Vater, preisen.

FÜRBITTEN – VATERUNSER – SEGEN

Jes 65, 17–21 / Joh 4, 43–54

DIENSTAG DER VIERTEN FASTENWOCHE

PSALMGEBET

Wach auf, meine Seele,
wacht auf, Harfe und Saitenspiel!
  Ich will das Morgenrot wecken.
Ich will dich vor den Völkern preisen, Herr,
  dir vor den Nationen lobsingen.
Denn deine Güte reicht, so weit der Himmel ist,
  deine Treue, so weit die Wolken ziehn.
Erhebe dich über die Himmel, o Gott,
  deine Herrlichkeit über die ganze Erde!   *Psalm 57, 9–12*

LESUNG

Elija begab sich eine Tagereise weit in die Wüste hinein. Dort setzte er sich unter einen Ginsterstrauch und wünschte sich den Tod. Er sagte: Nun ist es genug, Herr. Nimm mein Leben; denn ich bin nicht besser als meine Väter. Dann legte er sich unter den Ginsterstrauch und schlief ein. Doch ein Engel rührte ihn an und sprach: Steh auf und iß! Sonst ist der Weg zu weit für dich. Da stand er auf, aß und trank und wanderte, durch diese Speise gestärkt, vierzig Tage und vierzig Nächte bis zum Gottesberg Horeb.   *1 Kön 19, 4–5. 7–8*

GEBET

Wenn uns der Lebensmut entschwunden ist, dann sendest du, Herr, deine Boten, die uns stärken mit dem Brot des Lebens. Hilf, daß wir sie aufnehmen und uns beschenken lassen. Gib uns Kraft und Mut für den weiten Weg, der noch vor uns liegt.

FÜRBITTEN – VATERUNSER – SEGEN

Ez 47, 1–9. 12 / Joh 5, 1–3a. 5–16

MITTWOCH DER VIERTEN FASTENWOCHE

PSALMGEBET

Der Herr kennt die Gedanken der Menschen,
   sie sind nichts als ein Hauch.
Wohl dem Mann, den du erziehst, o Herr,
   den du belehrst mit deiner Weisung.
Denn der Herr wird sein Volk nicht verstoßen,
   sein Erbe nicht verlassen.
Nun spricht man wieder Recht nach Gerechtigkeit;
   ihr folgen alle mit redlichem Herzen.
Psalm 94, 11–12. 14–15

EVANGELIUM

Jesus antwortete: Das erste ist: Höre, Israel, der Herr, unser Gott, ist der einzige Herr, und du sollst den Herrn, deinen Gott, lieben von ganzem Herzen und ganzer Seele, mit deinem ganzen Denken und all deiner Kraft. Das zweite ist dies: Du sollst deinen Nächsten lieben wie dich selbst. Kein anderes Gebot ist größer als diese beiden. *Markus 12, 29. 31*

GEBET

Ewiger Gott, über alle Menschen bist du allein der Herr. Bewahre uns davor, daß wir uns übereinander erheben oder gegeneinander stehen. Hilf, daß wir in jedem Menschen, der uns begegnet, unseren Nächsten erblicken, und daß wir unseren Nächsten lieben wie uns selbst.

FÜRBITTEN – VATERUNSER – SEGEN

Jes 49, 8–15 / Joh 5, 17–30

DONNERSTAG DER VIERTEN FASTENWOCHE

PSALMGEBET

Ach Herr, ich bin doch dein Knecht,
dein Knecht bin ich, der Sohn deiner Magd.
 Du hast meine Fesseln gelöst.
Ich will dir ein Opfer des Dankes bringen
 und anrufen den Namen des Herrn.
Lobet den Herrn, alle Völker,
 preist ihn, alle Nationen!
Denn mächtig waltet über uns seine Huld,
 die Treue des Herrn währt in Ewigkeit!
Psalm 116, 16–17; 117, 1–2

EVANGELIUM

Jesus spricht: Amen, Amen, ich sage euch: Wer glaubt, hat das ewige Leben. Ich bin das Brot des Lebens. Eure Väter haben in der Wüste das Manna gegessen und sind gestorben. Aber wer das Brot ißt, das vom Himmel herabkommt, stirbt nicht. Ich bin das lebendige Brot, das vom Himmel herabgekommen ist. Wer von diesem Brot ißt, wird leben in Ewigkeit. Und das Brot, das ich geben werde, ist mein Fleisch für das Leben der Welt.   *Johannes 6, 47–51*

GEBET

Herr, ich bin nicht würdig, daß du eingehst unter mein Dach, aber sprich nur ein Wort, so wird meine Seele gesund. Heile du mich, Herr, so werde ich heil, hilf du mir, so ist mir geholfen.

FÜRBITTEN – VATERUNSER – SEGEN

Ex 32, 7–14 / Joh 5, 31–47

FREITAG DER VIERTEN FASTENWOCHE

PSALMGEBET

Wie kann ich dem Herrn vergelten
alles, was er mir Gutes getan hat?
Ich will den Kelch des Heils erheben
und anrufen den Namen des Herrn.
Meine Gelübde will ich dem Herrn erfüllen
offen vor all seinem Volk.
Kostbar ist in den Augen des Herrn
das Sterben seiner Frommen. *Psalm 116, 12–15*

EVANGELIUM

Jesus spricht: Wer sein Leben liebt, verliert es; wer aber sein Leben in dieser Welt haßt, wird es bewahren bis ins ewige Leben. Wer mir dienen will, folge mir nach; und wo ich bin, dort wird auch der sein, der mir dient. Wer mir dient, den wird der Vater ehren. *Johannes 12, 25–26*

GEBET

Herr, das ist die Speise, mit der du uns stärkst: daß du uns lehrst, uns selbst nicht festzuhalten, sondern mit dir den Weg der Hingabe zu gehen. So gibst du uns Anteil an deinem neuen Leben. Vergib unsrer Schwachheit alles Zögern. Mache uns Mut, dir zu folgen. Laß uns mit dir überwinden.

FÜRBITTEN – VATERUNSER – SEGEN

Weish 2, 1a. 12–22 / Joh 7, 1–2. 10. 25–30

SAMSTAG DER VIERTEN FASTENWOCHE

PSALMGEBET

Unsre Lebenszeit währt siebzig Jahre,
   wenn es hoch kommt, sind es achtzig.
Ihr Bestes ist nur Mühsal und Beschwer,
   rasch geht es vorbei, wir fliegen dahin.
Wer kennt die Gewalt deines Zorns,
   hat Furcht vor deinem Grimm?
Unsre Tage zu zählen, lehre uns,
   damit wir ein weises Herz gewinnen!
Kehre dich, Herr, doch endlich uns zu!
   Laß es dir leid sein um deine Knechte! *Psalm 90, 10–13*

EVANGELIUM

Jesus sprach zu Marta: Ich bin die Auferstehung und das Leben; wer an mich glaubt, wird leben, auch wenn er stirbt, und jeder, der lebt und an mich glaubt, wird in Ewigkeit nicht sterben. Glaubst du das! Marta antwortete ihm: Ja, Herr, ich glaube, daß du der Messias bist, der Sohn Gottes, der in die Welt kommen soll. *Johannes 11, 25–27*

GEBET

Herr Jesus Christus, du hast den Tod besiegt durch deinen Tod, und in deiner Auferstehung leuchtet uns die Hoffnung eines neuen Lebens: Hilf, daß wir inmitten dieser vergehenden Welt dir vertrauen und im Glauben das Leben gewinnen.

FÜRBITTEN – VATERUNSER – SEGEN

Jer 11, 18–20 / Joh 7, 40–53

FÜNFTE FASTENWOCHE

BESINNUNG

Die Frage nach Gott erwacht nicht bei denen, die allzu sicher sind. Wie mancher lebt in der frommen Überlieferung und bekennt: Eine feste Burg ist unser Gott! Aber vielleicht müßte Jesus zu ihm sagen: Ihr kennt ihn nicht.

Jesus kennt ihn. Er lebt aus seiner Vollmacht. Er weiß sich in die Welt gesandt, um den Menschen Freiheit von falschen Bindungen zu bringen. Auch Freiheit von falschen Gottesbildern. Darum ist Mose für ihn keine letzte Autorität, und selbst Abraham gegenüber weiß er sich frei. Er bekundet seine Freiheit mit seinem: Ich aber sage euch! Das wird zum Grund für seine Kreuzigung. Er muß sterben, weil er die geheiligten Traditionen seines Volkes nicht als letzte Autorität anerkennt.

Durch seinen Tod tritt Jesus priesterlich für uns ein. Er ist unser wahrer und ewiger Hoherpriester, der uns den Weg zur Freiheit und zum Leben führen will. An ihm entscheidet sich für uns die Gottesfrage und die Lebensfrage. Wer sich durch Jesus im Gewissen frei machen läßt, der kann im Glauben den Weg zum Leben gehen. Er wird sich nicht ängstlich an Überlieferungen und Vorstellungen der Vergangenheit klammern, sondern durch Jesus Christus Gottes Gegenwart heute erfahren und ehren.

Herr, unser Heiland, du hast dich selbst geheiligt, indem du dein Leben dahingabst. Du willst uns in der Wahrheit heiligen, indem du uns löst von der Bindung an uns selbst, an diese Welt, an die Gottesbilder dieser Welt. Du willst uns frei machen zum Gehorsam des Glaubens und der Liebe. Laß uns allzeit Mut und Trost finden unter deinem Kreuz.

FÜNFTER FASTENSONNTAG

DER WOCHENSPRUCH

Christus spricht: Für sie heilige ich mich, damit auch sie in Wahrheit geheiligt sind. *Johannes 17, 9*

LESUNG

Dieser Melchisedek, König von Salem, Priester des höchsten Gottes, der dem Abraham entgegenging und ihn segnete, er, dem Abraham den Zehnten von allem gab, dessen Name übersetzt König der Gerechtigkeit bedeutet, der sodann auch König von Salem ist, das heißt König des Friedens, ohne Vater, ohne Mutter, ohne Stammbaum, ohne Anfang seiner Tage und ohne Ende seines Lebens, Abbild des Sohnes Gottes: er bleibt Priester für immer. *Hebräer 7, 1–3*

EVANGELIUM

Jesus antwortete: Wenn ich mich selbst ehre, so gilt meine Ehre nichts; mein Vater ist es, der mich ehrt, und von ihm sagt ihr: Er ist unser Gott. Doch ihr habt ihn nicht erkannt; ich aber kenne ihn. Euer Vater Abraham jubelte, weil er meinen Tag sehen sollte. Er sah ihn und freute sich. Amen, Amen, ich sage euch: Ehe Abraham war, bin ich. *Johannes 8, 54–55. 56. 58*

GEBET

Herr Jesus Christus, du bist unser wahrer Hoherpriester in Ewigkeit und vertrittst uns allezeit vor Gott. Dein Tod macht uns gerecht, und deine Auferstehung bringt uns den Frieden. Wir beten dich an, den König der Gerechtigkeit und den König des Friedens.

A: Ez 37, 12–14 / Röm 8, 8–11 / Joh 11, 3–7. 17. 20–27. 33b–45
B: Jer 31, 31–34 / Hebr 5, 7–9 / Joh 12, 20–33
C: Jes 43, 16–21 / Phil 3, 8–14 / Joh 8, 1–11

MONTAG DER FÜNFTEN FASTENWOCHE

PSALMGEBET

Gott, komm herbei, mich zu retten,
   eile, Herr, mir zu helfen!
Alle, die dich suchen, frohlocken
   und mögen sich freuen in dir!
Die dein Heil lieben, sollen immer sagen:
   Groß ist Gott der Herr. *Psalm 70, 2. 5–6*

LESUNG

Dies ist der Bund, den ich nach jenen Tagen mit dem Haus Israel schließen werde – Spruch des Herrn: Ich lege meine Gesetze in ihr Inneres und schreibe sie ihnen ins Herz. Ich werde ihr Gott sein, und sie werden mein Volk sein. Keiner wird mehr seinen Mitbürger und keiner seinen Bruder belehren und sagen: Erkenne den Herrn! Denn sie alle werden mich erkennen, klein und groß. *Hebräer 8, 10–11*

GEBET

Herr, wir bitten dich, erneure deine Kirche auch in dieser Zeit und hilf uns, deinen heiligen Willen von Herzen zu erfüllen und nicht aus Zwang. Schenke uns untereinander Gemeinschaft der Liebe in deinem Geist.

FÜRBITTEN – VATERUNSER – SEGEN

Dan 13, 1–9. 15–17. 19–30. 33–62 / Joh 8, 1–11 oder Joh 8, 12–20

DIENSTAG DER FÜNFTEN FASTENWOCHE

PSALMGEBET

„Meine Zuflucht bist du,
  mein Anteil im Land der Lebendigen."
Höre doch auf mein Flehn,
  denn bitterarm bin ich.
Meinen Verfolgern entreiß mich,
  sie sind mir zu mächtig!
Führe mich heraus aus dem Kerker,
damit ich deinen Namen preise!
  Gerechte scharen sich um mich, weil du mir Gutes tust.

Psalm 142, 6–8

EVANGELIUM

Die Juden suchten Jesus beim Fest und sagten: Wo ist er zu finden? Und es gab unter den Volksscharen viel Reden und Streiten über ihn. Die einen sagten: Er ist gut; andere sagten: Nein, er ist ein Volksverführer. *Johannes 7, 11–12*

GEBET

Herr, an dir scheiden sich die Geister. Bewahre mich vor der Verblendung und vor allem Übereifer. Laß mich deine verborgene Herrlichkeit immer tiefer verstehen und dich ehren in Wort und Tat.

FÜRBITTEN – VATERUNSER – SEGEN

Num 21, 4–9 / Joh 8, 21–30

MITTWOCH DER FÜNFTEN FASTENWOCHE

PSALMGEBET

Herr, wer darf Gast sein in deinem Zelt,
    wer darf weilen auf deinem heiligen Berg?
Der makellos lebt und das Rechte tut;
der von Herzen die Wahrheit sagt
    und mit seiner Zunge nicht verleumdet;
der seinem Freund nichts Böses antut
    und dem Nächsten keine Schmähung zufügt.
Wer sich danach richtet,
    der wird niemals wanken. *Psalm 15, 1–3. 5*

EVANGELIUM

Als Judas hinausgegangen war, sprach Jesus: Ich bin nur noch kurze Zeit bei euch. Ein neues Gebot gebe ich euch: Liebet einander; wie ich euch geliebt habe, so sollt auch ihr einander lieben. Daran werden alle erkennen, daß ihr meine Jünger seid, wenn ihr Liebe habt zueinander.
Johannes 13, 31. 33. 34–35

GEBET

Herr, wir wollen deine Liebe bezeugen, indem wir einander lieben nach deinem Wort. Behüte uns vor der Enge des Herzens. Stärke uns durch deinen Geist.

FÜRBITTEN – VATERUNSER – SEGEN

Dan 3, 14–20. 91–92. 95 / Joh 8, 31–42

DONNERSTAG DER FÜNFTEN FASTENWOCHE

PSALMGEBET

Schaffe mir Recht, o Gott,
und führe meine Sache gegen ein treuloses Volk!
   Von tückischen und bösen Menschen errette mich!
Denn du bist mein starker Gott!
Warum hast du mich verstoßen?
   Warum muß ich trauernd gehn, vom Feinde bedrängt?
Sende dein Licht und deine Wahrheit,
   daß sie mich leiten,
daß sie mich führen zu deinem heiligen Berg
   und zu deiner Wohnung. *Psalm 43, 1–3*

LESUNG

Wir sind durch die Opfergabe des Leibes Jesu Christi ein für allemal geheiligt. Jeder Priester steht Tag für Tag da, versieht seinen Dienst und bringt viele Male die gleichen Opfer dar, die doch niemals Sünden wegnehmen können. Dieser aber hat nur ein einziges Opfer für die Sünden dargebracht und sich dann für immer zur Rechten Gottes gesetzt.
Denn durch ein einziges Opfer hat er für immer die zur Vollendung geführt, die geheiligt sind. *Hebräer 10, 10–12. 14*

GEBET

O Christe, wahres Osterlamm,
geschlachtet an dem Kreuzesstamm,
du bringst für uns auf dem Altar
von neuem dich zum Opfer dar.

O Opfer, rein, von höchstem Wert,
du hast der Hölle Sieg zerstört,
vernichtet auch des Todes Macht,
das Leben uns zurückgebracht.

FÜRBITTEN – VATERUNSER – SEGEN

Gen 17, 3–9 / Joh 8, 51–59

FREITAG DER FÜNFTEN FASTENWOCHE

PSALMGEBET

Ein Schild über mir ist Gott,
   er rettet die Menschen mit redlichen Herzen.
Gott ist ein gerechter Richter,
   ein Gott, der täglich strafen kann.
Danken will ich dem Herrn, denn er ist gerecht;
   dem Namen des Herrn, des Höchsten,
   will ich singen und spielen. *Psalm 7, 11–12. 18*

LESUNG

Gepriesen sei der Gott und Vater unseres Herrn Jesus Christus, der Vater des Erbarmens und der Gott allen Trostes. Er tröstet uns in all unserer Not, damit auch wir die Kraft haben, alle zu trösten, die in Not leben, durch den Trost, mit dem auch wir von Gott getröstet werden. Wie uns nämlich die Leiden Christi überreich zuteil geworden sind, so wird uns durch Christus auch überreicher Trost zuteil.
2 Korinther 1, 3–5

GEBET

Herr, laß uns alles, was uns schwer ist, im Licht deines Kreuzes sehen. Dein Leiden gibt uns Trost und macht uns frei, für andere da zu sein. Hilf uns, daß wir trösten, wie du uns getröstet hast.

FÜRBITTEN – VATERUNSER – SEGEN

Jer 20, 10–13 / Joh 10, 31–42

SAMSTAG DER FÜNFTEN FASTENWOCHE

PSALMGEBET

Sende dein Licht und deine Wahrheit,
 daß sie mich leiten,
daß sie mich führen zu deinem heiligen Berg
 und zu deiner Wohnung.
So will ich zum Altar Gottes treten, zum Gott meiner Freude.
 Jauchzend will ich auf der Harfe dich loben,
 Gott, mein Gott.
Was bist du betrübt, meine Seele,
 und bist so unruhig in mir?
Harre auf Gott; denn ich werde ihm noch danken,
 dem Heil, auf das ich blicke, meinem Gott.   *Psalm 43, 3–5*

LESUNG

Wir haben also die Zuversicht, Brüder, durch das Blut Jesu in das Heiligtum einzutreten, auf dem neuen und lebendigen Weg.
Laßt uns mit aufrichtigem Herzen in voller Gewißheit des Glaubens hintreten, laßt uns unbeugsam am Bekenntnis der Hoffnung festhalten, denn er, der die Verheißung gegeben hat, ist treu.   *Hebräer 10, 19. 22. 23*

GEBET

Herr Jesus, du hast die Türe aufgetan, die unsere Schuld verschloß. Deine Treue bis in den Tod schenkt uns die Zuversicht, daß auch der Tod uns nicht von deiner Liebe scheiden kann. Laß uns im Leben und im Sterben bei dir bleiben.

FÜRBITTEN – VATERUNSER – SEGEN

Ez 37, 21–28 / Joh 11, 45–46

KARWOCHE

BESINNUNG

In der Mitte des Kirchenjahres kehren wir mit dem Evangelium vom Einzug in Jerusalem noch einmal zum Anfang zurück. Was schon am ersten Sonntag im Advent anklang und im Ganzen des Jahres entfaltet wird, das ist zusammengedrängt in dieser einen Woche enthalten, in der Feier des Einzugs mit Palmenzweigen und der Stiftung des heiligen Mahles, in dem Begehen der Kreuzigung, der Todesstunde und der Grablegung, bis hin zum Jubel der Osternacht mit dem Gedächtnis der Taufe und der Feier der Auferstehung.
Jesus wählt den Esel für seinen Einzug in Jerusalem. Damit bekennt er sich in aller Öffentlichkeit zu der Verheißung des Propheten: „Siehe, dein König kommt und sitzt auf einem Eselsfüllen." Ohne Worte erhebt er mit diesem Zeichen den Anspruch: Ich bin derjenige, auf den die Väter hofften, den sie als Retter der Welt erwarteten.
Die Frommen jener Zeit, die diesen Anspruch Jesu nicht im Glauben bejahten, konnten darin nur eine Anmaßung erblicken, die todeswürdig war. So mußte Jesus sterben. Aber indem er sein Leben zum Opfer brachte, vollendete er das, was in der Armut des Stalles begonnen hatte und was er sein Leben hindurch im Dienste Gottes für die Menschen getan hatte.
Das Weizenkorn wurde in die Erde gelegt. Es gab seine Lebenskraft dahin und wurde wunderbar erweckt zu neuem Leben. Das Leben Jesu erfüllt sich, indem er es hingibt. Und alle, die daran teilhaben durch sein Wort und in dem heiligen Mahl, das er stiftet, denen gibt er Kraft und Mut, auch ihr Leben einzusetzen, daß die Liebe Christi auf Erden gemehrt werde und das Reich Gottes wachse.
Wir können den Ernst der Karwoche und die Dunkelheit des Karfreitags nur ertragen, weil wir dahinter das Osterfest wissen: das Fest der neuen Schöpfung, des neuen Lebens.

Herr, bewahre uns, daß wir nicht bei denen sind, die das „Kreuzige" rufen, weder mit Worten noch mit der Tat. Öffne uns Herz und Lippen, daß wir dich aufrichtig grüßen mit dem Lobgesang: Hochgelobt sei, der da kommt im Namen des Herrn. Hosanna in der Höhe.

PALMSONNTAG

DER WOCHENSPRUCH

Nach der Mühsal seiner Seele wird er Licht schauen, weil er sein Leben um den Tod dahingab. *Jesaja 53, 11. 12*

LESUNG

Jesus Christus erniedrigte sich und war gehorsam bis zum Tod, bis zum Tod am Kreuz. Darum hat ihn Gott über alle erhöht und ihm den Namen verliehen, der jeden Namen übertrifft. *Philipper 2, 8–9*

EVANGELIUM

Am Tag darauf hörten viele Menschen, die zum Fest gekommen waren, Jesus komme nach Jerusalem. Da nahmen sie Palmzweige, zogen hinaus, um ihn zu empfangen, und riefen: Hosanna, gepriesen, der kommt im Namen des Herrn, der König Israels. Jesus fand einen jungen Esel und setzte sich darauf, wie geschrieben steht: Fürchte dich nicht, Tochter Zion; siehe, dein König kommt und sitzt auf einem Eselsfüllen. *Johannes 12, 12–15*

GEBET

Vater unseres Herrn Jesus Christus, du hast deinen Sohn dahingegeben in Armut und Niedrigkeit und hast das Opfer seines Lebens angenommen; wir bitten dich: Gib, daß wir allezeit aufblicken zu ihm, den du zu deiner Rechten erhöht hast, und laß uns seinen Namen über alle Namen rühmen.

Jes 50, 4–7 / Phil 2, 6–11
A: Mt 27, 11–54 / B: Mk 15, 1–39 / C: Lk 23, 1–49

MONTAG IN DER KARWOCHE

PSALMGEBET

Herr, höre mein Gebet,
  mein Schreien dringe zu dir!
Verbirg nicht dein Antlitz vor mir!
Wenn ich in Not bin, wende dein Ohr mir zu!
  Wenn ich dich anrufe, erhöre mich bald!
Meine Tage sind wie Rauch geschwunden,
  die Glieder wie von Feuer verbrannt.
Versengt wie Gras und verdorrt ist mein Herz,
  so daß ich vergessen habe, mein Brot zu essen.
Du aber, Herr, thronst auf ewig,
  dein Name dauert von Geschlecht zu Geschlecht.
Psalm 102, 2. 3. 4. 5. 13

EVANGELIUM

Sechs Tage vor dem Paschafest kam Jesus nach Betanien, wo Lazarus war, den er von den Toten auferweckt hatte. Dort bereiteten sie ihm ein Gastmahl; Marta sorgte für den Tisch, und Lazarus war einer von denen, die mit Jesus zu Tisch lagen. Maria aber nahm ein Pfund echtes, kostbares Nardenöl, salbte die Füße Jesu und trocknete sie mit ihren Haaren; das Haus wurde vom Duft des Öles erfüllt. *Johannes 12, 1–2. 3*

GEBET

Herr Jesus Christus, deine Liebe kennt keine Grenzen. Bewahre uns, daß wir nicht engherzig rechnen, sondern mache uns frei, daß wir in deinem Dienst und zu deiner Ehre verschwenden, was uns selbst geschenkt ist. Gib uns Anteil an deiner Liebe.

FÜRBITTEN – VATERUNSER – SEGEN

Jes 42, 1–7 / Joh 12, 1–11

DIENSTAG IN DER KARWOCHE

PSALMGEBET

Mein Gott, ich rufe bei Tag, doch du antwortest nicht,
  bei Nacht – und finde keine Ruhe.
Aber du bist heilig,
  du thronst über dem Lobpreis Israels!
Auf dich haben unsre Väter vertraut,
  sie haben vertraut, und du hast sie gerettet.
Zu dir riefen sie und wurden befreit,
  auf dich haben sie vertraut und wurden nicht zuschanden.

Psalm 22, 3–6

EVANGELIUM

Jesus sprach: Jetzt ist Gericht über diese Welt; jetzt wird der Herrscher dieser Welt hinausgeworfen werden. Aber wenn ich von der Erde erhöht bin, werde ich alle an mich ziehen. Das sagte er, um anzudeuten, auf welche Weise er sterben werde.

Johannes 12, 31–33

GEBET

Herr Jesus Christus, am Kreuz bist du erhöht und hast gesiegt über die Mächte dieser Welt. Wir kommen zu dir und rufen dich an: Laß uns nicht versinken in der Nacht des Todes. Laß uns bei dir bleiben allezeit.

FÜRBITTEN – VATERUNSER – SEGEN

Jes 49, 1–6 / Joh 13, 21–33. 36–38

MITTWOCH IN DER KARWOCHE

PSALMGEBET

Ich will deinen Namen meinen Brüdern verkünden,
  inmitten der Gemeinde dich preisen.
Die ihr den Herrn fürchtet, preiset ihn!
Denn er hat nicht verachtet,
  nicht verabscheut das Elend des Armen.
Alle Enden der Erde sollen daran denken
und werden umkehren zum Herrn.
Vom Herrn wird man erzählen
dem Geschlecht der Kommenden.

Psalm 22, 23–24. 25. 28. 31

LESUNG

Als Christus auf Erden lebte, hat er Gebete und Bittrufe mit lautem Schreien und mit Tränen vor den getragen, der ihn aus dem Tode retten konnte, und ist seiner Ehrfurcht wegen erhört worden. Obwohl er Sohn war, hat er durch Leiden den Gehorsam gelernt; zur Vollendung gelangt, ist er für alle, die ihm gehorchen, Urheber des ewigen Heils geworden.

Hebräer 5, 7–9

GEBET

Herr, unser Heiland, mit dir wollen wir beten: Vater, nicht mein, sondern dein Wille geschehe! Wie du dem Vater gehorsam wurdest, so stärke auch uns, daß wir uns ganz dem heiligen Willen Gottes hingeben, auch wo wir ihn nicht verstehen. Unter deinem Kreuz suchen wir Heil und Frieden.

FÜRBITTEN – VATERUNSER – SEGEN

Jes 50, 4–9a / Mt 26, 14–25

DIE DREI ÖSTERLICHEN TAGE*
GRÜNDONNERSTAG

PSALMGEBET

Er hat ein Gedächtnis seiner Wunder gestiftet,
   gnädig und barmherzig ist der Herr.
Er gibt Speise denen, die ihn fürchten,
   seines Bundes gedenkt er auf ewig.
Die Furcht des Herrn ist Anfang der Weisheit,
alle, die danach leben, sind klug.
   Sein Ruhm steht fest für immer.   *Psalm 111, 4–5. 9. 10*

LESUNG

Paulus schreibt: Ich habe vom Herrn empfangen, was ich euch überliefert habe:

Jesus, der Herr, nahm in der Nacht, in der er ausgeliefert wurde, Brot, sagte Dank, brach es und sprach: Das ist mein Leib, der für euch hingegeben wird. Das tut zum Gedenken an mich! Ebenso nahm er nach dem Mahl den Kelch und sprach: Dieser Kelch ist der Neue Bund in meinem Blut. Das tut, so oft ihr daraus trinkt, zum Gedenken an mich!
   1 Korinther 11, 23–25

GEBET

Gott sei gelobet und gebenedeiet,
der uns selber hat gespeiset
mit seinem Fleische und mit seinem Blute,
das gib uns, Herr Gott, zugute! Kyrieleison!
Dein heilger Leib ist in den Tod gegeben,
daß wir alle dadurch leben.
Nicht größ're Güte konnte er uns schenken,
dabei soll'n wir sein gedenken. Kyrieleison!
Gott geb uns allen seiner Gnade Segen,
daß wir gehn auf seinen Wegen
in rechter Lieb und brüderlicher Treue,
daß die Speis uns nicht gereue! Kyrieleison!

FÜRBITTEN – VATERUNSER – SEGEN

* Die drei österlichen Tage des Leidens und der Auferstehung beginnen mit dem Abendmahlsgottesdienst am Gründonnerstag. Sie haben ihren Mittelpunkt in der Osternacht und schließen am Ostersonntag.
Ex 12, 1–8. 11–14 / 1 Kor 11, 23–26 / Joh 13, 1–15

KARFREITAG

PSALMGEBET

Gott, sei mir gnädig nach deiner Huld,
  tilge meine Frevel nach deinem reichen Erbarmen!
Wasche ab meine Schuld,
  und von meiner Sünde mach mich rein!
Denn meine bösen Taten erkenne ich,
  meine Sünde steht mir immer vor Augen.
Gegen dich allein hab ich gesündigt,
  was dir mißfällt, hab ich getan. *Psalm 51, 3–6*

LESUNG

Er hat unsre Krankheiten getragen und unsre Schmerzen auf sich geladen. Wir aber hielten ihn für gezeichnet, von Gott geschlagen und gebeugt. Er wurde durchbohrt wegen unsrer Missetaten, zerschlagen wegen unsrer Vergehen. Uns zum Heil kam die Strafe über ihn, durch seine Wunden wurden wir geheilt. *Jesaja 53, 4–5*

GEBET

Wenn ich einmal soll scheiden, / so scheide nicht von mir; / wenn ich den Tod soll leiden, / so tritt du dann herfür; / wenn mir am allerbängsten wird um das Herze sein, / so reiß mich aus den Ängsten kraft deiner Angst und Pein.
Erscheine mir zum Schilde, / zum Trost in meinem Tod / und laß mich schaun dein Bilde / in deiner Kreuzesnot. / Da will ich nach dir blicken, da will ich glaubensvoll / fest an mein Herz dich drücken. Wer so stirbt, der stirbt wohl.

FÜRBITTEN – VATERUNSER – SEGEN

Jes 52, 13–53, 12 / Hebr 4, 14–16; 5, 7–9 / Joh 18, 1–19, 42

KARSAMSTAG

PSALMGEBET

Wohin könnt ich gehn vor deinem Geist,
  wohin vor deinem Antlitz fliehen?
Stiege ich hinauf in den Himmel, du bist dort,
  bettete ich mich in der Unterwelt, du bist zugegen.
Sagte ich: „Finsternis soll mich bedecken,
  Nacht statt Licht mich umgeben",
auch Finsternis wäre für dich nicht finster,
Nacht würde leuchten wie der Tag,
  Finsternis wäre wie Licht. *Psalm 139, 7–8. 11–12*

LESUNG

Und wie dem Menschen bestimmt ist, ein einziges Mal zu sterben, und dann das Gericht folgt, so wurde auch Christus ein einziges Mal geopfert, um die Sünden vieler hinwegzunehmen; ein zweites Mal wird er ohne Sünde erscheinen, denen zum Heil, die ihn erwarten. *Hebräer 9, 27–28*

GEBET

Herr, wir warten auf dein Heil. Mit dir sind wir begraben durch die Taufe in den Tod. Mit dir laß uns auferstehen zu neuem Leben. Wir gedenken unserer Entschlafenen: Laß ihnen dein Licht leuchten und schenke ihnen Anteil an deinem Leben. Herr, wir warten auf deinen Tag, auf den Tag der Freude und der Herrlichkeit.

FÜRBITTEN – VATERUNSER – SEGEN

Gen 1, 1. 26–31a / Gen 22, 1–2. 9a. 10–13. 15–18 / Ex 14, 15–15, 1 / Jes 54, 5–14 / Jes 55, 1–11 / Bar 3, 9–15. 32–4, 4 / Ez 36, 16–28 / Röm 6, 3–11
A: Mt 28, 1–10 / B: Mk 16, 1–8 / C: Lk 24, 1–12

DIE OSTERZEIT*

DIE OSTERWOCHE

BESINNUNG

Das heilige Osterfest ist der Ursprung aller Sonntagsfeiern des ganzen Jahres. Hier stehen wir auf dem Höhepunkt, in der innersten Mitte des Kirchenjahres. Das Wunder der Erweckung Jesu von den Toten hat das Gefängnis der Vergänglichkeit gesprengt und der Menschheit einen Weg in eine offene Zukunft gebahnt. Wir dürfen hoffen. Der Gegenstand unserer Hoffnung ist nicht die Wiederkehr vergangenen Lebens, sondern die neue Schöpfung.
Der Lobpreis der alten Schöpfung beginnt im ersten Buch der Bibel mit der Erschaffung des Lichtes. Entsprechend beginnt der Lobpreis der neuen Schöpfung mit dem Gedächtnis der Auferstehung Jesu. Über dem Dunkel des Grabes leuchtet das Licht der neuen Schöpfung. Christus als die wahre Sonne des neuen Lebens gibt dem Tag des Herrn Sinn und Namen. Der Sonntag wird durchs ganze Jahr hindurch zu einem kleinen Osterfest am Anfang einer jeden Woche. Das Gedächtnis der Auferstehung Jesu führt uns zum Gedenken an unsere Taufe. Wir sind mit Christus in der Taufe gestorben und begraben. Wir dürfen mit Christus auferstehen zu einem neuen, wenn auch noch verborgenen Leben in Gott. Der alte Mensch in uns ist im Wasser der Taufe in den Tod gegeben und muß täglich aufs neue in Reue und Umkehr in den Tod gegeben werden. Und täglich darf durch Gottes Kraft ein neuer Mensch in uns auferstehen, der mit Christus im Glauben verbunden lebt und auf die Vollendung durch Christus hofft.
Maranatha, unser Herr kommt. Amen. Ja komm, Herr Jesus.

Herr, erwecke in mir durch deinen Geist die Gewißheit des Glaubens, daß ich dich nicht im Grabe der Vergangenheit suche, sondern den Frieden annehme, den du mir heute schenken willst. Erwecke die Freude in mir, die in den Osterjubel der Christen einstimmt: Der Herr ist auferstanden, Alleluja. Er ist wahrhaftig auferstanden, Alleluja!

* Die Osterzeit beginnt mit der Osternacht und schließt am Pfingst**sonntag.**

OSTERSONNTAG
DER AUFERSTEHUNG DES HERRN

DER WOCHENSPRUCH

Christus spricht: Ich war tot, doch ich lebe in Ewigkeit, und ich habe die Schlüssel des Todes und der Totenwelt.

Offenbarung 1, 18

LESUNG

Ihr seid mit Christus auferweckt; darum strebt nach dem, was im Himmel ist, wo Christus zur Rechten Gottes sitzt. Denn ihr seid gestorben, und euer neues Leben ist mit Christus verborgen in Gott. Wenn Christus, unser Leben, offenbar wird, dann werdet auch ihr mit ihm offenbar werden in Herrlichkeit.

Kolosser 3, 1. 3–4

EVANGELIUM

Der Engel aber sprach zu ihnen: Erschreckt nicht! Ihr sucht Jesus von Nazaret, den Gekreuzigten, er wurde auferweckt; er ist nicht hier. Seht die Stelle, wohin man ihn gelegt hatte.

Markus 16, 6

GEBET

Herr, mit Freude und Dank begehen wir deinen Tag, den Tag der Sonne, den Tag des wahren Lichtes. Du bist nicht im Tode geblieben, sondern erweckt von den Toten rufst du auch uns in ein neues Leben. Wandle uns, Herr. Schaffe uns und diese Welt neu durch deine Liebe.

Apg 10, 34a. 37–43 / Kol 3, 1–4 / Joh 20, 1–9

MONTAG IN DER OSTERWOCHE

PSALMGEBET

Der Stein, den die Bauleute verwarfen,
   ist zum Eckstein geworden.
Durch den Herrn ist dies geschehn,
   ein Wunder in unsern Augen.
Das ist der Tag, den der Herr gemacht hat;
   laßt uns jubeln und uns an ihm freuen!
Ach, Herr, bring doch Hilfe!
   Ach, Herr, gib doch Gelingen!
Gesegnet sei, der da kommt im Namen des Herrn!

Psalm 118, 22–26

EVANGELIUM

Sie drängten Jesus und sagten: Bleib bei uns; es wird bald Abend, der Tag hat sich schon geneigt. Da ging er mit hinein, um bei ihnen zu bleiben. Und als er sich mit ihnen zum Essen niedergesetzt hatte, nahm er das Brot, sprach den Segen, brach es und gab es ihnen. Da gingen ihnen die Augen auf, und sie erkannten ihn; doch auf einmal war er nicht mehr zu sehen.

Lukas 24, 29–31

GEBET

Herr Jesus Christus, wie die Jünger von Emmaus dich beim Brechen des Brotes erkannten, so öffne auch uns die Augen, daß wir deine Liebe erkennen in der Hingabe deines Lebens und deine Gnade annehmen im heiligen Mahl. Hilf uns, Herr, deine Liebe mit unserem Nächsten zu teilen.

FÜRBITTEN – VATERUNSER – SEGEN

Apg 2, 14. 22–32 / Mt 28, 8–15

DIENSTAG IN DER OSTERWOCHE

PSALMGEBET

Danket dem Herrn, denn er ist gütig,
  denn seine Huld währt ewig!
So spreche nun Israel:
  „Denn seine Huld währt ewig!"
So sollen sprechen, die den Herrn fürchten und ehren:
  „Denn seine Huld währt ewig!" *Psalm 118, 1–2. 4–5*

LESUNG

Paulus schreibt: Denn vor allem habe ich euch überliefert, was auch ich empfangen habe:
Christus starb für unsere Sünden,
wie es die Schriften gesagt haben,
und wurde begraben.
Er ist am dritten Tag auferweckt worden,
wie es die Schriften gesagt haben. *1 Korinther 15, 3–4*

GEBET

Herr Gott, himmlischer Vater, du hast deinen Sohn für uns in den Tod gegeben und ihn zu unserem Heil wieder auferweckt, wir bitten dich: Erfülle unsere Herzen durch deinen Geist mit neuem Leben; verwandle uns, daß wir mit Leib und Leben Anteil haben an der Kraft der Auferstehung unseres Herrn.

FÜRBITTEN – VATERUNSER – SEGEN

Apg 2, 36–41 / Joh 20, 11–18

MITTWOCH IN DER OSTERWOCHE

PSALMGEBET

Meine Stärke und mein Lied ist der Herr;
   er ist mir zum Retter geworden.
Frohlocken und Jubel erschallt
   in den Zelten der Gerechten:
   „Die Rechte des Herrn wirkt mit Macht!
Die Rechte des Herrn ist erhoben,
   die Rechte des Herrn wirkt mit Macht!"
Ich werde nicht sterben, sondern leben,
   um die Werke des Herrn zu verkünden.
Das ist der Tag, den der Herr gemacht hat;
   laßt uns jubeln und uns an ihm freuen!

Psalm 118, 14–17. 24

EVANGELIUM

Jesus sagte zu den Jüngern: Kommt und eßt! Keiner von den Jüngern wagte ihn zu fragen: Wer bist du?; denn sie wußten, daß er der Herr war. Jesus ging hin, nahm das Brot und gab es ihnen, ebenso die Fische. *Johannes 21, 12–13*

GEBET

Herr, du bist wunderbar gegenwärtig für alle, die dich im Glauben erkennen, und gibst dich den Deinen in den Gaben des heiligen Mahles: Gib uns Mut zum Leben und hilf uns, daß wir das Brot des Lebens einander weiterreichen.

FÜRBITTEN – VATERUNSER – SEGEN

Apg 3, 1–10 / Lk 24, 13–35

DONNERSTAG IN DER OSTERWOCHE

PSALMGEBET

Der Herr ist mit mir, ich fürchte mich nicht.
    Was können Menschen mir antun?
Besser, sich zu bergen beim Herrn,
    als auf Menschen zu bauen.
Der Herr hat mich hart gezüchtigt,
    doch dem Tod mich nicht übergeben.
Tut mir die Tore zur Gerechtigkeit auf,
    daß ich eintrete, um dem Herrn zu danken!
Psalm 118, 6. 8. 18–19

LESUNG

Paulus schreibt: Nun steht aber fest, daß Christus von den Toten auferweckt worden ist, der Erste der Entschlafenen. Denn wie in Adam alle sterben, so werden in Christus einst alle lebendig gemacht. Denn er muß herrschen, bis Gott ihm alle Feinde unter die Füße gelegt hat. Der letzte Feind, der vernichtet wird, ist der Tod. Sonst hätte er ihm nicht alles zu Füßen gelegt. Wenn es aber heißt, alles sei unterworfen, ist offenbar der ausgenommen, der ihm alles unterwirft.
1 Korinther 15, 20. 22. 25–27

GEBET

Herr, unser Gott, du hast uns durch die heilige Taufe in ein neues Leben gerufen: Wir bitten dich, verbinde uns auch zur Einheit des Glaubens und der Liebe, die wir zu Gliedern des einen Leibes geworden sind, dessen Haupt ist Christus.

FÜRBITTEN – VATERUNSER – SEGEN

Apg 3, 11–26 / Lk 24, 35–48

FREITAG IN DER OSTERWOCHE

PSALMGEBET

Wie schön ist es, dem Herrn zu danken,
  deinem Namen, du Höchster, zu spielen,
deine Huld zu verkünden am Morgen
und in den Nächten deine Treue.
Denn du hast mich froh gemacht, Herr, durch dein Walten;
  über die Werke deiner Hände will ich jubeln.
Wie groß sind deine Werke, o Herr,
  wie tief deine Gedanken! *Psalm 92, 2–3. 5–6*

EVANGELIUM

Jesus trat auf die Jünger zu und sagte zu ihnen: Mir ist alle Macht im Himmel und auf der Erde gegeben. Darum geht zu allen Völkern und macht alle Menschen zu meinen Jüngern, tauft sie auf den Namen des Vaters und des Sohnes und des heiligen Geistes und lehrt sie, alles zu befolgen, was ich euch geboten habe. Und ich bin bei euch alle Tage bis zur Vollendung der Welt. *Mattäus 28, 18–20*

GEBET

Herr Jesus Christus, du hast uns zugesagt, bei uns zu sein an jedem Tag. So laß uns mit Zuversicht an das große Werk gehen, deinen Namen in aller Welt zu verkünden durch Wort und Tat.

FÜRBITTEN – VATERUNSER – SEGEN

Apg 4, 1–12 / Joh 21,1–14

SAMSTAG IN DER OSTERWOCHE

PSALMGEBET

Tut mir die Tore zur Gerechtigkeit auf,
   daß ich eintrete, um dem Herrn zu danken!
Das ist das Tor zum Herrn,
   nur Gerechte treten hier ein.
Ich danke dir, daß du mich erhört hast;
   du bist mir zum Retter geworden.
Du bist mein Gott, dir will ich danken;
   mein Gott, dich will ich rühmen. *Psalm 118, 19–21. 28*

LESUNG

Kommt zu ihm, dem lebendigen Stein, der von den Menschen verworfen, aber von Gott auserwählt und geehrt worden ist! Laßt euch als lebendige Steine zu einem geistigen Haus aufbauen, zu einer heiligen Priesterschaft, um durch Jesus Christus geistige Opfer darzubringen, die Gott gefallen!
1 Petrus 2, 4–5

GEBET

Herr, segne, was wir dir aus unserem Leben darbringen als ein kleines Dankopfer für das eine große Opfer deines Sohnes Jesu Christi. Dein ist alles, was wir sind und haben, nimm uns an als dein Eigentum.

FÜRBITTEN – VATERUNSER – SEGEN

Apg 4, 13–21 / Mk 16, 9–15

ZWEITE WOCHE NACH OSTERN

BESINNUNG

Besinnen wir uns auf unsere leibliche Geburt, so geht unser Nachdenken zurück, weiter als unsere Erinnerung reicht. Wir denken an unsere Mutter, an die Eltern, denen wir das Leben verdanken. Wir sehen uns in den großen Schöpfungszusammenhang gestellt, und unser Glaube sucht Gott, den Schöpfer und Ursprung aller Dinge und allen Lebens.

Auf neue Weise begegnet uns der ewige und unergründliche Schöpfer in Jesus Christus. In den Zeichen des Leidens, die der Auferstandene uns zeigt, sollen wir die suchende Liebe erkennen, die bereit ist, bis zum Letzten zu gehen und für uns einzutreten. Daß es die Liebe Gottes ist, die sich uns in Jesus Christus neu zugewandt hat, das ist zwar unserer menschlichen Wahrnehmung nicht unmittelbar zugänglich. Wird uns aber im Glauben diese Gewißheit geschenkt, dann gehen uns die Augen auf. Wir erkennen ihn als den, der von Gott geboren ist. Zugleich erkennen wir uns als solche, die neu von Gott geboren sind, und erkennen die andern, die ebenfalls wiedergeboren sind, als Brüder und Schwestern, mit denen uns die gleiche Liebe verbindet. Wir stehen damit in dem österlichen Licht einer neuen Freude, einer neuen Verbundenheit, eines Friedens, der höher ist als alle Vernunft.

Am zweiten Ostersonntag denken wir „als die Neugeborenen" an das weiße Gewand der Taufe. Es ist uns geschenkt als das hochzeitliche Kleid der Freude, der Reinheit und der Vollkommenheit. Dies alles ist nicht unsere Leistung, sondern Gottes Gabe. Sie ist uns nicht als toter Besitz, sondern als lebendige Hoffnung anvertraut. Dahin sind wir unterwegs. Diese Hoffnung verbindet uns untereinander. In ihr werden wir immer neu gestärkt, wenn wir die Berührung mit Leiden und Kreuz, mit der durchbohrten Hand unseres Herrn nicht scheuen.

> Alleluja! Auferstanden
> ist die Freude dieser Zeit;
> denn aus Leiden, Schmerz und Banden
> geht hervor die Herrlichkeit.
> Was im Tode scheint verloren,
> wird in Christus neu geboren.
> Alleluja, Jesus lebt!

ZWEITER OSTERSONNTAG

DER WOCHENSPRUCH

Gepriesen sei der Gott und Vater unseres Herrn Jesus Christus: Er hat uns in seinem großen Erbarmen neu gezeugt, damit wir durch die Auferstehung Jesu Christi von den Toten eine lebendige Hoffnung haben. *1 Petrus, 1. 3*

LESUNG

Jeder, der glaubt, daß Jesus der Christus ist, stammt von Gott, und jeder, der den Vater liebt, liebt auch das Kind, das von ihm stammt. Wir erkennen, daß wir die Kinder Gottes lieben, wenn wir Gott lieben und seine Gebote erfüllen. *1 Johannes 5, 1–2*

EVANGELIUM

Am Abend des ersten Tages der Woche, als die Jünger aus Furcht vor den Juden hinter verschlossenen Türen versammelt waren, kam Jesus, trat in ihre Mitte und sprach zu ihnen: Friede sei mit euch! Nach diesem Gruß zeigte er ihnen seine Hände und seine Seite. Als die Jünger den Herrn sahen, freuten sie sich. *Johannes 20, 19–20*

GEBET

Himmlischer Vater, du hast durch Tod und Auferstehung deines Sohnes Frieden gestiftet: Wir bitten dich, laß uns die Kraft dieses Friedens erfahren und stärke uns im Glauben für unseren Dienst in der Welt.

A: Apg 2, 42–47 / 1 Petr 1, 3–9 / Joh 20, 19–31
B: Apg 4, 32–35 / 1 Joh 5, 1–6 / Joh 20, 19–31
C: Apg 5, 12–16 / Offb 1, 9–11a. 12–13. 17–19 / Joh 20, 19–31

MONTAG DER ZWEITEN WOCHE NACH OSTERN

PSALMGEBET

Komm wieder zur Ruhe, mein Herz!
  denn der Herr hat dir Gutes getan.
Der Herr behütet die schlichten Herzen;
  ich war in Not, er brachte mir Hilfe.
Ja, du hast mein Leben dem Tod entrissen,
  mein Auge den Tränen, meinen Fuß dem Gleiten.
So geh ich meinen Weg vor dem Herrn
  im Lande der Lebenden. *Psalm 116, 7. 6. 8–9*

LESUNG

Er hat uns errettet; mit einem heiligen Ruf hat er uns gerufen, nicht auf Grund unserer Werke, sondern aus eigenem Entschluß und aus Gnade, die uns vor ewigen Zeiten in Christus Jesus geschenkt wurde; jetzt aber wurde sie durch das Erscheinen unseres Retters Christus Jesus offenbart. Er hat dem Tod die Macht genommen und uns das Licht des unvergänglichen Lebens gebracht durch das Evangelium.
2 Timotheus 1, 9–10

GEBET

Barmherziger Gott, von Ewigkeit her hast du uns gnädig das Leben zugedacht in Jesus Christus, deinem Sohn, wir bitten dich: Nimm uns die Furcht vor dem Tode durch die Kraft seiner Auferstehung, die wir im Glauben empfangen.

FÜRBITTEN – VATERUNSER – SEGEN

Apg 4, 23–31 / Joh 3, 1–8

DIENSTAG DER ZWEITEN WOCHE NACH OSTERN

PSALMGEBET

Singet Gott, spielt seinem Namen.
　Freut euch vor seinem Angesicht!
Gott bringt Verlassene heim,
führt Gefangene hinaus ins Glück;
　doch Empörer müssen wohnen auf dürrer Erde.
Gepriesen sei der Herr Tag für Tag!
　Gott trägt uns, er ist unsre Hilfe.
Gott ist ein Gott, der uns Rettung bringt,
　Gott der Herr führt uns heraus aus dem Tode.
Regen ließest du, Gott, in Fülle strömen,
　erquicktest dein verschmachtendes Erbland.
Psalm 68, 5. 7. 20. 21. 10

LESUNG

Mit Christus wurdet ihr in der Taufe begraben, mit ihm auch auferweckt, weil ihr den Glauben an die Kraft Gottes angenommen habt, der ihn von den Toten auferweckte. Ihr seid tot gewesen, denn ihr wart Sünder und euer Leib war unbeschnitten; Gott aber hat euch mit Christus zusammen lebendig gemacht und uns alle Sünden vergeben.　*Kolosser 2, 12–13*

GEBET

Wir danken dir, Gott, daß du uns Mut schenkst zu neuem Leben durch die Vergebung der Sünden. Deine Allmacht besiegt den Tod durch Jesus Christus, unsern Herrn; deine Kraft stärkt uns für den täglichen Kampf.

FÜRBITTEN – VATERUNSER – SEGEN

Apg 4, 32–37 / Joh 3, 7–15

MITTWOCH
DER ZWEITEN WOCHE NACH OSTERN

PSALMGEBET

Behüte mich, Gott, denn ich vertraue auf dich;
ich sage zu ihm: „Du bist mein Herr;
   mein ganzes Glück bist du allein!"
Ich habe den Herrn beständig vor Augen.
   Er steht mir zur Rechten, ich wanke nicht.
Du zeigst mir den Pfad zum Leben.
Vor deinem Angesicht ist Freude in Fülle,
   zu deiner Rechten Wonne für alle Zeit.

Psalm 16, 1–2. 8. 11

LESUNG

Ihr habt der Wahrheit gehorcht und euch rein gemacht für eine aufrichtige Bruderliebe. Darum hört nicht auf, einander von Herzen zu lieben! Ihr seid neu gezeugt worden, nicht mit vergänglichem, sondern mit unvergänglichem Samen: mit Gottes Wort, das lebt und das bleibt. Denn alles Fleisch ist wie Gras und all seine Herrlichkeit wie die Blume im Gras. Das Gras verdorrt und die Blume verwelkt; aber in Ewigkeit bleibt das Wort des Herrn, das Evangelium, das euch verkündet worden ist. *1 Petrus 1, 22–25*

GEBET

Herr, dein Wort hat uns ins Leben gerufen. Dein Wort erneuert unser Leben von Tag zu Tag. Halte uns verbunden mit allen, die auf dein Wort hören, daß wir in brüderlicher Gemeinschaft einander helfen auf dem Weg zum ewigen Heil.

FÜRBITTEN – VATERUNSER – SEGEN

Apg 5, 17–26 / Joh 3, 16–21

DONNERSTAG
DER ZWEITEN WOCHE NACH OSTERN

PSALMGEBET

Ich liebe den Herrn;
   denn er hörte mein lautes Flehen
und neigte zu mir sein Ohr
   am Tage, da ich zu ihm rief.
Umfangen hatten mich Fesseln des Todes,
befallen Ängste der Unterwelt,
   getroffen Bedrängnis und Kummer.
Da rief ich den Namen des Herrn an:
   „Ach Herr, rette mein Leben!"   *Psalm 116, 1–4*

LESUNG

Paulus schreibt: Das Wort ist wahr, und es ist wert, daß alle es annehmen: Christus Jesus ist in die Welt gekommen, um die Sünder zu retten. Von ihnen bin ich der erste. Aber ich habe deshalb Erbarmen gefunden, damit Christus Jesus an mir als erstem seine ganze Langmut beweisen konnte, zum Vorbild für alle, die in Zukunft an ihn glauben, um das ewige Leben zu erlangen.   *1 Timotheus 1, 15–16*

GEBET

Herr, wie du Paulus in deinen Dienst gerufen hast, so willst du auch unsere schwache Kraft gebrauchen. Du willst uns trotz unseres Versagens nicht fallen lassen, sondern uns in die Fülle des Lebens führen. Wir preisen deine große Barmherzigkeit!

FÜRBITTEN – VATERUNSER – SEGEN

Apg 5, 27–33 / Joh 3, 31–36

FREITAG DER ZWEITEN WOCHE NACH OSTERN

PSALMGEBET

Ich denke an die Taten des Herrn,
 will denken an deine früheren Wunder.
Ich erwäge all deine Werke,
 will nachsinnen über deine Taten.
Gott, dein Weg ist heilig!
 Wo ist ein Gott, so groß wie unser Gott?
Du allein bist der Gott, der Wunder tut,
 du hast deine Macht den Völkern kundgetan.

Psalm 77, 12–14. 15

LESUNG

Wißt ihr denn nicht, daß wir, die wir auf Christus Jesus getauft wurden, auf seinen Tod getauft sind? Wir wurden mit ihm begraben durch die Taufe auf den Tod, damit so, wie Christus durch die Herrlichkeit des Vaters von den Toten auferweckt wurde, auch wir in dieser neuen Wirklichkeit leben.

Römer 6, 3–4

GEBET

Herr unseres Lebens, seit der Taufe ist der alte Mensch in uns gestorben und ein neuer Mensch nach deinem Bild ins Leben gerufen: Hilf uns, in deiner Gegenwart zu leben und uns von den Gaben deiner Gnade zu nähren, bis wir nach deinem Willen zur Herrlichkeit des Vaters gelangen.

FÜRBITTEN – VATERUNSER – SEGEN

Apg 5, 34–42 / Joh 6, 1–15

SAMSTAG DER ZWEITEN WOCHE NACH OSTERN

PSALMGEBET

Strecke deine Hände aus der Höhe und befreie mich,
  reiß mich heraus aus gewaltigen Wassern,
  aus der Hand der Fremden!
Ein neues Lied will ich dir singen, o Gott,
  will auf zehnsaitiger Harfe dir spielen.
Wohl dem Volk, dem es so ergeht,
  glücklich das Volk, dessen Gott der Herr ist!

Psalm 144, 7. 9. 15

LESUNG

Jona betete und sprach: In meiner Not rief ich zum Herrn, und er antwortete mir. Aus dem Schoß der Totenwelt schrie ich um Hilfe, und du hörtest mein Rufen. Du warfst mich in die Tiefe, ins Herz der Meere, die Fluten umschlossen mich. All deine Wellen und Wogen gingen über mich hin. Ich dachte: Ich bin verstoßen, fern deinen Augen; wie werde ich wieder deinen heiligen Tempel erblicken? Zu den Wurzeln der Berge, tief in die Erde kam ich hinab; ihre Riegel sperrten mich ein für immer. Ich aber will dir opfern und laut dein Lob verkünden. Was ich gelobte, will ich erfüllen. Vom Herrn kommt die Rettung.

Jona 2, 3–5. 7. 10

GEBET

Herr unser Gott, im Bilde der Errettung des Jona stellst du uns das Wunder der Auferstehung vor Augen. Wir bitten dich: Errette auch uns in Stunden der Not, aus der Tiefe der Verzweiflung. Gib uns Anteil an dem Leben des Herrn, in dessen Tod wir getauft sind.

FÜRBITTEN – VATERUNSER – SEGEN

Apg 6, 1–7 / Joh 6, 16–21

DRITTE WOCHE NACH OSTERN

BESINNUNG

Um den Erdball schwirren die Stimmen der Menschen aus allen Sprachen in Funk und Fernsehen. Die Erde ist klein geworden, und es gibt keine friedlichen Regionen mehr, die vom Weltgeschehen unberührt bleiben. Glück und Not der Menschheit erweist sich immer mehr als unteilbar.

In dieser Zeit steht es uns Christen übel an, wenn wir uns nur für unsere Kirche einsetzen und nicht ernst damit machen, daß Christus für alle gestorben und auferstanden ist. Die Botschaft von Christus wird in der Welt immer mehr verschlossene Ohren finden, solange christliche Kirchen und Konfessionen sich untereinander eifersüchtig abschirmen, nur auf Wahrung des eigenen Bestands bedacht sind und den Weg zur Einheit in Christus weder suchen noch wirklich gehen.

Wir werden diese Einheit nicht finden, wenn wir nicht zu Opfern bereit sind. Christus selbst hat sein Leben zum Opfer gebracht und uns so gezeigt, wie wir unser Getrenntsein überwinden können. Alle, die in der Taufe ihm zugeführt wurden, gehören zu der einen Herde Jesu Christi. Aber auch die noch nicht dazugehören, will er herbeiführen, damit eine Herde unter ihm, dem einen Hirten, werde. Dazu braucht er unsere Hilfe, unseren Verzicht auf Absonderung und Rechthaberei. Er braucht den Einsatz unseres Lebens und unserer Liebe. Unsere Vorstellungen und Glaubensformulierungen, unsere Gewohnheiten und Überlieferungen mögen uns trennen. Er ist der Weg, die Wahrheit und das Leben. Wenn wir uns ihm mit ganzer Entschlossenheit zuwenden, müssen die Mauern fallen, die uns noch trennen.

Herr Jesus Christus, du sendest deine Boten in alle Welt, die Menschen aus allen Völkern in deiner Kirche zu sammeln: Nimm auch meinen Dienst an für dein Reich. Gib, daß ich deiner Liebe nicht im Wege stehe, sondern die Einheit mit den Deinen von Herzen suche in Wort und Tat.

Schaue die Zertrennung an, / der kein Mensch sonst wehren kann; / sammle, großer Menschenhirt, / alles, was sich hat verirrt. / Erbarm dich, Herr.

DRITTER OSTERSONNTAG

DER WOCHENSPRUCH

Christus spricht: Ich bin der gute Hirt. Meine Schafe hören auf meine Stimme; ich kenne sie, und sie folgen mir. Ich gebe ihnen ewiges Leben. *Johannes 10, 11. 27–28*

LESUNG

So spricht Gott, der Herr: Wehe den Hirten Israels, die nur für sich selbst sorgen! Müssen die Hirten nicht für die Herde sorgen? Denn so spricht Gott, der Herr: Ich suche meine Schafe, ich selbst kümmere mich um sie. Die verirrten Tiere will ich suchen, die vertriebenen zurückbringen, die verletzten verbinden, die schwachen kräftigen. Ich will ihr Hirt sein und für sie sorgen, wie es recht ist. *Ezechiel 34, 2. 11. 16*

EVANGELIUM

Christus spricht: Ich gebe mein Leben für die Schafe. Ich habe noch andere Schafe, die nicht aus diesem Hof sind; auch sie muß ich führen, und sie werden auf meine Stimme hören; dann wird es nur eine Herde geben und einen Hirten.
Johannes 10, 15–16

GEBET

Herr Jesus Christus, du bist uns vorangegangen durch den Tod zum Leben und willst uns führen zur ewigen Vollendung, so bitten wir dich: Halte unsere Herzen wach, daß wir deine Stimme hören und dir folgen auf dem Weg zum Leben.

A: Apg 2, 14. 22–28 / 1 Petr 1, 17–21 / Lk 24, 13–35
B: Apg 3, 13–15. 17–19 / 1 Joh 2, 1–5a / Lk 24, 35–48
C: Apg 5, 27b–32. 40b–41 / Offb 5, 11–14 / Joh 21, 1–14

MONTAG DER DRITTEN WOCHE NACH OSTERN

PSALMGEBET

Der Herr ist mein Hirte,
 nichts wird mir fehlen.
Er läßt mich lagern auf grünen Auen,
 zum Ruheplatz am Wasser führt er mich.
Muß ich auch wandern in finsterer Schlucht,
 ich fürchte kein Unheil;
denn du bist bei mir,
 dein Stab und dein Stock geben mir Zuversicht.

Psalm 23, 1–2. 4

LESUNG

Gott aber, der voll Erbarmen ist, hat uns, die wir durch unsere Sünden tot waren, in seiner großen Liebe, mit der er uns geliebt hat, zusammen mit Christus wieder lebendig gemacht. Aus Gnade seid ihr gerettet. Er hat uns mit Christus auferweckt und uns mit ihm einen Platz im Himmel gegeben. Denn aus Gnade seid ihr durch den Glauben gerettet, nicht aus eigener Kraft, sondern Gott hat es geschenkt. *Epheser 2, 4. 5. 6. 8*

GEBET

Barmherziger Gott, du hast uns aus Schuld und Tod gerettet und uns mit Christus in ein neues Leben versetzt; wir danken dir und bitten dich: Laß uns immer besser erkennen, was deine Gnade uns geschenkt hat, und hilf uns aus dieser Gnade zu leben. Durch deine Barmherzigkeit laß uns frei werden für andere.

FÜRBITTEN – VATERUNSER – SEGEN

Apg 6, 8–15 / Joh 6, 22–29

DIENSTAG DER DRITTEN WOCHE NACH OSTERN

PSALMGEBET

Sei mir gnädig, o Gott, sei mir gnädig,
 denn ich flüchte mich zu dir!
Im Schatten deiner Flügel finde ich Zuflucht,
 bis das Unheil vorübergeht.
Ich rufe zu Gott dem Höchsten,
 zu Gott, der mir beisteht.
Er sende mir Hilfe vom Himmel,
 während meine Feinde mich schmähen.
 Gott sende seine Huld und Treue!
Erhebe dich über die Himmel, o Gott,
 deine Herrlichkeit über die ganze Erde!

Psalm 57, 2. 3. 4. 6

EVANGELIUM

Jesus rief: Komm! Da stieg Petrus aus dem Boot und ging über das Wasser auf Jesus zu. Als er aber sah, wie heftig der Wind war, bekam er Angst und begann unterzugehen. Er schrie: Herr, rette mich! Jesus streckte sofort die Hand aus, ergriff ihn und sagte zu ihm: Du Kleingläubiger, warum hast du gezweifelt? Und als sie ins Boot gestiegen waren, legte sich der Wind. Die Jünger im Boot aber fielen vor ihm nieder und sagten: Wahrhaftig, du bist Gottes Sohn.

Mattäus 14, 29–33

GEBET

Herr, laß uns in Stunden der Angst und Not an deine wunderbare Gegenwart denken. Durch die Kraft deiner Liebe bewahrst du uns vor dem Versinken. Herr, hilf uns!

FÜRBITTEN – VATERUNSER – SEGEN

Apg 7, 51–59 / Joh 6, 30–35

MITTWOCH
DER DRITTEN WOCHE NACH OSTERN

PSALMGEBET

Du, Herr, gibst mir das Erbe und reichst mir den Becher;
   in deinen Händen hältst du mein Los.
Auf schönem Land fiel mein Anteil mir zu.
   Ja, mein Erbe gefällt mir gut.
Ich habe den Herrn beständig vor Augen.
   Er steht mir zur Rechten, ich wanke nicht.
Du zeigst mir den Pfad zum Leben.
   Vor deinem Angesicht ist Freude in Fülle,
   zu deiner Rechten Wonne für alle Zeit.

Psalm 16, 5–6. 8. 11

EVANGELIUM

Als sie gegessen hatten, sagte Jesus zu Simon Petrus: Simon, Sohn des Johannes, liebst du mich mehr, als diese mich lieben? Er antwortete ihm: Ja, Herr, du weißt, daß ich dich liebe. Jesus sagte zu ihm: Weide meine Lämmer! *Johannes 21, 15*

GEBET

Herr, wir danken dir, daß du Apostel und Hirten, Bischöfe und Diener eingesetzt hast, deine Herde zu weiden: Gib, daß sie ihren Sinn auf das richten, was deiner Kirche dient. Laß bald den Tag kommen, da alle Welt erkennt, daß du der eine Hirte der einen Herde bist.

FÜRBITTEN – VATERUNSER – SEGEN

Apg 8, 1–8 / Joh 6, 35–40

DONNERSTAG
DER DRITTEN WOCHE NACH OSTERN

PSALMGEBET

Wie kann ich dem Herrn vergelten
 alles, was er mir Gutes getan hat?
Ich will den Kelch des Heils erheben
 und anrufen den Namen des Herrn.
Lobet den Herrn, alle Völker,
 preist ihn, alle Nationen!
Denn mächtig waltet über uns seine Huld,
 die Treue des Herrn währt in Ewigkeit!
Psalm 116, 12–13; 117, 1–2

LESUNG

Ihr Ältesten, da ich Ältester bin wie ihr und Zeuge der Leiden Christi, und an der Herrlichkeit, die sich offenbaren wird, teilhaben soll, ermahne ich euch: Weidet die Herde Gottes bei euch, aber nicht, weil ihr dazu gezwungen seid, sondern freiwillig, wie Gott es will; tut es nicht aus Gewinnsucht, sondern weil ihr es gerne tut; seid nicht Beherrscher eurer Gemeinden, sondern seid ein Vorbild für eure Herde! Wenn dann der höchste Hirt erscheint, werdet ihr den nie verwelkenden Kranz der Herrlichkeit empfangen. *1 Petrus 5, 1–2. 3–4*

GEBET

Herr, unser Hirte, wir bitten dich: Mache alle, denen du ein Amt in deiner Kirche anvertraut hast, zu Vorbildern, an die wir uns halten können. Und wo du uns in deinen Dienst nehmen willst, bewahre uns vor Eitelkeit und Ungeduld; gib, daß wir durch unser Beispiel mehr als durch Worte für dich zu wirken suchen.

FÜRBITTEN – VATERUNSER – SEGEN

Apg 8, 26–40 / Joh 6, 44–52

FREITAG DER DRITTEN WOCHE NACH OSTERN

PSALMGEBET

Am Tag meiner Not suche ich den Herrn;
unablässig erhebe ich nachts meine Hände,
   meine Seele läßt sich nicht trösten.
Ich bedenke die Tage von einst,
   will denken an längst vergangene Jahre.
Wird denn der Herr mich auf ewig verstoßen,
   mir niemals mehr gnädig sein?
Da sagte ich mir: „Das ist mein Schmerz,
   daß die Rechte des Höchsten so anders handelt."
Psalm 77, 3. 6. 8. 11

LESUNG

Der Gott des Friedens aber, der Jesus, unseren Herrn, den erhabenen Hirten der Schafe, von den Toten heraufgeführt hat im Blut eines ewigen Bundes, er mache euch tüchtig in allem Guten, damit ihr seinen Willen tut. Er wirke in uns, was ihm gefällt, durch Jesus Christus, dem die Ehre sei in alle Ewigkeit! Amen. *Hebräer 13, 20–21*

GEBET

Ewiger Gott und Vater, dein Weg ist nicht zu Ende, wo wir am Ende sind mit unserer Kraft und unseren Gedanken. Wie du deinen Sohn durch den Tod zum neuen Leben geführt hast, so stärke uns durch die Feier des neuen Bundes und gib uns Anteil an dem Leben, das auch der Tod nicht zerstören kann.

FÜRBITTEN – VATERUNSER – SEGEN

Apg 9, 1–20 / Joh 6, 53–60

SAMSTAG DER DRITTEN WOCHE NACH OSTERN

PSALMGEBET

Muß ich auch wandern in finsterer Schlucht,
  ich fürchte kein Unheil;
denn du bist bei mir,
  dein Stab und dein Stock geben mir Zuversicht.
Du deckst mir den Tisch im Angesicht meiner Feinde.
Du salbst mein Haupt mit Öl,
  du füllst mir reichlich den Becher.
Nur Güte und Huld werden mir folgen mein Leben lang;
  und wohnen darf ich im Hause des Herrn für lange Zeit.
Psalm 23, 4–6

EVANGELIUM

Christus spricht: Meine Schafe hören auf meine Stimme; ich kenne sie, und sie folgen mir. Ich gebe ihnen ewiges Leben; sie werden niemals verlorengehen, und niemand wird sie aus meiner Hand reißen. Mein Vater, der sie mir gab, ist größer als alle, und niemand kann sie aus der Hand meines Vaters reißen. *Johannes 10, 17–29*

GEBET

Dir danken nun, Herr Jesu Christ,
die Völker aller Zungen,
daß du vom Tod erstanden bist,
das Heil uns hast errungen.
Herr, bleib bei uns, wenn's Abend wird,
daß wir nicht irregehn!
So wird die Herde wie der Hirt
einst glorreich auferstehn. Alleluja!

FÜRBITTEN – VATERUNSER – SEGEN

Apg 9, 31–42 / Joh 6, 61–70

VIERTE WOCHE NACH OSTERN

BESINNUNG

Je mehr unser Leben erleichtert wird durch zeitsparende und arbeitsparende Erfindungen, je leichter die Kontakte zwischen den Menschen ohne Rücksicht auf Entfernungen werden, je vielfältiger unsere Möglichkeiten sind, an dem Gesamtgeschehen unserer Zeit teilzunehmen – desto schwerer wird das Leben für jeden von uns. Wir können nicht alles, was uns theoretisch möglich ist, auch praktisch verwirklichen. Nur zu leicht übernehmen wir uns und werden erschöpft, müde und matt. Eine tiefe Traurigkeit will uns ergreifen und gefährdet uns, daß wir straucheln und fallen.

Wer erschöpft ist, braucht die Kraft einer neuen Schöpfung, er braucht die Verwandlung, die ihn zu einem neuen Menschen macht. Diese neue Schöpfung hat schon begonnen. Mitten in der Welt des alten Adam ist der neue Mensch erschienen in Jesus Christus. Er ist uns vorangegangen durch den Tod zum ewigen Leben und hat uns eine neue Zukunft eröffnet. In der Verbindung mit Christus ist uns die Möglichkeit gegeben, ein neuer Mensch zu werden.

Das Leben des neuen Menschen wird einfacher und vielleicht einfältiger sein. Wir gewinnen den klaren Blick Jesu für das Einfache und Wesentliche. Wir können vieles lassen und gewinnen einen weiten Raum der Freiheit für uns selbst und für andere. Freude erwacht, und ermüdende Fragen verstummen. Christus spricht zu den Müden und Traurigen: „Ich werde euch wieder sehen; dann wird euer Herz sich freuen, und eure Freude wird euch niemand nehmen."

    Laßt uns loben, Brüder, loben
    Gott den Herrn, der uns erhoben
    und so wunderbar erwählt;
    der uns aus der Schuld befreite,
    mit dem neuen Leben weihte,
    uns zu seinen Söhnen zählt.

    Der im Glauben uns begründet,
    in der Liebe uns entzündet,
    uns in Wahrheit neu gebar,
    daß wir so in seinem Namen
    und durch ihn zum Leben kamen,
    unvergänglich, wunderbar.

VIERTER OSTERSONNTAG

DER WOCHENSPRUCH

Wenn jemand in Christus ist, dann ist er eine neue Schöpfung: das Alte ist vergangen, Neues ist geworden.
2 Korinther 5, 17

LESUNG

Weißt du es nicht, hörst du es nicht? Der Herr ist ein ewiger Gott; er hat die weite Erde geschaffen. Er wird nicht müde und nicht matt; unergründlich ist seine Einsicht. Er gibt dem Müden Kraft, dem Schwachen mehrt er die Stärke: Junge Leute werden müde und matt, junge Männer straucheln und fallen. Alle aber, die auf den Herrn hoffen, schöpfen neue Kraft, sie bekommen Flügel wie Adler. Sie laufen und werden nicht matt, sie gehen und werden nicht müde.
Jesaja 40, 28–31

EVANGELIUM

Christus spricht: So seid auch ihr jetzt traurig, aber ich werde euch wieder sehen; dann wird euer Herz sich freuen, und eure Freude wird euch niemand nehmen. An jenem Tag werdet ihr mich nichts mehr fragen. Amen, Amen, ich sage euch: Was ihr vom Vater erbitten werdet, das wird er euch geben, in meinem Namen.
Johannes 16, 22–23

GEBET

Schöpfer und Herr der Welt, wie du alljährlich das Angesicht der Erde erneuerst, so willst du durch Jesus Christus die Menschen erneuern, die der Sünde und dem Tod verfallen sind: Gib, daß wir deinen heiligen Willen erkennen und Anteil gewinnen am Leben der zukünftigen Welt.

A: Apg 2, 14a. 36–41 / 1 Petr 2, 20b–25 / Joh 10, 1–10
B: Apg 4, 8–12 / 1 Joh 3, 1–2 / Joh 10, 11–18
C: Apg 13, 14. 43–52 / Offb 7, 9. 14b–17 / Joh 10, 27–30

MONTAG DER VIERTEN WOCHE NACH OSTERN

PSALMGEBET

Auf meine Worte höre, o Herr,
  hab acht auf mein Seufzen!
Vernimm mein lautes Schreien, mein König und mein Gott,
  denn ich flehe zu dir.
In deiner Gerechtigkeit leite mich, Herr,
meinen Feinden zum Trotz;
  ebne vor mir deinen Weg!
Doch freuen sollen sich alle, die auf dich vertrauen,
  und sollen immerfort jubeln!
Beschütze alle, die deinen Namen lieben. *Psalm 5, 2–3. 9. 12*

LESUNG

Legt den alten Menschen ab, der in Verblendung und Begierde zugrundegeht, ändert euer früheres Leben und erneuert euren Geist und Sinn: Zieht den neuen Menschen an, der nach Gottes Bild geschaffen ist, damit ihr wahrhaft gerecht und heilig lebt. *Epheser 4, 22–24*

GEBET

Herr, nimm hinweg von uns, was uns belastet und vergiftet. Mache uns frei und froh durch das Wort deiner Gnade. Du hast uns in der heiligen Taufe das Gewand der Gerechtigkeit und Heiligkeit geschenkt; gib, daß wir es immer mehr mit Freude tragen.

FÜRBITTEN – VATERUNSER – SEGEN

Apg 11, 1–18 / Joh 10, 1–10 oder Joh 10, 11–18

DIENSTAG DER VIERTEN WOCHE NACH OSTERN

PSALMGEBET

Bringt dar dem Herrn, ihr Himmlischen,
 bringt dar dem Herrn Ehre und Lob!
Bringt dar dem Herrn die Ehre seines Namens,
 werft euch nieder vor dem Herrn in heiligem Schmuck!
Die Stimme des Herrn erschallt über den Wassern.
Der Gott der Herrlichkeit donnert,
 der Herr über gewaltigen Wassern.
Die Stimme des Herrn sprüht flammendes Feuer,
 die Stimme des Herrn läßt die Wüste beben.
Der Herr thront als König in Ewigkeit.
 Der Herr segne sein Volk mit Frieden!
Psalm 29, 1–3. 7–8. 10–11

LESUNG

Da antwortete Ijob dem Herrn und sprach: Ich hab' erkannt, daß du alles vermagst; kein Vorhaben ist dir verwehrt. Vom Hörensagen nur hatte ich von dir vernommen; jetzt aber hat mein Auge dich geschaut. Darum widerrufe ich und atme auf, in Staub und Asche. *Ijob 42, 1–2. 5–6*

GEBET

Herr, du bist über alles erhaben in deiner Allmacht, und deine Größe ist unausforschlich. Vor dir beugen wir uns und bitten dich: Nimm uns gnädig an, wenn wir zu dir umkehren von unseren Wegen. Herr, erbarme dich unser.

FÜRBITTEN – VATERUNSER – SEGEN

Apg 11, 19–26 / Joh 10, 22–30

MITTWOCH
DER VIERTEN WOCHE NACH OSTERN

PSALMGEBET

Herr, ich rufe zu dir, komm mir eilends zu Hilfe;
  höre auf meine Stimme, wenn ich rufe zu dir!
Stelle, Herr, eine Wache vor meinen Mund,
  eine Wehr vor das Tor meiner Lippen!
Laß mein Herz sich nicht neigen zu bösem Wort,
  daß ich nichts tue, was schändlich ist,
zusammen mit Männern, die Unrecht tun.
Mein Herr und Gott, meine Augen richten sich auf dich,
  bei dir berg ich mich, gieß mein Leben nicht aus!

Psalm 141, 1. 3–4. 8

LESUNG

Die Liebe Gottes wurde unter uns dadurch offenbar, daß Gott seinen einzigen Sohn in die Welt gesandt hat, damit wir durch ihn leben. Die Liebe besteht nicht darin, daß wir Gott geliebt haben, sondern daß er uns geliebt und seinen Sohn als Sühne für unsere Sünden gesandt hat. Geliebte Brüder, wenn Gott uns so geliebt hat, müssen auch wir einander lieben.

1 Johannes 4, 9–11

GEBET

Barmherziger Gott, wir bitten dich: Gib, daß wir dir danken und unseren Nächsten lieben, wie du uns geliebt hast; daß wir einander vergeben, wie du uns vergibst; daß wir anderen weitergeben, was du uns aus Gnaden schenkst.

FÜRBITTEN – VATERUNSER – SEGEN

Apg 12, 24–13, 5a / Joh 12, 44–50

DONNERSTAG
DER VIERTEN WOCHE NACH OSTERN

PSALMGEBET

Gott, du mein Gott, dich suche ich,
  meine Seele dürstet nach dir.
Nach dir schmachtet mein Leib
  wie dürres, lechzendes Land ohne Wasser.
So blicke ich im Heiligtum nach dir,
  zu schauen deine Macht und Herrlichkeit.
Ich will dich rühmen mein Leben lang,
  in deinem Namen die Hände erheben. *Psalm 63, 2–3. 5*

LESUNG

Da stellte sich Paulus in die Mitte des Areopags und sagte: Gott, der die Welt erschaffen hat und alles in ihr, er, der Herr über Himmel und Erde, läßt jetzt den Menschen verkünden, daß überall sich alle bekehren sollen. Denn er hat einen Tag festgesetzt, an dem er den Erdenkreis in Gerechtigkeit richten wird, durch einen Mann, den er dazu bestellt und vor allen Menschen dadurch ausgewiesen hat, daß er ihn von den Toten auferweckte. *Apostelgeschichte 17, 22. 24. 30–31*

GEBET

Ewiger Gott, die ganze Welt ist weniger als ein Schemel deiner Füße, und doch hast du uns in Christus heimgesucht in unbegreiflicher Güte: wir bitten dich, bewahre uns vor den Irrwegen dieser Zeit und stärke uns, daß wir mit deinem Sohn den Weg des Gehorsams gehen und hindurchgerettet werden durch den Tod zum ewigen Leben.

FÜRBITTEN – VATERUNSER – SEGEN

Apg 13, 13–25 / Joh 13, 16–20

FREITAG DER VIERTEN WOCHE NACH OSTERN

PSALMGEBET

Gott, dein Weg ist heilig!
Du allein bist der Gott, der Wunder tut.
Ich erwäge all deine Werke,
 will nachsinnen über deine Taten.
Die Wolken gossen Wasser,
das Gewölk ließ die Stimme dröhnen,
 auch deine Pfeile fuhren dahin.
Durch das Meer ging dein Weg,
dein Pfad durch gewaltige Wasser,
 doch niemand sah deine Spuren.
Du führtest wie eine Herde dein Volk
 durch die Hand von Mose und Aaron.
Psalm 77, 14. 15. 13. 18. 20. 21

LESUNG

Gott war in Christus, als er durch ihn die Welt mit sich versöhnte und darauf verzichtete, ihre Übertretungen anzurechnen; und durch uns hat er das Wort von der Versöhnung eingesetzt. Wir sind also Gesandte an Christi Statt, und Gott ist es, der durch uns mahnt. Wir bitten an Christi Statt: Laßt euch mit Gott versöhnen! *2 Korinther 5, 19–20*

GEBET

Himmlischer Vater, gib uns offene Augen, daß wir erkennen, wo wir der Versöhnung unter den Menschen dienen können. Du hast uns durch Christus mit dir versöhnt: Laß uns über alle Grenzen hinweg aus der Kraft deiner Versöhnung leben.

FÜRBITTEN – VATERUNSER – SEGEN

Apg 13, 26–33 / Joh 14, 1–6

SAMSTAG DER VIERTEN WOCHE NACH OSTERN

PSALMGEBET

Regen ließest du, Gott, in Fülle strömen,
 erquicktest dein verschmachtendes Erbland.
Deine Geschöpfe finden dort Wohnung;
 in deiner Güte, o Gott, versorgst du den Armen.
Der Herr entsendet sein Wort:
 Groß ist der Siegesbotinnen Schar.
Kommt zusammen und preiset Gott! *Psalm 68, 10–12. 27*

LESUNG

Der Seher schreibt: Und ich hörte eine laute Stimme vom Thron her rufen: Seht das Zelt Gottes unter den Menschen! Er wird in ihrer Mitte wohnen, und sie werden sein Volk sein; und Gott selbst wird bei ihnen sein. Er wird jede Träne aus ihren Augen wischen: der Tod wird nicht mehr sein, nicht Trauer noch Klage noch Mühsal. Denn die alte Welt ist vergangen. Und der auf dem Thron saß, sprach: Alles mache ich neu. *Offenbarung 21, 3. 4–5*

GEBET

Gelobt sei Jesus Christus
in alle Ewigkeit,
der einst am Jüngsten Tage
erscheint in Herrlichkeit.
Dann schaut in hellem Licht
die Welt sein Angesicht.
Gelobt sei Jesus Christus
in alle Ewigkeit!

FÜRBITTEN – VATERUNSER – SEGEN

Apg 13, 44–52 / Joh 14, 7–14

FÜNFTE WOCHE NACH OSTERN

BESINNUNG

Das alte Lied ist uns vertraut: Das Leben in gewohnten Bahnen, Tag für Tag dasselbe; das Gefühl, im Gehäuse des eigenen Ich gefangen zu sein, nie wirklich völlig mit anderen verbunden, sondern im Tiefsten ganz einsam und auf sich selbst gestellt zu sein; und die leise Resignation, die zur tiefen Trauer werden kann: daß es keinen Ausweg gibt, keine wirkliche Veränderung, daß im Grunde immer alles beim alten bleibt. Das ist das alte Lied.
Das neue Lied, zu dem wir aufgerufen sind, ist nicht ein Lied mit neuen Worten oder Tönen. Es geht vielmehr um ein neues Singen, das aus einer neuen Weise zu leben kommt. Aus den Wundern Gottes kommt das neue Leben des Menschen. Daß die Welt nicht in ewig alter Weise aus sich selber existiert, sondern daß der Schöpfer, der sie ins Leben rief, täglich sich als der gegenwärtig Tragende erweist und zugleich als der Künftige, der uns in der Zukunft erwartet – das macht die Welt alle Tage neu. Und wenn niemand mehr etwas von uns erwartet – er erwartet nicht nur vieles von uns, er erwartet uns selbst. Dies zu erkennen, befreit uns aus dem Gefangensein in unserem Ichgehäuse. Die Erwartung Gottes lockt ein neues Lied aus unserem Herzen.
Wäre Christus nicht auferstanden, „so wär' die Welt vergangen"; sie bliebe gefangen in ihrer Vergänglichkeit. Seit uns aber Christus vorausging, können wir einen Weg in die Zukunft Gottes wahrnehmen. Gott hat noch große Dinge mit uns und der Welt vor. Eben dies zu erkennen und zu bekennen sind wir gerufen. „Gott loben, das ist unser Amt!"
Dabei werden wir immer nur andeutend und unvollkommen die Taten Gottes und seine Pläne erkennen und rühmen können. Aber wir dürfen es tun in der Hoffnung, daß er selbst uns vollenden will in seinem kommenden Reich.

Herr, hilf unserer Schwachheit auf durch deinen Geist. Gib uns ein neues Herz und schenke uns einen neuen Geist, daß wir mit Worten und Werken einstimmen können in das Lob, das dich in Ewigkeit verherrlicht.

FÜNFTER OSTERSONNTAG

DER WOCHENSPRUCH

Singet dem Herrn ein neues Lied,
   denn er hat Wundertaten vollbracht! *Psalm 98, 1*

LESUNG

Der Seher schreibt: Ich sah es, und ich hörte die Stimme von vielen Engeln rings um den Thron und um die Wesen und die Ältesten; die Zahl der Engel ist zehntausend mal zehntausend und tausend mal tausend. Sie schreien mit lauter Stimme: Würdig ist das Lamm, das geschlachtet ist, Macht zu empfangen, Reichtum und Weisheit, Kraft und Ehre, Herrlichkeit und Lobpreis! *Offenbarung 5, 11–12*

EVANGELIUM

Christus spricht: Noch vieles habe ich euch zu sagen, aber ihr könnt es jetzt nicht ertragen. Wenn aber jener kommt, der Geist der Wahrheit, wird er euch in die volle Wahrheit führen. Denn er wird nicht von sich aus reden, sondern was er hört, wird er reden, und das Kommende wird er euch verkünden. Er wird mich verherrlichen. *Johannes 16, 12–13. 14*

GEBET

Herr Gott, Vater in Ewigkeit, sende deinen Heiligen Geist, daß er uns helfe, dein Lob zu verkünden, jetzt in Schwachheit, einst aber in Kraft und Herrlichkeit, wenn wir dich schauen von Angesicht zu Angesicht durch unseren Herrn Jesus Christus.

A: Apg 6, 1–7 / 1 Petr 2, 4–9 / Joh 14, 1–12
B: Apg 9, 26–31 / 1 Joh 3, 18–24 / Joh 15, 1–8
C: Apg 14, 20b–26 / Offb 21, 1–5a / Joh 13, 31–33a. 34–35

MONTAG DER FÜNFTEN WOCHE NACH OSTERN

PSALMGEBET

Singet dem Herrn ein neues Lied,
  denn er hat Wundertaten vollbracht.
Er hat mit seiner Rechten geholfen
  und mit seinem heiligen Arm.
Der Herr hat kundgemacht sein Heil,
  vor den Augen der Völker enthüllt sein gerechtes Walten.
Er gedachte seiner Huld und Treue zum Hause Israel;
  alle Enden der Erde schauten das Heil unsres Gottes.

Psalm 98, 1–3

LESUNG

Der Apostel schreibt: Denn einst ward ihr Finsternis, jetzt aber seid ihr durch den Herrn Licht geworden. Lebt als Kinder des Lichts! Das Licht aber bringt Güte, Gerechtigkeit und Wahrheit hervor. Alles Erleuchtete aber ist Licht. Deshalb heißt es: Wach auf, Schläfer, und steh auf von den Toten, und Christus wird dein Licht sein.   *Epheser 5, 8–9. 14*

GEBET

Wir danken dir, Gott, daß du uns aus der Finsternis in dein Licht gerufen und uns ein neues Leben in Jesus Christus geschenkt hast. Wir bitten dich, laß uns täglich von neuem mit Christus auferstehen aus dem Schlaf und der Trägheit unseres Unglaubens und durch ihn erleuchtet werden. In ihm gib uns Anteil an deinem Licht und Leben.

FÜRBITTEN – VATERUNSER – SEGEN

Apg 14, 5–17 / Joh 14, 21–26

DIENSTAG DER FÜNFTEN WOCHE NACH OSTERN

PSALMGEBET

Jauchzet dem Herrn alle Lande,
 freut euch, jubelt und spielt!
Es brause das Meer und was es erfüllt,
 der Erdkreis und die auf ihm wohnen!
In die Hände klatschen sollen die Ströme,
 die Berge sollen jubeln im Chor
vor dem Herrn, wenn er kommt,
 die Erde zu richten!
Er richtet den Erdkreis gerecht
 und nach Recht die Nationen. *Psalm 98, 4. 7–9*

EVANGELIUM

Von da an verließen ihn viele von seinen Jüngern und begleiteten ihn nicht mehr. Da sagte Jesus zu den Zwölf: Wollt auch ihr weggehen? Simon Petrus antwortete ihm: Herr, zu wem sollen wir gehen? Du hast Worte des ewigen Lebens. Wir haben geglaubt und erkannt: Du bist der Heilige Gottes.
Johannes 6, 66–69

GEBET

Herr, sprich zu uns dein heilig Wort,
führ uns den Weg zur Himmelspfort,
daß wir dir dienen in der Zeit
und schauen dich in Ewigkeit.

FÜRBITTEN – VATERUNSER – SEGEN

Apg 14, 18–27 / Joh 14, 27–31a

MITTWOCH
DER FÜNFTEN WOCHE NACH OSTERN

PSALMGEBET

Wenn nicht der Herr das Haus baut,
 mühn sich umsonst, die daran bauen.
Wenn nicht der Herr die Stadt bewacht,
 wacht umsonst der Wächter.
Es ist umsonst, daß ihr früh aufsteht
 und spät euch niedersetzt,
das Brot der Mühsal zu essen;
 denn er gibt es den Seinen im Schlaf. *Psalm 127, 1–2*

LESUNG

Das Wort Christi wohne mit seinem ganzen Reichtum bei euch! Belehrt und ermahnt einander in aller Weisheit! Singt Gott in eurem Herzen Psalmen, Hymnen und Lieder, wie sie der Geist eingibt, denn ihr seid in Gottes Gnade. Alles was ihr in Worten und Werken tut, geschehe im Namen Jesu, des Herrn; durch ihn dankt Gott, dem Vater! Ihr wißt, daß ihr vom Herrn euer Erbe als Lohn empfangen werdet. Dient Christus, dem Herrn. *Kolosser 3, 16–18. 24*

GEBET

Reinige und erneuere unsere Herzen, Herr, daß wir neue Zuversicht gewinnen, dir zu danken und miteinander dein Lob zu künden in Wort und Werk.

FÜRBITTEN – VATERUNSER – SEGEN

Apg 15, 1–6 / Joh 15, 1-8

DONNERSTAG
DER FÜNFTEN WOCHE NACH OSTERN

PSALMGEBET

Dankt dem Herrn! Ruft seinen Namen an!
 Macht unter den Völkern seine Taten bekannt!
Singt ihm und spielt ihm,
 sinnt nach über all seine Wunder!
Rühmt euch seines heiligen Namens!
 Die den Herrn suchen, sollen von Herzen sich freuen!
Fragt nach dem Herrn und seiner Macht,
 sucht sein Antlitz allezeit! *Psalm 105, 1–4*

EVANGELIUM

Als nun die Hohenpriester und Schriftgelehrten die Wunder sahen, die er tat, und die Kinder im Tempel rufen hörten: Hosanna dem Sohn Davids!, da wurden sie ärgerlich und sagten zu ihm: Hörst du, was diese rufen? Jesus antwortete ihnen: Gewiß. Habt ihr nie gelesen: Aus dem Mund der Kinder und Säuglinge läßt du dein Lob erklingen?
Mattäus 21, 15–16

GEBET

Auf dem ganzen Erdenkreis
loben Große dich und Kleine;
dir, Gott Vater, dir zum Preis
singt die heilige Gemeinde,
ehrt mit dir auf seinem Thron
deinen eingebornen Sohn.

FÜRBITTEN – VATERUNSER – SEGEN

Apg 15, 7–21 / Joh 15, 9–11

FREITAG DER FÜNFTEN WOCHE NACH OSTERN

PSALMGEBET

Ich rufe zu Gott, ich schreie,
 ich rufe zu Gott, daß er mich hört.
Wird denn der Herr mich auf ewig verstoßen,
 mir niemals mehr gnädig sein?
Nimmt seine Huld für immer ein Ende,
 ist aufgehoben seine Verheißung für alle Zeiten?
Gott, dein Weg ist heilig!
 Wo ist ein Gott, so groß wie unser Gott?
Du allein bist der Gott, der Wunder tut,
 du hast deine Macht den Völkern kundgetan.

Psalm 77, 2. 8–9. 14. 15

LESUNG

Paulus schreibt an Timotheus: Denke daran, daß Jesus Christus, der aus Davids Geschlecht stammt, von den Toten auferweckt wurde; das ist mein Evangelium.
Das Wort ist wahr: Wenn wir mit Christus gestorben sind, werden wir auch mit ihm leben; wenn wir standhaft bleiben, werden wir auch mit ihm herrschen; wenn wir ihn verleugnen, wird auch er uns verleugnen. Wenn wir untreu sind, so bleibt er doch treu, denn er kann sich selbst nicht verleugnen.

2 Timotheus 2, 8. 11–13

GEBET

Unter dein Kreuz treten wir, Herr, und denken an das Wunder deiner Auferstehung. Wir danken dir für deine Liebe. Deine Treue ist beständiger als unser schwankendes Herz. Laß uns dein Eigen sein und bleiben.

FÜRBITTEN – VATERUNSER – SEGEN

Apg 15, 22–31 / Joh 15, 12–17

SAMSTAG DER FÜNFTEN WOCHE NACH OSTERN

PSALMGEBET

Haucht der Mensch sein Leben aus,
kehrt er zurück zur Erde,
 dann ist es aus mit all seinen Plänen.
Wohl dem, dessen Halt der Gott Jakobs ist,
 der seine Hoffnung setzt auf den Herrn, seinen Gott!
Er hat Himmel und Erde gemacht,
das Meer und alle Geschöpfe,
 er hält die Treue auf ewig.
Der Herr öffnet den Blinden die Augen,
 die Gebeugten richtet er auf. *Psalm 146, 4–6. 8*

LESUNG

Dann werfen sich die vierundzwanzig Ältesten vor dem Thronenden nieder und beten ihn an, der in Ewigkeit lebt. Sie legen ihre Kränze vor seinen Thron und sprechen: Würdig bist du, unser Herr und Gott, Herrlichkeit und Ehre und Macht zu empfangen. Denn du bist es, der die Welt erschaffen hat, durch deinen Willen war sie und wurde sie erschaffen.
Offenbarung 4, 10–11

GEBET

Herr, unser Gott, über die Macht der Mächtigen und über den Ruhm der Großen geht dein Name und deine Macht, Schöpfer der Welten, Ursprung und Ziel allen Lebens. Wir beten dich an.

FÜRBITTEN – VATERUNSER – SEGEN

Apg 16, 1–10 / Joh 15, 8–21

SECHSTE WOCHE NACH OSTERN

BESINNUNG

Solange ein Christ betet, solange ist er am Leben, denn das Gebet ist der Atem der Seele. Die Gebetsworte, die man spricht oder singt oder denkt, sind freilich noch kein Beweis dafür, daß man wirklich im Gebet die Zwiesprache mit Gott hält. Die Worte können eine Hilfe sein, aber das eigentliche Beten vollzieht sich unhörbar innerhalb des Gehäuses der Worte. Manchmal merkt man selbst kaum etwas davon. Das Beten kann so schwach werden wie der flache Atem eines Sterbenden, den der Arzt nur noch mit dem Spiegel vor dem Mund feststellt. Aber dann kommen wieder die vollen, tiefen Atemzüge, wenn uns Gottes Geist aufweckt vom Schlafe, daß wir aufstehen mit Christus und in Gewißheit und Zuversicht voranschreiten auf dem Weg des Lebens, den Er uns führt.
Das Gebet hat wie das Atmen einen dreifachen Rhythmus: Ausatmen, Pause, Einatmen. Das Erste ist immer das Hergeben der verbrauchten Atemluft. Dann kommt das Warten in entspannter Gelöstheit, bis der Atem von selbst wieder einströmt. Es ist nötig, zunächst einmal alles herzugeben, was in einem ist. Eine wunderbare Hilfe dazu sind die Psalmen, in denen alle Gedanken und Empfindungen zur Sprache kommen, die ein Beter vor Gott haben kann, es sei Klage oder Seufzen, Müdigkeit oder Flehen, Bitten oder Loben und Danken. Dann kommt die wichtige Pause des absichtslosen Verharrens in der Gegenwart Gottes: einfach nur in der Stille und Gelöstheit Ihm entgegenwarten und achten auf einen leisen Wink oder ein mich treffendes Wort von Ihm. Und dann kommt ganz von selbst wieder der mächtige Impuls des einströmenden Lebensodems. Wir werden erfüllt mit Mut und Freude zu neuem Tun, auch zu neuem Lobpreis, Dank und Anbetung.

> Sei gepriesen, Herr Jesus Christus,
> Sohn des lebendigen Gottes.
> Du bist der Erlöser der Welt,
> unser Herr und Heiland –
> Komm, Herr Jesus, und steh uns bei,
> daß wir allezeit mit dir leben
> und in das Reich deines Vaters gelangen.
> Amen. *Klemens Tilmann*

SECHSTER OSTERSONNTAG

DER WOCHENSPRUCH

Gepriesen sei Gott; denn er hat mein Gebet nicht verworfen und mir seine Huld nicht entzogen. *Psalm 66, 20*

EVANGELIUM

Jesus sprach zu seinen Jüngern: Bittet, dann wird euch gegeben; sucht, dann werdet ihr finden, klopft an, dann wird euch geöffnet. Denn wer bittet, der erhält, wer sucht, der findet, und wer anklopft, dem wird geöffnet. *Lukas 11, 9–10*

Jesus sprach zu seinen Jüngern: Amen, Amen, ich sage euch: Was ihr vom Vater erbitten werdet, das wird er euch geben, in meinem Namen. Bis jetzt habt ihr noch nichts in meinem Namen erbeten. Bittet, und ihr werdet empfangen, damit eure Freude vollkommen ist. *Johannes 16, 23–24*

GEBET

Herr, himmlischer Vater, wir wissen oft nicht, wie wir recht beten sollen, und unser Bitten und Danken erlahmt, kaum, daß wir begonnen haben. Hilf unserer Schwachheit auf durch deinen Geist. Erhöre uns um Jesu Christi willen und schenke uns in ihm Frieden und Heil.

A: Apg 8, 5–8. 14–17 / 1 Petr 3, 15–18 / Joh 14, 15–21
B: Apg 10, 25–26. 34–35. 44–48 / 1 Joh 4, 7–10 / Joh 15, 9–17
C: Apg 15, 1–2. 22–29 / Offb 21, 10–14. 22–23 / Joh 14, 23–29

MONTAG DER SECHSTEN WOCHE NACH OSTERN

PSALMGEBET

Auf meine Worte höre, o Herr,
  hab acht auf mein Seufzen!
Vernimm mein lautes Schreien, mein König und mein Gott,
  denn ich flehe zu dir.
Herr, am Morgen hörst du mein Rufen,
  am Morgen rüst ich das Opfer, halte Ausschau nach dir.
In deiner Gerechtigkeit leite mich, Herr,
meinen Feinden zum Trotz;
  ebne vor mir deinen Weg! *Psalm 5, 2–4. 9*

EVANGELIUM

In der Frühe, als es noch dunkel war, stand Jesus auf und ging in eine einsame Gegend, um zu beten. Simon und die anderen, die bei ihm waren, eilten ihm nach. Als sie ihn fanden, sagten sie zu ihm: Alle suchen dich. Er antwortete: Laßt uns von hier weg in die benachbarten Orte gehen; ich will auch dort predigen, denn dazu bin ich gekommen. *Markus 1, 35–38*

GEBET

Herr, schenke mir Zeiten der Stille, dein Wort zu bedenken. Laß mich deinen Willen neu erkennen und sicher werden auf meinem Weg.

FÜRBITTEN – VATERUNSER – SEGEN

Apg 16, 11–15 / Joh 15, 26–16, 4

DIENSTAG
DER SECHSTEN WOCHE NACH OSTERN

PSALMGEBET

Du hast, o Gott, uns geprüft,
  geläutert, wie man Silber läutert.
Du ließest Menschen über unsere Köpfe dahinfahren.
Wir schritten durch Feuer und Wasser.
  Doch du hast uns in die Freiheit hinausgeführt.
Ich komme in dein Haus mit Opfern
  und will dir meine Gelübde erfüllen,
zu denen meine Lippen sich aufgetan,
  die dir mein Mund in der Not versprochen hat.

Psalm 66, 10. 12–14

LESUNG

Der Apostel schreibt: Laßt nicht nach im Gebet, seid wachsam und dankbar! Betet auch für uns, damit Gott uns eine Tür öffnet für das Wort und wir das Geheimnis Christi predigen können, für das ich im Gefängnis bin. Seid weise im Umgang mit den Ungläubigen, nützt den rechten Augenblick! Eure Worte seien immer freundlich, mit Salz gewürzt, denn ihr müßt jedem in der rechten Weise antworten können.

Kolosser 4, 2–3. 5–6

GEBET

Dank sei dir, Herr, daß du uns Anteil schenkst am Geheimnis deiner Liebe: Wir bitten dich: Gib uns die rechten Worte zur rechten Zeit. Hilf uns, deine Botschaft weiterzutragen. Sei mit allen deinen Dienern und Boten, daß sich ihnen verschlossene Türen auftun und träge Herzen gewonnen werden für den Dienst in deinem Reich.

FÜRBITTEN – VATERUNSER – SEGEN

Apg 16, 22–34 / Joh 16, 5b–11

MITTWOCH
DER SECHSTEN WOCHE NACH OSTERN

PSALMGEBET

Jauchzet zu Gott, alle Lande,
spielt zum Ruhm seines Namens,
   verherrlicht ihn mit Lobpreis!
Sagt zu Gott: „Wie ehrfurchtgebietend sind deine Taten,
   vor deiner gewaltigen Macht
   müssen die Feinde sich beugen!"
Alle Welt bete dich an und singe dir Lob,
   lobsinge deinem Namen!
Kommt und schaut die Taten Gottes;
   Ehrfurcht fordert sein Tun an den Menschen.
Psalm 66, 1–5

EVANGELIUM

Christus betet für die Seinen: Heilige sie durch die Wahrheit; dein Wort ist Wahrheit. Wie du mich in die Welt gesandt hast, so habe auch ich sie in die Welt gesandt. Aber ich bitte nicht nur für sie, sondern auch für alle, die durch ihr Wort an mich glauben. Alle sollen eins sein; wie du, Vater, in mir bist und ich in dir bin, sollen auch sie in uns sein, damit die Welt glaubt, daß du mich gesandt hast.
Johannes 17, 17–18. 20–21

GEBET

Herr deiner Kirche, wir bekennen uns schuldig, daß soviel Streit und Unfriede zwischen Christen ist, und bitten dich: Stärke in uns die Bereitschaft zur Versöhnung. Sende uns in die Welt, getragen von deiner erbarmenden, alles umschließenden Liebe. Laß uns eins sein in dir.

FÜRBITTEN – VATERUNSER – SEGEN

Apg 17, 15. 22–18, 1 / Joh 16, 12–15

HOCHFEST DER HIMMELFAHRT DES HERRN*

PSALMGEBET

Ihr Völker alle, klatscht in die Hände;
　jauchzt Gott zu mit lautem Jubel!
Gott stieg empor unter Jubel,
　der Herr beim Schall der Hörner.
Spielt unserm Gott, ja spielt ihm!
　Spielt unserm König, spielt ihm!
Denn König der ganzen Erde ist Gott,
　spielt ihm ein Psalmenlied!　　　*Psalm 47, 2. 6–8*

EVANGELIUM

Nachdem Jesus, der Herr, dies zu ihnen gesagt hatte, wurde er in den Himmel aufgenommen und setzte sich zur Rechten Gottes. Sie aber zogen aus und verkündeten überall das Evangelium. Der Herr stand ihnen bei und bekräftigte ihr Wort durch die Zeichen, die er geschehen ließ.　　*Markus 16, 19–20*

GEBET

Herr des Himmels und der Erde, du hast Jesus Christus erhöht und ihm den Namen gegeben, der über alle Namen ist. Wir bitten dich: Laß unseren Dienst in Wort und Werk ein Zeugnis sein für ihn, der mit dir und dem Heiligen Geist lebt und herrscht in Ewigkeit.

---

* Wo dieses Hochfest kein gebotener Feiertag ist, wird es auf den 7. Ostersonntag verlegt.

Apg 1, 1–11 / Eph 1, 17–23
A: Mt 28, 16–20 / B: Mk 16, 15–20 / C: Lk 24, 46–53

FREITAG NACH CHRISTI HIMMELFAHRT

PSALMGEBET

Die dahinsiechten in ihrem sündhaften Treiben,
 niedergebeugt wegen ihrer schweren Vergehen,
 die nahe waren den Pforten des Todes;
die dann in ihrer Bedrängnis schrien zum Herrn,
 die er ihren Ängsten entriß,
denen er sein Wort sandte, sie heilte
 und sie vom Verderben befreite:
Die sollen dem Herrn danken für seine Huld,
 für sein wunderbares Tun an den Menschen!
Dankopfer sollen sie ihm bereiten,
 mit Jubel seine Taten verkünden! *Psalm 107, 17–22*

LESUNG

Christus ist das Haupt des Leibes, der Leib aber ist die Kirche. Er ist der Ursprung, der Erstgeborene der Toten; so hat er in allem den Vorrang. Denn Gott wollte mit seiner ganzen Fülle in ihm wohnen, um durch ihn alles zu versöhnen und alles auf Erden und im Himmel zu Christus zu führen, der Frieden gestiftet hat durch das Blut seines Kreuzes. *Kolosser 1, 18–20*

GEBET

Herr Jesus Christus, du bist uns vorangegangen und bist der Erste im neuen Leben. So bitten wir dich: Laß uns dir nachfolgen und in deiner Liebe Geborgenheit und Frieden finden.

FÜRBITTEN – VATERUNSER – SEGEN

Apg 18, 9–18 / Joh 16, 20–23a

SAMSTAG NACH CHRISTI HIMMELFAHRT

PSALMGEBET

Kommt zusammen und preiset Gott,
  den Herrn in der Gemeinde Israels!
Du bist hinaufgezogen zur Höhe,
  hast Gefangene mitgeführt;
du hast Gaben von den Menschen empfangen.
  Auch Empörer müssen wohnen bei Gott, dem Herrn.
Biete auf, o Gott, deine Macht,
die Gottesmacht, die du an uns erwiesen.

Psalm 68, 27. 19. 29

LESUNG

Der Apostel schreibt: Der Gott unseres Herrn Jesus Christus, der Vater der Herrlichkeit, gebe euch den Geist der Weisheit und Offenbarung, damit ihr ihn erkennt. Er erleuchte die Augen eures Herzens, damit ihr versteht, zu welcher Hoffnung ihr durch ihn berufen seid, welchen Reichtum die Herrlichkeit seines Erbes den Heiligen schenkt. *Epheser 1, 16–18*

GEBET

Herr Jesus Christus, durch alle Tiefen und Höhen bist du gegangen und herrschest über alles: Öffne uns Augen und Herzen, daß wir deine Liebe erkennen und auf dein Heil hoffen, und schenke uns den Reichtum deiner Herrlichkeit.

FÜRBITTEN – VATERUNSER – SEGEN

Apg 18, 23–28 / Joh 16, 23b–28

SIEBTE WOCHE NACH OSTERN
(WOCHE VOR PFINGSTEN)

BESINNUNG

Das Reich der Vollendung, nach dem unser Herz sich sehnt, scheint in unerreichbarer Ferne zu leuchten. Werden wir es nie erreichen, wie Mose nie den Fuß in das verheißene Land setzte? Christus hat uns den Geist zugesagt, den Heiligen Geist, der uns in alle Wahrheit führen soll. Dieser Geist erweckt den Glauben in uns und erhält uns bei Jesus Christus in gläubigem Vertrauen. Er stärkt uns, daß wir durch unser Leben und Wirken sein Reich in dieser Welt bezeugen. So kommt sein Reich schon jetzt in dieser Welt zur Entfaltung durch unseren Zeugendienst, den er lenkt, erfüllt und segnet.

Christus ist erhöht von der Erde, erhöht am Kreuz zu dem Opfertod der Liebe; erhöht zu neuem Leben durch die Erweckung von den Toten; erhöht zur Rechten Gottes und zur Herrschaft im Reiche seiner Gnade. Christus ist erhöht und will uns zu sich ziehen, daß wir in ihm und durch ihn und mit ihm teilhaben an seinem Leben und an der ewigen Seligkeit.

Erwecke und stärke mich, Herr, durch deinen Geist, daß ich nicht müde werde, deinem ewigen Ziel entgegen zu gehen. Ziehe mich mit der Macht deiner Liebe, daß auch in meinem Leben deine Liebe wirksam werde. Verwandle mich durch deinen Geist und stärke meine Zuversicht, daß du diese Welt neu schaffen willst durch deine Liebe.

> Send deinen Geist, Herr Jesu Christ,
> der unser Trost und Anwalt ist,
> dein Werk hier zu vollenden,
> daß er uns lehre deine Lehr
> und unser Herz zu dir bekehr
> und trage auf den Händen!

SIEBTER OSTERSONNTAG
(SONNTAG NACH CHRISTI HIMMELFAHRT)

DER WOCHENSPRUCH

Christus spricht: Wenn ich von der Erde erhöht bin, werde ich alle an mich ziehen. *Johannes 12, 32*

LESUNG

Der Herr sagte: Das ist das Land, über das ich Abraham, Isaak und Jakob in einem Schwur gesagt habe: Deinen Nachkommen werde ich es geben. Ich habe es dich mit deinen Augen schauen lassen. Hinüberziehen wirst du nicht. Danach starb Mose, der Knecht des Herrn. Man begrub ihn im Tal. Bis heute kennt niemand sein Grab. *Deuteronomium 34, 1–4*

EVANGELIUM

Wenn aber der Beistand kommt, den ich euch vom Vater senden werde, der Geist der Wahrheit, der vom Vater herkommt, dann wird er Zeugnis für mich ablegen. Auch ihr seid Zeugen, weil ihr von Anfang an bei mir seid. *Johannes 15, 26–27*

GEBET

Herr Jesus Christus, du bist erhöht und in Gottes Herrlichkeit verklärt. Wir bitten dich: Sende uns den Heiligen Geist, daß er uns erfülle und leite. In aller Anfechtung sei er unser Trost. Er führe uns dahin, wohin du vorausgegangen bist, daß wir mit dir leben in ewiger Freude.

A: Apg 1, 12–14 / 1 Petr 4, 13–16 / Joh 17, 1–11a
B: Apg 1, 15–17. 20a. 20c–26 / 1 Joh 4, 11–16 / Joh 17, 11b–19
C: Apg 7, 55–60 / Offb 22, 12–14. 16–17. 20 / Joh 17, 20–26

MONTAG DER SIEBTEN WOCHE NACH OSTERN

PSALMGEBET

Mein Herz denkt an dein Wort: „Suchet mein Angesicht!"
 Dein Angesicht, Herr, will ich suchen.
Verbirg nicht dein Gesicht vor mir;
weise deinen Knecht im Zorn nicht ab!
 Du wurdest meine Hilfe.
Verstoß mich nicht, verlaß mich nicht,
 du Gott meines Heiles!
Wenn mich auch Vater und Mutter verlassen,
 der Herr nimmt mich auf. *Psalm 27, 8–10*

LESUNG

Denn ich, ich kenne meine Pläne, die ich für euch plane – Wort des Herrn –, Pläne des Heils und nicht des Unheils; denn ich will euch Zukunft und Hoffnung geben. Sucht ihr mich, so findet ihr mich. Wenn ihr von ganzem Herzen nach mir fragt, lasse ich mich von euch finden – Wort des Herrn. Ich wende euer Geschick und sammle euch aus allen Völkern und von allen Orten, wohin ich euch versprengt habe – Wort des Herrn. *Jeremia 29, 11. 13–14*

GEBET

Herr, wir hoffen auf deine Zukunft: Du wirst zu uns kommen und uns zusammenführen und in Frieden verbinden. Du wirst dich finden lassen von allen, die dich von Herzen suchen. In dir suchen wir den Frieden, den die Welt nicht geben kann. Du bist unser Friede.

FÜRBITTEN – VATERUNSER – SEGEN

Apg 19, 1–8 / Joh 16, 29–33

DIENSTAG DER SIEBTEN WOCHE NACH OSTERN

PSALMGEBET

Der Herr ist mein Licht und mein Heil:
 vor wem sollt ich mich fürchten?
Der Herr ist die Kraft meines Lebens:
 vor wem sollte ich bangen?
Mag ein Heer sich gegen mich lagern:
 mein Herz wird nicht verzagen.
Mag Krieg gegen mich toben:
 ich bleibe dennoch voll Zuversicht.
Denn er birgt mich in seinem Haus
 am Tage des Unheils;
er schirmt mich im Schutze seines Zeltes.
Opfer will ich bringen in seinem Zelt,
 dem Herrn will ich singen und spielen. *Psalm 27, 1. 3. 5. 6*

EVANGELIUM

Jesus sprach zu seinen Jüngern: Wer sich vor den Menschen zu mir bekennt, zu dem wird sich auch der Menschensohn vor den Engeln Gottes bekennen. Wenn man euch vor die Synagogengerichte und vor andere Behörden und Ämter schleppt, dann macht euch keine Sorge, wie ihr euch verteidigen oder was ihr sagen sollt. Denn der heilige Geist wird euch im rechten Augenblick eingeben, was ihr sagen müßt.
Lukas 12, 8. 11–12

GEBET

Herr, schenke uns den Mut, deinen Namen zu bekennen vor den Menschen und dich auch vor Spöttern und Gegnern nicht zu verleugnen. Gib uns durch deinen Geist zur rechten Zeit das rechte Wort, daß wir es wagen, zu dir zu stehen vor aller Welt.

FÜRBITTEN – VATERUNSER – SEGEN

Apg 20, 17–27 / Joh 17, 1–11a

MITTWOCH
DER SIEBTEN WOCHE NACH OSTERN

PSALMGEBET

Weise mir, Herr, deinen Weg;
  leite mich auf ebner Bahn trotz meiner Feinde!
Gib mich nicht preis der Gier meiner Gegner;
  denn falsche Zeugen stehen gegen mich auf und wüten.
Ich aber bin gewiß, zu schauen
  die Güte des Herrn im Lande der Lebenden.
Harre auf den Herrn und sei stark!
  Hab festen Mut und harre auf den Herrn.

Psalm 27, 11–12. 13–14

LESUNG

Der Apostel Paulus schreibt: Wir haben nicht den Geist der Welt empfangen, sondern den Geist, der aus Gott stammt, damit wir das erkennen, was uns von Gott geschenkt wurde. Davon reden wir auch, nicht in Worten, wie menschliche Weisheit sie lehrt, sondern wie der Geist sie lehrt, indem wir den Geisterfüllten das Wirken des Geistes deuten.

1 Korinther 2, 12–13

GEBET

Herr, über alles Bitten und Verstehen läßt du uns deinen Willen kund werden. Was der Vernunft verborgen bleibt, das öffnest du unserem Verstehen durch deinen Geist. Lehre uns deine Wege als Wege deiner Liebe erkennen, daß wir in Gehorsam und in Zuversicht dir folgen, wohin du uns führst.

FÜRBITTEN – VATERUNSER – SEGEN

Apg 20, 28–38 / Joh 17, 11b–19

DONNERSTAG
DER SIEBTEN WOCHE NACH OSTERN

PSALMGEBET

Gott, du mein Gott, dich suche ich,
 meine Seele dürstet nach dir.
Nach dir schmachtet mein Leib
 wie dürres, lechzendes Land ohne Wasser.
Wie an Fett und Mark wird satt meine Seele,
 mit jubelnden Lippen soll mein Mund dich preisen.
Ja, du wurdest mein Helfer;
 jubeln kann ich im Schatten deiner Flügel.

Psalm 63, 2. 6. 8

LESUNG

Die Israeliten, die ganze Gemeinde, kamen im ersten Monat in die Wüste Zin. Es gab kein Wasser für die Gemeinde. Da rotteten sie sich gegen Mose und Aaron zusammen. Der Herr sprach zu Mose: Nimm den Stab, versammelt die Gemeinde, du und dein Bruder Aaron, und redet vor ihren Augen zum Felsen, daß er sein Wasser spende! So wirst du ihnen Wasser aus dem Felsen fließen lassen und ihnen und ihrem Vieh zu trinken geben. *Numeri 20, 1. 2. 7–8*

GEBET

Herr Jesus Christus, du bist der Fels, auf dem unser Vertrauen ruht. Du stärkst uns, wenn wir einsam sind und keinen Weg wissen. In den Zeiten der Dürre dürfen wir aus deiner Fülle Gnade um Gnade nehmen. Wir danken dir für das Wasser des Lebens, das uns erquickt.

FÜRBITTEN – VATERUNSER – SEGEN

Apg 22, 30; 23, 6–11 / Joh 17, 20–26

FREITAG DER SIEBTEN WOCHE NACH OSTERN

PSALMGEBET

Eins nur erbitte ich vom Herrn,
   danach verlangt mich:
im Hause des Herrn zu wohnen
   alle Tage meines Lebens.
Vernimm, o Herr, mein lautes Rufen;
   sei mir gnädig und erhöre mich!
Ich aber bin gewiß, zu schauen
   die Güte des Herrn im Lande der Lebenden.

Psalm 27, 4. 7. 13

LESUNG

So spricht Gott, der Herr: Ich bringe euch aus den Völkern zusammen, sammle euch aus den Ländern, in die ihr zerstreut worden seid, und gebe euch das Land Israel. Ich gebe ihnen ein ungeteiltes Herz und lege einen neuen Geist in ihr Inneres. Das Herz von Stein entferne ich aus ihrem Leib und gebe ihnen ein Herz von Fleisch, damit sie nach meinen Gesetzen leben, meine Rechtsnormen beachten und sie befolgen. Sie werden mein Volk und ich werde ihr Gott sein.

Ezechiel 11, 17. 19–20

GEBET

Heiliger Gott, aus aller Zerstreuung hast du uns gerufen und uns gesammelt im Glauben an Jesus Christus, unsern Herrn. Wir bitten dich: Erneuere unsere Herzen, daß wir dich lieben und dir dienen um Jesu Christi willen, der uns seine Liebe geschenkt hat mit dem Opfer seines Lebens.

FÜRBITTEN – VATERUNSER – SEGEN

Apg 25, 13–21 / Joh 21, 15–19

SAMSTAG DER SIEBTEN WOCHE NACH OSTERN

PSALMGEBET

Wie zahlreich sind deine Werke, Herr!
In Weisheit hast du sie alle gemacht,
 voll ist die Erde von deinen Geschöpfen.
Sie alle warten auf dich,
 daß du ihnen Speise gibst zur rechten Zeit.
Gibst du ihnen, so sammeln sie ein,
 öffnest du deine Hand, so werden sie satt an Gutem.
Sendest du deinen Geist aus, so werden sie alle erschaffen,
und du erneust das Gesicht der Erde.

Psalm 104, 24. 27–28. 30

LESUNG

Alle, die sich vom Geist Gottes führen lassen, sind Söhne Gottes. Denn ihr habt nicht den Geist empfangen, der euch wieder zu Knechten macht, so daß ihr euch fürchten müßtet, sondern ihr habt den Geist empfangen, der euch zu Söhnen macht, den Geist, in dem wir rufen: Abba, Vater! Der Geist selber bezeugt unserem Geist, daß wir Kinder Gottes sind.

Römer 8, 14–16

GEBET

Himmlischer Vater, wir danken dir für deinen Geist, der uns erleuchtet, daß wir dich als unseren Vater erkennen. Wir bitten dich: Sende ihn aufs neue in unsere Herzen, daß wir als deine Kinder dir willig dienen und dich loben und ehren.

FÜRBITTEN – VATERUNSER – SEGEN

Apg 28, 16–20. 30–31 / Joh 21, 20–25

ALLGEMEINE KIRCHENJAHRZEIT*

WOCHE NACH PFINGSTEN**

BESINNUNG

Weder Bäume noch Türme wachsen bis in den Himmel und auch die kühnsten Weltraumflüge bleiben im Bereich der uns grundsätzlich erforschbaren Welt. Aber das Streben, das hinter der Erzählung vom Turmbau zu Babel sichtbar wird, scheint doch zu allen Zeiten Menschen zu bewegen: sich einen Namen zu machen, der über alle Namen ist; sich zusammenzuschließen, um mächtiger zu werden, ja schließlich sich gegen Gott zu behaupten. Die Folge ist die Verwirrung der Sprachen, das Auseinanderfallen der Einheit der Menschheit, das Scheitern der hochfliegenden Pläne.

Mit Pfingsten kommt die Überwindung dieses Zustands in Sicht. Der Geist, der die Apostel überfällt, ist Gottes Gabe, die den Anbruch einer neuen Schöpfung heraufführt. Das Evangelium überwindet die Trennungen über die Grenzen hinweg und wird in allen Sprachen verstanden. Die Gemeinde erlebt, wie in ihrer Mitte der Geist der Selbstbehauptung überwunden wird durch den Geist Jesu Christi, der sein Leben hingibt und es dadurch neu gewinnt.

Zu Pfingsten werden wir uns bewußt, daß die Kirche dazu bestimmt ist, die erneuernde und einigende Kraft des Evangeliums in alle Welt zu tragen. Dazu gehört allerdings, daß wir in der Kirche zuerst selbst zu der von Gott gegebenen Einheit finden und alles, was uns trennt, überwinden. Es gibt nur eine Hoffnung für die Welt: das Bekenntnis zu Jesus Christus, dem einen Herrn. Und er selbst betet: „Alle sollen eins sein; wie du, Vater, in mir bist und ich in dir bin, sollen auch sie eins sein, damit die Welt glaubt, daß du mich gesandt hast" (Joh 17, 21).

---

* Diese beginnt wieder mit dem Montag nach Pfingsten und endet am Samstag vor dem 1. Adventssonntag.
** Die Woche nach Pfingsten ist eine bestimmte, aus Tabelle I (S. 16) zu entnehmende Jahreswoche. Die Leseordnung für die Werktage der beiden folgenden Wochen findet sich an dem entsprechenden Tag jener und der ihr folgenden Jahreswoche.

PFINGSTEN
(ACHTER OSTERSONNTAG)

DER WOCHENSPRUCH

Nicht durch Macht, nicht durch Kraft, allein durch meinen Geist! – spricht der Herr der Heerscharen. *Sacharja 4, 6*

LESUNG I

Die ganze Welt hatte die gleiche Sprache und die gleiche Ausdrucksweise. Dann sprachen sie: Auf, bauen wir uns eine Stadt und einen Turm mit einer Spitze bis zum Himmel und machen wir uns damit einen Namen. Da stieg der Herr herab und sprach: Auf, steigen wir hinab und verwirren wir dort ihre Sprache, daß keiner mehr die Sprache des anderen versteht! *Genesis 11, 1. 4. 5. 7*

LESUNG II

Alle wurden mit heiligem Geist erfüllt und begannen in fremden Zungen zu reden, wie der Geist ihnen zu verkünden eingab. Als sich dieses Getöse erhob, strömte die Menge zusammen und zwar ganz bestürzt; denn jeder hörte sie in seiner Sprache reden. *Apostelgeschichte 2, 4. 6*

EVANGELIUM

Jesus sprach zu seinen Jüngern: Der Beistand aber, der heilige Geist, den der Vater in meinem Namen senden wird, er wird euch alles lehren und euch an alles erinnern, was ich euch gesagt habe. *Johannes 14, 26*

GEBET

Herr Gott, unser Vater, du hast die Apostel durch deinen Heiligen Geist erleuchtet und durch ihr Zeugnis auch uns zum Glauben an Jesus Christus gerufen. Wir bitten dich: Entzünde unsere Herzen durch das Feuer deines Heiligen Geistes, daß wir einander lieben und dir mit Freude dienen.

Apg 2, 1–11 / 1 Kor 12, 3b–7. 12–13 / Joh 20, 19–23

MONTAG NACH PFINGSTEN

PSALMGEBET

Das ist der Tag, den der Herr gemacht hat;
  laßt uns jubeln und uns an ihm freuen!
Ach, Herr, bring doch Hilfe!
  Ach, Herr, gib doch Gelingen!
  Gott der Herr erleuchte uns!
Schließt euch zum Reigen, mit Zweigen in Händen,
  bis an die Hörner des Altars!
Du bist mein Gott, dir will ich danken;
  mein Gott, dich will ich rühmen.
Danket dem Herrn, denn er ist gütig,
  denn seine Huld währt ewig! *Psalm 118, 24–25. 27–29*

EVANGELIUM

Gott hat die Welt so geliebt, daß er seinen einzigen Sohn hingab, damit jeder, der an ihn glaubt, nicht verlorengeht, sondern das ewige Leben hat. Denn Gott hat seinen Sohn nicht in die Welt gesandt, damit er die Welt richtet, sondern damit die Welt durch ihn gerettet wird. Wer an ihn glaubt, wird nicht gerichtet; wer nicht glaubt, ist schon gerichtet, weil er nicht an den Namen des einzigen Sohnes Gottes geglaubt hat.
Johannes 3, 16–18

GEBET

Wir danken dir, Heiliger Geist, daß du uns zum Glauben an Jesus Christus führst; erleuchte uns, daß wir in ihm unser Heil erkennen und heimfinden zu Gott, dem Vater der Herrlichkeit.

FÜRBITTEN – VATERUNSER – SEGEN

Leseordnung vgl. Anmerkung S. 262.

DIENSTAG NACH PFINGSTEN

PSALMGEBET

Jauchzet dem Herrn, alle Welt!
Dient dem Herrn mit Freude!
   Kommt vor sein Antlitz mit Jubel!
Erkennt: der Herr allein ist Gott!
Er hat uns geschaffen, wir sind sein eigen,
   sein Volk und die Herde seiner Weide.
Tretet durch seine Tore ein mit Dank,
in seine Vorhöfe mit Lobgesang!
   Dankt ihm, preist seinen Namen!
Denn gütig ist der Herr,
seine Huld währt ewig,
   seine Treue von Geschlecht zu Geschlecht. *Psalm 100, 1–5*

LESUNG

So berichtet Lukas von der ersten Gemeinde: Sie beharrten in der Lehre der Apostel und in der Gemeinschaft, im Brechen des Brotes und in den Gebeten. Alle wurden von Furcht ergriffen. Viele Wunder und Zeichen geschahen durch die Apostel. Und alle, die gläubig geworden waren, hielten zusammen und hatten alles gemeinsam. *Apostelgeschichte 2, 42–44*

GEBET

Wir danken dir, Herr, daß wir zusammenkommen dürfen, dein Wort zu hören und dich in der Feier des heiligen Mahles zu preisen. Wir bitten dich: Öffne unsere Herzen und Hände, daß wir untereinander die Gemeinschaft üben, in die du uns aufgenommen hast. Schenke uns Liebe und Treue.

FÜRBITTEN – VATERUNSER – SEGEN

Leseordnung vgl. Anmerkung S. 262.

MITTWOCH NACH PFINGSTEN

PSALMGEBET

Ewig währe die Herrlichkeit des Herrn,
  es freue sich der Herr seiner Werke!
Er blickt auf die Erde, und sie erbebt,
  er rührt die Berge an, und sie rauchen!
Singen will ich dem Herrn mein Leben lang,
  will spielen meinem Gott, so lange ich bin.
Mög ihm mein Dichten gefallen!
Ich will mich freuen im Herrn. *Psalm 104, 31–34*

LESUNG

Als Petrus das sah, wandte er sich an das Volk: Israeliten, was wundert ihr euch darüber? Was starrt ihr uns an, als hätten wir aus eigener Kraft oder Frömmigkeit bewirkt, daß dieser gehen kann? Der Gott Abrahams, Isaaks und Jakobs, der Gott unserer Väter, hat seinen Knecht Jesus verherrlicht, den ihr ausgeliefert und vor Pilatus verleugnet habt, obwohl dieser entschieden hatte, ihn freizulassen. Den Urheber des Lebens habt ihr getötet, Gott aber hat ihn von den Toten erweckt: dafür sind wir Zeugen. Und weil er an seinen Namen glaubte, hat dieser Name den hier, den ihr seht und kennt, zu Kräften gebracht; der Glaube, der durch diesen Namen kommt, hat ihm vor euer aller Augen die volle Gesundheit geschenkt.
Apostelgeschichte 3, 12–13. 15. 16

GEBET

Herr, gib uns offene Augen, daß wir die Kraft deines Lebens in unserer Zeit erfahren. Nicht für uns suchen wir Ruhm und nicht für die Kirche. Deinem Namen allein sei Ehre in Ewigkeit!

FÜRBITTEN – VATERUNSER – SEGEN

Leseordnung vgl. Anmerkung S. 262.

DONNERSTAG NACH PFINGSTEN

PSALMGEBET

Kommt, laßt uns jubeln dem Herrn
und jauchzen dem Fels unsres Heils!
Laßt uns mit Lob seinem Angesicht nahen,
ihm jauchzen mit Liedern!
Kommt, laßt uns niederfallen und uns beugen,
niederknien vor dem Herrn, unsrem Schöpfer!
Denn er ist unser Gott,
wir sind das Volk seiner Weide,
die Herde, von seiner Hand geführt. *Psalm 95, 1–2. 6–7*

LESUNG

Der Hohe Rat beschloß über die Apostel: Damit die Sache nicht weiter im Volk verbreitet wird, wollen wir ihnen untersagen, je wieder in diesem Namen zu irgendeinem Menschen zu sprechen. Doch Petrus und Johannes antworteten ihnen: Ob es vor Gott recht ist, mehr auf euch zu hören als auf Gott, das entscheidet selbst. Wir können unmöglich schweigen über das, was wir gesehen und gehört haben. Jene aber drohten ihnen noch mehr und entließen sie; denn sie sahen keine Möglichkeit, sie zu bestrafen, mit Rücksicht auf das Volk, da alle Gott wegen des Geschehenen priesen.
Apostelgeschichte 4, 17. 19–21

GEBET

Laß uns, Herr, auf deine Zeugen blicken, die für dich ihr Leben wagten. Öffne unsere Lippen, daß wir nicht schweigen von dem, was du an uns getan hast. Mache uns zu Zeugen deiner Liebe.

FÜRBITTEN – VATERUNSER – SEGEN

Leseordnung vgl. Anmerkung S. 262.

FREITAG NACH PFINGSTEN

PSALMGEBET

Herr, ich suche Zuflucht bei dir,
    laß mich doch niemals scheitern!
In deiner Gerechtigkeit reiß mich heraus und befreie mich,
    wende dein Ohr mir zu und hilf mir!
Sei mir ein sicherer Hort,
    zu dem ich allzeit kommen darf!
Du hast mir versprochen zu helfen,
    denn Fels und Burg bist du für mich!
Denn du bist meine Zuversicht, Herr, mein Gott,
    meine Hoffnung von Jugend auf. *Psalm 71, 3. 5*

LESUNG

Der Apostel schreibt: Daher seid ihr jetzt nicht mehr Fremde ohne Bürgerrecht, sondern Mitbürger der Heiligen und Hausgenossen Gottes. Ihr seid auf das Fundament der Apostel und Propheten gebaut; der Schlußstein ist Christus Jesus selbst. Durch ihn wird der ganze Bau zusammengehalten und wächst zu einem heiligen Tempel im Herrn. *Epheser 2, 19–21*

GEBET

Ewiger Gott, du hast uns in Christus erwählt und gewürdigt, mit allen Aposteln und Heiligen in deinem heiligen Tempel zu sein: Wohne du selbst in unserer Mitte, und gib uns deinen Geist, daß wir wachsen und reifen, dir zur Ehre.

FÜRBITTEN – VATERUNSER – SEGEN

Leseordnung vgl. Anmerkung S. 262.

SAMSTAG NACH PFINGSTEN

PSALMGEBET

Lobe den Herrn, meine Seele,
 und alles in mir seinen heiligen Namen!
Lobe den Herrn, meine Seele,
 und vergiß nicht, was er dir Gutes getan hat:
Der dir all deine Schuld vergibt
 und alle Gebrechen dir heilt.
Der dein Leben vom Untergang rettet
 und dich mit Huld und Erbarmen krönt. *Psalm 103, 1–4*

EVANGELIUM

Jesus sprach zu seinen Jüngern: Friede sei mit euch! Wie mich der Vater gesandt hat, so sende ich euch. Nach diesen Worten hauchte er sie an und sprach zu ihnen: Empfangt den heiligen Geist. Allen, denen ihr die Sünden erlaßt, sind sie erlassen; allen, denen ihr sie nicht erlaßt, sind sie nicht erlassen.
Johannes 20, 21–23

GEBET

Schöpfer und Herr des Lebens, du vergibst Sünde und gibst neuen Mut zum Leben. Laß uns die Gaben deines Heiligen Geistes nicht verachten und der Vollmacht vertrauen, die du deiner Kirche verliehen hast. Laß uns nie vergessen, was deine Gnade und Barmherzigkeit an uns getan hat.

FÜRBITTEN – VATERUNSER – SEGEN

Leseordnung vgl. Anmerkung S. 262.

WOCHE NACH DREIFALTIGKEIT

BESINNUNG

Die Heilige Dreieinigkeit gehört zu den unerforschlichen Geheimnissen, die man nicht mit dürren Worten auseinandersetzen, sondern im Grunde nur anbeten kann. Vor der unergründlichen Tiefe Gottes können wir nur in staunender Ehrfurcht stehen. Wir dürfen aber darauf warten, daß sich im Laufe unseres Lebens immer mehr erschließt, was die Väter der Kirche betend bedacht und im Bekenntnis als ein Lobopfer der Herzen und Lippen formuliert haben.

Am Anfang unseres Christseins wurde in der heiligen Taufe über uns das Wort gesprochen: Im Namen des Vaters und des Sohnes und des Heiligen Geistes. Damit wurden wir hineingestellt in den großen Zusammenhang des ewigen Ursprungs und des ewigen Ziels und wurden unserem Herrn Jesus Christus „einverleibt". Das Wasser der Taufe hat uns berührt zum Zeichen, daß wir selbst damit gemeint sind. Und doch ist uns damit nichts Festes in die Hand gegeben, das wir vorzeigen könnten. Das Wasser der Taufe wirkt durch den Heiligen Geist. Eben darum bedarf unsere Taufe unser Leben hindurch der Neubelebung. Wir rufen Gottes Heiligen Geist an und bitten, daß er uns ergreife, entzünde und wandle, so daß wir wirklich werden, was wir durch die Taufe schon sind: Gottes Kinder, die in Gott den Vater und Ursprung allen Lebens anbeten und den Sohn, der uns gleich ward, um unser Menschsein zu wandeln und zu heilen, und den Heiligen Geist, der uns im Glauben an Christus erhält und uns durch alle Irrungen und Wirrungen dieser Zeit hindurch heimführen will zur ewigen Vollendung.

In allem, was uns bewegt und umtreibt, ruhen wir in der Tiefe in Gott, von dem und durch den und zu dem alle Dinge sind. So wie wir in unserem Alltag in ihm „leben, weben und sind", so erheben wir im Gottesdienst unsere Herzen zu ihm und rufen immer wieder: „Ehre sei dem Vater und dem Sohn und dem Heiligen Geist, wie im Anfang, so auch jetzt und allezeit und in Ewigkeit. Amen." Ja, wir stimmen in den Lobgesang der Engel ein, den der Prophet Jesaja vernahm: „Heilig, heilig, heilig, Gott, Herr aller Mächte und Gewalten. Erfüllt sind Himmel und Erde von deiner Herrlichkeit", und wir grüßen den, der wunderbar einkehrt bei den Seinen: „Hochgelobt sei, der da kommt im Namen des Herrn. Hosanna in der Höhe!"

HOCHFEST DER HEILIGSTEN DREIFALTIGKEIT

DER WOCHENSPRUCH

Heilig, heilig, heilig ist der Herr der Heerscharen. Die ganze Erde ist voll von seiner Herrlichkeit. *Jesaja 6, 3*

LESUNG

O Tiefe des Reichtums, der Weisheit und der Erkenntnis Gottes! Wie unergründlich sind seine Urteile, wie unerforschlich seine Wege! Denn wer hat die Gedanken des Herrn erkannt? Oder wer ist sein Ratgeber gewesen? Wer hat ihm etwas gegeben, so daß Gott ihm etwas zurückgeben müßte? Denn aus ihm und durch ihn und auf ihn hin sind alle Dinge. Ihm sei Ehre in Ewigkeit. Amen. *Römer 11, 33–36*

EVANGELIUM

Jesus sprach zu Nikodemus: Amen, Amen, ich sage dir: Wenn jemand nicht aus Wasser und Geist geboren wird, kann er nicht in das Reich Gottes kommen. Was aus dem Fleisch geboren ist, das ist Fleisch; was aber aus dem Geist geboren ist, das ist Geist. *Johannes 3, 5–6*

GEBET

Ewiger Gott, Ursprung aller Dinge: Du hast uns dieses Leben gegeben und uns durch deinen Heiligen Geist zum Glauben geführt; du hast uns in der heiligen Taufe deinem Sohn, unserem Herrn Jesus Christus, verbunden, daß wir durch ihn heimfinden zu dir. Wir beten an das Geheimnis deiner unergründlichen Liebe und bitten dich: Erhalte uns in der Hoffnung auf deine Herrlichkeit.

A: Ex 34, 4b–6. 8–9 / 2 Kor 13, 11–13 / Joh 3, 16–18
B: Dtn 4, 32–34. 39–40 / Röm 8, 14–17 / Mt 28, 16–20
C: Spr 8, 22–31 / Röm 5, 1–5 / Joh 16, 12–15

MONTAG NACH DREIFALTIGKEIT

PSALMGEBET

Ich will dich rühmen, mein Gott und König,
  deinen Namen preisen immer und ewig,
will Tag um Tag dich preisen,
  deinen Namen loben immer und ewig!
Groß ist der Herr und hoch zu loben,
  seine Größe ist unerforschlich.
Ein Geschlecht rühme deine Werke dem andern,
  und künde deine gewaltigen Taten. *Psalm 145, 1–4*

LESUNG

Der Apostel Paulus schreibt: Daher beuge ich meine Knie vor dem Vater, nach dessen Namen jedes Geschlecht im Himmel und auf Erden benannt wird. Er aber, der durch die Macht, die in uns wirkt, viel mehr tun kann, als wir erbitten und ausdenken, er werde verherrlicht durch die Kirche und durch Christus Jesus in allen Geschlechtern und für ewige Zeiten. Amen. *Epheser 3, 14–15. 20–21*

GEBET

Lob, Ehr und Preis sei Gott,
dem Vater und dem Sohne
und dem, der beiden gleich
im höchsten Himmelsthrone,
dem dreimal einen Gott,
wie es ursprünglich war
und ist und bleiben wird
jetzund und immerdar.

FÜRBITTEN – VATERUNSER – SEGEN

Leseordnung vgl. Anmerkung S. 262.

DIENSTAG NACH DREIFALTIGKEIT

PSALMGEBET

Gnädig und barmherzig ist der Herr,
 langmütig und reich an Gnade.
Der Herr ist gütig zu allen,
 sein Erbarmen waltet über all seinen Werken.
Danken sollen dir, Herr, all deine Werke,
 deine Frommen dich preisen!
Dein Königtum ist ein Königtum für ewige Zeiten,
 deine Herrschaft währt durch alle Geschlechter.
Der Herr stützt alle, die fallen,
 und richtet alle Gebeugten auf. *Psalm 145, 8–10. 13. 14*

LESUNG

In Christus sind alle Schätze der Weisheit und Erkenntnis verborgen. Ihr habt Christus Jesus als Herrn angenommen; darum lebt auch in ihm. Auf ihn seid ihr gegründet; baut auf ihn und haltet an dem Glauben fest, in dem ihr unterrichtet wurdet. Hört nicht auf zu danken! Denn in ihm allein wohnt die ganze Fülle des göttlichen Lebens. *Kolosser 2, 3. 6–7. 9*

GEBET

Himmlischer Vater, in menschlicher Hülle verborgen hast du in Jesus Christus deine Herrlichkeit, Liebe und Allmacht zu uns gesandt. Wir bitten dich: Gib, daß wir uns durch ihn helfen lassen, Menschen nach deinem Bild und Willen zu werden und in unserer Menschlichkeit deine ewige Gottheit zu verherrlichen.

FÜRBITTEN – VATERUNSER – SEGEN

Leseordnung vgl. Anmerkung S. 262.

MITTWOCH NACH DREIFALTIGKEIT

PSALMGEBET

Dein Königtum ist ein Königtum für ewige Zeiten,
   deine Herrschaft währt durch alle Geschlechter.
Der Herr stützt alle, die fallen,
   und richtet alle Gebeugten auf.
Gerecht ist der Herr auf all seinen Wegen,
   voll Huld in all seinen Werken.
Der Herr ist allen, die ihn anrufen, nahe.
   allen, die zu ihm aufrichtig rufen.
Psalm 145, 13. 14. 17–18

LESUNG

Der Apostel mahnt: Bemüht euch, die Einheit des Geistes zu wahren durch den Frieden, der euch zusammenhält. Ein Leib und ein Geist, wie euch auch durch eure Berufung eine gemeinsame Hoffnung gegeben ist. Ein Herr, ein Glaube, eine Taufe, ein Gott und Vater aller, der über allen und durch alle und in allen ist. *Epheser 4, 3–6*

GEBET

Ewiger Gott und Vater, du hast uns in der heiligen Taufe zu deinen Kindern gemacht und durch deinen Heiligen Geist zu der einen großen Hoffnung berufen. Wir bitten dich: Gib, daß wir uns dieser Berufung würdig erweisen, durch Eifersucht und Streit uns nicht auseinandertreiben lassen, sondern über alles Trennende hinweg uns finden in der Anbetung deines heiligen Namens und im Dienst der Liebe.

FÜRBITTEN – VATERUNSER – SEGEN

Leseordnung vgl. Anmerkung S. 262.

HOCHFEST FRONLEICHNAM*

PSALMGEBET

Es wartet alles auf dich,
   daß du ihnen Speise gebest zu seiner Zeit.
Wenn du ihnen gibst, so sammeln sie;
   wenn du deine Hand auftust,
   so werden sie mit Gut gesättigt. *Psalm 104*

LESUNG

Ist der Kelch des Segens, über den wir den Segen sprechen, nicht Teilhabe am Blut Christi? Ist das Brot, das wir brechen, nicht Teilhabe am Leib Christi? *Ein* Brot ist es. Darum sind wir viele *ein* Leib; denn wir alle haben teil an dem *einen* Brot.
1 Korinther 10, 16–17

EVANGELIUM

Jesus sprach zu ihnen: Amen, Amen, ich sage euch, wenn ihr das Fleisch des Menschensohnes nicht eßt und sein Blut nicht trinkt, habt ihr das Leben nicht in euch. Wer mein Fleisch ißt und mein Blut trinkt, hat das ewige Leben, und ich werde ihn auferwecken am Letzten Tag. Denn mein Fleisch ist eine wahre Speise, und mein Blut ist ein wahrer Trank. Wer mein Fleisch ißt und mein Blut trinkt, der bleibt in mir, und ich bleibe in ihm. *Johannes 6, 53–56*

GEBET

Herr Jesus Christus, du hast uns in dem wunderbaren Sakrament das Gedächtnis deines Leidens hinterlassen. Wir bitten dich: Gib uns die Gnade, das heilige Mahl deines Leibes und Blutes mit solcher Ehrfurcht zu feiern, daß wir die Frucht deiner Erlösung immer mehr in uns erfahren!

FÜRBITTEN – VATERUNSER – SEGEN

---

* Wo dieses Hochfest kein gebotener Feiertag ist, wird es auf den Sonntag nach Dreifaltigkeit verlegt.
A: Dtn 8, 2–3. 14b–16a / 1 Kor 10, 16–17 / Joh 6, 51–59
B: Ex 24, 3–8 / Hebr 9, 11–15 / Mk 14, 12–16. 22–26
C: Gen 14, 18–20 / 1 Kor 11, 23–26 / Lk 9, 11b–17

FREITAG NACH DREIFALTIGKEIT

PSALMGEBET

Gott, bleib doch nicht fern von mir!
   Mein Gott, eile mir zu helfen!
Ich aber will jederzeit hoffen,
   all deinen Ruhm noch mehren.
Mein Mund soll von deiner Gerechtigkeit künden,
   täglich von deiner Hilfe, die ich nicht ermessen kann.
Kommen will ich in den Tempel Gottes des Herrn,
   rühmen will ich allein deine großen und gerechten Taten!
Jubeln sollen meine Lippen,
denn dir will ich singen und spielen,
   meine Seele, die du erlöst hast, soll jubeln!
Psalm 71, 12. 14–16. 23

LESUNG

Es gibt verschiedene Gnadengaben, aber nur *einen* Geist. Es gibt verschiedene Dienste, aber nur *einen* Herrn. Es gibt verschiedene Kräfte, die wirken, aber nur *einen* Gott: er wirkt alles in allem. Jedem aber wird die Offenbarung des Geistes geschenkt, damit sie andern nützt. *1 Korinther 12, 4–7*

GEBET

Bewahre uns, Herr, vor den falschen Vergleichen; gib, daß ein jeder auf seinen eigenen Auftrag schaue und seine Gaben in deinem Dienst gebrauche. Laß uns die Brüder und Schwestern mit ihren anderen Gaben in deinem Dienst recht erkennen und aufnehmen, daß wir miteinander deine ewige Güte preisen.

FÜRBITTEN – VATERUNSER – SEGEN

Leseordnung vgl. Anmerkung S. 262.

SAMSTAG NACH DREIFALTIGKEIT

PSALMGEBET

Barmherzig und gnädig ist der Herr,
   langmütig und reich an Güte.
Er wird nicht immer zürnen,
   nicht ewig im Groll verharren.
Er handelt an uns nicht nach unsern Sünden,
   vergilt uns nicht nach unsrer Schuld.
Denn so hoch der Himmel über der Erde,
   so hoch ist seine Huld über denen, die ihn fürchten.

Psalm 103, 8–11

LESUNG

Jesaja berichtet über seine Berufung: Da sagte ich: Weh mir, ich bin verloren! Denn ich bin ein Mann mit unreinen Lippen und wohne bei einem Volk mit unreinen Lippen, und meine Augen haben den König, den Herrn der Heerscharen, gesehen. Da flog einer der Serafim zu mir mit einer glühenden Kohle in der Hand, die er mit einer Zange vom Altar genommen hatte. Er berührte mit der Kohle meinen Mund und sagte: Das hat deine Lippen berührt: Deine Schuld ist getilgt, deine Sünde vergeben. Dann hörte ich die Stimme des Herrn, der sagte: Wen soll ich senden? Wer geht in unserem Auftrag? Ich sagte: Hier bin ich, sende mich! *Jesaja 6, 5–8*

GEBET

Heiliger Gott, wir sind unwürdig, in deinem Dienst zu stehen und deine Wahrheit zu verkünden: Weil du uns aber unsere Schuld vergibst und unserer Schwachheit aufhelfen willst, bitten wir dich: Laß uns allein auf die Vollmacht deines Auftrags trauen und dir dienen nach deinem Willen.

FÜRBITTEN – VATERUNSER – SEGEN

Leseordnung vgl. Anmerkung S. 262.

HERZ-JESU-FEST
(FREITAG NACH DEM SONNTAG NACH DREIFALTIGKEIT*)

DER SPRUCH DES TAGES

Nehmt mein Joch auf euch und lernt von mir; denn ich bin gütig und selbstlos. *Mattäus 11, 29*

LESUNG

So spricht der Herr: Als Israel jung war, gewann ich es lieb, und aus Ägypten rief ich meinen Sohn. Ich hatte Efraim gehen gelehrt und auf meine Arme genommen. Sie aber haben nicht erkannt, daß ich sie heilte. Mit menschlichen Banden zog ich sie, mit den Fesseln der Liebe. Doch da kehrt sich mein Herz in mir um, da erglüht mein ganzes Gemüt.
Hosea 11, 1. 3. 4. 8

EVANGELIUM

Als sie aber zu Jesus kamen und sahen, daß er schon tot war, zerbrachen sie ihm die Beine nicht, sondern ein Soldat stieß mit der Lanze in seine Seite, und sogleich floß Blut und Wasser heraus. Er, der es gesehen hat, hat es bezeugt, und sein Zeugnis ist zuverlässig, und er weiß, daß er die Wahrheit sagt, damit auch ihr glaubt. *Johannes 19, 33–35*

GEBET

Allmächtiger, ewiger Gott! Blicke hin auf das Herz deines geliebten Sohnes, unseres Herrn Jesus Christus. Schenke denen, die zu ihm rufen, deine Gnade und dein Erbarmen:

Herz Jesu, reich für alle, die dich anrufen, erbarme dich unser.
Herz Jesu, voll Güte und Liebe ...
Herz Jesu, gehorsam geworden bis zum Tod ...
Herz Jesu, unser Leben und unsere Auferstehung ...

Herz Jesu, unser Friede und unsere Versöhnung...
Herz Jesu, Heil aller, die auf dich hoffen...
Herz Jesu, Hoffnung aller, die in dir sterben, erbarme dich unser.

Gütiger Gott,
du hast durch Jesus Christus, deinen Sohn,
zu uns gesprochen.
Bewahre uns davor, daß wir taub und blind sind
für die Liebe seines Herzens.
Laß uns zusammenstehen in Krankheit und Not,
in Schmerz und Leid, in Freude und Erholung.
Gib, daß wir jeden Tag aufs neue
unsere Aufgabe erkennen:
Einander zu lieben
und für das Gute zu danken,
das wir tun konnten
im Namen Jesu,
der lebt in alle Ewigkeit.
Amen.

FÜRBITTEN – VATERUNSER – SEGEN

---

* Der Sonntag nach Dreifaltigkeit ist ein bestimmter, aus Tabelle I (S. 16) zu entnehmender Sonntag im Jahreskreis.
A: Dtn 7, 6–11 / 1 Joh 4, 7–16 / Mt 11, 25–30
B: Hos 11, 1b. 3–4. 8c–9 / Eph 3, 8–12. 14–19 / Joh 19, 31–37
C: Ez 34, 11–16 / Röm 5, 5–11 / Lk 15, 3–7

ACHTE JAHRESWOCHE

BESINNUNG

Wie sehr hat sich Jesus auf schwache Menschen verlassen, auf Männer ohne besondere Vorbildung und ohne besondere Charakterstärke. Er hat es ihnen zugetraut, die Botschaft vom Reich Gottes in alle Welt zu tragen. Er gab ihnen dazu Auftrag und Vollmacht. Und er hat keinen anderen Plan, sein Ziel zu verwirklichen.
Darum dürfen wir nicht verzweifeln an der Schwachheit und Menschlichkeit der Kirche. Auch ihr tausendfaches Versagen darf uns nicht davon abhalten, in ihr den Auftrag und die Vollmacht des Herrn selbst zu suchen, zu erkennen und zu achten. Er hat zu den Aposteln gesagt: Wer euch hört, der hört mich, und wer euch verachtet, der verachtet mich.
Habe ich nicht selbst in diesem Sinn einen Auftrag und eine Vollmacht? Die Kirche besteht nicht nur aus den Amtsträgern, die sich ganz in ihren Dienst gestellt haben. Ich bin getauft und ein Glied am Leibe Christi geworden. Ich gehöre zur Gemeinde, die der Heilige Geist zum Glauben berufen hat, und habe Anteil am „allgemeinen Priestertum aller Gläubigen". Mein Amt und Dienst ist: Gott zu loben und meinem Nächsten zu dienen. Mit Herz, Mund und Händen darf ich helfen, das Reich Gottes auf Erden auszubreiten. Mein Leben bekommt einen letzten Ernst und ein großes Gewicht, wenn ich an diesen Auftrag denke. Wie unvollkommen bin ich ihm nachgekommen. Wie leichtfertig habe ich soviel Möglichkeiten verscherzt, im Dienst des Herrn etwas Entscheidendes zu tun. Und er hat sich doch auf unseren schwachen Dienst verlassen. Er hat keinen anderen Plan.

Herr, vergib, was ich versäumt und gefehlt habe in deinem Dienst. Ich habe mir zu wenig zugetraut; ich habe Möglichkeiten verscherzt, die du mir gabst. Vergib, Herr, und gib mir neuen Mut, dir zu leben, dich zu ehren in all meinem Tun und Reden. Gib mir einen heiligen Ernst und eine frohe Zuversicht. Laß den Tag der Vollendung kommen, da wir durch deine Gnade alle eins sein werden, eine Herde unter dir, dem einen Hirten.

ACHTER SONNTAG IM JAHRESKREIS*

DER WOCHENSPRUCH

Christus spricht zu seinen Jüngern: Wer euch hört, der hört mich; und wer euch ablehnt, der lehnt mich ab. *Lukas 10, 16*

LESUNG

Wir haben die Liebe erkannt und an die Liebe geglaubt, die Gott zu uns hat. Gott ist Liebe, und wer in der Liebe bleibt, bleibt in Gott, und Gott bleibt in ihm. Wir sollen lieben, weil er uns zuerst geliebt hat. Wenn jemand sagt: Ich liebe Gott, aber seinen Bruder haßt, ist er ein Lügner; denn wer seinen Bruder, den er sieht, nicht liebt, kann Gott nicht lieben, den er nicht sieht. Und dieses Gebot haben wir von ihm: Wer Gott liebt, soll auch seinen Bruder lieben. *1 Johannes 4, 16. 19–21*

EVANGELIUM

Abraham aber sagte: Sie haben Mose und die Propheten, auf die sollen sie hören. Da sie auf Mose und die Propheten nicht hören, werden sie sich auch dann nicht überzeugen lassen, wenn einer von den Toten aufersteht. *Lukas 16, 29. 31*

GEBET

Herr, laß uns nicht ausschauen nach falschen Zielen noch uns halten an Hilfe, die nicht befreit. Laß uns hören auf die Boten deiner Liebe, daß wir Mut und Kraft gewinnen, einander zu lieben und dem Nächsten zu helfen auf dem Weg zum ewigen Heil.

---

* Dieser und weitere Sonntage im Jahreskreis fallen in manchen Jahren aus. Fortsetzung nach Tabelle I (S. 16).
A: Jes 49, 14–15 / 1 Kor 4, 1–5 / Mt 6, 24–34
B: Hos 2, 14b. 15b. 19–20 / 2 Kor 3, 16–6 / Mk 2, 18–22
C: Sir 27, 5–8 / 1 Kor 15, 54–58 / Lk 6, 39–45

MONTAG DER ACHTEN JAHRESWOCHE

PSALMGEBET

Der Herr ist ein großer Gott,
   ein großer König über alle Götter.
In seiner Hand sind die Tiefen der Erde,
   sein sind die Gipfel der Berge.
Sein ist das Meer, das er gemacht,
   das trockene Land, das seine Hände gebildet.
Kommt, laßt uns niederfallen und uns beugen,
   niederknien vor dem Herrn, unsrem Schöpfer!

Psalm 95, 3–6

LESUNG

So schreibt der Apostel: Wahrhaftig, das Geheimnis der Religion ist groß: Er wurde offenbar im Fleisch, gerechtfertigt im Geist, geschaut von den Engeln, verkündet von den Heiden, geglaubt in der Welt, aufgenommen in die Herrlichkeit.

1 Timotheus 3, 16

GEBET

Herr des Himmels und der Erde, in dir gehören Erde und Himmel zusammen. Du ziehst uns aus diesem vergänglichen Leben in dein ewiges Reich. Wir bitten dich: Erhalte uns im Gehorsam des Glaubens und in der alles umfassenden Macht deiner Liebe.

FÜRBITTEN – VATERUNSER – SEGEN

I: Sir 17, 20–28 / Mk 10, 17–27
II: 1 Petr 1, 3–9 / Mk 10, 17–27

DIENSTAG DER ACHTEN JAHRESWOCHE

PSALMGEBET

Ich bin der Herr, dein Gott,
der dich aus Ägypten herausgeführt.
 Tu deinen Mund auf, ich will ihn füllen!
Ach daß doch mein Volk auf mich hörte,
 daß Israel gehen wollte auf meinen Wegen!
Wie bald würde ich seine Feinde beugen,
 meine Hand gegen seine Bedränger wenden.
Ich würde es nähren mit bestem Weizen,
 mit Honig aus dem Felsen sättigen.
Psalm 81, 11. 14–15. 17

LESUNG

Der Prophet bekennt: Fanden sich Worte von dir, so waren sie meine Speise; dein Wort war mir Glück und Herzensfreude; denn dein Name ist über mir ausgerufen, Herr, Gott der Heerscharen. Darauf sprach der Herr: Bekehrst du dich, und lasse ich dich umkehren, dann darfst du wieder vor mir stehen. Ich bin mit dir, um dir zu helfen und dich zu retten – Wort des Herrn. *Jeremia 15, 16. 19. 20*

GEBET

Herr, unser Gott, du befreist uns und leitest uns durch dein Wort: Wenn wir auf dich hören, gewinnen wir Freude, und wenn wir dir folgen, wird unser Vertrauen nicht enttäuscht. Wir bitten dich: Öffne unsere Herzen für dein Wort und laß uns allezeit daraus leben.

FÜRBITTEN – VATERUNSER – SEGEN

I: Sir 35, 1–15 / Mk 10, 28–31
II: 1 Petr 1, 10–16 / Mk 10, 28–31

MITTWOCH DER ACHTEN JAHRESWOCHE

PSALMGEBET

Die Weisung des Herrn ist vollkommen,
  sie erquickt den Menschen.
Das Gesetz des Herrn ist verläßlich,
  den Unwissenden macht es weise.
Die Befehle des Herrn sind richtig,
  sie erfreuen das Herz;
das Gebot des Herrn ist lauter,
  es macht hell die Augen.
Kostbarer sind sie als Gold, als Feingold in Menge.
  Süßer sind sie als Honig, als Honig aus Waben.
Auch dein Knecht läßt sich von ihnen warnen;
  wer sie wahrt, hat reichen Lohn.   *Psalm 19, 8–9. 11–12*

EVANGELIUM

Jesus sprach zu den Juden: Ihr durchforscht die Schriften, weil ihr glaubt, in ihnen das ewige Leben zu haben; auch sie legen Zeugnis für mich ab. Und doch wollt ihr nicht zu mir kommen, um das Leben zu haben. Wenn ihr Mose glauben würdet, müßtet ihr auch mir glauben; denn über mich hat er geschrieben. Wenn ihr aber seinen Schriften nicht glaubt, wie wollt ihr meinen Worten glauben? *Johannes 5, 39–40. 46–47*

GEBET

Herr Jesus Christus, laß uns allein dich suchen und auf deine Stimme hören in den Worten der Heiligen Schrift. Du willst zu uns reden durch den Mund der Apostel und Propheten. Dein Wort erleuchte uns und führe uns zum ewigen Heil.

FÜRBITTEN – VATERUNSER – SEGEN

I: Sir 36, 1. 5–6. 13–19 / Mk 10, 32–45
II: 1 Petr 1, 18–25 / Mk 10, 32–45

DONNERSTAG DER ACHTEN JAHRESWOCHE

PSALMGEBET

Der Herr denkt an uns, er wird uns segnen,
 er wird das Haus Israel segnen,
  er wird das Haus Aaron segnen.
Segnen wird der Herr, die ihn fürchten,
 segnen Kleine und Große.
Es mehre euch der Herr,
 euch und eure Kinder!
Der Himmel ist der Himmel des Herrn,
 die Erde aber gab er den Menschen.
Wir aber preisen den Herrn
 von nun an bis in Ewigkeit. *Psalm 115, 12. 13–14. 16. 18*

EVANGELIUM

Danach wählte der Herr noch siebzig andere aus und schickte sie zu zweien voraus in alle Städte und Ortschaften, in die er selbst gehen wollte. Er sagte zu ihnen: Die Ernte ist groß, aber es gibt nur wenige Arbeiter. Bittet daher den Herrn der Ernte, Arbeiter für seine Ernte zu schicken. *Lukas 10, 1–2*

GEBET

Wir bitten dich, Herr, für deine Kirche und für alle, die ihr dienen, daß sie allein deine Ehre suchen. Erwecke und berufe überall Männer und Frauen, die sich ganz in deinen Dienst stellen. Lenke die Herzen der Jugend in unserer Gemeinde, daß die Bereitschaft erwache, in deiner Kirche dir zu dienen und Menschen zu helfen. Sende auch in unseren Tagen neue Arbeiter in deine Ernte.

FÜRBITTEN – VATERUNSER – SEGEN

I: Sir 42, 15–26 / Mk 10, 46–52
II: 1 Petr 2, 2–5. 9–12. / Mk 10, 46–52

FREITAG DER ACHTEN JAHRESWOCHE

PSALMGEBET

Wie lange noch, Herr, vergißt du mich ganz?
  Wie lange verbirgst du dein Antlitz vor mir?
Blick doch her, erhör mich, Herr, mein Gott,
  mach hell meine Augen, daß ich nicht entschlafe und sterbe,
  daß mein Feind sich nicht rühme: „Ich habe ihn überwältigt",
  daß meine Widersacher nicht jubeln, weil ich erlegen bin.
Ich aber baue auf deine Huld,
  mein Herz frohlocke über deine Hilfe!
Singen will ich dem Herrn,
  er hat Gutes an mir getan. *Psalm 13, 2. 4–6*

EVANGELIUM

Darauf öffnete der Auferstandene ihnen die Augen für das Verständnis der Schriften. Er sagte zu ihnen: So steht es geschrieben: Der Messias wird leiden und am dritten Tag von den Toten auferstehen, und in seinem Namen wird man allen Völkern, angefangen mit Jerusalem, die Bekehrung predigen, damit ihre Sünden vergeben werden. *Lukas 24, 45–47*

GEBET

Herr, wo unser Verstand am Ende ist und wir nichts mehr begreifen können, da öffne du uns ein neues Verständnis für deine Wege und für dein Kreuz. Laß uns unter deinem Kreuz stille werden und erfahren, wie du uns auf unbegreiflichen Wegen zu einem neuen Leben führst.

FÜRBITTEN – VATERUNSER – SEGEN

I: Sir 44, 1. 9–13 / Mk 11, 11–26
II: 1 Petr 4, 7–13 / Mk 11, 11–26

SAMSTAG DER ACHTEN JAHRESWOCHE

PSALMGEBET

Jubelt Gott, unsrer Zuflucht,
  jauchzt dem Gott Jakobs zu!
Eine Stimme höre ich, die ich noch nie vernommen:
Du riefst in der Not,
  und ich riß dich heraus,
ich hab dich aus dem Gewölk des Donners erhört,
  an den Wassern von Meriba geprüft.
Höre, mein Volk, ich will dich mahnen!
  Israel, wolltest du doch auf mich hören!
Für dich gibt es keinen andern Gott!
  Du sollst keinen fremden Gott anbeten!
Psalm 81, 2. 6. 8–10

EVANGELIUM

Da fragte ihn einer: Herr, werden nur wenige gerettet? Er sagte zu ihnen: Bemüht euch mit allen Kräften, durch die enge Tür zu gelangen; denn ich sage euch: Viele werden versuchen hineinzukommen, aber es wird ihnen nicht gelingen. Dann werden sie von Osten und Westen und von Norden und Süden kommen und im Reich Gottes zu Tisch sitzen. Seht, manche von den Letzten werden die Ersten sein, und manche von den Ersten die Letzten. *Lukas 13, 23–24. 29–30*

GEBET

Deine Güte ist größer als unser Herz, ewiger Gott und Vater. Du rufst auch die Fernen zu dir und kommst denen nahe, die dich nie gekannt haben. Wir bitten dich: Behüte uns vor Hochmut und Enge, daß wir nicht über andere urteilen und selbst in die Irre gehen. Laß uns allezeit und vor allem nach deinem ewigen Reich trachten.

FÜRBITTEN– VATERUNSER – SEGEN

I: Sir 51, 17–27 / Mk 11, 27–33
II: Jud 17. 20b–25 / Mk 11, 27–33

NEUNTE JAHRESWOCHE

BESINNUNG

Der Herr, der im Evangelium zum großen Abendmahl einlud, erfuhr eine dreifache Enttäuschung: Ein Acker, fünf Joch Ochsen, eine Hochzeit dienten als Ausrede dafür, daß die Geladenen nicht kommen wollten. Darum traten andere an die Stelle.

Dreifach ist das Feld der Bewährung, auf dem sich der Kampf unseres Lebens abspielt: Der Acker meint alles, was wir Menschen besitzen. Über fünf Paar Ochsen zu gebieten, das ist ein Sinnbild der Macht über andere. Und mit der Hochzeit ist der Bereich der Erotik gemeint, der unser Leben so stark bestimmt. Hunger und Habgier, Selbsterhaltungstrieb und Machtgier, Eros und Geschlechtsgier – das sind die drei Gebiete, auf denen wir uns zu bewähren und zu bewahren haben.

Die radikale Antwort der Mönche lautet: Armut, Gehorsam und Keuschheit. Damit richten sie ein Zeichen auf für die Wichtigkeit dieses Kampfes. Wir aber haben diesen Kampf in unserem Alltag zu bestehen und uns darin zu üben, auf rechte Weise unseren Besitz zu verwalten, die uns anvertraute Macht auszuüben und unseren Geschlechtstrieb so zu beherrschen, daß wir nicht von ihm beherrscht werden.

Wir sind in diesem Kampf nicht allein. Überall stehen andere in demselben Kampf, und wir dürfen einander helfen. Vor allem aber: wir sind eingeladen zum Mahl des Herrn. Dort dürfen wir uns üben, die Hand zum Opfer aufzutun und das Herz zum Gehorsam. Die hochzeitliche Freude der Feier kann uns zur Hilfe werden, mit den Mächten fertig zu werden, die unser Leben bedrohen. Er selbst hilft uns, der arm geworden ist, um uns reich zu machen. Er hat sein Leben dahingegeben im Gehorsam des Kreuzestodes, um uns frei zu machen zu neuem Gehorsam. Er lebt und wartet auf uns als der himmlische Bräutigam seiner irdischen Braut, der Kirche. Er hält uns den Weg offen zum Hochzeitsmahl des ewigen Reiches.

Gloria sei dir gesungen mit Menschen- und mit Engelzungen, mit Harfen und mit Zimbeln schön. Von zwölf Perlen sind die Tore an deiner Stadt; wir stehn im Chore der Engel hoch um deinen Thron. Kein Aug hat je gespürt, kein Ohr hat mehr gehört solche Freude. Des jauchzen wir und singen dir das Alleluja für und für.

STICHWORTVERZEICHNIS

Abendgebet 25, 516 ff.
Abkehr 113, 296
Achtung voreinander 544
Adventszeit 30–61
Allerheiligen 510
Allerseelen 511
Allmacht 120, 212, 233, 245, 386
Anbetung 85, 245
Angst 39, 111, 129, 225, 350, 494
Ankunft des Herrn 31, 34, 37, 387, 404
Arbeit 516, 545
Armut 288, 381, 422, 508
Aschermittwoch 154
Auferstehung 166, 189, 207, 209, 335, 420
Auferstehung des Herrn 189, 207, 209, 335, 420
Aufnahme Mariens in den Himmel 505
Auserwählung 354, 510, 514
Ausweg 348

Barmherziger Samariter 376, 377
Barmherzigkeit Gottes 134, 136, 141, 305, 376, 377, 382, 448, 512
Bedrängnis 116, 148, 164, 302, 310

Beichtspiegel 526
Beistand 383
Bekenntnis 163, 197, 257, 477
Bereitschaft 142, 313, 346, 409
Berufung 53, 91, 170, 285, 312, 315, 353
Besinnung für die Woche 30, 38, 46, 54, 62, 71, 78, 86, 94, 102, 110, 118, 126, 134, 142, 150, 158, 166, 174, 182, 190, 198, 206, 214, 222, 230, 238, 246, 254, 262, 270, 280, 288, 296, 304, 312, 320, 328, 336, 344, 352, 360, 368, 376, 384, 392, 400, 408, 416, 424, 432, 440, 448, 456, 464, 472, 480, 488, 524, 537, 546
Beten 106, 246, 360, 361, 487
Bewährung 288
Bitte 247
Bonifatius 502
Botschaft 48, 53, 249
Brüderlichkeit 313, 314
Bußzeit 154–205

Danken 139, 184, 209, 229, 370, 371, 384, 385, 390

I

Darstellung des Herrn 498
Demut 98, 118, 153, 160, 172, 309, 362, 367
Dienen 98, 148, 242, 285, 349, 362, 391, 392, 547
Dienstag, Gebete u. Fürbitten 518
Donnerstag, Gebete u. Fürbitten 520
Dreifaltigkeit 20, 127, 270 bis 272

Ehe 548
Einheit 102, 104, 137, 222, 250, 260, 262, 274, 309, 341, 409, 436, 437, 456, 458, 461, 509, 541
Einkehrtag 524–528
Eifer 42
Einsamkeit 149, 158, 248, 400
Eltern 69
Elisabeth von Thüringen 513
Erbarmen 24, 361, 406, 430
Erkenntnis 208, 233, 249, 253, 286, 330, 420
Erleuchtung 263, 264, 332
Erlösung 39, 201, 206, 303
Erneuerung 192, 231, 322, 509
Erniedrigung 52, 326
Erscheinung des Herrn 78
Erwartung 37, 205, 404, 473
Erwählung 56, 59, 101, 125, 130, 268, 289, 500
Erwählung Mariens 514
Erzengel Michael, Gabriel, Raphael 507

Eucharistie 203, 275, 320, 438
Ewiges Leben 228, 351, 481, 511
Ewigkeit 141, 375, 447

Familie 69, 114
Familie, Heilige 69
Fasten 96
Feindesliebe 308, 310
Finsternis 67, 81, 82, 240, 332, 370, 400
Feindschaft 153, 308
Franz von Assisi 508, 539
Freiheit 128, 138, 173, 356, 408, 414, 549
Freitag, Gebete u. Fürbitten 521
Freude 63, 96, 263, 293, 297, 300, 309, 327, 375, 387, 433, 439, 550, 551
Frieden 31, 32, 58, 120, 215, 256, 311, 357, 387, 407, 415, 459, 539, 542, 549
Fronleichnam 275
Frömmigkeit 394, 395
Furcht 216, 333
Führung 73, 79, 99, 261, 386, 393, 458, 465, 507
Fürbitten 516–523, 544–559

Gabriel, Erzengel 507
Gebete u. Fürbitten 515–559
Geborgenheit 69, 116, 252
Geburtstag 542, 543
Geburt des Herrn 63
Geduld 124, 302, 537

Geheimnis 57, 93, 100, 166, 167, 270, 271, 282
Gehorsam 94, 95, 154, 168, 172, 176, 199, 202, 288, 403, 421, 430, 499
Gelassenheit 357, 396, 460
Gemeinde 42
Gemeinschaft 192, 265, 290, 328, 389
Gemeinschaft der Völker 540, 541
Gerechtigkeit 96, 99, 121, 134, 191, 450
Gericht 119, 121, 125, 201, 343, 489 f., 491
Gesetz 99, 408, 413, 414
Gewaltlosigkeit 346
Glauben 55, 56, 68, 80, 139, 150, 167, 241, 364, 385, 389, 412, 482, 495, 500, 539
Glaubensbekenntnis 20 ff.
Gnade 37, 100, 135, 137, 173, 259, 329, 388, 477, 496
Gott
– Barmherzigkeit 134, 136, 141, 305, 376, 377, 382, 448, 512
– Erniedrigung 60, 204, 498
– Nähe 44, 79, 210, 220, 225, 255, 400
– Treue 59, 400
Gottesdienst 86, 87, 195, 265, 320, 355, 360, 384
Grundgebete 20–27
Gründonnerstag 203
Güte 112, 135, 374, 406, 434, 452, 484

Haß 308
Heil 80, 187, 284, 311, 424
Heiliger Geist 91, 106, 239, 255, 258, 262, 263, 276, 463, 482
Heimsuchung Mariens 501
Herz-Jesu-Fest 278
Herrlichkeit 32, 86, 87, 255, 413, 479
Heuchelei 123, 349
Hilfe 97, 304, 330, 372, 375
Himmelfahrt des Herrn 251
Hingabe 94, 132, 151, 188, 199, 223, 316
Hoffnung 33, 40, 80, 274, 302, 339, 389, 431, 439, 471, 538, 539
Hungernde 539

Jahreswende 71
Jesus Christus
– Auferstehung des Herrn 207
– Darstellung des Herrn 498
– Erscheinung des Herrn 78
– Geburt des Herrn 63
– Herz-Jesu-Fest 278
– Himmelfahrt des Herrn 251
– Königtum Christi 489
– Taufe des Herrn 87
– Verkündigung des Herrn 500
Johannes, Apostel und Evangelist 65, 405
Johannes der Täufer 503
Josef 499
Jüngstes Gericht 488, 489

Karfreitag 204
Karsamstag 205
Karwoche 198 ff.
Karneval 550
Katastrophen 540
Keuschheit 288
Kindschaft Gottes 322
Kirche 317, 358, 541, 551
Klaus von Flüe 506
Kleinmut 350
Klugheit 344, 345, 348
Königtum Christi 489
Kraft 92, 185, 196, 414, 426, 492
Krankenkommunion 534 bis 536
Krankheit, in Tagen der 529 bis 538
Kriegsgefahr 542
Kreuz 60, 124, 126, 196, 198, 204, 319, 478

Last 304
Leben 190, 207, 209, 210, 217, 266, 390, 407, 424, 551–553
Lebensweg 552
Leid 402
Leiden 151, 204, 375
Licht 34, 51, 67, 68, 77, 81, 84, 85, 88, 94, 126, 240, 332, 400, 464, 467, 498
Liebe 24, 65, 70, 80, 84, 94, 98, 175, 186, 200, 218, 234, 304, 376, 389, 392, 412, 416, 417, 423, 539
Lobpreis 23, 24, 49, 61, 84, 85, 90, 104, 169, 181, 217, 230, 237, 242, 272, 288, 385, 413

Maria 20, 72, 500
– Aufnahme in den Himmel 505
– Erwählung 514
– Heimsuchung 501
Martin 512
Martyrer 64, 310, 405
Menschwerdung 328
Michael, Erzengel 507
Mission 558, 559
Mitmenschlichkeit 377, 380
Mittwoch, Gebete u. Fürbitten 519
Montag, Gebete u. Fürbitten 517
Morgengebete 25, 516 ff.
Mut 40, 115, 333, 354, 412, 442, 474, 492, 538
Mutlosigkeit 107, 118, 161, 185, 485

Nachfolge 90, 91, 124, 132, 154, 164, 180, 294, 318, 319, 440, 462, 464
Nächstenliebe 24, 50, 82, 88, 138, 156, 186, 194, 340, 376, 378, 379, 387, 414, 417, 423, 476, 512, 513, 553
Not 374, 380, 397, 414, 540, 553, 554
Notzeiten der Kirche 540

Offenbarung 79, 93, 151, 234, 282
Opfer 86, 126, 175, 195, 213, 381
Osterzeit 206–261
Ökumene 102, 341, 456, 541

Paulus, Apostel 463, 504
Petrus, Apostel 446, 504
Pfingsten 262–264
Pilgerschaft 554–555
Prüfung 184, 337, 343

Raphael, Erzengel 507
Reformationstag 509
Reichtum 381, 395, 422
Rettung 63, 113, 140, 216, 221, 224, 264, 287, 322, 323, 383, 397, 454
Ruhe 70, 415

Sammlung 23, 146, 174
Samstag, Gebete u. Fürbitten 522
Schuld 33, 83, 136, 224, 292, 305, 334, 424, 427, 430, 448, 449, 451
Schutz 97, 470
Schwachheit 107, 162, 219, 418, 446, 460, 485
Segen 27, 388
Sehnsucht 74, 295, 435
Selbstbesinnung 537
Selbsterkenntnis 399
Selbsttäuschung 83, 105, 399
Selbstsucht 156, 484, 508

Sendung 47, 84, 105, 177, 269, 325
Seuchen 540
Silvester 70
Solschenizyn 543
Sonntag, Gebete u. Fürbitten 516, 546
Spaltung 461
Stärkung 43, 89, 159, 215, 217, 290, 486
Stephanus 64
Stille 170, 248, 291, 478, 480, 536
Stolz 160, 178, 362, 365
Sorge 345, 443
Streit 178, 250, 428, 441
Suchen 147, 171, 179, 193, 256, 284
Süchtige 540
Sünde 83, 92, 108, 204, 297, 298, 301, 305, 378, 411, 419, 451

Tageslauf 25, 26
Taufe 23, 102, 206, 211, 214, 220, 271, 320, 323, 433, 480
Taufe des Herrn 87, 326
Tägliches Brot 555
Täuschung 339, 440
Tischgebete 25 ff.
Tod 165, 183, 189, 204, 303, 401, 407, 420, 511, 556
Totengedenken 407, 511, 556
Treue 115, 244, 402, 483, 494
Traurigkeit 367

Trennung 104, 222, 321
Trost 36, 183, 196, 401, 526

Überheblichkeit 129, 314, 362
Umkehr 48, 108, 113, 232, 233, 283, 296, 297
Unrecht 383
Unschuldige Kinder 66
Unsicherheit 190
Unvollkommenheit 280, 317
Unwürdig 91, 187, 277, 364
Urlaub 557, 558

Verantwortung 419, 506, 513, 520, 539
Verblendung 193
Verborgenheit 273
Verderben 165, 339
Vereinte Nationen, Gebet der 540
Vergänglichkeit 93, 117, 125, 129, 238, 335, 351, 447, 455, 503
Vergeblich 312, 375
Vergebung 33, 83, 234, 277, 299, 301, 305, 310, 424, 427, 449, 450, 452, 526
Verheißung 49, 138, 239, 242, 394
Verirrung 43, 113, 474
Verkündigung 43, 57, 63, 105, 179, 294, 445
Verkündigung des Herrn 500
Verlangen 45, 435, 471

Verlassenheit 100, 400, 406, 431, 483
Versöhnung 236, 252, 296, 311, 321, 438
Verstorbene 407, 511, 556
Versuchung 159
Vertrauen 41, 47, 72, 73, 81, 89, 97, 110, 118, 127, 155, 161, 259, 358, 363, 393, 425, 499, 505
Verzweiflung 221, 259
Völker, Gemeinschaft der 541
Vollendung 101, 254, 280, 455
Vollkommenheit 418
Vorbild 349
Vorurteil 292, 298, 429, 512

Wachsamkeit 39, 45, 74, 123, 240, 359, 369, 379, 472, 479, 491, 493
Wagnis 466
Wahrhaftigkeit 331
Wahrheit 36, 103, 219, 334, 338
Weihnachten 62–64
Weisheit 293, 346, 348
Weltmission 558

Zeit 72
Zerstreuung 174
Zeugnis 51, 64, 65, 103, 131, 143, 147, 169, 176, 227, 251, 255, 257, 278, 281, 405, 504

Zuflucht 152, 161, 162, 428, 430
Zuversicht 75, 148, 149, 163, 177, 197, 212, 258, 423, 453, 469, 475, 495

Zweifel 434
Zwietracht 262, 441

NEUNTER SONNTAG IM JAHRESKREIS

DER WOCHENSPRUCH

Christus spricht: Kommt alle zu mir, die ihr geplagt und beladen seid! Ich werde euch ausruhen lassen. *Mattäus 11, 28*

LESUNG

Wir wissen, daß wir aus dem Tod in das Leben hinübergegangen sind, weil wir die Brüder lieben. Wer nicht liebt, bleibt im Tod. Die Liebe haben wir daran erkannt, daß er sein Leben für uns gegeben hat. So müssen auch wir das Leben hingeben für die Brüder. Kinder, wir wollen nicht lieben mit Wort und Zunge, sondern in Tat und Wahrheit.
1 Johannes 3, 14. 16. 18

EVANGELIUM

Als die Geladenen sich entschuldigten, sagte der Herr zu dem Diener: Dann geh auf die Landstraßen und vor die Stadt hinaus und nötige die Leute zu kommen; denn ich will, daß mein Haus voll wird. Das aber sage ich euch: Keiner von denen, die eingeladen waren, wird an meinem Mahl teilnehmen.
Lukas 14, 23–24

GEBET

Allmächtiger Gott, wir bitten dich: Gib deiner Gemeinde deinen Geist, daß dein Wort unter uns wirke, deine Diener die frohe Botschaft mit Freude verkündigen und deine Gemeinde zu neuem Leben erweckt werde, damit wir dir in beständigem Glauben dienen und im Bekenntnis deines Namens bis an unser Ende beharren.

A: Dtn 11, 18. 26–28 / Röm 3, 21–25a. 28 / Mt 7, 21–27
B: Dtn 5, 12–15 / 2 Kor 4, 6–11 / Mk 2, 23–28
C: 1 Kön 8, 41–43 / Gal 1, 1–2. 6–10 / Lk 7, 1–10

MONTAG DER NEUNTEN JAHRESWOCHE

PSALMGEBET

Du schaffst meinen Schritten weiten Raum,
 meine Knöchel wanken nicht.
Es lebe der Herr! Mein Fels sei gepriesen!
 Der Gott meines Heils sei hoch erhoben.
Darum will ich dir danken, Herr, vor den Völkern,
 deinem Namen will ich singen und spielen.
Seinem König verlieh er große Hilfe,
Huld erwies er seinem Gesalbten,
 David und seinem Stamm auf ewig.

Psalm 18, 37. 47. 50–51

LESUNG

Da riefen die Zwölf die ganze Schar der Jünger zusammen und erklärten: Es ist nicht recht, daß wir das Wort Gottes vernachlässigen und uns dem Dienst an den Tischen widmen. Darum Brüder, sucht sieben Männer von gutem Ruf und voll Geist und Weisheit aus eurer Mitte aus; die werden wir mit dieser Aufgabe betrauen. Wir aber wollen beim Gebet und beim Dienst am Wort bleiben.   *Apostelgeschichte 6, 2–4*

GEBET

Wir bitten dich, Herr, für alle, die sich einsetzen in den mannigfaltigen Diensten der Liebe: stärke sie und stärke uns alle durch dein Wort und die Feier deines heiligen Mahles und verbinde uns in der Gemeinschaft des Glaubens, der Liebe und der Hoffnung.

FÜRBITTEN – VATERUNSER – SEGEN

I: Tob 1, 1a. 2; 2, 1–9 / Mk 12, 1–12
II: 2 Petr 1, 2–7 / Mk 12, 1–12

DIENSTAG DER NEUNTEN JAHRESWOCHE

PSALMGEBET

Mein Herz ist bereit, o Gott,
mein Herz ist bereit,
  ich will dir singen und spielen.
Wach auf, meine Seele,
wacht auf, Harfe und Saitenspiel!
  Ich will das Morgenrot wecken.
Ich will dich vor den Völkern preisen, Herr,
  dir vor den Nationen lobsingen.
Denn deine Güte reicht, so weit der Himmel ist,
  deine Treue, so weit die Wolken ziehn. *Psalm 57, 8–11*

LESUNG

Zügle den Schritt, wenn du zum Gotteshaus gehst. Tritt lieber vor zum Hören.
Sei nicht zu schnell mit dem Mund. Selbst im Innern eile dich nicht, vor Gott ein Wort zu äußern. Gott ist im Himmel. Du bist auf der Erde. Darum mache wenig Worte.
Prediger 4, 17; 5, 1

GEBET

Allmächtiger Gott, laß uns vor allem vor dir schweigen und auf deine Stimme lauschen, daß unser Gehorsam aus dem Hören komme und unser Lobpreis aus der Stille aufsteige. Dir allein gebührt die Ehre.

FÜRBITTEN — VATERUNSER — SEGEN

I: Tob 2, 10–23 / Mk 12, 13–17
II: 2 Petr 3, 12–15a. 17–18 / Mk 12, 13–17

MITTWOCH DER NEUNTEN JAHRESWOCHE

PSALMGEBET

Wer wird seiner Fehler gewahr?
   Von Schuld, um die ich nicht weiß, sprich mich frei!
Auch vor Vermessenen behüte deinen Knecht,
   daß sie nicht über mich herrschen.
Dann bin ich ohne Makel
   und rein von schwerer Schuld.
Die Worte meines Mundes mögen dir gefallen,
das Sinnen meines Herzens stehe dir vor Augen,
   Herr, mein Fels und mein Erlöser! *Psalm 19, 13–15*

LESUNG

Was soll also geschehen, Brüder? Wenn ihr zusammenkommt, trägt jeder etwas bei: einer ein Lied, ein anderer eine Lehre, der dritte eine Offenbarung; einer redet verzückt, und ein anderer deutet es. Alles geschehe so, daß es aufbaut. Denn Gott ist der Gott des Miteinanders, nicht des Durcheinanders.
1 Korinther 14, 26. 33

GEBET

Herr, behüte uns vor dem schnellen Urteil, das die Eigenart anderer verwirft. Öffne uns das Verständnis für Andacht und Frömmigkeit anderer Art und hilf, daß wir zusammenkommen, um dir gemeinsam zu dienen, jeder in der Weise, die ihm gegeben ist. Gib Frieden in der zertrennten Christenheit!

FÜRBITTEN – VATERUNSER – SEGEN

I: Tob 3, 1–11. 24–25 / Mk 12, 18–27
II: 2 Tim 1, 1–3. 6–12 / Mk 12, 18–27

DONNERSTAG DER NEUNTEN JAHRESWOCHE

PSALMGEBET

Nicht uns, o Herr, nicht uns,
 nein, deinem Namen gib Ehre
in deiner Huld und Treue!
Warum sollen die Völker sagen:
 „Wo ist denn ihr Gott?"
Unser Gott ist im Himmel;
 alles, was ihm gefällt, das vollbringt er.
Die ihr den Herrn fürchtet, vertraut auf den Herrn!
 Er ist Helfer und Schild. *Psalm 115, 1–3. 11*

LESUNG

Die Weisheit hat ihr Haus gebaut, behauen ihre sieben Säulen. Ihre Mägde hat sie ausgesandt und lädt ein, auf der Höhe der Stadtburg: Wer unerfahren ist, kehre hier ein! Zu den Unwissenden spricht sie: Kommt, esset von meinem Mahl und trinkt vom Wein, den ich gemischt! Laßt ab von Torheit, damit ihr lebt, beschreitet den Weg der Einsicht! Anfang der Weisheit ist die Furcht des Herrn, die Kenntnis des Heiligen ist Einsicht. *Sprüche 9, 1. 3–6. 10*

GEBET

Herr, unser Gott, wie ein festliches Mahl ist unser Leben, wenn wir von dir annehmen, was du uns schenken willst: das Brot des Lebens und den Trank der Freude. Erhalte uns in der Ehrfurcht vor deinen heiligen Gaben und laß uns gewisse Tritte tun auf dem Weg des Gehorsams.

FÜRBITTEN – VATERUNSER – SEGEN

I: Tob 6, 10–11a; 7, 1. 9–17; 8, 4–10 / Mk 12, 28b–34
II: 2 Tim 2, 8–15 / Mk 12, 28b–34

FREITAG DER NEUNTEN JAHRESWOCHE*

PSALMGEBET

Wie lange noch muß ich Schmerzen tragen in meiner Seele,
Kummer im Herzen Tag um Tag?
    Mach hell meine Augen, daß ich nicht entschlafe und sterbe,
daß mein Feind sich nicht rühme: „Ich habe ihn überwältigt."
Ich aber baue auf deine Huld,
    mein Herz frohlocke über deine Hilfe!
Singen will ich dem Herrn,
    er hat Gutes an mir getan.   *Psalm 13, 3. 4–6*

LESUNG

Der Apostel schreibt: Wir verkündigen Christus als Gekreuzigten: für Juden ein Anstoß, für Heiden eine Torheit, für die Berufenen aber, Juden wie Griechen, Christus, Gottes Kraft und Gottes Weisheit. Denn das Törichte Gottes ist weiser als die Menschen, und das Schwache Gottes ist stärker als die Menschen.   *1 Korinther 1, 23–25*

GEBET

Herr, unser Heiland, aus deinem Leiden und Sterben kommt uns Frieden und Heil. Wir danken dir, daß du dein Leben für uns hingegeben hast und bitten dich: Stärke uns auf dem Weg der Nachfolge, daß wir unser Leben einsetzen, wie es dir gefällt.

FÜRBITTEN – VATERUNSER – SEGEN

---

* An diesem Tage wird im Jahr 1975 das Herz-Jesu-Fest gefeiert: s. S. 278.
I: Tob 11, 5–17 / Mk 12, 35–37
II: 2 Tim 3, 10–17 / Mk 12, 35–37

SAMSTAG DER NEUNTEN JAHRESWOCHE

PSALMGEBET

Ich will dich rühmen, Herr, meine Stärke,
  Herr, du mein Fels, meine Burg, mein Retter,
mein Gott, meine Feste, in der ich mich berge,
  mein Schild und sicheres Heil, meine Zuflucht!
Ich rufe: Der Herr sei gepriesen!
  und ich werde vor meinen Feinden errettet.

Psalm 18, 2–4

LESUNG

Der Geist und die Braut aber sagen: Komm! Und wer es hört, der rufe: Komm! Wer Durst hat, der komme! Wer Verlangen hat, empfange Wasser des Lebens als Geschenk. Er, der dies bezeugt, spricht: Ja, ich komme bald! Amen! Komm, Herr Jesus! *Offenbarung 22, 17. 20*

GEBET

Dank sei dir, Herr Jesus Christus, daß du zu uns kommst. Du kommst in der Verborgenheit deines Wortes und verhüllt in den Gaben deines Sakramentes. Wir bitten dich: Laß den Tag kommen, da wir dich unverhüllt schauen dürfen von Angesicht zu Angesicht. Ja komm, Herr Jesus!

FÜRBITTEN – VATERUNSER – SEGEN

I: Tob 12, 1. 5–15. 20 / Mk 12, 38–44
II: 2 Tim 4, 1–8 / Mk 12, 38–44

ZEHNTE JAHRESWOCHE

BESINNUNG

Es ist sehr unwahrscheinlich, daß unter hundert Menschen nur ein verlorener Sünder ist. Wahrscheinlicher ist, daß unter hundert kaum einer wirklich als gerecht gelten kann. Wenn Jesus im Evangelium das Verhältnis umkehrt, so will er mit dieser drastischen Methode unsere Aufmerksamkeit auf etwas sehr Wichtiges lenken. Auch wenn ein Hirte kaum jemals neunundneunzig Schafe ungeschützt zurückläßt, um einem verlorenen Schaf nachzugehen, und auch wenn eine Hausfrau kaum jemals wegen einer winzigen verlorenen Münze das ganze Haus auf den Kopf stellt – so unwahrscheinlich verhält sich Gott gegenüber uns verlorenen Sündern! Niemand ist ihm zu gering. Er geht dem Verlorenen nach. Auch wer keinen Mut mehr hat und es für ganz ausgeschlossen hält, daß Gott sich noch um ihn kümmern könnte, soll wissen: Gott gibt niemanden auf! Jeder ist zur Umkehr und Heimkehr gerufen, und niemand braucht zu sagen: Ich komme dafür leider nicht mehr in Frage.
Solange wir aber selbst von Gott nicht aufgegeben sind, dürfen wir auch keinem anderen Menschen die Zukunft abschneiden, indem wir ihm keine Chance mehr geben. Und wenn wir noch so oft wie vor einer Mauer stehen und müde resignierend die Achsel zucken möchten; die Mauer muß nicht bleiben. Wir werden selbst ermutigt und dürfen weiter leben und hoffen. Darum haben wir auch kein Recht, einen anderen Menschen aufzugeben. Der uns selbst immer neuen Mut gibt, gebietet uns, daß wir auch einander nicht aufgeben, sondern aus der Kraft der Versöhnung von neuem beginnen.

Herr, niemand ist verloren, der sich von dir finden läßt. Ich danke dir, daß du mir immer neue Hoffnung schenkst und daß deine Güte mir Kraft zum Neubeginn gibt. Hilf, daß ich auch meinem Nächsten gewähre, was du mir gewährt hast. Erhalte uns alle durch die Kraft der Versöhnung auf dem Wege zu einem neuen Leben.

ZEHNTER SONNTAG IM JAHRESKREIS

DER WOCHENSPRUCH

Der Menschensohn ist gekommen, um das Verlorene zu suchen und zu retten. *Lukas 19, 10*

LESUNG

Beugt euch also unter der mächtigen Hand Gottes, dann wird er euch erhöhen, wenn die Zeit gekommen ist. Werft alle eure Sorge auf ihn, denn er sorgt sich um euch. Der Gott aller Gnade aber, der euch durch Christus zu seiner ewigen Herrlichkeit berufen hat, wird euch nach kurzer Zeit des Leidens wieder aufrichten; er wird euch stärken, kräftigen und auf festen Grund stellen. Er hat die Macht in Ewigkeit. Amen.
1 Petrus 5, 6–7. 10–11

EVANGELIUM

Christus spricht: Ich sage euch: Ebenso wird auch im Himmel mehr Freude herrschen über einen einzigen Sünder, der umkehrt, als über neunundneunzig Gerechte, die eine Umkehr nicht nötig haben. *Lukas 15, 7*

GEBET

Herr Jesus Christus, du hast deine Kirche auf Erden durch deine Boten zusammengerufen und läßt das Wort von der Versöhnung verkünden. Wir bitten dich: Sende uns deinen Geist, daß wir diese frohe Botschaft in unser Herz aufnehmen und in dir verbunden als Kinder des himmlischen Vaters miteinander leben.

A: Hos 6, 3b–6 / Röm 4, 18–25 / Mt 9, 9–13
B: Gen 3, 9–15 / 2 Kor 4, 13–5, 1 / Mk 3, 20–35
C: 1 Kön 17, 17–24 / Gal 1, 11–19 / 19 / Lk 7, 11–17

MONTAG DER ZEHNTEN JAHRESWOCHE

PSALMGEBET

Wohl dem, dessen Frevel vergeben,
   dessen Sünde bedeckt ist.
Wohl dem Menschen, dem der Herr
die Schuld nicht zur Last legt,
   in dessen Herz nichts Falsches ist.
Als ich es verschwieg, wurden matt meine Glieder,
   ich mußte stöhnen den ganzen Tag.
Da bekannte ich dir meine Sünde
   und verbarg nicht meine Schuld. *Psalm 32, 1–3. 5*

EVANGELIUM

Als die Schriftgelehrten, die zu der Partei der Pharisäer gehörten, sahen, daß er mit Zöllnern und Sündern aß, sagten sie zu seinen Jüngern: Warum ißt er mit Zöllnern und Sündern? Jesus hörte es und sagte zu ihnen: Nicht die Gesunden brauchen den Arzt, sondern die Kranken. Nicht um Gerechte zu rufen, bin ich gekommen, sondern Sünder.
Markus 2, 16–17

GEBET

Herr, du rufst uns Unwürdige an deinen Tisch und machst uns würdig durch deine Gegenwart. Du verwandelst uns und führst uns durch Vergebung der Sünde in ein neues Leben. Wir danken dir und beten dich an.

FÜRBITTEN – VATERUNSER – SEGEN

I: 2 Kor 1, 1–7 / Mt 5, 1–12
II: 1 Kön 17, 1–6 / Mt 5, 1–12

DIENSTAG DER ZEHNTEN JAHRESWOCHE

PSALMGEBET

Wir haben zusammen mit unsern Vätern gesündigt,
wir haben Unrecht getan und gefrevelt.
Oft hat er sie befreit;
sie aber trotzten seinem Beschluß
und versanken in ihrer Schuld.
Da sah er auf ihre Not,
als er ihr Flehen hörte,
dachte an seinen Bund ihnen zuliebe
und hatte Mitleid in seiner großen Gnade.
Gepriesen sei der Herr, der Gott Israels,
vom Anfang bis ans Ende der Zeiten!
Alles Volk soll sprechen: Amen!
Psalm 106, 6. 43. 44–45. 58

EVANGELIUM

Jesus sprach zu Simon, dem Pharisäer, als eine Sünderin ihm die Füße salbte: Ihr müssen viele Sünden vergeben worden sein, wenn sie mir jetzt so viel Liebe zeigt. Wem aber nur wenig zu vergeben war, der zeigt auch nur wenig Liebe. Dann sagte er zu ihr: Deine Sünden sind vergeben. Dein Glaube hat dich gerettet. Geh in Frieden!   *Lukas 7, 44. 47–48. 50*

GEBET

Barmherziger Herr, wenn dein Auge uns durchschaut bis auf den Grund, können wir nur auf dein Erbarmen hoffen. Unser Hochmut vergeht, und es bleibt nur der Dank für deine vergebende Güte, die uns befreit.

FÜRBITTEN – VATERUNSER – SEGEN

I: 2 Kor 1, 18–22 / Mt 5, 13–16
II: 1 Kön 17, 7–16 / Mt 5, 13–16

MITTWOCH DER ZEHNTEN JAHRESWOCHE

PSALMGEBET

Tag und Nacht lag schwer auf mir deine Hand;
  meine Lebenskraft war verdorrt
  wie durch die Glut des Sommers.
Ich sagte: „Bekennen will ich dem Herrn meine Frevel."
  Du aber hast mir die Schuld vergeben.
„Der Frevler leidet viele Schmerzen,
  doch wer dem Herrn vertraut,
  den umgibt er mit seiner Huld."
Freut euch im Herrn und jauchzt, ihr Gerechten,
  jubelt, ihr Redlichen alle! *Psalm 32, 4. 5. 10–11*

EVANGELIUM

Der Vater sprach zu dem älteren Sohn: Mein Kind, du bist immer bei mir, und alles, was ich habe, gehört auch dir. Heute aber müssen wir ein Fest feiern und uns freuen, denn dein Bruder war tot und lebt wieder; er war verloren und wurde wieder gefunden. *Lukas 15, 31–32*

GEBET

Himmlischer Vater, deine Freude über jeden Verlorenen, der wieder heimfindet, sei uns Hilfe und Ansporn: daß wir uns nicht erheben über andere, die von der Welt verurteilt werden; daß wir uns freuen mit allen, die dich, unseren himmlischen Vater, bekennen und ehren.

FÜRBITTEN – VATERUNSER – SEGEN

I: Kor 3, 4–11 / Mt 5, 17–19
II: 1 Kön 18, 20–39 / Mt 5, 17–19

DONNERSTAG DER ZEHNTEN JAHRESWOCHE

PSALMGEBET

Darum soll jeder Fromme zu dir in Bedrängnis beten.
    Fluten hohe Wasser daher, ihn werden sie nicht erreichen.
Du bist mein Schutz, bewahrst mich vor Not;
    du hüllst mich in den Jubel der Rettung.
„Ich unterweise dich und zeige dir den Weg,
den du gehen sollst.
    Ich will dir raten; über dir wacht mein Auge."
Freut euch im Herrn und jauchzt, ihr Gerechten,
    jubelt, ihr Redlichen alle! *Psalm 32, 6–8. 11*

LESUNG

Wir glauben an den, der Jesus, unseren Herrn, von den Toten auferweckt hat. Wegen unserer Verfehlungen wurde er hingegeben, wegen unserer Gerechtmachung wurde er auferweckt.
Römer 4, 24–25

GEBET

Allmächtiger Gott, wie du deinen Sohn von den Toten erweckt hast, so kannst du uns aus dem Gefängnis unserer Sünde befreien und uns neues Leben schenken. Wir rufen dich an: Erbarme dich unser und führe uns durch Vergebung der Sünde zum ewigen Leben.

FÜRBITTEN – VATERUNSER – SEGEN

I: 2 Kor 3, 15–4, 1. 3–6 / Mt 5, 20–26
II: 1 Kön 18, 41–46 / Mt 5, 20–26

FREITAG DER ZEHNTEN JAHRESWOCHE*

PSALMGEBET

Wie lange noch muß ich Schmerzen tragen in meiner Seele,
Kummer im Herzen Tag um Tag?
  Mach hell meine Augen, daß ich nicht entschlafe und sterbe,
daß mein Feind sich nicht rühme: „Ich habe ihn überwältigt."
Ich aber baue auf deine Huld,
    mein Herz frohlocke über deine Hilfe!
Singen will ich dem Herrn,
    er hat Gutes an mir getan.   *Psalm 13, 3. 4–6*

LESUNG

Wir wissen: Bedrängnis bewirkt Geduld, Geduld aber Bewährung, Bewährung Hoffnung. Die Hoffnung aber läßt nicht zugrunde gehen; denn die Liebe Gottes ist ausgegossen in unsere Herzen durch den heiligen Geist, der uns gegeben ist.
Römer 5, 3–5

GEBET

Was Gott tut, das ist wohlgetan;
es bleibt gerecht sein Wille.
Wie er fängt meine Sachen an,
so will ich halten stille.
Er ist mein Gott, der in der Not
mich wohl weiß zu erhalten:
drum laß ich ihn nur walten.

Was Gott tut, das ist wohlgetan,
dabei will ich verbleiben.
Es mag mich auf die rauhe Bahn
Not, Tod und Elend treiben,
so wird Gott mich ganz väterlich
in seinen Augen halten:
drum laß ich ihn nur walten.

FÜRBITTEN – VATERUNSER – SEGEN

---

* An diesem Tage wird im Jahre 1980 das Herz-Jesu-Fest gefeiert: s. S. 278.
I: 2 Kor 4, 7–15 / Mt 5, 27–32
II: 1 Kön 19, 9a. 11–16 / Mt 5, 27–32

SAMSTAG DER ZEHNTEN JAHRESWOCHE

PSALMGEBET

Gut und gerecht ist der Herr,
   darum weist er Irrenden den Weg.
Demütige leitet er nach seinem Entscheid,
   Gebeugte lehrt er seinen Weg.
Alle Pfade des Herrn sind Huld und Treue
   denen, die seinen Bund und seine Gebote bewahren.
Um deines Namens willen, Herr, verzeih meine Schuld;
   denn übergroß ist sie. *Psalm 25, 8–11*

LESUNG

Habe ich etwa Gefallen am Tod des Schuldigen? – Wort Gottes des Herrn. Wird er nicht am Leben bleiben, wenn er seine bösen Wege verläßt und umkehrt? *Ezechiel 18, 23*

GEBET

Herr, unser Gott, du willst das Leben und nicht den Tod. So bitten wir dich: Reiß uns heraus aus allem, was uns von dir trennt. Wir befehlen uns in deine Hand. Wir sind gewiß, daß auch der Tod uns nicht aus deiner Hand reißen kann. Du hast uns erlöst, Herr, du treuer Gott.

FÜRBITTEN – VATERUNSER – SEGEN

I: 2 Kor 5, 14–21 / Mt 5, 33–37
II: 1 Kön 19, 19–21 / Mt 5, 33–37

ELFTE JAHRESWOCHE

BESINNUNG

Einem jeden Menschen bringt das Leben Lasten, die zu tragen sind. Manchmal scheint es, als hätten andere leichtere Lasten zu tragen als wir selbst. Aber wenn wir genauer hinschauen, gibt es kaum Fälle, in denen wir mit dem anderen tauschen möchten. Dennoch kann es sehr schwer werden, die eigene Last zu tragen. Das ganze Leben kann einem darunter zur schweren Last werden.

Bürdet die Religion dem Gläubigen noch weitere Lasten auf die Schultern? Kommen Gesetze und Ordnungen hinzu, die unser Gewissen schärfen und weit über das hinausgehen, was der gesunde Menschenverstand uns gebietet?

Wo dies der Fall ist, kann es sich nicht um das Gesetz Christi handeln. Das Gesetz Christi ist die Verpflichtung, die sich für uns aus der erfahrenen Liebe ergibt. Indem er uns durch seine Gnade befreit und froh macht, bewirkt er, daß wir uns den Menschen in einer neuen Haltung zuwenden. Das Gesetz Christi ist das neue Lebensgesetz, das er uns vorgelebt hat: Wer sein Leben liebt und festhalten will, der muß es verlieren. Wer aber sein Leben einsetzt und drangibt, der gewinnt es in Wahrheit.

Diese christliche Grundwahrheit ist im Wochenspruch dieser Woche gemeint. Wer die Last des andern Menschen trägt, wird von der eigenen Last befreit. Wer sich aus dem Zwang der Eigensucht befreien läßt, bekommt nicht nur einen Blick für die Lasten anderer, sondern auch die Kraft zum Zupacken.

Herr, du kennst meine schwache Kraft und weißt, wie oft ich verzage unter dem, was mir auferlegt ist. Öffne du mir den Blick für die Lasten der anderen Menschen. Zeige mir, wo ich ihnen helfen kann, und schenke mir Kraft, für andere da zu sein und dabei die eigene Last zu vergessen. Stärke mich durch die Kraft deiner Liebe.

ELFTER SONNTAG IM JAHRESKREIS

DER WOCHENSPRUCH

Einer trage des andern Last; auf diese Weise erfüllt ihr das Gesetz Christi. *Galater 6, 2*

EVANGELIUM

Da trat Petrus zu ihm und fragte: Herr, wie oft muß ich meinem Bruder vergeben, wenn er sich gegen mich versündigt? Bis zu siebenmal? Jesus sagte zu ihm: Nicht bis zu siebenmal, sondern bis zu siebenundsiebzigmal. *Mattäus 18, 21–22*

Jesus spricht: Seid barmherzig, wie euer Vater barmherzig ist! Richtet nicht, dann werdet auch ihr nicht gerichtet werden! Verurteilt nicht, dann werdet auch ihr nicht verurteilt werden! Erlaßt einander die Schuld, dann wird auch eure Schuld erlassen werden. Gebt, dann wird auch euch gegeben werden! Warum siehst du den Splitter im Auge deines Bruders, aber den Balken in deinem eigenen Auge beachtest du nicht! Du Heuchler! Zieh zuerst den Balken aus deinem Auge; dann kannst du versuchen, den Splitter aus dem Auge deines Bruders herauszuziehen. *Lukas 6, 36–38. 41. 42*

GEBET

Himmlischer Vater, schaue gnädig auf deine Gemeinde, und hilf uns, daß wir einander beistehen in Freundlichkeit und Geduld und einander von Herzen vergeben, wie du uns täglich vergibst. Reinige und erneuere uns, daß wir als lebendige Reben an deinem Weinstock Frucht bringen, die bleibt.

A: Ex 19, 2–6a / Röm 5, 6–11 / Mt 9, 36–10,8
B: Ez 17, 22–24 / 2 Kor 5, 6–10 / Mk 4, 26–34
C: 2 Sam 12, 7–10. 13 / Gal 2, 16. 19–21 / Lk 7, 36–50

MONTAG DER ELFTEN JAHRESWOCHE

PSALMGEBET

Wir haben zusammen mit unsern Vätern gesündigt,
 wir haben Unrecht getan und gefrevelt.
Oft hat er sie befreit;
sie aber trotzten seinem Beschluß
 und versanken in ihrer Schuld.
Da sah er auf ihre Not,
 als er ihr Flehen hörte,
dachte an seinen Bund ihnen zuliebe
 und hatte Mitleid in seiner großen Gnade.

Psalm 106, 6. 43–45

EVANGELIUM

Da brachten die Schriftgelehrten und Pharisäer eine Frau, die beim Ehebruch ertappt worden war. Sie stellten die Frau in die Mitte und sagten zu ihm: Meister, diese Frau wurde beim Ehebruch auf frischer Tat ertappt. Mose hat im Gesetz befohlen, solche Frauen zu steinigen; was sagst du dazu? Als sie nicht aufhörten, ihn zu fragen, richtete er sich auf und sagte zu ihnen: Wer von euch ohne Sünde ist, werfe als erster einen Stein auf sie! *Johannes 8, 3–5. 7*

GEBET

Herr, wir bitten dich, sei uns gnädig und vergib, was wir gefehlt oder versäumt haben. Bewahre uns davor, daß wir andere lieblos richten in Gedanken oder Worten, hilf uns, daß wir vergeben, wie du uns vergibst.

FÜRBITTEN – VATERUNSER – SEGEN

I: 2 Kor 6, 1–10 / Mt 5, 38–42
II: 1 Kön 21, 1–16 / Mt 5, 38–42

DIENSTAG DER ELFTEN JAHRESWOCHE

PSALMGEBET

Weise mir, Herr, deinen Weg;
   leite mich auf ebner Bahn trotz meiner Feinde!
Gib mich nicht preis der Gier meiner Gegner;
   denn falsche Zeugen stehen gegen mich auf und wüten.
Ich aber bin gewiß, zu schauen
   die Güte des Herrn im Lande der Lebenden.
Harre auf den Herrn und sei stark!
   Hab festen Mut und harre auf den Herrn.

Psalm 27, 11–14

LESUNG

Jetzt sollt ihr im Gegenteil eher verzeihen und trösten, damit der Mann vom Übermaß der Bitterkeit nicht überwältigt wird. Darum bitte ich euch, ihm gegenüber Liebe walten zu lassen. Aber wem ihr verzeiht, dem verzeihe auch ich. Denn auch ich habe, wenn hier etwas zu verzeihen war, im Angesicht Christi um euretwillen verziehen, damit wir nicht vom Satan überlistet werden; wir kennen seine Absichten nur zu gut. *2 Korinther 2, 7–8. 10. 11*

GEBET

Herr, stärke uns, daß wir einander vergeben und ermutigen. Wehre dem bösen Geist, der Trauer und Mutlosigkeit benutzt, um Menschen zur Verzweiflung zu bringen! Laß uns aus deiner Güte die Kraft schöpfen, einander gut zu sein.

FÜRBITTEN – VATERUNSER – SEGEN

I: 2 Kor 8, 1–9 / Mt 5, 43–48
II: 1 Kön 21, 17–29 / Mt 5, 43–48

MITTWOCH DER ELFTEN JAHRESWOCHE

PSALMGEBET

Die Weisung des Herrn ist vollkommen,
 sie erquickt den Menschen.
Das Gesetz des Herrn ist verläßlich,
 den Unwissenden macht es weise.
Die Befehle des Herrn sind richtig,
 sie erfreuen das Herz;
das Gebot des Herrn ist lauter,
 es macht hell die Augen.
Kostbarer sind sie als Gold, als Feingold in Menge.
 Süßer sind sie als Honig, als Honig aus Waben.
Auch dein Knecht läßt sich von ihnen warnen;
 wer sie wahrt, hat reichen Lohn. *Psalm 19, 8–9. 11–12*

EVANGELIUM

Jesus spricht: Liebt eure Feinde und betet für die, die euch verfolgen, damit ihr Söhne eures Vaters im Himmel werdet; denn er läßt seine Sonne aufgehen über Bösen und Guten, und er läßt regnen über Gerechte und Ungerechte.
Mattäus 5, 44–45

GEBET

Herr, wir bitten dich für die Menschen, die uns fremd sind, auch für die Menschen, die uns hassen und beleidigen. Bewahre uns vor kaltem Haß; schenke uns deine Liebe, die alle umfaßt, führe uns aus unserer Ichsucht in die Weite deiner Liebe.

FÜRBITTEN – VATERUNSER – SEGEN

I: 2 Kor 9, 6–11 / Mt 6, 1–6. 16–18
II: 2 Kön 2, 1. 6–14 / Mt 6, 1–6. 16–18

DONNERSTAG DER ELFTEN JAHRESWOCHE

PSALMGEBET

Der Herr denkt an uns, er wird uns segnen.
Segnen wird der Herr, die ihn fürchten,
  segnen Kleine und Große.
Seid gesegnet vom Herrn,
  der Himmel und Erde gemacht hat!
Der Himmel ist der Himmel des Herrn,
  die Erde aber gab er den Menschen.
Wir aber preisen den Herrn
  von nun an bis in Ewigkeit. *Psalm 115, 12. 13. 15–16. 18*

LESUNG

Der Apostel ermahnt die Gemeinde: Macht meine Freude dadurch vollkommen, daß ihr gleichen Sinn und gleiche Liebe habt, einmütig und auf das eine bedacht seid, nichts aus Streitsucht und nichts aus Prahlerei tut! Sondern in Demut schätze einer den anderen höher ein als sich selbst. Jeder achte nicht auf das eigene Wohl, sondern auch auf das der anderen!
Philipper 2, 2–4

GEBET

Seht, uns führt zusammen Christi Liebe.
Laßt uns fröhlich singen und in ihm uns freun.
Fürchten wir und lieben wir den Gott des Lebens
und einander sein wir reinen Herzens gut.

Da wir nun zur Einheit sind gebunden,
laßt bedacht vor Spaltung wahren unsern Geist.
Fern sei darum böses Wort und fern die Zwietracht,
so wird recht in unsrer Mitte Christus sein.

FÜRBITTEN – VATERUNSER – SEGEN

I: 2 Kor 11, 1–11 / Mt 6, 7–15
II: Sir 48, 1–15 / Mt 6, 7–15

FREITAG DER ELFTEN JAHRESWOCHE*

PSALMGEBET

Die in ihrer Bedrängnis schrien zum Herrn,
   die er ihren Ängsten entriß,
sie herausführte aus Dunkel und Finsternis
und ihre Fesseln entzweibrach:
Die sollen dem Herrn danken für seine Huld,
   für sein wunderbares Tun an den Menschen,
weil er die ehernen Tore zerbrochen,
   die eisernen Riegel zerschlagen hat. *Psalm 107, 13–16*

LESUNG

Vom Ende des ersten Martyrers wird berichtet: Da erhoben sie ein lautes Geschrei und hielten sich die Ohren zu; sie stürmten wie ein Mann auf ihn los, trieben ihn zur Stadt hinaus und steinigten ihn. Die Zeugen aber legten ihre Kleider zu Füßen eines jungen Mannes nieder, der Saulus hieß. Sie steinigten den Stephanus; er aber betete und rief: Herr Jesus, nimm meinen Geist auf! Dann sank er in die Knie und schrie laut: Herr, rechne ihnen diese Sünde nicht an! Nach diesen Worten starb er. *Apostelgeschichte 7, 57–60*

GEBET

Herr Jesus Christus, du hast deinem Diener Stephanus Kraft gegeben, für seine Feinde zu beten, so wie du am Kreuz für sie gebetet hast. Wir bitten dich: Wenn wir in Bedrängnis geraten, laß uns aufblicken zu dir und stärke in uns die Bereitschaft zur Vergebung bis in den Tod.

FÜRBITTEN – VATERUNSER – SEGEN

---

* An diesem Tage wird in den Jahren 1974, 1977 und 1979 das Herz-Jesu-Fest gefeiert: s. S. 278.
I: 2 Kor 11, 18. 21b–30 / Mt 6, 19–23
II: 2 Kön 11, 1–4. 9–18. 20 / Mt 6, 19–23

SAMSTAG DER ELFTEN JAHRESWOCHE

PSALMGEBET

Zu dir, Herr, erheb ich meine Seele.
Mein Gott, auf dich vertraue ich.
Laß mich nicht scheitern,
daß meine Feinde nicht triumphieren!
Zeige mir, Herr, deine Wege,
lehre mich deine Pfade!
Führe mich in deiner Treue und lehre mich,
denn du bist der Gott meines Heiles!
Auf dich harre ich allezeit.
Denke an dein Erbarmen, Herr,
und an die Erweise deiner Huld;
sie sind ja von Ewigkeit. *Psalm 25, 1–2. 4–6*

LESUNG

Der Seher schreibt: Und der Engel zeigte mir einen Strom, das Wasser des Lebens, klar wie Kristall; er fließt vom Thron Gottes und des Lammes her. In der Mitte des Platzes der Stadt und zu beiden Seiten des Thrones steht der Baum des Lebens. Er trägt zwölfmal Früchte: jeden Monat bringt er seine Frucht, und die Blätter des Baumes heilen die Völker.

Offenbarung 22, 1–2

GEBET

Heiliger Gott, du hast die Tür zum Paradies uns wieder aufgetan, und der Stamm des Kreuzes ist uns zum Baum des Lebens geworden, von dessen Früchten wir allezeit essen dürfen. Wir bitten dich: Mache uns zu Zeugen deines Heils, daß wir deine Versöhnung weitertragen in unsere zerrissene Welt. Dein Friede erhalte und geleite uns auf allen Wegen.

FÜRBITTEN – VATERUNSER – SEGEN

I: 2 Kor 12, 1–10 / Mt 6, 24–34
II: 2 Chr 24, 17–25 / Mt 6, 24–34

ZWÖLFTE JAHRESWOCHE

BESINNUNG

Wenn wir auf unser Leben zurückblicken, geht es uns wie den Fischern vom See Genezareth. Wir haben uns so oft vergeblich gemüht, und was haben wir eigentlich erreicht?
Noch schwerer als alle vergebliche Mühe aber wiegt unser falsches Tun und alles, was wir als Schuld auf uns geladen haben. Dies alles hält uns fest in der Vergangenheit, bedrückt uns und macht uns unfroh für die künftigen Aufgaben.
Wenn uns Christus gebietet, dennoch die alten Aufgaben von neuem anzupacken, sollten wir mit Simon Petrus sagen: Ich kann mir zwar keinen Erfolg zutrauen, aber auf dein Wort will ich das Netz auswerfen! Das Wort des Herrn macht einen Strich durch unser vergangenes Tun und ruft uns zu neuer Tat.
Der Wochenspruch sagt es mit einem andern Bild aus alter Zeit: Der Bauer, der eine gerade Furche pflügen will, muß vorausblicken. Wer den Pflug in der Hand hat und zurückschaut, kann seine Aufgabe nicht erfüllen.
Wer sich in den Dienst des Reiches Gottes gerufen weiß, muß alle falsche Rück-Sicht fallen lassen, vor allem die Rücksicht auf eigene Bequemlichkeit und falsche Gewohnheit, aber auch alle falsche Menschenfurcht.
Wer Menschen gewinnen will – wie die Apostel, die der Herr beruft, Menschenfischer zu werden – wer helfen will, den Boden für die Saat des Wortes Gottes zu bereiten, der muß sich im rechten Augenblick mit ganzer Entschlossenheit und ungeteilten Kräften einsetzen können. Das gilt nicht nur für den, der in der Kirche ein besonderes Amt hat, sondern für jeden Getauften. Durch unser aller Dienst will Gott sein Reich auf Erden wachsen lassen.

Herr, du hast mich gerufen mit heiligem Ruf. So ziehe mich nun ganz zu dir, daß ich dir folge und deinen Willen zu erfüllen trachte. Befreie mich von allem, was aufhält oder ablenkt. Laß mich froh und gewiß werden auf dem Weg, den du mich führst.

ZWÖLFTER SONNTAG IM JAHRESKREIS

DER WOCHENSPRUCH

Keiner, der die Hand an den Pflug legt und nochmals zurückblickt, taugt für das Reich Gottes. *Lukas 9, 62*

LESUNG

Seid alle eines Sinnes, habt Mitgefühl und brüderliche Liebe, seid barmherzig und demütig! Vergeltet nicht Böses mit Bösem, noch Kränkung mit Kränkung! Statt dessen segnet, weil auch ihr dazu berufen seid, Segen zu erben! *1 Petrus 3, 8–9*

EVANGELIUM

Als Jesus seine Rede beendet hatte, sagte er zu Simon: Fahr hinaus auf den See! Dort werft eure Netze zum Fang aus! Simon antwortete ihm: Meister, wir haben die ganze Nacht gearbeitet und nichts gefangen. Doch weil du es sagst, will ich die Netze noch einmal auswerfen. Sie taten es und fingen eine so große Menge Fische, daß ihre Netze zu reißen drohten. *Lukas 5, 4–6*

GEBET

Himmlischer Vater, öffne uns Ohren und Herzen, daß wir vernehmen, wenn du mit uns redest, und mache uns bereit, ihm zu folgen, den du zu uns gesandt hast, unserem Herrn Jesus Christus, der uns in Dienst nehmen will für dein Reich.

A: Jer 20, 10–13 / Röm 5, 12–15 / Mt 10, 26–33
B: Ijob 38, 1. 8–11 / 2 Kor 5, 14–17 / Mk 4, 35–40
C: Sach 12, 10–11 / Gal 3, 26–29 / Lk 9, 18–24

MONTAG DER ZWÖLFTEN JAHRESWOCHE

PSALMGEBET

Von Gnade und Recht will ich singen,
   dir, o Herr, will ich spielen.
Ich will achten auf den Weg der Bewährten,
   ich lebe in der Stille meines Hauses
   mit lauterem Herzen.
Nicht richte ich das Auge auf Schändliches,
   ich hasse es, Unrecht zu tun;
   es soll nicht an mir haften!
Meine Augen suchen die Treuen im Land,
sie sollen wohnen bei mir! *Psalm 101, 1–3. 6*

EVANGELIUM

Jesus spricht zu den Jüngern: Wer nicht gegen uns ist, der ist für uns. Wer euch auch nur einen Becher Wasser zu trinken gibt, weil ihr zu Christus gehört – Amen, ich sage euch: Er wird nicht um seinen Lohn kommen! *Markus 9, 40–41*

GEBET

Herr, du hast deine Freunde unter allen Menschen, auch wo sie sich nicht offen zu erkennen geben. Bewahre uns vor Überheblichkeit und drängendem Eifer. Laß uns auch stumme Zeichen der Menschlichkeit annehmen als Zeichen dafür, daß wir Brüder sind um Christi willen.

FÜRBITTEN – VATERUNSER – SEGEN

I: Gen 12, 1–9 / Mt 7, 1–5
II: 2 Kön 17, 5–8. 13–15a. 18 / Mt 7, 1–5

DIENSTAG DER ZWÖLFTEN JAHRESWOCHE

PSALMGEBET

Der Herr aber thront für ewig;
 seinen Thron stellt er auf zum Gericht.
Er richtet den Erdkreis gerecht,
 er spricht den Völkern nach Gebühr das Urteil.
Darum vertraut auf dich, wer deinen Namen kennt;
 denn du, Herr, verläßt keinen, der dich sucht.
Spielt dem Herrn, der thront auf dem Zion,
 verkündet unter den Völkern seine Taten!
Psalm 9, 8–9. 11–12

LESUNG

Paulus schreibt: Nicht daß ich es schon erreicht hätte oder daß ich schon vollendet wäre! Aber ich strebe danach, es zu ergreifen, weil auch ich von Christus Jesus ergriffen worden bin. Ich vergesse, was hinter mir liegt, und strecke mich nach dem aus, was vor mir ist. Das Ziel vor Augen, jage ich nach dem Siegespreis: der himmlischen Berufung, die Gott uns in Christus Jesus schenkt. *Philipper 3, 12. 13. 14*

GEBET

Ewiger Gott, du hast uns zu dir gerufen, du willst uns verwandeln und vollenden. Wie unvollkommen sind wir, wie weit entfernt von dem Ziel unseres Lebens! Reiß uns los von dem, was hinter uns liegt, hilf uns, daß wir uns neu auf das Ziel ausrichten, auf Jesus Christus, der uns voranging durchs Kreuz zur ewigen Herrlichkeit.

FÜRBITTEN – VATERUNSER – SEGEN

I: Gen 13, 2. 5–18 / Mt 7, 6. 12–14
II: 2 Kön 19, 9b–11. 14–21. 31–35a. 36 / Mt 7, 6. 12–14

MITTWOCH DER ZWÖLFTEN JAHRESWOCHE

PSALMGEBET

Herr, steh auf, Gott, erheb deine Hand,
    vergiß die Gebeugten nicht!
Du siehst es ja selbst,
    du schaust auf Unheil und Kummer.
Die Sehnsucht der Armen hast du, Herr, gestillt,
    du stärkst ihr Herz, dein Ohr achtet darauf.

Psalm 10, 12. 14. 17

EVANGELIUM

Jesus spricht zu den Jüngern: Wer um meines Namens willen Brüder, Schwestern, Vater, Mutter, Kinder, Äcker oder Häuser verlassen hat, wird ein Vielfaches dafür bekommen und das ewige Leben gewinnen. Viele, die jetzt die Ersten sind, werden die Letzten sein, und die Letzten die Ersten.

Mattäus 19, 29–30

GEBET

Herr Jesus, wir danken dir für die Brüder und Schwestern, die alles verlassen haben, um ungeteilt für dich und dein Reich verfügbar zu sein. Laß uns an ihrem Beispiel Mut gewinnen, daß wir uns von falschen Bindungen lossagen, um dir in unserem Alltag, in Beruf und Familie, mit ungeteiltem Herzen zu dienen.

FÜRBITTEN – VATERUNSER – SEGEN

I: Gen 15, 1–12. 17–18 / Mt 7, 15–20
II: 2 Kön 22, 8–13; 23, 1–3 / Mt 7, 15–20

DONNERSTAG DER ZWÖLFTEN JAHRESWOCHE

PSALMGEBET

Groß ist der Herr und hoch zu preisen
 in der Stadt unseres Gottes.
Gott ist in ihren Häusern bekannt,
 als sicherer Schutz ist er bewährt.
Wir bedenken, o Gott, deine Huld
 in deinem heiligen Tempel.
Wie dein Name, Gott, so reicht dein Ruhm bis an die
Enden der Erde. *Psalm 48, 2. 4. 11*

LESUNG

Die Huld des Herrn ist nicht erschöpft, sein Erbarmen ist nicht zu Ende. Neu ist es an jedem Morgen; groß ist deine Treue. „Mein Anteil ist der Herr", sagt meine Seele, „darum harre ich auf ihn." Gut ist der Herr zu dem, der auf ihn hofft, zur Seele, die ihn sucht. *Klagelieder 3, 22–25*

GEBET

Wir danken dir, Herr, daß du deine Kirche erhältst trotz allen Versagens ihrer Diener, trotz aller Schwachheit ihrer Glieder. Du allein bist Schutz und Schirm deiner Gemeinde. Du läßt nicht zuschanden werden, die dir vertrauen und auf dich hoffen.

FÜRBITTEN – VATERUNSER – SEGEN

I: Gen 16, 6b–12. 15–16 / Mt 7, 21–29
II: 2 Kön 24, 8–17 / Mt 7, 21–29

FREITAG DER ZWÖLFTEN JAHRESWOCHE*

PSALMGEBET

Herr, öffne mir die Lippen,
  daß mein Mund deinen Ruhm verkünde!
Schlachtopfer willst du nicht, ich würde sie dir geben,
  an Brandopfern hast du kein Gefallen.
Das Opfer für Gott ist ein zerknirschter Geist,
  ein zerbrochenes und zerschlagenes Herz wirst du,
  Gott, nicht verschmähen.
Mach mich wieder froh mit deinem Heil;
  mit einem willigen Geist rüste mich aus!

Psalm 51, 17–19. 14

EVANGELIUM

Jesus spricht: Wer mir nachfolgen will, verleugne sich selbst und nehme täglich sein Kreuz auf sich. So folge er mir nach. Denn wer sein Leben retten will, wird es verlieren; wer aber sein Leben um meinetwillen verliert, wird es retten. Was nützt es einem Menschen, wenn er die ganze Welt gewinnt, dabei aber sich selbst verliert und Schaden erleidet?

Lukas 9, 23–25

GEBET

Herr meines Lebens, was ich mit Gewalt festhalten will, das nimmst du mir; und was ich dir schenke, das segnest du und erfüllst es mit neuem Leben. Bewahre mich davor, daß ich mich selbst verliere, weil ich zu vieles gewinnen möchte. Stärke mich auf dem Weg zum ewigen Heil.

FÜRBITTEN – VATERUNSER – SEGEN

---

* An diesem Tage wird im Jahre 1976 das Herz-Jesu-Fest gefeiert: s. S. 278.
I: Gen 17, 1. 9–10. 15–22 / Mt 8, 1–4
II: 2 Kön 25, 1–12 / Mt 8, 1–4

SAMSTAG DER ZWÖLFTEN JAHRESWOCHE

PSALMGEBET

Der Herr ist meine Kraft und mein Schild,
  mein Herz vertraut ihm.
Mir wurde geholfen; da jubelte mein Herz,
  ich will mit meinem Lied ihm danken.
Der Herr ist seines Volkes Stärke,
  Schutz und Heil für seinen Gesalbten.
Hilf deinem Volk und segne dein Erbe,
  führe und trag es in Ewigkeit! *Psalm 28, 7–9*

EVANGELIUM

Jesus spricht: Wer nicht sein Kreuz trägt und mir nachfolgt, kann nicht mein Jünger sein. Wenn einer von euch einen Turm bauen will, setzt er sich nicht dann zuerst hin und rechnet, ob seine Mittel dafür ausreichen? Sonst könnte es geschehen, daß er das Fundament gelegt hat, den Bau aber nicht fertigstellen kann. Und alle, die es sehen, würden ihn verspotten und sagen: Der da hat einen Bau begonnen und konnte ihn nicht zu Ende führen. *Lukas 14, 27–30*

GEBET

Laß mich, o Herr, in allen Dingen
auf deinen Willen sehn und dir mich weih;
gib selbst das Wollen und Vollbringen
und laß mein Herz dir ganz geheiligt sein.
Nimm meinen Leib und Geist zum Opfer hin:
Dein, Herr, ist alles, was ich hab und bin.

FÜRBITTEN – VATERUNSER – SEGEN

I: Gen 18, 1–15 / Mt 8, 5–17
II: Klgl 2, 2. 10–14. 18–19 / Mt 8, 5–17

DREIZEHNTE JAHRESWOCHE

BESINNUNG

Wer durch Wasser und Geist in der heiligen Taufe zu einem neuen Leben wiedergeboren ist, gehört als Kind des himmlischen Vaters zur „Familie Gottes"; er ist bei seinem Namen gerufen und aus allen anderen Bindungen befreit; er gehört nun in diese neue Gemeinschaft und darf sich in ihr geborgen wissen.

Ein Zeichen dieser durch die Taufe ein für allemal begründeten neuen Zugehörigkeit ist die immer wiederkehrende Tischgemeinschaft. Wer getauft ist, hat das Recht auf einen Platz am Tisch des Herrn. Wie an jedem Ort die Getauften am Sonntag eingeladen sind zur Feier des heiligen Mahls, so darf ein Christ, wo immer er in der Fremde weilt, sich eingeladen und zugehörig wissen, wo sich eine Gemeinde versammelt, um zu tun, was der Herr selbst geboten hat, als er sagte: Solches tut zu meinem Gedächtnis!

Beim heiligen Abendmahl gibt es nicht nur etwas zu nehmen und zu empfangen, sondern auch etwas zu bringen und zu geben. In der Feier der „Eucharistie" dürfen wir unser Lob- und Dankopfer darbringen, ja mit den Gaben des Brotes und Weines bringen wir alles vor Gott, was er uns in diesem Leben und für dieses Leben anvertraut hat. Alles gehört ihm. Wir selbst sind sein Eigentum. Wenn wir aber auf dem Weg zum Altar sind, um solch ein Opfer darzubringen, und es fällt uns ein, was wir unserem nächsten Mitmenschen gegenüber versäumt oder gefehlt haben, so gilt das Wort des Herrn: Geh hin und versöhne dich zuerst mit deinem Bruder. Dann komm und bringe deine Gabe dar. Ein Gottesdienst, in den wir unser tägliches Leben nicht mitnehmen und der in diesem Leben keine Früchte bringt, ist Heuchelei, auf der kein Segen ruht.

Das sollt ihr, Jesu Jünger, nie vergessen: / wir sind, die wir von einem Brote essen, / aus einem Kelche trinken, alle Brüder / und Jesu Glieder.

Wenn wir wie Brüder beieinander wohnten, / Gebeugte stärkten und der Schwachen schonten, / dann würden wir den letzten heilgen Willen / des Herrn erfüllen.

Ach, dazu müsse seine Lieb uns dringen! / Du wollest, Herr, dies große Werk vollbringen, / daß unter einem Hirten eine Herde / aus allen werde.

DREIZEHNTER SONNTAG IM JAHRESKREIS

DER WOCHENSPRUCH

Nun aber spricht der Herr, dein Schöpfer: Fürchte dich nicht, denn ich erlöse dich; ich rufe dich beim Namen, mein bist du.
Jesaja 43, 1

LESUNG

Wißt ihr denn nicht, daß wir, die wir auf Christus Jesus getauft wurden, auf seinen Tod getauft sind? Wir wurden mit ihm begraben durch die Taufe auf den Tod, damit so, wie Christus durch die Herrlichkeit des Vaters von den Toten auferweckt wurde, auch wir in dieser neuen Wirklichkeit leben. Ebenso urteilt über euch selbst: ihr seid tot für die Sünde, aber ihr lebt für Gott in Christus Jesus. *Römer 6, 3–4. 11*

EVANGELIUM

Jesus spricht: Wenn eure Gerechtigkeit nicht weit größer ist als die der Schriftgelehrten und Pharisäer, werdet ihr nicht in das Himmelreich kommen. Wenn du deine Opfergabe zum Altar bringst und dir dabei einfällt, daß dein Bruder etwas gegen dich hat, so laß deine Gabe dort vor dem Altar liegen; geh und versöhne dich zuerst mit deinem Bruder, dann komm und opfere deine Gabe. *Mattäus 5, 20. 23–24*

GEBET

Dreieiniger Gott, in dessen Namen wir getauft sind, gib, daß alles, was uns von dir trennt, absterbe und vergehe, damit auferstehe der neue Mensch, der nach deinem Bilde geschaffen ist.

A: 2 Kön 4, 8–11. 14–16a / Röm 6, 3–4. 8–11 / Mt 10, 37–42
B: Weish 1, 13–15; 2, 23–25 / 2 Kor 8, 7. 9. 13–15 / Mk 5, 21–24. 35b–43
C: 1 Kön 19, 16b. 19–21 / Gal 4, 31b– 5, 1. 13–18 / Lk 9, 51–62

MONTAG DER DREIZEHNTEN JAHRESWOCHE

PSALMGEBET

Ich danke dir, daß ich so wunderbar gestaltet bin:
 staunenswert sind deine Werke! Das weiß ich wohl.
Deine Augen sahen, wie ich entstand;
 in deinem Buch war schon alles verzeichnet;
meine Tage wurden schon gebildet,
 als von ihnen noch keiner da war.
Wie schwer sind mir deine Gedanken, o Gott,
 wie gewaltig ist ihre Zahl! *Psalm 139, 14. 16. 17*

LESUNG

Als aber die Güte und Menschenliebe Gottes, unseres Retters, erschien, hat er uns gerettet – nicht wegen der Werke, die wir aus eigener Gerechtigkeit vollbracht haben, sondern auf Grund seines Erbarmens – durch das Bad der Wiedergeburt und der Erneuerung im heiligen Geist. Ihn hat er durch Jesus Christus, unseren Retter, in reichem Maß über uns ausgegossen, damit wir durch seine Gnade gerechtfertigt werden und das ewige Leben erben, das wir erhoffen. *Titus 3, 4–7*

GEBET

Wir danken dir, himmlischer Vater, daß du uns zu deinen Kindern gemacht hast. Es ist allein das Werk deiner Gnade. Hilf, daß wir uns fest an deine gnädige Zusage halten und das ewige Erbe nicht im Unglauben verscherzen. Laß uns dein Eigen sein und bleiben.

FÜRBITTEN – VATERUNSER – SEGEN

I: Gen 18, 16–33 / Mt 8, 18–22
II: Am 2, 6–10. 13–16 / Mt 8, 18–22

DIENSTAG DER DREIZEHNTEN JAHRESWOCHE

PSALMGEBET

Wohin könnt ich gehn vor deinem Geist,
   wohin vor deinem Antlitz fliehen?
Stiege ich hinauf in den Himmel, du bist dort,
   bettete ich mich in der Unterwelt, du bist zugegen.
Nähme ich Flügel des Morgenrots,
   ließ ich mich nieder am äußersten Meer,
auch dort würde deine Hand mich ergreifen
   und deine Rechte mich fassen. *Psalm 139, 7–10*

LESUNG

So ist Christus auch zu den Geistern gegangen, die im Gefängnis waren, und hat ihnen gepredigt. Diese waren einst ungehorsam, als Gott in den Tagen Noachs geduldig wartete, während die Arche gebaut wurde; in ihr wurden nur wenige, nämlich acht Menschen, durch das Wasser gerettet. Dem entspricht die Taufe, die jetzt euch rettet. *1 Petrus 3, 19–21*

GEBET

Wir danken dir, Gott, daß du uns aus Tod und Verderben errettest. Wie in eine rettende Arche hast du uns in deine Gemeinde gerufen und willst uns an das Ufer eines neuen Lebens gelangen lassen. Gib, daß wir nicht aufhören, darauf zu vertrauen; daß wir auch in tödlichen Gefahren die Hoffnung festhalten, die sich auf dein Wort im Sakrament verläßt. Du hast uns erlöst, Herr, du treuer Gott.

FÜRBITTEN – VATERUNSER – SEGEN

I: Gen 19, 15–29 / Mt 8, 23–27
II: Am 3, 1–8; 4, 11–12 / Mt 8, 23–27

MITTWOCH DER DREIZEHNTEN JAHRESWOCHE

PSALMGEBET

Herr, du erforschest und kennst mich.
Ob ich sitze oder stehe, du weißt von mir.
  Meine Gedanken durchschaust du von ferne.
Ob ich gehe oder ruhe, du mißt es ab,
  du bist vertraut mit all meinen Wegen.
Noch liegt mir kein Wort auf der Zunge –
  du, Herr, kennst es bereits. *Psalm 139, 1–4*

EVANGELIUM

Da brachte man Kinder zu Jesus, damit er sie mit der Hand berührte. Die Jünger aber wiesen die Leute ab. Als Jesus das sah, wurde er unwillig und sagte zu ihnen: Laßt die Kinder zu mir kommen, hindert sie nicht daran! Denn Menschen wie ihnen gehört das Reich Gottes. Amen, ich sage euch: Wer das Reich Gottes nicht annimmt, als wäre er ein Kind, wird nicht hineinkommen. *Markus 10, 13–15*

GEBET

Behüte unsere Gedanken, Herr, daß wir die unmündigen Kinder nicht geringschätzen, denen du Anteil gibst an deiner Liebe, an dem unergründlichen Geheimnis deiner Gnade. Erhalte uns selbst allezeit den kindlichen Sinn, der alles Gute von dir erwartet und auf deinen Willen hört.

FÜRBITTEN – VATERUNSER – SEGEN

I: Gen 21, 5. 8–20 / Mt 8, 28–34
II: Am 5, 14–15. 21–24 / Mt 8, 28–34

DONNERSTAG
DER DREIZEHNTEN JAHRESWOCHE

PSALMGEBET

Wie schwer sind mir deine Gedanken, o Gott,
  wie gewaltig ist ihre Zahl!
Wollt' ich sie zählen, sie wären mehr als der Sand!
  Käm' ich zum Ende, bin ich noch immer bei dir!
Erforsche mich, Gott, und erkenne mein Herz,
  prüfe mich und erkenne mein Denken!
Schau, ob ich gehe auf einem Weg, der dich kränkt,
  und leite mich auf ewigem Weg! *Psalm 139, 17–18. 23–24*

EVANGELIUM

Als die Elf bei Tisch waren, erschien ihnen Jesus und sagte zu ihnen: Geht hinaus in die ganze Welt und verkündet der gesamten Schöpfung das Evangelium! Wer glaubt und sich taufen läßt, wird gerettet, wer aber nicht glaubt, wird verurteilt werden. *Markus 16, 14. 15–16*

GEBET

Gütiger Gott, du wartest auf unseren Glauben, mit dem wir die Gaben deiner Gnade ergreifen: Erwecke und stärke du selbst solchen Glauben in uns, daß wir nicht versäumen oder verfehlen, was du zu unserem Heil an uns tun willst.

FÜRBITTEN – VATERUNSER – SEGEN

I: Gen 22, 1–19 / Mt 9, 1–8
II: Am 7, 10–17 / Mt 9, 1–8

FREITAG DER DREIZEHNTEN JAHRESWOCHE*

PSALMGEBET

Sättige mich mit Entzücken und Freude!
   Jubeln sollen die Glieder, die du zerschlagen!
Verbirg dein Antlitz vor meinen Sünden;
   tilge all meine Frevel!
Ein reines Herz erschaffe mir, Gott,
   und gib mir einen neuen, beständigen Geist!
Verwirf mich nicht von deinem Angesicht;
   nimm nicht von mir deinen heiligen Geist!

Psalm 51, 10–13

EVANGELIUM

Zu dieser Zeit kam Jesus von Galiläa an den Jordan zu Johannes, um sich von ihm taufen zu lassen. Johannes aber wollte es nicht zulassen und sagte zu ihm: Ich müßte von dir getauft werden, und du kommst zu mir? Jesus antwortete ihm: Laß es jetzt nur geschehen! Denn wir müssen auf diese Weise erfüllen, was Gottes Wille ist. *Matthäus 3, 13–15*

GEBET

Herr Jesus Christus, du hast dich erniedrigt bis zur Taufe der Buße im Jordan und bis zum Tod am Kreuz. Darum hat dich auch Gott erhöht, und wir preisen deinen Namen und hoffen auf dein Heil.

FÜRBITTEN – VATERUNSER – SEGEN

---

* An diesem Tage wird im Jahre 1973 das Herz-Jesu-Fest gefeiert: s. S. 278.
I: Gen 23, 1–4. 19; 24, 1–8. 62–67 / Mt 9, 9–13
II: Am 8, 4–6. 9–12 / Mt 9, 9–13

SAMSTAG DER DREIZEHNTEN JAHRESWOCHE

PSALMGEBET

Du hast mein Inneres geschaffen,
 mich gewoben im Schoß meiner Mutter.
Meine Glieder waren dir nicht verborgen,
als ich im Dunkeln gebildet ward,
 kunstvoll gewirkt in den Tiefen der Erde.
Deine Augen sahen, wie ich entstand;
 in deinem Buch war schon alles verzeichnet.

Psalm 139, 13. 15–16

LESUNG

Daher denk an die Lehre, die du empfangen und gehört hast! Halte daran fest und kehr um! Wer siegt, wird mit weißen Gewändern bekleidet werden. Nie werde ich seinen Namen aus dem Buch des Lebens löschen; ich werde ihn anerkennen vor meinem Vater und vor seinen Engeln.

Offenbarung 3, 3. 5

GEBET

Herr, ich danke dir für das Gewand der Unschuld und Freude, das du mir in der heiligen Taufe geschenkt hast. Vergib, was ich gefehlt habe, und schenke mir durch deine Gnade einen neuen Anfang. Mache du selbst mich würdig, dereinst einzugehen in die Freude der ewigen Herrlichkeit.

FÜRBITTEN – VATERUNSER – SEGEN

I: Gen 27, 1–5. 15–29 / Mt 9, 14–17
II: Am 9, 11–15 / Mt 9, 14–17

VIERZEHNTE JAHRESWOCHE

BESINNUNG

Wie barmherzig ist Gott, daß er sich durch die Menschwerdung in Jesus Christus ganz in unser leibhaftes menschliches Dasein hineingegeben hat und es nicht verschmäht, auch in einem so schlichten Vorgang wie dem Essen und Trinken uns helfend zu begegnen! Wenn unsere Gedanken zu müde und flatterhaft sind und unser Verstand sich nicht mehr auf eine klare Lehraussage konzentrieren kann – auch dann dürfen wir am Altar stehen in kindlicher Demut und Offenheit und dürfen in Brot und Wein die Gaben der Liebe unseres Herrn empfangen, die uns stärken für eine neue Woche unseres täglichen Lebens.
Diese Verheißung gilt für alle Welt. Die Zahl 4000 weist nach alter Symbolik auf die Menschen, die in allen vier Himmelsrichtungen wohnen, alle Menschen. Die Zahl 5000, die in anderen Fassungen der Geschichte von der wunderbaren Speisung steht, bedeutet genau das Gleiche, wenn man „fünf" als „Mensch" deutet und „tausend" als „alle". Die sieben Brote sind unverkennbarer Hinweis auf Christus selbst, dessen Zahl die Sieben ist. Er ist das Brot des Lebens. Er ist Gastgeber und Gabe in einem. Wie er einst das Brot nahm, dankte, es brach und den Jüngern gab, so geschieht es noch immer in jeder Feier des heiligen Mahls.
Wichtig ist nun aber, daß die Jünger empfangen, um weiterzugeben, damit alle satt werden. Und das ist das Wunder, das noch immer vom Sakrament des Altars ausgehen soll: daß wir nicht nur jeder etwas für sich empfangen, sondern erfüllt von seiner Liebe hingehen, um weiterzugeben, was er uns geschenkt hat.
Das ist heute so aktuell wie je, da es in unserer Welt für die Wahrung des Friedens, ja für den Fortbestand der Menschheit so offenkundig von überragender Bedeutung ist, daß Brot für die Welt, Brot für alle geschaffen und weitergegeben wird.

Heiland der Welt, wir danken dir, daß du uns immer von neuem Speise gibst für Leib, Seele und Geist. Füge uns immer enger zusammen zu einer Gemeinde, die dir zu dienen bereit ist in dieser Welt. Öffne unsere Herzen für die Not der Menschen und mache uns willig, mit der Tat zu helfen, wo Hilfe gebraucht wird.

VIERZEHNTER SONNTAG IM JAHRESKREIS

DER WOCHENSPRUCH

Stellt eure Glieder in den Dienst der Gerechtigkeit, so daß ihr heilig werdet! *Römer 6, 19*

LESUNG

Wie ihr eure Glieder in den Dienst der Unreinheit und der Gesetzlosigkeit gestellt habt, so daß ihr gesetzlos wurdet, so stellt jetzt eure Glieder in den Dienst der Gerechtigkeit, so daß ihr heilig werdet.
Denn der Lohn, den die Sünde zahlt, ist der Tod, die Gabe Gottes aber ist das ewige Leben in Christus Jesus, unserem Herrn. *Römer 6, 19. 23*

EVANGELIUM

Da gab Jesus die Anweisung, die Leute sollten sich auf den Boden setzen; er nahm die sieben Brote, sprach das Dankgebet, brach die Brote und gab sie seinen Jüngern mit dem Auftrag, sie an die Menge auszuteilen; und sie taten es. Sie hatten auch einige Fische bei sich. Jesus segnete sie und ließ auch sie austeilen. Die Leute aßen und wurden satt. Dann sammelte man die übriggebliebenen Stücke ein, sieben Körbe voll. Ungefähr viertausend Menschen waren beisammen. Danach entließ er sie. *Markus 8, 6–9*

GEBET

Himmlischer Vater, dir gehört alles, was wir sind und haben. Wir bitten dich: Laß deine Gnade in uns mächtig werden, daß nicht der eigene Sinn, sondern dein heiliger Wille in uns herrsche, und wir so durch deine Gnade heilig werden.

A: Sach 9, 9–10 / Röm 8, 9. 11–13 / Mt 11, 25–30
B: Ez 2, 2–5 / 2 Kor 12, 7–10 / Mk 6, 1–6
C: Jes 66, 10–14c / Gal 6, 14–18 / Lk 10, 1–9

MONTAG DER VIERZEHNTEN JAHRESWOCHE

PSALMGEBET

Dem Herrn gehört die Erde und was sie füllt,
der Erdkreis und seine Bewohner.
Denn er hat ihn auf Meere gegründet,
ihn über Strömen gefestigt.
Wer darf hinaufziehn zum Berg des Herrn,
wer darf stehn an seiner heiligen Stätte?
Der reine Hände hat und ein lauteres Herz,
der nicht betrügt und keinen Meineid schwört.

Psalm 24, 1–4

EVANGELIUM

Jesus sprach zu den Jüngern: Was macht ihr euch darüber Gedanken, daß ihr kein Brot habt? Begreift und versteht ihr immer noch nicht? Ist denn euer Herz verblendet? Habt ihr Augen und seht nicht und Ohren und hört nicht? Erinnert ihr euch nicht: Als ich die fünf Brote für die Fünftausend brach, wieviel Körbe voll Brotreste habt ihr da aufgesammelt? Sie antworteten ihm: Zwölf. Da sagte er zu ihnen: Versteht ihr immer noch nicht? *Markus 8, 17–18. 19. 21*

GEBET

Herr, du gibst uns täglich, wessen wir bedürfen für diesen Tag, und gibst uns so viel dazu, daß wir anderen helfen können. Bewege unsere Herzen, daß wir erkennen, wo und wie du uns gebrauchen willst in deinem Dienst.

FÜRBITTEN – VATERUNSER – SEGEN

I: Gen 18, 10–22a / Mt 9, 18–26
II: Hos 2, 14. 15b–16. 19–20 / Mt 9, 18–26

DIENSTAG DER VIERZEHNTEN JAHRESWOCHE

PSALMGEBET

Höre, o Gott, mein lautes Klagen,
 vor den Schrecken des Feindes schütze mein Leben!
Birg mich vor der Schar der Bösen,
 vor dem Toben derer, die Unrecht tun!
Sie schärfen ihre Zunge wie ein Schwert,
 schießen giftige Worte wie Pfeile.
Ihre eigene Zunge bringt sie zu Fall,
 alle, die es sehen, schütteln den Kopf.
Der Gerechte freut sich im Herrn und flüchtet zu ihm.
 Es rühmen sich alle, die redlichen Herzens sind.
Psalm 64, 2–4. 9. 11

LESUNG

So ist die Zunge nur ein kleiner Teil des Körpers und rühmt sich doch großer Dinge. Und wie klein kann ein Feuer sein, das einen großen Wald in Brand steckt. Mit ihr preisen wir den Herrn und Vater, und mit ihr verfluchen wir die Menschen, die nach dem Bild Gottes geschaffen sind. Aus ein und demselben Mund kommen Preis und Fluch. Meine Brüder, so darf es nicht sein. *Jakobus 3, 5–6. 9–10*

GEBET

Herr, behüte uns vor den unbedachten Worten, durch die wir schuldig werden; behüte uns vor der leichtfertigen Geschwätzigkeit, durch die wir die Wahrheit und die Liebe verletzen. Laß unsere Zunge, die im Gottesdienst dir Lob und Anbetung darbringt, auch im Alltag in Zucht bleiben und Gutes wirken.

FÜRBITTEN – VATERUNSER – SEGEN

I: Gen 32, 22–32 / Mt 9, 32–38
II: Hos 8, 4–7. 11–13 / Mt 9, 32–38

MITTWOCH DER VIERZEHNTEN JAHRESWOCHE

PSALMGEBET

Herr, ich rufe zu dir, komm mir eilends zu Hilfe;
 höre auf meine Stimme, wenn ich rufe zu dir!
Stelle, Herr, eine Wache vor meinen Mund,
 eine Wehr vor das Tor meiner Lippen!
Laß mein Herz sich nicht neigen zu bösem Wort,
 daß ich nichts tue, was schändlich ist,
zusammen mit Männern, die Unrecht tun,
 von ihren Leckerbissen will ich nicht kosten.
Mein Herr und Gott, meine Augen richten sich auf dich,
 bei dir berg ich mich, gieß mein Leben nicht aus!
Psalm 141, 1. 3–4. 8

EVANGELIUM

Jesus spricht: Niemand zündet eine Lampe an und stellt sie in einen versteckten Winkel oder unter einen Eimer, sondern man stellt sie auf den Leuchter, damit alle, die eintreten, das Licht sehen. Dein Auge ist für den Körper die Quelle des Lichts. Wenn dein Auge gesund ist, wird auch dein ganzer Körper von Licht erfüllt sein. Wenn es aber krank ist, dann wird auch dein Körper voll Finsternis sein. Prüfe also, ob das Licht in dir nicht Finsternis ist! *Lukas 11, 33–35*

GEBET

Erleuchte uns, o ewiges Licht;
hilf, daß alles, was durch uns geschieht,
Gott sei wohlgefällig durch Jesum Christum,
der uns macht heilig durch sein Priestertum!

O höchster Tröster und wahrer Gott,
steh uns treulich bei in aller Not,
mach rein unser Leben, schenk uns dein' Gnade,
laß uns nicht weichen von dem rechten Pfade!

I: Gen 41, 55–57; 42, 5–7a. 17–24a / Mt 10, 1–7
II: Hos 10, 1–3. 7–8. 12 / Mt 10, 1–7

DONNERSTAG
DER VIERZEHNTEN JAHRESWOCHE

PSALMGEBET

Wer darf hinaufziehen zum Berg des Herrn,
wer darf stehn an seiner heiligen Stätte?
Der reine Hände hat und ein lauteres Herz,
der nicht betrügt und keinen Meineid schwört.
Er wird Segen empfangen vom Herrn
und Heil vom Gott seiner Hilfe.
Das sind die Menschen, die nach ihm fragen,
die dein Antlitz suchen, Gott Jakobs. *Psalm 24, 3–6*

EVANGELIUM

Jesus spricht: Fürchtet euch nicht vor denen, die den Leib töten, die Seele aber nicht töten können, sondern fürchtet euch vor dem, der Seele und Leib ins Verderben stürzen kann. Verkauft man nicht zwei Spatzen für ein paar Pfennig? Und doch fällt keiner von ihnen zur Erde ohne den Willen eures Vaters. Bei euch aber sind selbst die Haare auf dem Kopf alle gezählt. Fürchtet euch also nicht! Ihr seid mehr wert als alle Spatzen zusammen. *Mattäus 10, 28–31*

GEBET

Allmächtiger Gott, in deiner Hand steht unser Leib und Leben. Dir vertrauen wir uns an und bitten dich, mache uns frei von Menschenfurcht und schenke uns den Mut, uns allezeit zu dir zu bekennen.

FÜRBITTEN – VATERUNSER – SEGEN

I: Gen 44, 18–21. 23b–29; 45, 1–5 / Mt 10, 7–15
II: Hos 11, 1b. 3–4. 8c–9 / Mt 10, 7–15

FREITAG DER VIERZEHNTEN JAHRESWOCHE

PSALMGEBET

Auf dem Weg deiner Gebote gehn meine Schritte,
meine Füße wanken nicht auf deinen Pfaden.
Ich rufe dich an, denn du, Gott, erhörst mich.
Wende dein Ohr mir zu, vernimm meine Rede!
Wunderbar erweise deine Huld!
Du rettest, die sich an deiner Rechten vor den
Feinden verbergen.
Behüte mich wie den Augapfel, den Stern des Auges,
birg mich im Schatten deiner Flügel. *Psalm 17, 5–8*

EVANGELIUM

Pilatus ging wieder hinaus und sagte zu den Juden: Seht, ich bringe ihn zu euch heraus; ihr sollt wissen, daß ich keinen Grund finde, ihn schuldig zu sprechen. Jesus kam heraus; er trug den Dornenkranz und den purpurroten Mantel. Pilatus sagte zu ihnen: Da, seht den Menschen! *Johannes 19, 4–5*

GEBET

Gott, unser Vater, du hast uns in deinem Sohn das Bild des wahren Menschen vor Augen gestellt. Pilatus hat unwissend die Wahrheit bezeugt. Wir bitten dich: Verwandle uns in das Bild Jesu Christi, laß uns ihm ähnlich werden durch deine Gnade.

FÜRBITTEN – VATERUNSER – SEGEN

I: Gen 46, 1–7. 28–30 / Mt 10, 16–23
II: Hos 14, 2–10 / Mt 10, 16–23

SAMSTAG DER VIERZEHNTEN JAHRESWOCHE

PSALMGEBET

Zu dir rufe ich, Herr, mein Fels,
   wende dich nicht schweigend ab von mir!
Denn wolltest du schweigen,
   würde ich denen gleich, die längst begraben sind.
Höre mein lautes Flehen, wenn ich schreie zu dir,
   wenn ich zu deinem Allerheiligsten die Hände aufhebe!
Gepriesen sei der Herr!
   Denn er hat mein lautes Flehen erhört.
Der Herr ist meine Kraft und mein Schild,
   mein Herz vertraut ihm.   *Psalm 28, 1–2. 6*

LESUNG

Paulus schreibt: Man wird fragen: Wie werden die Toten auferweckt? Was für einen Leib werden sie haben? Eine sinnlose Frage! Auch das, was du säest, wird nicht lebendig, wenn es nicht stirbt.
So ist es auch mit der Auferstehung der Toten. Was gesät wird, ist verweslich; was auferweckt wird, unverweslich. Was gesät wird, ist armselig; was auferweckt wird, herrlich. Was gesät wird, ist schwach; was auferweckt wird, stark. Gesät wird ein irdischer Leib, auferweckt ein überirdischer Leib.
     1 Korinther 15, 35–36. 42–44

GEBET

Ewiger Gott, unser vergängliches Fleisch und Blut kann nicht in dein Reich kommen, so bitten wir dich: Mache uns gewiß, daß du unser sterbliches Wesen verwandelst durch die Kraft der Auferstehung, daß wir in Christus dir angehören dürfen trotz Tod und Grab, und daß du uns über all unser Verstehen hinaus ein Leben schenkst, das nie vergeht.

FÜRBITTEN – VATERUNSER – SEGEN

I: Gen 49, 29–33; 50, 15–24 / Mt 10, 24–33
II: Jes 6, 1–8 / Mt 10, 24–33

FÜNFZEHNTE JAHRESWOCHE

BESINNUNG

Falsche Propheten geben sich einen frommen Anschein und wissen sich immer selbst zu rechtfertigen. Wie kann man ihre eindrucksvollen Worte und ihre zur Schau getragenen guten Werke entlarven? Jesus sagt: An ihren Früchten sollt ihr sie erkennen.
Früchte kann man nicht künstlich herstellen. Im Unterschied zu allem Machbaren unterliegen sie den lebendigen Gesetzen von Saat und Ernte, von Wachstum und Blüte. Nicht jede Blüte führt zur Frucht, aber es gibt keine Frucht ohne vorausgehendes Blühen. Diese Vorgänge lassen sich zwar unterstützen, aber nicht beliebig verändern, beschleunigen oder vermehren.
Wir können manches dazu tun, den Samen des göttlichen Wortes aufzunehmen und zu bewahren. Aber das Wachstum und Gedeihen, Blüte und Frucht sind wunderbare Geschenke der göttlichen Gnade, die wir bei uns selbst nur dankbar annehmen, nicht aber aus eigener Kraft hervorbringen können.
So wie in der Schöpfung Gottes die Sonne für alles Leben, Blühen und Fruchttragen entscheidend wichtig ist, so spricht der Apostel von den Früchten des Lichtes und nennt vor allem: Gütigkeit und Gerechtigkeit und Wahrheit. Es sind Früchte des Lichtes, das nicht wie unsere Sonne kommt und schwindet, sondern das dem allezeit leuchtet, der sich im Glauben diesem Licht der Gnade öffnet.

Allmächtiger Vater, ich danke dir, daß du mich wunderbar geschaffen und noch wunderbarer erneuert hast durch Jesus Christus, den Heiland und Vollender der Welt. Hilf mir, daß ich deiner lebenschaffenden Gnade vertraue und in Geduld Früchte bringe, die bestehen können vor dir.

FÜNFZEHNTER SONNTAG IM JAHRESKREIS

DER WOCHENSPRUCH

Das Licht aber bringt Güte, Gerechtigkeit und Wahrheit hervor. Prüft, was dem Herrn gefällt. *Epheser 5, 9*

LESUNG

Alle, die sich vom Geist Gottes führen lassen, sind Söhne Gottes. Denn ihr habt nicht den Geist empfangen, der euch wieder zu Knechten macht, so daß ihr euch fürchten müßtet, sondern ihr habt den Geist empfangen, der euch zu Söhnen macht, in dem wir rufen: Abba, Vater! *Römer 8, 14–15*

EVANGELIUM

Jesus spricht: Hütet euch vor den falschen Propheten! Sie kommen in Schafspelzen zu euch, innen aber sind sie reißende Wölfe. An ihren Früchten werdet ihr sie erkennen. Nicht jeder, der zu mir sagt: Herr! Herr!, wird in das Himmelreich kommen, sondern nur, wer den Willen meines Vaters im Himmel tut. *Mattäus 7, 15–16. 21*

GEBET

Allmächtiger Gott, wir danken dir für die Gabe deines Heiligen Geistes, der uns Mut macht, dich unseren Vater zu nennen und deiner väterlichen Güte zu trauen. Wir bitten dich: Hilf uns, daß wir auch als deine Kinder leben und dich ehren mit allem, was wir tun.

A: Jes 55, 10–11 / Röm 8, 18–23 / Mt 13, 1–9
B: Am 7, 12–15 / Eph 1, 3–10 / Mk 6, 7–13
C: Dtn 30, 10–14 / Kol 1, 15–20 / Lk 10, 25–37

MONTAG DER FÜNFZEHNTEN JAHRESWOCHE

PSALMGEBET

Der Gerechte gedeiht wie die Palme,
  er wächst wie eine Zeder des Libanon.
Die gepflanzt sind im Hause des Herrn,
  gedeihen in den Vorhöfen unsres Gottes.
Noch im Alter tragen sie Frucht,
  sie bleiben voll Saft und Frische,
zu verkünden: Gerecht ist der Herr!
  Mein Fels, an ihm ist kein Unrecht! *Psalm 92, 13–16*

EVANGELIUM

Da sagte Jesus zu den Juden, die ihm glaubten: Wenn ihr in meinem Wort bleibt, seid ihr wirklich meine Jünger. Ihr werdet die Wahrheit erkennen, und die Wahrheit wird euch frei machen. Wer die Sünde tut, ist Knecht der Sünde. Wenn euch also der Sohn frei macht, dann seid ihr in Wahrheit frei.
Johannes 8, 31–32. 34. 36

GEBET

Hilf, Herr, daß wir dein Wort in unseren Herzen bewahren, daß wir in deinem Wort leben und bleiben. Mache uns frei von falschen Rücksichten und törichten Zielen, daß wir uns freimütig zu dir bekennen und mit unserem Tun dich preisen.

FÜRBITTEN – VATERUNSER – SEGEN

I: Ex 1, 8–14. 22 / Mt 10, 34–11, 1
II: Jes 1, 11–17 / Mt 10, 34–11,1

DIENSTAG DER FÜNFZEHNTEN JAHRESWOCHE

PSALMGEBET

Wie groß sind deine Werke, o Herr,
   wie tief deine Gedanken!
Ein Mensch ohne Einsicht erkennt das nicht,
   ein Tor kann es nicht verstehen.
Wenn auch die Frevler gedeihen
und alle wachsen, die Unrecht tun,
   so nur, damit du sie vernichtest für immer.
Denn du, Herr, bist der Höchste
   und bleibst auf ewig! *Psalm 92, 6–9*

LESUNG

Täuscht euch nicht, Gott läßt sich nicht verspotten; was der Mensch sät, das wird er auch ernten. Wer auf sein Fleisch sät, wird vom Fleisch Verderben ernten; wer aber auf den Geist sät, wird vom Geist ewiges Leben ernten. Laßt uns nicht müde werden, das Gute zu tun; denn wenn wir nicht nachlassen, werden wir ernten, sobald die Zeit gekommen ist.
Galater 6, 7–9

GEBET

Ewiger Gott, behüte uns vor den trügerischen Hoffnungen, die wir uns selber machen und die uns enttäuschen, weil sie vergänglich sind. Laß uns alle unsere Hoffnung ganz auf das richten, was dein Geist uns erkennen läßt und wozu du uns berufen hast.

FÜRBITTEN – VATERUNSER – SEGEN

I: Ex 2, 1–15a / Mt 11, 20–24
II: Jes 7, 1–9 / Mt 11, 20–24

MITTWOCH DER FÜNFZEHNTEN JAHRESWOCHE

PSALMGEBET

Warum, Herr, stehst du so fern,
  verbirgst dich in Zeiten der Not?
Überheblich sagt der Frevler:
„Er straft nicht. Es gibt keinen Gott!"
  So ist all sein Denken.
Herr, steh auf, Gott, erheb deine Hand,
  vergiß die Gebeugten nicht!
Du siehst es ja selbst,
  du schaust auf Unheil und Kummer. *Psalm 10, 1. 4. 12. 14*

LESUNG

Wenn ein Bruder oder eine Schwester ohne Kleidung ist und ohne das tägliche Brot und einer von euch zu ihnen sagt: Geht in Frieden, wärmt und sättigt euch, ihr gebt ihnen aber nicht, was der Körper braucht – was nützt das? So ist auch der Glaube für sich allein tot, wenn ihm keine Taten folgen.

Jakobus 2, 15–17

GEBET

Behüte uns, Herr, vor dem leeren und toten Glauben der bloßen Worte; stärke in uns den Glauben, der in der Liebe tätig ist, daß wir unseren Mitmenschen Güte erweisen.

FÜRBITTEN – VATERUNSER – SEGEN

I: Ex 3, 1–6. 9–12 / Mt 11, 25–27
II: Jes 10, 5–7. 13–16 / Mt 11, 25–27

DONNERSTAG
DER FÜNFZEHNTEN JAHRESWOCHE

PSALMGEBET

Der Zionsberg freue sich,
  die Töchter Judas sollen jubeln über deine Entscheide.
Umkreist den Zion,
  umschreitet ihn, zählt seine Türme!
Achtet auf seine Wälle,
schreitet durch seine Paläste,
  damit ihr's erzählen könnt dem kommenden Geschlecht:
„Das ist Gott, unser Gott auf immer und ewig!
  Er wird uns führen in Ewigkeit!"   *Psalm 48, 12–15*

LESUNG

Paulus schreibt: Wie der Leib eine Einheit ist, doch viele Glieder hat, alle Glieder des Leibes aber, obgleich es viele sind, einen einzigen Leib bilden: so ist es auch mit Christus. Gott hat den Leib so zusammengefügt, daß er dem geringeren Glied mehr Ehre zukommen ließ, damit im Leib kein Zwiespalt entsteht, sondern alle Glieder einträchtig füreinander sorgen. Wenn darum ein Glied leidet, leiden alle Glieder mit; wenn ein Glied geehrt wird, freuen sich alle andern mit ihm.
1 Korinther 12, 12. 24–26

GEBET

Allmächtiger Gott, du hast uns in der heiligen Taufe zu Gliedern am Leibe deines Sohnes gemacht. Hilf, daß wir einander dienen, ein jeder der Aufgabe gemäß, die ihm gestellt ist. Bewahre uns vor Eigensinn und Überheblichkeit. Wehre aller Uneinigkeit in der Christenheit. Gib, daß wir miteinander leiden und miteinander uns freuen und jeder stets auf das Wohl des Ganzen bedacht sei zu deiner Ehre.

FÜRBITTEN – VATERUNSER – SEGEN

I: Ex 3, 13–20 / Mt 11, 28–30
II: Jes 26, 7–9. 16–19 / Mt 11, 28–30

FREITAG DER FÜNFZEHNTEN JAHRESWOCHE

PSALMGEBET

Wie schön ist es, dem Herrn zu danken,
 deinem Namen, du Höchster, zu spielen,
deine Huld zu verkünden am Morgen
 und in den Nächten deine Treue.
Denn du hast mich froh gemacht, Herr, durch dein Walten;
 über die Werke deiner Hände will ich jubeln.
Wie groß sind deine Werke, o Herr,
 wie tief deine Gedanken! *Psalm 92, 2–3. 5–6*

LESUNG

Der Apostel schreibt an die Gemeinde in Philippi: Müht euch um euer Heil mit Furcht und Zittern. Denn Gott ist es, der in euch das Wollen und das Vollbringen bewirkt, mehr als euer guter Wille vermag. *Philipper 2, 12–13*

GEBET

Allmächtiger Gott, du bist all unserem Denken und Tun zuvorgekommen und hast uns von Ewigkeit her deine Liebe zugedacht. Hilf, daß wir deine Gnade nicht verscherzen. Gib stets das rechte Wollen in unser Herz und stärke uns, daß wir durch deine Kraft das Gute auch vollbringen zu deinem Wohlgefallen.

FÜRBITTEN – VATERUNSER – SEGEN

I: Ex 11, 10–12, 14 / Mt 12, 1–8
II: Jes 38, 1–6. 21–22. 7–8 / Mt 12, 1–8

SAMSTAG DER FÜNFZEHNTEN JAHRESWOCHE

PSALMGEBET

Der Herr schaut herab aus heiliger Höhe,
  vom Himmel blickt er auf die Erde nieder.
Er hat meine Kraft auf dem Wege gebrochen,
  hat meine Tage verkürzt.
So sag ich: Raff mich nicht weg in der Mitte des Lebens,
  mein Gott, dessen Jahre alle Geschlechter überdauern!
Die Kinder deiner Knechte werden sicher wohnen,
  ihre Nachkommen vor deinem Antlitz bestehn.
Psalm 102, 20. 24–25. 29

LESUNG

Wenn ein Boden den häufig herabströmenden Regen trinkt und denen, für die er bebaut wird, nützliches Gewächs hervorbringt, empfängt er Segen von Gott; trägt er aber Dornen und Disteln, so ist er nutzlos und vom Fluch bedroht; sein Ende ist Vernichtung durch Feuer. *Hebräer 6, 7–8*

GEBET

Ewiger Gott, du hast uns den Tag des Gerichts vor Augen gestellt, an dem du gute Frucht suchst und alles Unfruchtbare in deinem Feuer verbrennst. Wir bitten dich: Wecke und schärfe unser Gewissen, daß wir täglich prüfen und unterscheiden, was vergehen muß und was bestehen kann vor deinem Angesicht.

FÜRBITTEN – VATERUNSER – SEGEN

I: Ex 12, 37–42 / Mt 12, 14–21
II: Mich 2, 1–5 / Mt 12, 14–21

SECHZEHNTE JAHRESWOCHE

BESINNUNG

Joseph kam in Ägypten zu hohen Ehren, weil er vorausschauend plante und durch eine langjährige staatliche Vorratswirtschaft mit den Ernten der fetten Jahre in den mageren Jahren die Hungersnot bannte. Der Bauer im Evangelium aber wird ein Narr genannt, weil er nach der guten Ernte nur auf Vorrat bedacht war und mit einem plötzlichen Tod nicht gerechnet hatte. Wer weise vorausplanen will, darf den Tod nicht auslassen, sondern muß auch für die Ewigkeit stets gerüstet sein.

Jesus stellt uns einen ungerechten Verwalter vor, dem die Entlassung droht und der daraufhin schnell, solange er noch im Amte ist, weitere Betrügereien begeht, um sich damit Freunde zu gewinnen für die kommende Zeit der Not. Keinesfalls sollen die Betrügereien dieses Mannes gelobt werden. Der Vergleichspunkt ist lediglich sein konsequentes vorausplanendes Handeln.

Wieweit blicken wir voraus? Es ist sicher gut, in Zeiten der Not Freunde zu haben, die sich früherer Wohltaten erinnern. Aber es ist noch wichtiger, in der Ewigkeit vor Gott die Bitte „Vergib mir meine Schuld" zuversichtlich aussprechen und hinzufügen zu können: „Wie ich meinen Schuldigern vergeben habe".

Ein Verwalter, der nur in die eigene Tasche wirtschaftet, ist kein kluger Verwalter. Er wird seinem Amt nur dann gerecht, wenn er alles, was ihm anvertraut ist, im Sinn des Herrn verwaltet. Dabei müssen die Freunde des Herrn auch seine eigenen Freunde werden. Will der Herr seine vergebende Güte allen Menschen erweisen, so darf der einzelne Verwalter dieser universalen Liebe nicht im Wege stehen, indem er enge Zäune errichtet und in moralischer Überheblichkeit andere ausschließt. Wer nur für sich selber sorgt, steht vor dem Gericht Gottes als Versager da. Wer aber das anvertraute Gut des Lebens eingesetzt hat für andere, darf auf den Lohn der Gnade hoffen, der dem treuen Diener verheißen ist.

O Herr, verleih, daß Lieb und Treu / in dir uns all verbinden, / daß Hand und Mund zu jeder Stund / dein Freundlichkeit verkünden, / bis nach der Zeit den Platz bereit / an deinem Tisch wir finden.

SECHZEHNTER SONNTAG IM JAHRESKREIS

DER WOCHENSPRUCH

Achtet also sorgfältig darauf, wie ihr euer Leben führt, nicht töricht, sondern klug. *Epheser 5, 15*

LESUNG

Wer also meint zu stehen, der gebe acht, daß er nicht fällt. Gott aber ist treu; er wird nicht zulassen, daß ihr über eure Kraft hinaus versucht werdet. Er wird euch in der Versuchung einen Ausweg schaffen, so daß ihr sie bestehen könnt.
1 Korinther 10, 12. 13

EVANGELIUM

Und Jesus lobte die Klugheit des unehrlichen Verwalters und sagte: Die Kinder dieser Welt sind im Umgang mit ihresgleichen klüger als die Kinder des Lichts. Ich sage euch: Macht euch Freunde mit Hilfe des bösen Mammons, damit ihr, wenn es zu Ende geht, in die ewigen Wohnungen aufgenommen werdet. *Lukas 16, 8–9*

GEBET

Gütiger Gott, du gibst uns zeitliche und ewige Güter und Gaben in Fülle. Wir bitten dich: Hilf uns, daß wir alle deine Gaben dankbar empfangen und sie nicht nur für uns selbst gebrauchen, sondern einsetzen in deinem Dienst und Freunde gewinnen über den Tag hinaus. Gib, daß wir über aller irdischen Vorsorge die Sorge für unser ewiges Heil nicht vergessen.

A: Weish 12, 13. 16–19 / Röm 8, 26–27 / Mt 13, 24–30
B: Jer 23, 1–6 / Eph 2, 13–18 / Mk 6, 30–34
C: Gen 18, 1–10a / Kol 1, 24–28 / Lk 10, 38–42

MONTAG DER SECHZEHNTEN JAHRESWOCHE

PSALMGEBET

Hilf mir, Gott, durch deinen Namen,
 schaff mir Recht mit deiner Kraft!
Gott, höre mein Flehen,
 vernimm die Worte meines Mundes!
Denn Stolze erheben sich gegen mich,
Freche trachten mir nach dem Leben.
 Sie haben Gott nicht vor Augen.
Doch mir ist Gott ein Helfer,
 der Herr beschützt mein Leben. *Psalm 54, 3–6*

LESUNG

Auch dieses Beispiel von Weisheit habe ich unter der Sonne gesehen, und es dünkte mich groß: Da war eine kleine Stadt, und der Leute darin waren wenig; und ein großer König zog gegen sie heran, belagerte sie und baute wider sie große Bollwerke. Nun fand sich darin ein armer, weiser Mann; der rettete durch seine Weisheit die Stadt. Aber niemand gedenkt jenes Armen. Da sagte ich mir: Weisheit ist besser als Stärke; doch die Weisheit des Armen ist verachtet, und auf seine Worte hört man nicht. *Prediger 9, 13–16*

GEBET

Herr, laß mich die Weisheit des Herzens nicht verachten, die sich in unscheinbarem Gewand zeigt. Gib mir Mut, der Gewalt zu widerstehen, wo es not tut, und hilf mir, die Furcht zu überwinden, wo dein Wort mich zum Reden und Handeln ruft. Herr, lehre mich bedenken, daß ich sterben muß, auf daß ich weise werde.

FÜRBITTEN – VATERUNSER – SEGEN

I: Ex 14, 5–18 / Mt 12,38–42
II: Mich 6, 1–4. 6–8 / Mt 12, 38–42

DIENSTAG DER SECHZEHNTEN JAHRESWOCHE

PSALMGEBET

Viele gibt es, die so von mir sagen:
„Er findet keine Hilfe bei Gott!"
Du aber, Herr, bist ein Schild für mich,
du bist meine Ehre und richtest mich auf.
Laut habe ich zum Herrn gerufen,
da erhörte er mich von seinem heiligen Berg.
Ich lege mich nieder und schlafe ein,
ich wache wieder auf, denn der Herr beschützt mich.

Psalm 3, 3–6

LESUNG

Befiehl dem Herrn deine Werke, so werden deine Pläne gelingen. Gefallen dem Herrn die Wege eines Menschen, versöhnt er auch seine Feinde mit ihm. Besser wenig mit Gerechtigkeit als viel Erwerb mit Unrecht. Des Menschen Herz plant seinen Weg, doch der Herr lenkt seinen Schritt.

Sprüche 16, 3. 7–9

GEBET

Nun segne, Herr, uns allzumal
mit deiner Vaterhand,
und leit uns durch dies Erdental
zum ewgen Heimatland!
Führ uns zum Berg der Herrlichkeit,
zu deiner Heilgen Zahl,
wo ewig, ewig ist bereit
des Lammes Hochzeitsmahl!

FÜRBITTEN – VATERUNSER – SEGEN

I: Ex 14, 21–15, 1 / Mt 12, 46–50
II: Mich 7, 14–15. 18–20 / Mt 12, 46–50

MITTWOCH DER SECHZEHNTEN JAHRESWOCHE

PSALMGEBET

Stelle, Herr, eine Wache vor meinen Mund,
  eine Wehr vor das Tor meiner Lippen!
Laß mein Herz sich nicht neigen zu bösem Wort,
  daß ich nichts tue, was schändlich ist.
Der Gerechte mag mich schlagen aus Güte;
  wenn er mich bessert, ist es Salböl für das Haupt.
Mein Herr und Gott, meine Augen richten sich auf dich,
  bei dir berg ich mich, gieße mein Leben nicht aus!

Psalm 141, 3–4. 5. 8

LESUNG

Wer von euch ist weise und verständig? Er soll in weiser Bescheidenheit die Taten eines rechtschaffenen Lebens vorweisen. Doch die Weisheit von oben ist vor allem schlicht, sie ist friedlich, freundlich, gelehrig, voll Erbarmen und reich an guten Früchten, sie macht keine Unterschiede und heuchelt nicht.

Jakobus 3, 13. 17

GEBET

Herr, wie oft finden wir keinen Ausweg, weil unsere Klugheit uns falsche und bequeme Wege gezeigt hat. Wir bitten dich: Gib uns wahre Weisheit, daß wir auch den langen und schweren Weg nicht scheuen und in Geduld annehmen, was du uns zugedacht hast, und Frieden finden.

FÜRBITTEN – VATERUNSER – SEGEN

I: Ex 16, 1–5. 9–15 / Mt 13, 1–9
II: Jes 1, 1. 4–10 / Mt 13, 1–9

DONNERSTAG
DER SECHZEHNTEN JAHRESWOCHE

PSALMGEBET

Hilf doch, Herr, die Frommen schwinden dahin,
 unter den Menschen gibt es keine Treue mehr.
Lüge reden sie, einer zum andern,
 mit falscher Lippe und zwiespältigem Herzen reden sie.
Die Schwachen werden unterdrückt, die Armen seufzen.
Darum spricht der Herr: „Jetzt stehe ich auf,
 dem Verachteten bringe ich Heil." *Psalm 12, 2–3. 6*

LESUNG

Der Apostel ermahnt seinen Schüler Timotheus: Sei den Gläubigen ein Vorbild in deinen Worten, im Leben, in der Liebe, im Glauben, in der Lauterkeit. Bis ich komme, widme dich der Lesung, der Ermahnung, der Lehre. Vernachlässige die Gnade nicht, die in dir ist und dir mit prophetischen Worten verliehen wurde, als die Ältesten dir die Hände auflegten.
1 Timotheus 4, 12–14

GEBET

Wir bitten dich, Herr, für alle, die unter Handauflegung zu besonderen Diensten eingesetzt sind: bewahre sie vor Heuchelei und vor Müdigkeit; stärke sie durch dein Wort, daß sie die Gabe, die ihnen geschenkt ist, immer neu ergreifen und gebrauchen. Hilf auch uns zur Treue in allem, was uns aufgetragen ist im Dienst für dein Reich.

FÜRBITTEN – VATERUNSER – SEGEN

I: Ex 19, 1–2. 9–11. 16–20b / Mt 13, 10–17
II: Jer 2, 1–3. 7–8. 12–13 / Mt 13, 10–17

FREITAG DER SECHZEHNTEN JAHRESWOCHE

PSALMGEBET

Gott, höre mein Flehen,
 vernimm die Worte meines Mundes!
Doch mir ist Gott ein Helfer,
 der Herr beschützt mein Leben.
Dann bring ich dir freudig mein Opfer
 und lobe deinen Namen, Herr, weil du gütig bist.

Psalm 54, 4. 6. 8

EVANGELIUM

Jesus spricht: Mit dem Himmelreich ist es wie mit einem Schatz, der im Acker verborgen lag. Ein Mann entdeckte ihn, hielt ihn aber verborgen. Und voll Freude verkaufte er alles, was er besaß, und kaufte den Acker. *Mattäus 13, 44*

GEBET

Herr, unser Heiland, wir bekennen vor dir unseren Kleinmut und unsere Angst. Wir wagen es nicht, alles daran zu geben für dein Reich. Du aber hast dich ganz für uns dahingegeben. Wir bitten dich: Erwecke und entzünde uns durch das Opfer deiner Liebe.

FÜRBITTEN – VATERUNSER – SEGEN

I: Ex 20, 1–17 / Mt 13, 18–23
II: Jer 3, 14–17 / Mt 13, 18–23

SAMSTAG DER SECHZEHNTEN JAHRESWOCHE

PSALMGEBET

Herr, was ist der Mensch, daß du dich kümmerst um ihn,
das Menschenkind, daß du auf ihn acht hast?
Der Mensch gleicht einem Hauch,
seine Tage sind wie ein flüchtiger Schatten.
Gelobt sei der Herr, der mein Fels ist,
der meine Hände den Kampf gelehrt. *Psalm 144, 3–4. 1*

EVANGELIUM

Jesus sagte zu den Volksscharen: Sobald ihr im Westen Wolken aufsteigen seht, sagt ihr: Es gibt Regen. Und es kommt so. Und wenn der Südwind weht, dann sagt ihr: Es wird heiß. Und es trifft ein. Ihr Heuchler! Das Aussehen der Erde und des Himmels versteht ihr zu deuten. Warum könnt ihr die Zeichen dieser Zeit nicht deuten? *Lukas 12, 54–56*

GEBET

Herr, unsere Zeit steht in deinen Händen. Wenn wir unsere Zukunft bedenken, laß uns nicht auf Ungewisses bauen, sondern immer auch daran denken, daß wir sterben müssen. Wir befehlen unser Leben und Sterben in deine Hand. Führe du uns im Gehorsam des Glaubens zur Fülle des ewigen Lebens.

FÜRBITTEN – VATERUNSER – SEGEN

I: Ex 24, 3–8 / Mt 13, 24–30
II: Jer 7, 1–11 / Mt 13, 24–30

SIEBZEHNTE JAHRESWOCHE

BESINNUNG

Jesus hat die Zerstörung Jerusalems angekündigt. Im Jahre 70 geschah es dann, daß kein Stein auf dem andern blieb. Die Klagemauer ist der einzige Rest der mächtigen Bauten aus alter Zeit.
Obwohl er der Stadt und ihrem Tempel keine Zukunft gab, ging Jesus dennoch in den Tempel, um ihn von falschem Gottesdienst zu reinigen. Auch wenn das Ende der Welt für den morgigen Tag gewiß wäre, müßte doch das für den heutigen Tag Gebotene heute getan werden.
Solange im Tempel das tägliche Opfer dargebracht wurde, hatten die Händler und Wechsler im Vorhof ihre berechtigte Aufgabe. Daß Jesus sie hinaustreibt, ist bereits ein Hinweis auf das ein für allemal gültige Opfer, das er am Kreuz darbringen wird. Aus diesem Opfer baut sich der neue Tempel auf. Der Auferstandene sammelt seine Gemeinde, das neue Volk Israel, aus allen Völkern. Er gibt einem jeden seine besondere Aufgabe. So wie nirgends eine lebendige Gemeinschaft aus der Gleichartigkeit aller erwächst, so gibt es auch im Volke Gottes mancherlei Gaben, Kräfte, Dienste, Ämter. Aber alle leben und wirken aus der Kraft des einen Opfers Christi, und alle haben nur ein Ziel: das zu tun, was für das Ganze gut ist.
Auch für das neue Gottesvolk bleibt Jerusalem ein Leitbild: die Stadt des Friedens; die Stadt auf dem Berge, auf die man schaut aus den Völkern; der Ort, an dem man zusammenkommt, um aus der Vergegenwärtigung des Opfers Christi von neuem Kraft und Mut zu empfangen, inmitten der Völkerwelt Zeichen der Hoffnung aufzurichten. Auch das neue Jerusalem bleibt nicht davor bewahrt, daß seine Lebensformen erstarren oder entarten. Die christlichen Kirchen müssen bereit sein, Liebgewordenes preiszugeben und Altehrwürdiges in Trümmer sinken zu sehen. Wenn nur der Auftrag durchgehalten wird und eine Form findet: der Auftrag, Gottes Volk für die Völker der Welt zu sein, durch Gottes Gnade Heil und Frieden in dieser Welt zu stiften.

> Sonne der Gerechtigkeit,
> gehe auf zu unsrer Zeit;
> brich in deiner Kirche an,
> daß die Welt es sehen kann.
> Erbarm dich, Herr!

SIEBZEHNTER SONNTAG IM JAHRESKREIS

DER WOCHENSPRUCH

Glücklich das Volk, dessen Gott der Herr ist,
die Nation, die er sich zum Erbteil erwählte. *Psalm 33, 12*

LESUNG

Es gibt verschiedene Gnadengaben, aber nur *einen* Geist.
Es gibt verschiedene Dienste, aber nur *einen* Herrn.
Es gibt verschiedene Kräfte, die wirken, aber nur *einen* Gott:
Er wirkt alles in allem. *1 Korinther 12, 4–6*

EVANGELIUM

Als Jesus näher kam und die Stadt sah, weinte er über sie und sagte: Wenn doch auch du an diesem Tag erkannt hättest, was dir Frieden bringt. Jetzt aber bleibt es vor deinen Augen verborgen. Es wird eine Zeit für dich kommen, in der deine Feinde rings um dich einen Wall aufwerfen, dich einschließen und von allen Seiten bedrängen. Sie werden dich und deine Kinder zerschmettern und keinen Stein auf dem andern lassen; denn du hast die Zeit der Gnade nicht erkannt. Dann ging er in den Tempel und begann, die Händler hinauszutreiben. Er sagte zu ihnen: In der Schrift heißt es: Mein Haus soll ein Haus des Gebetes sein. Ihr aber habt daraus eine Räuberhöhle gemacht. *Lukas 19, 41–46*

GEBET

Allmächtiger Gott, aus allen Völkern der Erde berufst du Menschen zu deinem Volk, dem deine Verheißungen gelten: wir bitten dich, gib, daß wir deiner Berufung würdig wandeln und im Gehorsam des Glaubens dir in deiner Gemeinde dienen.

A: 1 Kön 3, 5. 7–12 / Röm 8, 28–30 / Mt 13, 44–46
B: 2 Kön 4, 42–44 / Eph 4, 1–6 / Joh 6, 1–15
C: Gen 18, 20–32 / Kol 2, 12–14 / Lk 11, 1–13

MONTAG DER SIEBZEHNTEN JAHRESWOCHE

PSALMGEBET

Vom Himmel herab blickt der Herr,
   er sieht auf alle Menschen.
Der ihre Herzen gebildet,
   hat acht auf all ihre Taten.
Dem König hilft nicht sein starkes Heer,
   der Held rettet sich nicht durch große Stärke.
Doch das Auge des Herrn ruht auf allen,
die ihn fürchten und ehren,
   die nach seiner Güte ausschaun. *Psalm 33, 13. 15–16. 18*

LESUNG

So heißt es von Israel: Du bist ein Volk, das dem Herrn, deinem Gott, heilig ist. Dich hat der Herr, dein Gott, ausgewählt, damit du unter allen Völkern, die auf der Erde leben, das Volk wirst, das ihm persönlich gehört. Nicht weil ihr zahlreicher als die anderen Völker wärt, hat euch der Herr ins Herz geschlossen und ausgewählt; ihr seid das kleinste unter allen Völkern. Weil der Herr euch liebt und weil er den Schwur achtet, den er euren Vätern geleistet hat, deshalb hat der Herr euch mit starker Hand herausgeführt und hat euch aus dem Sklavenhaus freigekauft. *Deuteronomium 7, 6–8*

GEBET

Herr, unser Gott, wie du das Volk Israel einst trotz seiner Schwachheit erwählt hast, so sind auch wir in deiner Christenheit nicht würdig, dein Volk zu heißen vor aller Welt. Aber weil du uns dennoch berufen hast, bitten wir dich: Laß uns durch deine Liebe Mut gewinnen, dir und dem Reich deines Friedens in dieser Welt zu dienen.

FÜRBITTEN – VATERUNSER – SEGEN

I: Ex 32, 15–24. 30–34 / Mt 13, 31–35
II: Jer 13, 1–11 / Mt 13, 31–35

DIENSTAG DER SIEBZEHNTEN JAHRESWOCHE

PSALMGEBET

Das Wort des Herrn ist wahrhaftig,
all sein Tun ist verläßlich.
Er liebt Gerechtigkeit und Recht,
von der Huld des Herrn ist die Erde voll.
Durch das Wort des Herrn sind die Himmel geschaffen,
ihr ganzes Heer durch den Hauch seines Mundes.
Alle Welt fürchte den Herrn,
vor ihm sollen beben, die den Erdkreis bewohnen!

Psalm 33, 4–6. 8

LESUNG

Das Wort, das vom Herrn an Jeremia erging: Stell dich an das Tor des Hauses des Herrn! Dort rufe dieses Wort aus und sprich: Vertraut nicht auf die trügerischen Worte: „Der Tempel des Herrn, der Tempel des Herrn, der Tempel des Herrn ist dies!" Denn nur wenn ihr eure Wege und euer Tun gründlich bessert, wenn ihr gerecht entscheidet im Rechtsstreit, die Fremden, die Waisen und Witwen nicht unterdrückt, unschuldiges Blut an diesem Ort nicht vergießt und andern Göttern nicht nachlauft zu eurem eigenen Schaden, dann lasse ich euch an diesem Ort wohnen, im Land, das ich euren Vätern vor langer Zeit und für immer gegeben habe.

Jeremia 7, 1–2. 4–7

GEBET

Wir danken dir, Herr, daß du uns deine Gegenwart schenkst in deinem Wort, in der Feier des Sakraments. Wir bitten dich: Hilf uns, daß im Gottesdienst unser Leben ergriffen und gewandelt werde und wir dir an unserem Nächsten dienen, so wie du uns dienst durch deine Liebe.

FÜRBITTEN – VATERUNSER – SEGEN

I: Ex 33, 7–11; 34, 5b–9. 28 / Mt 13, 36–43
II: Jer 14, 17–22 / Mt 13, 36–43

MITTWOCH DER SIEBZEHNTEN JAHRESWOCHE

PSALMGEBET

Jubelt vor dem Herrn, ihr Gerechten;
 den Frommen kommt es zu, Gott zu loben.
Denn der Herr, er sprach, und sogleich geschah es,
 er gebot, und es stand da.
Der Ratschluß des Herrn bleibt ewig bestehn,
 die Pläne seines Herzens von Geschlecht zu Geschlecht.
Glücklich das Volk, dessen Gott der Herr ist,
 die Nation, die er sich zum Erbteil erwählte.

Psalm 33, 1. 9. 11–12

LESUNG

Ordnet euch um des Herrn willen jedem Menschen unter: Denn es ist der Wille Gottes, daß ihr die unwissenden und unvernünftigen Menschen durch eure guten Taten zum Schweigen bringt. Handelt als Freie, aber macht nicht die Freiheit zum Mantel der Bosheit, sondern handelt als Knechte Gottes!

1 Petrus 2, 13. 15–16

GEBET

Herr, unser Gott, du hast uns zur Freiheit berufen. Wir bitten dich: Bewahre uns davor, daß uns die Freiheit nicht zur Ausrede diene, wenn wir zum Dienst für das Wohl von Land und Volk gefordert sind. Laß uns suchen und tun, was zum Besten aller dient.

FÜRBITTEN – VATERUNSER – SEGEN

I: Ex 34, 29–35 / Mt 13, 44–46
II: Jer 15, 10. 16–21 / Mt 13, 44–46

DONNERSTAG DER SIEBZEHNTEN JAHRESWOCHE

PSALMGEBET

Das Auge des Herrn ruht auf allen,
die ihn fürchten und ehren,
  die nach seiner Güte ausschaun,
daß er sie dem Tod entreiße
  und ihr Leben erhalte in Hungersnot.
Unsere Seele harrt auf den Herrn,
  er ist uns Hilfe und Schild.
Laß über uns, Herr, deine Güte walten,
  so wie wir hoffen auf dich! *Psalm 33, 18–20. 22*

LESUNG

Dies ist der Wortlaut des Briefes, den der Prophet Jeremia aus Jerusalem sandte an das ganze Volk, das Nebukadnezzar von Jerusalem nach Babel verschleppt hatte. So spricht der Herr der Heerscharen, der Gott Israels, zur ganzen Gemeinde der Verbannten, die von Jerusalem nach Babel weggeführt wurden: Baut Häuser und wohnt darin, pflanzt Gärten und genießt ihre Früchte! Bemüht euch um das Wohl der Stadt, in die ich euch weggeführt habe, und betet für sie zum Herrn; denn in ihrem Wohl liegt euer Wohl. *Jeremia 29, 1. 4–5. 7*

GEBET

Herr, wir danken dir, daß du uns in eine ewige Heimat berufen hast. Wir bitten dich: Gib uns Gelassenheit und Bereitschaft zum selbstlosen Dienst, wohin auch immer unser Weg uns führt. Mache der Gewalt ein Ende, durch die Menschen entwurzelt, vertrieben und entrechtet werden. Laß den Frieden wachsen auf Erden.

FÜRBITTEN – VATERUNSER – SEGEN

I: Ex 40, 14–19. 32–36 / Mt 13, 47–53
II: Jer 18, 1–6 / Mt 13, 47–53

FREITAG DER SIEBZEHNTEN JAHRESWOCHE

PSALMGEBET

Vernimm, o Gott, mein Beten;
vor meinem Flehen verbirg dich nicht!
Achte auf mich und erhöre mich!
Da dachte ich: „Hätte ich doch Flügel wie Tauben,
dann würde ich davonfliegen, bis ich Ruhe finde."
Ich aber, zu Gott will ich rufen,
der Herr wird mir helfen.
Er befreit mich, bringt mein Leben in Sicherheit.

Psalm 55, 2–3. 7. 17. 19

LESUNG

Kann ich nicht mit euch verfahren wie dieser Töpfer, Haus Israel? – Wort des Herrn. Seht, wie der Ton in der Hand des Töpfers, so seid ihr in meiner Hand, Haus Israel. Bald drohe ich einem Volk oder Reich, es auszureißen, niederzureißen und zu vernichten. Bald verheiße ich einem Volk oder Reich, es aufzubauen und einzupflanzen. *Jeremia 18, 6–7. 9*

GEBET

Allmächtiger Gott, du erwählst und verwirfst; Völker und Staaten, Kirchen und Konfessionen sind wie Ton in deiner Hand. Wir bitten dich: Laß uns deinem Gericht stillhalten und darauf vertrauen, daß du einen neuen Anfang schenken wirst. Du bist der Herr, dein Wille geschehe.

FÜRBITTEN – VATERUNSER – SEGEN

I: Lev 23, 1. 4–11. 15–16. 27. 34b–37 / Mt 13, 54–58
II: Jer 26, 1–9 / Mt 13, 54–58

SAMSTAG DER SIEBZEHNTEN JAHRESWOCHE

PSALMGEBET

Wie freundlich ist deine Wohnung, Herr der Heerscharen!
Meine Seele verzehrt sich in Sehnsucht
  nach den Vorhöfen des Herrn,
mein Herz und mein Leib
  jauchzen hin zum lebendigen Gott.
Wohl denen, die in deinem Hause wohnen,
  die dich loben allezeit!
Wohl den Menschen, die Kraft finden in dir,
  wenn sie sich rüsten zur Wallfahrt! *Psalm 84, 2–3. 5–6*

LESUNG

Paulus schreibt: Damit ihr euch nicht auf eigene Einsicht verlaßt, Brüder, sollt ihr dieses Geheimnis wissen. Verstockung liegt auf einem Teil Israels, bis die Heiden in voller Zahl das erlangt haben; dann wird ganz Israel gerettet werden. Gott hat alle in den Ungehorsam eingeschlossen, um sich aller zu erbarmen. *Römer 11, 25–26. 32*

GEBET

Allmächtiger Gott, wir bitten dich: Schärfe unseren Blick, daß wir erkennen, was deine Stunde geschlagen hat. Locke unser Herz, daß wir auf das Ziel schauen, das du der Menschheit kundgetan hast durch deinen Sohn Jesus Christus.

FÜRBITTEN – VATERUNSER – SEGEN

I: Lev 25, 1. 8–17 / Mt 14, 1–12
II: Jer 26, 11–26. 24 / Mt 14, 1–12

ACHTZEHNTE JAHRESWOCHE

BESINNUNG

Es ist gut, hinaufzugehen in den Tempel, um zu beten. Schon der Weg ist gut, der uns hinwegführt aus dem täglichen Getriebe. Wir wenden uns ab von allem, was uns täglich bedrängt und erfüllt. Wir überschreiten die Schwelle in einen anderen Bereich. Wir gehen die Stufen hinauf, die zum Altar führen, zu dem Ort, an dem uns Gott begegnen will. Es ist gut, diesen Weg zu gehen, aber es ist nicht genug.

Gottes Haus ist ein Bethaus. Wer zum Hause Gottes geht, soll sich zum Gebet sammeln. Es ist gut, die Worte zu beten, die der Gottesdienst uns in den Mund legt, und sich in den Chor der Väter und Brüder zu stellen, die mit den gleichen Worten gebetet haben und beten. Aber es ist nicht genug.

Der Pharisäer betet bei sich selbst. So muß auch ich selbst Worte finden, die ich betend spreche. Die Worte sollen ganz aus der Tiefe meines Herzens kommen. Es ist gut, so ganz persönlich und frei zu beten. Aber auch das ist noch nicht genug.

Gar zu verlockend ist es, bei solchem Beten ganz bei sich selbst zu bleiben. Wer nahe am Altar steht, ist damit noch nicht nahe bei Gott. Beten soll aber ein Sprechen mit Gott sein. Indem ich bete, höre ich auf sein Wort und gebe ihm Antwort. Das kann ganz von ferne geschehen, wie der Zöllner von ferne stand und auch seine Augen nicht aufheben wollte. Er blieb nicht bei sich selbst, als er sagte: „Gott, sei mir Sünder gnädig!" Sein Bittruf wurde von seinem Vertrauen hinübergetragen, daß Gottes Gnade ihm nicht versagt bleibe. Es ist gut, von allen Vergleichen mit anderen Menschen abzusehen und ganz nüchtern und aufrichtig das eigene Versagen vor Gottes Angesicht zu erkennen und zu bekennen. Aber dann ist das Allerwichtigste, dabei nicht stehenzubleiben, sondern es Gott zuzutrauen, daß seine Gnade uns einen neuen Anfang schenkt.

Herr, ich bin nicht würdig, daß du eingehst unter mein Dach, aber sprich nur ein Wort, so wird meine Seele gesund!

ACHTZEHNTER SONNTAG IM JAHRESKREIS

DER WOCHENSPRUCH

Gott tritt den Stolzen entgegen, den Demütigen aber gibt er Gnade. *1 Petrus 5, 5*

LESUNG

Paulus schreibt: Ich bin der Geringste von den Aposteln; ich bin nicht wert, Apostel genannt zu werden, weil ich die Gemeinde Gottes verfolgt habe. Doch durch Gottes Gnade bin ich, was ich bin, und sein gnädiges Handeln an mir blieb nicht ohne Wirkung. *1 Korinther 15, 9–10*

EVANGELIUM

Jesus sprach in einem Gleichnis: Zwei Männer gingen zum Tempel hinauf, um zu beten; der eine war ein Pharisäer, der andere ein Zöllner. Der Pharisäer stellte sich hin und sprach leise dieses Gebet: Gott, ich danke dir, daß ich nicht wie die anderen Menschen bin, die Räuber, Betrüger, Ehebrecher oder auch wie dieser Zöllner dort. Der Zöllner aber blieb hinten stehen und wagte nicht einmal, seine Augen zum Himmel zu erheben, sondern schlug sich an die Brust und betete: Gott, sei mir Sünder gnädig! Ich sage euch: Dieser, nicht der andere, kehrte als Gerechter nach Hause zurück.
Lukas 18, 10–11. 13–14

GEBET

Heiliger Gott, wir beugen uns vor dir und bitten dich: Sei uns gnädig. Deine Gnade allein kann uns Hoffnung geben, die nicht trügt. Herr, wir bitten dich: Verlaß uns nicht, erbarme dich über uns!

A: Jes 55, 1–3 / Röm 8, 35. 37–39 / Mt 14, 13–21
B: Ex 16, 2–4. 12–15 / Eph 4, 17. 20–24 / Joh 6, 24–35
C: Pred 1, 2; 2, 21–23 / Kol 3, 1–5. 9–11 / Lk 12, 13–21

MONTAG DER ACHTZEHNTEN JAHRESWOCHE

PSALMGEBET

Wer gleicht dem Herrn, unserm Gott,
    im Himmel und auf Erden,
der oben thront in der Höhe,
    der in die Tiefe niederschaut,
der den Geringen aus dem Staub emporhebt,
    aus dem Schmutz erhöht den Armen?
Er gibt ihm Sitz bei den Edlen,
    bei den Edlen seines Volks.
Die kinderlos war, läßt er im Hause wohnen
    als Mutter, froh ihrer Kinder. *Psalm 113, 5–9*

EVANGELIUM

Sie kamen nach Kafarnaum. Und als Jesus im Haus war, fragte er die Jünger: Worüber habt ihr unterwegs gesprochen? Sie schwiegen, denn sie hatten unterwegs miteinander darüber gesprochen, wer der Größte sei. Da setzte er sich, rief die Zwölf und sagte zu ihnen: Wer der Erste sein will, soll der Letzte von allen und der Diener aller sein. *Markus 9, 33–35*

GEBET

Herr, befreie uns von dem falschen Blick, der uns im Vergleich mit andern überheblich oder bedrückt macht. Vor dir sind wir alle klein und unbedeutend, und doch erhebst du uns und ehrst uns durch deinen Ruf. Deinem Ruf wollen wir folgen und in der Gemeinschaft der Brüder und Schwestern dir in Demut dienen.

FÜRBITTEN – VATERUNSER – SEGEN

I: Num 11, 4b–15 / Mt 14, 13–21
II: Jer 28, 1–17 / Mt 14, 13–21

DIENSTAG DER ACHTZEHNTEN JAHRESWOCHE

PSALMGEBET

Ich aber bleibe stets bei dir,
 du hältst mich an meiner Rechten.
Du leitest mich nach deinem Ratschluß
 und nimmst mich am Ende auf in Herrlichkeit.
Fels meines Herzens und Anteil bleibt Gott mir auf ewig.
Ich aber – Gott zu nahen ist mein Glück!
Ich setze auf Gott den Herrn meine Zuversicht,
 all deine Werke will ich verkünden.
Psalm 73, 23. 24. 26. 28

LESUNG

David erwiderte dem Philister: Du kommst zu mir mit Schwert, Speer und Säbel, ich aber komme zu dir im Namen des Herrn der Heerscharen, des Gottes der Schlachtreihen Israels, das du verhöhnt hast. Der Herr wird dich heute in meine Hand geben. *1 Samuel 17, 45–46*

GEBET

Herr, du läßt es dem Aufrichtigen gelingen, und dem Demütigen schenkst du Gnade. Wir bitten dich: Auch wo wir uns schwach und ungerüstet fühlen, gib uns den Mut, das Rechte zu tun im Vertrauen auf deine Hilfe.

FÜRBITTEN – VATERUNSER – SEGEN

I: Num 12, 1–13 / Mt 14, 22–36
II: Jer 30, 1–2. 12–15. 18–22 / Mt 14, 22–36

MITTWOCH DER ACHTZEHNTEN JAHRESWOCHE

PSALMGEBET

Rechne uns die Schuld der Vorfahren nicht an!
Mit deinem Erbarmen komm uns eilends entgegen!
   Denn wir sind sehr erniedrigt.
Um der Ehre deines Namens willen
hilf uns, du Gott unsres Heils!
   Um deines Namens willen reiß uns heraus
   und vergib uns die Sünden!
Das Stöhnen der Gefangenen dringe zu dir!
   Befreie die Todgeweihten durch die Kraft deines Armes!
Wir aber, dein Volk, die Schafe deiner Weide,
wollen dir ewig danken,
   deinen Ruhm verkünden von Geschlecht zu Geschlecht.

Psalm 79, 8–9. 11. 13

EVANGELIUM

Da ging Jesus mit ihnen. Als er nicht mehr weit von dem Haus entfernt war, schickte der Hauptmann Freunde und ließ ihm sagen: Herr, bemüh dich nicht! Denn ich bin nicht wert, daß du mein Haus betrittst. Deshalb habe ich mich auch nicht für würdig gehalten, selbst zu dir zu kommen. Sprich nur ein Wort, dann muß mein Diener gesund werden. Als Jesus das hörte, wunderte er sich über ihn. Und er wandte sich um und sagte zu den Leuten, die ihn begleiteten: Ich sage euch: Nicht einmal in Israel habe ich einen solchen Glauben gefunden.

Lukas 7, 6–7. 9

GEBET

Herr, wer sind wir, daß wir zu dir kommen oder dich zu uns einladen dürfen? Wir sind deiner nicht wert. Aber du machst uns Mut, darauf zu vertrauen, daß dein Wort Wunderbares bewirkt. Wo du zu uns sprichst, wo du zu uns kommst im Sakrament, da werden wir befreit von allem, was unser Leben bedrängt und verzerrt. Du bist unser Heil und unser Friede.

FÜRBITTEN – VATERUNSER – SEGEN

I: Num 13, 2–3a. 26–14, 1. 26–29. 34–35 / Mt 15, 21–28
II: Jer 31, 1–7 / Mt 15, 21–28

DONNERSTAG
DER ACHTZEHNTEN JAHRESWOCHE

PSALMGEBET

Lobe den Herrn, meine Seele!
Loben will ich den Herrn, so lange ich lebe,
  singen und spielen meinem Gott, so lange ich bin.
Verlaßt euch nicht auf Fürsten,
  nicht auf Menschen, bei denen doch keine Hilfe ist!
Haucht der Mensch sein Leben aus,
kehrt er zurück zur Erde,
  dann ist es aus mit all seinen Plänen.
Wohl dem, dessen Halt der Gott Jakobs ist,
  der seine Hoffnung setzt auf den Herrn, seinen Gott!

Psalm 146, 1–5

LESUNG

Am festgesetzten Tag nahm Herodes im Königsgewand auf der Tribüne Platz und hielt eine große Rede an sie. Das Volk aber schrie: Eines Gottes, nicht eines Menschen Stimme! Auf der Stelle schlug ihn ein Engel des Herrn, weil er nicht Gott die Ehre gegeben hatte. Und von Würmern zerfressen, starb er. *Apostelgeschichte 12, 21–23*

GEBET

Herr, du dämpfest den Stolz der Hoffärtigen und stößest die Gewaltigen von ihrem Thron. Den Tyrannen, den viele wie einen Gott verherrlichen, stürzest du ins Grab, und es bleibt nur Staub und Asche. Herr, gib, daß wir dich über alle Dinge fürchten und lieben und dir allein vertrauen.

FÜRBITTEN – VATERUNSER – SEGEN

I: Num 20, 1–13 / Mt 16, 13–23
II: Jer 31, 31–34 / Mt 16, 13–23

FREITAG DER ACHTZEHNTEN JAHRESWOCHE

PSALMGEBET

Lobsingt, ihr Knechte des Herrn,
   lobt den Namen des Herrn!
Der Name des Herrn sei gepriesen
   von nun an bis in Ewigkeit!
Vom Aufgang der Sonne bis zum Untergang
   sei gelobt der Name des Herrn! *Psalm 113, 1–3*

LESUNG

Ihr wart tot durch eure Sünden und Verfehlungen. Gott aber, der voll Erbarmen ist, hat uns, die wir durch unsere Sünden tot waren, in seiner großen Liebe, mit der er uns geliebt hat, zusammen mit Christus wieder lebendig gemacht. Aus Gnade seid ihr gerettet, nicht auf Grund von Leistungen, damit keiner sich rühmen kann. Seine Geschöpfe sind wir; in Christus Jesus dazu geschaffen, in unserem Leben die guten Werke zu tun, die Gott für uns im voraus bereitet hat.
Epheser 2, 1. 4–5. 8–10

GEBET

Herr, unser Gott, alles, was wir sind und haben, kommt von dir. Du hast uns aus dem Grab unseres ichsüchtigen Lebens gerufen, aus der Angst um unsere Ehre, aus unserem eitlen Bemühen um uns selbst. Du hast uns mit Christus in ein neues Leben gezogen, ein Leben der Liebe und der Hingabe. Wir danken dir für jeden kleinen Schritt, den du uns gelingen läßt. Es ist alles dein Werk, das Werk deiner Gnade.

FÜRBITTEN – VATERUNSER – SEGEN

I: Dtn 4, 32–40 / Mt 16, 24–28
II: Nah 1, 15; 2, 2; 3, 1–3. 6–7 / Mt 16, 24–28

SAMSTAG DER ACHTZEHNTEN JAHRESWOCHE

PSALMGEBET

Wohl den Menschen, die Kraft finden in dir,
  wenn sie sich rüsten zur Wallfahrt!
Ziehn sie durchs trostlose Tal,
wird es ihnen zum Quellgrund,
  und Frühregen hüllt es in Segen.
Denn Gott der Herr ist Sonne und Schild;
  er schenkt Gnade und Herrlichkeit.
Der Herr versagt kein Gut denen, die rechtschaffen leben.
  Herr der Heerscharen, wohl dem, der dir vertraut.

Psalm 84, 6–7. 12–13

LESUNG

Denn so spricht der Hohe und Erhabene, der ewig Thronende, dessen Namen „der Heilige" ist: Ich wohne als Heiliger in der Höhe, und doch auch bei den Zerschlagenen und Demütigen, zu beleben den Geist der Demütigen, zu beleben das Herz der Zerschlagenen. Ich will das Volk heilen und leiten und ihm Trost spenden. Auf den Lippen seiner Trauernden schaffe ich Jubel. Friede den Fernen und Friede den Nahen, spricht der Herr; ja, ich werde sie heilen. *Jesaja 57, 15. 18–19*

GEBET

Heiliger Gott, der du erhaben bist über uns alle, du hast den Demütigen und Gebeugten deine Nähe versprochen. Wir bitten dich: Reiß uns heraus aus innerer Traurigkeit und befreie uns aus aller Not. Leite uns auf dem Weg zum ewigen Heil!

FÜRBITTEN – VATERUNSER – SEGEN

I: Dtn 6, 4–13 / Mt 17, 14–19
II: Hab 1, 12–2, 4 / Mt 17, 14–19

NEUNZEHNTE JAHRESWOCHE

BESINNUNG

Ein Taubstummer wird zu Jesus gebracht, und die ihn bringen, bitten um Handauflegung. Es ist gut, wenn wir jemand haben, der auf uns schaut und, wenn es not ist, uns dahin bringt, wo Hilfe zu finden ist. Ein altes Wort sagt: „In der Kirche sein heißt: jemand haben, der auf einen schaut (einen Episcopus, d. h. Bischof)." Jesus nimmt den Kranken für sich besonders. Nicht in der breiten Öffentlichkeit, sondern abseits in der Stille und Abgeschiedenheit einer ganz persönlichen Begegnung vollzieht sich die Heilung. Die Bitte um Handauflegung wird von Jesus nicht als törichte Äußerlichkeit zurückgewiesen. Er sucht sogar noch intensiveren leiblichen Kontakt mit dem Kranken, mit seinen Ohren und seiner Zunge. Und dann beschwört er mit dem Wort „Effata" den entscheidenden Vorgang. Der Taubstumme wird aus seiner Verschlossenheit herausgerufen: Tu dich auf!

Wer sich aus der Verbindung mit anderen Menschen zurückzieht und nur um das eigene Ich kreist, wird – bildlich gesprochen – taub und stumm. Die Gehörlosen tragen das Geschick ihrer leiblichen Krankheit für uns alle als ein Zeichen: So geht es uns, wenn wir nicht offen bleiben für unseren Nächsten, sondern uns mißtrauisch und selbstgenügsam auf uns selbst zurückziehen. Die Botschaft vom Reich Gottes erwartet von uns, daß wir es Jesus zutrauen, uns aus dieser Isolierung herauszuholen.

Wie oft halten wir nur ein Selbstgespräch, wenn wir mit anderen sprechen. Es wird aus der Unterhaltung kein Dialog, denn keiner hört wirklich auf den anderen, und so kann er ihm auch nicht wirklich antworten. Wo wir auf Jesus hören, beginnen wir auch den Kontakt zu unserem Nächsten wieder zu finden. Und wir können schließlich in den Lobpreis einstimmen: „Er hat alles gut gemacht; denn er macht die Tauben hören und die Stummen reden."

Herr, öffne meine Ohren und Lippen, daß ich höre, wenn du mit mir redest, daß ich dir antworte mit Dank und Lobpreis. Reiße mich aus meiner Verschlossenheit, daß ich den Weg zu meinem Nächsten finde, auf ihn höre und ihm den Mut zuspreche, den du mir schenkst durch dein Wort.

NEUNZEHNTER SONNTAG IM JAHRESKREIS

DER WOCHENSPRUCH

Das geknickte Rohr zerbricht er nicht, den glimmenden Docht löscht er nicht aus. *Jesaja 42, 3*

LESUNG

Wir haben durch Christus so großes Vertrauen auf Gott. Freilich sind wir dazu nicht von uns aus fähig, so daß wir selber uns etwas zuschreiben könnten; unsere Befähigung stammt vielmehr von Gott. Er hat uns fähig gemacht, Diener des Neuen Bundes zu sein, und zwar nicht des Buchstabens, sondern des Geistes. Denn der Buchstabe tötet, der Geist aber macht lebendig. *2 Korinther 3, 4–6*

EVANGELIUM

Da brachte man einen Taubstummen zu Jesus mit der Bitte, ihm die Hand aufzulegen. Er nahm ihn beiseite, von der Menge weg, legte ihm die Finger in die Ohren und berührte die Zunge des Mannes mit Speichel; dann blickte er zum Himmel auf, seufzte und sprach zu ihm: Effata, das heißt: Öffne dich! Da öffneten sich seine Ohren, und sogleich löste sich die Fessel seiner Zunge, und er konnte richtig reden. *Markus 7, 32–35*

GEBET

Heiland der Welt, du hast uns gerufen, dir in dieser Welt zu dienen, nicht in der Erfüllung toter Buchstaben oder Gesetze, sondern in der Kraft deines lebenschaffenden Geistes. Wir bitten dich: Gib uns offene Augen, daß wir die Not unserer Mitmenschen erkennen, und erfülle uns mit Geist und Kraft, ihnen zu helfen mit Rat und Tat.

A: 1 Kön 19, 19a. 11–13a / Röm 9, 1–5 / Mt 14, 22–23
B: 1 Kön 19, 4–8 / Eph 4, 30–5, 2 / Joh 6, 41–52
C: Weish 18, 6–9 / Hebr 11, 1–2. 8–12 / Lk 12, 35–40

MONTAG DER NEUNZEHNTEN JAHRESWOCHE

PSALMGEBET

Du bist meine Zuversicht, Herr, mein Gott,
 meine Hoffnung von Jugend auf.
Vom Mutterleib an stütze ich mich auf dich,
vom Mutterschoß an bist du mein Beschützer,
 dir gilt mein Lobpreis allezeit!
Verwirf mich nicht im Alter,
 verlaß mich nicht, wenn meine Kräfte schwinden!
Mein Mund soll von deiner Gerechtigkeit künden,
 täglich von deiner Hilfe. *Psalm 71, 5-6. 9. 15*

LESUNG

So spricht Gott, der Herr, zu seinem Knecht: Ich, der Herr, habe dich in Gerechtigkeit gerufen, ich fasse dich bei der Hand und beschütze dich. Ich mache dich zum Bund mit dem Volk, zum Licht für die Völker, um blinde Augen zu öffnen, Gefangene aus dem Kerker herauszuführen, aus der Haft alle zu befreien, die im Dunkel sitzen. *Jesaja 42, 6-7*

GEBET

Herr Jesus Christus, was der Prophet vom Knecht Gottes verkündigt, das ist in dir erfüllt. Wir danken dir, daß du uns die Augen öffnest und uns aus der Gefangenschaft unserer Sünde führst; daß du uns aus der Finsternis in das Licht des neuen Bundes gerufen hast. Wir danken dir und bitten dich: Laß uns nicht aufhören, dir zu danken.

FÜRBITTEN – VATERUNSER – SEGEN

I: Dtn 10, 12–22 / Mt 17, 21–26
II: Ez 1, 2–5. 24–2, 1a / Mt 17, 21–26

DIENSTAG DER NEUNZEHNTEN JAHRESWOCHE

PSALMGEBET

Herr, mein Gott, ich habe zu dir geschrien,
 und du hast mich geheilt.
Herr, du hast mich herausgeholt aus dem Reich des Todes,
 aus der Schar der Todgeweihten mich zum Leben gerufen.
Du hast mein Klagen in Tanzen gewandelt,
 mein Trauerkleid gelöst und mich mit Freuden gegürtet.
Darum singt dir mein Herz und will nicht verstummen,
 Herr, mein Gott, ich will dir danken in Ewigkeit.
Psalm 30, 3–4. 12–13

LESUNG

Ein Lied des Hiskija, des Königs von Juda, als er krank war und von seiner Krankheit wieder genas: Zum Heil hat er meine Bitternis gewandelt. Du hast meine Seele bewahrt vor dem Abgrund der Vernichtung; denn du hast hinter deinen Rücken geworfen all meine Sünden. Die Unterwelt kann dir nicht danken, der Tod dich nicht loben. Nur die Lebenden sind es, die dir danken, wie ich am heutigen Tag. Der Herr hat mir geholfen; darum laßt uns die Saiten schlagen, alle Tage unseres Lebens im Haus des Herrn! *Jesaja 38, 9. 17–18. 19. 20*

GEBET

Herr, du bist unser Helfer in vielen Nöten. Hilf, daß wir den Dank nicht vergessen, sondern in unserem Herzen und inmitten der Gemeinde deine wunderbare Güte preisen.

FÜRBITTEN – VATERUNSER – SEGEN

I: Dtn 31, 1–8 / Mt 18, 1–5. 10. 12–14
II: Ez 2, 8–3, 4 / Mt 18, 1–5. 10. 12–14

MITTWOCH DER NEUNZEHNTEN JAHRESWOCHE

PSALMGEBET

Singt und spielt dem Herrn, ihr seine Frommen,
   lobt seinen heiligen Namen!
Denn nur einen Augenblick dauert sein Zorn,
   doch sein Wohlgefallen ein Leben lang.
Kehrt am Abend auch Weinen ein,
   am Morgen herrscht wieder Jubel.   *Psalm 30, 5–6*

LESUNG

Ist einer von euch bedrückt? Dann soll er beten. Ist einer fröhlich? Er soll ein Loblied singen. Ist einer von euch krank? Dann rufe er die Ältesten der Gemeinde zu sich: Sie sollen für ihn beten und ihn im Namen des Herrn mit Öl salben. Das gläubige Gebet wird den Kranken retten, und der Herr wird ihn aufrichten; wenn er Sünden begangen hat, werden sie ihm vergeben.   *Jakobus 5, 13–15*

GEBET

Herr, unser Heiland, wir danken dir, daß du uns nicht ohne Hilfe läßt in den Nöten der Krankheit. Hilf uns zur rechten Zeit zu einem aufrichtigen Bekenntnis unserer Schuld und stärke uns durch das Wort der Vergebung, durch Fürbitte und Segen deiner Diener.

FÜRBITTEN – VATERUNSER – SEGEN

I: Dtn 34, 1–12 / Mt 18, 15–20
II: Ez 9, 1–7; 10, 18–22 / Mt 18, 15–20

DONNERSTAG DER NEUNZEHNTEN JAHRESWOCHE

PSALMGEBET

Gepriesen sei der Herr Tag für Tag!
   Gott trägt uns, er ist unsre Hilfe.
Gott ist ein Gott, der uns Rettung bringt,
   Gott der Herr führt uns heraus aus dem Tode.
Deine Geschöpfe finden Wohnung;
   in deiner Güte, o Gott, versorgst du den Armen.
Der Herr entsendet sein Wort:
   Groß ist der Siegesbotinnen Schar.

Psalm 68, 20–21. 11–12

EVANGELIUM

Jesus zog durch alle Städte und Dörfer, lehrte in ihren Synagogen, verkündete das Evangelium vom Königreich und heilte alle Krankheiten und Gebrechen. Als er die Scharen von Menschen sah, hatte er Mitleid mit ihnen; denn sie waren müde und erschöpft wie Schafe, die keinen Hirten haben. Da sagte er zu seinen Jüngern: Die Ernte ist groß, aber es gibt nur wenige Arbeiter. Bittet also den Herrn der Ernte, Arbeiter für seine Ernte zu schicken. *Mattäus 9, 35–38*

GEBET

Herr aller Herren, ohne dich sind die Menschen wie eine Herde ohne Hirten, verwirrt und zerstreut. So bitten wir dich: Sende Boten und Diener, die das Zerstreute sammeln und das Verwirrte ordnen. Hilf uns, deinem heilenden Wirken, deinem Frieden Raum zu schaffen auf Erden.

FÜRBITTEN – VATERUNSER – SEGEN

I: Jos 3, 7–10a. 11. 13–17 / Mt 18, 21–19, 1
II: Ez 12, 1–6 / Mt 18,21–19, 1

FREITAG DER NEUNZEHNTEN JAHRESWOCHE

PSALMGEBET

„Danket dem Herrn, denn er ist gütig,
 denn seine Huld währt ewig!"
So sollen sprechen, die vom Herrn erlöst sind,
 die er von den Feinden befreit hat.
Die dann in ihrer Bedrängnis schrien zum Herrn,
 die er ihren Ängsten entriß:
Die sollen dem Herrn danken für seine Huld,
 für sein wunderbares Tun an den Menschen.

Psalm 107, 1–2. 6. 8

EVANGELIUM

Jesus ging in das Haus des Petrus und sah, daß dessen Schwiegermutter mit Fieber zu Bett lag. Da berührte er ihre Hand, und das Fieber wich von ihr. Und sie stand auf und bewirtete ihn. Als es Abend geworden war, brachte man viele Besessene zu ihm. Er trieb mit seinem Wort die Geister aus und heilte alle Kranken. Auf diese Weise sollte sich das Wort des Propheten Jesaja erfüllen: Er hat die Leiden von uns genommen und uns von unseren Krankheiten befreit. *Mattäus 8, 14–17*

GEBET

Herr, du hast dich herabgeneigt in unsere Schwachheiten und Nöte. Du trägst und leidest mit uns und hilfst dem, der deine Gnade im Glauben annimmt. Dir sei Dank für alle deine Güte.

FÜRBITTEN – VATERUNSER – SEGEN

I: Jos 24, 1–13 / Mt 19, 3–12
II: Ez 16, 1–15. 60. 63 / Mt 19, 3–12

SAMSTAG DER NEUNZEHNTEN JAHRESWOCHE

PSALMGEBET

Hört dies an, ihr Völker alle,
 vernehmt es, alle Bewohner der Erde!
Denn man sieht: Weise sterben,
genauso gehen Tor und Narr zugrunde,
 sie müssen andern ihren Reichtum lassen.
So ergeht es denen, die auf sich selbst vertrauen,
 und so ist das Ende derer, die sich in großen Worten gefallen.

Psalm 49, 2. 11. 14

LESUNG

Stärkt die schlaffen Hände, festigt die wankenden Knie! Sprecht zu den Verzagten: Seid stark, fürchtet euch nicht! Seht da, euer Gott – Die Rache wird kommen, die Vergeltung Gottes; er selbst wird kommen und euch retten. Dann werden die Augen der Blinden aufgetan, und die Ohren der Tauben öffnen sich. Dann springt der Lahme wie ein Hirsch, und die Zunge des Stummen jubelt.
Und die vom Herrn Befreiten kehren heim. Sie kommen nach Zion mit Jubel; ewige Freude strahlt auf ihrem Gesicht. Wonne und Freude kehren ein, Kummer und Seufzen entfliehen.

Jesaja 35, 3–6. 10

GEBET

Allmächtiger Gott, wenn wir so oft vergeblich nach Hilfe rufen und seufzen über die Ungerechtigkeit und das Leiden dieser Zeit, laß uns ausschauen nach dem Tag aller Tage, da dieses alles ein Ende nimmt und dein allmächtiges Schöpferwort uns in das Leben einer neuen Welt ruft. Der Vorgeschmack der ewigen Freude stärke uns auf unserem Weg.

FÜRBITTEN – VATERUNSER – SEGEN

I: Jos 24, 14–29 / Mt 19, 13–15
II: Ez 18, 1–10. 13b. 30–32 / Mt 19, 13–15

ZWANZIGSTE JAHRESWOCHE

BESINNUNG

Wer sich selbst rechtfertigen will, dem kann nur schwer geholfen werden. Wer sich aber verloren weiß, zu dem kommt der barmherzige Samariter. Ihm wird die Ausrede „Wer ist denn mein Nächster?" aus dem Mund genommen durch den Auftrag: Sei du selbst ein Nächster, gehe hin und tue desgleichen!

Bin ich nicht selbst der Mensch, der hilflos am Wegrand liegt, dem niemand helfen kann, weder ein Priester noch ein Levit? Wie könnte ich wirklich ein Nächster sein? Wer ist mein Samariter, der mir Barmherzigkeit erweist?

Ein Samariter ist ein verachteter, ein ausgestoßener Fremdling. Aber gerade in dieser Gestalt erscheint uns der eine, der helfen kann. „Selig sind die Augen, die sehen, was ihr seht!" (Lk 10, 23). „Verachtet war er und verlassen von Menschen, wie einer, vor dem man das Antlitz verhüllt" (Jes 53, 3).

Er ist unser Nächster geworden. Er ist zu uns gekommen als der barmherzige Samariter und hat mit seiner Gnade und Vergebung unsere Wunden verbunden. Er hat uns Frieden geschenkt und die Kraft zu einem neuen Anfang. Und er hat uns in der Kirche die Herberge gegeben, in der wir geborgen sind. „Auch der Sperling hat ein Haus gefunden und die Schwalbe ein Nest für sich" (Ps 84, 3). Das Vermächtnis, das er uns hinterlassen hat, muß genügen, bis er wiederkommt. Sein Friede, das Wort seiner Gnade, die Gaben seiner heiligen Sakramente erhalten unser Leben, bis er kommt. Maranatha, ja, komm, Herr Jesus!

Das ist die Weise des barmherzigen Samariters, daß er uns wandelt in sein Bild, wenn wir uns ihm auftun in aufrichtigem Verlangen. Er gibt uns den Auftrag, zu tun, was er getan hat. Gehe hin und tue desgleichen! Sei ein Nächster, sei ein barmherziger Samariter! Wenn wir es zu tun vermögen, dann nicht aus uns, sondern ganz allein durch ihn.

Herr Jesus Christus, dir sei Dank für all deine Barmherzigkeit. Du bist uns so nahe wie niemand sonst. Herr, hilf mir, anderen Menschen ein Nächster zu werden, wie du mir zum Nächsten geworden bist.

ZWANZIGSTER SONNTAG IM JAHRESKREIS

DER WOCHENSPRUCH

Christus spricht: Was ihr für einen meiner geringsten Brüder getan habt, das habt ihr für mich getan. *Mattäus 25, 40*

LESUNG

Ist nicht das ein Fasten, wie ich's liebe: dein Brot an die Hungrigen austeilen, Arme, die kein Obdach haben, aufnehmen, wenn du einen Nackten siehst, ihn bekleiden und deinen Bruder nicht im Stich lassen? Dann bricht wie die Morgenröte dein Licht hervor, und deine Heilung schreitet schnell voran.
Jesaja 58, 6. 7–8

EVANGELIUM

Der Gesetzeslehrer wollte seine Frage rechtfertigen und sagte zu Jesus: Und wer ist mein Nächster? Jesus antwortete mit der Geschichte vom barmherzigen Samariter und fragte am Schluß: Was meinst du: Wer von diesen dreien hat sich als Nächster erwiesen für den, der unter die Räuber gefallen war? Der Gesetzeslehrer antwortete: Der, der barmherzig war und ihm geholfen hat. Da sagte Jesus zu ihm: Dann geh und handle genau so. *Lukas 10, 29–30. 36–37*

GEBET

Barmherziger Gott, wir bitten dich, entzünde in unseren Herzen das Feuer deiner Liebe, daß wir uns den Mitmenschen zuwenden, die unsere Hilfe brauchen. Präge das Bild deines Sohnes in unsere Herzen, daß wir einander die Liebe erweisen, die er uns erwiesen hat.

A: Jes 56, 1. 6–7 / Röm 11, 13–15. 29–32 / Mt 15, 21–28
B: Spr 9, 1–6 / Eph 5, 15–20 / Joh 6, 51–59
C: Jer 38, 4–6. 8–10 / Hebr 12, 1–4 / Lk 12, 49–53

MONTAG DER ZWANZIGSTEN JAHRESWOCHE

PSALMGEBET

Wohl dem Mann, der gütig ist und gern hilft,
der das Seine ordnet, wie es recht ist.
Nie wird er wanken;
ewig wird man an den Gerechten denken.
Üble Nachrede fürchtet er nicht;
sein Herz ist fest, er vertraut auf den Herrn.

Psalm 112, 5–7

LESUNG

Wenn ihr nach dem Wort der Schrift: Liebe deinen Nächsten wie dich selbst! das königliche Gesetz erfüllt, dann handelt ihr recht. Wenn ihr aber nach dem Ansehen der Person urteilt, begeht ihr eine Sünde, und das Gesetz macht offenbar, daß ihr im Unrecht seid. Denn das Gericht ist erbarmungslos gegen den, der sich nicht erbarmt hat. Erbarmen aber triumphiert über das Gericht. *Jakobus 2, 8–9. 13*

GEBET

Barmherziger Gott, bewahre unser Herz vor Härte und Stumpfheit. Hilf, daß wir untereinander barmherzig sind, wie du uns allezeit Barmherzigkeit erweisest. Mache uns erfinderisch bei der Suche nach der Not unseres Nächsten und zurückhaltend, wo unsere Hilfe nicht begehrt wird.

FÜRBITTEN – VATERUNSER – SEGEN

I: Ri 2, 11–19 / Mt 19, 16–22
II: Ez 24, 15–24 / Mt 19, 16–22

DIENSTAG DER ZWANZIGSTEN JAHRESWOCHE

PSALMGEBET

Wohl dem Mann, der den Herrn fürchtet und ehrt,
  an seinen Geboten sich herzlich freut.
Seine Nachkommen werden mächtig im Land,
  das Geschlecht der Redlichen wird gesegnet.
Wohlstand und Reichtum füllen sein Haus,
  sein Heil hat Bestand für immer.
Im Finstern erstrahlt den Redlichen ein Licht:
  der Gnädige, Barmherzige und Gerechte. *Psalm 112, 1–4*

EVANGELIUM

Jesus spricht: Wer euch aufnimmt, der nimmt mich auf, und wer mich aufnimmt, nimmt den auf, der mich gesandt hat. Wer einem von diesen Kleinen auch nur einen Becher frisches Wasser zu trinken gibt, weil es ein Jünger ist – Amen, ich sage euch: Er soll nicht um seinen Lohn kommen.
Mattäus 10, 40. 42

GEBET

Herr, gib, daß wir allezeit dein Angesicht auch in dem Geringsten unserer Brüder erkennen; daß wir uns mit offenen Augen und liebevollem Verständnis unserem Nächsten zuwenden und ihm den Dank erweisen, der dir, unserem Heiland, gilt.

FÜRBITTEN – VATERUNSER – SEGEN

I: Ri 6, 11–24a / Mt 19, 23–30
II: Ez 28, 1–10 / Mt 19, 23–30

MITTWOCH DER ZWANZIGSTEN JAHRESWOCHE

PSALMGEBET

Meine Augen sehnen sich nach deiner Hilfe,
nach deiner gerechten Verheißung.
Die Erklärung deiner Worte erleuchtet,
den Unerfahrenen schenkt sie Einsicht.
Festige meine Schritte nach deinem Wort,
laß über mich kein Unrecht herrschen!
Über deinem Knecht laß dein Antlitz leuchten,
über deine Gesetze lehre mich!
Psalm 119, 123. 130. 133. 135

LESUNG

Im vierten Jahr des Königs Darius erging das Wort des Herrn an Sacharja: Haltet gerechtes Gericht, jeder zeige seinem Bruder gegenüber Güte und Erbarmen; unterdrückt nicht die Witwen und Waisen, die Fremden und Armen, und plant in eurem Herzen nichts Böses gegeneinander! *Sacharja 7, 1. 9–10*

GEBET

Herr, öffne meine Ohren für die Klagen derer, die in Not sind; öffne meine Augen für die Not derer, die nichts zu erbitten wagen; öffne mein Herz für die Angst der Einsamen, um deiner großen Barmherzigkeit willen.

FÜRBITTEN – VATERUNSER – SEGEN

I: Ri 9, 6–15 / Mt 20, 1–16a
II: Ez 34, 1–11 / Mt 20, 1–16a

DONNERSTAG
DER ZWANZIGSTEN JAHRESWOCHE

PSALMGEBET

Wohl denen, deren Weg ohne Tadel ist,
  die leben nach der Weisung des Herrn.
Wohl denen, die seine Vorschriften halten,
  ihn suchen von ganzem Herzen.
Du hast deine Befehle gegeben,
  daß man sie ernsthaft beachtet.
Wären doch meine Schritte darauf fest gerichtet,
  deinen Gesetzen zu folgen! *Psalm 119, 1–2. 4–5*

EVANGELIUM

Jesus setzte sich in die Nähe des Opferkastens und sah zu, wie das Volk Kupfermünzen in den Kasten warf. Viele Reiche kamen und legten viel hinein. Da kam auch eine arme Witwe und warf zwei Kupfermünzen hinein im Wert von einem Pfennig. Er rief seine Jünger zu sich und sprach: Amen, ich sage euch: Diese arme Witwe hat mehr als alle anderen in den Opferkasten hineingeworfen. Denn die anderen haben nur etwas von ihrem Reichtum hergegeben, sie aber, die nur das Nötigste zum Leben hat, hat alles gegeben, was sie besaß, ihre ganze Habe. *Markus 12, 41–44*

GEBET

Wecke unser Gewissen, Herr, daß wir die Gaben, die wir im Gottesdienst geben, recht prüfen an unserem Vermögen; daß wir nicht ein Opfer nennen, was aus dem Überfluß kommt. Öffne uns Herz und Hand zu wirklichen Gaben der Liebe.

FÜRBITTEN – VATERUNSER – SEGEN

I: Ri 11, 29–39a / Mt 22, 1–14
II: Ez 36, 23–28 / Mt 22, 1–14

FREITAG DER ZWANZIGSTEN JAHRESWOCHE

PSALMGEBET

Öffne mir die Augen,
  das Wunderbare an deiner Weisung zu schauen!
Ich bin nur Gast auf Erden,
  deine Gebote verbirg mir nicht!
Ich habe erwählt den Weg der Wahrheit,
  nach deinen Entscheiden verlangt mich.
Ich will auf dem Weg deiner Gebote laufen,
  denn mein Herz machst du weit. *Psalm 119, 18–19. 30. 32*

LESUNG

Wenn du dein Feld abernstest und eine Garbe auf dem Feld vergißt, sollst du nicht umkehren, um sie zu holen. Sie soll den Fremden, Waisen und Witwen gehören, damit der Herr, dein Gott, dich bei der Arbeit deiner Hände segnet. Denk daran: Du bist in Ägypten Sklave gewesen.
Deuteronomium 24, 19. 22

GEBET

Allmächtiger Gott, auch in kleinen Dingen dürfen wir uns von deiner Großmut leiten lassen. Wo wir den Erfolg unserer Arbeit ernten, laß uns nicht kleinlich an unseren Vorteil denken; laß unsere Freigebigkeit im Kleinen ein Abbild deiner großen Barmherzigkeit sein.

FÜRBITTEN – VATERUNSER – SEGEN

I: Rut 1, 1. 3–6. 14b–16. 22 / Mt 22, 34–40
II: Ez 37, 1–14 / Mt 22, 34–40

SAMSTAG DER ZWANZIGSTEN JAHRESWOCHE

PSALMGEBET

Du bist nahe, Herr,
 und alle deine Gebote sind Wahrheit.
Fern bleibt den Frevlern das Heil,
 denn nach deinen Gesetzen fragen sie nicht.
Heil in Fülle empfangen, die deine Weisung lieben;
 kein Unheil trifft sie.
Laß meine Seele leben, dich zu preisen,
 deine Entscheide mögen mir dazu verhelfen!
Psalm 119, 151. 155. 165. 175

LESUNG

Mein Sohn, spotte nicht über das Leben des Armen und laß die Augen des Betrübten nicht vergeblich warten! Rette den Bedrängten vor seinen Bedrängern, ein gerechtes Gericht sei dir nicht widerwärtig! Den Waisen sei wie ein Vater und den Witwen wie ein Gatte! Dann wird Gott dich Sohn nennen, sich deiner erbarmen und dich vor dem Grab bewahren.
Jesus Sirach 4, 1. 9–10

GEBET

Barmherziger Vater, zeige mir die Menschen in meiner Umgebung, denen Unrecht geschieht, die verlassen und ohne Beistand sind, und erwecke mein Herz, daß ich ihnen beizustehen trachte nach besten Kräften.

FÜRBITTEN – VATERUNSER – SEGEN

I: Rut 2, 1–3. 8–11; 4, 13–17 / Mt 23, 1–12
II: Ez 43, 1–7a / Mt 23, 1–12

EINUNDZWANZIGSTE JAHRESWOCHE

BESINNUNG

Wie können wir Jesus danken? Er selbst begegnet uns in den Brüdern, die unserer Hilfe bedürfen. Was wir anderen Menschen erweisen, das erweisen wir ihm. Doch das ist nicht alles. Als in Betanien eine dankbare Frau ein Gefäß mit kostbarem Öl über ihm zerbrach, da wehrte er den Jüngern, die das als törichte Verschwendung kritisierten. Er deutete es als Salbung für seinen Tod und lobte die Tat der Frau.

Wenn wir uns nach seinem Gebot versammeln, um das zu tun, womit wir „seinen Tod verkündigen, bis er kommt", bringen wir nicht nur Brot und Wein zum Altar. Wir sammeln ein Dankopfer und bringen es zum Altar; wir schmücken den Altar und das ganze Gotteshaus nach bestem Vermögen und jedenfalls mehr, als es einem bloßen Versammlungsraum angemessen wäre; wir bringen das Lobopfer unserer Lippen und Herzen mit Lobgesang und Gebeten dar und zeigen mit alldem, daß wir die Macht seiner Liebe aufnehmen und erwidern.

Dem rechnenden Verstand hat es noch zu keiner Zeit eingeleuchtet, wozu all dieser Aufwand des Gottesdienstes dienen soll, und die berechtigte prophetische Kritik an einem toten, formelhaften Kultus wird gern herangezogen, um den Kultus überhaupt abzulehnen. Sicher kommt es in der Wirklichkeit dieser Welt heute wie zu allen Zeiten vor allem auf die praktische Tat der Nächstenliebe an. Aber müßte nicht der Strom der Nächstenliebe allmählich versiegen, wenn er sich nicht an der lebendigen Quelle des Gottesdienstes ständig erneuern könnte?

Auch wenn unter zehn Geheilten nur einer ist, der dem Herrn die Ehre erweist, so erfährt doch gerade er, daß sein dankbarer Glaube ihm wahrhaft geholfen hat, und die Tatsache, daß er Gott die Ehre gibt, wird auch manchem von den übrigen neun ein Ansporn sein, den Dank an den Geber aller guten Gaben nicht zu vergessen.

Herr, du hast mir im Bad der heiligen Taufe deine Reinheit geschenkt und erfüllst mich immer aufs neue mit den Gaben deiner vergebenden Liebe: Laß mich nicht aufhören, dir dafür zu danken mit Herz und Mund und Händen.

EINUNDZWANZIGSTER SONNTAG IM JAHRESKREIS

DER WOCHENSPRUCH

Lobe den Herrn, meine Seele,
und vergiß nicht, was er dir Gutes getan hat. *Psalm 103, 2*

LESUNG

Ich meine, ihr sollt leben, wie es dem Geist entspricht, dann werdet ihr das Begehren des Fleisches nicht erfüllen. Die Frucht des Geistes aber ist Liebe, Freude, Friede, Langmut, Freundlichkeit, Güte, Treue. Wenn wir im Geist leben, dann wollen wir dem Geist auch folgen. *Galater 5, 16. 22. 25*

EVANGELIUM

Einer von den zehn Aussätzigen kehrte um, als er sah, daß er geheilt war; und er pries Gott mit lauter Stimme. Er warf sich vor Jesus nieder und dankte ihm. Und dieser Mann war aus Samaria. Da fragte Jesus: Sind nicht alle zehn rein geworden? Wo sind die übrigen neun? Ist denn keiner umgekehrt, um Gott zu ehren, außer diesem Fremden? Und er sagte zu ihm: Steh auf und geh! Dein Glaube hat dir geholfen.
Lukas 17, 15–19

GEBET

Allmächtiger Gott, täglich empfangen wir unzählige Gaben und Wohltaten deiner Liebe; bewahre uns davor, daß wir abstumpfen und vergessen, was wir dir verdanken, oder es als unser gutes Recht ansehen. Erwecke uns durch deine Güte immer von neuem zum Lobpreis deines Namens.

A: Jes 22, 19–23 / Röm 11, 33–36 / Mt 16, 13–26
B: Jos 24, 1–2a. 15–17. 18b / Eph 5, 21–32 / Joh 6, 61–70
C: Jes 66, 18–21 / Hebr 12, 5–7. 11–13 / Lk 13, 22–30

MONTAG
DER EINUNDZWANZIGSTEN JAHRESWOCHE

PSALMGEBET

Seh ich den Himmel, das Werk deiner Finger,
 Mond und Sterne, die du befestigt:
Was ist der Mensch, daß du an ihn denkst,
 des Menschen Kind, daß du seiner dich annimmst?
Herr, unser Herrscher,
 wie gewaltig ist dein Name auf der ganzen Erde.

Psalm 8, 2. 3. 5

LESUNG

Hebt eure Augen zur Höhe und seht: Wer hat diese Sterne geschaffen? Derselbe, der ihr Heer vollzählig herausführt und sie alle mit Namen ruft. Keiner wagt auszubleiben. Warum sagst du, Jakob, und du, Israel, warum redest du: Mein Weg ist vor dem Herrn verborgen, und mein Recht entzieht sich meinem Gott. Weißt du es nicht, hörst du es nicht? Der Herr ist ein ewiger Gott; er hat die weite Erde geschaffen. Er wird nicht müde und nicht matt; unergründlich ist seine Einsicht.

Jesaja 40, 26–28

GEBET

Allmächtiger Gott, in der Unermeßlichkeit des Alls sind wir weniger als ein winziges Stäubchen. Und doch hast du uns angesehen in Jesus Christus, unserem Herrn. Wir danken dir und bitten dich: Führe uns auf deiner Straße zu deinem Ziel.

FÜRBITTEN – VATERUNSER – SEGEN

I: 1 Thess 1, 2b–5. 8b–10 / Mt 23, 13–22
II: 2 Thess 1, 1–5. 11b–12 / Mt 23, 13–22

DIENSTAG
DER EINUNDZWANZIGSTEN JAHRESWOCHE

PSALMGEBET

„Bringe Gott als Opfer dein Lob,
und erfülle deine Gelübde dem Höchsten!
Rufe mich an am Tage der Not,
so rette ich dich, und du wirst mich ehren.
Begreift es doch, ihr, die ihr Gott vergeßt!
Sonst zerreiß ich euch, und niemand rettet.
Wer Opfer des Lobes bringt, ehrt mich;
wer rechtschaffen lebt, dem zeig ich mein Heil!"

Psalm 50, 14–15. 22–23

LESUNG

Freut euch zu jeder Zeit. Betet, ohne nachzulassen. Dankt für alles; denn das will Gott von euch, die ihr Christus Jesus gehört. Der Gott des Friedens aber heilige euch durch und durch; unversehrt bleibe euer Geist, eure Seele und euer Leib, damit sie ohne Tadel sind bei der Ankunft unseres Herrn Jesus Christus. Gott, der euch beruft, ist treu; er wird es tun.

1 Thessalonicher 5, 16–18. 23–24

GEBET

Herr, wir bitten dich: Durchdringe unser Leben immer mehr mit dem Geist des Gebets und der Dankbarkeit. Schenke uns deinen Frieden, der uns durch alle Kämpfe dieses Lebens hindurch der Ankunft deines Sohnes entgegenführt.

FÜRBITTEN – VATERUNSER – SEGEN

I: 1 Thess 2, 1–8 / Mt 23, 23–26
II: 2 Thess 2, 1–3a. 13–16 / Mt 23, 23–26

MITTWOCH
DER EINUNDZWANZIGSTEN JAHRESWOCHE

PSALMGEBET

Auch der Sperling findet ein Haus,
die Schwalbe ein Nest für ihre Jungen –
   deine Altäre, Herr der Heerscharen,
   mein König und mein Gott!
Denn in deinen Vorhöfen ein einziger Tag
   ist besser als tausend andre.
Lieber an der Schwelle stehn im Haus meines Gottes
   als wohnen in den Zelten der Frevler!   *Psalm 84, 4. 11*

LESUNG

König David ging hinein, ließ sich vor dem Herrn nieder und betete: Wer bin ich, Herr und Gott, und was ist mein Haus, daß du mich bis hierher geführt hast? Keiner, Herr, ist dir gleich, und außer dir gibt es keinen Gott nach allem, was wir mit eigenen Ohren vernommen haben. Du hast gnädig das Haus deines Knechtes gesegnet, daß es für immer vor dir bestehe. Ja, Herr, du hast es gesegnet, und es bleibt gesegnet in Ewigkeit.   *1 Chronik 17, 16. 20. 27*

GEBET

Herr, du hast das Haus deines Dieners David reich gesegnet trotz seiner schweren Schuld, wir bitten dich: Segne unser Haus durch deine Gnade. Erhalte uns in der Gemeinschaft des Volkes Gottes und laß uns allezeit eine Heimat haben an deinem Altar.

FÜRBITTEN – VATERUNSER – SEGEN

I: 1 Thess 2, 9–13 / Mt 23, 27–32
II: 2 Thess 3, 6–10. 16–18 / Mt 23, 27–32

DONNERSTAG
DER EINUNDZWANZIGSTEN JAHRESWOCHE

PSALMGEBET

Wohl den Menschen, die Kraft finden in dir,
   wenn sie sich rüsten zur Wallfahrt!
Sie schreiten dahin mit wachsender Kraft,
   dann schauen sie Gott auf dem Zion.
Herr der Heerscharen, höre mein Beten,
   vernimm es, Gott Jakobs!
Gott, sieh her auf unsern Schild,
   schau auf das Antlitz deines Gesalbten! *Psalm 84, 6. 8–10*

LESUNG

Der Apostel schreibt: Wir danken Gott euretwegen, sooft wir bei unseren Gebeten an euch alle denken; unablässig erinnern wir uns vor Gott, unserem Vater, daran, wie euer Glaube sich durch die Tat beweist, eure Liebe durch eure Mühe und eure Hoffnung auf unseren Herrn Jesus Christus durch eure Ausdauer. *1 Thessalonicher 1, 2–3*

GEBET

Himmlischer Vater, vor dem Angesicht Jesu Christi, deines Gesalbten, gedenken wir unserer Brüder und Schwestern im Glauben und danken dir für alle Gaben des Geistes, die du ihnen geschenkt hast. Wir bitten dich: Laß uns daran teilhaben und erhalte uns in der Gemeinschaft des Glaubens, des Liebens und des Hoffens.

FÜRBITTEN – VATERUNSER – SEGEN

I: 1 Thess 3, 7–13 / Mt 24, 42–51
II: 1 Kor 1, 1–9 / Mt 24, 42–51

FREITAG
DER EINUNDZWANZIGSTEN JAHRESWOCHE

PSALMGEBET

Dein Wort ist meinem Fuß eine Leuchte,
für meine Pfade ein Licht.
Mein Lobopfer, Herr, nimm in Gnaden an,
und deine Urteile lehre mich!
Mein Herz ist willig, dein Gesetz zu erfüllen
bis ans Ende und ewig.
Deine Vorschriften sind mein ewiges Erbteil,
denn sie sind meines Herzens Freude.
Psalm 119, 105. 108. 112. 111

EVANGELIUM

Als Jesus in Betanien im Haus Simons des Aussätzigen war und dort bei Tisch saß, kam eine Frau mit einem Alabastergefäß voll echtem, kostbarem Nardenöl, öffnete es und goß das Öl über seinen Kopf. Einige aber wurden unwillig und sagten zueinander: Wozu diese Verschwendung? Jesus aber sagte: Laßt sie! Sie hat getan, was sie konnte: Im voraus hat sie meinen Leib zum Begräbnis gesalbt. *Markus 14, 3–4. 6. 8*

GEBET

Herr Jesus, du hast mir deine Liebe und dein Leben geschenkt und mich aus Sünde und Tod zu einem neuen Leben gerufen: Laß mich dir danken mit allem, was ich bin und habe; nimm mich selbst als dein Eigentum. Laß mich dein eigen sein und bleiben.

FÜRBITTEN – VATERUNSER – SEGEN

I: 1 Thess 4, 1–8 / Mt 25, 1–13
II: 1 Kor 1, 17–25 / Mt 25, 1–13

SAMSTAG
DER EINUNDZWANZIGSTEN JAHRESWOCHE

PSALMGEBET

Der Gott der Götter, der Herr spricht,
er ruft der Erde zu
 vom Aufgang der Sonne bis zum Untergang.
Vom Zion her, der Krone der Schönheit,
 geht Gott strahlend auf.
„Versammelt mir all meine Frommen,
 die den Bund mit mir schlossen beim Opfer!"
Die Himmel sollen seine Gerechtigkeit künden,
 Gott selbst wird Richter sein. *Psalm 50, 1–2. 5–6*

LESUNG

David betete zum Herrn: Wer bin ich, und was ist mein Volk, daß wir die Kraft besäßen, diese Gaben zu spenden? Von dir kommt alles, und aus deiner Hand empfingen wir, was wir dir gegeben haben. Denn wir sind wie Fremde vor dir, Halbbürger wie alle unsere Väter. Wie ein Schatten sind unsere Tage auf Erden und ohne Hoffnung. Herr, Gott unserer Väter Abraham, Isaak und Israel, erhalte diese Gesinnung für immer im Herzen deines Volkes! Lenke sein Herz auf dich!
1 Chronik 29, 14–15. 18

GEBET

Herr, unser Gott, erhalte uns und unseren Kindern den Opfersinn, daß wir nicht krampfhaft festhalten, was du uns verliehen hast, sondern dir dienen mit unsren Gaben und uns ewige Schätze sammeln.

FÜRBITTEN – VATERUNSER – SEGEN

I: 1 Thess 4, 9–11 / Mt 25, 14–30
II: 1 Kor 1, 26–31 / Mt 25, 14–30

ZWEIUNDZWANZIGSTE JAHRESWOCHE

BESINNUNG

Wer Gott wirklich dient, der wird in solchem Dienst von Gott erhalten und braucht nicht zu sorgen. Das erfährt der Prophet Elia. Und ebenso erfährt es die arme Witwe, die gegen alle Vernunft, angesichts des Hungertodes ihr letztes Brot mit dem Fremden teilt.
Hinter dem offenkundigen Inhalt der Geschichte verbirgt sich ein zeichenhafter Sinn. Elia findet vor den Toren der Stadt die arme Witwe, die Holz sucht für sich und ihren Sohn. Vor den Toren der Stadt, wo das Wort gesagt wird: Weib, siehe, das ist dein Sohn! Wo der eine sein Leben gab, aus dessen Liebe wir alle leben. Ist dies nicht das tiefste Geheimnis des Kreuzes: Was ihr getan habt einem unter diesen meinen geringsten Brüdern, das habt ihr mir getan? Nun steht dort der Unbekannte – erkennt die Witwe in ihm den Herrn? Er bittet sie um den Trunk Wassers – weiß sie, wen sie tränkt? Er bittet sie um das Stückchen Brot. Wie unverständlich, daß die arme Witwe vor dem Hungertod so angesprochen wird! Wie tief verständlich, wenn es der Herr ist, der da fordert, und wenn er nichts anderes fordert als das, was er selber gibt! Er ist das Brot des Lebens. Er gibt uns das Brot des Lebens. Er fordert es wiederum von uns und will uns damit aus dem Tod zum Leben helfen. Bringe mir zuerst das Brot, dann wirst du genug haben für dich und deinen Sohn.
Solches tut zu meinem Gedächtnis! Tun wir nach seinem Gebot, so wird uns geholfen, und das Mehl im Topf wird nicht verzehrt werden und dem Krug das Öl nicht mangeln. „Suchet vielmehr zuerst das Reich und seine Gerechtigkeit, und alles andere wird euch dazu gegeben werden." (Mt 6, 33)
Erkenne ich mich in der armen Witwe von Sarepta und in ihrem Sohn? Erkenne ich ihn, der von mir fordert, was er selbst mir gibt? Er ruft: Komm und bringe mir zuerst! Ich kann nur antworten: Nichts hab' ich zu bringen, alles, Herr, bist du! Aber wenn ich so mit leeren Händen zu ihm komme, will er sie reichlich füllen und mich stärken für den Dienst, zu dem er mich gebrauchen will.

> Stern, auf den ich schaue, Fels, auf dem ich steh',
> Führer, dem ich traue, Stab, an dem ich geh',
> Brot, von dem ich lebe, Quell, an dem ich ruh',
> Ziel, das ich erstrebe: alles, Herr, bist du!

ZWEIUNDZWANZIGSTER SONNTAG IM JAHRESKREIS

DER WOCHENSPRUCH

Werft alle eure Sorge auf ihn, denn er sorgt sich um euch.
1 Petrus 5, 7

LESUNG

So sprach in der Hungersnot nach Gottes Verheißung Elija zur Witwe von Sarepta: Der Mehltopf wird nicht leer werden und der Ölkrug nicht versiegen bis zu dem Tag, da der Herr wieder Regen auf den Erdboden sendet. Sie ging und tat, was Elija gesagt hatte. So hatte sie mit ihm und ihrem Sohn viele Tage zu essen. Der Mehltopf wurde nicht leer, und der Ölkrug versiegte nicht, wie der Herr durch Elija versprochen hatte.
1 Könige 17, 14–16

EVANGELIUM

Jesus sprach: Macht euch also keine Sorgen und fragt nicht: Was sollen wir essen? Was sollen wir trinken? Was sollen wir anziehen? Denn um all das geht es den Heiden. Euer Vater im Himmel weiß, daß ihr das alles braucht. Euch soll es zuerst um sein Reich und seine Gerechtigkeit gehen; dann wird euch alles andere dazu gegeben werden. *Mattäus 6, 31–33*

GEBET

Herr, du gibst uns täglich, was wir für diesen Tag brauchen, wir bitten dich: Laß uns den morgigen Tag bei aller Vorsorge doch ganz in deine Hand stellen und uns offenhalten für deine Führung. Laß uns haben, als hätten wir nicht, und hilf, daß wir alles anvertraute Gut recht gebrauchen nach deinem Willen.

A: Jer 20, 7–9 / Röm 12, 1–2 / Mt 16, 21–27
B: Dtn 4, 1–2. 6–8 / Jak 1, 17–18. 21b–22. 27 / Mk 7, 1–8a. 14–15. 21–23
C: Sir 3, 19–21. 30–31 / Hebr 12, 18–19. 22–24a / Lk 14, 1. 7–14

MONTAG
DER ZWEIUNDZWANZIGSTEN JAHRESWOCHE

PSALMGEBET

Herr, du bist gütig und bereit zu verzeihen,
für alle, die zu dir rufen, reich an Gnade.
Denn du bist groß und tust Wunder;
du allein bist Gott.
Weise mir, Herr, deinen Weg,
ich will ihn gehen in Treue zu dir,
richte mein Herz darauf, deinen Namen zu fürchten!

Psalm 86, 5. 10–11

LESUNG

Alles, was Gott geschaffen hat, ist gut und nichts ist verwerflich, wenn es mit Dank genossen wird; es wird geheiligt durch Gottes Wort und durch das Gebet. Übe dich in der Frömmigkeit. Denn körperliche Übung nützt nur wenig, die Frömmigkeit aber ist nützlich zu allem: sie hat die Verheißung des gegenwärtigen und des zukünftigen Lebens.

1 Timotheus 4, 4–5. 7–8

GEBET

Gut ist alles, Herr, was du geschaffen hast. Darum bitten wir dich: Erhalte uns in der Ehrfurcht vor deinem heiligen Namen, daß wir allezeit dankbar aus deiner Hand annehmen, was uns gut und heilsam ist.

FÜRBITTEN – VATERUNSER – SEGEN

I: 1 Thess 4, 12–17 / Lk 4, 16–30
II: 1 Kor 2, 1–5 / Lk 4, 16–30

DIENSTAG
DER ZWEIUNDZWANZIGSTEN JAHRESWOCHE

PSALMGEBET

Dir gebührt Lobgesang, Gott, auf dem Zion,
 dir erfüllt man Gelübde!
Wohl denen, die du erwählst und dir nahen läßt,
 die in deinen Vorhöfen wohnen!
Wir wollen uns sättigen am Gut deines Hauses,
 am Gut deines heiligen Tempels.
Erstaunliche Taten vollbringst du,
 erhörst uns in Treue, du Gott unsres Heils,
du Zuversicht aller Enden der Erde
 und der fernsten Gestade. *Psalm 65, 2. 5–6*

LESUNG

Die Frömmigkeit bringt in der Tat reichen Gewinn, wenn man nur genügsam ist. Denn wir haben nichts in die Welt mitgebracht, und wir können auch nichts mit hinausnehmen. Wenn wir Nahrung und Kleidung haben, soll uns das genügen. Denn die Wurzel aller Übel ist die Habsucht.
1 Timotheus 6, 6–8. 10

GEBET

Herr, bewahre uns vor der Sucht nach großen Gewinnen, vor der Illusion, daß es gut sei, schnell und leicht reich zu werden. Laß uns das Gift der Habsucht meiden und mache uns dankbar und froh, wenn wir täglich haben, was wir brauchen.

FÜRBITTEN – VATERUNSER – SEGEN

I: 1 Thess 5, 1–6. 9–11 / Lk 4, 31–37
II: 1 Kor 2, 10b–16 / Lk 4, 31–37

MITTWOCH
DER ZWEIUNDZWANZIGSTEN JAHRESWOCHE

PSALMGEBET

Vertrau auf den Herrn und tu das Gute,
 bleib wohnen im Land und bewahre die Treue!
Freu dich innig am Herrn!
 Dann gibt er dir, was dein Herz begehrt.
Befiehl dem Herrn deinen Weg und vertrau auf ihn;
 er wird es fügen.   *Psalm 37, 3–5*

LESUNG

Jeder soll in dem Stand bleiben, in dem ihn der Ruf Gottes traf. Wenn du als Sklave berufen wurdest, soll dich das nicht bedrücken; auch wenn du frei werden kannst, lebe lieber als Sklave weiter!
Für Lösegeld seid ihr freigekauft worden. Macht euch nicht zu Sklaven von Menschen! Brüder, jeder soll vor Gott in dem Stand bleiben, in dem ihn der Ruf Gottes getroffen hat.
1 Korinther 7, 20–21. 23–24

GEBET

Herr, bewahre uns vor der Unrast, die stets nach Neuem trachtet, nach fernen Ländern und nach Dingen, welche die andern haben. Laß uns im Heute gewiß und froh sein und gib uns Gelassenheit. Wir danken dir für deine Güte und Treue.

FÜRBITTEN – VATERUNSER – SEGEN

I: Kol 1, 1–8 / Lk 4, 38–44
II: 1 Kor 3, 1–9 / Lk 4, 38–44

DONNERSTAG
DER ZWEIUNDZWANZIGSTEN JAHRESWOCHE

PSALMGEBET

Die Gerechten werden das Land besitzen
und darin wohnen für alle Zeiten.
Harre auf den Herrn
und bleib auf seinem Weg!
Er wird dich erhöhen zum Erben des Landes.
Achte auf den Frommen und schau auf den Redlichen!
Denn eine Zukunft hat der Mann des Friedens.
Die Rettung der Gerechten kommt vom Herrn,
er ist ihre Zuflucht in Zeiten der Not.

Psalm 37, 29. 34. 37. 39

LESUNG

Der Prophet Elija sprach zu Ahab: So wahr der Herr, der Gott Israels, lebt, in dessen Dienst ich stehe: in diesen Jahren sollen weder Tau noch Regen fallen, es sei denn auf mein Wort hin. Danach erging das Wort des Herrn an Elija: Geh weg von hier, wende dich nach Osten und verbirg dich am Bach Kerit östlich vom Jordan! Aus dem Bach sollst du trinken, und den Raben habe ich befohlen, daß sie dich dort ernähren.

1 Könige 17, 1–4

GEBET

Auch in Zeiten der Not stehen wir, Herr, unter deinen Augen. Du zeigst uns den Weg der Rettung, wenn wir auf dein Wort hören. Wir befehlen uns ganz in deine Hand und bitten dich: Verlaß uns nicht, Herr, unser Gott.

FÜRBITTEN – VATERUNSER – SEGEN

I: Kol 1, 9–14 / Lk 5, 1–11
II: 1 Kor 3, 18–23 / Lk 5, 1–11

FREITAG
DER ZWEIUNDZWANZIGSTEN JAHRESWOCHE

PSALMGEBET

Wende meine Augen ab, nach Eitlem zu schauen;
    durch dein Wort belebe mich!
Herr, über mich komme deine Huld,
    deine Hilfe, wie du es verheißen!
Dann schreite ich aus auf freier Bahn;
    denn ich frage nach deinen Befehlen.
Laß meine Seele leben, dich zu preisen!
    Denn deine Gebote hab ich nicht vergessen.

Psalm 119, 37. 41. 45. 175. 176

EVANGELIUM

Inzwischen baten ihn seine Jünger: Rabbi, iß! Aber er sagte zu ihnen: Ich habe eine Speise, die ihr nicht kennt. Da sagten die Jünger zueinander: Hat ihm jemand etwas zu essen gebracht? Jesus sprach zu ihnen: Meine Speise ist es, dem Willen dessen zu gehorchen, der mich gesandt hat, und sein Werk zu vollenden.

Johannes 4, 31–34

GEBET

Herr, laß uns erkennen, wovon wir leben. Gib uns den Frieden, der uns nährt. Laß uns deine Gebote in dem weiten Raum deiner Liebe erkennen, und gib uns die Kraft, zu tun, was zu unserm Heil ist.

FÜRBITTEN – VATERUNSER – SEGEN

I: Kol 1, 15–20 / Lk 5, 33–39
II: 1 Kor 4, 1–5 / Lk 5, 33–39

SAMSTAG
DER ZWEIUNDZWANZIGSTEN JAHRESWOCHE

PSALMGEBET

Die der Herr segnet, werden das Land besitzen,
  aber die er verflucht, werden ausgetilgt.
Der Herr festigt die Schritte des Mannes,
  er hat Gefallen an seinem Weg.
Auch wenn er strauchelt, stürzt er nicht hin;
  denn der Herr hält ihn fest an der Hand.
Denn der Herr liebt das Recht
  und verläßt seine Frommen nicht. *Psalm 37, 22–24. 28*

LESUNG

Wenn einer sich zu einer Verfehlung hinreißen läßt, so sollt ihr, meine Brüder, als Geisterfüllte, ihn im Geist der Sanftmut wieder auf den rechten Weg bringen; aber gib acht, daß du nicht selbst versucht wirst. Einer trage des andern Last; auf diese Weise erfüllt ihr das Gesetz Christi. Wer sich einbildet, etwas zu sein, obwohl er nichts ist, der betrügt sich selbst. Jeder prüfe sein eigenes Tun. *Galater 6, 1–4*

GEBET

Herr, du hast uns unsere Nächsten anbefohlen, daß wir ihre Last mittragen, ihre Schwächen und Fehler entschuldigen und ihnen zurechthelfen, wenn sie auf Abwege geraten. Wir bitten dich: Mache uns durch Selbsterkenntnis bescheiden und bewege uns, selbstlos für andere da zu sein.

FÜRBITTEN – VATERUNSER – SEGEN

I: Kol 1, 21–23 / Lk 6, 1–5
II: 1 Kor 4, 9–15 / Lk 6, 1–5

DREIUNDZWANZIGSTE JAHRESWOCHE

BESINNUNG

Eine schlaflose Nacht scheint endlos zu währen, und wie bald ist sie am Morgen vergessen. Alle dunklen Stunden scheinen länger zu sein, als sie sind. Am hellen Tag bekommt alles ein anderes Gesicht. So mögen die Zeiten endlos erscheinen, in denen wir uns von Gott verlassen fühlen. Im Licht Gottes sind es nur Augenblicke. Sein eigentliches Wesen erscheint in solchen Zeiten nicht. Gottes eigentliche Zeit ist die Zeit der Barmherzigkeit und der Gnade. Wenn er sich uns zuwendet und wir seine Nähe erfahren, dann sind die dunklen Stunden vergessen.
Gott hat zugesagt, daß etwas fester steht als Berge und Hügel: Seine Gnade und der Bund seines Friedens. Wir können das nicht ergrübeln, ableiten oder begründen. Gott ist keine philosophische Idee. Er ist der Gott Abrahams und Isaaks und Jakobs, der mit den Vätern den Bund des Friedens schloß, ihn in der Mitte der Zeit durch Christus erneuerte, und der uns zugewandt bleibt, auch wenn wir uns tausendmal von ihm abgewandt haben. So oft wir uns ihm wieder zuwenden, ist er ganz für uns da. Gott will, daß wir leben.
Der Geist, der stets verneint, will das Gegenteil. Sein Ziel ist nicht das Leben, sondern der Tod. Aber Jesus Christus hat dem Tod die Macht genommen, indem er ihn annahm am Kreuz. In ihm ist lauter Ja und Amen. Er ist das Leben und will es uns schenken. „Ich lebe und ihr sollt auch leben!" Er lehrt uns, den Blick von dem Dunklen wegzuwenden und auf das Licht zu schauen. Das Leben ist das Licht der Menschen. Das Dunkle hat nur an der Grenze seine Bedeutung. Es zeichnet die Konturen am Rand. Das Eigentliche ist das Licht und das Leben.

Vater im Himmel, in deine Hände befehle ich meinen Geist. Du hast mich erlöst, Herr, du treuer Gott.

DREIUNDZWANZIGSTER SONNTAG IM JAHRESKREIS

DER WOCHENSPRUCH

Jesus Christus hat dem Tod die Macht genommen und uns das Licht des unvergänglichen Lebens gebracht durch das Evangelium.
2 Timotheus 1, 10

LESUNG

Nur einen kurzen Augenblick habe ich dich verlassen, doch mit großem Erbarmen hole ich dich heim. In aufbrausendem Zorn verbarg ich mein Gesicht einen Augenblick vor dir; aber mit ewiger Huld erbarme ich mich deiner, spricht der Herr, dein Erlöser. Berge mögen weichen und Hügel wanken, doch meine Huld wird nie von dir weichen und mein Friedensbund wird nie wanken, spricht voll Erbarmen der Herr.
Jesaja 54, 7–8. 10

EVANGELIUM

Als Jesus in die Nähe des Stadttors kam, trug man gerade einen Toten heraus. Es war der einzige Sohn seiner Mutter, einer Witwe. Und viele Leute aus der Stadt begleiteten sie. Als der Herr die Frau sah, hatte er Mitleid mit ihr und sagte zu ihr: Weine nicht! Dann trat er an die Totenbahre und berührte sie. Die Träger blieben stehen. Und er sprach: Junger Mann, ich sage dir: Steh auf!
Lukas 7, 12–14

GEBET

Allmächtiger Gott, du Trost der Traurigen und Stärke der Schwachen, mit allen, die in Bedrängnis und Anfechtung zu dir rufen, bitten wir: Gewähre ihnen deine Hilfe, damit sie deine Barmherzigkeit erkennen und dich mit uns preisen.

A: Ez 33, 7–9 / Röm 13, 8–10 / Mt 18, 15–20
B: Jes 35, 4–7a / Jak 2, 1–5 / Mk 7, 31–37
C: Weish 9, 13–19 / Phlm 9b–10. 12–27 / Lk 14, 25–33

MONTAG
DER DREIUNDZWANZIGSTEN JAHRESWOCHE

PSALMGEBET

Wende dein Ohr mir zu, erhöre mich, Herr;
   denn ich bin arm und gebeugt.
Beschütze mich, denn ich bin dir ergeben;
   hilf deinem Knecht, der dir vertraut!
Du bist mein Gott. Sei mir gnädig, o Herr!
   Den ganzen Tag ruf ich zu dir.
Am Tag meiner Not ruf ich zu dir,
   denn du wirst mich erhören. *Psalm 86, 1–3. 7*

LESUNG

Ja, glücklich der Mann, den Gott zurechtweist! Die Zucht des Allmächtigen verschmähe nicht! Denn er verwundet und verbindet, er schlägt, doch seine Hände heilen auch. In sechs Drangsalen wird er dich retten, in sieben rührt kein Leid dich an. *Ijob 5, 17–19*

GEBET

Herr, laß mich auch im Leid deine Hand erkennen, die zurechtweist und hilft. Und wenn die dunklen Stunden immer wieder kommen, gib, daß ich dennoch an deiner Treue nicht zweifle, sondern getrost auf deine Hilfe warte.

FÜRBITTEN – VATERUNSER – SEGEN

I: Kol 1, 24–2,3 / Lk 6, 6–11
II: 1 Kor 5, 1–8 / Lk 6, 6–11

DIENSTAG
DER DREIUNDZWANZIGSTEN JAHRESWOCHE

PSALMGEBET

Nach deiner Hilfe sehnt sich mein Herz;
 ich warte auf dein Wort.
Meine Augen sehnen sich nach deiner Verheißung,
 sie fragen: „Wann wirst du mich trösten?"
Ich bin dein, errette mich!
 Ich frage nach deinen Befehlen.
Ich sah, daß alles Vollkommene Grenzen hat,
 doch dein Gebot kennt keine Schranken.
Herr, ganz tief bin ich gebeugt,
 nach deinem Wort belebe mich!

Psalm 119, 81–82. 94. 96. 107

LESUNG

Der Herr züchtigt den, den er liebt; er schlägt mit der Rute jeden Sohn, den er annimmt. In der Züchtigung haltet aus! Gott begegnet euch als Söhnen; denn wo ist ein Sohn, den sein Vater nicht züchtigt? Jede Züchtigung scheint zwar für den Augenblick nicht Freude, sondern Schmerz zu bringen; später aber schenkt sie denen, die durch diese Schule gegangen sind, als Frucht den Frieden, die Gerechtigkeit.

Hebräer 12, 6–7. 11

GEBET

Himmlischer Vater, du ziehst uns zu dir mit unerbittlicher Strenge. Laß uns in dem Schweren, das wir nicht begreifen, deine Vaterhand spüren und gib, daß wir uns täglich im Gehorsam üben. Dein Wille geschehe.

FÜRBITTEN – VATERUNSER – SEGEN

I: Kol 2, 6–15 / Lk 6, 12–19
II: 1 Kor 6, 1–11 / Lk 6, 12–19

MITTWOCH
DER DREIUNDZWANZIGSTEN JAHRESWOCHE

PSALMGEBET

Du aber, Herr, bist ein barmherziger und gnädiger Gott,
 bist langmütig, reich an Huld und Treue.
Wende dich zu mir und sei mir gnädig,
leih Kraft deinem Knecht!
Tu an mir ein Zeichen zum Heil!
Die mich hassen, sollen es sehn und sich schämen,
 weil du, Herr, mich gerettet und getröstet hast.

Psalm 86, 12–13. 15–17

LESUNG

Darum, Brüder, haltet geduldig aus bis zur Ankunft des Herrn! Auch der Bauer wartet auf die wertvolle Frucht der Erde, er wartet geduldig, bis im Herbst und im Frühjahr der Regen fällt. Ebenso geduldig sollt auch ihr sein: macht euer Herz stark, denn die Ankunft des Herrn steht nahe bevor. Wer geduldig alles ertragen hat, den preisen wir glücklich.

Jakobus 5, 7–8. 11

GEBET

Wie der Bauer auf gute Witterung wartet, so warten wir, Herr, auf den Erweis deiner Gnade. Wir bitten dich: Komm und tröste uns. Laß uns die Früchte ernten, die deine Gnade uns schenken will.

FÜRBITTEN – VATERUNSER – SEGEN

I: Kol 3, 1–11 / Lk 6, 20–26
II: 1 Kor 7, 25–31 / Lk 6, 20–26

DONNERSTAG
DER DREIUNDZWANZIGSTEN JAHRESWOCHE

PSALMGEBET

Herr, dein Wort bleibt auf ewig,
> es steht fest wie der Himmel.

Deine Treue währt von Geschlecht zu Geschlecht,
> du hast die Erde gegründet, sie bleibt bestehen.

Nach deiner Ordnung stehn sie bis heute,
> und dir ist alles dienstbar.

Wäre nicht dein Gesetz meine Freude,
> ich wäre vergangen im Elend. *Psalm 119, 89–92*

EVANGELIUM

Der König Herodes hörte von Jesus; denn sein Name war bekannt geworden, und man sagte: Johannes der Täufer ist von den Toten auferweckt worden, deshalb kann er solche Wunder tun. Andere sagten: Er ist Elija. Wieder andere sagten: Er ist ein Prophet, wie einer von den alten Propheten. Als aber Herodes von ihm hörte, sagte er: Johannes, den ich enthaupten ließ, ist auferweckt worden. *Markus 6, 14–16*

GEBET

Wir danken dir, Herr, für die Märtyrer, die den Glauben bezeugt haben bis in den Tod, wie Johannes der Täufer; für alle, deren Zeugnis über den Tod hinaus wirkt. Wir danken dir auch für die Blutzeugen unserer Tage und bitten dich: Laß uns ihr Gedächtnis in Ehren halten und ihrer Treue nacheifern.

FÜRBITTEN – VATERUNSER – SEGEN

I: Kol 3, 12–17 / Lk 6, 27–38
II: 1 Kor 8, 1b–7. 11–13 / Lk 6, 27–38

FREITAG
DER DREIUNDZWANZIGSTEN JAHRESWOCHE

PSALMGEBET

Du wirst dich erheben, dich über Zion erbarmen;
  denn es ist Zeit, ihm gnädig zu sein, die Stunde ist da.
An seinen Steinen hängt das Herz deiner Knechte,
  um seine Trümmer tragen sie Leid.
Dann werden die Völker fürchten den Namen des Herrn,
  alle Könige der Erde deine Herrlichkeit.
Denn der Herr baut Zion wieder auf,
  erscheint in all seiner Herrlichkeit.   *Psalm 102, 14–17*

LESUNG

Zion sagt: Der Herr hat mich verlassen, Gott hat mich vergessen. Vergißt denn eine Frau ihr Kind, eine Mutter ihren eigenen Sohn? Würde auch sie ihr Kind vergessen: ich aber vergesse dich nicht. Schau, auf meine Hände habe ich dich eingezeichnet, deine Mauern stehen immer vor mir.
Jesaja 49, 14–16

GEBET

Herr, erbarm, erbarme dich,
über uns sei stets dein Segen;
deine Güte zeige sich
uns auf allen unsern Wegen;
auf dich hoffen wir allein,
laß uns nicht verloren sein!

FÜRBITTEN – VATERUNSER – SEGEN

I: 1 Tim 1, 1–2. 12–14 / Lk 6, 39–42
II: 1 Kor 9, 16–19. 22b–27 / Lk 6, 39–42

SAMSTAG
DER DREIUNDZWANZIGSTEN JAHRESWOCHE

PSALMGEBET

Des Menschen Tage sind wie Gras,
 es blüht wie die Blume des Feldes.
Fährt der Wind darüber, ist sie dahin,
 der Ort, wo sie stand, weiß von ihr nichts mehr.
Doch die Huld des Herrn währt immer und ewig
über denen, die ihn fürchten,
 seine Heilstaten bleiben für Kinder und Enkel;
sie bleiben für alle, die seinen Bund bewahren.

Psalm 103, 15–18

LESUNG

Die Seelen der Gerechten sind in Gottes Hand; sie haben nie mehr Qualen zu erdulden. In den Augen der Toren sind sie tot, sie betrachten es als Unglück, daß sie uns verließen. Ihr Scheiden von uns gilt ihnen als Vernichtung; doch die Gerechten sind in Frieden. *Weisheit 3, 1–3*

GEBET

Himmlischer Vater, wenn wir unserer Entschlafenen gedenken, laß uns nicht über das klagen, was wir verloren haben, sondern dessen gedenken, was sie gewonnen haben. In dir haben sie Schutz vor allem Nichtigen. Du gibst ihnen Anteil an deinem ewigen Leben. Herr, laß sie ruhen in deinem Frieden, und dein ewiges Licht leuchte ihnen.

FÜRBITTEN – VATERUNSER – SEGEN

I: 1 Tim 1, 15–17 / Lk 6, 43–49
II: 1 Kor 10, 14–22a / Lk 6, 43–49

VIERUNDZWANZIGSTE JAHRESWOCHE

BESINNUNG

Was gut ist, können wir uns nicht selber sagen. Wir würden leicht der Versuchung erliegen, das für gut zu halten, was uns nützlich erscheint. Gott hat uns vielmehr gesagt, was gut ist und was er von uns fordert.

Es könnte scheinen, als seien wir dadurch ganz unfrei und gebunden. Aber das ist nicht so. Wie am Anfang der zehn Gebote sich der Gebietende zu erkennen gibt als der, der das Volk aus der Unfreiheit in Ägypten in die Freiheit eines neuen Lebens geführt hat, so ist der Herr, der das Gute von uns fordert, immer derselbe, der uns zuerst alles Gute zugedacht und sich in seinem Bund an uns gebunden hat. So wie bei der Eheschließung jeder der beiden Partner dadurch frei wird, daß sich der andere an ihn bindet, so sind wir in Gottes Bund dadurch frei, daß er sich in Treue an uns bindet.

In dieser Freiheit sind wir aufgerufen, das Gute zu tun, das er von uns fordert. Dabei geht es nicht um eine lange Liste von einzelnen Geboten. So wichtig diese Gebote für uns sind, so ist doch der Wille Gottes mehr als die Summe der einzelnen Gebote. Es ist im Grunde immer nur ein Gebot, das sich in den vielen Geboten entfaltet. Wer sich auf ein einzelnes Gebot gegen das Ganze versteift, muß spüren, daß er unrecht hat, wie die auf das Sabbatgebot pochenden Pharisäer, die vor Jesu Fragen verstummen.

Der Prophet Micha hat das eine Gebot Gottes, das alle Gebote durchdringt, in einer dreifachen Wendung angedeutet: Demütig sein vor Gott – das ist die Grundhaltung, welche die Freiheit des Christen begründet. Wer sich vor Gott nicht beugt, wird ein Sklave seiner selbst oder anderer Menschen. Die Demut vor Gott begnügt sich aber nicht mit religiöser Gottesverehrung, sondern erweist sich im Üben der Liebe. Diese Übung durchzieht unser ganzes Leben. Nie sind wir damit am Ende. Immer neu gilt es, die Liebe zu üben und darin den innersten Sinn aller einzelnen Gebote zu treffen. Das bedeutet aber, immer neu auf Gottes Stimme zu horchen, d. h. Gottes Wort zu halten. Er sagt und zeigt uns von Tag zu Tag und von Stunde zu Stunde, was die Liebe jetzt und hier von uns erfordert.

Herr, erhalte mir die Freiheit, dir demütig zu dienen, und zeige mir täglich neu die Wege deiner Liebe.

VIERUNDZWANZIGSTER SONNTAG IM JAHRESKREIS

DER WOCHENSPRUCH

Es ist dir gesagt, Mensch, was gut ist, und was der Herr von dir erwartet: nämlich Gottes Wort halten und Liebe üben und demütig sein vor deinem Gott.   *Micha, 6, 8*

LESUNG

Bemüht euch, die Einheit des Geistes zu wahren durch den Frieden, der euch zusammenhält. Ein Leib und ein Geist, wie euch auch durch eure Berufung eine gemeinsame Hoffnung gegeben ist. Ein Herr, ein Glaube, eine Taufe, ein Gott und Vater aller, der über allen und durch alle und in allen ist.
Epheser 4, 3–6

EVANGELIUM

Als Jesus an einem Sabbat in das Haus eines der führenden Pharisäer zum Essen kam, beobachtete man ihn genau. Da stand auf einmal ein Mann vor ihm, der an Wassersucht litt. Jesus wandte sich an die Gesetzeslehrer und Pharisäer und fragte: Darf man am Sabbat heilen oder nicht? Sie schwiegen. Da berührte er den Mann, heilte ihn und ließ ihn gehen. Zu ihnen aber sagte er: Wer von euch wird seinen Sohn oder seinen Ochsen, der in den Brunnen fällt, nicht sofort herausziehen, auch am Sabbat? Darauf konnten sie ihm nichts erwidern.   *Lukas 14, 1–6*

GEBET

Herr, unser Gott, gib uns durch dein Wort deinen Willen recht zu verstehen und mache uns bereit, ihn in Demut zu erfüllen. Durch unsern Herrn Jesus Christus.

A: Sir 27, 33–28, 9 / Röm 14, 7–9 / Mt 18, 21–35
B: Jes 50, 5–9a / Jak 2, 14–18 / Mk 8, 27–35
C: Ex 32, 7–11. 13–14 / 1 Tim 1, 12–17 / Lk 15, 1–10

MONTAG
DER VIERUNDZWANZIGSTEN JAHRESWOCHE

PSALMGEBET

Erfreue, Herr, deinen Knecht,
  denn ich erhebe meine Seele zu dir.
Herr, du bist gütig und bereit zu verzeihen,
  für alle, die zu dir rufen, reich an Gnade.
Weise mir, Herr, deinen Weg,
ich will ihn gehen in Treue zu dir,
  richte mein Herz darauf, deinen Namen zu fürchten!
Psalm 86, 4–5. 11

EVANGELIUM

In jener Zeit ging Jesus an einem Sabbat durch die Kornfelder. Seine Jünger hatten Hunger und rissen Ähren ab und aßen sie. Die Pharisäer sahen es und sagten zu ihm: Sieh doch! Deine Jünger tun etwas, das am Sabbat verboten ist. Er antwortete ihnen: Wenn ihr begriffen hättet, was das heißt: Ich will Barmherzigkeit, nicht Opfer, dann hättet ihr nicht Unschuldige verurteilt; denn der Menschensohn ist Herr über den Sabbat. *Mattäus 12, 1–3. 7–8*

GEBET

Herr, laß uns über allen Ordnungen und Gewohnheiten nicht müde werden, nach ihrem Sinn zu fragen, und erhalte uns in der Freiheit, die aus der Liebe erwächst.

FÜRBITTEN – VATERUNSER – SEGEN

I: 1 Tim 2, 1–8 / Lk 7, 1–10
II: 1 Kor 11, 17–26. 33 / Lk 7, 1–10

DIENSTAG
DER VIERUNDZWANZIGSTEN JAHRESWOCHE

PSALMGEBET

Dir gebührt Lobgesang, Gott, auf dem Zion,
   dir erfüllt man Gelübde!
Du erhörst die Gebete:
   alle Menschen kommen zu dir
   unter der Last ihrer Sünden.
Wohl denen, die du erwählst und dir nahen läßt,
   die in deinen Vorhöfen wohnen! *Psalm 65, 2–3. 5*

EVANGELIUM

Und Jesus rief das Volk heran und sagte: Hört und begreift! Nicht das, was durch den Mund hineingeht, macht den Menschen unrein, sondern was aus dem Mund herauskommt, das macht ihn unrein. Was aber aus dem Mund herauskommt, das kommt aus dem Herzen. Denn aus dem Herzen kommen böse Gedanken, Mord, Ehebruch, Unzucht, Diebstahl, falsches Zeugnis, Lästerung. Das ist es, was den Menschen unrein macht. *Mattäus 15, 10–11. 18. 19–20*

GEBET

Herr, reinige mein Herz und schaffe es neu durch deine Gnade. Gib mir einen neuen Geist, der bereit ist zu denken, zu reden und zu tun, was dir gefällt.

FÜRBITTEN – VATERUNSER – SEGEN

I: 1 Tim 3, 1–13 / Lk 7, 11–17
II: 1 Kor 12, 12–14. 27–31a / Lk 7, 11–17

MITTWOCH
DER VIERUNDZWANZIGSTEN JAHRESWOCHE

PSALMGEBET

Ja, der Herr ist erhaben: er schaut auf die Niedrigen,
und den Stolzen erkennt er von fern.
Muß ich auch gehen mitten durch große Not:
du erhältst mich am Leben.
Herr, deine Huld währt ewig.
Laß nicht ab vom Werk deiner Hände! *Psalm 138, 6–8*

LESUNG

Paulus schreibt: So konnte ich mich, unabhängig von allem, für alle zum Sklaven machen, um möglichst viele zu gewinnen. Den Juden bin ich ein Jude geworden, um Juden zu gewinnen; den Schwachen wurde ich ein Schwacher, um die Schwachen zu gewinnen. Allen bin ich alles geworden, um jedenfalls einige zu retten. Alles aber tue ich, um am Heil des Evangeliums teilzuhaben. *1 Korinther 9, 19–20. 22–23*

GEBET

Herr, laß uns frei sein im Glauben und halte uns gebunden in der Liebe, jedermann zugetan. Du schenkst uns den Mut zum Glauben, schenke uns auch die Kraft zur Liebe.

FÜRBITTEN – VATERUNSER – SEGEN

I: 1 Tim 3, 14–16 / Lk 7, 31–35
II: 1 Kor 12, 31–13, 13 / Lk 7, 31–35

DONNERSTAG
DER VIERUNDZWANZIGSTEN JAHRESWOCHE

PSALMGEBET

Wie war ich froh, als man mir sagte:
„Zum Haus des Herrn wollen wir pilgern!"
Schon stehn wir in deinen Toren, Jerusalem:
Jerusalem, als starke Stadt erbaut,
   in sich geschlossen und fest gefügt!
Dort ziehen die Stämme hinauf, die Stämme des Herrn,
wie es Israel geboten ist,
   den Namen des Herrn zu preisen. *Psalm 122, 1–4*

LESUNG

So schreibt der Apostel: Ich bin ja durch das Gesetz dem Gesetz gestorben, damit ich Gott lebe. Ich bin mit Christus gekreuzigt worden; so lebe nun nicht mehr ich, Christus lebt in mir. Soweit ich aber jetzt noch in dieser Welt lebe, lebe ich im Glauben an den Sohn Gottes, der mich geliebt und sich für mich hingegeben hat. *Galater 2, 19–20*

GEBET

   Gepriesen bist du, lebendiger Gott,
   um seinetwillen, des Menschensohnes,
   Wort und Gestalt deiner Herrlichkeit,
   Abglanz und Gleichnis deiner Treue,
   der erniedrigt wurde und gebrochen,
   der erhöht wurde in dein Licht,
   der gehört wird, der geliebt wird,
   der kommen wird in diese Welt,
   der einen neuen Namen uns geben wird,
   der unser Weg ist durch den Tod,
   den wir wiedererkennen, den wir verkünden
   hier im Brechen des Brotes. *Huub Oosterhuis*

FÜRBITTEN – VATERUNSER – SEGEN

I: 1 Tim 4, 12–16 / Lk 7, 36–50
II: 1 Kor 15, 1–11 / Lk 7, 36–50

FREITAG
DER VIERUNDZWANZIGSTEN JAHRESWOCHE

PSALMGEBET

„Danket dem Herrn, denn er ist gütig,
  denn seine Huld währt ewig!"
So sollen sprechen, die vom Herrn erlöst sind,
  die er von den Feinden befreit hat.
Denn er hat sie aus den Ländern gesammelt,
  vom Aufgang und Niedergang, vom Norden und Süden.
Die sollen dem Herrn danken für seine Huld,
  für sein wunderbares Tun an den Menschen.

Psalm 107, 1–3. 8

LESUNG

Damit wir frei sind, hat uns Christus befreit. Bleibt also fest und laßt euch nicht wieder das Joch der Knechtschaft auflegen. Denn in Christus Jesus kommt es nicht darauf an, beschnitten oder unbeschnitten zu sein, sondern auf den Glauben, der in der Liebe wirksam ist. Ihr aber seid zur Freiheit berufen, Brüder. Nur laßt die Freiheit nicht zum Vorwand des Fleisches werden, sondern dient einander in der Liebe. Denn das ganze Gesetz ist in dem einen Wort erfüllt: Du sollst deinen Nächsten lieben wie dich selbst.

Galater 5, 1. 6. 13–14

GEBET

Herr, unser Heiland, wir danken dir für deine Liebe. Du überwindest unsere Trägheit und gibst uns Kraft, daß wir deine Liebe erwidern. Hilf uns, dein Angesicht in den Brüdern und Schwestern zu erkennen, die Not leiden, und ihnen bereiten Herzens zu dienen.

FÜRBITTEN – VATERUNSER – SEGEN

I: 1 Tim 6, 2c–12 / Lk 8, 1–3
II: 1 Kor 15, 12–20 / Lk 8, 1–3

SAMSTAG
DER VIERUNDZWANZIGSTEN JAHRESWOCHE

PSALMGEBET

Ich will dir danken aus ganzem Herzen,
   vor den Engeln dir singen und spielen,
will mich niederwerfen zu deinem heiligen Tempel hin,
   deinem Namen danken für deine Huld und Treue;
denn du hast die Worte meines Mundes gehört,
   deinen Namen und dein Wort über alles verherrlicht.
Zur Zeit, da ich rief, hast du mich erhört,
   du gabst meiner Seele große Kraft. *Psalm 138, 1–3*

LESUNG

Also ist dem Volk Gottes eine Sabbatruhe vorbehalten. Denn wer in Gottes Ruhe eingegangen ist, der ruht auch selbst von seinen Werken aus, wie Gott von den seinigen. Bemühen wir uns also, in jene Ruhe einzugehen. *Hebräer 4, 9–11*

GEBET

Ewiger Gott, am Ende der Woche denken wir an das Ende unseres Lebens, an das Ende der Zeit. Wir bitten dich: Öffne uns im Glauben die Tür zu deiner ewigen Ruhe, in der wir in Freiheit und Freude dich mit allen Seligen schauen und anbeten dürfen. Im Frieden deines Reiches finden wir den Frieden, der ewig währt. Dir sei Ehre in Ewigkeit.

FÜRBITTEN – VATERUNSER – SEGEN

I: 1 Tim 6, 13–16 / Lk 8, 4–15
II: 1 Kor 15, 35–37. 42–49 / Lk 8, 4–15

FÜNFUNDZWANZIGSTE JAHRESWOCHE

BESINNUNG

Die Erfüllung aller Gebote ist die Liebe. Wer irgendein Gebot zu halten glaubt und tut es ohne Liebe, hat es nicht gehalten. Das Doppelgebot der Liebe ist dabei im Grunde nur ein Gebot. Wer meint, Gott zu lieben, und seinen Nächsten nicht liebt, der irrt sich oder heuchelt. Und wer seinen Nächsten wirklich selbstlos und nicht aus einem geheimen Egoismus liebt, rührt damit schon an das alles umgreifende Geheimnis Gottes.
Auch wer nicht an Gott glaubt, kann doch einsehen, daß für die Existenz des Menschen, ja letztlich sogar für den Fortbestand der Menschheit dies von einzigartiger Bedeutung ist, daß die Menschen sich ihren Mitmenschen in Offenheit zuwenden, ihren Egoismus überwinden und einen menschlichen Gemeinschaftssinn verwirklichen. Wer aber auf diesem Wege das Wunder der selbstlosen Liebe zum Nächsten entdeckt, rührt damit an die Liebe zu Gott selbst, auch wenn er noch keinen entfalteten Gottesglauben hat.
Daß Gott Mensch geworden ist und daß seitdem für das Gericht letztlich der Maßstab gilt: Was du einem Menschen getan hast, das hast du Gott getan – das gibt dem Gebot der Liebe seine tiefste Begründung, seinen letzten Ernst, seine umfassende Bedeutung. Paulus hat dieser Liebe ein hohes Lied gesungen im 13. Kapitel des ersten Korintherbriefes:
„Die Liebe ist großmütig; gütig ist die Liebe. Sie eifert nicht. Die Liebe prahlt nicht, sie überhebt sich nicht, sie ist nicht unansehnlich, sie sucht nicht das Ihre, sie läßt sich nicht aufreizen, sie rechnet das Böse nicht an. Sie freut sich nicht über das Unrecht, sie freut sich vielmehr mit der Wahrheit. Alles erträgt sie, alles glaubt sie, alles hofft sie, allem hält sie stand. Nun aber bleiben Glaube, Hoffnung, Liebe: diese drei. Doch am größten von diesen ist die Liebe."

Herr, du rettest die Deinen aus der Einsamkeit und Kälte des Herzens, aus Ichsucht und Einsamkeit, aus Tod und Grab. Erwecke durch deine Liebe in mir den Dank, daß ich dich wiederum liebe aus ganzem Herzen, und gib mir Einsicht und Kraft, diese Liebe zu zeigen und zu bewähren in der Liebe zu meinen Mitmenschen.

FÜNFUNDZWANZIGSTER SONNTAG IM JAHRESKREIS

DER WOCHENSPRUCH

Dieses Gebot haben wir von ihm: Wer Gott liebt, soll auch seinen Bruder lieben. *1 Johannes 4, 21*

LESUNG

Der Herr sprach zu Mose: Sag zur ganzen Gemeinde der Israeliten, sag zu ihnen: Seid heilig, denn ich, der Herr, euer Gott, bin heilig. An den Kindern deines Volkes sollst du dich nicht rächen und ihnen nichts nachtragen. Du sollst deinen Nächsten lieben wie dich selbst. Ich bin der Herr.
Levitikus 19, 1–2. 18

EVANGELIUM

Einer von ihnen, ein Gesetzeslehrer, wollte Jesus prüfen und stellte ihm die Frage: Meister, welches Gebot im Gesetz ist das wichtigste? Er antwortete ihm: Du sollst den Herrn, deinen Gott, lieben mit deinem ganzen Herzen und mit deiner ganzen Seele und mit deinem ganzen Denken. Das ist das wichtigste und erste Gebot. Ebenso wichtig ist das zweite: Du sollst deinen Nächsten lieben wie dich selbst! Auf diesen beiden Geboten beruhen das ganze Gesetz und die Propheten.
Mattäus 22, 35–40

GEBET

Herr, laß uns den Nächsten so sehen, wie er ist, nicht, wie wir ihn haben möchten, und hilf uns erkennen, was wir nach deinem Willen für ihn sein können aus der Kraft deiner Liebe.

A: Jes 55, 6–9 / Phil 1, 20c–24. 27a / Mt 20, 1–16a
B: Weish 2, 12. 17–20 / Jak 3, 16–4, 3 / Mk 9, 29–36
C: Am 8, 4–7 / 1 Tim 2, 1–8 / Lk 16, 10–13

MONTAG
DER FÜNFUNDZWANZIGSTEN JAHRESWOCHE

PSALMGEBET

Wohl dem, der sich des Schwachen annimmt,
   zur Zeit des Unheils wird der Herr ihn retten.
Ihn wird der Herr behüten
   und am Leben erhalten.
Man wird ihn glücklich preisen im Land.
Auf dem Krankenbett wird der Herr ihn stärken;
   seine Krankheit wandelst du in Kraft.
Gepriesen sei der Herr, der Gott Israels,
   von Ewigkeit zu Ewigkeit! *Psalm 41, 2–4. 14*

LESUNG

So schreibt Paulus an die Christen in Thessalonich: Über die Bruderliebe brauche ich euch nicht zu schreiben; ihr seid schon von Gott belehrt, einander zu lieben, und danach handelt ihr auch an allen Brüdern in ganz Mazedonien. Wir ermuntern euch aber, Brüder, darin noch vollkommener zu werden. Setzt eure Ehre darein, ruhig zu leben, euch um die eigenen Aufgaben zu kümmern und mit euren Händen zu arbeiten, wie wir euch aufgetragen haben. *1 Thessalonicher 4, 9–11*

GEBET

Herr, unser Tun ist schwach und unvollkommen. Hilf uns, daß wir immer besser erkennen und immer aufrichtiger wollen, was uns und unserem Nächsten zum Heil dient, und daß wir es auch vollbringen.

FÜRBITTEN – VATERUNSER – SEGEN

I: Esr 1, 1–6 / Lk 8, 16–18
II: Spr 3, 27–34 / Lk 8, 16–18

DIENSTAG
DER FÜNFUNDZWANZIGSTEN JAHRESWOCHE

PSALMGEBET

Wenn ich auf all deine Gebote schaue,
 dann werde ich nicht zuschanden.
Wie geht ein junger Mann seinen Pfad ohne Tadel?
 Wenn er sich hält an dein Wort!
Ich suche dich von ganzem Herzen,
 laß mich nicht abirren von deinen Geboten!
Ich habe meine Freude an deinen Gesetzen,
 dein Wort will ich nicht vergessen. *Psalm 119, 6. 9–10. 16*

LESUNG

Hierauf sagte Kain zu seinem Bruder Abel: Gehen wir aufs Feld! Als sie auf dem Feld waren, griff Kain seinen Bruder Abel an und erschlug ihn. Da sprach der Herr zu Kain: Wo ist dein Bruder Abel? Er entgegnete: Ich weiß es nicht. Bin ich der Hüter meines Bruders? Der Herr sprach: Was hast du getan? Das Blut deines Bruders schreit zu mir vom Ackerboden.
Genesis 4, 8–10

GEBET

Herr, bewahre mich vor den dunklen Gedanken, aus denen die böse Tat erwächst. Lenke mein Herz, daß ich die Eigenart und die Not meines Bruders erkenne. Gib mir die Kraft, für ihn einzustehen, der du dein Leben für uns alle eingesetzt hast. Mache mich zum Hüter über die Menschen, die du mir anvertraust.

FÜRBITTEN – VATERUNSER – SEGEN

I: Esr 6, 7–8. 12b. 14–20 / Lk 8, 19–21
II: Spr 21, 1–6. 10–13 / Lk 8, 19–21

MITTWOCH
DER FÜNFUNDZWANZIGSTEN JAHRESWOCHE

PSALMGEBET

So weit der Aufgang vom Untergang,
 so weit entfernt er von uns die Schuld.
Wie ein Vater sich seiner Kinder erbarmt,
 so erbarmt sich der Herr über alle, die ihn fürchten.
Denn er weiß, was wir für ein Gebilde sind,
 er denkt daran, wir sind ja nur Staub.
Doch die Huld des Herrn währt immer und ewig
über denen, die ihn fürchten. *Psalm 103, 12–14. 17*

LESUNG

Wir wissen, daß wir aus dem Tod in das Leben hinübergegangen sind, weil wir die Brüder lieben. Wer nicht liebt, bleibt im Tod. Jeder, der seinen Bruder haßt, ist ein Mörder, und ihr wißt: Kein Mörder hat das ewige Leben so, daß es in ihm bleibt. Kinder, wir wollen nicht lieben mit Wort und Zunge, sondern in Tat und Wahrheit. *1 Johannes 3, 14–15. 18*

GEBET

Herr Jesus Christus, du bist aus dem Tod erstanden und bist bei uns alle Tage: Hilf uns, daß wir dich erkennen, auch im Antlitz eines jeden, der uns begegnet, und daß wir die Kraft deiner Auferstehung erfahren und bewähren in der brüderlichen Liebe.

FÜRBITTEN – VATERUNSER – SEGEN

I: Esr 9, 5–9 / Lk 9, 1–6
II: Spr 30, 5–9 / Lk 9, 1–6

DONNERSTAG
DER FÜNFUNDZWANZIGSTEN JAHRESWOCHE

PSALMGEBET

Lobe den Herrn, meine Seele,
   und alles in mir seinen heiligen Namen!
Lobe den Herrn, meine Seele,
   und vergiß nicht, was er dir Gutes getan hat:
Der dir all deine Schuld vergibt
   und alle Gebrechen dir heilt.
Der dein Leben vom Untergang rettet
   und dich mit Huld und Erbarmen krönt. *Psalm 103, 1–4*

LESUNG

Ihr Kinder, gehorcht euren Eltern, wie es vor dem Herrn recht ist. Ehre deinen Vater und deine Mutter: das ist ein Hauptgebot und ihm folgt die Verheißung: damit es dir gut ergeht und du lange auf Erden lebst. Ihr Väter, macht eure Kinder nicht unwillig, sondern erzieht sie in der Zucht und Weisung des Herrn! *Epheser 6, 1–4*

GEBET

Herr, bewahre uns davor, daß wir dir nur in der Ferne dienen wollen, aber in unserem eigenen Hause deine Liebe verleugnen. Laß uns mit unseren Angehörigen verbunden sein in der Liebe, die du uns schenkst. Dein Geist lenke unser Denken, Reden und Tun.

FÜRBITTEN – VATERUNSER – SEGEN

I: Hag 1, 1–8 / Lk 9, 7–9
II: Koh 1, 2–11 / Lk 9, 7–9

FREITAG
DER FÜNFUNDZWANZIGSTEN JAHRESWOCHE

PSALMGEBET

Er machte die Wüste zum Wasserteich,
 verdorrtes Land zu Oasen.
Dort siedelte er Hungernde an,
 sie gründeten Städte zum Wohnen.
Sie bestellten Felder, pflanzten Reben
 und erzielten reiche Ernten.
Er segnete sie, daß sie sich gewaltig vermehrten,
 gab ihnen nicht geringe Mengen an Vieh.
Wer ist weise und beachtet das alles,
 wer begreift die Gnaden des Herrn? *Psalm 107, 35–38. 43*

LESUNG

Wegen der Kollekte für Jerusalem schreibt Paulus an die Korinther: Wie ihr aber an allem reich seid, an Glauben, Rede und Erkenntnis, an jedem Eifer und an der Liebe, die wir in euch begründet haben, so sollt ihr auch in diesem Liebeswerk euren Reichtum zeigen. In dieser Zeit soll euer Überfluß ihrem Mangel abhelfen, damit auch ihr Überfluß eurem Mangel abhilft. So soll ein Ausgleich entstehen. *2 Korinther 8, 7. 14*

GEBET

Herr, unser Heiland, du bist arm geworden, damit wir durch deine Armut reich werden. Lehre uns erkennen, wie wir deine Liebe den Hungernden in aller Welt bringen können; daß wir ihnen nicht nur Almosen geben, sondern ihnen auch dazu helfen, daß sie sich selber helfen können. Mache uns willig zum Opfer, und lehre uns verstehen, was der Ausgleich zwischen Wohlstand und Elend für die Zukunft der Menschheit bedeutet.

FÜRBITTEN – VATERUNSER – SEGEN

I: Hag 2, 1b–10 / Lk 9, 18–22
II: Koh 3, 1–11 / Lk 9, 18–22

SAMSTAG
DER FÜNFUNDZWANZIGSTEN JAHRESWOCHE

PSALMGEBET

Dein Wort ist meinem Fuß eine Leuchte,
 für meine Pfade ein Licht.
Mein Lobopfer, Herr, nimm in Gnaden an,
 und deine Urteile lehre mich!
Mein Leben ist ständig in Gefahr,
 aber deine Weisung vergeß ich nicht.
Deine Vorschriften sind mein ewiges Erbteil,
 denn sie sind meines Herzens Freude.
Psalm 119, 105. 108–109. 111

LESUNG

Wir haben die Liebe erkannt und an die Liebe geglaubt, die Gott zu uns hat. Gott ist Liebe, und wer in der Liebe bleibt, bleibt in Gott, und Gott bleibt in ihm. Darin ist bei uns die Liebe vollendet, daß wir Zuversicht haben am Tag des Gerichts. Wenn jemand sagt: Ich liebe Gott, aber seinen Bruder haßt, ist er ein Lügner; denn wer seinen Bruder, den er sieht, nicht liebt, kann Gott nicht lieben, den er nicht sieht.
1 Johannes 4, 16–17. 20

GEBET

Heiliger Gott, deine unendliche Liebe ist der Grund unserer Zuversicht. Laß uns deine Liebe allezeit annehmen und widerspiegeln in der Liebe zu unserem Nächsten. Mache unser Leben reich durch dein Erbarmen und stärke uns in der Liebe zu allen, die du liebst.

FÜRBITTEN – VATERUNSER – SEGEN

I: Sach 2, 1–5. 10–11a / Lk 9, 44b–45
II: Koh 11, 9–12, 8 / Lk 9, 44b–45

SECHSUNDZWANZIGSTE JAHRESWOCHE

BESINNUNG

Es sind nicht nur geistige Erkrankungen, bei denen man sagen kann, ein Mensch habe „nicht alles beisammen". Im Grunde ist es das Merkmal jeder Krankheit, daß die lebendige Ganzheit gestört ist. Wer Heilung sucht, darf das Heil-sein-Wollen im Sinn dieser Ganzheit nicht aus dem Auge verlieren.
Wer seelische Erlebnisse nicht verarbeitet und sinnvoll in das Ganze seines Lebens aufnimmt, verdrängt sie und läuft Gefahr, daß sie sich in irgendeinem einzelnen Organ festsetzen und dort krankhaft zutage treten. Wer „verschnupft" ist oder wem etwas „schwer im Magen liegt", wem „die Galle überläuft" oder „eine Laus über die Leber kriecht", wem es „die Luft abdrückt" oder „das Herz zerreißt", der zeigt mit solchen und vielen ähnlichen Ausdrücken, daß ein unmittelbarer Zusammenhang zwischen kränkenden Erlebnissen und ihren krankmachenden Folgen besteht.
Dabei sind es nicht nur die schädigenden Einflüsse von außen, die einen Menschen krank zu machen vermögen. Es ist auch seine eigene Fehlhaltung, der Mangel an rechter Aufnahme und Annahme des Erlebten, der Mangel an Liebe. So ist es zu verstehen, daß Jesus bei der Heilung des Gichtbrüchigen an der Wurzel ansetzt: Er vergibt ihm seine Sünden. Die den Kranken voller Vertrauen zu Jesus gebracht hatten, erlebten dann auch als zweiten Schritt die Heilung des körperlichen Gebrechens.
Wie oft wollen wir nur von den Symptomen der Krankheit befreit werden, was in vielen Fällen durch Medikamente und ärztliche Maßnahmen auch möglich ist. Aber wir scheuen uns, der Krankheit in der Tiefe unseres Inneren auf die Spur zu kommen und Folgerungen für unser Leben daraus zu ziehen. Und doch ist uns erst dann wirklich geholfen, wenn uns die Sünden vergeben sind und wir Kraft und Mut zu einem neuen Leben angenommen haben. „Wo Vergebung der Sünden ist, da ist auch Leben und Seligkeit."

Herr, zeige mir, wie ich den alten Menschen ablegen und ein neues Leben beginnen kann durch Erneuerung im Gemüt, durch ein Leben aus der Kraft der Vergebung. Herr, führe mich durch Vergebung der Sünden in das neue Leben.

SECHSUNDZWANZIGSTER SONNTAG IM JAHRESKREIS

DER WOCHENSPRUCH

Heile mich, Herr, so bin ich heil, hilf mir, so ist mir geholfen.
Jeremia 17, 14

LESUNG

Legt den alten Menschen ab, der in Verblendung und Begierde zugrundegeht, ändert euer früheres Leben und erneuert euren Geist und Sinn: Zieht den neuen Menschen an, der nach Gottes Bild geschaffen ist, damit ihr wahrhaft gerecht und heilig lebt. *Epheser 4, 22–24*

EVANGELIUM

Da brachte man einen Gelähmten zu Jesus, der auf einer Tragbahre lag. Als Jesus ihren Glauben sah, sagte er zu dem Gelähmten: Hab Vertrauen, mein Sohn, deine Sünden sind dir vergeben! Da sagten sich einige Schriftgelehrte: Er lästert Gott. Jesus, der ihre Gedanken erkannte, sagte: Warum denkt ihr so schlecht in eurem Herzen? Ihr sollt aber erkennen, daß der Menschensohn Vollmacht hat, auf Erden Sünden zu vergeben. Daher sagte er zu dem Gelähmten: Steh auf, nimm deine Bahre und geh nach Hause. Und der Mann stand auf und ging heim. *Mattäus 9, 2–4. 6–7*

GEBET

Heiland der Welt, wir bitten dich: Mache du unser zerspaltenes Wesen ganz und heil, damit wir der zerspaltenen Welt dein Heil in Vollmacht bezeugen können.

A: Ez 18, 25–28 / Phil 2, 1–5 / Mt 21, 28–32
B: Num 11, 25–29 / Jak 5, 1–6 / Mk 9, 37–42. 46–47
C: Am 6, 1a. 4–7 / 1 Tim 6, 11–16 / Lk 16, 19–31

MONTAG
DER SECHSUNDZWANZIGSTEN JAHRESWOCHE

PSALMGEBET

Mein Volk, vernimm meine Weisung,
   wendet euer Ohr zu den Worten meines Mundes!
Den Mund will ich öffnen zum Spruch,
   will künden Rätsel der Vorzeit.
Was wir gehört und erfahren,
   was uns die Väter erzählt:
das wollen wir den Kindern nicht verbergen,
   sondern dem kommenden Geschlecht erzählen:
Die Ruhmestaten und die Stärke des Herrn,
   die Wunder, die er getan hat. *Psalm 78, 1–4*

EVANGELIUM

Sie kamen nach Betsaida. Da brachte man einen Blinden zu Jesus und bat ihn, er möge ihn berühren. Er nahm den Blinden bei der Hand, führte ihn zum Dorf hinaus, bestrich seine Augen mit Speichel, legte ihm die Hände auf und fragte ihn: Siehst du etwas? Der Mann blickte auf und sagte: Ich sehe die Menschen; denn ich sehe etwas umhergehen, das wie Bäume aussieht. Da legte er ihm nochmals die Hände auf die Augen; nun sah der Mann deutlich. Er war geheilt und konnte alles ganz genau sehen. *Markus 8, 22–25*

GEBET

Rühre mich an, Herr, und erwecke meine Seele zu neuer Kraft. Öffne meine Augen, daß ich dein Heil schaue. Gib mir den Blick der Liebe für alle, die meiner Hilfe bedürfen.

FÜRBITTEN – VATERUNSER – SEGEN

I: Sach 8, 1–8 / Lk 9, 46–50
II: Ijob 1, 6–22 / Lk 9, 46–50

DIENSTAG
DER SECHSUNDZWANZIGSTEN JAHRESWOCHE

PSALMGEBET

Da bekannte ich dir meine Sünde
 und verbarg nicht meine Schuld.
Ich sagte: „Bekennen will ich dem Herrn meine Frevel."
 Du aber hast mir die Schuld vergeben.
Darum soll jeder Fromme zu dir in Bedrängnis beten.
Psalm 32, 5–6

LESUNG

Jetzt aber sollt ihr das alles ablegen: Zorn, Wut und Bosheit; auch Lästerungen und Zoten sollen nicht mehr über eure Lippen kommen. Belügt einander nicht, denn ihr habt den alten Menschen mit seinen Taten abgelegt und seid ein neuer Mensch geworden. Er wird nach dem Bild seines Schöpfers erneuert, um ihn zu erkennen. *Kolosser 3, 8–10*

GEBET

Deine Vergebung reinigt uns täglich, Herr, und deine Gnade gibt uns Kraft zu einem neuen, wahrhaftigen Anfang, daß wir leben in deiner Gegenwart und an Leib und Seele genesen. Wir danken dir für deine unerschöpfliche Güte, die uns Hilfe und Heilung schenkt.

FÜRBITTEN – VATERUNSER – SEGEN

I: Sach 8, 20–23 / Lk 9, 51–56
II: Ijob 3, 1–3. 11–17. 20–23 / Lk 9, 51–56

MITTWOCH
DER SECHSUNDZWANZIGSTEN JAHRESWOCHE

PSALMGEBET

Meine Stärke, ich will mich halten an dich,
> denn du, Gott, bist meine Burg.
Ich aber will deine Macht besingen,
> will jubeln über deine Huld am Morgen.
Denn nun bist du für mich eine Burg,
> meine Zuflucht am Tag der Not.
Meine Stärke, dir will ich singen und spielen,
> denn du, Gott, bist meine Burg, mein huldreicher Gott.

Psalm 59, 10. 17–18

LESUNG

Ertragt euch und vergebt einander, wenn einer dem anderen etwas vorzuwerfen hat! Wie der Herr euch vergeben hat, so vergebt auch ihr! Vor allem aber liebt einander, denn die Liebe hält alles zusammen und macht es vollkommen. In eurem Herzen herrsche der Friede Christi. *Kolosser 3, 13–15*

GEBET

Wir danken dir, Herr, du bist unsere Zuflucht und unseres Lebens Stärke. Du stärkst in uns den Frieden, der allen Streit überwindet. Du bindest uns mit dem Band deiner vollkommenen Liebe.

FÜRBITTEN – VATERUNSER – SEGEN

I: Neh 2, 1–8 / Lk 9, 57–62
II: Ijob 9, 1–12. 14–16 / Lk 9, 57–62

DONNERSTAG
DER SECHSUNDZWANZIGSTEN JAHRESWOCHE

PSALMGEBET

Wäre der Herr nicht für uns eingetreten,
 als sich gegen uns Menschen erhoben,
dann hätten sie uns lebendig verschlungen.
Gelobt sei der Herr,
 der uns ihren Zähnen zum Raub nicht preisgab.
Unsre Seele ist wie ein Vogel dem Netz des Jägers entkommen,
 das Netz ist zerrissen, und wir sind frei.
Unsre Hilfe steht im Namen des Herrn,
 der Himmel und Erde gemacht hat. *Psalm 124, 2–3. 6–8*

EVANGELIUM

Als Jesus dorthin kam, schaute er hinauf und sagte zu ihm: Zachäus, komm schnell herunter! Denn ich muß heute bei dir einkehren. Da stieg er schnell herunter und nahm Jesus freudig bei sich auf. Als die Leute das sahen, wurden sie unwillig und sagten: Bei einem Sünder ist er zu Gast. Zachäus aber wandte sich an den Herrn und sagte: Herr, sieh doch, die Hälfte meines Vermögens geb ich den Armen, und wenn ich von jemand zu viel gefordert habe, erstatte ich es ihm vierfach zurück. Da sagte Jesus zu ihm: Heute ist in dieses Haus das Heil gekommen. *Lukas 19, 5–9*

GEBET

Kehre bei uns ein, Herr. Laß uns nicht irre werden durch das Urteil der Vielen. Wo du bei uns bist, widerfährt uns Hilfe und Heil. Nimm an die Zeichen unseres Dankes und bleibe bei uns.

FÜRBITTEN – VATERUNSER – SEGEN

I: Neh 8, 1–4a. 5–6. 7b–12 / Lk 10, 1–12
II: Ijob 19, 21–27 / Lk 10, 1–12

FREITAG
DER SECHSUNDZWANZIGSTEN JAHRESWOCHE

PSALMGEBET

Nur zu Gott hin wird still meine Seele,
 nur von ihm kommt mir Hilfe.
Nur er ist mir Fels und Hilfe,
 meine Burg, so daß ich nicht wanke.
Auf Gott steht mein Heil, meine Ehre;
 Gott ist mein schützender Fels, meine Zuflucht.

Psalm 62, 2–3. 8

LESUNG

Wer ist Gott wie du, der Schuld wegnimmt und Frevel vergibt dem Restvolk, das ihm gehört? Nicht für immer hält er seinen Zorn fest; denn er liebt es, gnädig zu sein. Er wird sich unser wieder erbarmen, er wird unsere Schuld zertreten. Du wirst alle unsere Sünden in die Tiefe des Meeres werfen.

Micha 7, 18–19

GEBET

Ja, Herr, in die Tiefen des Meeres laß unsere Schuld versinken und gib uns neue Kraft zu neuem Gehorsam. Ins Meer deiner vergebenden Liebe versenken wir uns und lassen uns tragen von deinem Erbarmen.

FÜRBITTEN – VATERUNSER – SEGEN

I: Bar 1, 15–22 / Lk 10, 13–16
II: Ijob 38, 1. 12–21; 39, 33–35 / Lk 10, 13–16

SAMSTAG
DER SECHSUNDZWANZIGSTEN JAHRESWOCHE

PSALMGEBET

Der Herr hat seinen Thron im Himmel errichtet,
  seine Königsmacht gebietet über das All.
Lobt den Herrn, ihr seine Engel,
ihr starken Helden, die seine Befehle vollstrecken,
  gehorsam seinem gebietenden Wort!
Lobt den Herrn, all seine Scharen,
  seine Diener, die ihr seinen Willen vollzieht!
Lobt den Herrn, ihr seine Werke alle,
an jedem Ort seiner Herrschaft!
  Lobe den Herrn, meine Seele! *Psalm 103, 19–22*

LESUNG

Du Hoffnung Israels, Herr! Alle, die dich verlassen, werden zuschanden, denn sie haben den Herrn verlassen, den Quell lebendigen Wassers. Heile mich, Herr, so bin ich heil, hilf mir, so ist mir geholfen; ja, mein Lobpreis bist du. Werde nicht zum Schrecken für mich, du meine Zuflucht am Tag des Unheils! *Jeremia 17, 13–14. 17*

GEBET

Niemand ist wie du, Herr, der Heil und Leben schafft und erneuert. Laß uns von dir nicht weichen. Für Zeit und Ewigkeit befehlen wir uns deiner Gnade und rühmen deine Treue.

FÜRBITTEN – VATERUNSER – SEGEN

I: Bar 4, 5–12. 27–29 / Lk 10, 17–24
II: Ijob 42, 1–3. 5–6. 12–16 / Lk 10, 17–24

SIEBENUNDZWANZIGSTE JAHRESWOCHE

BESINNUNG

Wer an einer Hochzeitstafel Platz nehmen will, muß bereit sein, sich wie ein Hochzeitsgast zu verhalten. Wird ihm vom Gastgeber ein festliches Gewand angeboten, so kann er sich nicht im Arbeitskittel an den Tisch setzen. Sonst wird der Gastgeber fragen: „Freund, wie bist du hier hereingekommen, da du kein Hochzeitsgewand anhast?" Wer Gottes Geschenk annimmt, wird darüber ein anderer Mensch. Das gilt im Licht des Evangeliums, ja es galt sogar schon im Licht des Alten Bundes.

Mose erwählt drei Begleiter und siebzig Älteste, die mit ihm hinauf auf den Berg steigen. Die Männer sehen mit Mose auf dem Berge mehr als eine wunderbare Landschaft, sie sehen den Herrn, den man eigentlich nicht sehen und darum auch nicht beschreiben kann. Nur was unter seinen Füßen ist, wird beschrieben. Es ist wie ein Edelstein, wie ein durchscheinender Saphir, wie der blaue Himmel, wenn es ganz klar ist. So ist es unter seinen Füßen, fest und klar!

Die Unklarheit oder Unordnung, aus der wir kommen, muß zurückgelassen werden. An den Tisch des Herrn nehmen wir davon nichts mit. Der Weg zu diesem Tisch ist wie der Weg auf einen Berg, wie das Treten auf ein neues Fundament, das fest und klar ist. Wir tragen das hochzeitliche Kleid, das Zeichen unserer Verwandlung.

Damit soll der Leichtfertigkeit gewehrt sein. Aber es wird niemand abgewiesen, der wirklich kommen will. Der Herr reckt seine Hand nicht aus gegen die, die es gewagt haben, auf den Berg zu steigen. Das verzehrende Feuer verzehrt sie nicht. Vielmehr: da sie Gott schauten, aßen und tranken sie.

> Herr Christe, mach uns selbst bereit
> zu diesem hohen Werke.
> Schenk uns das Kleid der Lauterkeit
> durch deines Geistes Stärke.
> Hilf, daß wir würd'ge Gäste sein
> und einst geleitet werden heim
> von dir zum Himmelssaale.

SIEBENUNDZWANZIGSTER SONNTAG IM JAHRESKREIS

DER WOCHENSPRUCH

Christus spricht: Wer siegt, wird mit weißen Gewändern bekleidet werden. Nie werde ich seinen Namen aus dem Buch des Lebens löschen; ich werde ihn anerkennen vor meinem Vater und vor seinen Engeln. *Offenbarung 3, 5*

LESUNG

Danach stiegen Mose, Aaron, Nadab, Abihu und die siebzig Ältesten Israels hinauf, und sie sahen den Gott Israels. Die Fläche unter seinen Füßen war wie mit Saphir ausgelegt und glänzte hell wie der Himmel. Gott streckte nicht seine Hand gegen die Edlen der Israeliten aus; sie durften ihn sehen, und sie aßen und tranken. *Exodus 24, 9–11*

EVANGELIUM

Jesus sprach: Das Himmelreich ist mit einem König zu vergleichen, der seinem Sohn die Hochzeit ausrichtete. Er schickte seine Knechte, um die zum Hochzeitsmahl Eingeladenen rufen zu lassen. Sie aber wollten nicht kommen. Dann sagte er zu seinen Knechten: Das Hochzeitsmahl steht zwar bereit, die Eingeladenen aber haben sich als unwürdig erwiesen. Geht also hinaus, dorthin, wo sich die Straßen kreuzen, und ladet alle, die ihr trefft, zur Hochzeit ein. Als der König eintrat, um sich die Gäste anzusehen, erblickte er unter ihnen einen Mann, der nicht festlich gekleidet war. Da sagte er zu ihm: Freund, wie konntest du hier ohne Festgewand erscheinen?
Mattäus 22, 2–3. 8–9. 11–12

GEBET

Wir danken dir, Herr, daß du uns in der heiligen Taufe das weiße Kleid deiner Unschuld geschenkt hast: Laß es uns tragen als hochzeitliches Kleid bei der Feier deines heiligen Mahles, und erwecke in uns die Freude, die nicht vergeht.

A: Jes 5, 1–7 / Phil 4, 6–9 / Mt 21, 33–43
B: Gen 2, 18–24 / Hebr 2, 9–11 / Mk 10, 2–12
C: Hab 1, 2–3; 2, 2–4 / 2 Tim 1, 6–8. 13–14 / Lk 17, 5–10

MONTAG
DER SIEBENUNDZWANZIGSTEN JAHRESWOCHE

PSALMGEBET

Der Herr ist erhaben: er schaut auf die Niedrigen,
und den Stolzen erkennt er von fern.
Muß ich auch gehen mitten durch große Not:
du erhältst mich am Leben.
Du reckst die Hand gegen den Zorn meiner Feinde,
und deine Rechte hilft mir.
Herr, deine Huld währt ewig.
Laß nicht ab vom Werk deiner Hände! *Psalm 138, 6–7. 8*

LESUNG

Die ganze Gemeinde der Israeliten murrte in der Wüste gegen Mose und Aaron. Die Israeliten sagten zu ihnen: Wären wir doch in Ägypten durch die Hand des Herrn gestorben, als wir an den Fleischtöpfen saßen und genug Brot zu essen hatten! Ihr habt uns nur deshalb in diese Wüste geführt, um alle, die hier versammelt sind, an Hunger sterben zu lassen. Da sprach der Herr zu Mose: Ich will euch Brot vom Himmel regnen lassen. Das Volk soll hinausgehen, um seinen täglichen Bedarf zu sammeln. *Exodus 16, 2–4*

GEBET

Herr, du hast deinem Volk das Manna in der Wüste gegeben und gibst uns täglich, was wir brauchen: Laß uns nicht zweifeln und murren, sondern im Vertrauen auf deine Güte das Unsere tun und deine Gaben mit Dankbarkeit empfangen.

FÜRBITTEN – VATERUNSER – SEGEN

I: Jon 1, 1–2, 1. 11 / Lk 10, 25–37
II: Gal 1, 6–12 / Lk 10, 25–37

DIENSTAG
DER SIEBENUNDZWANZIGSTEN JAHRESWOCHE

PSALMGEBET

Der Engel des Herrn umschirmt alle,
 die ihn fürchten und ehren, und er befreit sie.
Kostet und seht, wie gütig der Herr ist,
 wohl dem, der bei ihm sich birgt.
Fürchtet den Herrn, ihr seine Heiligen;
 denn die ihn fürchten, leiden keinen Mangel.

Psalm 34, 8–10

EVANGELIUM

Die Jünger sprachen zu Jesus: Unsere Väter haben das Manna in der Wüste gegessen, wie geschrieben steht: Brot vom Himmel gab er ihnen zu essen. Jesus sprach zu ihnen: Amen, Amen, ich sage euch: Nicht Mose hat euch das Brot vom Himmel gegeben, sondern mein Vater gibt euch das wahre Brot vom Himmel. Denn das Brot, das Gott gibt, kommt vom Himmel, um der Welt das Leben zu geben. Da sagten sie zu ihm: Herr, gib uns immer dieses Brot. Jesus sprach zu ihnen: Ich bin das Brot des Lebens; wer zu mir kommt, wird nicht mehr hungern, und wer an mich glaubt, wird nicht mehr durstig sein.

Johannes 6, 31–35

GEBET

Herr Jesus Christus, stille unser Verlangen, fülle unseren Mangel aus, sei du uns das Brot vom Himmel und zeige uns den Weg durch die Wüste zu einem Leben aus der Fülle der Liebe, daß wir den Kampf gegen die Herzenskälte bestehen und den Sieg davontragen.

FÜRBITTEN – VATERUNSER – SEGEN

I: Jon 3, 1–10 / Lk 10, 38–42
II: Gal 1, 13–24 / Lk 10, 38–42

MITTWOCH
DER SIEBENUNDZWANZIGSTEN JAHRESWOCHE

PSALMGEBET

Kommt, ihr Kinder, hört mir zu!
  Die Furcht des Herrn will ich euch lehren.
Wer ist der Mensch, der das Leben liebt
  und gute Tage zu sehen wünscht?
Meide das Böse und tu das Gute,
  suche Frieden und jage ihm nach! *Psalm 34, 12–13*

EVANGELIUM

Christus spricht zu den Jüngern: Bleibt in mir, dann bleibe ich in euch. Wie der Rebzweig aus sich keine Frucht bringen kann, sondern nur, wenn er am Weinstock bleibt, so könnt auch ihr keine Frucht bringen, wenn ihr nicht in mir bleibt. Ich bin der Weinstock, ihr seid die Rebzweige. Wer in mir bleibt und in wem ich bleibe, der bringt reiche Frucht; denn getrennt von mir könnt ihr nichts tun. Mein Vater wird dadurch verherrlicht, daß ihr reiche Frucht bringt und meine Jünger werdet. *Johannes 15, 4–5. 8*

GEBET

Wir schreiten in die Welt hinein
als deine Jüngerschar.
Uns führet deine Gnad allein,
der Segen vom Altar.
Dein sind wir, Herr, zu aller Zeit,
erkauft mit deinem Blut,
zu deinem Dienste froh bereit:
Verleih uns Kraft und Mut.

FÜRBITTEN – VATERUNSER – SEGEN

I: Jon 4, 1–11 / Lk 11, 1–4
II: Gal 2, 1–2. 7–14 / Lk 11, 1–4

DONNERSTAG
DER SIEBENUNDZWANZIGSTEN JAHRESWOCHE

PSALMGEBET

Ich will den Herrn allezeit preisen,
  immer sei sein Lob in meinem Mund!
Meine Seele rühme sich des Herrn,
  die Armen sollen es hören und sich freuen!
Verherrlicht mit mir den Herrn,
  laßt uns gemeinsam seinen Namen rühmen!
Ich suchte den Herrn, und er hat mich erhört,
  all meinen Ängsten hat er mich entrissen. *Psalm 34, 2–5*

LESUNG

Paulus schreibt: Darum, meine Lieben, meidet den Götzendienst. Ist der Kelch des Segens, über den wir den Segen sprechen, nicht Teilhabe am Blut Christi? Ist das Brot, das wir brechen, nicht Teilhabe am Leib Christi? *Ein* Brot ist es. Darum sind wir viele *ein* Leib; denn wir alle haben teil an dem *einen* Brot. Ihr könnt nicht den Kelch des Herrn trinken und den Kelch der Dämonen. Ihr könnt nicht Gäste sein am Tisch des Herrn und am Tisch der Dämonen.
1 Korinther 10, 14. 16–17. 21

GEBET

Herr, wenn wir mit der Gemeinde das Dankopfer darbringen und den Kelch des Heils erheben, gib, daß wir es nicht gleichgültig oder gedankenlos tun. Laß uns inne werden, daß du mit uns und wir mit dir eins werden im heiligen Mahl und hilf, daß wir abtun und lassen, was sich damit nicht verträgt. Laß uns mit Ehrfurcht nahen und gestärkt an unser Werk gehen.

FÜRBITTEN – VATERUNSER – SEGEN

I: Mal 3, 13–4, 2a / Lk 11, 5–13
II: Gal 3, 1–5 / Lk 11, 5–13

FREITAG
DER SIEBENUNDZWANZIGSTEN JAHRESWOCHE

PSALMGEBET

Das Auge des Herrn ruht auf allen,
die ihn fürchten und ehren,
   die nach seiner Güte ausschaun,
daß er sie dem Tod entreiße
   und ihr Leben erhalte in Hungersnot.
Unsere Seele harrt auf den Herrn,
   er ist uns Hilfe und Schild. *Psalm 34, 18–20*

LESUNG

So schreibt der Apostel: Denn sooft ihr von diesem Brot eßt und aus dem Kelch trinkt, verkündet ihr den Tod des Herrn, bis er kommt. Wer also unwürdig von dem Brot ißt und aus dem Kelch des Herrn trinkt, macht sich an Leib und Blut des Herrn schuldig. Jeder soll sich selbst prüfen, und dann soll er von dem Brot essen und aus dem Kelch trinken.
1 Korinther 11, 26–28

GEBET

Es ist etwas Großes, Herr, deinen Tod zu verkündigen, laß es uns nicht zur leeren Form werden. Wir wollen uns prüfen und in Ehrfurcht zu deinem Mahl kommen, wie zu einem heiligen Fest, bei dem wir dir selbst begegnen. Mache uns bereit zur Versöhnung und zum Frieden. Gib, daß wir einander lieben aus der Kraft deiner Liebe.

FÜRBITTEN – VATERUNSER – SEGEN

I: Joel 1, 13–15; 2, 1–2 / Lk 11, 15–26
II: Gal 3, 7–14 / Lk 11, 15–26

SAMSTAG
DER SIEBENUNDZWANZIGSTEN JAHRESWOCHE

PSALMGEBET

Singt dem Herrn ein neues Lied,
  sein Lob erschalle in der Gemeinde der Frommen!
Seinen Namen sollen sie loben im Reigen,
  ihm spielen auf Pauken und Harfen!
Der Herr hat an seinem Volk Gefallen,
  die Gebeugten krönt er mit Sieg.
Herrlich sollen die Frommen frohlocken,
  auf ihren Lagern jauchzen. *Psalm 149, 1. 3–5*

LESUNG

Da hörte ich etwas wie den Ruf einer großen Schar und wie das Rauschen vieler Wasser und wie das Rollen gewaltiger Donner: Halleluja! Der Herr ist König geworden, Gott, der Herrscher des Alls! Wir wollen uns freuen und jubeln und ihm die Ehre geben! Denn gekommen ist die Hochzeit des Lammes, und seine Frau hat sich schön gemacht. Und er sagte zu mir: Schreib auf: Selig, wer zum Hochzeitsmahl des Lammes gerufen ist! *Offenbarung 19, 6–7. 9*

GEBET

In der Hoffnung auf das himmlische Hochzeitsmahl beten wir mit dem Propheten: Innig will ich mich im Herrn freuen, jubeln soll meine Seele in meinem Gott. Denn er kleidet mich in Gewänder des Heils, hüllt mich in den Mantel der Gerechtigkeit, wie der Bräutigam, der sich festlich schmückt, und wie die Braut, die ihr Geschmeide anlegt. *Jesaja 61, 10*

FÜRBITTEN – VATERUNSER – SEGEN

I: Joel 3, 12–21 / Lk 11, 27–28
II: Gal 3, 22–29 / Lk 11, 27–28

ACHTUNDZWANZIGSTE JAHRESWOCHE

BESINNUNG

Als Christen sind wir zu einem Kampf gerufen, in dem andere Regeln gelten als im Kampf ums Dasein. Der geistliche Kampf ist kein Kampf gegen andere Menschen, eher ein Ringen, um sie zu gewinnen, ein Kampf, um anderen zu helfen. Die Fronten dieses Kampfes sind auch nicht mit unseren parteiischen Frontbildungen gleichzusetzen. Vielmehr verläuft die geistliche Front quer durch alle religiösen und weltanschaulichen Gruppierungen hindurch, und oft genug weiß sich der Geist, der gegen Gott kämpft, ein religiöses Mäntelchen umzuhängen, um uns zu täuschen. Er ist der Vater der Lüge und der Täuschung. Wer gegen ihn bestehen will, muß nüchtern und wahrhaftig die eigenen Grenzen kennen und wissen, daß der geistliche Kampf um uns selbst geführt wird. Unser Inneres ist der Kampfschauplatz.
Der Apostel empfiehlt uns für diesen Kampf fast nur Waffen der Verteidigung. Nicht daß wir uns in pharisäischer Selbstrechtfertigung gegen andere Menschen behaupten sollen! Sondern gegen den Geist, „der stets verneint", sollen uns Wahrheit, Gerechtigkeit und Friedfertigkeit schützen. Dazu dient der vertrauende Glaube als Schutzschild gegen alles, was uns verletzen könnte, und unser Kopf ist geschützt durch den Helm des Heils, der unsere Gedanken zusammenhält in der Kraft des einen Herrn Jesus Christus, gegen den Durcheinanderbringer und Zerteiler, der Gottes Schöpfung zerstören möchte. Sooft wir uns im menschlichen Miteinander entrüsten und uns zu Reaktionen gegen andere Menschen aufstacheln lassen, geben wir in solcher Entrüstung törichterweise den Schutz preis, der uns in der geistlichen Waffenrüstung gegeben ist.
Die einzige Angriffswaffe, die in der Aufzählung des Apostels genannt wird, ist das Schwert des Geistes, das Wort Gottes. Das lebendige Wort Gottes, das uns selbst getroffen hat, das uns durch und durch ging und uns verwandelte, soll uns helfen, auch andere zu gewinnen für den Weg des Heils.

Herr Jesus Christus, du hast den Kampf bestanden und bist Sieger geblieben trotz Kreuz und Grab. Wir bitten dich: Hilf uns in deiner Nachfolge recht kämpfen und mit dir den Sieg erlangen.

ACHTUNDZWANZIGSTER SONNTAG IM JAHRESKREIS

DER WOCHENSPRUCH

Wer an einem Wettkampf teilnimmt, erhält den Siegeskranz nur, wenn er nach den Regeln kämpft. *2 Timotheus 2, 5*

LESUNG

Zieht die Rüstung Gottes an, damit ihr den Versuchungen des Teufels widerstehen könnt! Seid also standhaft, gürtet euch mit der Wahrheit; legt als Panzer die Gerechtigkeit an, und zieht als Schuhe an die Bereitschaft, für das Evangelium vom Frieden zu kämpfen. Greift in jeder Gefahr zum Schild des Glaubens! Mit ihm könnt ihr alle feurigen Geschosse des Bösen auslöschen. Nehmt den Helm des Heils und das Schwert des Geistes, das ist das Wort Gottes. *Epheser 6, 11. 14–17*

EVANGELIUM

Damals brachte man zu Jesus einen Besessenen, der blind und stumm war. Jesus heilte ihn, so daß der Stumme wieder reden und sehen konnte. Doch er kannte ihre Gedanken und sagte zu ihnen: Wenn ich die Dämonen durch den Geist Gottes austreibe, dann ist das Reich Gottes schon zu euch gekommen. Wer nicht für mich ist, der ist gegen mich; wer nicht mit mir sammelt, der zerstreut. *Mattäus 12, 22. 25. 28. 30*

GEBET

Herr, hilf uns, daß wir uns nicht zerstreiten im Kampf wider einander, sondern mit dir Menschen sammeln zum Frieden deines Reiches.

A: Jes 25, 6–10a / Phil 4, 12–14. 19–20 / Mt 22, 1–10
B: Weish 7, 7–11 / Hebr 4, 12–13 / Mk 10, 17–27
C: 2 Kön 5, 14–17 / 2 Tim 2, 8–13 / Lk 17, 11–19

MONTAG
DER ACHTUNDZWANZIGSTEN JAHRESWOCHE

PSALMGEBET

Herr, Gott der Heerscharen, wer ist wie du?
    Mächtig bist du, Herr, von Treue umgeben.
Du gebietest über die Empörung des Meeres;
    wenn seine Wogen toben – du glättest sie.
Rahab hast du durchbohrt und zertreten,
    mit starkem Arm deine Feinde zerstreut.
Dein ist der Himmel, dein auch die Erde;
    den Erdkreis und was ihn erfüllt, hast du gegründet.

Psalm 89, 9–12

LESUNG

Der Apostel schreibt: Jeder Wettkämpfer lebt aber völlig enthaltsam; jene tun dies, um einen vergänglichen, wir aber, um einen unvergänglichen Siegeskranz zu gewinnen. Darum laufe ich nicht wie einer, der ziellos läuft, und kämpfe mit der Faust nicht wie einer, der in die Luft schlägt; vielmehr züchtige und unterwerfe ich meinen Leib, damit ich nicht anderen predige und selbst verworfen werde. *1 Korinther 9, 25–27*

GEBET

Herr, gib uns Mut, gegen uns selbst hart zu sein, daß wir nicht nach dem bequemsten Weg trachten, sondern an das Ziel denken und tun, was recht ist nach deinem Willen.

FÜRBITTEN – VATERUNSER – SEGEN

I: Röm 1, 1–7 / Lk 11, 29–32
II: Gal 4, 22–24. 26–27. 31–5, 1 / Lk 11, 29–32

DIENSTAG
DER ACHTUNDZWANZIGSTEN JAHRESWOCHE

PSALMGEBET

Gott hat gesprochen in seinem Heiligtum:
Ich will triumphieren.
Wer führt mich hin zur festen Stadt,
  wer wird mich nach Edom geleiten?
Vor dem Bedränger bring uns doch Hilfe!
  Denn Hilfe durch Menschen ist nichtig.
Mit Gott werden wir Großes vollbringen.

Psalm 108, 8. 11. 13–14

LESUNG

Paulus schreibt an Timotheus: Leide mit mir als guter Soldat Christi Jesu! Keiner, der in den Krieg zieht, läßt sich auf Geschäfte des Alltags ein, denn er will, daß der Heerführer mit ihm zufrieden ist. Und wer an einem Wettkampf teilnimmt, erhält den Siegeskranz nur, wenn er nach den Regeln kämpft.

2 Timotheus 2, 3–5

GEBET

Herr, unser Gott, über den täglichen Sorgen laß uns die Sorge um unser Heil nicht vergessen, daß wir nicht nur nach unserem Vorteil fragen, sondern die Frage nach dem Sinn unseres Lebens über alles stellen. Stärke uns im Ringen um Gehorsam gegen deinen heiligen Willen.

FÜRBITTEN – VATERUNSER – SEGEN

I: Röm 1, 16–25 / Lk 11, 37–41
II: Gal 4, 31b–5, 6 / Lk 11, 37–41

MITTWOCH
DER ACHTUNDZWANZIGSTEN JAHRESWOCHE

PSALMGEBET

Von den Taten deiner Huld, Herr, will ich ewig singen,
  bis zum fernsten Geschlecht laut deine Treue verkünden.
Die Huld besteht auf ewig;
  im Himmel steht fest deine Treue.
Die Himmel preisen, Herr, deine Wunder,
  deine Treue die Gemeinde der Heiligen!
Wohl dem Volk, das den Jubelruf kennt!
  Herr, sie gehen im Licht deines Angesichts.

Psalm 89, 2–3. 6. 16

LESUNG

Der Apostel mahnt solche, die einander wegen Kultgesetzen und Speisegeboten richten: Keiner von uns lebt sich selber, und keiner stirbt sich selber: Leben wir, so leben wir dem Herrn, sterben wir, so sterben wir dem Herrn. Ob wir leben oder ob wir sterben, wir gehören dem Herrn.
Daher wollen wir uns nicht mehr gegenseitig richten.
Die Herrschaft Gottes besteht nicht in Essen und Trinken, sie ist Gerechtigkeit, Friede und Freude im heiligen Geist.

Römer 14, 7–8. 13. 17

GEBET

Wir preisen dich, Herr, und bekennen uns zu deiner Güte und Treue. Bewahre uns vor frommer Eifersucht und leichtfertigem Urteil über die Christen, die anders beten und feiern, denken und leben als wir. Du, Herr, bist der Eine, der uns alle vereint. Dir gehören wir im Leben und im Sterben.

FÜRBITTEN – VATERUNSER – SEGEN

I: Röm 2, 1–11 / Lk 11, 42–46
II: Gal 5, 18–25 / Lk 11, 42–46

DONNERSTAG
DER ACHTUNDZWANZIGSTEN JAHRESWOCHE

PSALMGEBET

Mein Herz ist bereit, o Gott,
mein Herz ist bereit,
   ich will dir singen und spielen.
Wacht auf, Harfe und Saitenspiel!
   Ich will das Morgenrot wecken.
Ich will dich vor den Völkern preisen, Herr,
   dir vor den Nationen lobsingen.
Denn deine Güte reicht, so weit der Himmel ist,
   deine Treue, so weit die Wolken ziehn. *Psalm 108, 2–5*

LESUNG

Der Apostel schreibt: Wißt ihr nicht, daß alle, die im Heiligtum Dienst tun, vom Heiligtum leben, und daß alle, die am Altar Dienst tun, vom Altar ihren Anteil erhalten? So hat auch der Herr denen, die das Evangelium verkündigen, geboten, vom Evangelium zu leben. Ich aber habe all das nicht in Anspruch genommen. Was ist nun mein Lohn? Daß ich das Evangelium unentgeltlich verkündige und so auf mein Recht verzichte.
1 Korinther 9, 13–15. 18

GEBET

Wir gedenken, Herr, der Vielen, die dir ohne Lohn dienen, der Vielen, die deine Armut angenommen haben. Wir gedenken auch all der andern, die von der Frohbotschaft leben, weil der Arbeiter seines Lohnes wert ist. Wir bitten dich: Segne allen Dienst, der um deines Reiches willen geschieht, und zeige uns, wie auch wir dem Evangelium dienen können.

FÜRBITTEN – VATERUNSER – SEGEN

I: Röm 3, 21–30a / Lk 11, 47–54
II: Eph 1, 3–10 / Lk 11, 47–54

FREITAG
DER ACHTUNDZWANZIGSTEN JAHRESWOCHE

PSALMGEBET

Auf Gott steht mein Heil, meine Ehre;
   Gott ist mein schützender Fels, meine Zuflucht.
Vertrau ihm, du Volk, zu jeder Zeit!
Schüttet euer Herz vor ihm aus!
   Denn unsre Zuflucht ist Gott.
Nur ein Hauch sind die Menschen,
   die Männer nur Trug.
Macht ist bei Gott, und Huld ist bei dir, o Herr.

Psalm 62, 8–10. 12

EVANGELIUM

Jesus sprach zu Petrus: Simon, Simon, der Satan hat verlangt, daß er euch wie Weizen sieben darf. Ich aber habe für dich gebetet, damit dein Glaube nicht erlischt. Und wenn du wieder zurückgefunden hast, dann stärke deine Brüder. Petrus erwiderte: Herr, ich bin bereit, dir auch ins Gefängnis und in den Tod zu folgen. Jesus antwortete: Ich sage dir, Petrus, ehe heute der Hahn kräht, wirst du dreimal leugnen, mich zu kennen. *Lukas 22, 31–34*

GEBET

Herr, unser Hoherpriester, wie du für Petrus gebetet und ihn nach seinem Versagen wieder angenommen hast, so laß uns nicht allein, wenn wir schwach werden. Vergib, wo wir dich verleugnet haben, stärke uns zu neuer Ausdauer im täglichen Dienst.

FÜRBITTEN – VATERUNSER – SEGEN

I: Röm 4, 1–8 / Lk 12, 1–7
II: Eph 1, 11–14 / Lk 12, 1–7

SAMSTAG
DER ACHTUNDZWANZIGSTEN JAHRESWOCHE

PSALMGEBET

Des Menschen Tage sind wie Gras,
  er blüht wie die Blume des Feldes.
Fährt der Wind darüber, ist sie dahin,
  der Ort, wo sie stand, weiß von ihr nichts mehr.
Doch die Huld des Herrn währt immer und ewig
über denen, die ihn fürchten. *Psalm 103, 15–17*

LESUNG

Liebt die Welt nicht und was in der Welt ist! Denn alles, was in der Welt ist, wie das Begehren des Fleisches, das Begehren der Augen und das Prahlen mit dem Besitz, kommt nicht vom Vater, sondern von der Welt. Die Welt vergeht und ihre Begierde; aber wer den Willen Gottes tut, bleibt in Ewigkeit.
1 Johannes 2, 15. 16–17

GEBET

Ewiger Gott, im Licht deiner Wahrheit erkennen wir, was vergeht und was bleibt. Hilf, daß wir unser Herz nicht an das Vergehende hängen, sondern in der Welt dir dienen und Frucht bringen für die Ewigkeit.

FÜRBITTEN – VATERUNSER – SEGEN

I: Röm 4, 13. 16–18 / Lk 12, 8–12
II: Eph 1, 15–23 / Lk 12, 8–12

NEUNUNDZWANZIGSTE JAHRESWOCHE

BESINNUNG

Das ist unsere Not, daß wir unsere Schuld vor Gott oft so leicht nehmen. Wir haben uns daran gewöhnt, daß wir seinem Willen nicht gerecht werden. Gott ist uns so fern gerückt. Wir haben verlernt, vor seiner heiligen Gegenwart zu erschrecken.

Gott aber hat uns nicht vergessen. Er ist uns näher, als wir uns selber sind. Er wartet darauf, daß wir seine Gnade erkennen und annehmen, damit er vollenden kann, was er in der heiligen Taufe mit uns begonnen hat. Gott wartet in Geduld und Treue und ist bereit zu vergeben, wenn wir nur bereit sind zu bereuen. „Bei dir ist die Vergebung, daß man dich fürchte!" Stellen wir uns in das Licht der Nähe Gottes, so erfahren wir das Heilmittel gegen alle Angst und Furcht: die Vergebung der Sünde und die Kraft zu neuem Gehorsam.

Da Gott unseren Schuldbrief immer wieder zerreißt, steht es uns übel an, wenn wir die Schuldbriefe unserer Mitmenschen sammeln und aufbewahren. Im Gleichnis vom Schalksknecht hat Jesus uns ein deutliches Bild vor Augen gemalt. Eine Schuld von zehntausend Pfund wird ihm vom König erlassen, und im nächsten Augenblick treibt er mit hartem Herzen hundert Groschen ein, die ein armer Untergebener ihm schuldet. Das wird ihm zum Verhängnis, denn der König erfährt es, ihn reut seine Milde und er läßt den Hartherzigen büßen.

Unsere Schuld gegenüber Gott ist mit Zahlen nicht auszudrücken. Ihm gehört alles, was wir sind und haben. Was wir davon für uns zurückbehalten, das bleiben wir ihm schuldig. Wie soll er uns diese Schuld erlassen, wenn wir gleichzeitig kleinlich und hartherzig gegen unsere Mitmenschen sind! Das eine ist unlöslich mit dem anderen verbunden. Darum hat Jesus in seinem Gebet uns diese Bitte für jeden Tag in den Mund gelegt: Vergib uns unsere Schuld, wie auch wir vergeben unsern Schuldigern.

Heiliger, barmherziger Gott, täglich bin ich tief in deiner Schuld, aber du vergibst mir, sooft ich aufrichtig darum bitte. Wie dürfte ich meinem Nächsten die Hand verweigern, wenn er darauf wartet, daß ich ihm vergebe! – Herr, bewahre mich vor der Härte des Herzens, die das Leben zerstört. Erhalte mich in deiner Barmherzigkeit.

NEUNUNDZWANZIGSTER SONNTAG IM JAHRESKREIS

DER WOCHENSPRUCH
Bei dir ist Vergebung,
   daß man in Ehrfurcht dir diene! *Psalm 130, 4*

LESUNG
Paulus schreibt an die Christen in Philippi: Ich vertraue darauf, daß er, der bei euch das gute Werk begonnen hat, es auch vollenden wird bis zum Tag Christi Jesu. Und ich bete darum, daß eure Liebe immer reicher an Einsicht und Verständnis wird, damit ihr euch für das entscheiden könnt, worauf es ankommt. *Philipper 1, 6. 9*

EVANGELIUM
Da trat Petrus zu Jesus und fragte: Herr, wie oft muß ich meinem Bruder vergeben, wenn er sich gegen mich versündigt? Bis zu siebenmal? Jesus sagte zu ihm: Nicht bis zu siebenmal, sondern bis zu siebenundsiebzigmal. *Mattäus 18, 21–22*

GEBET
Barmherziger Gott, täglich vergibst du unsere Schuld, wir bitten dich, hilf, daß auch wir unsern Schuldigern vergeben.

A: Jes 45, 1. 4–6 / 1 Thess 1, 1–5b / Mt 22, 15–21
B: Jes 53, 10–11 / Hebr 4, 14–16 / Mk 10, 42–45
C: Ex 17, 8–13 / 2 Tim 3, 14–4, 2 / Lk 18, 1–8

MONTAG
DER NEUNUNDZWANZIGSTEN JAHRESWOCHE

PSALMGEBET

Aus der Tiefe rufe ich, Herr, zu dir:
    höre, o Herr, meine Stimme!
Laß deine Ohren merken
    auf mein lautes Flehen!
Wolltest du, Herr, auf Sünden achten,
    Herr, wer könnte bestehn?
Doch bei dir ist Vergebung,
    daß man in Ehrfurcht dir diene! *Psalm 130, 1–4*

EVANGELIUM

Jesus spricht: Richtet nicht, damit ihr nicht gerichtet werdet! Denn wie ihr richtet, werdet ihr gerichtet werden, und mit dem Maß, mit dem ihr meßt, werdet auch ihr gemessen werden. Warum siehst du den Splitter im Auge deines Bruders, aber den Balken in deinem Auge beachtest du nicht?
Mattäus 7, 1–3

GEBET

Wir bitten dich, Herr, für alle, deren Amt es ist, Recht zu sprechen. Gib ihnen Weisheit und Mut für ein gerechtes Urteil. Bewahre uns davor, daß wir andere richten, ohne einen Auftrag zu haben, daß wir andere strenger beurteilen als uns selbst. Wie du uns vergibst, so wollen wir anderen vergeben, statt sie zu richten.

FÜRBITTEN – VATERUNSER – SEGEN

I: Röm 4, 20–25 / Lk 12, 13–29
II: Eph 2, 1–10 / Lk 12, 13–29

DIENSTAG
DER NEUNUNDZWANZIGSTEN JAHRESWOCHE

PSALMGEBET

Wohl dem, dessen Frevel vergeben,
   dessen Sünde bedeckt ist.
Wohl dem Menschen, dem der Herr
die Schuld nicht zur Last legt,
   in dessen Herz nichts Falsches ist.
Als ich es verschwieg, wurden matt meine Glieder,
   ich mußte stöhnen den ganzen Tag.
Da bekannte ich dir meine Sünde.
   Du aber hast mir die Schuld vergeben.   *Psalm 32, 1–3. 5*

EVANGELIUM

Jesus sagte zu seinen Jüngern: Es ist unvermeidlich, daß Verführung kommt; aber wehe dem, der sie verschuldet. Es wäre besser für ihn, wenn man ihn mit einem Mühlstein um den Hals ins Meer werfen würde, damit er keinen von diesen Kleinen zum Bösen verführen kann. Seht euch vor!
Wenn dein Bruder Unrecht tut, weise ihn zurecht; und wenn er sich ändert, vergib ihm.   *Lukas 17, 1–3*

GEBET

Herr, hilf mir, daß ich nicht anderen Ärgernis gebe, und gib mir den Mut und die Freiheit, dem, der mir Unrecht tut, es freimütig zu sagen, damit er bereuen und ich ihm vergeben kann.

FÜRBITTEN – VATERUNSER – SEGEN

I: Röm 5, 12. 15b. 17–19. 20b–21 / Lk 12, 35–38
II: Eph 2, 12–22 / Lk 12, 35–38

MITTWOCH
DER NEUNUNDZWANZIGSTEN JAHRESWOCHE

PSALMGEBET

Wenn nicht der Herr das Haus baut,
   mühn sich umsonst, die daran bauen.
Wenn nicht der Herr die Stadt bewacht,
   wacht umsonst der Wächter.
Es ist umsonst, daß ihr früh aufsteht
   und spät euch niedersetzt,
das Brot der Mühsal zu essen;
   denn er gibt es den Seinen im Schlaf. *Psalm 127, 1–2*

EVANGELIUM

Jesus sprach: So sollt ihr beten: Erlaß uns unsere Schulden, wie auch wir sie unseren Schuldnern erlassen. Denn wenn ihr den Menschen ihre Verfehlungen vergebt, dann wird euer himmlischer Vater euch auch vergeben. Wenn ihr aber den Menschen nicht vergebt, dann wird euer Vater eure Verfehlungen auch nicht vergeben. *Mattäus 6, 9. 12. 14–15*

GEBET

Wir danken dir, Gott, für deine vergebende Güte. Behüte uns davor, daß wir unserm Nächsten verweigern, was deine Gnade uns schenkt.

FÜRBITTEN – VATERUNSER – SEGEN

I: Röm 6, 12–18 / Lk 12, 39–48
II: Eph 3, 2–12 / Lk 12, 39–48

DONNERSTAG
DER NEUNUNDZWANZIGSTEN JAHRESWOCHE

PSALMGEBET

Ich hoffe auf den Herrn, es hofft meine Seele,
 ich harre auf sein Wort.
Meine Seele wartet auf den Herrn
 mehr als die Wächter auf den Morgen.
Denn beim Herrn ist die Huld,
 bei ihm Erlösung in Fülle.
Ja, er wird Israel erlösen
 von all seinen Sünden. *Psalm 130, 5–8*

LESUNG

Wir werden daran erkennen, daß wir aus der Wahrheit sind, und wir werden unser Herz vor ihm beruhigen; denn wenn das Herz uns auch verurteilt, Gott ist größer als unser Herz, und er weiß alles. Liebe Brüder, wenn das Herz uns aber nicht verurteilt, haben wir Zuversicht zu Gott; alles, um was wir bitten, empfangen wir von ihm, weil wir seine Gebote halten und tun, was ihm gefällt. *1 Johannes 3, 19–22*

GEBET

Barmherziger Gott, du bist größer als unser schwaches Herz. Du traust uns zu, was wir aus eigener Kraft nicht vermögen. So bitten wir dich: Stärke unsere Zuversicht, daß wir aus deiner Kraft zu tun wagen, was dein Gebot fordert.

FÜRBITTEN – VATERUNSER – SEGEN

I: Röm 6, 19–23 / Lk 12, 49–53
II: Eph 3, 14–21 / Lk 12, 49–53

FREITAG
DER NEUNUNDZWANZIGSTEN JAHRESWOCHE

PSALMGEBET

Baut nicht auf Gewalt,
   verlaßt euch nicht auf Raub!
Wächst auch der Reichtum,
   so verliert doch nicht euer Herz daran!
Eins hat Gott gesagt,
   zweierlei hab ich gehört:
Macht ist bei Gott, und Huld ist bei dir, o Herr.

Psalm 62, 11–13

LESUNG

Der Herr sprach also: Das Klagegeschrei über Sodom und Gomorra, ja, es ist laut geworden, und ihre Sünde, ja, sie ist sehr schwer. Abraham aber stand noch immer vor dem Herrn. Er trat näher und sagte: Willst du auch den Gerechten mit den Gottlosen wegraffen? Vielleicht gibt es fünfzig Gerechte in der Stadt: Willst du auch sie wegraffen und nicht doch dem Ort vergeben wegen der fünfzig Gerechten dort? Da sprach der Herr: Wenn ich in Sodom, in der Stadt, fünfzig Gerechte finde, werde ich ihretwegen dem ganzen Ort vergeben.

Genesis 18, 20. 22–24. 26

GEBET

Allmächtiger Gott, du willst um einiger Getreuer willen viele vor dem Verderben retten, denn ein wenig Sauerteig durchsäuert den ganzen Teig, und ein wenig Salz schützt das Ganze vor Fäulnis. Wir bitten dich: Mache uns zum Salz und zum Sauerteig; gib, daß wir anderen nicht zum Gericht, sondern zur Rettung werden.

FÜRBITTEN – VATERUNSER – SEGEN

I: Röm 7, 18–25a / Lk 12, 54–59
II: Eph 4, 1–6 / Lk 12, 54–59

SAMSTAG
DER NEUNUNDZWANZIGSTEN JAHRESWOCHE

PSALMGEBET

Barmherzig und gnädig ist der Herr,
 langmütig und reich an Güte.
Er wird nicht immer zürnen,
 nicht ewig im Groll verharren.
Er handelt an uns nicht nach unsern Sünden,
 vergilt uns nicht nach unsrer Schuld.
Denn so hoch der Himmel über der Erde,
 so hoch ist seine Huld über denen, die ihn fürchten.
Psalm 103, 8–11

LESUNG

Dann erwarten wir, wie er verheißen hat, einen neuen Himmel und eine neue Erde, in denen die Gerechtigkeit wohnt. Weil ihr das erwartet, Geliebte, bemüht euch darum, von ihm ohne Fehler und Makel und in Frieden angetroffen zu werden! Wachset in der Gnade und Erkenntnis unseres Herrn und Retters Jesus Christus! Er hat die Herrlichkeit jetzt und bis zum Tag der Ewigkeit. Amen. *2 Petrus 3, 13–14. 18*

GEBET

Ewiger Gott, in dieser vergehenden Welt warten wir auf die künftige Vollendung. Laß uns nicht müde werden, an uns zu arbeiten und dich an uns wirken zu lassen, damit wir schon jetzt in einem neuen Leben der neuen Welt würdig werden.

FÜRBITTEN – VATERUNSER – SEGEN

I: Röm 8, 1–11 / Lk 13, 1–9
II: Eph 4, 7–16 / Lk 13, 1–9

DREISSIGSTE JAHRESWOCHE

BESINNUNG

In dem Gewoge der Naturkräfte und der übermenschlichen Mächte hatte zu Zeiten des Propheten Elia menschliche Willkür bald diese und bald jene Macht als Gottheit ausgerufen und zum Baal (= „Herr") erklärt. Auch auf dem Berg Karmel wurde ein Baal verehrt. Dagegen stand Elia auf mit dem Bekenntnis seines Namens (Elia = mein Gott ist Jahwe!) und seiner Predigt: Mein Gott ist der Herr! Die Priester des Baal pflegten auf dem Karmel ihre hinkenden kultischen Tänze zu tanzen. Ihr Kultus glich äußerlich in vielem dem Kultus des alten Israel. Aber es ist nicht einerlei, wem solcher Gottesdienst dargebracht wird. Elia wendet sich vor den Priestern des Baal an alles Volk und ruft zur Entscheidung für den Gott der Väter. Wenn diese Grundentscheidung gefallen ist, folgt alles Weitere daraus wie von selbst. Elias Ruf zur Umkehr und Entscheidung wurde auf dem Karmel durch den Blitz bestätigt, der sein Opfer verzehrte. Das Feuer vom Himmel half der versammelten Menge zu der Erkenntnis: Der Herr ist Gott, der Herr ist Gott! Aber damit war die Entscheidung nicht ein für allemal gefallen. Abfall und Entartung fordern immer wieder neu die Rückkehr zu den Ursprüngen, die „Reformation" des Volkes Gottes.
Immer neu sind wir zur Grundentscheidung des ersten Gebots gerufen: daß wir Gott über alle Dinge fürchten, lieben und vertrauen. Diese Entscheidung macht uns frei füreinander. Über die regionalen und konfessionellen Begrenzungen hinweg ruft uns der Gott unserer Väter zur kommenden Einheit des Volkes Gottes, zur Einheit im Glauben, Lieben und Hoffen.

Herr, hilf uns den rechten Maßstab finden für das, was uns trennt, und das, was uns eint. Laß alle zueinander finden, die du zu deinem Eigentum erwählt hast.

DREISSIGSTER SONNTAG IM JAHRESKREIS

DER WOCHENSPRUCH

Dem König der Könige und Herrn der Herren, der allein die Unsterblichkeit besitzt: Ihm gebührt Ehre und ewige Macht.
1 Timotheus 6, 15. 16

LESUNG

Und Elia trat vor das ganze Volk und rief: Wie lange noch schwankt ihr nach zwei Seiten? Wenn der Herr der wahre Gott ist, dann folgt ihm! Wenn aber Baal es ist, dann folgt diesem! Und er betete: Erhöre mich, Herr, erhöre mich! Dieses Volk soll erkennen, daß du, Herr, der wahre Gott bist. Du bist es, der sein Herz zur Umkehr wendet. Da fiel das Feuer des Herrn herab und verzehrte das Brandopfer. Das ganze Volk sah es, warf sich auf das Angesicht nieder und rief: Der Herr ist Gott, der Herr ist Gott! *1 Könige 18, 21. 37–39*

EVANGELIUM

Jesus sprach zu ihnen: Zeigt mir die Münze, mit der ihr eure Steuern bezahlt! Da hielten sie ihm einen Denar hin. Er fragte sie: Wessen Bild und Anschrift ist das? Sie antworteten: Des Kaisers. Da sagte er zu ihnen: So gebt dem Kaiser, was dem Kaiser gehört, und Gott, was Gott gehört!
Mattäus 22, 19–21

GEBET

Herr, wir tragen dein Bild mit unserem Menschenantlitz und sind dein Eigentum. Hilf uns, dir allezeit zu geben, was dir gehört.

A: Ex 22, 21–27 / 1 Thess 1, 5c–10 / Mt 22, 34–40
B: Jer 31, 7–9 / Hebr 5, 1–6 / Mk 10, 46–52
C: Sir 35, 15b–17. 20–22a / 2 Tim 4, 6–8. 16–18 / Lk 18, 9–14

MONTAG DER DREISSIGSTEN JAHRESWOCHE

PSALMGEBET

Gott ist uns Zuflucht und Stärke,
 als Helfer in Nöten stets bewährt.
Darum bangen wir nicht, wenn die Erde auch wankt,
 wenn Berge stürzen in die Tiefe des Meeres,
wenn seine Wasserwogen tosen und schäumen
 und vor seinem Ungestüm Berge erzittern.
Der Herr der Heerscharen ist mit uns,
 der Gott Jakobs ist unsre Burg. *Psalm 46, 2–4. 8*

LESUNG

So spricht Gott, der Herr: Ich hole die Söhne Israels aus den Völkern heraus, zu denen sie gegangen sind; ich sammle sie von allen Seiten und führe sie in ihr Land. Ich mache sie in meinem Land, auf den Bergen Israels, zu einem einzigen Volk. Sie sollen alle einen einzigen König haben. Sie werden nicht länger zwei Völker sein und sich nie mehr in zwei Reiche teilen. Ich befreie sie von aller Treulosigkeit, durch die sie gesündigt haben, und ich mache sie rein. Dann werden sie mein Volk sein, und ich werde ihr Gott sein. Mein Knecht David wird ihr König sein, und sie werden alle einen einzigen Hirten haben. Sie werden nach meinen Geboten leben und meine Gesetze achten und erfüllen. *Ezechiel 37, 21–24*

GEBET

Herr, du gedenkst der Getrennten und zeigst ihnen den Hirten, der sie vereint. Wir bitten dich: Führe auch uns in deiner Christenheit aus aller Zertrennung wieder zusammen und laß uns eins werden unter dem einen Hirten Jesus Christus, unserm Herrn.

FÜRBITTEN – VATERUNSER – SEGEN

I: Röm 8, 12–17 / Lk 13, 10–17
II: Eph 4, 32–5, 8 / Lk 13, 10–17

DIENSTAG DER DREISSIGSTEN JAHRESWOCHE

PSALMGEBET

Kommt und schaut die Taten des Herrn,
 der Furchtbares wirkt auf der Erde!
Er setzt den Kriegen ein Ende
 bis an die Grenzen der Erde;
den Bogen zerbricht er, zerschlägt die Lanzen,
 im Feuer verbrennt er die Schilde.
„Laßt ab und erkennt, daß ich Gott bin,
 erhaben über die Völker, erhaben auf Erden!"
Der Herr der Heerscharen ist mit uns,
 der Gott Jakobs ist unsre Burg. *Psalm 46, 9–12*

EVANGELIUM

Jesus spricht zu den Jüngern: Wenn ihr in ein Haus kommt, dann wünscht ihm Frieden. Wenn das Haus es wert ist, soll der Friede, den ihr ihm wünscht, bei ihm einkehren. Ist das Haus es aber nicht wert, dann soll der Friede zu euch zurückkehren. Wenn man euch aber in einem Haus oder in einer Stadt nicht aufnimmt und eure Worte nicht hören will, geht weg und schüttelt den Staub von euren Füßen.
Mattäus 10, 12–14

GEBET

Wir bitten dich, Herr: Öffne uns die Tür zu unseren Nachbarn und Freunden, daß wir ihr Vertrauen finden und im Frieden miteinander leben. Gib deinem Frieden Raum in unserer Mitte.

FÜRBITTEN – VATERUNSER – SEGEN

I: Röm 8, 18–25 / Lk 13, 18–21
II: Eph 5, 28–33 / Lk 13, 18–21

MITTWOCH DER DREISSIGSTEN JAHRESWOCHE

PSALMGEBET

Groß ist der Herr und hoch zu preisen
  in der Stadt unsres Gottes.
Sein heiliger Berg ragt schön empor;
  er ist die Wonne der ganzen Welt.
Wir bedenken, o Gott, deine Huld
  in deinem heiligen Tempel.
Wie dein Name, Gott, so reicht dein Ruhm bis an die
Enden der Erde. *Psalm 48, 2–3. 10–11*

EVANGELIUM

Jesus spricht zu den Jüngern: Seht, ihr seid wie Schafe, die ich mitten unter die Wölfe schicke; seid daher klug wie die Schlangen und arglos wie die Tauben. Wenn man euch vor Gericht stellt, macht euch keine Sorge, wie oder was ihr reden sollt; denn es wird euch im rechten Augenblick eingegeben, was ihr sagen sollt. Denn nicht ihr werdet dann reden, sondern der Geist eures Vaters wird durch euch reden.
Mattäus 10, 16. 19–20

GEBET

Herr, wie oft schüchtern uns die lauten Reden deiner Feinde ein; wie oft sind wir bekümmert über die Schwachheit unseres Glaubens! Laß uns deine Nähe erfahren und gib uns Gelassenheit und Kraft, uns allezeit zu dir zu bekennen.

FÜRBITTEN – VATERUNSER – SEGEN

I: Röm 8, 26–30 / Lk 13, 22–30
II: Eph 6, 1–9 / Lk 13, 22–30

DONNERSTAG
DER DREISSIGSTEN JAHRESWOCHE

PSALMGEBET

Die auf den Herrn vertrauen, sind fest wie der Zionsberg,
    der niemals wankt, der ewig bleibt.
Wie Berge Jerusalem rings umgeben,
    so ist der Herr um sein Volk von nun an auf ewig.
Herr, tu Gutes den Guten,
    den Menschen mit redlichem Herzen! *Psalm 125, 1–2. 4*

LESUNG

Der Apostel schreibt: Ich ermahne euch aber, Brüder, im Namen unseres Herrn Jesus Christus: Seid alle einmütig und duldet keine Spaltungen unter euch; seid ganz eines Herzens und eines Sinnes.
Ich meine damit, daß jeder von euch etwas anderes sagt: Ich halte zu Paulus – ich zu Apollos – ich zu Kefas – ich zu Christus. Ist denn der Christus zerteilt? Wurde Paulus für euch gekreuzigt? Oder seid ihr auf den Namen des Paulus getauft worden? *1 Korinther 1, 10. 12–13*

GEBET

Gott, unser Vater, du hast uns den Grund unserer Einheit in Jesus Christus, unserem alleinigen Hirten und Herrn, gezeigt und gegeben. Wir bitten dich: Hilf, daß wir von ihm nicht weichen und in ihm uns finden zur Einigkeit im Geist und in der Wahrheit.

FÜRBITTEN – VATERUNSER – SEGEN

I: Röm 8, 31b–39 / Lk 13, 31–35
II: Eph 6, 10–20 / Lk 13, 31–35

FREITAG DER DREISSIGSTEN JAHRESWOCHE

PSALMGEBET

Nur zu Gott hin wird still meine Seele,
nur von ihm kommt mir Hilfe.
Nur er ist mir Fels und Hilfe,
meine Burg, so daß ich nicht wanke.
Auf Gott steht mein Heil, meine Ehre;
Gott ist mein schützender Fels, meine Zuflucht.

Psalm 62, 2–3. 8

EVANGELIUM

Jesus spricht: Wer Vater oder Mutter mehr liebt als mich, ist meiner nicht wert, und wer Sohn oder Tochter mehr liebt als mich, ist meiner nicht wert. Und wer nicht sein Kreuz auf sich nimmt und mir nachfolgt, ist meiner nicht wert. Wer das Leben gewinnen will, wird es verlieren; wer aber das Leben um meinetwillen verliert, wird es gewinnen.

Mattäus 10, 37–39

GEBET

Herr, bewahre uns davor, daß durch unsern Glauben ein Riß mitten durch unsere Familie geht; bewahre uns aber auch vor dem falschen Frieden, der vor deinen Augen nicht bestehen kann. Stärke uns zur Nachfolge auf dem Weg des Kreuzes.

FÜRBITTEN – VATERUNSER – SEGEN

I: Röm 9, 1–5 / Lk 14, 1–6
II: Phil 1, 1–11 / Lk 14, 1–6

SAMSTAG DER DREISSIGSTEN JAHRESWOCHE

PSALMGEBET

Eines Stromes Arme erquicken die Gottesstadt,
 des Höchsten heilige Wohnung.
Gott ist in ihrer Mitte, darum wankt sie nicht;
 Gott hilft ihr, wenn der Morgen anbricht.
Der Herr der Heerscharen ist mit uns,
 der Gott Jakobs ist unsre Burg. *Psalm 46, 5–6. 8*

LESUNG

Paulus schreibt: Einen anderen Grund kann niemand legen als den, der gelegt ist: Jesus Christus.
Wißt ihr nicht, daß ihr Gottes Tempel seid und der Geist Gottes in euch wohnt? Wenn einer den Tempel Gottes verdirbt, wird Gott ihn verderben. Denn der Tempel Gottes ist heilig, und der seid ihr. *1 Korinther 3, 11. 16–17*

GEBET

Ewiger Gott, du hast selbst den Grund gelegt, auf dem wir stehen, darum brauchen wir uns nicht zu fürchten. Du hast uns eingefügt in den Bau deines heiligen Tempels, den dein Geist erfüllt. Du willst uns vollenden in ihm, der Grund und Ziel unseres Glaubens ist: Jesus Christus. Dir sei ewig Dank und Lob.

FÜRBITTEN – VATERUNSER – SEGEN

I: Röm 11, 1–2a. 11–12. 25–29 / Lk 14, 1. 7–11
II: Phil 1, 18b–26 / Lk 14, 1. 7–11

EINUNDDREISSIGSTE JAHRESWOCHE

BESINNUNG

Unter allem, was uns umgibt, ist das Licht in besonderer Weise geeignet, Sinnbild der ewigen Wirklichkeit Gottes zu sein. Das wärmende Licht der Sonne weckt das grünende, blühende Leben. Wie lebendig und wie immer wieder anders läßt die verschiedene Beleuchtung uns die Umwelt erleben! Wie geheimnisvoll ist das Wesen des Lichtes selbst, dessen Strahlung uns ein Urgesetz der Schöpfung erkennen läßt! Das Licht kann uns zum Sinnbild einer Strahlkraft werden, die diesen ganzen Kosmos durchwaltet und doch zugleich über sich hinausweist. Gottes alles umgreifendes Sein ist wie das Licht. Und er hat uns durch Christus dazu bereitet, die Erdenschwere, alles Dunkle und im Tod Zerfallende zu überwinden und einzugehen in das „Erbteil der Heiligen im Licht".

Der irdische Kampf Jesu Christi galt der Überwindung alles dessen, was diesem letzten Ziel im Wege steht. Die Heilung von Kranken und das Zurückrufen Gestorbener waren begleitende Zeichen in diesem Kampf. Das letzte Ziel leuchtete auf, als die Jünger den Auferstandenen als den erkannten, der ihnen vor seinem Sterben und Begrabenwerden vertraut war. Er zeigte ihnen seine Wundmale und gab ihnen zugleich Anteil an dem Frieden, der jenseits aller vernünftigen Wahrscheinlichkeit und Machbarkeit liegt.

Jesus Christus lädt uns nicht ein, uns in der Unendlichkeit göttlichen Lichtes zu verlieren. Er sagt: „Ich bin das Licht der Welt. Wer mir nachfolgt, wird nicht in der Finsternis umhergehen, sondern das Licht des Lebens haben" (Joh 8, 12). Er selbst geht uns auf diesem Weg voraus. Halten wir uns an ihn, so führt er uns zwischen der blindmachenden, überheblichen Eitelkeit und der verschleiernden, entmutigenden Verzagtheit hindurch zur vollkommenen Klarheit.

> Unser Wissen und Verstand
> ist mit Finsternis umhüllet,
> wo nicht deines Geistes Hand
> uns mit hellem Licht erfüllet;
> gutes Denken, Tun und Dichten
> mußt du selbst in uns verrichten.

EINUNDDREISSIGSTER SONNTAG IM JAHRESKREIS

DER WOCHENSPRUCH

Dankt dem Vater mit Freude! Er hat euch würdig gemacht, das Erbe der Heiligen zu empfangen, die im Licht sind!
Kolosser 1, 12

LESUNG

Ich weiß: mein Erlöser lebt, als Letzter erhebt er sich über dem Staub! Ohne meine Haut, die so zerfetzte, und ohne mein Fleisch werde Gott ich schauen. Ihn selber werde ich dann für mich schauen; meine Augen werden ihn sehen, nicht mehr fremd. Danach sehnt sich mein Herz in meiner Brust.
Ijob 19, 25–27

EVANGELIUM

Während Jesus so mit ihnen redete, kam ein Synagogenvorsteher, fiel vor ihm nieder und sagte: Meine Tochter ist eben gestorben; komm, leg ihr deine Hand auf, dann wird sie wieder lebendig. Jesus stand auf und folgte ihm mit seinen Jüngern. Als Jesus in das Haus des Synagogenvorstehers kam und die Flötenspieler und die klagende Menge sah, sagte er: Geht hinaus, das Mädchen ist nicht gestorben, sondern schläft nur. Da lachten sie über ihn. Als die Menge hinausgedrängt war, trat er ein und nahm das Mädchen bei der Hand; da stand es auf.
Mattäus 9, 18–19. 23–25

GEBET

Herr Jesus Christus, du bist die Auferstehung und das Leben und hast uns den Weg zum Erbteil der Heiligen im Licht gebahnt. Wir bitten dich: Behüte uns, daß wir nicht abirren von diesem Wege, sondern führe uns heim zum ewigen Leben.

A: Mal 1, 14b–2, 2b. 8–10 / 1 Thess 2, 7b–9. 13 / Mt 23, 1–12
B: Dtn 6, 2–6 / Hebr 7, 23–28 / Mk 12, 28b–34
C: Weish 11, 23–12, 2 / 2 Thess 1, 11–2, 2 / Lk 19, 1–10

MONTAG
DER EINUNDDREISSIGSTEN JAHRESWOCHE

PSALMGEBET

Der Herr wurde mein Halt.
Er führte mich hinaus ins Weite,
 er befreite mich, denn er hatte an mir Gefallen.
Vollkommen ist Gottes Weg,
 Schild ist er allen, die bei ihm sich bergen.
Denn wer ist Gott als der Herr allein,
 wer ist ein Fels, wenn nicht unser Gott?
Gott hat mich mit Kraft umgürtet,
 er gewährte mir einen Weg ohne Anstoß.
Psalm 18, 19–20. 31–33

LESUNG

Im Glauben gehorchte Abraham dem Ruf, auszuziehen in ein Land, das er zum Erbe erhalten sollte; und er zog aus, ohne zu wissen, wohin er kommen würde. Im Glauben siedelte er sich als Gast im verheißenen Land wie in einem fremden Land an und wohnte mit Isaak und Jakob, den Miterben der gleichen Verheißung in Zelten; denn er erwartete die Stadt mit den festen Grundmauern, deren Künstler und Baumeister Gott ist. *Hebräer 11, 8–10*

GEBET

Herr, laß uns nicht nur die festgetretenen Wege gehen, die alle für gut halten. Laß uns offen sein für deinen besonderen Wink und darauf vertrauen, daß dein heiliger Wille uns zum ewigen Ziel führt.

FÜRBITTEN – VATERUNSER – SEGEN

I: Röm 11, 29–36 / Lk 14, 12–14
II: Phil 2, 1–4 / Lk 14, 12–14

DIENSTAG
DER EINUNDDREISSIGSTEN JAHRESWOCHE

PSALMGEBET

Als der Herr die Gefangenschaft Zions wendete,
da waren wir alle wie Träumende.
Da war unser Mund voll Lachen
und die Zunge voll Jubel.
Da sagte man unter den andern Völkern:
„Der Herr hat Großes an ihnen getan!"
Ja, Großes hat der Herr an uns getan,
darüber waren wir fröhlich. *Psalm 126, 1–3*

EVANGELIUM

Gott hat die Welt so geliebt, daß er seinen einzigen Sohn hingab, damit jeder, der an ihn glaubt, nicht verlorengeht, sondern das ewige Leben hat. Denn Gott hat seinen Sohn nicht in die Welt gesandt, damit er die Welt richtet, sondern damit die Welt durch ihn gerettet wird. Wer die Wahrheit tut, kommt zum Licht, damit offenbar wird, daß seine Taten in Gott vollbracht sind. *Johannes 3, 16–17. 21*

GEBET

Herr Jesus Christus, du bist das Licht, in dem wir erkennen, was keinen Bestand hat. Gib, daß wir uns an dich halten und durch deine Hilfe tun, was vor Gott bestehen kann.

FÜRBITTEN – VATERUNSER – SEGEN

I: Röm 12, 5–16a / Lk 14, 15–24
II: Phil 2, 5–11 / Lk 14, 15–24

MITTWOCH
DER EINUNDDREISSIGSTEN JAHRESWOCHE

PSALMGEBET

Beim Herrn find ich Zuflucht;
  wie könnt ihr mir sagen:
  „In die Berge flieh wie ein Vogel!"
Der Herr prüft Gerechte und Frevler,
  wer Gewalttat liebt, den haßt er aus tiefster Seele.
Denn gerecht ist der Herr, er liebt gerechte Taten;
  wer rechtschaffen ist, darf sein Angesicht schauen.

Psalm 11, 1. 5. 7

EVANGELIUM

Jesus sprach über die Auferstehung der Toten: Bei der Auferstehung werden sie nicht mehr heiraten, sondern wie die Engel im Himmel sein. Habt ihr im übrigen nicht gelesen, was Gott euch über die Auferstehung der Toten mit den Worten sagt: Ich bin der Gott Abrahams, der Gott Isaaks und der Gott Jakobs? Er ist doch nicht der Gott der Toten, sondern der Gott der Lebenden. *Mattäus 22, 30–32*

GEBET

Ewiger Gott, wir bitten dich: Öffne uns den Blick dafür, daß du uns anders zur Vollendung führst, als wir es uns erträumen. Gib uns den Glauben Abrahams, der es wagt, deinem Ruf zu folgen, ohne das Ziel zu sehen.

FÜRBITTEN – VATERUNSER – SEGEN

I: Röm 13, 8–10 / Lk 14, 25–33
II: Phil 2, 12–18 / Lk 14, 25–33

DONNERSTAG
DER EINUNDDREISSIGSTEN JAHRESWOCHE

PSALMGEBET

Wende doch, Herr, unser Geschick,
   wie du versiegte Bäche wieder füllst im Südland!
Die mit Tränen säen,
   werden mit Jubel ernten.
Sie gehen hin unter Tränen
   und tragen den Samen zur Aussaat.
Sie kommen wieder mit Jubel
   und bringen ihre Garben ein. *Psalm 126, 4–6*

LESUNG

Wir sind also immer zuversichtlich, auch wenn wir wissen, daß wir fern vom Herrn in der Fremde leben, solange wir in diesem Leib zu Hause sind; denn glaubend gehen wir unsern Weg, nicht schauend. Wenn wir aber zuversichtlich sind, dann ziehen wir es vor, aus dem Leib auszuwandern und daheim beim Herrn zu sein. Deswegen suchen wir unsere Ehre darin, ihm zu gefallen, ob wir daheim oder in der Fremde sind.
2 Korinther 5, 6–9

GEBET

Wir danken dir, Herr, daß du uns die Hoffnung gegeben hast, die uns jetzt im Glauben stärkt, und bitten dich: Erhalte uns auf dem Wege, der uns heimführt zu dir. Laß uns aus dem Glauben zum Schauen deiner ewigen Herrlichkeit gelangen.

FÜRBITTEN – VATERUNSER – SEGEN

I: Röm 14, 7–12 / Lk 15, 1–10
II: Phil 3, 3–8a / Lk 15, 1–10

FREITAG
DER EINUNDDREISSIGSTEN JAHRESWOCHE

PSALMGEBET

Gepriesen der Herr, der wunderbar an mir gehandelt,
   mir seine Güte erwiesen hat zur Zeit der Bedrängnis.
Ich aber glaubte in meiner Angst:
   „Ich bin aus deinen Augen verstoßen!"
Doch du hast mein lautes Flehen gehört,
   als ich zu dir um Hilfe rief.
Liebt den Herrn, all seine Frommen!
   Die Getreuen behütet der Herr.
Euer Herz sei stark und unverzagt,
   ihr alle, die ihr wartet auf den Herrn! *Psalm 31, 22–25*

LESUNG

Im Glauben weigerte sich Mose, als er groß geworden war, Sohn einer Tochter des Pharao zu heißen; lieber wollte er sich mit dem Volk Gottes mißhandeln lassen, als flüchtigen Genuß von der Sünde zu haben; er hielt die Schmach des Christus für größeren Reichtum als die Schätze Ägyptens; denn er schaute auf den Lohn hin. *Hebräer 11, 24–26*

GEBET

   Auf Gottes Wegen wandle ich,
   solang ich leb auf Erden.
   Gott, du mein Vater, schütze mich
   und laß mich selig werden.
   O mach mich ähnlich deinem Sohn,
   sei jenseits du mein größter Lohn
   im Himmel einst auf ewig.

FÜRBITTEN – VATERUNSER – SEGEN

I: Röm 15, 14–29 / Lk 16, 1–8
II: Phil 3, 17–4, 1 / Lk 16, 1–8

SAMSTAG
DER EINUNDDREISSIGSTEN JAHRESWOCHE

PSALMGEBET

Meine Stärke und mein Lied ist der Herr.
Frohlocken und Jubel erschallt
  in den Zelten der Gerechten:
„Die Rechte des Herrn wirkt mit Macht!
Die Rechte des Herrn ist erhoben,
  die Rechte des Herrn wirkt mit Macht!"
Ich werde nicht sterben, sondern leben,
  um die Werke des Herrn zu verkünden.
Psalm 118, 14–17

LESUNG

Dann sah ich einen neuen Himmel und eine neue Erde. Und ich hörte eine laute Stimme vom Thron her rufen: Seht das Zelt Gottes unter den Menschen! Er wird in ihrer Mitte wohnen, und sie werden sein Volk sein; und Gott selbst wird bei ihnen sein. Er wird jede Träne aus ihren Augen wischen: der Tod wird nicht mehr sein, nicht Trauer noch Klage noch Mühsal. Denn die alte Welt ist vergangen. Ich werde jedem, der dürstet, Quellwasser des Lebens als Geschenk geben. Wer siegt, wird dies als Erbe erhalten: Ich werde ihm Gott sein und er wird mir Sohn sein. *Offenbarung 21, 1. 3–4. 6–7*

GEBET

Herr, unser Gott, du hast in deiner Allmacht die Welt geschaffen und willst sie erneuern durch deine Güte: Wir danken dir, daß du uns inmitten unseres Elendes die Hoffnung leuchten läßt. Stille unser Verlangen und schaffe uns und alle Welt neu durch deine Liebe.

FÜRBITTEN – VATERUNSER – SEGEN

I: Röm 16, 3–9. 16. 22–27 / Lk 16, 9–15
II: Phil 4, 10–19 / Lk 16, 9–15

ZWEIUNDDREISSIGSTE JAHRESWOCHE

BESINNUNG

Das Ende wird kommen, ohne daß man es vorausberechnen kann. Es wird sein wie ein Blitz, der eine gewaltige Explosion auslöst. Aber das Letzte wird nicht die Vernichtung sein, sondern die neue Schöpfung. Darum vergleicht Jesus sein Kommen nicht mit einem einschlagenden Blitz, sondern mit dem Wetterleuchten, das plötzlich die Dunkelheit aufreißt und mitten in der Nacht einen weiten Rundblick ermöglicht. Der weite Raum, der in der Sekunde des Blitzes erleuchtet wird, soll uns auf das allumfassende Ziel weisen, das wir schon jetzt und hier in seiner Gegenwart erfahren können. Darum: Wachet!

Sind wir wach? Blicken wir mit wachen Augen in diese Welt und sehen wir nüchtern, wie alles vergehen muß? Blicken wir ebenso nüchtern dem Herrn entgegen und sind wir bereit, ihn aufzunehmen, wie er uns aufgenommen hat? Müßte dann nicht unser ganzes Leben einen anderen Tiefgang gewinnen, so daß jeder Tag wäre wie der letzte Tag und jede Begegnung mit einem Menschen wie die letzte? Ist das nicht der Zauberschlüssel, der die Welt verwandelt, die schmale Pforte, die in die Weite und Fülle der Seligkeit führt?

Mit einem Bild aus der Urgeschichte zeigt uns Jesus, daß es darauf ankommt, heute wachsam und geistesgegenwärtig zu sein, um das Vergehende zu unterscheiden von dem Kommenden. Wie in den Zeiten Noachs die Menschen von der Urflut in ihrem gewöhnlichen Leben überrascht wurden, so wird es auch beim Kommen des Menschensohns zum Gericht sein: Es trifft uns in unserem gewöhnlichen Tun, im Essen und Trinken, im Arbeiten oder Feiern, beim Freien oder Gefreitwerden. All das ist an sich weder böse noch gut. Wenn dennoch der eine in diesem Tun angenommen wird und der andere wird verworfen, so liegt es nicht an diesem Tun, sondern daran, wie wir dem kommenden Herrn in dieser Welt entgegenwarten. Ob wir uns vor ihm verschließen oder ob wir wachsam bereit sind, sein Kommen im Alltag unseres Lebens zu erfahren. Diese Haltung der gläubigen Erwartung gibt allem ein anderes Gesicht und Gewicht.

Erwecke uns, Herr, und mache uns bereit, dich zu empfangen in jedem Augenblick, dir zu begegnen in jedem Menschen, den du uns sendest.

ZWEIUNDDREISSIGSTER SONNTAG IM JAHRESKREIS

DER WOCHENSPRUCH

Wer bis zum Ende standhaft bleibt, der wird gerettet werden.
Mattäus 24, 13

LESUNG

Brüder, wir wollen euch über die Entschlafenen nicht in Unkenntnis lassen, damit ihr nicht trauert wie die andern, die keine Hoffnung haben. Wenn Jesus, wie wir glauben, gestorben und auferstanden ist, so wird Gott auch die in Jesus Entschlafenen mit ihm vereinen. *1 Thessalonicher 4, 13–14*

EVANGELIUM

Jesus spricht: Es wird mancher falsche Messias und mancher falsche Prophet auftreten und große Zeichen und Wunder tun, um auch die Auserwählten, wenn es möglich wäre, zu verführen. Denkt daran, ich habe es euch vorausgesagt. Wenn sie also zu euch sagen: Seht, er ist in der Wüste, so geht nicht hin; und wenn sie sagen: Seht, er ist im Haus, so glaubt es nicht! Denn wie der Blitz bis zum Westen hin leuchtet, wenn er im Osten aufflammt, so wird es mit der Ankunft des Menschensohnes sein. *Mattäus 24, 24–27*

GEBET

Ewiger Gott, du willst die neue Welt schaffen, in der Gerechtigkeit wohnt. Wir bitten dich: Leite uns durch deinen Geist, daß wir uns auf das Kommen deines Sohnes rüsten und seinem Tag entgegengehen in der Bereitschaft, unser Leben ihm ganz zu übergeben.

A: Weish 6, 13–17 / 1 Thess 4, 12–13 / Mt 25, 1–13
B: 1 Kön 17, 10–16 / Hebr 9, 24–28 / Mk 12, 41–44
C: 2 Makk 7, 1–2. 9–14 / 2 Thess 2, 15–3, 5 / Lk 20, 27. 34–38

MONTAG
DER ZWEIUNDDREISSIGSTEN JAHRESWOCHE

PSALMGEBET

Der Gott der Götter, der Herr spricht,
er ruft der Erde zu
   vom Aufgang der Sonne bis zum Untergang.
Vom Zion her, der Krone der Schönheit,
   geht Gott strahlend auf.
Unser Gott kommt und schweigt nicht.
Bringe Gott als Opfer dein Lob,
   und erfülle deine Gelübde dem Höchsten!
Rufe mich an am Tage der Not,
   so rette ich dich, und du wirst mich ehren.

Psalm 50, 1–3. 14–15

EVANGELIUM

Jesus verließ den Tempel und ging fort. Da kamen seine Jünger zu ihm und deuteten auf die Bauten des Tempels. Er antwortete ihnen: Seht ihr das alles? Amen, ich sage euch: Kein Stein wird hier auf dem andern bleiben; alles wird niedergerissen werden. Als er auf dem Ölberg war, kamen die Jünger allein zu ihm und fragten: Sag uns, wann wird das geschehen, und was ist das Zeichen für deine Ankunft und das Ende der Welt? Jesus antwortete ihnen: Gebt acht, daß euch niemand irreführt! *Mattäus 24, 1–4*

GEBET

Mit dir, du starker Heiland du,
muß uns der Sieg gelingen.
Wohl gilt's zu streiten immerzu,
bis einst wir dir lobsingen.
Nur Mut! Die Stund ist nimmer weit,
da wir nach allem Kampf und Streit
die Lebenskron erringen.

FÜRBITTEN – VATERUNSER – SEGEN

I: Weish 1, 1–7 / Lk 17, 1–6
II: Tit 1, 1–9 / Lk 17, 1–6

DIENSTAG
DER ZWEIUNDDREISSIGSTEN JAHRESWOCHE

PSALMGEBET

Richte uns nun wieder auf, Gott unsres Heils,
    laß von deinem Unmut gegen uns ab!
Willst du auf ewig uns zürnen,
    deinen Zorn hinziehen von Geschlecht zu Geschlecht?
Willst du uns nicht wieder beleben,
    daß dein Volk an dir sich freuen kann?
Erweise uns, Herr, deine Huld
    und gewähre uns dein Heil! *Psalm 85, 5–8*

EVANGELIUM

Jesus sprach: Viele falsche Propheten werden auftreten, und sie werden viele irreführen. Und weil die Gottlosigkeit sich ausbreitet, wird die Liebe bei vielen erkalten. Wer aber bis zum Ende standhaft bleibt, der wird gerettet werden.
Mattäus 24, 11–13

GEBET

Herr, du kennst unsere Schwachheit. Du weißt, wie oft wir den Mut verlieren. Wir bitten dich: Laß uns nicht erlahmen in unserem Glauben. Erwecke von neuem die Liebe in uns, daß wir deinem Tag mit Zuversicht entgegengehen.

FÜRBITTEN – VATERUNSER – SEGEN

I: Weish 2, 29–3, 9 / Lk 17, 7–10
II: Tit 2, 1–8. 11–14 / Lk 17, 7–10

MITTWOCH
DER ZWEIUNDDREISSIGSTEN JAHRESWOCHE

PSALMGEBET

Du bist nahe, Herr,
 und alle deine Gebote sind Wahrheit.
Heil in Fülle empfangen, die deine Weisung lieben;
 kein Unheil trifft sie.
Laß meine Seele leben, dich zu preisen,
 deine Entscheide mögen mir dazu verhelfen!
Ich bin verirrt wie ein verlorenes Schaf.
Suche du deinen Knecht!
 Denn deine Gebote hab ich nicht vergessen.

Psalm 119, 151. 165. 175–176

LESUNG

Die Bruderliebe soll bleiben. Die Gastfreundschaft vergeßt nicht; durch sie haben ja einige, ohne es zu ahnen, Engel beherbergt. Denkt an die Gefangenen, als wäret ihr mitgefangen; denkt an die Mißhandelten, denn ihr seid selbst noch im Leibe.
Frei von Geldgier sei euer Leben; seid zufrieden mit dem, was ihr habt; denn er hat versprochen: Nie werde ich dich aufgeben und nie dich verlassen. *Hebräer 13, 1–3. 5*

GEBET

Herr, kehre ein bei uns und sei mitten unter uns, wenn wir einander besuchen und aufnehmen. Bewahre uns vor der Gier nach Geld und Gut. Deine Liebe helfe uns zu brüderlicher Gemeinschaft untereinander.

FÜRBITTEN — VATERUNSER — SEGEN

I: Weish 6, 2–12 / Lk 17, 11–19
II: Tit 3, 1–7 / Lk 17, 11–19

DONNERSTAG
DER ZWEIUNDDREISSIGSTEN JAHRESWOCHE

PSALMGEBET

Gott, höre mein Flehen,
 merk auf mein Beten!
Vom Ende der Erde ruf ich zu dir,
denn mein Herz ist verzagt.
Meine Zuflucht bist du,
 ein fester Turm vor den Feinden.
In deinem Zelt möcht ich Gast sein für ewig,
 mich bergen im Schutz deiner Flügel! *Psalm 61, 2–5*

LESUNG

Denkt an eure Vorsteher, die euch das Wort Gottes verkündet haben, schaut auf den Ausgang ihres Lebens und ahmt ihren Glauben nach! Jesus Christus ist derselbe gestern und heute und in Ewigkeit! Laßt euch nicht durch mancherlei fremde Lehren irreführen; denn es ist gut, das Herz durch Gnade zu stärken. *Hebräer 13, 7–9*

GEBET

Herr, halte uns fest in der Gemeinschaft der Väter und Brüder im Glauben; ihr treues Bekenntnis helfe uns zur Gewißheit und zur Treue, daß wir uns von Herzen zu dir halten und deinen Namen bekennen jetzt und allezeit.

FÜRBITTEN – VATERUNSER – SEGEN

I: Weish 7, 22–8, 1 / Lk 17, 20–25
II: Phlm 7–20 / Lk 17, 20–25

FREITAG
DER ZWEIUNDDREISSIGSTEN JAHRESWOCHE

PSALMGEBET

Einst hast du, Herr, dein Land begnadet,
   Jakobs Unglück gewendet.
Es begegnen einander Huld und Treue,
   Gerechtigkeit und Frieden küssen sich.
Treue sproßt aus der Erde auf;
   Gerechtigkeit blickt vom Himmel hernieder.
Dann spendet der Herr auch Segen,
   unser Land gibt seinen Ertrag.
Gerechtigkeit geht vor ihm her,
   und Heil folgt der Spur seiner Schritte. *Psalm 85, 2. 11–14*

LESUNG

So spricht Gott, der Herr, der Heilige Israels: In Umkehr und Ruhe liegt euer Heil, in Stille und Vertrauen eure Kraft. Darum wartet der Herr darauf, euch gnädig zu sein, darum steht er auf, um sich euer zu erbarmen. *Jesaja 30, 15. 18*

GEBET

Unter deinem Kreuz, Herr, werden wir still und rufen dich an um dein Erbarmen. Du wartest auf uns und lädst uns ein, auf deine Gnade zu vertrauen. In deiner Liebe sind wir geborgen.

FÜRBITTEN – VATERUNSER – SEGEN

I: Weish 13, 1–9 / Lk 17, 26–37
II: 3 Joh 4–9 / Lk 17, 26–37

SAMSTAG
DER ZWEIUNDDREISSIGSTEN JAHRESWOCHE

PSALMGEBET

Herr, höre mein Gebet, vernimm mein Flehen;
 in deiner Treue erhöre mich, in deiner Gerechtigkeit!
Ich denke an die vergangenen Tage,
sinne nach über all dein Tun,
 erwäge das Werk deiner Hände.
Ich breite nach dir die Hände aus,
 meine Seele dürstet nach dir wie lechzendes Land.
Herr, erhöre mich bald,
 denn mein Geist wird müde;
verbirg dein Antlitz nicht vor mir.
Lehre mich deinen Willen, denn du bist mein Gott;
 dein guter Geist geleite mich auf ebenem Pfad!

Psalm 143, 1. 5–7. 10

EVANGELIUM

Jesus sagt: Denkt daran: Wenn der Herr des Hauses wüßte, zu welcher Stunde in der Nacht der Dieb kommt, würde er wach bleiben und nicht zulassen, daß in sein Haus eingebrochen wird. Darum haltet auch ihr euch bereit! Denn der Menschensohn kommt zu einer Stunde, in der ihr es nicht vermutet. *Mattäus 24, 43–44*

GEBET

Herr, unser Gott, wecke uns auf, daß wir deine Stunde nicht versäumen. Ziehe unser Herz zu dir und mache uns bereit, jederzeit deinem Ruf zu folgen, auch dem Ruf aus dieser Welt zum Anschauen deiner ewigen Herrlichkeit.

FÜRBITTEN – VATERUNSER – SEGEN

I: Weish 18, 14–16; 19, 6–9 / Lk 18, 1–8
II: 3 Joh 5–8 / Lk 18, 1–8

DREIUNDDREISSIGSTE JAHRESWOCHE

BESINNUNG

Gott, der Vater und Schöpfer, hat das Leben in sich selber. „So hat er auch dem Sohn gegeben, das Leben zu haben in sich selber." Wir haben das Leben nicht in uns selber. Das ist der himmelweite Unterschied. Wir können das Leben nur empfangen als ein Geschenk. Das gilt schon für das, was man biologisch Leben nennt. Wieviel mehr gilt es für das neue Leben, das der Tod nicht zerstören kann. Wer in Christus den erkennt und anerkennt, der das Leben in sich selber hat, der empfängt von ihm das ewige Leben. Wer sein Ohr und Herz auftut, daß er auf sein Wort hört und im Hören zum Glauben kommt – „hat ewiges Leben und kommt nicht ins Gericht, sondern ist aus dem Tod in das Leben hinübergegangen!" (Joh 5, 24)
Man kann sich das eigentlich kaum anders vorstellen als so, daß man an eine zukünftige Stunde denkt. Und doch wird alles falsch, wenn man diese Stunde weit in die Zukunft schiebt. Im Hören und Glauben können wir schon jetzt das Leben empfangen und durch das Gericht zum Heil hindurchschreiten. Es kann immer nur ein Übergang sein, ein Werden, das in Gang ist, nicht ein Gewordensein, das abgeschlossen wäre. Aber es kommt alles darauf an, daß es wirklich jetzt in Gang kommt und durch dieses Geschehen enthüllt wird, was seit unserer Taufe verborgen in uns war: daß der alte Mensch untergeht und stirbt mit allem, was vergänglich an ihm ist, und herauskommt und aufersteht ein neuer Mensch, der als Gottes Kind im wahren Leben steht.

Ich will mich wieder neu auf meine Taufe besinnen und auf den Grund und Boden treten, auf den sie mich gestellt hat. Ich will still werden und umdenken und hören auf die Stimme, die mich ruft. Ich will mich rufen lassen zum Hören auf Christus. Ich will so auf ihn hören, daß ich ihm ganz gehöre. In jedem Nächsten, dem ich begegne, will ich bereit sein, ihm zu begegnen. So werde ich seine Nähe erfahren und durch das Gericht zum wahren Leben gehen. Er in mir und ich in ihm.

Herr, laß mich die Stunde nicht versäumen, da du mich heimsuchst. Erwecke mich, daß sich mein Herz nicht verstockt. Bleibe bei mir und wirke in mir die Frucht, die du suchst für die Ewigkeit.

DREIUNDDREISSIGSTER SONNTAG IM JAHRESKREIS

DER WOCHENSPRUCH

Wir alle müssen vor dem Richterstuhl Christi offenbar werden, damit jeder den Lohn empfängt für das Gute oder Böse, das er im irdischen Leben getan hat. *2 Korinther 5, 10*

EVANGELIEN

Christus spricht: Amen, Amen, ich sage euch: Die Stunde kommt, und jetzt ist sie da, in der die Toten die Stimme des Gottessohnes hören werden, und alle, die sie hören, werden leben. Denn wie der Vater Leben in sich hat, so hat er auch dem Sohn gegeben, Leben in sich zu haben. Und er hat ihm Vollmacht gegeben, Gericht zu halten, weil er der Menschensohn ist. *Johannes 5, 25–27*

So spricht Christus, der Richter: Kommt her, die ihr von meinem Vater gesegnet seid, nehmt das Reich in Besitz, das seit Anfang der Welt für euch bestimmt ist! Denn ich war hungrig, und ihr habt mir zu essen gegeben; ich war durstig, und ihr habt mir zu trinken gegeben; ich war obdachlos, und ihr habt mich aufgenommen; ich war nackt, und ihr habt mich bekleidet; ich war krank, und ihr habt mich besucht; ich war im Gefängnis, und ihr seid zu mir gekommen. Was ihr für einen meiner geringsten Brüder getan habt, das habt ihr für mich getan. *Mattäus 25, 34–36. 40*

GEBET

Herr, unser Gott, erwecke unsere Herzen und Sinne, daß wir allezeit bedenken unseres Lebens und dieser Welt Ende und Ziel, auf daß wir aufstehen vom Schlaf, wach und nüchtern seien und bereit für deine Stunde.

A: Spr 31, 1–13. 19–20. 30–31 / 1 Thess 5, 1–6 / Mt 25, 14–15. 19–20
B: Dan 12, 1–3 / Hebr 10, 11–14. 18 / Mk 13, 24–32
C: Mal 4, 1–2a / 2 Thess 3, 7–12 / Lk 21, 5–19

MONTAG
DER DREIUNDDREISSIGSTEN JAHRESWOCHE

PSALMGEBET

Auf meine Worte höre, o Herr,
   hab acht auf mein Seufzen!
Denn du bist kein Gott, dem das Unrecht gefällt,
   der Frevler darf nicht bei dir weilen.
Ich aber darf dein Haus betreten
   durch deine große Güte,
ich werfe mich nieder in Ehrfurcht
   vor deinem heiligen Tempel.
In deiner Gerechtigkeit leite mich, Herr,
   ebne vor mir deinen Weg! *Psalm 5, 2. 5. 8–9*

EVANGELIUM

Christus spricht: Wer den Sohn nicht ehrt, ehrt den Vater nicht, der ihn gesandt hat. Amen, Amen, ich sage euch, wer mein Wort hört und dem glaubt, der mich gesandt hat, hat das ewige Leben, und er kommt nicht ins Gericht, sondern er ist aus dem Tod ins Leben hinübergegangen. *Johannes 5, 23–24*

GEBET

Ich glaube an den einen Gott,
den Vater, groß an Macht.
Ich glaub an Christus, seinen Sohn,
der uns das Heil gebracht.
Ich glaube an den Heilgen Geist,
der in der Kirche lebt,
der uns durch seiner Liebe Kraft
ins ewge Reich erhebt. Amen.

FÜRBITTEN – VATERUNSER – SEGEN

I: 1 Makk 1, 11–16. 43–45. 57–60. 65–67 / Lk 18, 35–43
II: Offb 1, 1–4; 2, 1–5a / Lk 18, 35–43

DIENSTAG
DER DREIUNDDREISSIGSTEN JAHRESWOCHE

PSALMGEBET

Laß mich deine Huld frühmorgens erfahren,
   denn ich vertrau auf dich!
Tu mir kund den Weg, den ich gehen soll,
   denn ich erhebe meine Seele zu dir!
Entreiß mich den Feinden, Herr!
   Ich nehme meine Zuflucht zu dir.
Um deines Namens willen, Herr, erhalt mich am Leben,
   in deiner Gerechtigkeit führe mich aus der Not!
Psalm 143, 8–9. 11

EVANGELIUM

Jesus erzählte ihnen ein Gleichnis. Er sagte: Ein Mann aus fürstlichem Haus wollte in ein fernes Land reisen, um die Königswürde zu empfangen und dann zurückzukehren. Er rief zehn seiner Diener zu sich, verteilte unter sie zehn Goldstücke und sagte: Macht Geschäfte damit, bis ich wiederkomme. *Lukas 19, 11. 12–13*

GEBET

Herr, wenn es uns scheint, du habest uns verlassen und wir seien allein in dieser Welt: Laß uns deiner Gaben gedenken und sie dankbar gebrauchen, daß wir bereit sind, wenn du kommst und Frucht bei uns suchst. Hilf uns zur Treue im täglichen Dienst, daß wir uns im Alltag bewähren für dein ewiges Reich.

FÜRBITTEN – VATERUNSER – SEGEN

I: 2 Makk 6, 18–31 / Lk 19, 1–10
II: Offb 3, 1–6. 14–22 / Lk 19, 1–10

MITTWOCH
DER DREIUNDDREISSIGSTEN JAHRESWOCHE

PSALMGEBET

Gott, sei mir gnädig nach deiner Huld,
  tilge meine Frevel nach deinem reichen Erbarmen!
Wasche ab meine Schuld,
  und von meiner Sünde mach mich rein!
Denn meine bösen Taten erkenne ich,
  meine Sünde steht mir immer vor Augen.
Gegen dich allein habe ich gesündigt,
  was dir mißfällt, hab ich getan. *Psalm 51, 3–6*

EVANGELIUM

Jesus erzählte ihnen dieses Gleichnis: Ein Mann hatte einen Feigenbaum in seinem Weinberg, und er kam und suchte Früchte an ihm, fand aber keine. Da sagte er zu seinem Weingärtner: Jetzt komme ich schon drei Jahre und suche Früchte an diesem Feigenbaum und finde nichts. Hau ihn um! Wozu laugt er weiter den Boden aus! Der Weingärtner erwiderte: Herr, laß ihn dieses Jahr noch stehen; ich will den Boden um ihn herum aufgraben und düngen. Vielleicht wird er doch noch Frucht bringen; wenn nicht, magst du ihn umhauen lassen. *Lukas 13, 6–9*

GEBET

Heiliger Gott, wir haben versagt in Selbstsucht und Trägheit des Herzens. Deinem Wort haben wir uns verschlossen, und an der Not unseres Nächsten sind wir vorübergegangen. Wir bitten dich: Erwecke uns durch deine Güte, daß wir umkehren und dir dienen in neuem Gehorsam.

FÜRBITTEN – VATERUNSER – SEGEN

I: 2 Makk 7, 1. 20–31 / Lk 19, 11–28
II: Offb 4, 1–11 / Lk 19, 11–28

DONNERSTAG
DER DREIUNDDREISSIGSTEN JAHRESWOCHE

PSALMGEBET

Gott, du hast uns verworfen, zerschlagen,
  hast uns gezürnt. Richte uns wieder auf!
Das Land hast du erschüttert und gespalten.
  Heile seine Risse! Es kam ja ins Wanken.
Wer führt mich hin zur festen Stadt,
  wer wird mich nach Edom geleiten?
Vor dem Bedränger bring uns doch Hilfe!
  Denn Hilfe durch Menschen ist nichtig.
Psalm 60, 3–4. 11. 13

EVANGELIUM

Jesus spricht zu den Jüngern: Vorher wird man euch Gewalt antun und euch verfolgen. Man wird euch um meines Namens willen den Gerichten der Synagogen übergeben, ins Gefängnis werfen und vor Könige und Statthalter bringen. Dann werdet ihr Zeugnis ablegen können. Nehmt euch vor, euch nicht um eure Verteidigung zu sorgen; denn ich werde euch die Worte und die Weisheit eingeben. Bleibt standhaft, und ihr werdet das Leben gewinnen. *Lukas 21, 12–15. 19*

GEBET

Treuer Gott, laß uns nicht mutlos werden über der Schwäche und Zerrissenheit deiner Gemeinde. Stärke unseren Glauben, daß wir uns ohne Menschenfurcht zu dir bekennen und das ewige Leben erlangen.

FÜRBITTEN – VATERUNSER – SEGEN

I: 1 Makk 2, 15–29 / Lk 19, 41–44
II: Offb 5, 1–10 / Lk 19, 41–44

FREITAG
DER DREIUNDDREISSIGSTEN JAHRESWOCHE

PSALMGEBET

Ich aber, Herr, ich vertrau auf dich,
  ich sage: „Du bist mein Gott."
Laß dein Angesicht leuchten über deinem Knecht,
  hilf mir in deiner Güte!
Herr, laß mich nicht scheitern, denn ich rufe dich an.
Wie groß ist deine Güte, o Herr,
  die du bereithältst für alle, die dich fürchten und ehren.
Psalm 31, 15. 17. 18. 20

LESUNG

Aus dem Sendschreiben an die Gemeinde in Smyrna: Fürchte dich nicht vor dem Leiden, das dir bevorsteht! Der Teufel wird einige von euch ins Gefängnis werfen – so sollt ihr auf die Probe gestellt werden –, und ihr werdet zehn Tage lang in Bedrängnis sein. Sei treu bis in den Tod, dann werde ich dir den Kranz des Lebens geben. Wer Ohren hat, der höre, was der Geist den Kirchen sagt: Wer siegt, den kann der zweite Tod nicht verderben. *Offenbarung 2, 10–11*

GEBET

Herr, unser Gott, schenke uns Gewißheit, daß uns nichts von deiner Liebe scheiden kann. Stärke uns zur Treue bis in den Tod, daß wir den Kranz des Lebens erlangen.

FÜRBITTEN – VATERUNSER – SEGEN

I: 1 Makk 4, 36–37. 52–59 / Lk 19, 45–48
II: Offb 10, 8–11 / Lk 19, 45–48

SAMSTAG
DER DREIUNDDREISSIGSTEN JAHRESWOCHE

PSALMGEBET

Herr, deine Güte reicht, so weit der Himmel ist,
  deine Treue, so weit die Wolken ziehn.
Gott, wie köstlich ist deine Huld,
  die Menschen bergen sich im Schatten deiner Flügel.
Denn bei dir ist die Quelle des Lebens,
  in deinem Licht schauen wir das Licht.
Erhalte denen, die dich kennen, deine Huld,
  deine Gerechtigkeit den Menschen mit redlichem Herzen!
Psalm 36, 6. 8. 10–11

LESUNG

Das Ende aller Dinge ist nahe. Seid also besonnen und nüchtern, um beten zu können! Vor allem haltet fest an der Liebe zueinander; denn die Liebe deckt eine Menge Sünden zu. Seid gastfreundlich untereinander, ohne zu murren! Seid gute Verwalter der vielfältigen Gnade Gottes und dient einander, jeder mit der Gabe, die er empfangen hat! *1 Petrus 4, 7–10*

GEBET

Herr, gib uns Mut, dem Gedanken an das Ende nicht auszuweichen, so wird unser Herz sich öffnen für die Mitmenschen, und wir suchen deine Nähe im Gebet.

FÜRBITTEN – VATERUNSER – SEGEN

I: 1 Makk 6, 1–13 / Lk 20, 27–40
II: Offb 11, 4–12 / Lk 20, 27–40

LETZTE WOCHE DES KIRCHENJAHRES

BESINNUNG

Unser Weg führt aus einem Kirchenjahr ins andere, aus einem Zeitraum in den andern. Durch wieviel Türen sind wir schon gegangen! Wie oft sind wir in einen neuen Raum eingetreten! Mancher Weggefährte ist zurückgeblieben, und der letzte Sonntag im Kirchenjahr mag uns daran erinnern: Wir warten auf den neuen Himmel und die neue Erde, in denen Gottes Gerechtigkeit und ungetrübte Freude wohnt. Warten wir wirklich darauf, und ist unsere Bereitschaft wie ein brennendes Licht?

Es ist eine große Versuchung, den letzten Tag in weiter Ferne zu sehen, so als könnten wir es uns bequem machen wie Soldaten, die abschnallen, weil keine Gefahr ist, oder wie Brautjungfern, die den Bräutigam noch nicht erwarten. Sollten wir nicht lieber den letzten Tag als den „Jüngsten" Tag erkennen, der uns näher ist, als uns irgendein Tag auf der Zeitlinie sein kann? „Es kommt die Stunde und ist schon jetzt!" (Joh 5, 25). „Mitternacht heißt diese Stunde; sie rufen uns mit hellem Munde: wo seid ihr klugen Jungfrauen?" „Lasset eure Lenden umgürtet sein und eure Lichter brennen!"

Mitten in dieser vergehenden Zeit und Welt trifft uns die Mahnung zur Bereitschaft und der Ruf zum Glauben. Lassen wir uns zum Glauben erwecken, so winkt uns der Vorgeschmack einer nicht mit den Sinnen wahrzunehmenden Hochzeitsfreude, von der es heißt: „Was kein Auge gesehen hat und kein Ohr gehört hat und in keines Menschen Herz gekommen ist, was Gott bereitet hat denen, die ihn lieben" (1 Kor 2, 9).

Was wir von Jesus Christus wissen und was er uns an Gaben hinterlassen und geschenkt hat, das muß uns genügen auf unserer irdischen Pilgerschaft, bis er wiederkommt zur Vollendung. Je zuversichtlicher wir uns seiner Gegenwart im Glauben stellen, desto heller wird das Licht der Liebe brennen, das er in uns entzündet, und desto stärker wird die Hoffnung unseren Schritt beflügeln, und wir werden nicht vor eine verschlossene Tür kommen.

Maranatha – unser Herr kommt! – Ja komm, Herr Jesus!

HOCHFEST VOM KÖNIGTUM CHRISTI
(LETZTER SONNTAG IM JAHRESKREIS)

DER WOCHENSPRUCH

Der Herr ist König, mit Hoheit bekleidet;
der Herr hat sich bekleidet und umgürtet mit Macht.

Psalm 93, 1

LESUNG

Johannes an die sieben Kirchen in der Provinz Asien: Gnade und Friede sei mit euch von ihm, der ist und der war und der kommen wird, und von Jesus Christus; er ist der treue Zeuge, der Erstgeborene von den Toten, der Herrscher über die Könige der Erde. Er liebt uns und hat uns durch sein Blut von unseren Sünden erlöst; er hat uns die Würde von Königen gegeben und uns zu Priestern gemacht für den Dienst vor seinem Gott und Vater. Ihm sei die Herrlichkeit und Herrschermacht in Ewigkeit. Amen. *Offenbarung 1, 4–6*

EVANGELIUM

Wenn der Menschensohn in seiner Herrlichkeit kommt und alle Engel mit ihm, dann wird er sich auf den Thron seiner Herrlichkeit setzen.
Und alle Völker werden vor ihm zusammengerufen werden, und er wird sie voneinander scheiden, wie der Hirt die Schafe von den Ziegen scheidet. Er wird die Schafe zu seiner Rechten versammeln, die Ziegen aber zur Linken. Dann wird der König denen zu seiner Rechten sagen: Kommt her, die ihr von meinem Vater gesegnet seid, nehmt das Reich in Besitz, das seit Anfang der Welt für euch bestimmt ist!

Mattäus 25, 31–34

GEBET

Gelobt seist du, Herr Jesu Christ,
ein König aller Ehren;
dein Reich ohn alle Grenzen ist,

ohn Ende muß es währen.
Christkönig, alleluja, alleluja!

Auf deinem Haupt voll Majestät
trägst du der Gottheit Krone,
hell Licht aus deinem Auge geht
und Glanz von deinem Throne.
Christkönig, alleluja, alleluja.

O sei uns nah mit deinem Licht,
mit deiner reichen Gnade,
und wenn du kommst zu dem Gericht,
Christ, in dein Reich uns lade!
Christkönig, alleluja, alleluja!

Würdig bist du, unser Herr und Gott, Herrlichkeit und Ehre und Macht zu empfangen.
Denn du bist es, der die Welt erschaffen hat, durch deinen Willen war sie und wurde sie erschaffen.
Würdig bist du, Herr, unser Gott, das Buch zu empfangen und seine Siegel zu öffnen.
Denn du bist geschlachtet worden und hast mit deinem Blut Menschen für Gott gekauft aus allen Stämmen und Sprachen, aus allen Völkern und Nationen.
Und du hast sie für unsern Gott zu Königen und Priestern gemacht, und sie werden herrschen auf der Erde.
Würdig ist das Lamm, das geschlachtet ist, Macht zu empfangen, Reichtum und Weisheit, Kraft und Ehre, Herrlichkeit und Lobpreis. *Offenbarung 4, 11; 5, 9. 10. 12*

A: Ez 34, 11–12. 15–17 / 1 Kor 15, 20–26a. 28 / Mt 25, 31–46
B: Dan 7, 13–14 / Offb 1, 5–8 / Joh 18, 33b–37
C: 2 Sam 5, 1–3 / Kol 1, 12–20 / Lk 23, 35–43

MONTAG
DER LETZTEN WOCHE DES KIRCHENJAHRES

PSALMGEBET

Nein, der Hüter Israels
    schläft und schlummert nicht.
Der Herr ist dein Hüter, der Herr gibt dir Schatten,
    er steht dir zur Seite:
Bei Tag wird dir die Sonne nicht schaden,
    der Mond nicht in der Nacht.
Der Herr behüte dich vor allem Bösen,
    er behüte dein Leben. *Psalm 121, 4–7*

LESUNG

Ihr alle seid Söhne des Lichts und Söhne des Tages. Wir gehören nicht der Nacht und nicht der Finsternis. Darum wollen wir nicht schlafen wie die andern, sondern wach und nüchtern sein. Denn Gott hat uns nicht für das Gericht seines Zornes bestimmt, sondern dafür, daß wir durch unseren Herrn Jesus Christus das Heil erlangen. Er ist für uns gestorben, damit wir vereint mit ihm leben, ob wir wachen oder schlafen.
1 Thessalonicher 5, 5–6. 9–10

GEBET

Hilf uns, Herr, wenn wir wachen, und behüte uns, wenn wir schlafen, auf daß wir mit Christus wachen und im Frieden ruhen. Er in uns und wir in ihm – so dürfen wir getrost dem Tag entgegengehen, dem kein Abend folgt. Er ist unser Friede.

FÜRBITTEN – VATERUNSER – SEGEN

I: Dan 1, 1–6. 8–20 / Lk 21, 1–4
II: Offb 14, 1–3. 4b–5 / Lk 21, 1–4

DIENSTAG
DER LETZTEN WOCHE DES KIRCHENJAHRES

PSALMGEBET

„Tu mir, Herr, mein Ende kund
und wieviele Tage ich noch habe!
   Laß mich erkennen, wie vergänglich ich bin!
Meine Lebenszeit ist vor dir wie ein Nichts.
   Ein Hauch nur ist alles, was Mensch heißt."
Und nun, worauf soll ich hoffen, o Herr?
   Auf dich allein will ich harren! *Psalm 39, 5–6. 8*

LESUNG

Richtet die erschlafften Hände und die lahmen Knie wieder auf und schafft gerade Wege für eure Füße, damit das Lahme sich nicht ausrenkt, sondern geheilt wird!
Strebt nach Frieden mit allen und nach der Heiligung, ohne die keiner den Herrn schauen wird! Seht zu, daß niemand die Gnade Gottes verscherzt. *Hebräer 12, 12–15*

GEBET

Herr, unser Gott, wir bitten dich, richte uns auf, wenn wir müde und lahm werden, daß wir den Weg mit neuer Kraft unter die Füße nehmen und dem Ziel entgegengehen, das du uns zeigst. Bleibe bei uns mit deiner Gnade und Hilfe. Laß deinen Frieden in uns wohnen, daß wir jedermann im Frieden begegnen.

FÜRBITTEN – VATERUNSER – SEGEN

I: Dan 2, 31–45 / Lk 21, 5–11
II: Offb 14, 14–19 / Lk 21, 5–11

MITTWOCH
DER LETZTEN WOCHE DES KIRCHENJAHRES

PSALMGEBET

Wie freundlich ist deine Wohnung, Herr der Heerscharen!
Meine Seele verzehrt sich in Sehnsucht
   nach den Vorhöfen des Herrn,
mein Herz und mein Leib
   jauchzen hin zum lebendigen Gott.
Denn in deinen Vorhöfen ein einziger Tag
   ist besser als tausend andre.
Herr der Heerscharen, wohl dem, der dir vertraut.
Psalm 84, 2–3. 11. 13

EVANGELIUM

Jesus sprach: Seht euch vor und wacht! Denn ihr wißt nicht, wann die Zeit da ist. Es ist wie mit einem Mann, der sein Haus verließ, um auf Reisen zu gehen: Er übertrug alle Verantwortung seinen Knechten, jedem eine bestimmte Aufgabe; dem Türhüter trug er auf zu wachen. Wacht also! Denn ihr wißt nicht, wann der Hausherr kommt. *Markus 13, 33–35*

GEBET

Herr, laß mich wachsam sein wie ein Türhüter an der Tür meines Herzens, daß ich nicht alles wahllos in mich aufnehme, daß ich nicht leichtfertig äußere, was mir in den Sinn kommt. Hilf mir wachen und treu sein auch in kleinen Dingen. Hilf mir wachsam sein und die Stunde deines Rufes nicht versäumen.

FÜRBITTEN – VATERUNSER – SEGEN

I: Dan 5, 1–6. 13–14. 16–17. 23–28 / Lk 21, 12–19
II: Offb 15, 1–4 / Lk 21, 12–19

DONNERSTAG
DER LETZTEN WOCHE DES KIRCHENJAHRES

PSALMGEBET

Höre mein Gebet, Herr, vernimm mein Schreien,
zu meinen Tränen schweige nicht!
    Denn ein Gast bin ich bei dir,
    ein Fremdling wie all meine Väter.
Dein strafendes Auge wende ab von mir,
so daß ich heiter blicken kann,
    bevor ich dahinfahre und nicht mehr bin. *Psalm 39, 13–14*

EVANGELIUM

Jesus sagt vom Himmelreich: Es ist wie mit einem Mann, der auf Reisen ging: Er rief seine Diener und vertraute ihnen sein Vermögen an. Dem einen gab er fünf Talente, einem anderen zwei, wieder einem anderen eines, jedem nach seiner Fähigkeit. Dann reiste er ab. Nach langer Zeit kam der Herr zurück und rechnete mit den Dienern ab. Da kam der Diener, der die fünf Talente erhalten hatte, brachte noch fünf weitere und sagte: Herr, fünf Talente hast du mir gegeben; sieh, ich habe noch fünf dazugewonnen. Sein Herr sagte zu ihm: Sehr schön, du bist ein guter und treuer Diener. Du hast das wenige zuverlässig verwaltet, ich will dir viel anvertrauen. Komm, nimm teil am Festmahl deines Herrn!
Mattäus 25, 14–15. 19–21

GEBET

Herr, was du mir anvertraut hast an Gaben, will ich gebrauchen in deinem Dienst, um deine Herrschaft auf Erden zu mehren. Bewahre mich vor der Angst, die nichts wagt, und stärke mich zur Treue in deinem Dienst.

FÜRBITTEN – VATERUNSER – SEGEN

I: Dan 6, 11–27 / Lk 21, 20–28
II: Offb 18, 1–2. 21–23; 19, 1–3. 9a / Lk 21, 20–28

FREITAG
DER LETZTEN WOCHE DES KIRCHENJAHRES

PSALMGEBET

Ich habe mich über die Prahler ereifert,
  als ich sah, daß es den Frevlern so gut ging.
Hätt' ich gesagt: „Ich will reden wie sie!",
  wäre ich treulos geworden am Geschlecht deiner Kinder.
Da sann ich nach, das zu begreifen,
  es war eine Qual in meinen Augen,
bis ich eintrat ins Heiligtum Gottes
  und ihr Ende bedachte.
Ich aber – Gott zu nahen ist mein Glück!
Ich setze auf Gott den Herrn meine Zuversicht.
Psalm 73, 3. 15–17. 28

LESUNG

Werft also eure Zuversicht nicht weg, die großen Lohn in sich birgt. Ausdauer braucht ihr, damit ihr den Willen Gottes erfüllt und so das verheißene Gut erlangt.
Wir aber gehören nicht zu denen, die zurückweichen und verlorengehen, sondern zu denen, die glauben und das Leben gewinnen. *Hebräer 10, 35–36. 39*

GEBET

Herr, unser Gott, wir bitten dich: Schütze uns vor dem Gerede der Spötter und stärke in uns den Glauben, der dir vertraut auch ohne sichtbare Zeichen und Beweise. Unter dem Kreuz deines Sohnes laß uns deine Liebe erfahren, und schenke uns Gewißheit, daß deine Treue kein Ende hat.

FÜRBITTEN – VATERUNSER – SEGEN

I: Dan 7, 2–14 / Lk 21, 29–33
II: Offb 20, 1–4. 12–21, 2 / Lk 21, 29–33

SAMSTAG
DER LETZTEN WOCHE DES KIRCHENJAHRES

PSALMGEBET

Ich aber bleibe stets bei dir,
du hältst mich an meiner Rechten.
Du leitest mich nach deinem Ratschluß
und nimmst mich am Ende auf in Herrlichkeit.
Fels meines Herzens und Anteil bleibt Gott mir auf ewig.
Psalm 73, 23–24. 26

EVANGELIUM

Jesus spricht: Weiter wird es mit dem Himmelreich sein wie mit zehn Mädchen, die ihre Lampen nahmen und dem Bräutigam entgegengingen. Fünf von ihnen waren einfältig und fünf klug. Die Einfältigen nahmen ihre Lampen, aber kein Öl mit, die Klugen aber nahmen außer ihren Lampen noch Öl in Krügen mit. Mitten in der Nacht aber erhob sich ein Geschrei: Der Bräutigam kommt! Auf, geht ihm entgegen! Die Mädchen, die bereit waren, gingen mit ihm in den Hochzeitssaal, und die Tür wurde verschlossen. *Mattäus 25, 1–4. 6. 10*

GEBET

Ewiger Gott, du hast uns zur ewigen Freude geladen wie zu einer Hochzeit und stärkst uns durch die Gaben deiner Gnade auf unserem Weg. Wir bitten dich: Bewahre uns vor der Verachtung deines Wortes und deiner Gaben, daß wir die Türe offen finden am Tag deines Sohnes Jesu Christi, unseres Herrn.

FÜRBITTEN – VATERUNSER – SEGEN

I: Dan 7, 15–27 / Lk 21, 34–36
II: Offb 22, 1–7 / Lk 21, 34–36

III. Feste des Herrn und der Heiligen

DARSTELLUNG DES HERRN
(2. FEBRUAR)

TAGESLEITSATZ

Fürwahr, du bist ein verborgener Gott, Gott Israels, du Retter. *Jesaja 45, 15*

EVANGELIEN

Nun läßt du, Herr, deinen Knecht, wie du gesagt hast, in Frieden scheiden. Denn meine Augen haben das Heil gesehen, das du vor allen Völkern bereitet hast, ein Licht, das die Heiden erleuchtet, und Herrlichkeit für dein Volk Israel.
Lukas 2, 29–32

Und Simeon segnete Maria, die Mutter Jesu, und sagte: Dieser ist dazu bestimmt, daß viele in Israel durch ihn zu Fall kommen und viele durch ihn aufgerichtet werden; er soll ein Zeichen sein, dem widersprochen wird. Dadurch sollen die Gedanken vieler Menschen offenbar werden. Dir selbst wird ein Schwert durch die Seele dringen. *Lukas 2, 34–35*

GEBET

Herr, du bringst Licht in unser Leben durch deine Liebe. Du wirst arm um unsertwillen und gehst den Weg der Erniedrigung bis zum Tod am Kreuz. Gib, daß wir uns daran nicht stoßen, sondern in deiner Liebe Frieden finden.

FÜRBITTEN – VATERUNSER – SEGEN

I: Mal 3, 1–4 / Lk 2, 22–32
II: Hebr 2, 14–18 / Lk 2, 22–32

JOSEF
(19. MÄRZ)

TAGESLEITSATZ

Meine Treue und meine Huld sind mit ihm,
in meinem Namen erhebt er sein Haupt. *Psalm 89, 25*

LESUNG

Einen Gerechten, der vor dem Zorn des Bruders floh, geleitete die Weisheit des Herrn auf geraden Wegen. Sie beschützte ihn vor seinen Feinden und rettete ihn vor seinen Verfolgern. Sie gab den Heiligen den Lohn ihrer Mühen und geleitete sie auf wunderbarem Weg. Sie wurde ihnen zum Schutz bei Tag und zum Sternenlicht in der Nacht. *Weisheit 10, 10. 12. 17*

EVANGELIUM

Als Josef aus dem Schlaf erwachte, tat er, was der Engel des Herrn ihm befohlen hatte. Da stand Josef auf und floh noch in der Nacht mit dem Kind und dessen Mutter nach Ägypten... Da stand er auf und zog mit dem Kind und dessen Mutter in das Land Israel. *Mattäus 1, 24; 2, 14. 21*

GEBET

Allmächtiger Gott, du hast Josef erwählt, um uns ein Vorbild zu geben im Glauben und Gehorsam. Wir bitten dich: Halte deine schützende Hand über unseren Weg. Öffne unsere Herzen, daß wir in allem dir vertrauen und dir vorbehaltlos dienen. Segne das Werk unserer Hände.

I: 2 Sam 7, 4–5a. 12–14a. 16 / Mt 1, 16. 18–21. 24a
II: Röm 4, 13. 16–18. 22 / Lk 2, 41–51a

VERKÜNDIGUNG DES HERRN*
(25. MÄRZ)

PSALMGEBET

Meine Seele preist die Größe des Herrn, und mein Geist jubelt über Gott, meinen Retter. Denn auf die Niedrigkeit seiner Magd hat er geschaut. Siehe, von nun an preisen mich selig alle Geschlechter! Denn der Mächtige hat Großes an mir getan, und sein Name ist heilig. *Lukas 1, 46–49*

LESUNG

Ein Reis wird aus dem Stumpf Isais sprießen, ein Schößling aus seinen Wurzeln wird Frucht bringen. Auf ihm ruht der Geist des Herrn: der Geist des Rates und der Stärke, der Geist der Erkenntnis und der Gottesfurcht. *Jesaja 11, 1–2*

EVANGELIUM

Da sagte der Engel zu Maria: Fürchte dich nicht, Maria, denn du hast vor Gott Gnade gefunden. Du wirst schwanger werden und einen Sohn gebären; dem sollst du den Namen Jesus geben. Er wird groß sein und Sohn des Höchsten genannt werden. Gott, der Herr, wird ihm den Thron seines Vaters David geben. Er wird über das Haus Jakob in Ewigkeit herrschen, und seine Herrschaft wird kein Ende haben. *Lukas 1, 30–33*

GEBET

Allmächtiger Gott, wir danken dir, daß du Maria erwählt hast, Mutter deines Sohnes zu werden. Wir bitten dich, schenke uns den Glauben, in dem sie dein Wort angenommen hat, daß auch wir uns für dein Wort öffnen und das Heil erlangen durch Jesus Christus, unseren Herrn.

---

* Fällt der Tag in die Karwoche oder Osterwoche, so wird er am Montag nach dem 2. Ostersonntag begangen.
I: Jes 7, 10–14 / Lk 1, 26–38
II: Hebr 10, 4–10 / Lk 1, 26–38

HEIMSUCHUNG MARIENS
(31. MAI / 2. JULI)

TAGESLEITSATZ

Wohl der, die geglaubt hat, daß sich erfüllt, was der Herr ihr sagen ließ. *Lukas 1, 45*

EVANGELIUM

An einem der nächsten Tage machte sich Maria auf den Weg und eilte in eine Stadt in den Bergen Judäas. Sie ging in das Haus des Zacharias und begrüßte Elisabet. Als Elisabet den Gruß Marias hörte, bewegte sich das Kind in ihrem Leib. Da wurde Elisabet von heiligem Geist erfüllt und rief mit lauter Stimme: Gesegnet bist du vor allen Frauen, und gesegnet ist die Frucht deines Leibes. Wer bin ich, daß die Mutter meines Herrn zu mir kommt? In dem Augenblick, als ich deinen Gruß hörte, bewegte sich vor Freude das Kind in meinem Leib. Wohl der, die geglaubt hat, daß sich erfüllt, was der Herr ihr sagen ließ. Da sagte Maria: Meine Seele preist die Größe des Herrn, und mein Geist jubelt über Gott, meinen Retter.
Lukas 1, 39–46

GEBET

Gott, gütiger Vater! Wir danken dir, daß du uns in Maria ein Zeichen deiner Liebe gegeben hast. Mit ihr preisen wir dein Erbarmen und bitten dich: Stärke uns auf unserem Lebensweg mit Christus, deinem Sohn. Führe uns zur ewigen Vollendung bei dir.

I: Zef 3, 14–18a / Lk 1, 39–56
II: Röm 12, 9–16b / Lk 1, 39–56

BONIFATIUS
(5. JUNI)

TAGESLEITSATZ

Wenn ihr es seht, wird euer Herz sich freuen, und euer Leib wird sprossen wie junges Grün. So wird kund die Hand des Herrn an seinen Knechten und der Zorn an seinen Feinden.

Jesaja 66, 14

LESUNG

Sie alle waren geehrt zu ihrer Zeit, und ihr Ruhm blühte in ihren Tagen. Jene aber sind die frommen Männer, deren Hoffnung nicht vergeht. Ihr Leib ist in Frieden bestattet, ihr Name lebt fort von Geschlecht zu Geschlecht.

Jesus Sirach 44, 7. 10. 14

EVANGELIUM

Darum geht zu allen Völkern und macht alle Menschen zu meinen Jüngern, tauft sie auf den Namen des Vaters und des Sohnes und des heiligen Geistes und lehrt sie, alles zu befolgen, was ich euch geboten habe. Und ich bin bei euch alle Tage bis zur Vollendung der Welt.

Mattäus 28, 19–20

GEBET

Herr Jesus Christus, durch das Leben deines Dieners, des heiligen Bischofs Bonifatius, hast du zahlreiche Völker zum Glauben an dich berufen. Wir bitten dich: Stärke alle, die der Verkündigung deiner Botschaft dienen. Laß uns glaubwürdige Zeugen deines Namens sein. Bleibe bei deiner Kirche, und zeige dich durch sie allen Völkern der Erde.

I: Sir 51, 1–12 / Mt 10, 34–39
II: 2 Kor 4, 7–15 / Mt 10, 34–39

JOHANNES DER TÄUFER
(24. JUNI)

TAGESLEITSATZ

Jener muß wachsen, ich aber geringer werden.

Johannes 3, 30

LESUNG

Eine Stimme sagt: Rufe! Da fragte ich: Was soll ich rufen? Alle Menschen sind wie Gras, und all ihre Schönheit ist wie die Blume des Feldes. Das Gras verdorrt, die Blume welkt, doch das Wort unseres Gottes bleibt in Ewigkeit. *Jesaja 40, 6. 8*

EVANGELIUM

Und du, Kind, wirst Prophet des Höchsten heißen; denn du wirst dem Herrn vorangehn und ihm den Weg bereiten. Du wirst sein Volk mit der Erfahrung des Heils beschenken in der Vergebung der Sünden. Durch die barmherzige Liebe unseres Gottes wird uns besuchen das aufstrahlende Licht aus der Höhe, um allen zu leuchten, die in Finsternis sitzen und im Schatten des Todes, und unsre Schritte zu lenken auf den Weg des Friedens. *Lukas 1, 76–79*

GEBET

Herr Jesus Christus, auf der Höhe des Jahres halten wir inne und gedenken der Vergänglichkeit aller Dinge. Wie die Tage wieder abnehmen, so muß auch unser Leben abnehmen. Herr, laß dein Licht in uns zunehmen und stärke uns durch dein Wort auf dem Weg des Heils.

I: Jes 49, 1–6 / Lk 1, 57–66. 80
II: Apg 13, 22–26 / Lk 1, 57–66. 80

APOSTEL PETRUS UND PAULUS
(29. JUNI)

PSALMGEBET

Glücklich das Volk, dessen Gott der Herr ist,
die Nation, die er sich zum Erbteil erwählte.
Der ihre Herzen gebildet,
hat acht auf all ihre Taten.
Laß über uns, Herr, deine Güte walten,
so wie wir hoffen auf dich! *Psalm 33, 12. 15. 22*

LESUNG

Daher seid ihr jetzt nicht mehr Fremde ohne Bürgerrecht, sondern Mitbürger der Heiligen und Hausgenossen Gottes. Ihr seid auf das Fundament der Apostel und Propheten gebaut; der Schlußstein ist Christus Jesus selbst.
Epheser 2, 19–20

EVANGELIUM

Simon Petrus sprach zu Jesus: Du bist der Messias, der Sohn des lebendigen Gottes. Jesus sagte zu ihm: Wohl dir, Simon Barjona; denn nicht Fleisch und Blut haben dir das offenbart, sondern mein Vater im Himmel. Ich aber sage dir: Du bist Petrus, und auf diesen Felsen werde ich meine Kirche bauen, und die Mächte des Todes werden sie nicht überwältigen.
Mattäus 16, 16–18

GEBET

Allmächtiger Gott, wir danken dir, daß du durch den Dienst deiner Apostel und ersten Zeugen deine Gemeinde auf Erden gesammelt und erbaut hast. Füge auch uns ein in den Bau deiner heiligen Kirche und gib, daß wir wachsen in der Gnade nach deinem Willen.

I: Apg 12, 1–11 / Mt 16, 13–19
II: 2 Tim 4, 6–8. 17–18 / Mt 16, 13–19

AUFNAHME MARIENS IN DEN HIMMEL
(15. AUGUST)

TAGESLEITSATZ

Aufgenommen in den Himmel wurde Maria.

LESUNG

Gesegnet bist du, meine Tochter, von Gott, dem Allerhöchsten, mehr als alle andern Frauen auf der Erde! Gepriesen sei der Herr, unser Gott, der Himmel und Erde geschaffen hat! Die Erinnerung an dein Vertrauen soll in Ewigkeit nicht aus den Herzen der Menschen entschwinden, die der Macht Gottes gedenken. *Judith 13, 18–19*

EVANGELIUM

Da sagte Maria: Meine Seele preist die Größe des Herrn, und mein Geist jubelt über Gott, meinen Retter. Denn auf die Niedrigkeit seiner Magd hat er geschaut. Siehe, von nun an preisen mich selig alle Geschlechter! Denn der Mächtige hat Großes an mir getan, und sein Name ist heilig. Er erbarmt sich von Geschlecht zu Geschlecht über alle, die ihn fürchten. Er vollbringt mit seinem Arm machtvolle Taten: er zerstreut, die im Herzen voll Hochmut sind; er stürzt die Mächtigen vom Thron und erhöht die Niedrigen. *Lukas 1, 46–52*

GEBET

Allmächtiger, ewiger Gott, du hast die selige Jungfrau Maria, die Mutter deines Sohnes, aufgenommen in deine Herrlichkeit. Im Vertrauen auf dein Erbarmen bitten wir dich: Laß uns den Weg gehen, der zu dir führt. Gib uns einst Anteil an der ewigen Herrlichkeit, die du uns bereitet hast durch Jesus Christus, deinen Sohn, unseren Herrn.

I: Offb 11, 19a; 12, 1–6a. 10ab / Lk 1, 39–56
II: 1 Kor 15, 20–26 / Lk 1, 39–56

KLAUS VON DER FLÜE
(25. SEPTEMBER)

TAGESLEITSATZ

Wegen meiner Brüder und Freunde
will ich sagen: Friede sei in dir!   *Psalm 122, 8*

LESUNG

Die Herrschaft Gottes besteht nicht in Essen und Trinken, sie ist Gerechtigkeit, Friede und Freude im heiligen Geist. Und wer Christus so dient, wird von Gott anerkannt und von den Menschen geachtet. Laßt uns also nach dem streben, was zum Frieden und zum Aufbau der Gemeinde beiträgt.
Römer 14, 17–19

EVANGELIUM

Jesus spricht: Amen, ich sage euch: In der neuen Schöpfung, wenn der Menschensohn sich auf den Thron der Herrlichkeit setzen wird, werdet ihr, die ihr mir nachgefolgt seid, auf zwölf Thronen sitzen und die zwölf Stämme Israels richten. Und wer um meines Namens willen Brüder, Schwestern, Vater, Mutter, Kinder, Äcker oder Häuser verlassen hat, wird ein Vielfaches dafür bekommen und das ewige Leben gewinnen.   *Mattäus 19, 28–29*

GEBET

Herr Jesus Christus, du bist der Fürst des Friedens. Im Vertrauen auf die Fürsprache des heiligen Bruders Klaus bitten wir dich: Gib unserem Volk und allen Völkern der Erde deinen mächtigen Schutz. Laß die Menschen ihre politische Mitverantwortung recht erkennen. Erleuchte alle Regierenden, daß sie nur der Stimme ihres Gewissens folgen. Du allein bist Ausgang und Ziel des Weltgeschehens. Dir wollen wir dienen, bis wir in deinen ewigen Frieden heimgehen dürfen.

I: Gen 12, 1–4a / Mk 10, 17–30
II: Phil 3, 8–14 / Mk 10, 17–30

ERZENGEL MICHAEL, GABRIEL UND RAPHAEL
(29. SEPTEMBER)

TAGESLEITSATZ

Sind sie nicht alle nur dienende Geister, zur Hilfe ausgesandt für die Erben des Heils? *Hebräer 1, 14*

PSALMGEBET

Lobt den Herrn, all seine Scharen,
  seine Diener, die ihr seinen Willen vollzieht!
Lobt den Herrn, ihr seine Werke alle,
an jedem Ort seiner Herrschaft!
  Lobe den Herrn, meine Seele! *Psalm 103, 21–22*

LESUNG

Da entstand ein Kampf im Himmel; Michael und seine Engel erhoben sich, um mit dem Drachen zu kämpfen. Der Drache und seine Engel kämpften, aber sie konnten nicht standhalten, und es blieb kein Ort mehr für sie im Himmel.
Offenbarung 12, 7–8

LESUNG

Jesus spricht: Amen, ich sage euch: Wenn ihr nicht umkehrt und wie die Kinder werdet, könnt ihr nicht in das Himmelreich gelangen. Hütet euch, einen von diesen Kleinen zu verachten! Denn ich sage euch: Ihre Engel im Himmel schauen immer das Angesicht meines himmlischen Vaters.
Mattäus 18, 3. 10

GEBET

Wir bitten dich, o Gott, laß deine heiligen Engel uns auf all unseren Wegen geleiten, daß sie uns dahin führen, wo wir dein Angesicht schauen, durch Jesus Christus, unseren Herrn.

I: Dan 7, 9–10. 13–14 / Joh 1, 47–51
II: Offb 12, 7–12a / Joh 1, 47–51

FRANZ VON ASSISI
(4. OKTOBER)

TAGESLEITSATZ

Euer Vater weiß, was ihr braucht, noch ehe ihr ihn bittet.

Mattäus 6, 8

LESUNG

Ihr kennt die Liebestat unseres Herrn Jesus Christus: Er, der reich war, wurde euretwegen arm, so daß ihr durch seine Armut reich wurdet. *2 Korinther 8, 9*

EVANGELIUM

In jener Zeit sprach Jesus: Ich preise dich, Vater, Herr des Himmels und der Erde, weil du dies den Weisen und Klugen verborgen, den Unmündigen aber offenbart hast. Ja, Vater, so war es dein Wille. *Mattäus 11, 25–26*

GEBET

Herr Jesus Christus, du bist unsertwegen arm geworden, damit wir reich werden. Wir gedenken des heiligen Franziskus, der dir nachgefolgt ist in einem Leben der Armut, und bitten dich: Stärke in uns den Glauben, der alles aus der Hand des himmlischen Vaters erwartet und erhält. Befreie uns von verborgenem Egoismus, tilge in uns alle Selbstherrlichkeit und Selbstgerechtigkeit. Öffne uns Augen und Herz für die Not der anderen.

Gal 6, 14–18 / Mt 11, 25–30

REFORMATIONSTAG*
(31. OKTOBER)

TAGESLEITSATZ

Ich bin der Herr, dein Gott. Du sollst neben mir keine anderen Götter haben. *Exodus 20, 2–3*

LESUNG

Dann sah ich einen andern Engel, der im Zenit flog. Er hatte den Bewohnern der Erde eine ewige Botschaft zu verkünden: allen Nationen, Stämmen, Sprachen und Völkern. Er rief mit lauter Stimme: Fürchtet Gott und gebt ihm die Ehre!
Offenbarung 14, 6–7

EVANGELIUM

Jesus sprach: Reißt diesen Tempel nieder, in drei Tagen werde ich ihn wieder aufrichten. Da sagten die Juden: Sechsundvierzig Jahre wurde an diesem Tempel gebaut, und du willst ihn in drei Tagen wieder aufrichten? Er aber meinte den Tempel seines Leibes. Als er dann von den Toten erweckt war, erinnerten sich seine Jünger, daß er dies gesagt hatte, und sie glaubten der Schrift und dem Wort, das Jesus gesprochen hatte. *Johannes 2, 19–22*

GEBET

Herr, unser Gott, wir danken dir für die erneuernde Kraft des Evangeliums und bitten dich für deine ganze Christenheit auf Erden: Erneuere deine Kirche durch dein heiliges Wort und Sakrament. Erwecke die Schlafenden, bewege, die satt und müde geworden sind, heile die Spaltungen der Christenheit und laß den Tag kommen, den dein Sohn verheißen hat, da eine Herde sein wird unter ihm, dem einen Hirten.

---

* An diesem Tag begeht die evangelische Kirche den Gedenktag der Reformation. Der geistliche Grundgedanke von der Erneuerung der Kirche und die Bitte um ihre Einheit ist das Gebetsanliegen aller Christen.

ALLERHEILIGEN
(1. NOVEMBER)

TAGESLEITSATZ

Fürchtet den Herrn, ihr seine Heiligen;
denn die ihn fürchten, leiden keinen Mangel. *Psalm 34, 10*

LESUNG

Dann sah ich aus allen Nationen und Stämmen und Völkern und Sprachen eine große, unzählbare Schar. Sie standen vor dem Thron und vor dem Lamm. Sie trugen weiße Gewänder und hielten Palmzweige in ihren Händen. Sie riefen mit lauter Stimme: Die Rettung kommt von unserem Gott, der auf dem Thron sitzt, und von dem Lamm. *Offenbarung 7, 9–10*

EVANGELIUM

Christus betet für die Seinen: Ich habe deinen Namen den Menschen geoffenbart, die du mir aus der Welt gegeben hast. Sie waren dein, und du hast sie mir gegeben, und sie haben dein Wort bewahrt. Sie haben jetzt erkannt, daß alles, was du mir gabst, von dir ist; denn die Worte, die du mir gabst, habe ich ihnen gegeben, und sie haben sie angenommen. Sie haben in Wahrheit erkannt, daß ich von dir gekommen bin, und sie haben geglaubt, daß du mich gesandt hast. Für sie bitte ich; für die Welt bitte ich nicht, sondern für alle, die du mir gegeben hast; denn sie sind dein. *Johannes 17, 6–9*

GEBET

Gott, himmlischer Vater, du hast uns durch deinen Sohn in die Gemeinschaft der Heiligen gerufen. Wir bitten dich: Bleibe bei deiner Kirche, daß sie für die Welt das Zeichen der Hoffnung sei. Erhalte dein Wort in uns lebendig, und laß uns am Ende zur Schar deiner Auserwählten gehören, die sich aus allen Völkern und Sprachen vor deinem Angesicht versammeln werden zur Feier des himmlischen Hochzeitsmahles.

I: Offb 7, 2–4. 9–14 / Mt 5, 1–12a
II: 1 Joh 3, 1–3 / Mt 5, 1–12a

ALLERSEELEN
(2. NOVEMBER)

TAGESLEITSATZ

Herr, gib ihnen die ewige Ruhe. Und das ewige Licht leuchte ihnen.

LESUNG

Und ich hörte eine Stimme vom Himmel her rufen: Schreibe! Selig sind die Toten, die im Herrn sterben, von jetzt an; ja, spricht der Geist, sie sollen ausruhen von ihren Mühen; denn ihre Taten gehen mit ihnen. *Offenbarung 14, 13*

EVANGELIUM

Jesus sprach zu ihnen: Der Wille dessen aber, der mich gesandt hat, verlangt, daß ich keinen von denen, die er mir gegeben hat, verliere, sondern daß ich sie auferwecke am Letzten Tag. Denn der Wille meines Vaters verlangt, daß alle, die den Sohn sehen und an ihn glauben, das ewige Leben haben und daß ich sie auferwecke am Letzten Tag. *Johannes 6, 39–40*

GEBET

Ewiger Gott! Von dir haben wird das Leben, zu dir sind wir unterwegs. Im Vertrauen auf deine Güte bitten wir dich: Schenke allen, die uns im irdischen Leben verbunden waren, dein ewiges Leben. Nimm auch jene in deine Herrlichkeit auf, deren sich niemand auf Erden erinnert. Führe uns, die wir noch unterwegs sind, zu immer größerer Liebe

I: Dan 12, 1–3 / Joh 14, 1–6
II: Röm 8, 14–23 / Joh 14, 1–6

MARTIN
(11. NOVEMBER)

TAGESLEITSATZ

Wenn wir einander lieben, bleibt Gott in uns, und seine Liebe ist in uns vollendet. *1 Johannes 4, 12*

LESUNG

Liebe Brüder, wir wollen einander lieben; denn die Liebe ist aus Gott, und jeder, der liebt, stammt von Gott und erkennt Gott. Wenn jemand sagt: Ich liebe Gott, aber seinen Bruder haßt, ist er ein Lügner; denn wer seinen Bruder, den er sieht, nicht liebt, kann Gott nicht lieben, den er nicht sieht.
1 Johannes 4, 7. 20

EVANGELIUM

Herr, wann haben wir dich hungrig gesehen und dir zu essen gegeben, oder durstig, und dir zu trinken gegeben? Und wann haben wir dich obdachlos gesehen und aufgenommen, oder nackt, und dich bekleidet? Und wann haben wir dich krank oder im Gefängnis gesehen und sind zu dir gekommen? Darauf wird der König ihnen antworten: Amen, ich sage euch: Was ihr für einen meiner geringsten Brüder getan habt, das habt ihr für mich getan. *Mattäus 25, 37–40*

GEBET

Herr Jesus Christus, du trittst in Gestalt der geringsten unserer Brüder an uns heran: hungrig, durstig, nackt, einsam. Wir bitten dich im Vertrauen auf die Fürsprache des heiligen Martin: Lehre uns die Liebe, die alle Vorurteile und menschlichen Hemmungen überwindet; die nicht vom Überfluß gibt, sondern Opfer bringt. Öffne unseren Blick für die vielfältige leibliche und geistige Not in unserer Umwelt. Wer von uns in der Liebe bleibt, der bleibt in dir, und mit dir im Vater.

I: Lev 19, 1–2. 17–18 / Mt 25, 31–40
II: 1 Joh 3, 14–18 / Mt 25, 31–40

ELISABETH
(19. NOVEMBER)

TAGESLEITSATZ

Dient einander in der Liebe. *Galater 5, 13*

LESUNG

Die Liebe Christi drängt uns, wenn wir erklären: Einer ist für alle gestorben, also sind alle gestorben. Er ist aber für alle gestorben, damit die Lebenden nicht mehr für sich leben, sondern für den, der für sie starb und auferweckt wurde.
2 Korinther 5, 14–15

EVANGELIUM

Jesus spricht: Das ist mein Gebot: Liebt einander, wie ich euch geliebt habe! Es gibt keine größere Liebe als die, wenn einer sein Leben gibt für seine Freunde. Ihr seid meine Freunde, wenn ihr tut, was ich euch auftrage. *Johannes 15, 12–14*

GEBET

Herr Jesus Christus, du hast uns den Auftrag gegeben, einander zu lieben, wie du uns geliebt hast. Lehre uns nach dem Vorbild der heiligen Elisabeth die Verantwortung für alle Menschen und die Sorge für ihr irdisches Heil. Gib den Besitzenden Einsicht, daß sie die Notwendigkeit sozialer Fortschritte erkennen. Uns allen schenke Geborgenheit in deiner Güte.

I: Jes 58, 6–11 / Mk 10, 17–27
II: Eph 3, 14–19 / Mk 10, 17–27

ERWÄHLUNG MARIENS
(8. DEZEMBER)

TAGESLEITSATZ

Innig will ich mich im Herrn freuen, jubeln soll meine Seele in meinem Gott. Denn er kleidet mich in Gewänder des Heils.
Jesaja 61, 10

LESUNG

Juble und freue dich, Tochter Zion, denn ich komme und wohne in deiner Mitte – Wort des Herrn. Der Herr aber wird Juda in Besitz nehmen; es wird sein Anteil im heiligen Land sein. Und er wird Jerusalem wieder auserwählen. Alle Welt schweige in Gegenwart des Herrn! Denn er tritt hervor aus seiner heiligen Wohnung. *Sacharja 2, 14. 16–17*

EVANGELIUM

Im sechsten Monat wurde der Engel Gabriel von Gott in die Stadt Nazaret in Galiläa zu einer Jungfrau gesandt. Sie war mit einem Mann namens Josef verlobt, der aus dem Haus David stammte, und ihr Name war Maria. Der Engel trat bei ihr ein und sagte: Sei gegrüßt, du Begnadete, der Herr ist mit dir! *Lukas 1, 26–28*

GEBET

Ewiger Gott, du hast die selige Jungfrau Maria vom ersten Augenblick ihres Lebens an wunderbar erwählt. Schenke auch uns dein Wohlgefallen, und erhalte uns in deiner Gnade. So bitten wir dich durch Christus, unseren Herrn.

I: Gen 3, 9–15. 20 / Lk 1, 26–38
II: Eph 1, 3–6. 11–12 / Lk 1, 26–38

IV. Gebete und Fürbitten

GEBETE UND FÜRBITTEN
FÜR DIE SIEBEN TAGE DER WOCHE

SONNTAG

MORGEN

Wir danken dir, Herr, für deinen Tag, den Tag der Auferstehung und des neuen Lebens. Beginne heute aufs neue dein Werk in uns und sprich zu uns: Es werde Licht! Wir bitten dich für deine ganze Christenheit und für unsere Gemeinde an diesem Ort: Segne die Verkündigung des Evangeliums und die Feier des heiligen Mahls. Erfülle deine Gemeinde mit neuer Bereitschaft, deine Liebe zu bezeugen und deinen Frieden in die Welt zu tragen. Stärke uns durch deine Gegenwart.

Oder:
Allmächtiger Vater, wir danken dir für diesen Tag und für alle Gaben deiner Liebe; für den neuen Anfang, den du uns durch Jesus Christus geschenkt hast; für deinen Geist, der die Kirche aus aller Welt in deinen Dienst ruft. Wir bitten dich für unsere Gemeinde, für alle, die in deinem Dienste stehen: Erwecke in ihnen Dank und Freude und die Bereitschaft zum Einsatz in der Liebe. Wir gedenken derer, die heute arbeiten müssen und aller, die diesen Tag aus Mangel an Phantasie vertun. Öffne uns die Augen, daß wir merken, wo wir einem Menschen helfen können, die Freude deines Tages zu erfahren. Gib uns Anteil an deinem ewigen Frieden.

ABEND

Herr, unser Gott, am Abend dieses Tages danken wir dir für deine Güte, für allen Segen, den du auf den Gottesdienst deiner Gemeinde gelegt hast. Wir bitten dich für alle deine Diener: Bewahre ihr Herz vor Bitterkeit und Trägheit. Wir bitten dich für alle, die um deines Namens willen leiden müssen: Erhalte ihnen den Geist der Kraft und der Liebe und der Zucht ... Wir bitten dich für deine ganze Kirche auf Erden, führe sie durch deinen Geist in alle Wahrheit, wehre dem Geist der Zwietracht und aller Verzagtheit. Bewahre uns alle auf deinem Wege und leite uns im Frieden zu deiner Herrlichkeit.

Oder:
Wir danken dir, Herr, für alles Licht und alle Freude, die wir an diesem Tag empfangen durften: Laß einen Abglanz davon mit uns durch die ganze Woche gehen. Wir bitten dich für alle Enttäuschten, denen der Tag verdorben ist im Leerlauf und unsinnigen Zeitvertreib: Laß sie zu sich selber kommen. Wir bitten dich für alle Mühseligen und Beladenen, die auch heute nicht aufatmen konnten: Gib ihnen Zeichen der Hoffnung auf den Tag, an dem deine Liebe alles erfüllt. Laß uns ruhen in deinem Frieden und erwecke uns am Morgen zu neuem Hören auf dein Wort.

MONTAG

MORGEN

Herr, unser Gott, dir wollen wir dienen. Wir bitten dich: Geleite uns durch alle Mühen und Sorgen dieser Woche. Bewahre uns in den Versuchungen, die auf uns warten. Gib uns Mut zu rechten Entscheidungen und Gelassenheit, wo wir verzichten müssen. Wir bitten dich: Segne alle, mit denen wir in der Arbeit verbunden sind. Öffne uns den Blick für alle, denen wir begegnen auf den Wegen dieser Woche... Richte uns aus auf dein ewiges Ziel.

Oder:
Herr, wir bitten dich für alle, die arbeiten und sich mühen auf den Äckern und in den Fabriken, in Handel und Verwaltung, in Forschung und Lehre. Segne allen Fleiß und wehre allem Mißbrauch, aller Ausnutzung, aller Unmenschlichkeit. Bewahre die Abhängigen vor Abstumpfung und öder Langeweile. Hilf den Vielbeschäftigten und den Leitenden zu Pausen der Muße, zu innerer Freiheit und Menschlichkeit. Halte uns alle verbunden in der Verantwortung vor deinem heiligen Willen.

ABEND

Schöpfer und Herr der Welt, du durchwaltest das All und hast auch unser Leben in deiner Hand. Wir danken dir für alles, was du uns täglich schenkst, wir danken dir für alle Frucht und Freude unseres Lebens. Wir bitten dich: Geleite uns nun zur Ruhe der Nacht. Sei auch mit denen, die in dieser Nacht arbeiten müssen. Gib Schlafenden und Schlaflosen deinen Frieden.

Oder:
Herr, wir bitten dich für alle Müden um die erquickende Ruhe der Nacht, für alle Reisenden um deinen Schutz, für alle, die sich zerstritten haben, um Kraft zur Versöhnung. Behüte die Kinder, laß die Kranken genesen ... Stärke unser Vertrauen, daß du in uns allen vollenden wirst, was deine Gnade begonnen hat.

DIENSTAG

MORGEN

Herr, du bist unser Friede und unser Licht auf dem Weg. Wir bitten dich: Wecke uns auf, daß wir erkennen, was uns bedroht. Gib uns Gewißheit, daß wir unbeirrbar bleiben im Gehorsam gegen deinen Willen. Wir bitten dich für alle Angefochtenen und Verzweifelten, für alle, um deren Kampf und Not wir wissen ... Dein Schutz bewahre sie und uns in aller Gefahr.

Oder:
Wir bitten dich, Herr, für alle, die in der Langeweile, in Müßiggang und leerem Geschwätz den Sinn ihres Lebens aus dem Auge verlieren; für alle, die im Übereifer und in leichtfertigem Spott einander verletzen; für alle, die blind und taub sind für deine Gegenwart. Zeige uns allen die Macht deiner Gnade.

ABEND

Herr, unser Hüter, laß uns Ruhe finden für Leib und Seele. Wir bitten dich für alle, die Frieden suchen und nicht finden ... Gib allen Zweifelnden und Verzweifelten den Frieden, den die Welt nicht geben kann. Sei uns eine feste Burg in allem Kampf und Streit.

Oder:
Wir bitten dich, Herr, für alle Ruhelosen und Verbitterten, für alle, die sich selbst nicht gut sind, die Mißtrauen und Angst erfüllt, weil sie sich selbst nichts zutrauen. Wehre allem Haß durch deine Liebe. Wecke und erhalte in uns allen den Glauben, der dir vertraut. Mache uns frei durch die Gewißheit deiner Nähe.

MITTWOCH

MORGEN

Barmherziger Gott und Vater, wir danken dir für die Ruhe der Nacht und für das Geschenk dieses neuen Tages. Wir bitten dich für die Menschen, die du uns anvertraut hast, für unsere Nächsten, in denen du uns heute begegnest: Gib uns füreinander den Blick der Liebe, daß wir recht miteinander umgehen und im Frieden bleiben.

Oder:
Wir bitten dich, Herr, für unsere Kinder, für alle, die uns nahestehen, für alle, die auf unsere Hilfe warten. Gib uns ein offenes Herz füreinander und mache uns willig zum gegenseitigen Dienst. Wir bitten dich um Geduld und Liebe für alle, die sich um andere Menschen mühen in der Erziehung, in Kindergärten und Schulen, in Heimen und Krankenhäusern. ... Zeige uns allen, daß wir aus deiner Liebe das Leben empfangen.

ABEND

Herr, wir danken dir in dieser Abendstunde für deine Güte, die uns hilft und die uns trägt. Wir bitten dich für die Menschen, die wir lieben, für die Menschen, die uns zu tragen geben ... Wir sind dein eigen im Licht und im Dunkel der Zeit. Segne unseren Weg und laß uns einst heimfinden zu dir.

Oder:
Wir bitten dich, Herr, für die Einsamen und für die in der Gemeinschaft Bedrängten, für die Eheleute, die keine Kinder

haben, und für die Kinder, die ohne Elternliebe aufwachsen, für die zerrütteten Familien und für alle, die sich nach Licht und Wärme sehnen: Du kannst Wunden heilen und verbinden, was sich getrennt hat. Laß in das Dunkel deine Liebe leuchten; schenke uns Geborgenheit in deinem Frieden.

DONNERSTAG

MORGEN

Herr, dreieiniger Gott, in dessen Namen wir getauft und an dessen Tisch wir gerufen sind, wir bitten dich: Stärke alle, die in ihrem Glauben angefochten sind, alle, die in ihrem Zeugnis und Dienst erlahmen. Wir bitten dich für alle, die hungern und dürsten nach Liebe und Freude, gib ihnen Anteil am Brot des Lebens und am Kelch des Heils. Die du an deinem Tisch beschenkst, laß auch daheim bei den Mahlzeiten dankbar und freundlich sein. Gib uns in deinem Mahl den Vorgeschmack ewiger Freude.

Oder:
Wir bitten dich, Herr, für alle, die besondere Verantwortung tragen in unserem Land und in der Welt, für die Politiker in den Parlamenten und in den Regierungen: daß sie der Gerechtigkeit und dem Frieden dienen. Wir bitten dich für alle, die für uns da sind in Rathäusern und Verwaltungen, bei der Polizei und im Wehrdienst: daß sie ihre Arbeit in Sachlichkeit und Geduld, mit Mut und Eifer tun. Wir bitten dich für die Gewerkschaften und Verbände: daß sie nicht nur das Ihre suchen, sondern tun, was dem Wohl des Ganzen dient. Wir bitten dich für alle, die Nachrichten verbreiten und Meinungen bilden in Presse, Rundfunk und Fernsehen: daß sie ihre Verantwortung erkennen und der Wahrheit die Ehre geben. Wir bitten dich für alle, die der Kunst dienen: daß sie meiden, was das Leben zerstört, sondern suchen, was das Leben reinigt und stärkt, erhält und erneuert.

ABEND

Herr Gott, Heiliger Geist, wir bitten dich: Sammle deine Kirche aus allen Völkern der Erde und mache sie zu einem Zeichen des Friedens und der Eintracht. Wir bitten dich für alle, die von uns getrennt sind, für alle, denen unser Verhalten Ärgernis bereitet hat: Erwecke bei uns und in der ganzen Christenheit den brüderlichen Sinn, der zu Opfern bereit ist, um dem Wachstum der Einheit zu dienen. Mache uns frei von Vorurteilen und Ängstlichkeit, daß wir über die Gräben der Gewöhnung und der Selbstbehauptung hinweg uns finden in der einen, allumfassenden Kirche zum Dienst der Liebe in dieser Welt.

Oder:
Wir bitten dich, Herr, für alle, die du in deinen Dienst gerufen hast, für die Hirten und Bischöfe, die Lehrer und Verkündiger, für alle, die im Dienst der Liebe und der Fürsorge, der Heilung und der Pflege stehen ... Segne ihr Wollen und Mühen und vollende es durch deine Kraft. Mache uns alle bereit, dir in Wort und Tat zu dienen.

FREITAG

MORGEN

Herr Jesus Christus, unter deinem Kreuz rufst du uns zur Versöhnung und zum Frieden. Wir bitten dich für alle Starrsinnigen und Unversöhnlichen: Bewege ihr Gemüt, daß sie in sich gehen und sich der suchenden Liebe erschließen. Wir bitten dich für alle, die in deiner Nachfolge Bedrängnis oder Verfolgung, Kreuz und Trübsal erleiden ... Stärke sie, daß sie neue Kraft gewinnen im Aufblick zu dir, dem Anfänger und Vollender unseres Glaubens.

Oder:
Wir bitten dich, Herr, für alle, die dem Recht dienen und uns vor Unrecht und Gewalt schützen: Gib den Richtern und Anwälten Unbefangenheit und Mut. Die Verurteilten bewahre vor Bitterkeit und Verzweiflung, den unschuldig Bestraften

hilf zu ihrem Recht. Den Opfern der Gewaltherrschaft gib Geduld und bahne ihnen den Weg in die Freiheit. Laß uns alle in deiner Nachfolge den Weg des Friedens und der Versöhnung gehen.

ABEND

Barmherziger Gott, wir bitten dich um deinen Trost für alle Trauernden und Verzagten, für die Witwen und Waisen, die Kranken, Leidenden und Sterbenden... Im Aufblick zum Kreuz deines Sohnes tröste die Mühseligen und Beladenen. Den Schwermütigen laß das Licht deiner Liebe aufgehen und alle, die du mit Leid heimgesucht hast, laß heimfinden in deinen Frieden.

Oder:
Wir bitten dich, Herr, für die Heimatlosen und Entrechteten, für die Unterdrückten und Ausgebeuteten, für die Schwachen, die vergeblich auf Hilfe warten, für die Hoffnungslosen, die man abgeschrieben hat: Wie dein Sohn unser Los auf sich genommen und unsere Schwachheit getragen hat, so laß uns füreinander einstehen. Hilf, daß wir niemand aufgeben, denn deine unergründliche Liebe sucht uns alle.

SAMSTAG

MORGEN

Ewiger Gott, du durchdringst und erfüllst alle Zeit. Wir bitten dich für alle, denen die Zeit zerrinnt, als bedeute sie nichts: Laß sie deine Nähe erfahren, daß ihnen das Große groß und das Kleine klein wird. Wir bitten dich für alle, die du von uns genommen hast: Vollende sie in deinem ewigen Licht. Laß unser Herz unruhig sein, bis es Ruhe findet in dir.

Oder:
Wir bitten dich, Herr, für alle, die im Drängen und Jagen des Verkehrs gefährdet sind, und für alle, die andere gefährden: Wehre der gleichgültigen Unbedachtsamkeit und laß die Ehrfurcht vor dem Leben nicht verlorengehen. Gib, daß wir uns

der Technik bedienen und nicht ihre Sklaven werden. Erhalte uns in der Freiheit, zu der deine Liebe uns befreit hat. Gib, daß wir unsere Zeit und unser Leben in deinen Dienst stellen. Und wenn unser Weg vollendet ist, nimm uns auf in deinen ewigen Frieden.

ABEND

Unser Abendgebet steige auf zu dir, Herr, und es senke sich auf uns herab dein Erbarmen. Dein ist der Tag und dein ist die Nacht. Laß im Dunkel uns leuchten das Licht deiner Wahrheit. Schließe du die Mühen dieser Woche und schenke uns einen neuen Anfang. Führe uns und alle, die wir lieben, durch Vergebung der Sünde zum ewigen Leben.

Oder:
Herr, am Ende dieser Woche bitten wir dich: Vergib uns alles, was wir versäumt oder verdorben haben. Hilf, daß wir uns mit neuer Liebe denen zuwenden, die auf uns warten. Allen, die in Todesnot sind, gib Kraft zum Überwinden. Dein sind wir im Licht und im Dunkel der Zeit. Verbinde uns mit allen, die wir lieben, für Zeit und Ewigkeit.

FÜR EINEN TAG DER EINKEHR

Je kurzatmiger und angespannter unser alltägliches Leben wird, desto notwendiger ist uns von Zeit zu Zeit ein Tag der Stille, an dem wir zu uns selber kommen, zur Selbstbesinnung und zur Besinnung vor Gott. Eine ganz besondere Hilfe kann es sein, wenn wir an geistlichen Einkehrtagen teilnehmen, die in manchen kirchlichen Häusern und Heimen angeboten werden. Man kann dort, von einer betenden Gemeinschaft getragen, die Zucht des Schweigens lernen und das Hören auf Gottes Wort und Weisung aus der Heiligen Schrift. Mit einiger Übung kann man einen solchen Einkehrtag auch ganz für sich selbst halten. Es müßte ein Tag sein, der von anderen Verpflichtungen und von allem, was ablenkt, freigehalten wird. Man führt keine belanglosen Unterhaltungen und meidet überflüssiges Reden. Im Schweigen rüstet man sich auf das Hören des Wortes Gottes. Aus dem Schweigen kommt das Beten, das Loben und Danken. Ein solcher Einkehrtag kann zu einem Tag der inneren Erneuerung werden.

AM MORGEN

Herr Gott, himmlischer Vater, deine Liebe schenkt mir diesen Tag. Was ich bin und habe, alles kommt von dir. Wie kann ich dir danken und dir recht dienen! Du kennst meine Schwachheit und all mein Versagen. Herr, vergib mir meine Schuld, räume aus, was dir widerstrebt in mir. Hilf mir, daß ich mich löse von allem, was träge macht und niederdrückt. Ergreife mein Herz, meinen Geist, alle meine Kräfte, daß ich deinen Willen tue und dir diene mit Herz und Mund und Hand. Ja, nicht mein, sondern dein Wille geschehe. Nimm mich von neuem an als dein Eigentum und laß mich deine Gegenwart erfahren. Durch Jesus Christus unsern Herrn. Amen.

Für eine Lesung aus der Bibel nimmt man sich an einem Einkehrtag besonders ausgiebig Zeit. Es kann dabei die Tageslesung genommen werden oder einer der Sonntagstexte (vor allem aus den Evangelien), oder was sich einem sonst nahelegt.
Man liest den Text langsam und womöglich laut oder halblaut, und wiederholt die Lesung nach einer Weile. Dann vergegenwärtigt man sich den Inhalt noch einmal möglichst bildhaft und anschaulich

im ganzen und in den Einzelheiten. Bei diesem „Wieder-holen" soll noch keine bestimmte Absicht vorwalten. Allmählich kommen dann ganz von selbst die Beziehungen zum eigenen Leben. Wir erkennen unsere Armut und Gottes Reichtum. Unsere Bedürftigkeit führt zum Bitten und Flehen, unser Beschenktsein zum Loben und Danken. Wir sehen unser ganzes Leben im Licht dieses Schriftabschnitts, den wir betend im Herzen bewegen.

Es ist fürs erste nicht nötig, daß wir eine bestimmte Ordnung oder Reihenfolge für die Gliederung unserer Betrachtung beachten. Genug, daß wir überhaupt in ein inneres Gespräch mit dem Text kommen und ohne Rücksicht auf die Form eigene Gebetsworte finden und im Herzen bewegen, ohne dabei Wiederholungen zu scheuen. Mit einem „Ehre sei dem Vater..." oder dem Gebet des Herrn kann man diese Stunde abschließen.

Im weiteren Verlauf des Tages können wir uns dann der Lektüre eines guten Buches widmen, etwa einer Biographie, oder eines Buches, das sich zur geistlichen Betrachtung eignet. Das soll jedoch nicht unsere ganze Zeit ausfüllen. Wir müssen Zeit behalten zum absichtslosen Schweigen, damit uns gute Einfälle kommen können, auch Zeit zur Entspannung bei einem Spaziergang, Zeit zum ruhigen Betrachten guter Dinge aus dem Bereich der Kunst oder der Natur. Vielleicht haben wir auch Gelegenheit, in einer Kirche einzukehren. Nur sollten wir nicht alle Stunden eines solchen Tages verplanen. Es muß genügend Zeit zur Ruhe und zum absichtslosen Dasein bleiben.

AM MITTAG

Herr, unser Gott, du bist uns so nahe wie die Luft, die uns umgibt. Du willst uns durchströmen wie der Atem und wie das Blut. Du willst uns erneuern und beleben mit der Kraft deiner Gnade. Hier bin ich, Herr. Komm in mir wohnen, erfülle und bewege mich, daß ich dich ehre mit all meinem Tun. Ehre sei dem Vater und dem Sohne und dem Heiligen Geiste, wie es war im Anfang, jetzt und immerdar und von Ewigkeit zu Ewigkeit. Amen.

Wie man in den Spiegel schaut, um zu sehen, ob die äußere Erscheinung in Ordnung ist, so sollte niemand versäumen, immer wieder, besonders an Tagen der Einkehr, auch sein inneres Verhalten zu überprüfen. Die Väter nannten das: in den Beichtspiegel blicken.

EIN KLEINER BEICHTSPIEGEL

Habe ich im Lärm der Tage, inmitten der vielen werbenden und lockenden Bilder, auf Gottes Wink geachtet und auf seine leise Stimme gehört?
Habe ich mir Zeit für Stille, Andacht, Gebet und Lesung genommen?
Habe ich um Gottes willen treu meine Arbeit getan?
Hat mich die Liebe Gottes, die ich durch Jesus Christus erfahren habe, freundlich, geduldig und friedfertig gemacht im Umgang mit den Menschen, die mir begegneten?
Habe ich ihnen in Worten und Taten ein gutes Beispiel gegeben?
Habe ich niemand verspottet, betrübt, hintergangen, verführt?
Bin ich ehrlich und wahrhaftig gewesen?
Habe ich mich begnügt mit dem, was Gott mir in meinem Leben beschieden hat?

Zu einer eingehenderen Selbstprüfung lese man die Bergpredigt (Mattäusevangelium, Kapitel 5–7), das Hohe Lied der Liebe (1. Korinther 13) oder die zehn Gebote. Im Licht solcher Worte erkennen wir unser Leben in der Tiefe. Hinter der Fassade, die wir zur Rechtfertigung gegenüber anderen Menschen aufgebaut haben, erkennen wir uns selbst vor Gott, wie wir sind. Wir beugen uns im Bekenntnis unserer Schuld und bekennen, was wir versäumt oder gefehlt haben in Gedanken, Worten und Werken. Wir bitten um Vergebung im Namen unseres Herrn Jesus Christus.

TROST UND VERGEBUNG

Wenn wir uns besinnen, bedenken wir mit den Mahnungen zugleich auch die Ermutigungen und den Trost der Heiligen Schrift:

Wenn wir sagen, daß wir keine Sünde haben, betrügen wir uns selbst, und die Wahrheit ist nicht in uns. Aber wenn wir unsere Sünden bekennen, ist er treu und gütig; er vergibt uns die Sünden und reinigt uns von jedem Unrecht.

1 Johannes 1, 8. 9

Gott hat die Welt so geliebt, daß er seinen einzigen Sohn hingab, damit jeder, der an ihn glaubt, nicht verlorengeht, sondern das ewige Leben hat. *Johannes 3, 16*

Kommt alle zu mir, die ihr geplagt und beladen seid! Ich werde euch ausruhen lassen. *Mattäus 11, 28*

Das Wort ist wahr, und es ist wert, daß alle es annehmen: Christus Jesus ist in die Welt gekommen, um die Sünder zu retten. Von ihnen bin ich der erste. *1 Timotheus 1, 15*

Wir haben ja nicht einen Hohenpriester, der nicht mit uns leiden könnte in unseren Schwächen, sondern einen, der wie wir in allem versucht worden ist, aber nicht gesündigt hat. Mit Zuversicht laßt uns also zum Thron der Gnade hintreten, damit wir Erbarmen finden und Gnade empfangen, Hilfe zur rechten Zeit. *Hebräer 4, 15–16*

Berge mögen weichen und Hügel wanken, doch meine Huld wird nie von dir weichen und mein Friedensbund wird nicht wanken, spricht voll Erbarmen der Herr. *Jesaja 54, 10*

AM ABEND

Herr, mein Heiland, du Hirte und Hüter deiner ganzen Christenheit, du bist an diesem Tage mir nahe gewesen und hast mich zum stillen Abend geleitet: bleibe mir nahe und erleuchte mich mit deinem Licht. Sieh nicht an, was ich versäumt oder gefehlt habe. Deine Gnade und Vergebung stärke und erhalte mich auf dem Weg zum ewigen Leben.

Herr, ich gedenke vor dir der Menschen, die mir anvertraut sind, der Menschen, an die ich gebunden bin. Segne sie, stärke sie, gib ihnen, was zu ihrem Heile dient.

Hier folgen nun einzelne Fürbitten. Wir sehen die Menschen, für die wir beten, mit den Augen Jesu an und erbitten für sie, was er ihnen schenken möchte.

Herr, halte uns verbunden unter dem Schutz und Schirm deiner ewigen Güte und Treue. Laß uns dein eigen sein und bleiben in Ewigkeit. Amen.

Es ist gut, wenn wir nach dem Rückblick auf den vergangenen Tag und auf alles, was uns aus unserm Leben und aus dem Wort der

Schrift deutlich geworden ist, zu ganz bestimmten Entschlüssen und Entwürfen kommen. Es mögen nur kleine Dinge sein, von denen wir erkennen, daß sie anders werden müssen, kleine Schritte, zu denen wir uns entschließen – Schritte in der Zeit, die im Licht der Ewigkeit stehen, werden gesegnet sein.

Manchem ist es eine Hilfe, sich abends ein paar Notizen zu machen, die er am nächsten Morgen noch einmal liest und mit in den neuen Tag nimmt.

ZUM ABSCHLUSS DES TAGES

Vater im Himmel, in deine Hände befehle ich meinen Geist, du hast mich erlöst, Herr, du treuer Gott. Laß mich ruhen und schlafen in deinem Frieden und erwecke mich mit dem neuen Tag zu neuem Gehorsam, zu freudigem Dienst. Dein eigen bin ich in Zeit und Ewigkeit. Amen.

IN TAGEN DER KRANKHEIT

Mancher kommt erst in Tagen der Krankheit zur regelmäßigen täglichen Sammlung, für die er im tätigen Alltag keine Zeit zu haben glaubt. Wer in die Stille des Krankenlagers geführt wird, soll – wenn die Kraft dafür ausreicht – der Selbstbesinnung vor Gott nicht ausweichen. Wer die Zeit nutzt, um sich im inneren Hören, Betrachten und Beten zu üben, wird erfahren, daß ihm die Zeit der Krankheit in besonderer Weise zum Segen gereichen kann.

MORGEN- UND ABENDGEBETE

SONNTAG MORGEN

Die Huld des Herrn ist nicht erschöpft, sein Erbarmen ist nicht zu Ende. Neu ist es an jedem Morgen; groß ist deine Treue. Gut ist es, schweigend zu harren auf die Hilfe des Herrn.
Klagelieder 3, 22–23. 26

Herr, an deinem Tage rufe ich dich an und danke dir für alle deine Güte und Treue. Wie du Jesus Christus aus dem Tod zum Leben erweckt hast, so schenkst du Leben und Seligkeit denen, die auf dich vertrauen. Erfülle diesen Tag mit Licht und Freude und laß die Kraft der Auferstehung in der Schwachheit meines Leibes mächtig sein. Überwinde in mir die Macht der Sünde und des Todes. Öffne mein Herz für dein Wort und mache mich zu deinem Eigentum. Sei mit mir, Herr, in allen Stunden dieses Tages. Dich will ich allezeit ehren und deinen Namen preisen.

SONNTAG ABEND

Dank sei dir, himmlischer Vater, daß dein Licht uns leuchtet, auch wenn des Tages Schein vergeht. Du suchst uns heim, auch wenn unser Herz es nicht versteht. Du entnimmst mich dem Getriebe der Zeit und führst mich in die Stille, damit ich auf deine Stimme lausche. Lehre mich, Herr, dein Wort besser zu hören und deinem Willen mich zu öffnen.
Herr, ich bitte dich für alle, die heute dein Wort gehört haben,

für alle, die Gäste waren an deinem Tisch, für alle, die einsam dein Angesicht suchten. Laß den Segen dieses Tages mit allen in die kommende Woche gehen. Stärke uns in der Geduld und in der Liebe, daß wir alles Dunkle überwinden durch Jesus Christus, unseren Herrn.

In deine Hände befehle ich meinen Geist. Du hast mich erlöst, Herr, du treuer Gott. Bewahre mich in dieser Nacht gnädig vor allem Übel, laß mich geborgen sein in deinem Frieden. Laß mich dein eigen sein und bleiben, jetzt und in Ewigkeit. Amen.

MONTAG MORGEN

Dank sei dir, himmlischer Vater,
du hältst deine Hand über mir in der Nacht
und läßt mich das Licht eines neuen Tages erblicken.
Erwecke und erneuere mich an Geist, Seele und Leib
und gib, daß ich mit Zuversicht das Heil erwarte,
das du mir schenkst durch Jesus Christus, unseren Herrn.

Herr, ich bitte dich für alle, die heute aufs neue mit der Arbeit beginnen, für alle, die in diesem Hause wirken und dienen, und für alle, die draußen ihrem Beruf nachgehen. Erhalte überall die Bereitschaft zum Dienst und laß jede ehrliche Arbeit ihren Lohn finden. Nimm auch mein Gebet gnädig an und hilf mir, das Wohl und Wehe der Menschen im Licht der Ewigkeit zu bedenken. Sei mit mir, Herr, in allen Stunden dieses Tages und hilf mir, dich allezeit zu ehren. Amen.

MONTAG ABEND

Herr, du hast mich durch die Stunden dieses Tages geleitet und mich zur Ruhe der Nacht gebracht. Du bist uns nahe, auch wenn wir deiner nicht gedenken. Du gibst uns neuen Trost, wenn wir uns zu dir wenden. Sei gnädig allen Kranken, Elenden und Bekümmerten. Neige dich zu denen, die bei dir Trost und Hilfe suchen. Gib uns allen eine ruhige Nacht und laß uns gestärkt erwachen zu neuer Geduld und Liebe.

In deine Hände befehle ich meinen Geist. Du hast mich erlöst, Herr, du treuer Gott. Bewahre mich in dieser Nacht gnädig vor allem Übel, laß mich geborgen sein in deinem Frieden.

Laß mich dein eigen sein und bleiben, jetzt und in Ewigkeit. Amen.

DIENSTAG MORGEN

Dank sei dir, himmlischer Vater,
du hältst deine Hand über mir in der Nacht
und läßt mich das Licht eines neuen Tages erblicken.
Erwecke und erneuere mich an Geist, Seele und Leib,
und gib, daß ich mit Zuversicht das Heil erwarte,
das du mir schenkst durch Jesus Christus, unsern Herrn.

Herr, du kennst meine Schwachheiten und alles, was mich bedrängt. Aber du gibst dem Müden Kraft und Stärke dem Unvermögenden. Stehe mir bei im Kampf gegen alle Ungeduld und Unrast, gegen den Zweifel an deiner gnädigen Hilfe. Deinem heiligen Willen ergebe ich mich. Sei mit mir, Herr, in allen Stunden dieses Tages und hilf mir, dich allezeit zu ehren. Amen.

DIENSTAG ABEND

Herr und Hüter unseres Lebens, am Abend dieses Tages danke ich dir für deine Hilfe und für deinen Trost. Vergib, wo ich ungeduldig, kleinmütig und schwach war. Hilf mir, Herr, zur Ruhe der Nacht und schenke mir und allen Leidenden den Frieden, der höher ist als alle Vernunft. Kehre ein bei uns mit deinem Trost und Frieden.
In deine Hände befehle ich meinen Geist. Du hast mich erlöst, Herr, du treuer Gott. Bewahre mich in dieser Nacht gnädig vor allem Übel, laß mich geborgen sein in deinem Frieden. Laß mich dein eigen sein und bleiben, jetzt und in Ewigkeit. Amen.

MITTWOCH MORGEN

Dank sei dir, himmlischer Vater,
du hältst deine Hand über mir in der Nacht
und läßt mich das Licht eines neuen Tages erblicken.
Erwecke und erneuere mich an Geist, Seele und Leib
und gib, daß ich mit Zuversicht das Heil erwarte,
das du mir schenkst durch Jesus Christus, unsern Herrn.

Herr, ich bitte dich für alle, die du mir verbunden hast in der Nähe und in der Ferne, für alle, die mich pflegen und mir die Last des Leidens tragen helfen. Erfülle mein Herz mit Güte und Geduld und laß mich dankbar sein für alles, was sie an mir tun. Hilf mir, ein Bote deiner Liebe zu werden für die Menschen, die du mir heute sendest. Herr, höre mein Gebet, und sei mit mir in allen Stunden dieses Tages. Hilf mir, dich allezeit zu ehren. Amen.

MITTWOCH ABEND

Vater, ich danke dir für alle Barmherzigkeit und Liebe, auch für alle Menschen, die du mir verbunden hast. Vergib mir alle Eigensucht und Lieblosigkeit. Stärke mich im Glauben und in der Liebe, damit ich Zeugnis geben kann von deiner Güte.
In deine Hände befehle ich meinen Geist. Du hast mich erlöst, Herr, du treuer Gott. Bewahre mich in dieser Nacht gnädig vor allem Übel, laß mich geborgen sein in deinem Frieden. Laß mich dein eigen sein und bleiben, jetzt und in Ewigkeit. Amen.

DONNERSTAG MORGEN

Dank sei dir, himmlischer Vater,
du hältst deine Hand über mir in der Nacht
und läßt mich das Licht eines neuen Tages erblicken.
Erwecke und erneuere mich an Geist, Seele und Leib,
und gib, daß ich mit Zuversicht das Heil erwarte,
das du mir schenkst durch Jesus Christus, unsern Herrn.

Himmlischer Vater, du rufst deine Kinder von allen Enden der Erde und sammelst sie in der Gemeinde deines Sohnes. Laß auch mich verbunden sein mit allen Brüdern und Schwestern im Glauben, in der Liebe, in der Hoffnung. Laß deine Kraft in meiner Schwachheit mächtig sein, stärke mich zum Dienst in deinem Reich. Sei mit mir, Herr, in allen Stunden dieses Tages und hilf mir, dich allezeit zu ehren. Amen.

DONNERSTAG ABEND

Herr, du hast deine Kirche auf dem Grund der Apostel und Propheten erbaut und sie zu einem Tempel deines Heiligen

Geistes gemacht. Ich danke dir, Herr, für die Gemeinschaft, die mich hält und trägt. Ich danke dir, Herr, für dein heiliges Wort und Sakrament. Laß mich auch in einsamen Stunden mit den Vätern und Brüdern im Glauben verbunden bleiben. Hilf uns, daß wir einander verstehen und tragen, daß wir ein Leib in Christus seien und immerdar in ihm bleiben und er in uns.
In deine Hände befehle ich meinen Geist. Du hast mich erlöst, Herr, du treuer Gott. Bewahre mich in dieser Nacht gnädig vor allem Übel, laß mich geborgen sein in deinem Frieden. Laß mich dein eigen sein und bleiben, jetzt und in Ewigkeit. Amen.

FREITAG MORGEN

Dank sei dir, himmlischer Vater,
du hältst deine Hand über mir in der Nacht
und läßt mich das Licht eines neuen Tages erblicken.
Erwecke und erneuere mich an Geist, Seele und Leib,
und gib, daß ich mit Zuversicht das Heil erwarte,
das du mir schenkst durch Jesus Christus, unsern Herrn.

Herr, du kennst meine Not und Schwachheit. Bei dir suche ich Kraft. Hilf mir, willig zu tragen, was du mir auferlegst. Laß mich im Glauben erfahren, daß die Leiden dieser Zeit gering sind vor der Herrlichkeit der ewigen Vollendung. Herr, hilf allen, die in Krankheit, Not und Gefahren sind. Stärke alle, die in deiner Nachfolge in Anfechtung oder Bedrängnis geraten. Laß uns alle Trost finden unter deinem Kreuz. Sei mit mir, Herr, in allen Stunden dieses Tages und hilf mir, dich allezeit zu ehren. Amen.

FREITAG ABEND

Himmlischer Vater, du hast deinen Sohn gesandt in unsere menschliche Schwachheit und Not. Er hat sein Leben am Kreuz zum Opfer gebracht für uns, damit auch wir in seiner Nachfolge Mut gewinnen, unser Kreuz zu tragen. Ich danke dir, daß du mich heimsuchst zu dir, auch wenn ich deine Wege oft nicht verstehen kann.
In deine Hände befehle ich meinen Geist. Du hast mich erlöst, Herr, du treuer Gott. Bewahre mich in dieser Nacht gnädig

vor allem Übel, laß mich geborgen sein in deinem Frieden. Laß mich dein eigen sein und bleiben, jetzt und in Ewigkeit. Amen.

SAMSTAG MORGEN

Dank sei dir, himmlischer Vater,
du hältst deine Hand über mir in der Nacht
und läßt mich das Licht eines neuen Tages erblicken.
Erwecke und erneuere mich an Geist, Seele und Leib,
und gib, daß ich mit Zuversicht das Heil erwarte,
das du mir schenkst durch Jesus Christus, unsern Herrn.

Herr, ich bin ein Pilger, wie alle meine Väter. Du zeigst mir das Ziel von ferne und stärkst mich auf dem Wege. In Not und Krankheit lehre mich ausschauen nach den Bergen, von denen mir Hilfe kommt. Stärke mich, Herr, damit ich einst mit allen Seligen und Vollendeten dich schaue, lobe und preise in Ewigkeit. Sei mit mir, Herr, in allen Stunden dieses Tages und hilf mir, dich allezeit zu ehren. Amen.

SAMSTAG ABEND

Eine Woche geht zu Ende. Laß mich still werden, Herr, vor dir. Du führst die Deinen, wenn sie am Ende sind, zu einem neuen Anfang. Du bewahrst uns vor Bitterkeit und Verzagtheit, wenn wir uns deinem heiligen Willen öffnen und dir vertrauen. Erwecke du selbst mein Herz, dir, Herr, für alles zu danken. Vergib mir, was ich versäumt und gefehlt habe, allen Kleinmut und den Mangel an Liebe. Laß mich an deinem Tage ein Neues beginnen.

In deine Hände befehle ich meinen Geist. Du hast mich erlöst, Herr, du treuer Gott. Bewahre mich in dieser Nacht gnädig vor allem Übel, laß mich geborgen sein in deinem Frieden. Laß mich dein eigen sein und bleiben, jetzt und in Ewigkeit. Amen.

VOR DEM EMPFANG DER KRANKENKOMMUNION

Wer als Kranker daheim oder im Krankenhaus die heilige Kommunion empfängt, bereitet sich am besten vor, indem er sich vergegenwärtigt, wie die Gemeinde das heilige Mahl feiert. Eine Eucharistiefeier ist eine Gemeindefeier, in der die Versammelten sich im Hören, Bitten und Loben vereinigen und durch den Empfang der Gaben vom Tisch des Herrn als Glieder des Leibes Christi neu miteinander verbunden werden. Der einsame Kranke nimmt daran Anteil, so wie der Daheimgebliebene, dem von der Hochzeitstafel etwas mitgebracht wird. Vielleicht können auch einige Angehörige, nahe Freunde oder Nachbarn helfen, eine kleine Gemeinde am Krankenbett zu bilden.

So wie im Gemeindegottesdienst die Schriftlesung und die Verkündigung im Mittelpunkt des ersten Teiles stehen, wird man zur Vorbereitung auf die Krankenkommunion zuerst ein Wort der Heiligen Schrift bedenken. Man kann eine der Lesungen nehmen, die ohnehin nach der Ordnung des Kirchenjahres in der betreffenden Woche gelesen werden. Fast immer wird sich leicht ein Bezug zum Sakrament ergeben. Jesus Christus ist die Mitte der ganzen Heiligen Schrift. Er ist das ewige Wort des Vaters. Dieses Wort hat eine leibhafte Gestalt angenommen in dem Kind von Betlehem. So steht das Wunder der Weihnacht uns immer neu vor Augen, wenn der Herr in Brot und Wein des heiligen Mahles zu uns kommt. Wie er gelitten hat und gekreuzigt wurde für uns, so gedenken wir seines Leidens und Sterbens, wenn wir beim heiligen Mahl Christus, das Lamm Gottes, das der Welt Sünde trägt, um Erbarmen anrufen. Und wie die Jünger in Emmaus den Auferstandenen beim Brotbrechen erkannten, so erfahren wir die Gegenwart des lebendigen Herrn, wenn wir tun, was er uns zu tun geboten hat: Solches tut zu meinem Gedächtnis! In ihm kommt die unverdiente Liebe Gottes selbst zu uns. Wir bereiten uns betend:
Herr, ich bin nicht würdig, daß du eingehst unter mein Dach, aber sprich nur ein Wort, so wird meine Seele gesund!

Wie im Gottesdienst zwischen dem Wort und dem Mahl die Gebete und Fürbitten stehen, so wird auch der Kranke im Gebet seine Anliegen vor Gott bringen und dabei auch die nicht vergessen, die um ihn sind und deren er mit Dank und Fürbitte gedenkt.

Christus gibt sich uns selbst mit seinem Leib und Leben. Er ist Gastgeber und Gabe in einem. So mündet alle Vorbereitung in die stille Erwartung dieser Begegnung.

DANKGEBET

Herr Jesus Christus, ich danke dir, daß du mir Anteil gegeben hast an dem wunderbaren Geheimnis deiner Liebe. Stärke meinen Glauben, daß ich mich dir ganz anvertraue im Leben und im Sterben. Laß deine Liebe in mir wohnen, laß mich in aller Schwachheit in deiner Liebe geborgen sein. Du bist meine Zuversicht, auch in schweren Stunden. Dir sei Dank allezeit.

BETRACHTUNGEN UND GEBETE

VOM SEGEN DER STILLE

Unruhe und alles Laute soll vom Krankenzimmer ferngehalten werden, soweit es irgend geht. Aber auch der Kranke selbst muß lernen, die Stille anzunehmen, wenn sie kommt. „Meine Seele ist stille zu Gott, der mir hilft" (Psalm 62, 2).
Fürchte dich nicht vor der Stille. Dein Körper braucht die Stille. Stille ist nicht Leere. Stille ist ein tiefer Brunnen, aus dem man das Wasser des Lebens schöpfen darf. Deine Seele braucht die Stille. Deine Seele soll genesen von der Unruhe, von aller Aufregung, die von außen und aus den Tiefen des eigenen Herzens auf sie eindringt.
Deine Gedanken sammeln sich. Sie ordnen sich. Sie gehen in die Tiefe. Sie suchen ein Ziel.
„Unser Herz ist unruhig in uns, bis es ruhet, Gott, in dir." In der Stille hörst du die Stimme Gottes. Sprich wie Samuel in der Stille der Nacht: „Rede, Herr, dein Knecht hört." Warte aber nicht auf besondere Eingebungen. Halte dich an das, was du hast. Betrachte ein Bibelwort. Sprich eines der Gebete, die hier folgen, die um den Segen der Stille bitten. Bete auch mit eigenen Worten still und gesammelt – aber lieber kurz, um nicht abzuschweifen. Bete für die Deinen, für deine Pfleger und Helfer, für andere Kranke, für die Kirche, das Land, den Frieden. Sprich immer wieder das Gebet, das der Herr seinen Jüngern gegeben hat, und verweile bei den einzelnen Bitten. Zum Abschluß sprich: „Ehre sei dem Vater und dem Sohn und dem Heiligen Geist, wie im Anfang, so auch jetzt und allezeit und in Ewigkeit. Amen." Solche Stunden der Sammlung werden dich stärken, daß du mit Gelassenheit und Zuversicht allem begegnest, was dir widerfährt.

BITTE UM GEDULD

Gut ist es, schweigend zu harren auf die Hilfe des Herrn.
Klagelieder 3, 26
Besser ein Langmütiger als ein Kriegsheld. *Sprüche 16, 32*

Geduldig sein, heißt warten können, auf morgen, auf übermorgen, auf Wochen hinaus, auf unbestimmte Zeit. Zähle nicht, sonst naht schon die Ungeduld.
Geduldig sein, heißt dulden können. Leiden müssen alle, die der Schmerz befällt. Geduldig leiden, sich willig unter das Leiden stellen, ist mehr.
Wenn tapferes Anpacken der Lebensaufgaben und ausdauernde Anstrengung hohe Tugenden des Gesunden sind, so ist Ergebung und Geduld die Arbeit dessen, dem andere Arbeit versagt ist. Geduld bewährt sich im Mut zum Leiden, im ausdauernden Bestehen der Belastungsprobe.

Herr, du legst uns eine Last auf, aber du hilfst uns auch. Du wirst das zerstoßene Rohr nicht zerbrechen und den glimmenden Docht nicht auslöschen. Du hast gelitten und uns ein Vorbild gegeben. Verlaß mich nicht. Gib mir Mut zum Stillesein und Hoffen. Stärke mich in der Geduld.

SELBSTBESINNUNG

Wenn doch auch du an diesem Tag erkannt hättest, was dir Frieden bringt. Jetzt aber bleibt es vor deinen Augen verborgen. *Lukas 19, 42*

Erforsche mich, Gott, und erkenne mein Herz,
    prüfe mich und erkenne mein Denken!
Schau, ob ich gehe auf einem Weg, der dich kränkt,
    und leite mich auf ewigem Weg! *Psalm 139, 23. 24*

Du sollst zur rechten Erkenntnis deiner selbst geführt werden, damit Gott dich wandle in das Bild, das ihm vor Augen stand, als er dich ins Leben rief. Wenn du dich täuschst über dich selbst, ist der feste Grund noch nicht gewonnen, auf dem ein neues Leben erstehen kann. Wenn du aber dich selbst erkennst, bist du auf einen Weg gestellt, der vom Alten in ein Neues führt.

Herr, durchleuchte uns mit deinem Licht. Tilge in uns, was dem Dunkel angehört. Dringe ein bis zum innersten Grund und wandle uns in der Tiefe unseres Wesens.

MUT ZUM HOFFEN

In Umkehr und Ruhe liegt euer Heil, in Stille und Vertrauen eure Kraft. *Jesaja 30, 15*

Nun läßt du, Herr, deinen Knecht, wie du gesagt hast, in Frieden scheiden. Denn meine Augen haben das Heil gesehen.
Lukas 2, 29. 30

Es ist für einen Kranken immer gut, auf Hilfe und Heilung seines Leidens zu hoffen. Aber hinter dieser Hoffnung leuchtet eine andere und größere Hoffnung, die wir in der Krankheit und im Alter immer gewisser ins Herz nehmen dürfen. Es gibt ein Leben, dem der Tod nichts anhaben kann. „Wir verkündigen, wie in der Schrift steht, was kein Auge gesehen und kein Ohr gehört hat, was keinem Menschen in den Sinn gekommen ist: wie Großes Gott denen bereitet hat, die ihn lieben." *1 Korinther 2, 9*
Ich war tot, doch ich lebe in Ewigkeit, und ich habe die Schlüssel des Todes und der Totenwelt. *Offenbarung 1, 18*

Herr, wie vergänglich ist alles, das ich festhalten will. Die Zeit zerrinnt, und in dieser Welt hat nichts Lebendiges Bestand. Aber du zeigst mir den Weg, der zum Leben führt. Du bist selbst diesen Weg gegangen. Du hast die Pforte der Ewigkeit für uns aufgetan und verheißen: Ich lebe und ihr sollt auch leben. Wir hoffen auf dich. Du wirst uns nicht verlassen, Herr, unser Gott.

WEITERE GEBETE UND FÜRBITTEN

EIN GEBET, FRANZISKUS ZUGESCHRIEBEN

Seit dem ersten Weltkrieg hat ein Gebet weite Verbreitung gefunden, das aus franziskanischem Geist geboren ist und darum Franziskus von Assisi zugeschrieben wurde:

O Herr, mache mich zum Werkzeug deines Friedens:
Daß ich Liebe übe, wo man sich haßt,
daß ich verzeihe, wo man sich beleidigt,
daß ich verbinde, wo Streit ist,
daß ich die Wahrheit sage, wo der Irrtum herrscht,
daß ich den Glauben bringe, wo der Zweifel drückt,
daß ich die Hoffnung wecke, wo Verzweiflung quält,
daß ich ein Licht anzünde, wo die Finsternis regiert,
daß ich Freude mache, wo der Kummer wohnt.

Ach, Herr, laß du mich trachten:
Nicht, daß ich getröstet werde, sondern daß ich tröste,
nicht, daß ich verstanden werde, sondern daß ich verstehe,
nicht, daß ich geliebt werde, sondern daß ich liebe.
Denn wer da hingibt, der empfängt,
wer sich selbst vergißt, der findet,
wer verzeiht, dem wird verziehen,
und wer da stirbt, der erwacht zum ewigen Leben. Amen.

FÜR DIE HUNGERNDEN

Herr, ich danke dir, daß ich täglich satt werde. Wie oft habe ich zuviel oder zu gut gegessen und Geld für Unnötiges ausgegeben. Laß mich die Hungernden nicht vergessen, die vielen Millionen, die niemals satt zu essen haben, die dahinsiechen und vor Entkräftung sterben. Herr, laß mich nicht ängstlich fragen, ob meine Gabe ihr Ziel erreicht. Mache mich bereit zum Verzicht und zum Geben, damit Hungernden geholfen werden kann. Herr, deine Augen blicken mich an aus ihren Augen. Dir gilt meine Gabe.

FÜR DIE SÜCHTIGEN

Herr, du liebst uns mit unerschöpflicher Liebe. Aber wie oft sind wir blind dafür. Ich bitte dich, Herr, für die Vielen, die vergeblich nach Liebe hungern. Laß mich nicht schuldig werden an ihnen. Ich bitte dich für die Vielen, die auf der Suche nach Liebe süchtig geworden sind, die nicht loskommen von dem Gift, das sie beruhigt oder aufputscht, das sie vergessen läßt oder sie mit flüchtiger Lust betrügt: Laß sie erkennen, daß sie geliebt sind. Mache sie frei von ihrer Sucht und sende ihnen Menschen, die helfen und tragen. Zeige ihnen ihre Verantwortung. Schenke und erhalte uns allen Geborgenheit in deiner Liebe.

BEI KATASTROPHEN UND SEUCHEN

Barmherziger Gott, wir rufen zu dir in der Not... Angst und Schrecken haben die Menschen überfallen und viele dahingerafft. Stärke den Verängstigten den Mut und wehre der Panik. Mache Herzen und Hände willig zum Helfen. Führe in der Bedrohung Menschen zu neuer Gemeinschaft zusammen, zum Einstehen füreinander, zum Einsatz des Lebens in der Gefahr. Mache der Not ein Ende und gib uns Zuflucht in deinem Erbarmen.

IN NOTZEITEN DER KIRCHE

Herr, du hast deine Kirche auf den Grund der Apostel und Propheten gegründet und ihr deinen Beistand in aller Anfechtung und Not verheißen, wir bitten dich: Siehe an die Bedrängnis deiner Gläubigen. Wehre dem Haß der Verfolger und gib den Verfolgten die Kraft zur Liebe, die den Haß besiegt. Die Schwankenden und Zweifelnden richte auf durch die Macht deines Wortes und hilf uns allen, ohne Menschenfurcht deine Liebe vor der Welt zu bezeugen und deinen Namen zu bekennen.

GEBET DER VEREINTEN NATIONEN

Unsere Erde ist nur ein kleines Gestirn im Weltall. Uns obliegt es, daraus einen Planeten zu machen, dessen Geschöpfe nicht von Kriegen gepeinigt werden, nicht von Hunger und Durst gequält, nicht zerrissen in sinnloser Trennung nach Rasse, Hautfarbe und Weltanschauung. Gib uns den Mut und die Zuversicht, schon heute mit diesem Werk zu beginnen, auf daß unsere Kinder und Kindeskinder einst mit Stolz den Namen Mensch tragen.

FÜR DIE GEMEINSCHAFT DER VÖLKER

Herr unser Gott, deine Barmherzigkeit gilt allen Völkern. Du rufst uns alle auf den Weg der Gerechtigkeit und des Friedens. Wir bitten dich: Gib uns ein Herz für die Unterdrückten und Verachteten. Wehre der Überheblichkeit und dem Haß zwischen den Völkern und Rassen. Stärke uns den Sinn für die Verantwortung, die wir füreinander tragen, daß wir erkennen, wie Hunger und Armut den Frieden der Welt bedrohen. Wir schulden einander mehr als Almosen. Mache die Starken und Reichen willig, den Schwachen und Armen so zu helfen, daß sie sich selber besser helfen können. Gib, daß wir einander dienen mit den Gaben, die deine Güte uns allen anvertraut. Stärke in aller Welt die Ehrfurcht vor dem menschlichen Leben und erwecke die Bereitschaft zur Versöhnung über alle Gräben und Grenzen hinweg.

UM DIE EINHEIT DER KIRCHE

Herr, du sammelst die Deinen aus aller Welt und willst, daß sie alle eins seien, die du gerufen und dir erwählt hast. Wir bitten dich: Befreie uns von allen Vorurteilen und dem Streben nach Selbstbehauptung, das der Einheit der Christenheit im Wege steht. Erwecke in uns allen ein brennendes Verlangen, dir in der Gemeinschaft des Glaubens und der Liebe und der Hoffnung zu dienen. Nimm hinweg, was uns noch trennt, und erwecke in allen Kirchen die Bereitschaft zur Versöhnung. Zeige uns den Weg aus allem fruchtlosen Streit, damit wir deine Liebe einmütig bezeugen und in der zerrissenen Welt nicht länger dem Glauben durch unsere Uneinigkeit im Wege stehen. Du allein bist unser Herr und Hirte, der Anfänger und Vollender unseres Glaubens.

IN KRIEGSGEFAHR

Herr, wir sind alle betroffen, wenn der Friede zerbricht und Krieg und Blutvergießen Menschen überfällt, Männer, Frauen und Kinder. Öffne uns die Augen für die Ursachen des Krieges: Lüge und Haß, Machtgier und Angst. Bewahre uns vor der Verblendung, die ins Verderben rennt. Wir bitten dich: Rette uns vor der Vernichtung. Lenke den Sinn der Verantwortlichen. Laß uns nicht versinken in Elend und Grauen, Herr, erbarme dich unser.

UM DEN FRIEDEN

Allmächtiger Gott, du lenkst die Menschenherzen und bist Herr über alle Völker, wir bitten dich: Laß uns nicht bauen auf Krieg und Gewalt. Mache der Angst und Not ein Ende. Erbarme dich über die Not der Bedrückten und Gequälten, der Heimatlosen und Vertriebenen, der Witwen und Waisen, der Verwundeten und Gefangenen. Rette uns aus dem Grauen der Vernichtung. Bewahre uns vor Unterdrückung und Tyrannei. Segne und stärke alle, die bereit sind, Frieden zu stiften. Erbarme dich unser um Jesu Christi willen und gib uns und aller Welt den Frieden.

GEBURTSTAG

Allmächtiger Gott, Schöpfer und Herr der Welt und alles Lebens, wer bin ich vor dir, daß du mich ansiehst und beim Namen rufst! Und doch sind alle meine Tage und Stunden in deiner Hand. Du hast mir in deinem Sohne deine barmherzige Liebe gezeigt und rufst mich zur Hoffnung über den Tag hinaus. Ich danke dir für alle deine Güte! Siehe nicht an, was ich versäumt oder gefehlt habe. Gib mir neuen Mut, nach deinem Willen zu leben. Führe mich von einem Lebensjahr zum andern. Laß mich deine Nähe erfahren und deiner Liebe vertrauen in guten und in schweren Stunden. Laß mich dein eigen sein und bleiben.

Mein Gott und Herr, du hast mich bis auf diesen Tag gnädig behütet, bei dir bin ich allezeit geborgen. Ohne dich habe ich nichts zu hoffen, mit dir habe ich nichts zu fürchten! Laß mir alles, was du schickst, zum Besten dienen. Bewahre mich vor Verdrossenheit und vor den Fesseln der Sucht. Erhalte mir in Glück und Not das Vertrauen auf deine väterliche Güte und stärke mich zur Treue in deinem Dienst.

GEBURTSTAG EINES KINDES

Vater im Himmel, wir sagen dir Lob und Dank für alle Güte, die du unserem ... bis zum heutigen Tage erwiesen hast, für alle Hilfe und für deinen Schutz. Dir befehlen wir unser Kind aufs neue. Unsere Zeit steht in deinen Händen. Unser Leben eilt schnell dahin, aber deine Liebe bleibt. Du hast uns in der heiligen Taufe als deine Kinder angenommen und uns das ewige Ziel der Vollendung vor Augen gestellt. Gib uns Kraft und Beständigkeit auf dem Weg unseres Lebens, Wachstum und Reife an Leib und Seele, und hilf uns, allezeit füreinander da zu sein bis zum Tage der Vollendung in deinem Reich.

GEBET

Wie leicht ist es für mich, mit dir zu leben, Herr!
An dich zu glauben, wie leicht ist das für mich!
Wenn ich zweifelnd nicht mehr weiter weiß und meine Vernunft aufgibt, wenn die klügsten Leute nicht weitersehen als bis zum heutigen Abend
und nicht wissen, was man morgen tun muß –
dann sendest du mir eine unumstößliche Gewißheit,
daß du da bist und dafür sorgen wirst,
daß nicht alle Wege zum Guten gesperrt werden.
Auf dem Grat irdischen Ruhmes blicke ich mit Erstaunen auf jenen Weg durch die Hoffnungslosigkeit hindurch
– hierher, von wo aus ich der Menschheit
einen Abglanz deiner Strahlen senden konnte.
Und soviel nötig sein wird, daß ich sie wiedergebe –
wirst du mir geben.
Was mir aber nicht mehr gelingen wird, bedeutet –
du hast es anderen vorbehalten.
(Dieses Gebet wird dem russischen Dichter Alexander Solschenizyn zugeschrieben.)

FÜRBITTEN

VON ALFRED SCHILLING

ACHTUNG VOREINANDER

Beten wir zu Gott dem Herrn:

- für alle christlichen Kirchen,
  die Gott dienen – jede auf ihre Weise:
  daß sie nicht gegeneinander arbeiten,
  sondern Freude und Leid miteinander teilen
  und daß sie so alle zusammen ein Licht bilden,
  das der Welt und den Menschen leuchtet.

- für alle, die Gott nicht so wie wir verehren,
  aber doch gut und rechtschaffen ihren Mitmenschen dienen wollen:
  daß wir nicht der Versuchung erliegen,
  sie geringer zu achten,
  daß wir ihre Bemühungen unterstützen
  und uns an ihrem Eifer ein Vorbild nehmen.

- für alle, die um uns herum sind
  und die vielleicht anders sind als wir selbst –
  für unsere Angehörigen und Hausgenossen –
  für unsere Nachbarn und Reisegefährten:
  daß sie uns nicht nur gefallen,
  solange wir sie brauchen können;
  daß wir sie vielmehr achten und gelten lassen
  und ihnen auch zugestehen,
  auf ihre Weise zu leben.

- für unsere Kranken und die, die sie pflegen –
  für unsere Toten und die, die um sie trauern:
  daß wir nach dem Vorbild Jesu einander gut sind
  und uns in ihm allzeit verbunden bleiben.

Herr, unser Gott,
alles liegt in deiner Hand,
und verschieden sind die Gaben,
die du uns gegeben hast.

Wir bitten dich:
Laß es nie geschehen,
daß wir auf andere herabsehen
oder daß wir die vergessen,
die auf uns gerechnet haben.
Gib uns Achtung vor einem jeden Menschen,
weil *du*
ihn *so und nicht anders* geschaffen hast.

ARBEIT

Lasset uns beten zu Gott,
der uns Menschen und unserer Arbeit
diese Erde anvertraut hat:

– für unsere menschliche Gesellschaft
und für alle, die darin tätig sind –
in der Familie wie im Geschäftsleben,
in Industrie und Landwirtschaft,
in den Dienstleistungsbetrieben
und wo immer es auch sei:
daß unser aller Arbeit von Gott gesegnet sei
und uns und anderen helfe,
glücklich und menschenwürdig zu leben.

– für die jungen Menschen,
die sich auf ihre Aufgabe in Beruf und Leben vorbereiten:
daß sie an die Zukunft glauben
und ihre Ausbildung ernst nehmen
und daß sie den Wunsch haben,
durch ihre Kenntnis und Tüchtigkeit
auch denen danken zu können,
die bisher für sie gesorgt haben.

– für alle Menschen im Arbeitsprozeß –
ob sie hoch oder niedrig stehen:
daß sie sich füreinander einsetzen
und nicht glauben,
daß ein gutes Arbeitsklima von selbst entstände.

– für uns alle, ob jung oder alt:
daß wir an einer Stelle stehen,

wo uns die Arbeit Freude macht,
wo sie nicht wie ein Fluch auf uns liegt,
sondern uns hilft,
unsere Talente und unsere Menschlichkeit voll zu entfalten.
Allmächtiger Gott,
du Schöpfer dieser Welt,
stärke uns in dem Willen,
durch unsere tägliche Arbeit
zum Glück anderer Menschen beizutragen,
und gib uns so unseren Anteil an dem erlösten Leben,
das du uns allen
in Jesu Leben angeboten hast.

BESINNUNG AM SONNTAG

Lasset uns beten zu Gott, unserem Vater,
der uns in Jesus Christus zur Freiheit berufen hat:
— für alle, die durch ihre Arbeit
an der Vollendung von Gottes Schöpfung mitarbeiten:
daß sie nicht zu Sklaven ihrer eigenen Betriebsamkeit
werden und daß ihnen die Besinnung und Ruhe des Sonntags neue Freude gibt,
ihre Aufgabe zum Wohle der Menschen zu erfüllen.

— für unsere Familie und alle, die uns nahestehen:
daß uns die sonntägliche Atempause
wieder Zeit füreinander gibt
und uns in unserer Verbundenheit miteinander stärkt.

— für alle, denen die Stille des Sonntags
nur um so stärker ihre Einsamkeit bewußt werden läßt —
für die Alleinstehenden und Fremden in unserer Mitte:
daß wir ihnen unsere Gemeinschaft anbieten
und versuchen, ihnen bei uns eine Heimat zu geben.

— für uns alle,
die wir uns Sonntag für Sonntag zum Gottesdienst versammeln:
daß wir in unserer sachlichen und berechnenden Welt
auch alltags nicht aneinander vorbeileben,

sondern uns stets einen Blick und ein Herz bewahren
für die Menschen um uns herum.

Herr, unser Gott,
wir fühlen uns so arm,
weil wir so oft mit leeren Händen dastehen
und so wenig helfen können.
Die vielfältige Not der Welt
und unsere eigenen Sorgen
weisen uns immer wieder den Weg zu dir:
Laß uns auf den Sieg des Guten hoffen –
in uns und in einem jeden Menschen,
den du
erschaffen hast.

DIENEN

Lasset uns beten zu Gott,
der seinen Sohn gesandt hat,
damit er unser aller Diener sei:

– für alle, die das Leben hart anpackt –
für die täglichen Opfer von Korruption und Verrat –
für die Betrogenen und im Geschäft Übervorteilten:
daß sie nie Unrecht mit Unrecht vergelten
und nicht in Haß und Verbitterung versinken.

– für alle, die an leitender Stelle stehen
in Politik und Wirtschaft, aber auch in unserer Kirche –
für die ihnen Unterstellten und ihre Mitarbeiter:
daß sie das Leben und die Rechte des anderen achten
und ohne Angst um die eigene Karriere
für die Armen und Benachteiligten eintreten.

– für unsere eigene kleine Welt –
in Ehe und Familie,
in der Nachbarschaft und am Arbeitsplatz:
daß wir es in unserem Zusammenleben
nicht schon bewenden lassen bei Gebet und gutem Willen;
daß wir uns vielmehr, wo immer wir können,
persönlich füreinander einsetzen.

– für die, die unseren Dienst am wenigsten entbehren können –
   für die Kranken daheim und in den Krankenhäusern –
   für die Alten und Alleinstehenden:
   daß sie Jesus, ihrem Heiland, begegnen
   in unserer Hilfsbereitschaft und Selbstlosigkeit.

– für uns selbst:
   daß wir nie mutlos werden,
   mögen wir auch noch so oft
   unsere Ohnmacht gegenüber Gewalt und Unrecht zu spüren
   bekommen;
   daß wir vielmehr unbeirrt und unnachgiebig
   der Sache des Friedens und der Gerechtigkeit dienen.

Herr, unser Gott,
wenn wir ehrlich
und im Geiste deines Sohnes vor dir leben wollen,
dann müssen wir zu Dienern aller werden:
aller Menschen, für die wir im Leben Verantwortung tragen,
und aller, die auf uns ihre Hoffnung setzen.
Laß darum einen jeden von uns
ein Werkzeug deines Friedens
und ein Beweis für deine Liebe sein.

EHE

Lasset uns beten zu Gott, unserem Vater –
zu Gott, der die Liebe ist:

– für alle, die sich ihr Jawort zur Lebensgemeinschaft
   gegeben haben:
   daß sie in Freude und Leid zusammenstehen
   und einander die Lasten des Lebens tragen.

– auch für die Eheleute, die es schwer miteinander haben,
   die sich fremd geworden sind
   und die mit der Enttäuschung ringen:
   daß sie nicht aufhören, einander zu suchen,
   daß sie Verständnis und Geduld füreinander aufbringen
   und um unser aller Erfahrung wissen,
   daß unser Leben immer wieder nach einem neuen Anfang
   verlangt.

- für alle, die ihr Ziel nicht erreicht haben –
  deren Ideale in Scherben liegen
  oder deren Ehe gescheitert ist:
  daß sie nicht einsam werden und sich von allem zurückziehen;
  daß sie wissen, daß es Menschen gibt, die sie brauchen,
  aber auch, daß kein anderer Weg zu Glück und Zufriedenheit führt, als selbst Liebe zu schenken.
- für die jungen Leute, die sich auf ihre Ehe vorbereiten:
  daß sie jetzt schon einander reicher machen
  und aus unser aller Erfahrung lernen,
  was das Leben glücklich macht.

Herr, unser Gott,
alles menschliche Suchen und Streben,
alles Schaffen und Arbeiten
hat dich nötig, um zu einem guten Ende zu kommen.
Laß unsere Hand darum nicht los
und sei uns gut, auch wenn wir gefehlt haben;
laß uns ohne Furcht unseren Weg vollenden –
den Weg, an dessen Ende du stehst: die ewige Liebe –
an die wir glauben,
weil wir sie erkannt haben: in Jesus Christus, unserem Herrn.

FREIHEIT

Lasset uns beten zu Gott, unserem Vater,
der uns als freie Menschen gewollt hat:

- für unsere Regierung
  und für die Politiker in Stadt und Land:
  daß sie die Würde und Freiheit des einzelnen schützen,
  aber auch eingreifen,
  wenn es das Wohl der Allgemeinheit verlangt.
- für die Länder,
  in denen die Machthaber das Recht und die Freiheit
  des einzelnen mit Füßen treten:
  daß die Geknechteten ihre Freiheit wiedergewinnen
  unter einem Regime, das menschlich ist
  und seine Macht nur zum Wohle der Bürger gebraucht.

– für die christlichen Kirchen,
  die die christliche Freiheit als frohe Botschaft
  den Menschen künden:
  daß sie nicht nur ihre eigene Freiheit vor Augen haben,
  sondern auch bei sich selbst
  allen Zwang und Druck auf die Gewissen
  als Verrat an Jesu Botschaft verurteilen.

– für uns alle:
  daß wir unsere Freiheit nicht egoistisch mißbrauchen,
  sondern sie in den Dienst unserer Mitmenschen stellen
  und nach Kräften am Wohle aller mitarbeiten.

Herr, unser Gott,
du läßt uns leben in einer Zeit,
die reich ist an materiellen Gütern.
Laß uns dankbar sein für allen Fortschritt,
aber nie zu Sklaven unseres Wohlstands werden,
laß uns vielmehr die Möglichkeiten sehen,
die gerade er uns gibt,
auch für das Glück und die Wohlfahrt der anderen zu sorgen.

FREUDE (KARNEVAL)

Lasset uns beten zu Gott,
der Quelle aller Freude:

– für alle, die in diesen Tagen nach Freude suchen:
  daß sie nicht nur auf *ihr* Vergnügen aus sind,
  sondern auch selbst zu Frohsinn und guter Laune beitragen
  und darum gern gesehene Gäste sind.

– für alle, die nur noch ihre Sorgen kennen
  und die kaum mehr von Herzen lachen können:
  daß unsere Freude sie mitreißt
  und ihnen neuen Mut zum Leben schenkt.

– für alle, die diese Tage der Freude möglich machen:
  daß sie ihre Aufgabe ernst nehmen,
  ihre Mitmenschen froh zu machen,
  und daß sie dabei auch die Alten und Kranken
  und die vom Leid Geplagten nicht vergessen.

– auch für die, die leichtsinnig sind –
die andere in Gefahr bringen
oder die Grenzen des Guten überschreiten:
daß sie für ihr Tun einstehen
und sich nach den Tagen der Freude
nicht hinter ihrer Maske verstecken.

Herr, unser Gott,
du freust dich,
wenn wir von Herzen glücklich sind.
Laß uns andere Menschen,
wo immer das möglich ist,
an unserer Freude teilnehmen lassen –
nicht nur in diesen Tagen,
sondern zeit unseres Lebens.

HEILIGES LEBEN

Lasset uns beten zu Gott,
vor dem sich Himmel und Erde neigen:

– für die Kirche der Sünder auf Erden:
daß sie voranschreite
auf ihrer Pilgerfahrt zur Heiligkeit und zur Vollendung
und daß sie stets mehr zu einem Zeichen werde
für Gottes liebende Sorge um einen jeden von uns.

– für die Heiligen,
die still und unerkannt in unserer Mitte leben:
daß ihre verborgene Güte,
ihre unbeugsame Rechtschaffenheit
und ihre Bereitschaft zu dienen
ein Schimmer der Hoffnung sei
und ein Licht im Dunkel unserer oft so hartherzigen Zeit.

– für die Menschen im Kampf mit den Mächten des Bösen:
daß sie Kraft schöpfen,
wenn sie auf die schauen,
die vor ihnen den guten Kampf gekämpft
und ihren Lauf vollendet haben.

– für unsere Toten:
   daß sie Barmherzigkeit erlangen
   um all des Guten willen, das sie anderen getan haben,
   und daß Gott sie vollende in seinem ewigen Leben.

Herr, unser Gott,
das Gute und das Böse kämpfen ihren Streit in unserem Herzen.
Nimm uns Menschen an
und erbarme dich unser!
Denn selbst unsere Finsternis
hungert nach deinem Licht,
und unsere Schwachheit
verlangt nach deiner Kraft.

LEBENSWEG

Lasset uns beten zu Gott,
dem Herrn allen Lebens:

– für die Großen dieser Welt,
   von deren Tun und Lassen
   uns Rundfunk, Zeitung und Fernsehen tagtäglich berichten:
   daß sie bei allem das Wohl der Menschen im Auge haben
   und so ein Klima schaffen,
   in dem ein jeder sich wohlfühlt.

– für die Älteren unter uns:
   daß sie die Frucht ihrer Arbeit und ihres Lebens sehen
   mögen,
   aber auch den Weg und die Aufgaben,
   die noch vor einem jeden von uns liegen.

– für die Jüngeren in unserer Gemeinschaft:
   daß sie Vertrauen zur Zukunft haben
   und selbstlos mitarbeiten
   und daß sie glücklich werden
   bei ihrem Einsatz für die menschliche Welt.

– für alle Kranken,
   die Abschied nehmen müssen von ihrer einstigen
   Betriebsamkeit:
   daß sie innerlicher und gottverbundener werden

und darum wissen,
welche Hilfe sie uns allen dadurch geben.

– für (. . . und) alle unsere Verstorbenen:
daß ihr Leben in Freude und Leid angenommen werde
und daß sie Barmherzigkeit finden
angesichts ihres Versagens und ihrer Schuld.

Gott, allmächtiger Vater,
wir haben unsere Bitten vor dir ausgesprochen;
du hast uns wissen lassen,
daß jedem, der anklopft, aufgetan
und jedem, der bittet, Erhörung zuteil wird.
Wir bitten dich:
Bleib uns nahe,
nimm uns die Angst auf unserem Lebensweg
und laß uns wachsen
in der Liebe und im Vertrauen zu dir.

NOT

Lasset uns beten zum allmächtigen Gott
für alle Not dieser Welt:

– für unsere Mitmenschen,
  deren Leben ständig vom Hunger bedroht ist:
  daß es ihren Helfern, den Ärzten und Schwestern,
  nicht an Hilfsmitteln fehlt
  und daß alle, denen es gut geht, von selbst erkennen,
  was ihre Pflicht ist.

– für unsere Mitmenschen,
  die sich nichts sehnlicher wünschen als den Frieden:
  daß das Morden und Vernichten und alles Kriegsgeschrei
  doch einmal ein Ende finde,
  daß Menschenleben wieder mehr gelten als Prestigefragen
  und daß die Verantwortlichen doch endlich Vernunft
  annehmen.

– für unsere Mitmenschen,
  die im Elend leben –
  die weder Beruf noch Heimat haben –
  für die Ausgestoßenen und Vereinsamten –

und für das ganze Heer der Armen und Bedürftigen:
daß ihnen geholfen werde, koste es, was es wolle,
und daß wir fester denn je
an die Macht der selbstlosen Liebe glauben.

— für unsere Mitmenschen,
 die guten Willen haben, aber immer wieder schwach sind —
 die Frieden wollen und doch Unfrieden stiften —
 die nach Glück verlangen, aber alle Hoffnung längst aufgegeben haben:
 daß sie sich nicht aufreiben in Skrupeln und Selbstanklagen,
 daß sie vielmehr das Vergangene vergessen
 und den Blick in die Zukunft richten.

Herr, unser Gott,
du gibst deinen Kindern keine Steine,
wenn sie dich um Brot bitten.
Wir bitten dich:
Schau auf das Elend
und die Not der Menschen;
laß keinen zerbrechen an seinem Leben
und niemanden zweifeln an deiner Güte;
uns aber laß nie glauben,
daß wir schon genug für die Not der anderen täten,
nur weil wir ihrer immer wieder in unserem Beten gedenken.

PILGERSCHAFT

Lasset uns beten zu Gott, unserem Vater,
zu dem wir ein Leben lang unterwegs sind:

— für unsere Kirche:
 daß Gottes Geist sie erfülle,
 daß sie wachse in der Erkenntnis und in der Liebe
 und daß sie Gott so verkündet,
 daß den Menschen der Weg zu ihm leicht wird.

— für die Menschen, die Macht und Einfluß auf Erden haben:
 daß sie alles daransetzen,
 den Frieden zu erhalten
 und die Katastrophe eines neuen Krieges zu verhindern.

— für unsere menschliche Gemeinschaft:
daß alle Menschen guten Willens zusammenarbeiten,
um allen in der Welt zu helfen,
menschenwürdig zu leben
und sich in Freiheit zu entfalten.

— für alle, denen wir in unserem Leben verbunden sind —
für unsere Angehörigen, Freunde und Bekannten —
für die Kranken und Notleidenden:
daß Gottes Segen auf ihnen allen ruhe,
daß sie stets unterwegs bleiben zu ihm
und daß jeder neue Tag sie ihm näherbringe.

Großer, ewiger Gott,
du bist der Anfang und das Ende —
du gibst auch unserem Leben seinen Sinn und seine Richtung.
Wir neigen uns vor deiner erhabenen Größe
und bitten dich:
Vollende unser Leben in deiner Liebe
und hol die Welt heim zu dir:
in Jesus Christus, deinem Sohn.

TÄGLICHES BROT

Lasset uns beten zu Gott, dem Herrn,
dem wir unser täglich Brot zu danken haben:

— für alle Menschen auf der weiten Erde:
daß doch bald der Tag kommt,
da keiner mehr Hunger zu leiden braucht
und für alle ausreichende Lebensmöglichkeiten bestehen.

— für alle, deren Sorgen und Arbeiten den Mitmenschen gilt:
daß sie Freude an ihrer Arbeit haben
und den Erfolg ihrer Mühe sehen;
daß wir auch für die kleinen Gefälligkeiten, die sie uns
erweisen, ein Wort des Dankes wissen
und uns selbst nicht jeden Handgriff für andere bezahlen
lassen.

— für alle,
die für die rechte Verteilung der Güter in der Welt ver-
antwortlich sind:

daß es ihnen gelingt, die stets größer werdende Kluft
zwischen arm und reich zu überbrücken
und so mitzuhelfen,
die Menschheit vor Krieg und Unruhen zu bewahren.

— für alle, die ihre Existenz verloren haben —
für die Kriegsversehrten und Opfer des Straßenverkehrs —
und für alle, die auf der Schattenseite unseres Wohlstands
leben:
daß sie nicht nur von der Vergangenheit träumen
und den andern ihr Glück und ihre Gesundheit neiden;
daß sie vielmehr mit uns allen
jeden Tag aufs neue die Aufgaben zu lösen versuchen,
vor die uns das Leben stellt.

Herr, unser Gott,
laß uns allen, die wir miteinander beten,
das Wohl unserer Mitmenschen am Herz liegen
und laß uns für unser eigenes Leben verwirklichen,
was uns so oft auf die Lippen kommt:
daß wir nicht allein vom Brote leben,
sondern noch mehr vom Wort und der Botschaft deines Sohnes,
unseres Herrn Jesus Christus.

TOTENGEDENKEN

Lasset uns beten zu Gott,
von dem wir das Leben haben
und zu dem wir ein Leben lang unterwegs sind:

— für alle, die ihr Leben für andere hingegeben haben —
für die Freiheit der Völker und die Würde des Menschen:
daß Gott ihr Opfer annehme
und ihnen die Freude seines ewigen Lebens schenke.

— für die Opfer der Gewalt und des Verbrechens —
für alle, die einen plötzlichen Tod fanden —
im Straßenverkehr und bei ihrer Arbeit:
daß Gott sie aufnehme
in sein Reich,
wo weder Schmerz ist noch Trauer —
wo Gott selbst ihre Erfüllung und ihre Freude ist.

– für alle, die in unserer Erinnerung fortleben
 um des Guten willen, das sie uns getan haben –
 für unsere Eltern und alle, die uns das Gute lehrten:
 daß sie nach allem Kampf und Streit
 jetzt die Krone des Lebens empfangen.

– für uns alle:
 daß wir den Mut finden
 und ein Leben lang das Wagnis der Liebe auf uns nehmen,
 um dann selbst zu erfahren,
 was keines Menschen Auge geschaut –
 was kein Ohr gehört –
 was Gott jedoch denen bereitet hat, die ihn lieben.

Guter Vater,
wir stehen vor dir
in der Gewißheit,
daß unser Leben vergänglich ist
und daß der Tod uns alle Tage begleitet.
Bleib du bei uns,
damit wir es stets besser lernen,
den Weg deines Sohnes zu gehen
und unser Leben füreinander zu leben.
Dann wird uns nichts von deiner Liebe trennen,
und wir werden in dir das Leben haben
auf ewig.

URLAUBSZEIT

Lasset uns beten zu Gott,
den Himmel und Erde rühmen:

– für alle, die Urlaub haben –
 die abgearbeitet sind und die Erholung brauchen:
 daß sie wieder zu sich selbst kommen
 und schöne und erholsame Tage verleben.

– für die Vielen, die jetzt auf Reisen sind
 und denen es Freude macht,
 einmal die gewohnte Umgebung zu verlassen:
 daß alle Last von ihnen abfällt,
 daß sie sich erholen

und mit den vielen neuen Eindrücken
auch wieder neue Kräfte sammeln.

– für die Menschen, ob jung oder alt,
die sich aufgemacht haben,
die Schönheit der Welt zu entdecken:
daß sie reicher in ihren Alltag zurückkehren
und dankbar sind
für das Gute und Schöne, das sie unterwegs erleben durften.

– für uns selbst, ob daheim oder im Urlaub:
daß wir gastfreundlich und hilfsbereit sind
und daß sich jeder, der zu uns kommt,
in unserer Gemeinschaft wohlfühlt.

Herr, unser Gott,
du hast uns auf die große Reise geschickt –
die Reise unseres Lebens.
Laß uns nicht müde werden
und trotz aller Umwege
einmal das Ziel erreichen,
zu dem wir unterwegs sind.

WELTMISSION

Lasset uns beten zu Gott,
der das Heil aller Menschen und Völker will:

– für unsere Missionare, Schwestern und Missionshelfer
auf den vielen einsamen Posten in aller Welt:
daß wir die Verbindung zu ihnen nicht abreißen lassen
und uns ihrer aller Sorgen zu eigen machen.

– für die jungen Menschen aus den Entwicklungsländern,
die an unseren Universitäten studieren:
daß wir ihnen mehr bieten als Fortschritt und Wissenschaft;
daß sie bei uns das Glück und den Reichtum
eines echten Christenlebens erfahren.

– für die Kräfte und Mächte in unserer Welt,
die über das Wohl und Wehe der Menschheit entscheiden:
daß der Geist Jesu Christi am Ende doch stärker sei
als alle Gewinnsucht und alles Streben nach Macht.

– für unsere kleine Welt –
in Ehe und Familie – in Stadt und Land –
für die Welt, in der wir arbeiten und unsere Freude suchen:
daß wir uns nicht begnügen mit Gebet und guten Wünschen,
sondern mit Rat und Tat
einem jeden, der uns braucht, zur Verfügung stehen.

Herr, unser Gott,
es liegt in unserer Natur,
daß wir Menschen aufeinander angewiesen sind.
Laß uns das begreifen
und laß diese Erkenntnis das Verhalten der Menschen
bestimmen:
in der kleinen Welt, in der wir leben und arbeiten,
aber auch im Leben der Völker und Nationen.

QUELLENVERZEICHNIS

Aus dem „Evangelischen Hausbuch", Johannes Stauda Verlag, Kassel, wurden folgende Texte in diese Lizenzausgabe übernommen:
S. 73: „Der du allein ...", aus: „Kyrie" von Jochen Klepper, Eckart-Verlag, Witten und Berlin.
S. 82: „Herr, wir gehen ...", aus: „Herr, wir stehen Hand in Hand". Ein neues Lied, Burckhardthaus-Verlag, Gelnhausen und Berlin.
S. 92: „Herr, gib Kraft zu tragen" von Marie Krueger, aus: „Gott loben, das ist unser Amt", Sonnenweg-Verlag, Neuffen.

Folgende Texte wurden neu übernommen:
S. 246: „Sei gepriesen, Herr Jesus Christus", aus: Klemens Tilmann, Das geistliche Gespräch, Echter-Verlag, Würzburg.
S. 413: „Gepriesen bist du ...", aus: Huub Oosterhuis, Im Vorübergehen, Verlag Herder, Freiburg.
S. 24: „Das größte Gebot" und „Das neue Gebot", aus: Gebet der Familie, herausgegeben von Rudolf Fischer-Wollpert, Josef Heckens, Anneliese Lissner, Georg Wüst, 2. Auflage, Verlag Butzon & Bercker, Kevelaer 1971.

Die Fürbitten S. 544–559 wurden mit Erlaubnis entnommen aus:
Alfred Schilling, Fürbitten und Kanongebete der holländischen Kirche. Materialien zur Diskussion um zeitgemäße liturgische Texte. 11. Auflage, Verlag Hans Driewer, Essen 1971.

Die Psalmen wurden mit Erlaubnis entnommen aus der Ökumenischen Übersetzung, herausgegeben im Auftrag der Bischöfe Deutschlands, Österreichs und der Schweiz, des Rats der Evangelischen Kirche in Deutschland und des Evangelischen Bibelwerks, © Katholische Bibelanstalt GmbH., Stuttgart.

Die Texte des Alten und Neuen Testamentes wurden mit Erlaubnis entnommen der Einheitsübersetzung der Heiligen Schrift, herausgegeben von den Bischöfen Deutschlands, Österreichs und der Schweiz, © Katholische Bibelanstalt GmbH., Stuttgart. Soweit diese Texte schon in ökumenischer Fassung vorliegen, wurden diese übernommen.